Green: Der Fall Leavenworth

Anne Katharine Green

Der Fall Leavenworth

Aus dem Amerikanischen von
Gabriele Kosack

Rio Verlag
Zürich

Die Originalausgabe erschien 1879 in New York
unter dem Titel «*The Leavenworth Case*»

CIP-Einheitsaufnahme:
Green, Anne Katharine:
Der Fall Leavenworth / Anne Katharine Green.
Zürich: Rio-Verl., 1993

Umschlagabbildung: Jeanne Peter
Illustrationen von Richard Gutschmidt aus der dt. Erstausgabe
Satz: Stempel Garamond 10/12, Rio Verlag Zürich
Druck und Bindung:
Schauenburg Graphische Betriebe GmbH, Schwanau
ISBN 3-9520059-6-7

Inhalt

Erstes Buch
Das grosse Rätsel

Zweites Buch
Henry Clavering

Drittes Buch
Hannah

Viertes Buch
Des Rätsels Lösung

Erstes Buch

Das grosse Rätsel

I. «Ein außergewöhnlicher Fall!»

A deed of dreadful note.

Eine Tat des Grauens.

SHAKESPEARE: MACBETH

Etwa ein Jahr war vergangen, seit ich meine Stellung als jüngster Partner in der Anwaltskanzlei Veeley, Carr & Raymond angetreten hatte, als eines Morgens – sowohl Mr. Veeley als auch Mr. Carr waren vorübergehend abwesend – ein junger Mann unser Büro betrat. Er wirkte so auffallend hastig und erregt, daß ich mich unwillkürlich erhob und ihm entgegenging.

«Was haben Sie, mein Herr?» fragte ich. «Keine schlechten Nachrichten, wie ich hoffe.»

«Ich möchte mit Mr. Veeley sprechen, ist er da?»

«Nein», antwortete ich, «heute morgen erreichte ihn überraschend die Bitte, nach Washington zu kommen, er kehrt nicht vor morgen zurück; wenn Sie Ihre Angelegenheit allerdings mir zu unterbreiten wünschen ...»

Er unterbrach mich: «Ihnen, mein Herr?» Nachdem er mich mit einem sehr kühlen, festen Blick gemustert hatte, fuhr er, durch das Ergebnis der Überprüfung offenkundig zufriedengestellt, fort: «Warum eigentlich nicht, meine Anliegen ist kein Geheimnis. Ich bin gekommen, um ihn davon in Kenntnis zu setzen, daß Mr. Leavenworth tot ist.»

«Mr. Leavenworth!» entfuhr es mir, und ich trat einen Schritt zurück. Mr. Leavenworth war ein langjähriger Mandant der Kanzlei und außerdem ein besonders guter Freund Mr. Veeleys.

«Ja, ermordet, von einem Unbekannten in den Kopf geschossen, während er am Schreibtisch in der Bibliothek saß.»

«Erschossen?! Ermordet!» Ich traute meinen Ohren kaum. Jener joviale, wackere alte Herr, der vor eben einer Woche noch auf genau diesem Fleck gestanden hatte, mich mit meinem Junggesellendasein aufzog und im gleichen Atemzug einlud, seinem Heim einen Besuch abzustatten und nachzuschauen, was er dort für mich hätte!

Ungläubig starrte ich mein Gegenüber an. «Wie? Wann?» fragte ich atemlos.

«Vergangene Nacht. Jedenfalls nehmen wir das an. Er wurde erst am Morgen gefunden. Ich bin Mr. Leavenworths Privatsekretär», setzte er erklärend hinzu, «und lebe mit der Familie in seinem Haus. Ein grauenhafter Schock», schloß er seine Bemerkungen, «insbesondere für die Damen.»

«Grauenhaft!» bestätigte ich. «Mr. Veeley wird es nicht fassen können.»

«Sie stehen ganz allein.»

Er sprach mit gedämpfter Stimme und in einem geschäftsmäßig wirkenden Ton, der von dem Mann nicht wegzudenken war, wie ich später herausfand.

«Ich meine die jungen Damen – Mr. Leavenworths Nichten; und weil die Vernehmung heute dort stattfindet, hält man es für angebracht, daß ihnen jemand zur Seite steht, der sie beraten kann. Da es sich bei Mr. Veeley um den besten Freund ihres Onkels handelte, haben sie mich natürlich beauftragt, ihn zu holen, nun jedoch, da er nicht in der Stadt ist, weiß ich nicht, was ich tun oder wohin ich mich wenden soll.»

«Den Damen», antwortete ich, «bin ich ein Fremder, aber falls ich ihnen in irgendeiner Hinsicht behilflich sein kann – meine Hochachtung für ihren Onkel ...»

Der Ausdruck in den Augen des Sekretärs ließ mich innehalten. Ohne sich von meinem Gesicht abzuwenden, hatten ihre Pupillen sich unvermittelt erweitert, bis sie meine gesamte Gestalt in ihrem Blickfeld einzufangen schienen.

«Ich bin mir unsicher», bemerkte er schließlich, wobei ein leichtes Stirnrunzeln ausdrückte, daß er über die Wendung der Ereignisse nicht uneingeschränkt glücklich war. «Es wäre vielleicht das beste. Die Damen dürfen nicht alleine gelassen werden ...»

Ich unterbrach ihn: «Genug der Rede, ich komme mit», und ich setzte mich nieder, um eine hastige Nachricht an Mr. Veeley abzufassen; nach der Erledigung einiger anderer notwendiger Kleinigkeiten ging ich in Begleitung des Sekretärs aus dem Haus.

«Und jetzt erzählen Sie mir alles, was Sie über diesen entsetzlichen Vorfall wissen.»

«Alles, was ich weiß? Das ist schnell gesagt. Gestern abend ließ ich ihn wie jeden Abend an seinem Schreibtisch in der Bibliothek zurück und fand ihn dort heute morgen wieder, am selben Platz, in beinahe derselben Stellung, allerdings mit einem Loch im Schädel, fast so groß wie das Ende meines kleinen Fingers.»

«Tot?»

«Mausetot.»

«Wie schrecklich!» rief ich aus. Und einen Augenblick später: «Kann es Selbstmord gewesen sein?»

«Nein. Die Pistole, mit der die Tat begangen wurde, ist unauffindbar.»

«Aber wenn es Mord war, muß es ein Motiv gegeben haben. Mr. Leavenworth kann keine Feinde gehabt haben, er war ein so gütiger Mann, und falls man etwas rauben wollte ...»

«Kein Raub. Nichts fehlt», warf er ein. «Die ganze Angelegenheit ist sehr mysteriös.»

«Mysteriös?»

«Äußerst mysteriös.»

Neugierig wandte ich den Kopf, um meinen Gewährsmann zu betrachten. Man sollte meinen, der Bewohner eines Hauses, in welchem sich ein mysteriöser Mord ereignet hat, müßte in jedem Fall eine interessante Persönlichkeit sein. Die völlig ausdruckslosen Züge des Manns an meiner Seite boten der Phantasie aber keinerlei Nahrung, und indem ich fast augenblicklich wieder fortblickte, fragte ich: «Sind die Damen sehr außer Fassung?»

Er lief mindestens ein halbes Dutzend Schritte, bevor er antwortete.

«Es wäre nicht normal, wären sie es nicht», sagte er schließlich. Ich weiß nicht warum, ob es wegen seines Gesichtsausdrucks oder der Antwort selbst war, jedenfalls fühlte ich, daß ich mich in dem Moment auf tückisches Terrain begab, als ich mit diesem Mann, dem langweiligen, selbstbeherrschten Sekretär des verstorbenen Mr. Leavenworth, über jene Damen sprach. Der Eindruck behagte mir nicht gerade, zumal ich gehört hatte, daß es sich bei ihnen um sehr verdienstvolle Frauen handelte. Ich verspürte daher eine gewisse Erleichterung, als ich eine der öffentlichen Droschken nahen sah, welche die Fifth Avenue befahren.

«Wir werden dieses Gespräch später fortsetzen», sagte ich. «Hier kommt eine Droschke.»

Nachdem wir eingestiegen waren, merkten wir indessen rasch, daß eine Unterhaltung über ein derartiges Thema an diesem Ort nicht möglich war. Ich nutzte darob die Zeit, mir innerlich zu vergegenwärtigen, was ich über Mr. Leavenworth wußte, wobei mir allerdings klar wurde, daß meine Kenntnisse sich auf folgendes beschränkten: er war ein äußerst vermögender Handelsunternehmer von gehobener gesellschaftlicher Stellung, der sich bereits zur Ruhe gesetzt hatte; in Ermangelung eigener Kinder hatte er zwei Nichten bei sich aufgenommen und eine von ihnen zu seiner Erbin erklärt. Zwar hatte ich Mr. Veeley über seine Exzentrizität sprechen hören; als Beispiel dafür wurde eben jener Umstand angeführt, daß er sein Testament zu Gunsten der einen unter völliger Ausschließung der anderen Nichte gemacht hatte, doch von seinen Lebensgewohnheiten und gesellschaftlichen Beziehungen wußte ich so gut wie gar nichts.

Als wir bei seinem Haus eintrafen, stand eine Menschenmenge davor, und bevor ich richtig zur Kenntnis nehmen konnte, daß es sich um ein Eckgebäude von ungewöhnlicher Tiefe wie auch Breite handelte, hatte das Gedränge mich bereits erfaßt und geradezu bis zum Fuß der breiten Steinstufen geschoben. Dank der Zudringlichkeit eines Schuhputzers und eines Fleischerjungen, die offenbar der Annahme waren, sie könnten sich an den Schauplatz der Tragödie schmuggeln, indem sie sich an meine Arme klammerten, gelang es mir nur unter Mühen, mich loszumachen, die Stufen hochzusteigen und eilends die Glocke zu läuten; in diesem Augenblick fand sich dank eines glücklichen Umstands der Sekretär an meiner Seite wieder. Die Tür wurde umgehend geöffnet, und in dem Spalt erschien ein Gesicht, das ich als eines unserer städtischen Kriminaldetektive erkannte.

«Mr. Gryce!» rief ich.

«Stets zu Diensten», erwiderte er. «Kommen Sie herein, Mr. Raymond.» Gelassen zog er uns ins Haus und verriegelte mit einem grimmigen Lächeln auf den enttäuschten Pöbel die Tür. «Es überrascht Sie gewiß nicht, mich hier anzutreffen», sagte er und streckte seine Hand aus, wobei er meinen Begleiter mit einem Blick streifte.

«Nein», antwortete ich. Flüchtig fiel mir ein, daß ich den jungen Mann an meiner Seite vermutlich vorstellen sollte, also begann ich: «Dies ist Mr. …, Mr. …, entschuldigen Sie, aber ich weiß nicht, wie Sie heißen», wandte ich mich mit einem fragenden Blick an meinen Begleiter und beeilte mich dann hinzuzufügen: «Der Privatsekretär des verstorbenen Mr. Leavenworth.»

«Ah», meinte er, «der Sekretär! Der Coroner hat sich bereits nach Ihnen erkundigt, mein Herr.»

«Der Coroner ist demnach hier?» fragte ich.

«Ja. Die Geschworenen haben sich soeben hinaufbegeben, um die Leiche in Augenschein zu nehmen, möchten Sie sich ihnen anschließen?»

«Nein», sagte ich, «das ist nicht notwendig. Ich bin lediglich in der Hoffnung hergekommen, den jungen Damen behilflich sein zu können. Mr. Veeley ist verreist.»

«Und Sie wollten sich eine so gute Gelegenheit nicht entgehen lassen», sprach er weiter, «recht so. Da Sie schon einmal hier sind und der Fall verspricht, ein besonderer zu werden, habe ich angenommen, daß Sie, ein aufstrebender junger Anwalt, sich gerne mit allen seinen Einzelheiten vertraut machen würden. Aber tun Sie, was Sie für richtig halten.»

Ich gab mir Mühe, meinen Widerwillen zu überwinden.

«Ich gehe ja», sagte ich.

«Sehr gut», antwortete er, «folgen Sie mir.»

Doch in dem Augenblick, da mein Fuß die erste Treppenstufe berührte, hörte ich die Geschworenen herabkommen. Ich zog mich daher mit Mr. Gryce in eine Nische zwischen Empfangsraum und Salon zurück und nützte die Zeit zu der Bemerkung: «Der junge Mann sagt, es könne sich nicht um die Tat eines Einbrechers handeln.»

«Das ist richtig.» Sein Blick ruhte unverwandt auf einem nahegelegenen Türknauf.

«Daß nichts zu fehlen scheint ...»

«... und man alle Schlösser und Riegel im Haus heute morgen unangetastet vorfand, stimmt genau.»

«Das hat er mir nicht erzählt. In diesem Fall ...», mich schauderte, «... muß der Mörder die ganze Nacht im Haus gewesen sein.»

Mr. Gryce lächelte dem Türknauf undurchdringlich zu.

«Eine böse Sache!» sagte ich heftig.

Sogleich bedachte Mr. Gryce den Türknauf mit einem Stirnrunzeln.

An dieser Stelle möchte ich anmerken, daß es sich beim Kriminalbeamten Gryce nicht um eines der dünnen, drahtigen Individuen handelt, welchem der Leser hier zweifelsohne zu begegnen glaubt, einen jener Männer mit dem scharfen Blick, der ins tiefste Innere eines Menschen dringt und sich dort stracks der verborgensten Geheimnisse zu bemächtigen scheint. Mr. Gryce war eine stattliche, behäbige Persönlichkeit mit einem Blick, der nicht durchbohrte, der nicht verweilte – nicht auf

Menschen. Falls er irgendwo ruhte, dann stets auf einem unbedeutenden Objekt in der näheren Umgebung, einer Vase, einem Tintenfaß, Buch oder Knopf. Diese Gegenstände zog er ins Vertrauen, ihnen teilte er seine Schlußfolgerungen mit, und sein Gegenüber – das mochte der Turm der Dreifaltigkeitskirche sein, so wenig Verbindung bestand zwischen Mr. Gryce, seinen Gedanken und seinem Gegenüber. In diesem Augenblick also befand sich Mr. Gryce, wie ich bereits andeutete, in einer intimen Beziehung zu einem Türknauf.

«Eine wirklich böse Sache», wiederholte ich.

Seine Augen richteten sich auf meinen Manschettenknopf.

«Kommen Sie», sagte er, «die Luft ist rein.»

Er ging mir voran die Treppe hinauf, blieb indessen auf dem oberen Absatz stehen. «Mr. Raymond», begann er, «in der Regel gebe ich Berufsgeheimnisse niemals preis, doch hängt in diesem Fall alles davon ab, gleich zu Beginn die richtige Spur aufzunehmen. Wir haben es nicht mit gewöhnlicher Schurkerei zu tun, hier war ein Genius am Werk. Nun geschieht es zuweilen, daß einem vollkommen ungeschulten Verstand intuitiv Dinge auffallen, die selbst dem erfahrensten, klügsten Kopf entgehen. Sollte das eintreten, wenden Sie sich an mich. Erzählen Sie es nicht herum, sondern kommen Sie zu mir. Denn dies ist ein außergewöhnlicher Fall, denken Sie an meine Worte, ein außergewöhnlicher Fall. Und jetzt kommen Sie.»

«Aber die Damen?»

«Sie befinden sich im zweiten Stockwerk in ihren Gemächern, selbstverständlich in Trauer, doch, wie ich höre, leidlich gefaßt.» Er schritt auf eine Tür zu, öffnete sie und hieß mich eintreten.

Einen Moment lang herrschte völlige Finsternis, doch bald hatten meine Augen sich an die Umgebung gewöhnt, und ich erkannte, daß wir uns in der Bibliothek befanden.

«Hier wurde er gefunden», sagte er, «in diesem Zimmer, genau an dieser Stelle.» Er trat vor und legte seine Hand auf das Ende eines großen, mit Filz überzogenen Tisches, der, umgeben von den dazugehörigen Stühlen, die Mitte des Raums einnahm. «Sie sehen diese Tür unmittelbar gegenüber»; er durchquerte das Zimmer und blieb an der Schwelle eines schmalen Korridors stehen, der zu einem dahintergelegenen Raum führte. «Da der Ermordete auf diesem Stuhl sitzend gefunden wurde, also mit dem Rücken zu dem Korridor, muß der Mörder durch diese Türöffnung gekommen sein und ungefähr von hier aus seinen Schuß abgefeuert haben.» Mr. Gryce stemmte seine Füße fest auf eine bestimmte Stelle im Teppich, etwa einen Fuß von der bereits erwähnten Türschwelle entfernt.

«Aber ...», warf ich ein.

«Kein Aber», rief er. «Wir haben alles sorgfältigst untersucht.» Und ohne sich länger über das Thema auszulassen, drehte er sich um und ging mit schnellen Schritten durch den Korridor, ich hinterdrein.

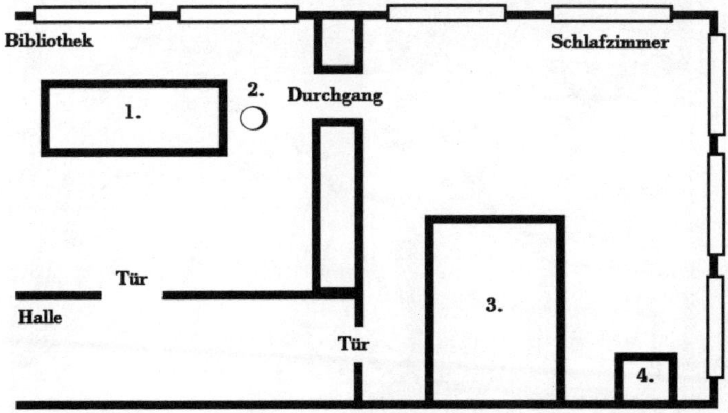

1. Arbeitstisch 2. Stuhl 3. Bett 4. Waschtisch

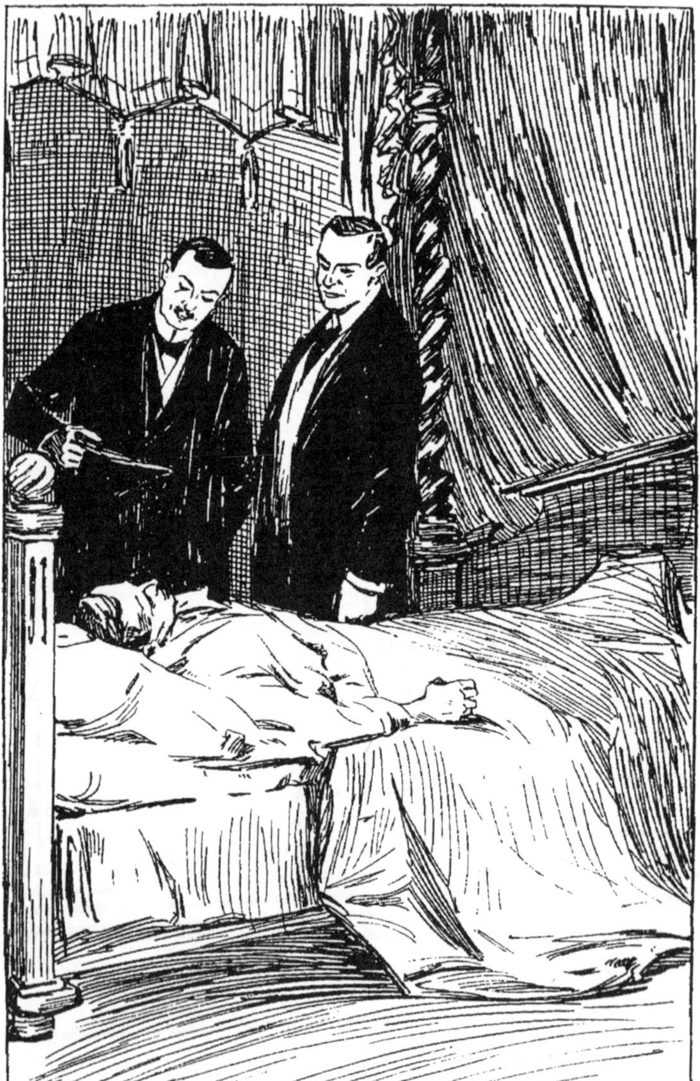

«Weinregal, Kleiderschrank, Waschtisch, Handtuchständer», bei diesen Erläuterungen wedelte er mit seiner Hand von einer Seite zur anderen, während wir eilig hindurchliefen, und beendete sie mit: «Mr. Leavenworths Privatgemach» – da erstreckte sich der Raum in all seiner Eleganz bereits vor uns.

Mr. Leavenworths Privatgemach! Hier also mußte es sein, jenes entsetzliche Es, das einem das Blut in den Adern gerinnen ließ und gestern doch noch ein lebendiger, atmender Mensch gewesen war. Ich trat auf das mit schweren Gardinen behängte Bett zu und hob eben meine Hand, um sie beiseite zu ziehen, als Mr. Gryce höchstpersönlich ein auf Kissen ruhendes kaltes, stilles Gesicht enthüllte, welches so natürlich wirkte, daß ich unwillkürlich zusammenfuhr.

«Der Tod trat zu rasch ein, als daß er seine Züge hätte verzerren können», sagte er und drehte den Kopf zur Seite, so daß die entsetzlich klaffende Wunde auf der Hinterseite des Schädels sichtbar wurde. «Ein solches Loch befördert einen Menschen aus dieser Welt, ohne daß er es merkt. Der Gerichtsmediziner wird Ihnen bestätigen, daß er sich die Wunde niemals selbst hätte beibringen können. Ein klarer Fall von Mord.»

Ich wich entsetzt zurück, da fiel mein Blick auf eine Tür in der an den Flur angrenzenden Wand, die mir unmittelbar gegenüber lag. Sie schien, außer dem Korridor, durch welchen wir gekommen waren, der einzige Ausgang aus dem Zimmer zu sein, und selbstverständlich fragte ich mich sogleich, ob der Mörder auf seinem Weg in die Bibliothek durch jene Tür gekommen war. Aber Mr. Gryce, der meinen Blick offensichtlich bemerkt hatte, obwohl er seinen eigenen auf den Kronleuchter gerichtet hielt, beeilte sich, wie als Antwort auf meinen fragenden Gesichtsausdruck, zu bemerken:

«War von innen abgeschlossen, mag auf diesem Weg hereingekommen sein oder auch nicht, wir wissen es nicht mit Bestimmtheit.»

Jetzt fiel mir auf, daß das Bett unberührt schien, und ich fragte: «Er hatte sich noch nicht zur Ruhe begeben?»

«Nein, die Tragödie muß sich vor zehn Stunden ereignet haben. Zeit genug für den Mörder, die Lage zu peilen und für alle Eventualitäten Vorsorge zu treffen.»

«Der Mörder? Wen verdächtigen Sie?» flüsterte ich.

Leidenschaftslos betrachtete er den Ring an meinem Finger.

«Alle und keinen. Mir steht es nicht an zu verdächtigen, sondern zu ermitteln.» Er ließ den Vorhang in seine ursprüngliche Stellung zurückfallen und geleitete mich aus dem Raum.

Die Vernehmung durch den Coroner war zu diesem Zeitpunkt in vollem Gange, und weil ich unbedingt anwesend sein wollte, bat ich Mr. Gryce, die Damen davon zu unterrichten, daß ich, als einer der Partner, in Mr. Veeleys Abwesenheit herbeigeeilt sei, um ihnen jede Unterstützung zu gewähren, welche sie anläßlich eines so traurigen Ereignisses wünschten; darauf begab ich mich zu dem großen Empfangsraum im unteren Stockwerk, wo ich mich zwischen den dort Versammelten niederließ.

II. Die Vernehmung durch den Coroner

The baby figure of the giant mass of things to come.

Noch klein an Gestalt, was in Zukunft ein Riese.
Shakespeare: Troilus und Cressida

Einige Minuten lang saß ich, wegen der Helligkeit, die durch die vielen geöffneten Fenster drang, wie benommen. Die stark kontrastierenden Elemente der Szene prägten sich mir allmählich ein, und ich bemerkte, wie mich das gleiche Gefühl einer Identitätsdoppelung überfiel, wie jenes, das ich Jahre zuvor nach einer aufgezwungenen Dosis Äther erlebt hatte. So wie ich damals das Gefühl gehabt hatte, zwei Leben auf einmal zu leben, an zwei unterschiedlichen Orten mit jeweils unterschiedlichen Ereignissen, so schien ich nun durch zwei Vorgänge gespalten, die nichts miteinander zu tun hatten: einerseits nahm ich das herrschaftliche Haus, die elegante Möblierung, die kleinen Einblicke in den Alltag des Gestern wahr – das offenstehende Klavier mit seinem durch einen zierlichen Damenfächer beschwerten Notenblatt –, andererseits den zusammengewürfelten Haufen ungeduldiger Leute, welche sich zusammendrängten.
Beide Welten, von mir so beobachtet, wirkten gleichermaßen stark auf mich ein.

Ein Grund hierfür lag möglicherweise in der außerordentlich prachtvollen Ausstattung des Raums, in dem ich mich befand – ein Schimmer von Satin, Glitzern von Bronze, Glanz von Marmor, wohin das Auge schweifte. Vermutlich berührte mich die Intensität und stumme Beredsamkeit eines Gemäldes, das mich von der gegenüberliegenden Wand anblickte. Ein liebliches Bild – so lieblich und poetisch, als hätte es der größte Idealist unter allen Künstlern geschaffen, schlicht dazu – die Vision einer jungen, im Stil des Ersten Empire gewandeten Koketten mit goldenem Haar, blauen Augen; auf einem Waldweg stehend, über ihre Schulter zurückblickend, als folge ihr jemand –, zugleich jedoch im Winkel ihrer scheuen Augen, auf ihren kindlichen Lippen ein halb ahnender Ausdruck, welcher einer Heiligen wiederum ganz und gar nicht anstünde. Die Individualität und das Lebendige beeindruckten mich. Wären das lose fallende Kleid mit seiner hohen, fast unter den Achseln angesetzten Taille, das über der Stirn kurzgeschnittene Haar und der vollendete Hals, die vollendeten Schultern nicht gewesen, ich hätte es für das lebensechte Porträt einer der Damen des Hauses gehalten. Jedenfalls konnte ich mich nicht von der Vorstellung losreißen, eine, wenn nicht gar beide Nichten Mr. Leavenworths blickten durch die Augen jenes bezaubernden Blondschopfs mit dem lockenden Blick und der Einhalt gebietenden Geste auf mich herab. Die Vorstellung war derart stark, daß mich nahezu schauderte und ich mich fragte, ob dieses entzückende Wesen denn nicht wisse, was sich seit jenem unbeschwerten Gestern in diesem Haus ereignet hatte. Mit ihrem einladenden Lächeln konnte sie doch nicht so dastehen.

Dann wandte ich meine Aufmerksamkeit jener kleinen Ansammlung von Männern zu, und betrachtete sie, als gäbe es in dem Raum außer ihnen nichts zu sehen. Daß das Gesicht des Coroners, streng, intelligent und wachsam, sich mir ebenso deutlich eingeprägt hatte wie jenes liebliche Gemälde oder die klaren, edlen Züge einer Skulptur der Psyche, welche in sanfter Schönheit von dem karmesinrot verhangenen Fenster zur Rechten des Coroners her auf uns herableuchteten. Ja, selbst die unterschiedlichen Mienenspiele in dem Häuflein der Geschworenen vor mir, so gewöhnlich und unbedeutend sie alle waren, die bebenden Gestalten des aufgeregten Personals, das sich in einer Ecke zusammendrängte, sowie die – von allen widerwärtigste – Erscheinung des bleichgesichtigen, schäbigen

Reporters, der an einem Tischchen saß und mit einer unseligen Eifrigkeit mitschrieb, bei der es mir heiß und kalt den Rücken herunterlief: Sie alle bildeten ebenso feste Bestandteile des außerordentlichen Schauspiels vor meinen Augen wie dessen prachtvolle Kulisse, welche die Anwesenheit der verschiedenen Personen in einen verzerrten, unwirklichen Alptraum verwandelte.

Den Coroner erwähnte ich bereits. Er war mir, wie ein glücklicher Zufall es wollte, kein Unbekannter. Ich hatte ihn nicht nur bei früheren Gelegenheiten getroffen, sondern mich auch des öfteren mit ihm unterhalten, ja kann sagen, daß ich ihn kannte. Er hieß Hammond und war allseits als überdurchschnittlich scharfsinniger Mann bekannt, der jede wichtige Untersuchung mit der notwendigen Geschicklichkeit und tadellosem Anstand durchzuführen imstande war. In Anbetracht des Interesses, das ich an der gegenwärtigen Untersuchung hatte, konnte ich mir für unser Glück, es mit einem intelligenten Coroner wie ihm zu tun zu haben, nur gratulieren.

Was die Gruppe der Geschworenen betraf, so ähnelte sie, wie ich bereits zu verstehen gab, durchaus jeder anderen aus ähnlichen Anlässen einberufenen Ansammlung von Männern. Wahllos auf der Straße zusammengelesen, auf Straßen allerdings wie der Fifth und der Sixth Avenue, repräsentierte sie das gleiche Erscheinungsbild durchschnittlicher Intelligenz und Bildung, wie man es bei den zufälligen Insassen einer städtischen Droschke anzutreffen vermag, die den Broadway hinunterfährt und Geschäftsleute befördert. Ich entdeckte unter ihnen in der Tat nur einen einzigen, der sich für die Vernehmung als solche zu interessieren schien; alle anderen wurden bei der Erfüllung ihrer Pflicht von gewöhnlicheren, gefühlsbetonten Regungen wie Mitleid oder Empörung bewegt.

Als ersten Zeugen rief man Dr. Maynard, den bekannten Arzt aus der Thirtysixth Street. Seine Aussage betraf in der Hauptsache die Wunde am Schädel des Ermordeten. Da einige der

Rich. Gutschmidt.

von ihm vorgetragenen Einzelheiten sich als für unseren Bericht wichtig erweisen werden, gebe ich eine Zusammenfassung seiner Darlegungen wieder.

Er leitete seine Ausführungen mit kurzen Bemerkungen zu seiner Person sowie darüber ein, daß einer der Dienstboten ihn herbeigeholt habe, und schilderte weiterhin, wie er bei seiner Ankunft den Verstorbenen auf einem Bett im vorderen Zimmer des ersten Stockwerks vorgefunden habe; an einer Schußwunde im Hinterkopf klebte geronnenes Blut, und der Körper war offenkundig einige Stunden nach Eintritt des Todes aus dem angrenzenden Zimmer dorthin getragen worden. Mehr Wunden waren nicht zu entdecken; er fand und entfernte eine Kugel, welche er nun den Geschworenen vorlegte. Sie war durch die Schädelbasis schräg nach oben in das Gehirn eingedrungen, hatte die *medulla oblongata* getroffen und den augenblicklichen Tod verursacht. Er halte die Tatsache, daß die Kugel auf diese spezielle Weise in das Gehirn eingedrungen war, für eigens erwähnenswert, da dies nicht nur einen sofortigen, sondern auch einen beinahe völlig bewegungslosen Tod verursacht habe. Darüber hinaus sei es wegen der Position des Einschußlochs sowie des Verlaufs der Kugelbahn vollkommen ausgeschlossen, daß der Mann den Schuß selbst abgefeuert habe, unabhängig davon, daß sich vom Zustand der Haare an der Wunde nicht direkt ableiten lasse, ob der Schuß aus einer Entfernung von etwa drei oder vier Fuß abgefeuert worden sei. Die Betrachtung des Winkels, in welchem die Kugel in den Schädel eingedrungen war, verdeutliche zudem, daß sich der Verstorbene zu jenem Zeitpunkt nicht nur – das sei unbestreitbar – in einer sitzenden Stellung befunden habe, sondern solchermaßen beschäftigt gewesen sein mußte, daß er seinen Kopf dabei vornübergebeugt hielt. Damit nämlich eine Kugel in den Kopf eines aufrecht sitzenden Manns im vorgefundenen Winkel von 45 Grad eindringen konnte, sei es nicht nur notwendig, die Pistole sehr niedrig, sondern in einer äußerst eigentümlichen Stellung zu halten;

hatte sich der Kopf indessen beim Schreiben nach vorne geneigt, sei es für den Menschen, der die Pistole ganz natürlich, mit gebeugtem Ellbogen, in der Hand hielt, ein leichtes gewesen, dem anderen eine Kugel im beschriebenen Winkel in den Kopf zu schießen.

Nach Mr. Leavenworths allgemeinem Gesundheitszustand befragt, gab er zur Antwort, daß sich der Verstorbene zum Zeitpunkt seines Todes anscheinend in einem guten körperlichen Zustand befunden habe, er jedoch zu diesem Thema ohne nähere Untersuchungen nichts mit Bestimmtheit sagen könne, da er nicht sein Hausarzt gewesen sei; auf das Nachfragen eines Geschworenen hin teilte er mit, daß er nirgends in einem der erwähnten Räume, weder auf dem Boden noch andernorts, eine Pistole oder andere Waffen habe liegen sehen.

Ich kann an dieser Stelle ergänzen, was er zu einem späteren Zeitpunkt aussagte, daß nämlich der Mörder auf oder eben jenseits der Schwelle des Korridors, welche zu dem anderen Zimmer führte, gestanden haben mußte, damit alle Bedingungen, welche die vorgefundene Situation voraussetzte, erfüllt wären. Daß außerdem, da die Kugel aus einem gezogenen Lauf stammte sowie klein und daher beim Auftreffen auf Knochen und Gewebe für eine Richtungsänderung besonders anfällig war, kein Zweifel daran bestehen konnte, daß das Opfer keine Anstalten gemacht hatte, den Kopf zu heben oder zu wenden, als der Täter auf es zutrat, woraus der beängstigende Schluß zu ziehen sei, daß es sich bei den Schritten um vertraute gehandelt habe. Die Anwesenheit dessen, der in jenem Raum dort einherlief, war entweder bekannt oder wurde erwartet.

Nachdem der Arzt seine Aussage beendet hatte, hob der Coroner die Kugel hoch, die vor ihm auf dem Tisch lag, rollte sie einen Moment lang nachdenklich zwischen seinen Fingern hin und her, zog darauf einen Bleistift aus der Tasche, schrieb hastig ein, zwei Zeilen auf ein Stück Papier, rief einen Polizeibeamten zu sich und gab ihm mit gedämpfter Stimme eine Anweisung. Der Beamte nahm den Zettel, betrachtete ihn kurz mit wissender Miene, ergriff seine Mütze und verließ den Raum. Einen Augenblick später hatte sich die Haustür hinter ihm geschlossen, und das laute Geschrei der zusammengerotteten Menge kündete von seinem Erscheinen auf der Straße. Von meinem Platz aus hatte ich durch das Fenster die vollständige Übersicht über die Straßenecke. Ich sah den Polizeibeamten dort stehenbleiben, ein Mietkutsche herbeiwinken, einsteigen und in Richtung Broadway verschwinden.

III. Fakten und Folgerungen

Confusion now hath made his master-piece;
Most sacrilegious murder hath broke ope
The Lord's anointed temple and stolen thence
The life of the building.

Verwirrung hat ein Meisterstück vollbracht.
Durch höchst frevelhaften Mord ward
der gesalbte Tempel des Herrn erbrochen
und Leben aus seinem Haus genommen.

SHAKESPEARE: MACBETH

Als ich meine Aufmerksamkeit erneut auf das Geschehen im Empfangsraum richtete, sah ich, daß der Coroner durch eine imposante, goldgeränderte Brille ein Schriftstück studierte.

«Ist der Butler anwesend?» fragte er.

Sogleich ging Bewegung durch die Gruppe der Dienstboten in der Zimmerecke, und ein intelligent dreinblickender, wenn auch leicht wichtigtuerisch auftretender Ire erschien aus ihrer Mitte und stellte sich gegenüber den Geschworenen auf.

'Aha', dachte ich im stillen, während ich dessen sorgfältig gestutzten Backenbart, den festen Blick und die respektvoll aufmerksame, doch keineswegs unterwürfige Haltung in Augenschein nahm, 'hier haben wir einen mustergültigen Bediensteten, der vermutlich einen mustergültigen Zeugen abgeben wird.'

Ich sollte mich nicht getäuscht haben: Thomas, der Butler, war in jeder Hinsicht eine Ausnahmeerscheinung – und er wußte es. Der Coroner, auf welchen er denselben vorteilhaften Eindruck gemacht zu haben schien wie auf alle Anwesenden, ging unverzüglich dazu über, ihm Fragen zu stellen.

«Ihr Name lautet, wie ich höre, Thomas Dougherty?»

«Jawohl.»

«Thomas, seit wann stehen Sie in Ihrem gegenwärtigen Dienstverhältnis?»

«Es müssen nunmehr zwei Jahre sein.»

«Waren Sie es, der die Leiche von Mr. Leavenworth als erster entdeckt hat?»

«Ja, Sir, ich und Mr. Harwell.»

«Wer ist Mr. Harwell?»

«Mr. Harwell ist Mr. Leavenworths Privatsekretär, der alle Schreibarbeiten erledigte.»

«Aha. Um welche Tages- oder Nachtzeit machten Sie Ihre Entdeckung?»

«In der Früh, Sir, heute morgen gegen acht Uhr.»

«Und wo?»

«In der Bibliothek neben Mr. Leavenworths Schlafzimmer. Wir hatten die Tür aufgebrochen, denn wir machten uns Sorgen, weil er nicht zum Frühstück erschienen war.»

«Sie brachen die Tür auf – diese war also abgeschlossen?»

«Jawohl.»

«Von innen?»

«Das kann ich Ihnen nicht sagen, im Schloß steckte kein Schlüssel.»

«Wo lag Mr. Leavenworth, als Sie ihn fanden?»

«Er lag nicht, Sir. Er saß an dem großen Tisch mitten im Zimmer mit dem Rücken zur Schlafzimmertür, vornübergebeugt, den Kopf auf den Händen.»

«Was hatte er an?»

«Seinen Abendanzug, so wie er gestern abend das Speisezimmer verlassen hat.»

«Gab es in dem Zimmer irgendwelche Anzeichen dafür, daß ein Kampf stattgefunden hatte?»

«Nein.»

«Eine Pistole auf dem Boden oder Tisch?»

«Nein, Sir.»

«Irgendeinen Grund zu der Vermutung, daß man versucht hatte einzubrechen?»

«Nein. Mr. Leavenworths Uhr und Brieftasche steckten in seinen Taschen.»

Auf die Frage, wer sich zum Zeitpunkt der Entdeckung im Haus aufhielt, gab er zur Antwort: «Die jungen Damen – Miss Mary Leavenworth und Miss Eleanore –, Mr. Harwell, Kate, die Köchin, das Stubenmädchen Molly und ich.»

«Die Angehörigen des Haushalts also?»

«Jawohl.»

«Jetzt sagen Sie mir, wessen Pflicht es ist, das Haus nachts abzusperren?»

«Meine, Sir.»

«Haben Sie es letzte Nacht wie üblich verriegelt?»

«Ja.»

«Wer schloß heute morgen auf?»

«Ich, Sir.»

«In welchem Zustand waren die Eingänge?»

«In demselben wie gestern abend.»

«Kein offenes Fenster, keine entriegelte Tür?»

«Nein.»

Mittlerweile hätte man eine Stecknadel zu Boden fallen hören können. Die Gewißheit, daß der Mörder, wer auch immer es war, das Haus nicht verlassen hatte, zumindest nicht, bevor es am Morgen aufgeschlossen worden war, schien schwer auf den Gemütern aller zu lasten. Obwohl man mich diesbezüglich vorgewarnt hatte, versetzte es mich in nicht unerhebliche Erregung, diesen Umstand so unzweideutig bestätigt zu hören; ich rutschte auf meinem Stuhl zur Seite, um das Gesicht des Butlers zu betrachten und darin nach geheimen Anzeichen forschen zu können, ob er eine eigene Nachlässigkeit bezüglich seiner Pflichten zu übertünchen suchte. Aber er blieb unverändert in seinem aufrechten Ausdruck und hielt den konzentrierten Blicken aller im Raum Anwesenden wie ein Fels stand.

Auf die nun geäußerte Frage, wann er Mr. Leavenworth zum letzten Mal gesehen habe, erwiderte er: «Gestern abend beim Dinner.»

«Einige von Ihnen sahen ihn allerdings noch später, nicht wahr?»

«Jawohl, Mr. Harding sagt, er sah ihn zuletzt gegen halb elf.»

«Welches ist Ihr Zimmer?»

«Ein kleines im Kellergeschoß.»

«Und wo schlafen die anderen Hausbewohner?»

«Die meisten im zweiten Stockwerk, Sir, die Damen in den großen hinteren Räumen und Mr. Harwell in dem kleineren nach vorne raus. Die Mädchen schlafen unter'm Dach.»

«Niemand befand sich auf derselben Etage wie Mr. Leavenworth?»

«Nein.»

«Um wieviel Uhr gingen Sie zu Bett?»

«Gegen elf, würde ich sagen.»

«Können Sie sich daran erinnern, davor oder danach irgendein Geräusch im Haus gehört zu haben?»

«Nein.»

«Die Entdeckung, die Sie heute morgen machten, hat Sie demnach überrascht?»

«Ja, Sir.»

Aufgefordert, jene Entdeckung ausführlicher zu beschreiben, gab er zur Antwort, man habe im Haus erst, nachdem Mr. Leavenworth trotz des Klingelns nicht zum Frühstück erschienen sei, einen Verdacht geschöpft, etwas könne nicht in Ordnung sein. Und selbst dann habe man noch ein wenig zugewartet, ohne etwas zu unternehmen, doch als Minute auf Minute verging, ohne daß er auftauchte, sei Miss Eleanore sehr unruhig geworden; schließlich habe sie gesagt, sie ginge, um nachzusehen, was geschehen sei, und habe das Speisezimmer verlassen, sei jedoch bald mit besorgtem Gesicht zurückgekommen. Sie habe an die Tür ihres Onkels geklopft und sogar nach ihm gerufen, aber ohne Erfolg. Darauf seien er und

Mr. Harwell nach oben gegangen und hätten beide Türen ausprobiert, und weil beide abgeschlossen gewesen seien, hätten sie die Tür zur Bibliothek aufgebrochen, wo sie Mr. Leavenworth tot am Tisch sitzend fanden.

«Und die Damen?»

«Sie waren uns gefolgt und kamen ins Zimmer, und Miss Eleanore wurde ohnmächtig.»

«Und die andere, Miss Mary?»

«Ich kann mich an nichts erinnern, was sie angeht, ich hatte alle Hände damit zu tun, Wasser für Miss Eleanore zu holen, ich habe nichts bemerkt.»

«Wie lange dauerte es, bis Mr. Leavenworth in das andere Zimmer getragen wurde?»

«Beinahe sofort, nachdem Miss Eleanore sich erholt hatte, und das geschah, sobald das Wasser ihre Lippen berührte.»

«Wessen Idee war es, die Leiche fortzuschaffen?»

«Ihre, Sir. Sobald sie aufgestanden war, ging sie hinüber und guckte alles an und zitterte wie Espenlaub, und dann rief sie Mr. Harwell und mich und bat uns, ihn hinüberzutragen und auf sein Bett zu legen und den Doktor zu rufen, und genau so haben wir es gemacht.»

«Ging sie mit Ihnen, als Sie in das andere Zimmer gingen?»

«Nein.»

«Was hat sie gemacht?»

«Sie blieb bei dem Tisch in der Bibliothek.»

«Was tat sie dort?»

«Das konnte ich nicht sehen, denn sie stand mit dem Rücken zu mir.»

«Wie lange blieb sie da?»

«Als wir zurückkamen, war sie fort.»

«Nicht mehr am Tisch?»

«Nicht mehr im Zimmer.»

«Mmh – wann haben Sie sie das nächste Mal gesehen?»

«Eine Minute später. Sie kam zur Tür herein, als wir die Bibliothek verließen.»

«Hatte sie etwas in der Hand?»
«Ich habe nichts gesehen.»
«Fehlte irgend etwas auf dem Tisch?»
«Ich habe nicht hingeschaut, Sir. Der Tisch war mir egal. Ich hatte nichts anderes im Kopf, als den Doktor zu holen, obwohl ich wußte, daß es sinnlos war.»
«Wer blieb in dem Zimmer, als Sie aus dem Haus gingen?»
«Die Köchin und Molly und Miss Eleanore.»
«Miss Mary nicht?»
«Nein.»
«Aha. Haben die Geschworenen irgendwelche Fragen an den Mann?»
Sogleich ging eine leichte Bewegung durch jene würdige Gesellschaft.
«Ich würde gerne etwas fragen», rief ein aufgeregtes Männlein mit runzeligem Gesicht, das mir bereits aufgefallen war, denn die Art und Weise, wie es unruhig auf seinem Stuhl hin- und herrutschte, deutete auf ein heftiges, aber bis zu diesem Augenblick unterdrücktes Verlangen hin, sich in die Vernehmung einzumischen.
«Wie Sie wünschen, Sir», sagte Thomas.
Doch während der Geschworene noch tief Luft holte, ergriff ein anderer, ein großer, entschieden zu sehr von sich selbst eingenommener Mann rechts neben ihm die Gelegenheit, mit einer volltönenden Stimme nach dem Motto «Jetzt rede ich!» seine Fragen zu stellen:
«Sie sagen, Sie stehen seit zwei Jahren im Dienst der Familie. Handelt es sich um eine Familie, die man als harmonisch bezeichnen könnte?»
«Harmonisch?»
«Einander zugetan – will fragen, ob sie sich vertrugen.» Und der Geschworene hob die lange, schwere Uhrkette, die sich über seine Weste spannte, in die Höhe, als hätten sowohl diese als auch er selbst Anspruch auf eine geziemend wohlerwogene Antwort.

Der Butler – womöglich beeindruckt von jenem Gebaren – blickte unbehaglich in die Runde. «Ja, Sir, soweit ich weiß.»

«Hingen die jungen Damen an ihrem Onkel?»

«O ja.»

«Und aneinander?»

«Nun, ich glaube wohl, aber es steht mir nicht zu, hierüber zu reden.»

«Sie glauben es. Haben Sie Grund, etwas anderes zu glauben?» Er schlang die Uhrkette doppelt um seine Finger, als hieße das, sowohl deren als auch seine eigene Aufmerksamkeit würden sich verdoppeln.

Thomas zögerte einen Augenblick. Doch gerade, als sein Gesprächspartner die Frage wiederholen wollte, nahm er eine aufrechte, eher steife, förmliche Haltung an und antwortete: «Keinesfalls, Sir.»

Trotz seiner Anmaßung schien der Geschworene die Diskretion eines Dienstboten zu respektieren, der sich weigert, sich über ein Thema dieser Art zu äußern; er deutete mit einem Winken seiner Hand an, keine weiteren Fragen zu haben, und zog sich selbstgefällig zurück.

Sogleich glitt jenes aufgeregte, bereits erwähnte Männlein auf seinem Stuhl bis zur Kante vor und fragte, nun ohne jeden Aufschub: «Um wieviel Uhr haben Sie heute früh das Haus aufgesperrt?»

«Gegen sechs.»

«Hätte danach jemand das Haus ohne Ihr Wissen verlassen können?»

Thomas blickte leicht besorgt zu den anderen Dienstboten hinüber, antwortete jedoch prompt und ohne sichtbare Reserviertheit: «Ich glaube nicht, daß irgendwer dieses Haus nach sechs Uhr morgens verlassen könnte, ohne daß ich oder die Köchin es wüßten. Keiner springt im hellen Tageslicht aus dem ersten Stockwerk; was die Türen betrifft, so geht die Vordertür nur mit einem Knall zu, den das ganze Haus von oben bis unten hören kann, und jeder, der zur Hintertür hinausgeht, muß über den Hof am Küchenfenster vorbei, und niemand kann am Küchenfenster vorbeigehen, ohne daß die Köchin es sieht, das kann ich beschwören.» Und er warf der fraglichen rotgesichtigen Person einen halb hänselnden, halb gehässigen Blick zu, der eindeutig auf kaum vergangenes, nicht vergessenes Dienstbotengezänk um die Herrschaft über Töpfe und Truhen anspielte.

Seine Antwort, die in gewisser Weise darauf angelegt war, die düsteren Vorahnungen der Anwesenden zu verstärken, wirkte sichtlich nach. Das Haus verriegelt und niemand, der es verlassen hatte! Wir mußten also nicht weit gehen, um den Mörder zu suchen.

Besagter Geschworener rutschte mit verstärkter – wenn ich so sagen darf – Inbrunst auf seinem Stuhl herum und blickte gespannt um sich. Das neuerwachte Interesse auf allen Gesichtern bemerkend, wollte er jedoch die Wirkung jener letzten Aussage nicht durch weitere Fragen abschwächen. Deshalb lehnte er sich behaglich zurück und überließ das Feld demjenigen unter den Geschworenen, welcher es auf sich nehmen würde, die Vernehmung voranzutreiben. Da allerdings niemand hierzu bereit schien, bekundete nun wiederum Thomas eine gewisse Ungeduld; schließlich blickte er respektvoll in die Runde und erkundigte sich: «Möchte einer der Herren mich noch etwas fragen?»

Als niemand antwortete, warf er den anderen Dienstboten rasch einen erleichterten Blick zu und zog sich, während jeder noch über die plötzliche Veränderung in seinem Gebaren staunte, nur zu bereitwillig und mit einer offensichtlichen Genugtuung zurück, die ich mir in jenem Moment nicht zu erklären vermochte.

Da sich der nächste Zeuge jedoch als niemand anderer als mein neuer Bekannter vom Vormittag, Mr. Harwell, entpuppte, wurden sowohl Thomas als auch die Zweifel, die sein abschließendes Verhalten erweckt hatte, sehr rasch durch das Interesse verdrängt, welches das Verhör einer so wichtigen

Person, wie sie der Sekretär und die rechte Hand Mr. Leavenworths war, zwangsläufig erregen mußte.

Mr. Harwell trat mit der ruhigen, entschlossenen Attitüde eines Manns vor, der sich dessen bewußt war, daß von seinen Worten Leben und Tod abhängen mochten; er nahm seinen Platz vor den Geschworenen mit einer Würde ein, die einen nicht nur sofort für ihn einnahm, sondern die ich, der während unserer ersten Unterredung von ihm keinesfalls angenehm berührt gewesen war, bewundernswert und erstaunlich fand. Obschon weder seinem Gesicht noch seiner Gestalt, wie schon an früherer Stelle vermerkt, irgend etwas Besonderes anhaftete, anziehend oder auch nicht anziehend – er war von seinem Äußeren her, was man eine Nicht-Person nennen könnte, und wirkte mit seinen blassen, regelmäßigen Zügen, dem dunklen, ordentlich geglätteten Haar, dem schmucklosen Bart eher durchschnittlich, man kannte den Typus zur Genüge –, wurde zumindest jetzt, bei diesem Anlaß, in seiner Haltung eine gewisse Selbstbeherrschtheit erkennbar, welche die mangelnde Ausdrucksstärke seiner Physiognomie und seines Mienenspiels weitgehend wettmachte. Wobei nicht einmal das bemerkenswert gewesen wäre. Nichts an diesem Mann war recht eigentlich bemerkenswert, nichts, was ungefähr tausend andere, denen man täglich auf dem Broadway begegnete, nicht ebenfalls gehabt hätten, außer man nahm den Ausdruck feierlicher Konzentration und Ernsthaftigkeit davon aus, der seine gesamte Persönlichkeit durchdrang, eine Ernsthaftigkeit jedoch, die selbst in diesem Augenblick wohl nicht durchgedrungen wäre, hätte man nicht erkennen können, daß sie der gewohnten Befindlichkeit eines Menschen entsprang, welcher in seinem kurzen Leben mehr Kummer als Freude, wenig Vergnügen, dafür reichlich Sorgen und Ängste durchlebt hatte.

Der Coroner, der sich mit der äußeren Erscheinung des Mannes gedanklich anscheinend nicht länger aufzuhalten gedachte, sprach ihn unverzüglich und unumwunden an.

«Sie heißen?»

«James Trueman Harwell.»

«Ihr Beruf?»

«Während acht Monaten war ich als Mr. Leavenworths Privatsekretär und Amanuensis* beschäftigt.»

«Sie haben Mr. Leavenworth als letzter lebend gesehen, nicht wahr?»

Der junge Mann hob den Kopf mit einer überheblichen Geste, die ihn beinahe verwandelte.

«Mit Sicherheit nicht, denn ich bin nicht der, welcher ihn getötet hat.»

Diese Erwiderung verlieh der Vernehmung, deren Gewichtigkeit uns allen allmählich bewußt wurde, urplötzlich einen belustigenden, frivolen Ton, und sie resultierte in einem sofortigen Umschwung der Gefühle für den Mann, der sich angesichts der Tatsachen, welche bereits enthüllt worden waren oder vermutlich noch ans Licht kommen würden, so leichtfertig ausdrücken konnte. Ein mißbilligendes Murmeln lief durch den Raum; mit dieser einen Bemerkung hatte James Harwell alles verloren, was er zuvor durch sein selbstbeherrschtes Betragen und seinen unerschrockenen Blick gewonnen hatte. Er selbst schien sich ebenfalls darüber im klaren zu sein, denn er reckte seinen Kopf noch weiter in die Höhe, wenn auch sein Verhalten insgesamt unverändert blieb.

«Was ich damit meinte, ist ...», der Coroner hob die Stimme, er war sichtlich aufgebracht darüber, daß der junge Mann seine Worte auf diese Weise hatte auslegen können, «... waren Sie der letzte, der ihn vor seiner Ermordung durch eine unbekannte Person gesehen hat?»

Der Sekretär verschränkte die Arme, wobei ich in jenem Moment nicht zu entscheiden vermochte, ob er damit ein gewisses Zittern zu verbergen suchte, das sich seiner bemächtigt hat-

* veraltet für Gehilfe, Schreiber, Sekretär eines Gelehrten

te, oder ob er durch diese einfache Geste eine Sekunde mehr Zeit zum Nachdenken gewinnen wollte. «Sir», erwiderte er endlich, «auf diese Frage kann ich weder mit Ja noch mit Nein antworten. Aller Wahrscheinlichkeit war ich der letzte, der ihn gesehen hat, aber in einem Haus, das so groß ist wie dieses, kann ich mir nicht einmal dessen sicher sein.» Den skeptischen Ausdruck auf den Gesichtern der anderen bemerkend, fügte er hinzu: «Es zählte zu meinen Pflichten, ihm spätabends zur Verfügung zu stehen.»

«Ihren Pflichten als seinem Sekretär?»

Er nickte ernst.

«Mr. Harwell», fuhr der Coroner fort, «die Position eines Privatsekretärs ist in diesem Land keine alltägliche. Würden Sie uns bitte schildern, worin Ihre Aufgaben als Sekretär bestanden, kurzum, wozu Mr. Leavenworth Ihre Unterstützung, Ihre Dienste brauchte und womit er Sie beschäftigte?»

«Gewiß. Mr. Leavenworth war, wie Sie vielleicht wissen, ein sehr wohlhabender Mann. Aufgrund seiner Verbindungen zu diversen Gesellschaften, Clubs, Institutionen etcetera, und weil er außerdem weithin als ein großzügiger Geber bekannt war, pflegte er täglich zahlreiche Briefe zu empfangen, Bittschaften und anderes. Meine Aufgabe bestand darin, sie zu öffnen und zu beantworten; seine Privatkorrespondenz hingegen war stets auf eine bestimmte Weise gekennzeichnet, wodurch sie sich vom Rest unterschied. Aber das war nicht alles, was von mir erwartet wurde. In Zusammenhang mit seiner früheren Tätigkeit im Teehandel hatte er mehr als eine Reise nach China unternommen und interessierte sich infolgedessen sehr für die Frage einer internationalen Verständigung zwischen jenem Land und dem unsrigen. Er meinte, während seiner verschiedenen Besuche vieles gelernt zu haben, das zu einem größeren Verständnis jenes Volks und seiner Eigenheiten beitragen könnte. Noch müßte man es uns, den Amerikanern, vermitteln; deswegen beschäftigte er sich seit geraumer Zeit damit, ein Buch über dieses Thema zu verfassen, und meine Aufgabe in den vergangenen acht Monaten bestand darin, ihm bei der Vorbereitung zu helfen, indem ich nach Diktat schrieb, jeden Tag drei Stunden, wobei die dritte in der Regel in den Abend gelegt wurde, ungefähr von halb zehn bis halb elf. Mr. Leavenworth war ein äußerst planvoll denkender Mensch und gewohnt, sein eigenes Leben und das all derer, die in seinem Umfeld lebten, mit fast mathematischer Präzision zu regeln.»

«Sie sagten, Sie pflegten allabendlich nach seinem Diktat zu schreiben. Auch gestern abend?»

«Ja.»

«Können Sie uns etwas über sein Verhalten sagen, wie er wirkte? Irgend etwas Ungewöhnliches?»

Der Sekretär runzelte die Stirn.

«Da er sein schreckliches Schicksal nicht vorausahnte, wie hätte sein Verhalten da anders sein können als sonst?»

Der Coroner nützte die Gelegenheit, sich für die peinliche Situation wenige Minuten zuvor zu rächen, und bemerkte streng: «Ein Zeuge hat die Aufgabe, Fragen zu beantworten, nicht, sie zu stellen.» Der Sekretär errötete – sie waren quitt.

«Sehr wohl, Sir. Falls Mr. Leavenworth düstere Ahnungen über sein baldiges Ende gehegt haben sollte, so hat er sie mir gegenüber jedenfalls nicht enthüllt. Im Gegenteil, er schien in der Arbeit noch stärker aufzugehen als sonst. Beinahe das letzte, was er zu mir sagte, war: 'In einem Monat haben wir dieses Buch im Druck, meinen Sie nicht auch, Trueman?' Ich kann mich genau daran erinnern, denn er schenkte sich gerade einen Sherry ein. Bevor er sich zur Ruhe begab, trank er nämlich immer ein Glas Sherry, und es gehörte zu meinen Pflichten, als letztes die Weinkaraffe aus dem Regal zu holen, bevor ich mich zurückzog. Ich stand schon mit der Hand am Türgriff, ging aber, als er dies fragte, wieder einige Schritte in das Zimmer hinein und antwortete: 'Das hoffe ich sehr, Mr. Leavenworth.' – 'Dann trinken Sie darauf einen Sherry mit mir', rief er und bedeutete mir, ein weiteres Glas aus dem

Regal herbeizuholen. Ich tat, wie mir geheißen, und er goß mir höchstpersönlich ein. Ich liebe Sherry nicht sonderlich, aber der Anlaß war ein erfreulicher, und so leerte ich mein Glas in einem Zug. Ich weiß noch, daß es mir ein wenig unangenehm war, denn Mr. Leavenworth stellte das seine halb voll ab. Als wir ihn heute morgen fanden, war es immer noch halb voll.»

Obwohl er ein zurückhaltender Mensch war, der ängstlich besorgt schien, seine Gefühle unter Kontrolle zu halten – in diesem Augenblick wurde er offensichtlich von Schreckensgedanken an den ersten Schock überwältigt. Er zog ein Tuch aus der Tasche und wischte sich über die Stirn. «Meine Herren, das ist das letzte, was ich von Mr. Leavenworth sah. Als er sein Glas auf den Tisch stellte, wünschte ich ihm Gute Nacht und verließ den Raum.»

Der Coroner lehnte sich mit der ihm eigenen Unempfänglichkeit für Gefühlsregungen zurück und bedachte den jungen Mann mit einem prüfenden Blick. «Wohin gingen Sie dann?» fragte er.

«Auf mein Zimmer.»

«Sahen Sie unterwegs irgendwen?»

«Nein.»

«Haben Sie etwas Ungewöhnliches gehört oder gesehen?»

Der Sekretär sprach eine Spur leiser: «Nein.»

«Denken Sie nach, Mr. Harwell. Wären Sie in der Lage zu beeiden, daß Sie weder jemand getroffen noch irgend etwas gehört oder gesehen haben, was Ihnen als ungewöhnlich im Gedächtnis haftengeblieben wäre?»

Sein Gesicht nahm einen gequälten Ausdruck an. Zweimal öffnete er den Mund, als wollte er etwas sagen, aber schloß ihn wieder, stumm. Schließlich erwiderte er mühsam:

«Ich sah etwas, eine Kleinigkeit, zu unwichtig, um sie überhaupt zu erwähnen, aber sie war ungewöhnlich und fiel mir bei Ihren Worten unwillkürlich wieder ein.»

«Was war es?»

«Nur eine Tür, die ein wenig offenstand.»
«Wessen Tür?»
«Miss Eleanore Leavenworths.» Sein Stimme sank zu einem heiseren Flüstern herab.
«Wo waren Sie, als Sie dies beobachteten?»
«Das kann ich nicht genau sagen. Vermutlich an meiner eigenen Tür, da ich auf dem Weg dorthin nirgends stehenblieb. Ich hätte nie wieder daran gedacht, wäre nicht dieses schreckliche Ereignis eingetreten.»
«Als Sie in Ihr Zimmer gingen, schlossen Sie da die Tür?»
«Ja.»
«Wann begaben Sie sich zur Ruhe?»
«Sofort.»
«Haben Sie vor dem Einschlafen etwas gehört?»
Erneut dieses unbestimmte Zögern.
«Fast nichts.»
«Keine Schritte auf dem Flur?»
«Es könnte sein, daß ich Schritte gehört habe.»
«Haben Sie welche gehört?»
«Ich vermag es nicht zu beschwören.»
«Glauben Sie, daß Sie welche hörten?»
«Ja, das glaube ich. Um genau zu sein, ich erinnere mich, daß ich auf dem Flur ein Rascheln und Schritte hörte, gerade, als ich einnickte, aber es fiel mir nicht weiter auf, und deswegen schlief ich ein.»
«Und?»
«Kurze Zeit später erwachte ich, wachte plötzlich auf, als hätte mich etwas aufgeschreckt, aber ich kann nicht sagen was, ob ein Geräusch oder eine Bewegung. Jedenfalls richtete ich mich im Bett auf und blickte mich um, aber weil ich nichts weiter hörte, gab ich der Schläfrigkeit nach, welche mich umfangen hielt, und fiel in einen tiefen Schlaf. Bis zum nächsten Morgen bin ich nicht mehr aufgewacht.»
Aufgefordert zu schildern, wie und wann er von dem Mord erfahren hatte, bestätigte er den Bericht des Butlers in allen

Einzelheiten; nachdem dieses Thema somit erschöpfend behandelt war, erkundigte sich der Coroner, ob er nach dem Entfernen der Leiche auf den Zustand des Tischs in der Bibliothek geachtet habe.

«Flüchtig, Sir.»

«Was lag auf dem Tisch?»

«Die üblichen Utensilien, Bücher, Papier, eine Feder mit eingetrockneter Tinte, außerdem die Karaffe und das Sherryglas, aus welchem er am Abend zuvor getrunken hatte.»

«Sonst nichts?»

«Ich kann mich an nichts anderes erinnern.»

«Was diese Karaffe und das Glas betrifft», platzte der Geschworene mit der Uhrkette dazwischen, «sagten Sie vorhin nicht, daß es in genau demselben Zustand war wie zu dem Zeitpunkt, als Sie Mr. Leavenworth in der Bibliothk verließen?»

«Ja, völlig unverändert.»

«Aber normalerweise pflegte er ein ganzes Glas zu trinken?»

«Ja.»

«Er wurde also sehr bald, nachdem Sie sich zurückgezogen hatten, dabei unterbrochen, Mr. Harwell.»

Der junge Mann wurde auf einmal leichenblaß, fast bläulich im Gesicht. Er zuckte zusammen und sah einen Augenblick lang wie vom Blitz getroffen aus. «Das muß es nicht unbedingt heißen.» Er sprach nur mit Mühe. «Mr. Leavenworth könnte ...», doch plötzlich hielt er inne, als wäre er zu verstört, um weiterzusprechen.

«Fahren Sie fort, Mr. Harwell, lassen Sie uns hören, was Sie zu sagen haben.»

«Nichts, gar nichts», gab er kraftlos zurück, als versuche er, eine starke Gefühlsregung zu unterdrücken.

Weil er in diesem Moment keine Frage zu beantworten, sondern sich lediglich erboten hatte, eine Vermutung zu erläutern, ließ der Coroner es durchgehen, aber ich bemerkte mehr als ein argwöhnisches Augenrollen, so als stünden viele der Anwesenden unter dem Eindruck, in seiner heftigen Reaktion endlich doch so etwas wie einen Anhaltspunkt entdeckt zu haben. Der Coroner ignorierte in seiner gelassenen Art sowohl Mr. Harwells Reaktion als auch die durch sie verursachte allgemeine Aufregung und ging zum nächsten Punkt über, indem er fragte:

«Wissen Sie, ob der Schlüssel zur Bibliothek an seinem Platz steckte, als Sie gestern den Raum verließen?»

«Nein, ich achtete nicht darauf.»

«Sie gehen davon aus, daß er an seinem Platz war?»

«Ja, ich glaube schon.»

«Aber heute morgen war die Tür abgeschlossen und der Schlüssel verschwunden?»

«Ja.»

«Das bedeutet, daß wer auch immer diesen Mord verübt hat, beim Hinausgehen die Tür abschloß und den Schlüssel mitnahm.»

«So sieht es aus.»

Der Coroner drehte den Kopf und sah die Geschworenen mit ernster Miene an. «Meine Herren», sagte er, «bezüglich dieses Schlüssels scheint es ein ungelöstes Rätsel zu geben, das es zu erforschen gilt.»

Sogleich lief ein allgemeines Gemurmel durch den Raum, welches von der zustimmenden Meinung der Anwesenden zeugte. Besagtes Männlein machte flugs den Vorschlag, man solle sich unverzüglich auf die Suche begeben, der Coroner jedoch wandte sich ihm mit einem Blick zu, den ich gebieterisch nennen würde, und verkündete, daß die Vernehmung ihren gewohnten Gang zu gehen habe, bis alle Zeugenaussagen gesammelt seien.

«Dann erlauben Sie mir eine Frage.» Der andere ließ sich durch nichts aus der Fassung bringen. «Mr. Harwell, uns wurde berichtet, daß Mr. Leavenworths Nichten Ihnen in das Zimmer folgten, nachdem Sie die Tür zur Bibliothek aufgebrochen hatten.»

«Nur die eine, Miss Eleanore.»

«Ist Miss Eleanore die angebliche Alleinerbin von Mr. Leavenworth?» warf der Coroner ein.

«Nein, das ist Miss Mary.»

«War Miss Eleanore es, die anordnete», der Geschworene blieb hartnäckig, «daß die Leiche in den angrenzenden Raum gebracht werden sollte?»

«Ja.»

«Und Sie befolgten ihre Anweisung und trugen ihn hinüber?»

«Ja.»

«Haben Sie, während Sie durch die Räume liefen, etwas gesehen, woraus Sie Rückschlüsse auf die Person des Mörders ziehen konnten?»

Der Sekretär schüttelte den Kopf. «Ich hege keinerlei Verdacht», sagte er mit Nachdruck.

Seltsam, aber ich glaubte ihm nicht. Es mochte am Ton seiner Stimme liegen oder an der Art und Weise, wie er seinen Ärmel umklammert hielt – denn die Hände enthüllen häufig mehr als das Mienenspiel –, ich spürte mit Bestimmtheit, daß man dem Mann und seinen diesbezüglichen Beteuerungen nicht trauen konnte.

«Ich würde Mr. Harwell gerne etwas fragen», sagte ein Geschworener, der bislang noch nicht geredet hatte.

«Man hat uns ausführlich die Entdeckung eines Mords geschildert beziehungsweise von etwas, das wie ein Mord aussieht. Nun aber wird kein Mord ohne ein Motiv begangen. Weiß der Herr Sekretär, ob Mr. Leavenworth verborgene Feinde hatte?»

«Ich wüßte niemand.»

«Schien er zu jedem im Haus in einer guten Beziehung zu stehen?»

«Ja.» In dieser Versicherung schwang allerdings das leichte Zittern eines Zweifels mit.

«Soweit Sie also wissen, trübte kein Schatten das Verhältnis zwischen ihm und einem anderen Familienmitglied?»

«So kann ich das nicht beantworten», gab er gequält zurück. «Ein Schatten ist etwas kaum Faßbares. Da könnte eine Mißstimmigkeit gewesen sein ...»

«Zwischen ihm und wem?»

Langes Zögern. «Einer seiner Nichten.»

«Welcher?»

Wieder diese trotzige Heben des Kopfes. «Miss Eleanore.»

«Seit wann hat man diese Mißstimmigkeit beobachten können?»

«Das vermag ich nicht zu sagen.»

«Kennen Sie den Grund?»

«Nein.»

«Oder das Ausmaß der Spannungen?»

«Nein.»

«Sie pflegten Mr. Leavenworths Briefe zu öffnen?»

«Ja.»

«Haben jene, die er in jüngster Vergangenheit erhielt, irgend etwas beinhaltet, das, wenn Sie jetzt darüber nachdenken, Licht auf die Tat werfen könnte?»

Man hätte tatsächlich meinen können, er würde nie wieder sprechen. Grübelte er lediglich über seine Antwort nach, oder hatte der Mann sich in Stein verwandelt? «Mr. Harwell, haben Sie den Geschworenen gehört?» fragte der Coroner.

«Ja, Sir, ich habe nachgedacht.»

«Gut, gut, aber nun antworten Sie bitte.»

«Sir», hub er an, wandte sich zur Seite und schaute dem Geschworenen direkt ins Gesicht, wodurch seine linke Hand zur Gänze in mein Blickfeld geriet, «in den letzten beiden Wochen habe ich Mr. Leavenworths Briefe wie gewöhnlich geöffnet, und soweit ich es beurteilen kann, könnte nichts, was darin stand, Aufschluß über diese Tragödie geben.»

Der Mann log, ich wußte es sofort. Mir genügte es, die zur Faust verkrampfte Hand zu sehen, welche zunächst unentschlossen, regungslos in der Luft schwebte, bevor sie ihre Bewegung, die Lüge unterstreichend, bis zu Ende führte.

«Mr. Harwell, dies entspricht zweifelsohne der Wahrheit, soweit es Ihr Urteil betrifft», sagte der Coroner, «aber man wird Mr. Leavenworths Korrespondenz diesbezüglich prüfen müssen.»

«Selbstverständlich», erwiderte er gleichgültig, «das ist nur korrekt.»

Diese Bemerkung beendete die Vernehmung Mr. Harwells vorläufig. Während ich mich setzte, notierte ich mir im Geist vier Dinge:

Daß Mr. Harwell aus einem ungenannten Grund einen Verdacht hegte, den er allerdings um jeden Preis zu verdrängen suchte, sogar aus seinem eigenen Bewußtsein.

Daß eine Frau in die Angelegenheit verwickelt war, da er ein Rascheln und leise Schritte auf der Treppe vernommen hatte.

Daß vor noch nicht allzulanger Zeit ein Brief eingetroffen war, der vermutlich, wäre er aufzufinden, Licht auf die Angelegenheit werfen würde.

Daß er den Namen Eleanore Leavenworths nur mühsam über die Lippen brachte und dieser äußerlich so unbeeindruckbar erscheinende Mann auffallend erregt wirkte, sobald es notwendig wurde, sie zu erwähnen.

IV. Ein Anhaltspunkt

Something is rotten in the State of Denmark.

Es ist etwas faul im Staate Dänemark.

SHAKESPEARE: HAMLET

Nun rief man die Köchin des Hauses auf. Die betreffende Person, wohlbeleibt und von einer gesunden roten Gesichtsfarbe, trat nur allzu bereitwillig vor; ihre gutmütige Miene spiegelte dabei eine solch vollendete Mischung aus Eifrigkeit und Besorgnis wider, daß es nicht leicht fiel, bei ihrem Erscheinen ein Lächeln zu unterdrücken. Weil sie dies wohl bemerkte und als Kompliment auffaßte, machte sie, ganz Frau und ganz Köchin, sogleich einen Knicks, öffnete die Lippen und wollte zu sprechen anheben, da fuhr ihr der Coroner, der sich ungeduldig auf seinem Sitz aufgerichtet hatte, über den Mund, indem er streng fragte:

«Sie heißen?»

«Katherine Malone, Sir.»

«Katherine, seit wann standen Sie in Mr. Leavenworths Diensten?»

«Volle zwölf Monat jetzt, Sir, sind's, bin sicher, seit ich auffe Empfehlung von die gute Missis Wilson genau vor der Tür hier stehn tat ...»

«Die Tür spielt keine Rolle, erzählen Sie uns lieber, warum Sie Mrs. Wilson verließen.»

«Natürlich, aber sie war's nämlich, die mir verlassen hat, weil se nämlich zurückgesegelt is, in die alte Heimat, just an dem Tag, als ich an die Tür da draußen kam ...»

«Schon gut, ersparen Sie uns die Einzelheiten. Sie leben also seit einem Jahr bei Mr. Leavenworth?»

«Jawohl, Sir.»

«Und – gefiel es Ihnen hier? War er Ihnen ein guter Dienstherr?»

«O ja, Sir, hab nie einen besseren gehabt, hab ich nich, Schimpf und Schande über den Schuft, der ihn umgebracht hat! Er war so freigebig, so großherzig, Sir, wie oft hab ich zur Hannah gesagt ...» Sie hörte plötzlich auf zu sprechen, gab einen ulkigen kleinen Schreckenslaut von sich und sah zu den anderen Dienstboten hinüber wie jemand, dem ein unvorsichtiger Schnitzer unterlaufen war. Der Coroner, dies bemerkend, beeilte sich zu fragen:

«Hannah? Wer ist Hannah?»

Die Köchin bemühte sich sehr, unbeteiligt zu wirken; sie reckte ihre mollige Gestalt in die Höhe, als wollte sie sich auf diese Weise eine gewisse Respektabilität verleihen, und sagte keck: «Ach so, die? Die Zofe der Damen, Sir.»

«Aber ich sehe hier niemand, auf den diese Beschreibung zutreffen würde. Sie haben, als Sie die Mitglieder des Haushalts aufzählten, keine Person namens Hannah erwähnt», sagte er in Thomas' Richtung.

«Nein, Sir», antwortete jener mit einer knappen Verbeugung und einem Seitenblick auf das rotwangige Mädchen neben ihm. «Sie geruhten mich zu fragen, wer sich zum Zeitpunkt, da der Mord entdeckt wurde, im Haus aufhielt, und genau das habe ich Ihnen mitgeteilt.»

«Aha», rief der Coroner spöttisch aus, «der Herr kennt sich aus, wie es bei Gerichtsverhandlungen zugeht, ich verstehe.» Er wandte sich wieder der Köchin zu, die währenddessen ihre Augen in unbestimmbarer Furcht durch den Raum hatte wandern lassen, und erkundigte sich: «Wo ist denn diese Hannah?»

«So wahr mir Gott helfe, Sir, weg.»

«Seit wann?»

Die Köchin holte nervös Luft. «Seit gestern abend.»

«Um welche Uhrzeit gestern abend?»

«Bei meiner Treu, Sir, ich weiß nichts. Ich weiß überhaupt nichts drüber.»

«Ist sie entlassen worden?»

«Davon weiß ich nichts, und ihre Kleider sind hier.»

«Ihre Kleider sind also hier. Um wieviel Uhr haben Sie sie zum ersten Mal vermißt?»

«Ich habe sie nich vermißt. Gestern war sie noch hier, und heute morgen isse nich mehr hier, und so sage ich, sie is weg.»

«Oho!» rief der Coroner und ließ seinen Blick langsam durch den Raum wandern, während alle Anwesenden ein Gesicht machten, als wären sie soeben auf eine Tür gestoßen, welche sich urplötzlich mitten in einer vermeintlich undurchdringlichen Wand aufgetan hatte.

«Wo schlief das Mädchen?»

Die Köchin hatte unbehaglich an ihrer Schürze gezupft, nun schaute sie hoch.

«Wir alle schlafen oben, Sir.»

«In einem Zimmer?»

Pause. «Ja.»

«Ist sie gestern abend in das Zimmer gekommen?»

«Ja, Sir.»

«Um wieviel Uhr?»

«Ja, also um zehn sin wer alle hochgegangen. Ich hörte die Glocke schlagen.»

«Fiel Ihnen irgend etwas an ihr auf?»

«Sie hatte Zahnschmerzen.»

«Zahnschmerzen, aha, und weiter? Erzählen Sie mir alles, was sie getan hat.»

Hierauf jedoch brach die Köchin in Tränen und Jammern aus.

«Aber, Sir, sie hat's bestimmt nich getan. Sie war das nich, Sir, die was gemacht hat, glaubense das ja nich! Ich tät jederzeit auf das heil'ge Testament schwören, dassse nich mal soviel wie ne Hand aufde Türklinke gelegt hat. Wieso auch? Sie ging nur runter zu Miss Eleanore um ein bißchen Zahnmedizin, ihr ganzes Gesicht tat ihr weh, und, Sir, ach herrje ...»

«Na, na», warf der Coroner ein, «ich beschuldige Hannah doch nicht im mindesten. Ich fragte lediglich, was sie tat, nachdem Sie alle auf Ihr Zimmer gegangen waren. Sie sagen also, daß sie wieder hinunterging. Wieviel später war das?»

«Bei meiner Treu, das kann ich nich sagen, aber Molly sagt ...»

«Es ist jetzt nicht wichtig, was Molly sagt. Haben Sie selber nicht gesehen, wann sie hinuntergegangen ist?»

«Nein, Sir.»

«Haben Sie sie zurückkommen sehen?»

«Nein, Sir.»

«Und heute morgen ebenfalls nicht?»

«Nein, wie könnte ich, sie is doch weg.»

«Aber gestern abend haben Sie beobachtet, daß sie offensichtlich unter Zahnschmerzen litt?»

«Ja, Sir.»

«Gut, dann erzählen Sie mir einmal, wie und wann Sie zum ersten Mal hörten, daß Mr. Leavenworth tot sei.»

Ihre Antwort auf diese Frage ergoß sich zwar in einem Redeschwall, entbehrte jedoch fast jeglichen Inhalts; der Coroner wollte sie eben entlassen, als besagtes Geschworenen-Männlein sich einer ihrer vorangegangenen Bemerkungen entsann – daß sie nämlich Miss Eleanore Leavenworth aus der Tür der Bibliothek hatte heraustreten sehen, einige Minuten, nachdem Mr. Leavenworths Leiche in den anderen Raum getragen worden war – und fragte, ob ihre Herrin in jenem Moment etwas in der Hand gehalten hätte.

«Ich weiß nich, Sir. Großer Gott!» rief sie plötzlich aus, «ich glaub fast, sie hatte ein Stückchen Papier inner Hand. Jetzt fällt's mir wieder ein, ich sah, wie sie's inne Tasche steckte.»

Die nächste Zeugin war Molly, das Stubenmädchen.

Molly O'Flanagan, wie sie ihren Namen angab, war ein rosiges, schwarzhaariges, schnippisches Mädchen, etwa achtzehn Lenze zählend, das unter normalen Umständen durchaus in der Lage gewesen wäre, jede Frage, welche man an sie richtete, einigermaßen – soweit es ihr eben entsprach – gescheit zu beantworten. Manchmal allerdings befällt Furcht selbst die tapferste Seele, und so bot Molly vor dem Coroner alles andere als ein Bild der Unbekümmertheit; ihre von Natur aus rosigen Wangen erbleichten beim ersten Wort, welches an sie gerichtet wurde, ihren Kopf hielt sie aus lauter Verwirrung bis fast auf die Brust gesenkt. Ihre Verwirrung war zu echt, um verborgen, und zu leicht durchschaubar, um fehlgedeutet werden zu können.

Da ihre Zeugenaussage in der Hauptsache Hannah und die Dinge betraf, die ihr von dem Mädchen und seinem erstaunlichen Verschwinden bekannt waren, beschränke ich mich hier auf eine Zusammenfassung.

Soweit sie, Molly, wußte, war Hannah das, was sie gesagt hatte, das sie sei, nämlich ein ungebildetes Mädchen irischer Abstammung, das vom Land in die Stadt gekommen war, um den beiden Damen Leavenworth als Zofe und Näherin zur Hand zu gehen. Sie hatte bereits seit geraumer Zeit im Dienst der Familie gestanden, länger übrigens als Molly selbst, und obwohl sie von Natur aus ungewöhnlich zurückhaltend gewesen war und es abgelehnt hatte, etwas über sich oder ihr früheres Leben zu erzählen, war es ihr gelungen, sich bei allen im Haus beliebt zu machen. Sie hatte jedoch ein melancholisches Gemüt besessen und hatte zum Grübeln geneigt, war häufig des Nachts aufgestanden und im Dunkeln gesessen, um nachzudenken – «Wie eine feine Dame!» rief Molly aus.

Da diese Angewohnheit in der Tat für ein Mädchen ihres Standes ungewöhnlich war, unternahm man den Versuch, der Zeugin diesbezüglich weitere Einzelheiten zu entlocken. Molly indessen warf den Kopf zurück und blieb bei dieser einen Aussage. Sie sei nachts aufgestanden und habe beim Fenster gesessen, mehr wisse sie nicht.

Nachdem man Molly von dem Thema wieder abgebracht hatte, während dessen Erörterung ein wenig von der ihrem

Wesen eigenen Schärfe zutage getreten war, berichtete sie im Zusammenhang mit den Ereignissen des Vorabends, daß Hannah seit zwei oder drei Tagen unter einer Schwellung des Gesichts gelitten habe, was ihr in der vergangenen Nacht derart viel Pein bereitet habe, daß sie aufgestanden und sich angezogen habe – an dieser Stelle wurde mehrfach nachgefragt, aber Molly beharrte auf ihrer Aussage, Hannah habe sich vollständig angekleidet, sogar Kragen und Haarschleife angelegt –, eine Kerze entzündet und ihre Absicht verkündet, zu Miss Eleanore hinunterzugehen und um Hilfe zu bitten.

«Warum Miss Eleanore?» fragte einer der Geschworenen.

«Sie gab uns Dienstboten Medizin und so.»

Nachdem man sie aufgefordert hatte fortzufahren, sagte sie weiterhin aus, mehr wüßte sie darüber nicht. Hannah sei weder zurückgekehrt noch zur Frühstückszeit im Haus auffindbar gewesen.

«Sie berichten, daß sie eine Kerze mitgenommen hat», sagte der Coroner. «In einem Kerzenleuchter?»

«Nein, Sir, einfach so.»

«Warum nahm sie eine Kerze mit? Läßt Mr. Leavenworth auf seinen Fluren keine Lichter brennen?»

«Doch, aber wir hatten das Gas abgedreht, als wir nach oben gingen, und Hannah fürchtet sich im Dunkeln.»

«Falls sie eine Kerze mitnahm, muß diese im Haus herumliegen. Hat irgend jemand eine verirrte Kerze bemerkt?»

«Nicht, daß ich wüßte, Sir.»

«Ist sie das?» rief eine Stimme über meine Schulter hinweg.

Es war Mr. Gryce, der ein zur Hälfte heruntergebranntes Paraffinlicht in die Höhe hielt.

«Ja, Sir. Guter Gott, wo haben Sie die gefunden?»

«Im Gras auf dem Kutschenvorplatz, halbwegs zwischen Küchentür und Straße», erwiderte der Unerschütterliche.

Es war eine Sensation. Endlich ein Anhaltspunkt. Man hatte etwas gefunden, das diesen rätselhaften Mord mit der Außenwelt in Verbindung brachte. Augenblicklich rückte die

Gatsch.

Hintertür in den Mittelpunkt des Interesses. Die Kerze, die man im Hof gefunden hatte, schien zu belegen, daß Hannah kurze Zeit nachdem sie aus ihrem Zimmer gegangen war, das Haus verlassen, und auch, daß sie den Hintereingang benutzt hatte, welcher nur wenige Schritte von dem Eisentor entfernt lag, das sich zu einer Seitenstraße hin öffnete. Aber Thomas, erneut aufgerufen, wiederholte seine Versicherung, daß er nicht nur den Hintereingang, sondern auch alle ebenerdigen Fenster des Hauses am Morgen um sechs Uhr fest verschlossen vorgefunden habe.

Unausweichliche Schlußfolgerung – jemand hatte sie hinter dem Mädchen zugesperrt und verriegelt. Wer? Das war jetzt die wichtigste, folgenschwerste Frage!

V. Kundiges Zeugnis

And often-times, to win us to our harm,
The instruments of darkness tell us truth;
Win us with honest trifles, to betray us
In deepest consequence.

Oft offenbaren die Mächte der Finsternis
uns die Wahrheit, nur um uns ins Verderben zu stürzen.
Sie gewinnen uns mit aufrichtigen Kleinigkeiten,
um uns im tieferen Sinne zu verraten.

SHAKESPEARE: MACBETH

Mitten in die düstere Stimmung hinein, welche mittlerweile sämtliche Anwesende umfangen hielt, ertönte das durchdringende Läuten der Türglocke.

Alle Augen wandten sich sogleich der Tür des Empfangszimmers zu, die von außen langsam geöffnet wurde, und herein trat jener Polizist, den der Coroner eine Stunde zuvor so geheimnisvoll entsandt hatte, in Begleitung eines jungen Mannes, dessen geschniegelte Erscheinung, gescheites Gesicht und vertrauenerweckende Ausstrahlung ihn als den anzukündigen schienen, der er in der Tat war, nämlich der Prokurist eines seriösen Handelshauses.

Obwohl sich jedes Auge im Raum mit lebhafter Neugier auf ihn geheftet hatte, wirkte er äußerlich unbefangen. Er trat einige Schritte vor und verbeugte sich leicht in Richtung des Coroners.

«Sie wünschten jemand von Bohn & Co. zu sprechen», sagte er.

Augenblickliche, heftigste Aufregung. Bohn & Co. war ein bekannter Schußwaffen- und Munitionsladen am Broadway.

«Ja», antwortete der Coroner. «Wir haben hier eine Kugel, die wir Sie gerne untersuchen lassen möchten. Kennen Sie sich in allen Bereichen Ihres Metiers aus?»

Der junge Mann hob lediglich vielsagend die Augenbrauen und nahm die Kugel unbekümmert in die Hand.

«Können Sie uns sagen, aus welchem Pistolenfabrikat sie abgefeuert wurde?»

Der junge Mann rollte sie langsam zwischen Daumen und Zeigefinger hin und her und legte sie dann nieder. «Es handelt sich hier um eine 32er Kugel, die gewöhnlich mit der kleinen Pistole der Marke Smith & Wesson verkauft wird.»

«Eine kleine Pistole!» rief der Butler und sprang auf. «Mein Herr bewahrte eine kleine Pistole in seiner Kommode auf. Ich habe sie oft gesehen. Wir wußten alle davon.»

Allergrößte, nicht zu unterdrückende Aufregung, vornehmlich bei den Dienstboten. «Das stimmt», hörte ich eine volltönende Stimme rufen. «Ich habse mit eigenen Augen gesehen – als der Herr se putzte.» Da sprach die Köchin.

«In seiner Kommode?» erkundigte sich der Coroner.

«Jawohl, Sir, am Kopfende des Betts.»

Ein Polizist wurde ausgesandt, selbige Kommode zu durchsuchen. Wenige Minuten später kehrte er mit einer kleinen Pistole zurück, die er vor den Coroner auf den Tisch legte: «Hier ist sie.»

Wie ein Mann sprangen die Anwesenden auf, der Coroner jedoch reichte sie dem Bohnschen Prokuristen und fragte, ob sie dem zuvor erwähnten Fabrikat entspräche. Der erwiderte, ohne zu zögern: «Ja, eine Smith & Wesson, überzeugen Sie sich selbst.» Er machte sich daran, sie näher zu untersuchen.

«Wo haben Sie die Pistole gefunden?» fragte der Coroner den Polizeibeamten.

«In der obersten Schublade eines Rasiertischs, der am Kopfende von Mr. Leavenworths Bett steht. Sie lag in einem mit Samt ausgeschlagenen Kasten, zusammen mit einer Schachtel Patronen, von denen ich eine als Muster mitgebracht habe.»

Er legte etwas neben die Pistolenkugel auf dem Tisch.

«War die Schublade abgeschlossen?»

«Ja, aber der Schlüssel steckte.»

Die Spannung befand sich auf dem Siedepunkt. Wie aus einer Kehle ertönte der Ausruf: «Ist sie geladen?»

Stirnrunzelnd betrachtete der Coroner die Versammelten und bemerkte höchst würdevoll:

«Das wollte ich auch gerade fragen, doch zunächst muß ich um Ruhe bitten.» Sogleich herrschte Stille. Jedermann war zu gespannt, um der Befriedigung seiner Neugierde etwaige Hindernisse in den Weg zu legen.

«Nun, mein Herr?» meinte der Coroner.

Der Bohnsche Prokurist nahm das Magazin heraus und hielt es hoch. «Hier sind sieben Kammern, allesamt geladen.»

Ein Raunen der Enttäuschung folgte dieser Aussage.

«Aber», setzte jener gelassen hinzu, nachdem er die Oberfläche des Magazins flüchtig geprüft hatte, «nicht alle sind schon seit langer Zeit geladen. Aus einer dieser Kammern ist erst kürzlich eine Kugel abgefeuert worden.»

«Woher wissen Sie das?» rief ein Geschworener.

«Woher ich das weiß?» Er wandte sich an den Coroner: «Wären Sie bitte so freundlich, den Zustand dieser Pistole in Augenschein zu nehmen?» und er reichte sie ihm. «Betrachten Sie zunächst den Lauf, er ist sauber, glänzt und sieht nicht so aus, als wäre in jüngster Vergangenheit eine Kugel durchgejagt worden, was daran liegt, daß er gereinigt worden ist. Wenn Sie sich allerdings die Oberfläche des Magazins anschauen, was bemerken Sie da?»

«Eine feine Rußspur an einer der Kammern.»

«Genau. Zeigen Sie es den anderen Herren.»

Sie wurde sogleich herumgereicht.

«Jene feine Rußspur am Rand der einen Kammer ist der Verräter, meine Herren. Eine Kugel hinterläßt stets Ruß, wenn sie abgefeuert wird. Wer auch immer mit dieser Pistole geschossen hat, dachte daran und reinigte den Lauf, vergaß allerdings das Magazin.» Er trat zur Seite und schlug die Arme übereinander.

«Phantastisch!» erklang eine rauhe, herzhafte Stimme. «Unglaublich!» Ein Mann, unzweifelbar ländlicher Herkunft, war von der Straße her eingedrungen und stand nun mit vor Staunen offenem Mund im Türrahmen.

Eine jähe, nichtsdestoweniger eine eher willkommene Unterbrechung. Allgemeines Schmunzeln, jedermann schien kurz durchzuatmen. Nachdem wieder Ordnung hergestellt war, forderte man den Polizisten auf, den Standort der Kommode und seine Entfernung vom Tisch in der Bibliothek zu beschreiben.

«Der Schreibtisch steht in dem einen Zimmer, die Kommode in dem anderen. Um von ihr zum Schreibtisch zu kommen, muß man Mr. Leavenworths Schlafzimmer diagonal durchqueren, den Korridor, welcher die beiden Räume voneinander trennt, entlanglaufen und ...»

«Einen Augenblick – wie steht der Tisch im Verhältnis zu der Tür, welche vom Schlafzimmer auf den Flur führt?»

«Es wäre möglich, durch diese Tür einzutreten, um das Fußende des Betts herum an die Kommode zu gehen und halbwegs zum Korridor zu gelangen, ohne von der Bibliothek aus gesehen zu werden.»

«Heilige Mutter Gottes!» rief die entsetzte Köchin und warf sich ihre Schürze über den Kopf, als wollte sie eine grauenhafte Vision aus ihrem Blickfeld verbannen. «Dazu hätt Hannah nie den Mumm, niemals, nie!» Mr. Gryce jedoch legte schwer seine Hand auf ihre Schulter und drückte sie auf den Stuhl zurück; es war erstaunlich mitanzusehen, wie geschickt er sie dabei mit einer Handbewegung gleichzeitig zurechtwies und beruhigte. «Ich bitte um Verzeihung», heulte sie den um sie Herumsitzenden empört ins Ohr, «aber Hannah war's im Leben nich.»

Während der Herr von Bohn & Co. nun verabschiedet wurde, nutzten die Versammelten die Gelegenheit, sich bequemer auf ihren Sitzen einzurichten, worauf ein zweites Mal Mr. Harwell aufgerufen wurde. Er erhob sich mit sichtlichem Widerwillen. Die jüngsten Zeugenaussagen hatten offenkundig entweder eine seiner eigenen Theorien erschüttert oder einen unliebsamen Verdacht unerbittlich erhärtet.

«Mr. Harwell», hub der Coroner an, «uns wurde von der Existenz einer Pistole in Mr. Leavenworths Besitz berichtet, und wir haben sie auch tatsächlich in seinem Zimmer gefunden. Wußten Sie, daß er einen solchen Gegenstand besaß?»

«Ich wußte davon.»

«War es im Haus allgemein bekannt?»

«Anscheinend.»

«Woran lag das? Pflegte er sie offen herumliegen zu lassen, so daß jeder sie sehen konnte?»

«Das vermag ich nicht zu sagen, ich kann Ihnen lediglich schildern, wie ich selbst von ihrer Existenz erfuhr.»

«Gut, dann tun Sie das.»

«Wir sprachen einmal über Feuerwaffen. Ich habe gewisse Vorlieben in dieser Richtung und wollte schon immer gerne eine Taschenpistole erwerben. Als ich das eines Tages erwähnte, stand er auf und holte sie aus ihrem Aufbewahrungsort in der Kommode, um sie mir zu zeigen.»

«Wie lange liegt das zurück?»

«Ein paar Monate.»

«Die Pistole befand sich also seit geraumer Zeit in seinem Besitz?»

«Ja.»

«Sahen Sie sie nur dieses eine Mal?»

«Nein» – der Sekretär errötete –, «ich habe sie seither noch einmal gesehen.»

«Wann?»

«Vor etwa drei Wochen.»

«Bei welcher Gelegenheit?»

Der Sekretär senkte den Kopf, unvermittelt verzerrten sich seine Züge. Er hielt nicht einmal mehr die Arme verschränkt, sondern preßte seine Hände gegeneinander und blickte unter halbgeschlossenen Lidern, mit einer beinahe flehentlichen Miene, unverwandt in das Gesicht des Coroners.

«Meine Herren», fragte er nach kurzem Zögern, «wäre es möglich, mich an dieser Stelle zu entschuldigen?»

«Auf keinen Fall», gab der Coroner zurück.

Sein Gesicht wurde zunehmend blaß und abweisend. «Dann sehe ich mich gezwungen, den Namen einer Dame ins Spiel zu bringen», sagte er verhalten.

«Was wir zutiefst bedauern», bemerkte der Coroner.

Der junge Mann wandte sich ihm heftig zu, so daß ich ein Gefühl der Verwunderung darüber nicht unterdrücken konnte, ihn je für durchschnittlich gehalten zu haben. «Den von Miss Eleanore Leavenworth», rief er aus.

Als der Name in dieser Weise vorgebracht wurde, zuckte jeder bis auf Mr. Gryce zusammen, der in seiner vertraulichen, angeregten Unterredung mit seinen Fingerspitzen verharrte und nichts zu bemerken schien.

«Es verstößt gegen sämtliche Regeln des Anstands und gegen den Respekt, welchen wir alle für die Dame empfinden, daß ihr Name in dieser Angelegenheit genannt wird», beeilte Mr. Harwell sich hinzuzufügen. Der Coroner bestand jedoch nach wie vor auf einer Erklärung, und so verschränkte er seine Arme wieder, eine Geste, die bei ihm stets Entschlossenheit ausdrückte, und begann in einem gedämpften, gezwungenen Ton:

«Es handelt sich lediglich um folgendes, meine Herren. An einem Nachmittag vor ungefähr drei Wochen ergab es sich, daß ich zu einer unüblichen Stunde die Bibliothek betrat. Während ich auf den Kamin zuging, auf dessen Einfassung ich am Morgen versehentlich ein Federmesser hatte liegen lassen, das ich mir holen wollte, hörte ich aus dem angrenzenden Zimmer ein Geräusch. Weil ich wußte, daß Mr. Leavenworth ausgegangen war, und annahm, daß die Damen ihn begleitet hatten, erlaubte ich mir nachzusehen, wer dort sei; zu meiner Überraschung sah ich Miss Eleanore Leavenworth neben dem Bett ihres Onkels stehen, seine Pistole in der Hand. Ich war ob meiner eigenen Indiskretion völlig außer Fassung und versuchte hinauszuschlüpfen, ohne daß sie mich bemerkte, aber es glückte nicht, denn gerade als ich über die Schwelle trat, drehte sie sich um, entdeckte mich, rief mich zu sich und fragte, ob ich ihr bitte die Pistole erklären könnte. Zu diesem Zweck, meine Herren, mußte ich sie in die Hand nehmen. Es war die zweite und letzte Gelegenheit, bei der ich Mr. Leavenworths Pistole je gesehen oder angerührt habe.» Er neigte den Kopf und erwartete in unbeschreiblicher Unruhe die nächste Frage.

«Sie bat Sie, ihr die Pistole zu erklären – was meinen Sie damit?»

«Damit meine ich», setzte jener schwach hinzu, nachdem er in einer vergeblichen Anstrengung, ruhig zu erscheinen, tief durchgeatmet hatte, «wie man sie lädt, damit zielt und feuert.»

Die Anwesenden saßen wie vom Donner gerührt da. Sogar der Coroner zeigte plötzlich etwas wie eine Gefühlsregung und starrte die vornübergebeugte Gestalt und bleiche Miene des Mannes vor ihm mit einem seltsamen Ausdruck überraschten Mitgefühls an, welcher seine Wirkung weder auf den jungen Mann selbst noch auf alle anderen, die ihn anblickten, verfehlte.

«Mr. Harwell», erkundigte er sich schließlich, «haben Sie der Aussage, die Sie soeben gemacht haben, noch etwas hinzuzufügen?»

Der Sekretär schüttelte deprimiert den Kopf.

«Mr. Gryce», flüsterte ich an dieser Stelle, umfaßte seinen Arm mit festem Griff und zog ihn zu mir hinunter, «ich bitte Sie dringend, können Sie mir bestätigen ...», doch er ließ mich nicht ausreden.

«Der Coroner wird in Kürze die jungen Damen aufrufen», warf er eilends dazwischen. «Falls Sie Ihre Pflichten ihnen gegenüber wahrzunehmen wünschen, halten Sie sich bereit, mehr nicht.»

Meine Pflichten wahrnehmen! Seine schlichten Worte brachten mich wieder zur Besinnung. Wo waren meine Gedanken gewesen, wurde ich denn verrückt? Der Augenblick mit seinen Zweifeln und seinem Entsetzen glitt an mir ab wie eine Pergamentrolle, zurück blieb nichts als das liebliche Bild der reizenden Cousinen, die sich gramvoll über die Gestalt dessen beugten, der ihnen wie ein Vater gewesen war. Während diese Vision an Stärke zunahm und sich mir tief einprägte, erhob ich mich langsam, trat vor und verkündete, als man nach Miss Mary und Miss Eleanore Leavenworth verlangte, daß ich als Freund der Familie – eine hübsche kleine Lüge, die man hoffentlich nicht gegen mich verwenden wird – um das Vorrecht ersuche, zu den Damen zu gehen und sie nach unten zu begleiten.

Augenblicklich richteten sich ein Dutzend Augenpaare auf mich, und ich erfuhr am eigenen Leibe jene Beklommenheit, welche sich bei jedem einstellt, der durch eine unvermittelte Äußerung oder Tat die gesammelte Aufmerksamkeit eines ganzen Raums auf sich zieht.

Doch da die erbetene Erlaubnis fast sofort gewährt wurde, vermochte ich mich rasch aus meiner unangenehmen Position zu entfernen und fand mich bald im Flur wieder; mein Gesicht glühte, mein Herz klopfte, und in meinen Ohren hallten Mr. Gryces Worte wieder: «Dritter Stock, das hintere Zimmer, die erste Tür am Treppenabsatz. Die jungen Damen erwarten Sie.»

VI. Streiflichter

Oh! she has beauty might ensnare
A conqueror's soul, and make him leave his crown
At random, to be scuffled for by slaves.

Oh, ihre Schönheit könnte einen Eroberer unterwerfen
und verführen, seine Krone achtlos den Sklaven zu überlassen,
auf daß sie sich drum balgen.

OTWAY

Zweiter Stock, das hintere Zimmer, die erste Tür am Treppenabsatz!

Was würde mich dort erwarten?

Ich stieg die Treppe zum ersten Stock empor. Als ich an der Wand zur Bibliothek vorbeikam, die ich in meiner gequälten Einbildungskraft mit Zeichen des Grauens übersät sah, schauderte es mich. Während meine Gedanken durcheinander wirbelten, setzte ich langsam meinen Gang nach oben fort. Vor allem kam mir eine Warnung meiner Mutter in den Sinn, welche sie in längst vergangenen Jahren ausgesprochen hatte: 'Mein Sohn, vergiß nie, daß es zwar faszinierend sein mag, einer Frau mit einem Geheimnis näherzukommen, niemals jedoch kann sie eine verläßliche, ja nicht einmal eine beglückende Gefährtin sein.'

Zweifellos ein weiser Ausspruch, aber auf diese Umstände paßte er nicht, denn ich hegte nicht die Absicht, mich für eine jener Frauen im besonderen zu interessieren. Ich bemühte mich vielmehr, den Gedanken zu verbannen. Beim Anblick der Tür, zu der man mich gewiesen hatte, drängte ich anderes beiseite, bis auf eines, nämlich daß ich gleich den gramgebeugten Nichten eines brutal ermordeten Mannes gegenübertreten würde.

Ich hielt auf der Schwelle kurz inne, um mich für die bevorstehende Begegnung zu sammeln, und wollte gerade meine Hand erheben, um anzuklopfen, da erhob sich innen eine volle, klare Stimme, und ich vernahm deutlich diese unheilverkündenden Sätze: «Ich klage dich nicht an, es mit eigenen Händen vollbracht zu haben, obwohl ich nicht weiß, wer sonst es getan haben würde oder könnte, aber dein Herz, deinen Verstand, deinen Willen, die klage ich an, zumindest im stillen. Das sollst du wissen.»

Ich taumelte zurück, als hätte man mir einen Hieb versetzt. Großer Gott! Welch grauenvollen Abgründe der Verderbtheit taten sich vor mir auf! Mir schauderte, wurde übel, ich duckte mich, bedeckte meine Ohren mit den Händen, da fühlte ich auf einmal, wie jemand meinen Arm berührte. Als ich mich umwandte, sah ich dicht an meiner Seite Mr. Gryce, einen Finger auf den Lippen. Soeben entschwand der letzte flüchtige Schatten einer aufflackernden Gefühlsregung von seinem sonst unverändert gelassenen, beinahe mitleidigen Gesicht.

«Immer mit der Ruhe», wisperte er, «ich merke, daß Sie nicht einmal eine Ahnung davon haben, in welche Welt Sie sich hineinbegeben. Reißen Sie sich zusammen, und denken Sie daran, daß man unten wartet.»

«Aber wer ist das? Wer hat da gesprochen?»

«Das werden wir gleich sehen», meinte er kurz und bündig. Ohne meinem drängenden Blick zu begegnen oder ihn gar zu erwidern, preßte er seine Hand auf die Tür und stieß sie weit auf.

Eine wahre Farbenpracht empfing uns wie ein Wasserschwall. Blaue Vorhänge, blaue Teppiche, blaue Wände. Als hätten die Tiefen eines düsteren Gefängnisses unvermittelt den Blick auf einen azurblauen Himmel freigegeben. Von dem Glanz war ich wie gebannt, durch die Plötzlichkeit des großartigen Eindrucks vor meinen Augen beinahe wie von Sinnen. Ich tat einen ungestümen Schritt vorwärts, hielt jedoch sogleich wieder inne, denn das erlesene Bild, welches sich vor mir auftat, überwältigte und beeindruckte mich zutiefst.

In einer halb ruhenden Stellung, aus der sie sich in diesem Moment wie jemand aufrichtete, der eben eine mächtige Schmährede vom Stapel lassen will, saß auf einem Lehnstuhl eine wunderbar schöne Frau. Blond, bleich, stolz, vornehm. In dem schweren cremefarbenen Umhang, der sich hier an ihre köstlich geformte Gestalt anschmiegte, dort an ihr herabfiel, sah sie aus wie eine Lilie. Sie hielt ihr klassisch geschnittenes Antlitz, eingerahmt von den allerhellsten Locken, hocherhoben; es leuchtete vor kraftvoller Erregung. Mit der einen, bebenden Hand umklammerte sie die Stuhllehne, die andere hatte sie ausgestreckt und wies damit zur anderen Seite des Raumes hinüber – ihre gesamte Erscheinung war so blendend, so außergewöhnlich, fast bestürzend, daß ich überrascht den Atem anhielt und einen Augenblick lang tatsächlich Zweifel hegte, ob es sich um eine lebende Frau handelte, oder ob ich nicht stattdessen eine berühmte Schlangenbeschwörerin vor mir sähe, die aus uralten Sagen heraufbeschworen worden war. Mit einer einzigen gewaltigen Geste vermochte sie den äußersten Unwillen aufgebrachter Weiblichkeit zum Ausdruck zu bringen.

«Miss Mary Leavenworth», raunte die allgegenwärtige Stimme in meinem Rücken.

Ah! Mary Leavenworth! Ich verspürte unwillkürlich Erleichterung. Dieses atemberaubend schöne Wesen also war nicht jene Eleanore, welche eine Pistole laden, damit zielen und feuern konnte. Ich wandte den Kopf, um mit meinem Blick der ausgestreckten Hand zu folgen, die wegen einer neuen Empfindung in ihrer Haltung erstarrt war, der Empfindung nämlich, bei einer bedeutsamen, unheilvollen Enthüllung unterbrochen worden zu sein, und ich sah – an dieser Stelle versagen mir die Worte: das Gemälde Eleanore Leavenworths sei anderen Händen anvertraut. Ich könnte mit Leichtigkeit einen halben Tag darauf verwenden, die delikate Anmut, die beinahe durchsichtige Schönheit, die makellose Gestalt, die vollendeten Gesichtszüge Mary Leavenworths zu beschreiben, wodurch sie allen, die sie sehen, einem Wunder gleich erscheint, doch Eleanore – ebensogut könnte ich versuchen, meine eigenen Herzschläge zu zeichnen. Wie ein Lichtstrahl begegnete jenes Gesicht, überragend, betörend, schrecklich, erhaben, anrührend, meinem Starren. Auf der Stelle vergaß ich die mondgleiche Lieblichkeit ihrer Cousine, nur Eleanore war es, die ich noch sah – Eleanore von jenem Augenblick an bis in Ewigkeit.

Als mein Blick das erste Mal auf sie fiel, stand sie in einer kämpferischen Haltung, das Gesicht der Cousine zugewandt, neben einem kleinen Tisch; eine Hand ruhte auf ihrer Brust, die andere auf diesem Tisch. Doch bevor noch der Schlag, den mir ihre Schönheit versetzte, sich abschwächte, wandte sie den Kopf, trafen ihre Augen die meinen, und das Entsetzen über ihre Situation schlug über ihr zusammen. Anstelle der stolzen Frau, die hochaufgerichtet bereit war, die Unterstellungen einer anderen entgegenzunehmen und niederzuschmettern, erblickte ich – welch Jammer! – eine zitternde, keuchende menschliche Kreatur. Sie war sich des Schwerts bewußt, das über ihrem Haupt schwebte, und vermochte keinen Grund anzugeben, warum es nicht fallen und sie fällen sollte.

Eine bemitleidenswerte Veränderung, eine herzzerreißende Offenbarung. Ich wandte mich wie von einer Beichte ab. Ihre Cousine unterdessen hatte die Selbstbeherrschung offenbar sofort wiedergewonnen, als sie bemerkte, daß die andere ihre Gefühle nicht verbergen konnte. Sie trat just in diesem Augenblick vor, reichte mir die Hand und fragte:

«Mr. Raymond, nicht wahr? Sie sind zu liebenswürdig. Und Sie?» sich Mr. Gryce zuwendend. «Sie sind gewiß gekommen, um uns mitzuteilen, daß man unten auf uns wartet?»

Es war die Stimme, die ich durch die Tür vernommen hatte, aber durch einen lieblichen, gewinnenden, fast zärtlichen Ton wie verwandelt.

Ich blickte hastig zu Mr. Gryce hinüber, um zu sehen, welche Wirkung sie auf ihn machte. Sichtlich eine starke, denn die Verneigung, welche er auf ihre Worte folgen ließ, war tiefer als gewöhnlich, und das Lächeln, mit dem er ihrem beschwörenden Blick begegnete, zugleich reserviert und beschwichtigend. Ihre Cousine sah er nicht an, obwohl sich deren Augen in tödlicher Klarheit auf sein Gesicht geheftet hatten. Aus ihren Tiefen drang ein Flehen um Antwort, das qualvoller war, als jeder wirkliche Aufschrei es sein konnte. Da ich Mr. Gryces Eigenart bereits ein wenig kannte, ahnte ich, daß nichts schlimmer oder unheilverkündender wirkte als die Nichtbeachtung, die er oft zur Schau stellte, vor allem, wenn sie einem Menschen galt, der den Raum mit seiner Angst anzufüllen schien. Von Mitgefühl übermannt, vergaß ich, daß Mary Leavenworth gesprochen hatte, vergaß ihre Anwesenheit, drehte mich um und machte einen Schritt auf ihre Cousine zu, da hielt mich Mr. Gryces Hand auf meinem Arm zurück.

«Miss Leavenworth hat etwas gesagt», bemerkte er.

Ich kam wieder zu mir, kehrte ihr, die mich gleichzeitig anzog und abstieß, den Rücken zu, und zwang mich, dem anmutigen Wesen vor mir eine Antwort zu geben. Ich bot ihr den Arm und geleitete sie zur Tür.

Das bleiche, stolze Antlitz Mary Leavenworths wurde augenblicklich weicher, vom Anflug eines Lächelns überzogen – lassen Sie mich an dieser Stelle einflechten, daß keine andere Frau je so lächeln und zugleich nicht lächeln konnte wie Mary Leavenworth. Mit Augen, in denen aufrichtiges, rührendes Bitten lag, blickte sie in mein Gesicht und stammelte:

«Sie sind zu gütig. Unterstützung tut mir in dieser entsetzlichen Zeit wahrhaftig not, und meine Cousine» – ihre Augen flackerten beunruhigt – «benimmt sich heute äußerst sonderbar.»

'Nanu!' dachte ich im stillen. 'Wo ist die erhabene, aufgebrachte Schlangenbeschwörerin von eben geblieben, auf deren Zügen sich solch unbeschreibliche Wut und Drohung malten?' Beabsichtigte sie, uns von möglichen Mutmaßungen abzubringen, indem sie sich völlig anders gab als noch wenige Minuten zuvor? Versuchte sie sich gar einzureden, die von uns in jenem kritischen Moment gehörte schwerwiegende Anschuldigung hätte keinerlei Eindruck hinterlassen?

Bald jedoch zog Eleanore Leavenworth, die sich auf den Arm des Kriminalinspektors stützte, erneut meine gesamte Aufmerksamkeit auf sich. Sie hatte ihr inneres Gleichgewicht in der Zwischenzeit ebenfalls wiedererlangt, wenn auch nicht so restlos wie ihre Cousine. Beim Gehen taumelte sie fast, ihre Hände zitterten. 'Hätte ich dieses Haus doch nie betreten', dachte ich im stillen. Doch bevor ich diesen innerlichen Ausruf noch vollendet hatte, wurde ich einer geheimen Auflehnung gegen diese Möglichkeit gewahr. Ich war dankbar, daß niemand anderer als ich in ihren privatesten Bereich eingedrungen war, jene inhaltsschwere Bemerkung mitangehört hatte und nun Mr. Gryce und der bebenden, schwankenden Eleanore Leavenworth die Treppe hinab folgte. Ich plädierte nicht etwa für Milde gegenüber dem oder der Schuldigen. Nie hatte es ein schwärzeres Verbrechen gegeben; Rache, Selbstsucht, Haß, Habgier, nie waren sie verabscheuungswürdiger erschienen, und trotzdem – aber warum sollte ich mich in Überlegungen ergehen, welche meine damaligen Gefühle betreffen? Niemand wird sich dafür interessieren, und wer im übrigen könnte je die Tiefen der eigenen Seele ausloten oder anderen die geheimen Zusammenhänge von Anziehung und Abstoßung deutlich machen? Es genügt, daß ich die Treppe des Leavenworthschen Anwesens hinabschritt, mit meinem Arm die sich daran klammernde, einer Ohnmacht nahen Frau stützte, während meine Aufmerksamkeit, mein ganzes Interesse allerdings einer anderen galt.

Und nun begab ich mich wieder in die gefürchtete Gegenwart jener Inquisitoren des Gesetzes, die uns bereits ungeduldig erwarteten. Während ich die Schwelle ein zweites Mal überschritt und mich den begierigen Mienen derer gegenüber fand, welche ich erst kurz vorher verlassen hatte, fühlte ich mich, als wären mittlerweile Äonen vergangen. Soviel vermag die menschliche Seele in der kurzen Frist weniger, prallgefüllter Augenblicke in sich aufzunehmen.

VII. Mary Leavenworth

For this relief much thanks.

Für die Errettung meinen Dank.

Shakespeare: Hamlet

Wer hat noch nicht die Wirkung des Sonnenlichts beobachtet, wenn es unvermittelt hinter einer Zusammenballung dräuender Wolken hervor mit Macht auf die Erde fällt? Man vermag sich also bis zu einem gewissen Grad das Aufsehen vorzustellen, welches der Auftritt dieser beiden Schönheiten erregte.

Mindestens Mary, deren Liebreiz an jedem Ort und unter jeglichen Umständen auffallen mußte – und für ihre weniger glamouröse, dabei jedoch keinesfalls unscheinbarere Cousine galt im Grunde dasselbe –, hätte ohnehin niemals einen mit Menschen gefüllten Raum betreten können, ohne die verwunderte Aufmerksamkeit aller Anwesenden auf sich zu vereinen. Nun aber, da sie in der Aura einer furchtbaren Tragödie einherschritten, was konnte man seitens der von mir bereits beschriebenen Ansammlung von Männern denn anderes erwarten als überwältigendes Staunen und ungläubige Bewunderung? Vermutlich nichts, dennoch fühlte ich, wie meine Seele beim ersten Raunen der Verblüffung und befriedigten Sensationslust voll Abscheu zusammenzuckte.

Ich beeilte mich, meine mittlerweile an allen Gliedern schlotternde Begleiterin zu dem abgeschirmtesten Sitz zu geleiten, den ich entdecken konnte, und sah mich daraufhin nach ihrer Cousine um. So hinfällig indessen Eleanore Leavenworth während unserer kurzen Begegnung im zweiten Stockwerk erschienen war, in diesem Augenblick zeigte sie weder Unsicherheit noch Befangenheit. Sie trat am Arm des Kriminalinspektors, der in Gegenwart der Geschworenen urplötzlich eine alles andere als vertraueneinflößende, sehr offizielle Haltung angenommen hatte, vor und blieb einen Augenblick lang, das Schauspiel vor ihren Augen ruhig betrachtend, stehen. In die Richtung des Coroners verneigte sie sich mit herablassender Grazie, welche ihn augenblicklich in den Rang eines an diesem Hort der Eleganz nur höflich geduldeten Eindringlings degradierte; dann ließ sie sich auf einem von ihren Dienstboten eilends herbeigeschafften Stuhl nieder, und zwar mit einer Selbstverständlichkeit und Würde, welche eher an die Höhepunkte des Salonlebens gemahnten als der Peinlichkeit der Szene entsprachen.

Obwohl es unübersehbar Schauspielerei war, blieb sie nicht ohne Wirkung. Das Raunen verstummte sofort, die zudringlichen Blicke verschwanden, auf den Mienen sämtlicher Anwesenden erschien etwas wie gezwungener Respekt. Obwohl sich ihr gänzlich anderes, früheres Verhalten mir unauslöschlich eingeprägt hatte, verspürte sogar ich eine gewisse Erleichterung und war mehr als verwundert, als ich mich der Dame an meiner Seite zuwandte und in der Tiefe ihrer fest auf die Cousine gerichteten Augen ein ungläubiges Fragen wahrnahm, welches alles andere als unverfänglich wirkte. Da ich mir ob der Wirkung, welche dieser Blick auf die uns Umringenden ausüben mochte, Sorgen machte, preßte ich hastig ihre Hand, die verkrampft und wie im Traum über der Sessellehne hing, und wollte sie eben ersuchen, sich in acht zu nehmen. Da vernahm sie ihren Namen, vom Coroner langsam und mit Betonung aufgerufen, und wurde so ihren Gedanken entrissen. Schnell wandte sie den Blick von ihrer Cousine ab, den Geschworenen zu, und ich sah ein Leuchten, das meine ursprüngliche Vision der Schlangenbeschwörerin bestätigte. Es verblaßte jedoch rasch; die Haltung, in welcher sie sich anschickte, die Fragen des Coroners zu beantworten, war vielmehr von großer Schlichtheit geprägt.

Was vermochte die Furcht auszudrücken, die mich überfiel? So sanft sie jetzt wirkte, ich wußte, welch ungeheuren Zorns sie fähig war. Würde sie ihren Verdacht ein zweites Mal äußern? Haßte sie ihre Cousine in demselben Maß, wie sie ihr mißtraute? Würde sie es wagen, vor den Anwesenden und der ganzen Welt zu bekräftigen, was auszusprechen ihr in der Abgeschlossenheit ihrer Gemächer und vor den Ohren der einen einzigen Person, welche es anging, leichtgefallen war? War das ihr Wunsch und Wille? Ihr Miene verriet mir nichts über ihre Absichten, und in meiner Besorgnis sah ich mich erneut nach Eleanore um. Aber sie hatte sich beim ersten Zeichen, daß ihre Cousine zu reden aufgefordert wurde, aus Angst und schlimmsten Befürchtungen heraus, welche ich gut verstehen konnte, in sich zurückgezogen, saß zusammengekauert da und hielt das Gesicht in Händen verborgen, die eine nahezu leichenartige Blässe angenommen hatten.

Mary Leavenworths Aussage war kurz. Nach einigen Fragen zu ihrer Stellung im Haus und ihrer Beziehung zu dem Verstorbenen bat man sie zu schildern, was sie über den Mord und seine Entdeckung durch ihre Cousine und die Dienstboten wüßte.

Sie hob den Kopf – diese Stirn, auf welcher bis zu diesem Zeitpunkt nie auch nur der geringste Schatten einer Sorge oder Bedrängnis gelegen hatte! – und antwortete mit einer Stimme, die, obschon beherrscht und fraulich, wie eine Glocke durch den Raum drang: «Meine Herren, Sie stellen mir eine Frage, die ich aus meiner persönlichen Kenntnis nicht beantworten kann. Ich weiß weder über diesen Mord noch über seine Entdeckung irgend etwas außer dem, was ich durch den Mund anderer hörte.»

Mein Herz hüpfte vor Erleichterung, und ich sah, wie Eleanore Leavenworths Hand wie ein Stein von ihrem Antlitz fiel, ein flüchtiger Hoffnungsschimmer auf ihrem Gesicht aufleuchtete und wieder erstarb, wie Sonnenlicht auf Marmor verblassend.

«Denn obwohl es Ihnen sonderbar vorkommen mag», fuhr Mary gewissenhaft fort, wobei der Schatten eines vergangenen Entsetzens auf ihre Züge fiel, «betrat ich das Zimmer, in dem mein Onkel lag, nicht. Es kam mir nicht einmal in den Sinn, ich konnte an nichts anderes denken als daran, dem schrecklichen Geschehen, bei dem mir das Herz in der Brust zersprang, zu entfliehen. Aber Eleanore ging hinein, sie kann Ihnen erzählen ...»

«Miss Eleanore Leavenworth werden wir später befragen», unterbrach sie der Coroner, allerdings mit ungewohnter Milde. Augenscheinlich verfehlten Anmut und Vornehmheit dieser liebreizenden Frau auch auf ihn ihre Wirkung nicht. «Wir möchten wissen, was Sie sahen. Sie können uns demnach nichts darüber berichten, was sich zum Zeitpunkt der Entdeckung in der Bibliothek ereignete?»

«Nein.»

«Nur das, was im Flur geschah?»

«Auf dem Flur geschah nichts», bemerkte sie unschuldig.

«Gingen die Dienstboten denn nicht durch den Flur in jenes Zimmer, und kam Ihre Cousine nicht dort heraus, nachdem sie sich von ihrer Ohnmacht erholt hatte, die sie beim ersten Anblick Ihres Onkels befiel?»

Mary Leavenworths veilchenfarbene Augen weiteten sich erstaunt.

«Ja, aber das war nicht der Rede wert.»

«Sie erinnern sich aber immerhin daran, daß sie auf den Flur heraustrat?»

«Ja.»

«Mit einem Stück Papier in der Hand?»

«Papier?» Plötzlich wirbelte sie herum und schaute ihre Cousine an. «Hattest du ein Stück Papier in der Hand, Eleanore?»

Ein Moment höchster Anspannung. Eleanore Leavenworth, welche gleich während der ersten Erwähnung des Worts Papier sichtlich zusammengefahren war, stand bei dieser treuherzigen Erkundigung auf und öffnete soeben den Mund, da hob der Coroner mit seinem unbestechlichen Gefühl für Ordnung mit Bestimmtheit die Hand und sagte:

«Sie brauchen Ihre Cousine nicht zu fragen, Miss, lassen Sie uns vielmehr hören, was Sie selber dazu zu sagen haben.»

Eleanore Leavenworth sank auf ihren Stuhl zurück; auf jeder ihrer Wangen erschien ein rosiger Fleck, während ein gedämpftes Gemurmel die Enttäuschung all jener im Raum Befindlichen zeigte, denen es mehr um die Befriedigung ihrer Neugier, denn um die Befolgung der gesetzlichen Vorschriften zu tun war.

Der Coroner, befriedigt ob dieser gelungenen Erfüllung seiner Pflicht und überdies durchaus geneigt, mit einer so bezaubernden Zeugin nachgiebig zu verfahren, wiederholte seine Frage: «Würden Sie uns bitte sagen, ob Sie etwas in ihrer Hand gesehen haben?»

«Ich? Nein, nein, ich habe gar nichts gesehen.»

Sie wurde nun über die Ereignisse des Vorabends befragt, konnte jedoch keinerlei neue Aufschlüsse darüber geben. Sie vermerkte, daß ihr Onkel sich während des Dinners ein wenig reserviert verhalten haben mochte, jedoch nicht mehr als jemand, der sich nicht vollkommen wohl fühlte oder innerlich mit alltäglichen Sorgen und Aufregungen beschäftigt war.

Die Frage, ob sie ihren Onkel am vergangenen Abend noch einmal gesehen habe, beantwortete sie mit nein, sie sei auf ihrem Zimmer geblieben. Ihre letzte Erinnerung an ihn sei, wie er am Kopf des Eßtischs gesessen habe.

Ihr schlichter Bericht hatte etwas Anrührendes, Hilfloses und gleichzeitig Unaufdringliches, daß die Anwesenden bedächtige, mitleidige Blicke tauschten. Selbst Mr. Gryce, fiel mir auf, neigte sich besänftigt dem Tintenfaß zu. Eleanore Leavenworth indessen verharrte unbeweglich.

«Befand sich Ihr Onkel mit jemandem im Streit?» lautete die nächste Frage. «Besaß er wertvolle Papiere oder geheime Geldsummen?»

Sie verneinte alle diese Nachfragen ohne Ausnahme.

«Hat sich Ihr Onkel in jüngster Vergangenheit mit einem Fremden getroffen oder während der letzten Wochen einen wichtigen Brief erhalten, der Licht auf die mysteriöse Angelegenheit werfen könnte?»

Ein kaum wahrnehmbares Zögern schwang in ihrer Stimme mit, als sie antwortete: «Nein, meines Wissens nicht, mir ist nichts dergleichen bekannt.» Dabei warf sie Eleanore einen verstohlenen Seitenblick zu, und weil sie offensichtlich etwas sah, das sie beruhigte, beeilte sie sich hinzuzufügen:

«Ich glaube, ich darf sogar noch weitergehen und die Frage mit einem klaren Nein beantworten. Mein Onkel pflegte sich mir in allem anzuvertrauen, ich hätte gewußt, wenn etwas Wichtiges geschehen wäre.»

Nach Hannah befragt, bescheinigte sie jener einen untadeligen Charakter und vermochte nichts anzuführen, was deren rätselhaftes Verschwinden oder mögliche Beziehung zu einem Verbrechen erklären konnte. Des weiteren könne sie keine Auskunft darüber geben, mit wem jene Verbindung gehalten oder ob sie Besucher empfangen hatte, wußte lediglich, daß niemand mit derlei Absichten ins Haus gekommen sei. Auf die Frage schließlich, wann sie die Pistole, welche Mr. Leavenworth in seiner Kommode verwahrt hatte, zum letzten Mal gesehen habe, erwiderte sie, nicht seit dem Tag, da er sie gekauft habe, denn Eleanore, nicht sie, trage Sorge für die Gemächer ihres Onkels.

Dies war, sogar für ein vorbelastetes Gemüt wie das meine, unter allen ihren Bemerkungen die einzige, welche auf irgendeinen heimlich gehegten Zweifel oder unausgesprochenen Verdacht hätte hindeuten können, und sie wäre ohne zusätzlichen Kommentar verklungen, zumal sie so unbekümmert vorgebracht worden war, wenn nicht Eleanore selbst der Sprecherin just in dieser Sekunde einen unbeschreiblich aufgewühlten, fragenden Blick zugeworfen hätte.

Für den wißbegierigen Geschworenen jedoch war der Moment gekommen, sich wieder einmal vernehmen zu lassen. Er hockte auf seiner Stuhlkante, sog – beinah drollig war es anzusehen – aus nebulöser Ehrfurcht vor Marys Schönheit tief die Luft ein und erkundigte sich, ob sie genau bedacht habe, was sie soeben gesagt habe.

«Ich hoffe doch, daß ich alles genau bedenke, was ich in Zeiten wie diesen sage», lautete ihre ernsthafte Antwort.

Das Männlein gab nach, und ich sah ihre Vernehmung bereits als beendet an, als unvermittelt sein gewichtiger Kollege, Ritter der Uhrkette, der jungen Frau in die Augen blickte und fragte:

«Miss Leavenworth, hat Ihr Onkel je ein Testament gemacht?»

Dies versetzte jedermann im Raum augenblicklich in Kampfbereitschaft, und nicht einmal sie konnte verhindern, daß sich auf ihren Wangen langsam die Röte verletzten Stolzes ausbreitete. Sie trug ihre Antwort indessen bestimmt, ohne eine Spur von Unmut vor.

«Ja», erwiderte sie einfach.

«Mehr als eines?»

«Ich hörte nur von einem.»

«Ist Ihnen der Inhalt des Testaments bekannt?»

«Ja. Er machte keinen Hehl aus seinen Absichten, niemandem gegenüber.»

Der Geschworene hob sein Monokel und betrachtete sie. Ihre Grazie, ihre Anmut, ihre Eleganz bedeuteten ihm nichts. «Dann können Sie mir vielleicht sagen, wer aus seinem Tod den meisten Nutzen ziehen wird?»

Die Rohheit dieser Frage schrie zum Himmel, sie konnte unmöglich unangefochten stehenbleiben. Jeder im Raum, mich eingeschlossen, runzelte in spontaner Mißbilligung die Stirn. Mary Leavenworth allerdings richtete sich auf, schaute ihrem Befrager ruhig ins Gesicht und sagte beherrscht:

«Ich weiß, wer den größten Verlust davontragen wird. Die Kinder, welche er in ihrer Hilflosigkeit und ihrem Kummer an sein Herz nahm, die jungen Mädchen, die er in den Glorienschein seiner Liebe und seines Schutzes hüllte. Liebe und Schutz waren es, welcher sie in ihrer Unreife bedurften, die Frauen, die seine Führung suchten, nachdem Kindheit und Jugend vergangen waren – sie sind es, mein Herr, denen sein Tod ein solcher Verlust bedeutet, daß im Vergleich dazu alle anderen Verluste, welche ihnen noch bevorstehen mögen, gering und unbedeutend erscheinen müssen.»

Eine noble Erwiderung auf eine niederträchtige Unterstellung – der Geschworene zog sich gescholten zurück; nun aber lehnte sich ein anderer, der bis dahin geschwiegen hatte, von seiner Erscheinung her allerdings allen anderen weit überlegen, ja, in seiner würdevollen Ernsthaftigkeit nahezu imposant wirkte, auf seinem Sitz vor und fragte in feierlichem Ton:

«Miss Leavenworth, der menschliche Verstand kann nicht umhin, Vermutungen anzustellen. Haben Sie, begründet oder unbegründet, je einen Verdacht gehegt, wer der Mörder ihres Onkels sein könnte?»

O schrecklicher Augenblick! Für mich und einen weiteren Menschen nicht nur schrecklich, sondern geradezu qualvoll, dessen war ich mir gewiß. Würde sie der Mut verlassen? Würde ihre Entschlossenheit, die Cousine zu schützen, im Angesicht der Geschworenen und vor dem Gebot der Redlichkeit festbleiben? Ich wagte es nicht zu hoffen.

Doch Mary Leavenworth erhob sich, blickte dem Coroner und den Geschworenen ruhig ins Gesicht und antwortete, ohne die Stimme zu erheben, aber in einem unnachahmlich klaren, schneidenden Ton:

«Nein, ich habe weder einen Verdacht noch Grund dazu, einen zu haben. Weder kenne ich den Mörder meines Onkels noch habe ich die geringste Ahnung, wer es sein könnte.»

Es war, als hätte sich ein Würgegriff gelockert. Jedermann atmete tief durch, Mary Leavenworth trat ab, und an ihrer Stelle rief man Eleanore auf.

VIII. Das erste Indiz

O dark, dark, dark!

O finster, finster, finster!

Und nun, da die Spannung den Siedepunkt erreicht hatte, da es schien, der Schleier jener grauenvollen Tragödie würde jeden Moment gelüftet, wenn nicht gar vollständig fortgezogen werden – da wollte ich dem Schauplatz entfliehen, den Ort verlassen, nichts weiter erfahren.

Nicht, daß ich befürchtete, diese Frau würde sich selbst verraten. Die kühle Gleichmütigkeit ihrer mittlerweile gefestigten, gelassenen Gesichtszüge bot in sich selbst ausreichend Gewähr gegen eine solche Katastrophe. Wenn indessen die Verdächtigungen ihrer Cousine nicht lediglich eine Ausgeburt des Hasses, sondern auch eine Bekundung von Wissen darstellten, wenn jenes Antlitz, welches vollkommene Schönheit verkörperte, in Wahrheit nichts anderes als eine Maske und Eleanore Leavenworth tatsächlich war, was die Worte ihrer Cousine und ihr eigenes, darauf folgendes Verhalten anzudeuten schienen, wie sollte ich es dann ertragen, wie sich die schreckliche Schlange der Falschheit und Sünde aus ihrem Busen hervorschlängeln würde!

Doch Unsicherheit birgt einen starken Reiz, und obschon ich meine eigenen Empfindungen bis zu einem gewissen Grad auf den Mienen vieler Anwesender sah, gab es nicht einen, der Anstalten machte hinauszugehen, am allerwenigsten ich selbst.

Der Coroner, auf den Marys blonde Lieblichkeit nicht ohne Wirkung geblieben war, es sei denn, sie gereiche Eleonore zum Nachteil, schien als einziger von der Situation ungerührt. Mit einem Blick, der zwar Respekt, doch auch einen Hauch von Härte bewies, wandte er sich an die Zeugin und fragte:

«Man berichtet mir, Sie seien seit Ihrer Kindheit ein Mitglied von Mr. Leavenworths Familie gewesen, Miss Leavenworth?»

«Seit meinem zehnten Lebensjahr», gab sie zurück.

In diesem Augenblick hörte ich ihre Stimme zum ersten Mal, und es überraschte mich, wie ähnlich und doch so unähnlich sie der ihrer Cousine war. Sie glich jener im Tonfall, entbehrte jedoch der Ausdruckskraft, hinterließ im Ohr, wenn ich so sagen darf, keine Schwingung und verklang ohne Widerhall.

«Man sagt, Sie seien seit jenem Tag wie eine Tochter behandelt worden.»

«Ja, wie eine Tochter. Er war uns beiden mehr als ein Vater.»

«Sie und Miss Mary Leavenworth sind Cousinen. Wann kam sie in die Familie?»

«Zur selben Zeit wie ich. Unser beider Eltern waren Opfer desselben Unglücks. Wenn unser Onkel nicht gewesen wäre, wären wir der Welt ausgesetzt gewesen, Kinder, die wir waren. Aber er ...», sie unterbrach sich, ihr beherrschter Mund begann beinahe zu zittern, «aber er nahm uns in der Güte seines Herzens in seine Familie auf und gab uns, was wir verloren hatten, einen Vater und ein Heim.»

«Sie sagen, daß er sowohl Ihnen wie auch Ihrer Cousine ein Vater war, er adoptierte Sie. Wollen Sie damit sagen, daß er Sie nicht nur in der Gegenwart mit Reichtümern bedachte, sondern Ihnen außerdem zu verstehen gab, nach seinem Tode würde Ihnen derlei ebenfalls mit Gewißheit zuteil, kurz, teilte er Ihnen mit, daß er beabsichtigte, Ihnen einen Teil seines Eigentums zu vererben?»

«Nein, mir wurde von Anfang an zu verstehen gegeben, daß sein Eigentum kraft Testaments meiner Cousine vermacht werden würde.»

«Ihre Cousine war nicht näher mit ihm verwandt als Sie, Miss Leavenworth. Nannte er Ihnen niemals einen Grund für diese auffällig ungleiche Verteilung von Zuneigung?»

«Keinen, als daß es ihm so gefiele.»

Bis zu diesem Punkt waren ihre Antworten so freimütig und zufriedenstellend gewesen, daß die eher beunruhigenden Zweifel, welche sich gleich zu Beginn um Namen und Person dieser Frau gerankt hatten, allmählich einem gewissen Zutrauen wichen. Nachdem diese Bemerkung, überdies in einem so ruhigen, leidenschaftslosen Ton, gefallen war, merkten nicht bloß die Geschworenen, sondern auch ich selbst, der einen viel triftigeren Grund hatte, ihr zu mißtrauen, endgültig, daß die völlige Abwesenheit eines Motivs, wie sie jene Antwort klar belegte, jeglichen Verdacht gegen sie in den Grundfesten erschüttern mußte.

In der Zwischenzeit fuhr der Coroner fort. «Wenn Ihr Onkel alles, was Sie erwähnten, für Sie getan hat, müssen Sie wohl sehr an ihm gehangen haben?»

«Ja.» Ihre Lippen formten auf einmal eine entschlossen wirkende Linie.

«Sein Tod war also wohl ein großer Schock für Sie?»

«Ein sehr großer.»

«Groß genug, daß Sie, wie man mir berichtete, beim Anblick der Leiche in Ohnmacht fielen?»

«Allerdings.»

«Trotzdem schienen Sie darauf vorbereitet zu sein.»

«Vorbereitet?»

«Die Dienstboten sagten aus, daß Sie sehr aufgeregt waren, als Ihr Onkel nicht zum Frühstück erschien.»

«Die Dienstboten!» Ihre Zunge war wie am Gaumen festgeklebt, sie vermochte kaum zu sprechen.

«Daß Sie sehr blaß waren, als Sie von seinem Zimmer zurückkehrten.»

Wurde ihr allmählich bewußt, daß dieser Mann, welcher sie mit derartigen Fragen bestürmte, Zweifel, wenn nicht gar einen echten Verdacht hegte? Seit jenem einen unvergeßlichen Augenblick in ihren Gemächern hatte ich sie nicht mehr so aufgewühlt erlebt. Aber ihr Mißtrauen, falls sie welches empfand, kam nur kurz zum Vorschein. Mit großer Mühe gewann sie ihre Beherrschung wieder und antwortete ruhig:

«Daran ist nichts Ungewöhnliches. Mein Onkel war ein überaus disziplinierter Mensch, so daß die geringste Veränderung in seinen Gewohnheiten in jedem Fall unweigerlich unsere Besorgnis zur Folge haben musste.»

«Sie waren also beunruhigt?»

«Bis zu einem gewissen Grad ja.»

«Miss Leavenworth, wem oblag die Aufsicht über den ordnungsgemäßen Zustand der Privaträume Ihres Onkels?»

«Mir.»

«Dann wissen Sie also, daß sich in seinem Zimmer eine Kommode mit einer bestimmten Schublade darin befindet.»

«Ja.»

«Wann hatten Sie das letzte Mal Gelegenheit, in die Nähe dieser Kommode zu kommen?»

«Gestern.» Ihr Zittern bei diesem Eingeständnis war nicht zu übersehen.

«Um welche Zeit?»

«Gegen Mittag.»

«Befand sich die Pistole, die er dort aufzubewahren pflegte, an ihrem Platz?»

«Ich nehme es an, ich habe allerdings nicht nachgeschaut.»

«Drehten Sie den Schlüssel um, nachdem Sie die Schublade geschlossen hatten?»

«Ja.»

«Nahmen Sie ihn fort?»

«Nein.»

«Miss Leavenworth, die Pistole liegt, wie Sie vielleicht bereits bemerkt haben, auf dem Tisch vor Ihnen. Würden Sie sie bitte anschauen.» Er hob sie in die Höhe und hielt sie ihr entgegen.

Falls er beabsichtigt hatte, sie durch diese unvermittelte Bewegung zu erschrecken, so war ihm das in hohem Maß gelungen. Sie zuckte beim ersten Anblick der mörderischen Waffe zurück, und ihren Lippen entschlüpfte ein hastig unterdrückter Schreckenslaut. «O nein, nein», stöhnte sie und reckte abwehrend die Hände.

«Ich muß darauf bestehen, Miss Leavenworth, daß Sie sie in Augenschein nehmen», fuhr der Coroner beharrlich fort. «Als sie soeben gefunden wurde, waren alle Kammern geladen.»

Augenblicklich wich der gequälte Ausdruck von ihren Zügen. «Ach dann ...» Sie sprach nicht zu Ende, sondern hob die Hand, um nach der Waffe zu greifen.

Der Coroner jedoch blickte sie unverwandt an und fügte hinzu: «Sie wurde trotzdem erst kürzlich abgefeuert. Die Hand, welche den Lauf reinigte, vergaß die Patronenkammer, Miss Leavenworth.»

Sie schrie kein zweites Mal auf, aber auf ihrem Gesicht breitete sich langsam ein hoffnungsloser, hilfloser Ausdruck aus, und sie wirkte, als würde sie in sich zusammensinken wollen, doch dann kam ihre Reaktion, wie ein Blitz: Sie hob den Kopf, bestimmt, erhaben, mit einer Geste, die ich so nie wieder gesehen habe, und verkündete: «Und, was bedeutet das?»

Der Coroner legte die Pistole nieder. Männer und Frauen blickten einander an, jeder schien zu zögern, nicht zu wissen, wie es weitergehen sollte. Neben mir vernahm ich ein bebendes Seufzen, und als ich mich zur Seite wandte, sah ich, wie Mary Leavenworth ihre Cousine mit schreckgeröteten Wangen anstarrte, als dämmere ihr, diese Frau bliebe eine Erklärung schuldig. Endlich faßte der Coroner den Mut fortzufahren.

«Sie fragen mich, Miss Leavenworth, was dieses Beweisstück bedeutet? Ihre Frage zwingt mich zu der Antwort, daß weder ein Einbrecher noch ein gedungener Mörder diese Pistole für seine verbrecherischen Absichten benutzt und sich dann solche Mühe gegeben haben würde, sie nicht nur zu reinigen, sondern auch neu zu laden und wieder in der Schublade einzuschließen, aus welcher er sie entwendet hatte.»

Sie erwiderte nichts, aber ich bemerkte, daß Mr. Gryce sich alles mit seinem ihm eigentümlichen Kopfnicken einprägte.

«Noch», fuhr der Coroner mit zunehmendem Ernst fort, «wäre es jemandem, der nicht Tag und Nacht Zugang zu Mr. Leavenworths Räumen hatte, möglich gewesen, zu später Stunde durch die Tür zu treten, die Pistole aus ihrem Versteck zu holen, das Zimmer zu durchqueren und ihm so nahe zu kommen, wie es aufgrund der bestehenden Umstände notwendig gewesen sein muß – ohne daß er nicht zumindest den Kopf gewandt hätte, was er unserer Ansicht nach nicht getan haben kann, wenn wir die Aussage des Arztes berücksichtigen.»

Eine furchtbare Andeutung – alle erwarteten, Eleanore Leavenworth empört zurückschrecken zu sehen. Entrüstung zum Ausdruck zu bringen, blieb jedoch ihrer Cousine überlassen. Mary erhob sich aufgebracht, blickte hastig in die Runde und öffnete den Mund, um zu sprechen, aber Eleanore neigte sich ein wenig vor und bedeutete ihr, sich zu fassen.

In einem kühl überlegenden Ton antwortete sie: «Sie wissen nicht, mein Herr, daß es so war. Falls beispielsweise – was sicher möglich, wenn auch nicht wahrscheinlich ist – mein Onkel die Pistole gestern aus unbekannten Gründen selbst abgefeuert hat, sähe die Sachlage genauso aus, könnte man dieselben Schlüsse ziehen.»

«Miss Leavenworth», der Coroner ließ nicht ab, «die Kugel wurde aus dem Kopf ihres Onkels entfernt.»

«Oh!»

«Sie entspricht den Patronen, die man in seiner Kommode fand, und ihre Fabrikatnummer paßt zu dieser Pistole.»

Sie ließ den Kopf auf ihre Hände fallen, ihre Augen blickten zu Boden, ihre Haltung verriet Entmutigung. Der Coroner bemerkte es und wurde sogar noch ernster.

«Miss Leavenworth», sagte er, «ich möchte Ihnen jetzt einige Fragen über den gestrigen Abend stellen. Wo haben Sie ihn verbracht?»

«Allein auf meinem Zimmer.»

«Sahen Sie Ihren Onkel oder Ihre Cousine im Lauf des Abends trotzdem?»

«Nein, nachdem ich mich aus dem Speisezimmer entfernt hatte, sah ich niemand mehr – außer Thomas», fügte sie nach einer kurzen Pause hinzu.

«Und warum sahen Sie ihn?»

«Er kam, um mir die Karte eines Herrn zu bringen, der mich zu sehen wünschte.»

«Darf ich den Namen des Herrn wissen?»

«Der Name auf der Karte lautete Mr. Le Roy Robbins.»

Es handelte sich eigentlich um eine Alltäglichkeit, aber da die Dame an meiner Seite urplötzlich zusammenzuckte, blieb sie in meinem Gedächtnis haften.

«Miss Leavenworth, wenn Sie sich auf Ihrem Zimmer befinden, pflegen Sie dann in der Regel Ihre Tür offenstehen zu lassen?»

Ein überraschter Blick, der schnell unterdrückt wurde. «Nein, das pflege ich nicht zu tun.»

«Warum ließen Sie Ihre Tür gestern abend offen?»

«Mir war heiß.»

«Gibt es keinen anderen Grund?»

«Ich könnte keinen anderen nennen.»

«Wann haben Sie die Tür geschlossen?»

«Als ich zu Bett ging.»

«Bevor oder nachdem die Dienstboten hinaufgegangen waren?»

«Danach.»

«Hörten Sie, wie Mr. Harwell die Bibliothek verließ und auf sein Zimmer ging?»

«Ja.»

«Wieviel länger hielten Sie Ihre Tür geöffnet?»

«Ich … ich … ein paar Minuten – ich weiß nicht», stammelte sie hastig.

«Sie wissen es nicht? Warum haben Sie es vergessen?»

«Ich habe vergessen, wann genau ich meine Tür schloß, nachdem Mr. Harwell heraufgekommen war.»

«Waren es mehr als zehn Minuten?»

«Ja.»

«Mehr als zwanzig?»

«Möglicherweise.» Wie bleich ihr Gesicht war, wie sehr sie zitterte.

«Miss Leavenworth, den Indizien zufolge erlitt Ihr Onkel den Tod bald, nachdem Mr. Harwell ihn verlassen hatte. Falls Ihre Tür geöffnet war, müssen Sie gehört haben, ob jemand in sein Zimmer ging oder ob ein Schuß abgefeuert wurde. Haben Sie wirklich nichts gehört?»

«Ich habe keinerlei Unruhe bemerkt.»

«Haben Sie etwas gehört?»

«Und auch keinen Schuß.»

«Miss Leavenworth, entschuldigen Sie meine Hartnäckigkeit, aber haben Sie irgend etwas gehört?»

«Ich hörte, wie eine Tür geschlossen wurde.»

«Welche Tür?»

«Die Tür zur Bibliothek.»

«Wann?»

«Das weiß ich nicht.» Sie rang erregt die Hände. «Ich kann es nicht sagen. Warum stellen Sie mir so viele Fragen?»

Ich sprang auf – sie wankte, beinahe schwanden ihr die Sinne. Bevor ich bei ihr war, hatte sie sich bereits wieder aufgerichtet und ihre frühere Haltung angenommen. «Entschuldigen Sie», sagte sie, «ich bin heute morgen nicht ganz bei mir. Ich bitte um Verzeihung.» Sie wandte sich wieder gelassen an den Coroner. «Wie lautete Ihre Frage?»

«Ich fragte», seine Stimme klang jetzt dünner und höher, offensichtlich sprach ihr Verhalten zunehmend gegen sie, «wann genau Sie vernahmen, wie die Tür zur Bibliothek geschlossen wurde.»

«Die exakte Zeit vermag ich nicht anzugeben, aber es war, nachdem Mr. Harwell heraufgekommen war und bevor ich meine eigene Tür schloß.»

«Hörten Sie einen Schuß?»

«Nein.»

Der Coroner blickte rasch zu den Geschworenen hinüber, die daraufhin fast sämtlich die Augen zu Boden schlugen.

«Miss Leavenworth, wir wurden davon unterrichtet, daß Hannah, eines der Dienstmädchen, spät gestern abend zu Ihnen gehen wollte, um sich Medizin zu holen. Ist sie zu Ihnen gekommen?»

«Nein.»

«Wann haben Sie zuerst von ihrem eigenartigen Verschwinden in der Nacht gehört?»

«Heute morgen vor dem Frühstück. Ich traf Molly auf dem Flur, und sie erkundigte sich bei mir, wie es Hannah ginge. Mir kam die Frage merkwürdig vor, deswegen bat ich um eine Erklärung. Nach wenigen Worten erkannten wir, daß das Mädchen fort war.»

«Was dachten Sie, als Sie es mit Gewißheit festgestellt hatten?»

«Ich wußte nicht, was ich davon halten sollte.»

«Dachten Sie sich etwas Böses dabei?»

«Nein.»

«Sahen sie einen Zusammenhang mit dem Mord an Ihrem Onkel?»

«Ich wußte zu dem Zeitpunkt nichts von dem Mord.»

«Und später?»

«Vielleicht ist mir die Möglichkeit, sie könnte etwas darüber wissen, kurz in den Sinn gekommen, aber mehr kann ich dazu nicht sagen.»

«Können Sie uns irgend etwas über die Vergangenheit des Mädchens erzählen?»

«Ich vermag Ihnen nicht mehr zu berichten, als meine Cousine bereits getan hat.»

«Wissen Sie, was ihr des Nachts solchen Kummer bereitete?»

Ärgerliche Röte stieg in ihre Wangen – seines Tons wegen oder wegen der Frage selbst? «Nein, sie zog mich nicht ins Vertrauen.»

«Sie können uns also nicht sagen, wo sie hingegangen sein könnte, nachdem sie dieses Haus verlassen hat?»

«Gewiß nicht.»

«Miss Leavenworth, wir sind gezwungen, Ihnen eine weitere Frage zu stellen. Man hat uns mitgeteilt, daß Sie es waren, welche die Anweisung gaben, die Leiche Ihres Onkels aus der Bibliothek in das angrenzende Zimmer zu tragen?»

Sie neigte bejahend den Kopf.

«Wußten Sie nicht, daß man die Leiche einer Person, welche tot aufgefunden worden ist, nur in Anwesenheit und nach den Maßgaben der zuständigen Autoritäten anrühren darf?»

«Ich habe mich in dieser Angelegenheit nicht nach meinem Wissen gerichtet, Sir, sondern ausschließlich nach meinen Gefühlen.»

«In diesem Fall gehe ich davon aus, daß Ihre Gefühle es waren, welche Sie dazu trieben, an dem Tisch, wo er ermordet wurde, stehenzubleiben, anstatt der Leiche nachzufolgen und dafür zu sorgen, daß sie ordnungsgemäß aufgebahrt wurde. Oder waren Sie vielleicht», fuhr er mit gnadenlosem Sarkasmus fort, «just in jenem Augenblick zu sehr an dem Schriftstück interessiert, das Sie fortnahmen, um die Gebote der Schicklichkeit in einer derartigen Situation zu befolgen?»

«Ein Schriftstück?» Sie hob entschlossen den Kopf. «Wer behauptet, daß ich etwas vom Tisch genommen habe? Das ist nicht wahr.»

«Ein Zeuge schwor, er habe gesehen, wie Sie sich über den Tisch beugten, auf dem verschiedene Papiere lagen, eine weitere Zeugin sagt aus, daß Sie gerade ein Stück Papier in Ihre Tasche steckten, als sie Ihnen einige Minuten später auf dem Flur begegnete. Die Schlußfolgerung liegt auf der Hand, Miss Leavenworth.»

Dieser Hieb saß, und wir erwarteten neuerliche Zeichen von Nervosität, doch ihr stolzer Mund zuckte nicht einmal.

«Sie haben Ihren Schluß gezogen, Sie müssen den Beweis liefern.»

Hier sprach Hoheit selbst, und es verwunderte uns nicht, beim Coroner eine leichte Verblüffung wahrzunehmen. Er erholte sich indessen gleich wieder und sagte: «Miss Leavenworth, ich muß Sie ein zweites Mal fragen, ob Sie etwas vom Tisch nahmen oder nicht?»

Sie verschränkte die Arme. «Ich weigere mich, das zu beantworten», erwiderte sie ruhig.

«Verzeihen Sie», wiederholte er, «aber es ist absolut erforderlich, daß Sie antworten.»

Ihre Lippen nahmen einen noch stärkeren Ausdruck von Entschlossenheit an. «Wenn man in meinem Besitz ein verfängliches Schriftstück auffinden sollte, wird es immer noch früh genug sein aufzuklären, wie es in meine Hände geriet.»

Ihr Widerstand schien den Coroner endgültig aus der Fassung zu bringen. «Ist Ihnen bewußt, was Sie sich mit dieser Weigerung antun?»

Sie senkte den Kopf. «Ja, ich fürchte, das weiß ich.»

Mr. Gryce streckte die Hand aus und zwirbelte sanft eine Quaste des Vorhangs am Fenster zwischen seinen Fingern.

«Aber Sie beharren darauf?»

Sie lehnte es unumstößlich ab zu antworten.

Der Coroner bedrängte sie nicht weiter.

Mittlerweile war allen klar geworden, daß Eleanore Leavenworth nicht nur auf ihr Recht pochte, die Aussage zu verweigern, sondern daß sie sich außerdem ihrer Position bewußt und darauf eingestellt war, sie aufrechtzuerhalten. Sogar ihre Cousine, welche sich bis zu diesem Augenblick ein gewisses Maß an Selbstbeherrschung bewahrt hatte, wirkte zunehmend angespannt, konnte ihre Anspannung kaum mehr unterdrücken. Es war eine Sache, selbst Anschuldigungen auszusprechen, doch eine ganz andere, mitanzusehen, wie sich diese allmählich auf den Gesichtern der anwesenden Männer verdichteten.

«Miss Leavenworth», nahm der Coroner die Befragung wieder auf, er änderte allerdings seine Taktik. «Sie haben stets ungehinderten Zugang zu den Räumen Ihres Onkels gehabt, nicht wahr?»

«Ja.»

«Hätten Sie sein Zimmer sogar spätabends betreten, es durchqueren und sich neben ihn stellen können, ohne daß es ihn gestört oder veranlaßt hätte, den Kopf zu wenden?»

«Ja.» Ihre Hände krampften sich schmerzlich zusammen.

«Miss Leavenworth, der Schlüssel zur Bibliothek ist verschwunden.» Sie schwieg.

«Es ist ausgesagt worden, daß Sie vor der eigentlichen Entdeckung des Mordes alleine zur Bibliothek gingen. Würden Sie uns bitte sagen, ob der Schlüssel im Schloß steckte.»

«Er war nicht da.»

«Sind Sie sicher?»

«Ja.»

«Weist dieser Schlüssel bezüglich seiner Größe oder Form irgendeine Besonderheit auf?»

Sie rang um Fassung, um das plötzliche Entsetzen zu verbergen, welches diese Frage bei ihr ausgelöst hatte, blickte sich verstohlen zur Gruppe der Dienstboten in ihrem Rücken um, zitterte. «Er war ein wenig anders als die anderen», murmelte sie schließlich.

«Inwiefern?»

«Der Griff war abgebrochen.»

«Aha, meine Herren, der Griff war abgebrochen», bemerkte der Coroner in Richtung der Geschworenen.

Mr. Gryce schien diese Information zu verinnerlichen, denn er nickte wieder einmal kurz mit dem Kopf, wie es so typisch für ihn war.

«Wenn Sie diesen Schlüssel sehen würden, Miss Leavenworth, würden Sie ihn wiedererkennen?»

Sie warf ihm einen überraschten Blick zu, als erwarte sie, den Schlüssel in seiner Hand zu sehen. Weil er jedoch nirgends auftauchte, schien sie neuen Mut zu schöpfen und erwiderte unbekümmert:

«Ich denke schon.»

«Meine Herren», sagte er mit einer abschließenden Handbewegung, «das ist alles.» Er ließ seinen Blick über die Geschworenen schweifen: «Sie haben die Aussagen der Hausbewohner vernommen und ...» In diesem Moment allerdings trat Mr. Gryce in aller Ruhe vor, beugte sich hinunter und flüsterte dem Coroner etwas ins Ohr, richtete sich dann wieder auf und blieb mit einer Hand in der Brusttasche stehen, die Augen auf den Kronleuchter geheftet.

Ich wagte kaum zu atmen. Hatte er dem Coroner die Worte wiedergegeben, welche er versehentlich vorhin im Flur hatte mitanhören können? Doch ein Blick in das Gesicht des Coroners überzeugte mich davon, daß nichts von derlei Bedeutsamkeit zu ihm durchgedrungen war. Er wirkte nicht nur müde, sondern auch ein wenig gereizt.

«Miss Leavenworth», sagte er und wandte sich ihr erneut zu, «Sie haben behauptet, sie seien gestern abend nicht mit Ihrem Onkel zusammen gewesen, hätten sein Zimmer nicht betreten. Bleiben Sie bei dieser Behauptung?»

«Jawohl.»

Er sah zu Mr. Gryce hinüber, der augenblicklich aus seiner Brusttasche ein ungewöhnlich schmutziges Taschentuch hervorzog. «Dann ist es allerdings sonderbar», bemerkte er, «daß Ihr Taschentuch in der Hand dieses Kriminalbeamten heute morgen in jenem Raum gefunden wurde.»

Das Mädchen stieß einen Schrei aus. Marys Gesicht verhärtete sich zu einem Ausdruck heftiger Verzweiflung, Eleanore indessen preßte sofort wieder die Lippen aufeinander und erwiderte kühl: «Ich halte das nicht für sonderbar. Ich war in dem besagten Zimmer, nämlich heute morgen.»

«Und da haben Sie es verloren?»

Sie errötete gequält, aber schwieg.

«So schmutzig?» setzte er hinzu.

«Von dem Schmutz weiß ich nichts. Was ist es? Darf ich einmal sehen?»

«Gleich. Was wir gerne wissen möchten, ist, wie es in das Zimmer Ihres Onkels gelangte.»

«Dafür gibt es viele Möglichkeiten. Ich könnte es schon vor vielen Tagen dort gelassen haben. Ich sagte bereits, daß ich seine Räume häufig zu betreten pflegte. Aber lassen Sie mich zunächst sehen, ob es mein Taschentuch ist.» Und sie streckte ihre Hand aus.

«Ich nehme es doch an, da man mir sagt, Ihre Initialen seien in einer Ecke aufgestickt», antwortete er, während Mr. Gryce ihr das Tuch überreichte.

Sie hingegen unterbrach ihn mit entsetzter Stimme. «Diese Schmutzflecken! Woher kommen sie? Sie sehen aus wie ...»

«Wie das, was sie sind», sagte der Coroner. «Falls Sie je eine Pistole gereinigt haben, Miss Leavenworth, müßten Sie wissen, wovon sie stammen.»

Vollkommen verstört ließ sie das Taschentuch auf den Fußboden fallen und starrte es an.

«Ich habe keine Ahnung, meine Herren», sagte sie. «Das Taschentuch gehört mir, aber ...» Aus irgendeinem Grund beendete sie den Satz nicht, sondern wiederholte: «Wirklich, ich habe keine Ahnung.» Damit war ihre Vernehmung abgeschlossen.

Nun rief man Kate, die Köchin, ein zweites Mal auf und fragte sie, wann sie das Taschentuch zuletzt gewaschen hatte.

«Das hier, Sir, das Taschentuch? Och, irgendwann die Woche», und sie warf ihrer Herrin einen düsteren Blick zu.

«An welchem Tag?»

«Ach, Miss El'nore, ich wünscht, ich könnt's vergessen, aber's geht nich. 's gibt nur ein son Taschentuch im Haus. Vorgestern hab ich's gewaschen.»

«Wann haben Sie es gebügelt?»

«Gestern morgen», sie erstickte fast an den Worten.

«Und wann haben Sie es auf ihr Zimmer gebracht?»

Die Köchin verbarg das Gesicht in ihrer Schürze. «Gestern nachmittag, mit den andern Sachen, gerad vor dem Essen. Ach bittschön, Miss El'nore, ich kann nich dafür», murmelte sie, «'s is die Wahrheit.»

Eleanore Leavenworth runzelte die Stirn. Diese Aussage, welche ihre eigene in gewisser Weise widerlegte, hatte sie merklich erschüttert; und als der Coroner, nachdem er die Zeugin entlassen hatte, sich ihr zuwandte und sich erkundigte, ob sie noch etwas zu sagen habe, eine Erklärung abliefern wolle oder ähnliches, warf sie fast wie in einem Krampfanfall die Hände in die Luft, schüttelte langsam den Kopf und fiel ohne jegliche Vorwarnung leise in Ohnmacht.

Ich bemerkte, daß während des hierauf selbstverständlich folgenden kleinen Aufruhrs Mary keinerlei Anstalten machte, ihrer Cousine zu Hilfe zu eilen, sondern es Molly und Kate überließ, alles zu ihrer Wiederbelebung Notwendige zu unternehmen. Diese war nach wenigen Augenblicken zumindest soweit vollzogen, daß die Frauen sie aus dem Zimmer geleiten konnten. Dabei sah ich, wie ein hochgewachsener Mann aufstand und ihnen folgte.

Vorübergehend herrschte Stille, welche allerdings bald durch eine ungeduldige Bewegung durchbrochen wurde, denn unser Männlein erhob sich und beantragte, die Geschworenen für den Tag zu entlassen. Der Coroner schien diese Meinung zu teilen und verkündete, daß die Vernehmung auf drei Uhr am folgenden Nachmittag vertagt sei; er gehe davon aus, daß alle Geschworenen pünktlich wieder zur Stelle sein würden.

Der allgemeine eilige Aufbruch leerte den Raum in wenigen Minuten, zurück blieben lediglich Miss Leavenworth, Mr. Gryce und ich selbst.

IX. Eine Entdeckung

His rolling Eies did never rest in place,
But walkte each where for fears of his mischance,
Holding a lattis still before his Face,
Through which he still did peep as forward he did pace.

Seine rollenden Augen verweilten nie an einem Ort,
sondern wanderten aus Furcht vor Mißgeschick hierhin und dorthin.
Still hielt er ein Gitterschild vor sein Gesicht,
durch welches er noch blickte, als er vorwärtsschritt.

FAERIE QUEEN

Miss Leavenworth, die anscheinend aus einer unbestimmten Furcht vor allem und jedem im Haus verweilte, entfernte sich sofort von meiner Seite, nachdem sie gemerkt hatte, daß wir weitgehend ungestört waren. Sie zog sich in eine Nische des Raums zurück und gab sich ihrem Kummer hin. Daher wandte ich meine Aufmerksamkeit Mr. Gryce zu und entdeckte jenen eifrig damit beschäftigt, seine Finger zu zählen, wobei schwer zu beurteilen war, ob seine besorgte Miene ihren Ursprung in dieser anstrengenden Tätigkeit hatte oder nicht. Als ich mich ihm näherte, ließ er seine Hände – vielleicht befriedigte ihn die Tatsache, daß er nicht mehr als die erforderliche Anzahl besaß – sinken und bedachte mich mit einem schwachen Lächeln, welches in Anbetracht der Umstände zu vielsagend war, um erfreulich zu wirken.

«Ich gebe zu», sagte ich und stellte mich vor ihn hin, «daß Ihnen nichts vorzuwerfen ist. Sie hatten das Recht, nach Ihrem Gutdünken zu verfahren, doch wie konnten Sie es über sich bringen? War sie nicht bereits genügend kompromittiert, ohne daß Sie das unglückselige Taschentuch ins Spiel brachten, welches sie in dem Zimmer verloren haben mag oder auch nicht. Es wurde zwar dort gefunden, aber das reicht mit Sicherheit nicht als Beweis dafür aus, daß sie etwas mit dem Mord zu tun gehabt hat, sogar wenn es mit Gewehrfett beschmutzt war.»

«Mr. Raymond», antwortete er, «man hat mich in meiner Eigenschaft als Polizeibeamter und Kriminaldetektiv angewiesen, diesen Fall zu untersuchen, und das ist es, was ich zu tun beabsichtige.»

«Ich wäre gewiß der letzte», beeilte ich mich zu erwidern, «der sich wünscht, Sie möchten Ihre Pflicht vernachlässigen, aber Sie werden doch wohl nicht so tollkühn sein zu behaupten, man müsse die Möglichkeit in Betracht ziehen, dieses sanfte junge Geschöpf könne in ein derart ungeheuerliches, widernatürliches Verbrechen verwickelt sein. Die bloßen Mutmaßungen einer anderen Frau dürften nicht ...»

Doch Mr. Gryce unterbrach mich: «Sie reden, dabei sollten Sie Ihre Aufmerksamkeit wichtigeren Dingen widmen. Die andere Frau, wie Sie die Blüte und Zierde der New Yorker Gesellschaft zu nennen belieben, sitzt in Tränen aufgelöst dort drüben. Gehen Sie zu ihr, trösten Sie sie.»

Ich sah ihn überrascht an und zögerte zunächst, seinen Hinweis zu befolgen.

Weil ich jedoch sah, daß er es ernst meinte, begab ich mich zu Mary Leavenworth und setzte mich neben sie. Sie weinte, aber stockend, wie unbewußt, als hätte Furcht ihren Kummer übermannt.

Auf mich wirkte ihre Furcht so unverstellt, ihr Kummer so natürlich, daß ich weder an der Echtheit der einen noch des anderen zweifelte.

«Miss Leavenworth», begann ich meine Rede, «jeder Versuch, den ein Fremder unternehmen mag, Ihnen Trost zu spenden, muß in einer solchen Zeit unweigerlich wie blanker Hohn erscheinen, aber bitte denken Sie daran, daß ein Indiz nicht immer einen absoluten Beweis darstellt.»

Sie fuhr zusammen wie jemand, den man in eben dem Moment vom Rand eines Abgrunds zurückreißt, wandte mir langsam ihr Antlitz zu und bedachte mich mit einem wissenden Blick, der in den lieblichen Augen dieser Frau bezaubernd anzuschauen war.

«Nein», sagte sie leise, «ein Indiz ist kein absoluter Beweis, aber das weiß Eleanore nicht. Sie ist dermaßen verkrampft, sie kann nur eine Sache auf einmal sehen. Sie hat ihren Kopf in eine Schlinge gesteckt und ...» Sie hielt inne, umklammerte leidenschaftlich meinen Arm. «Glauben Sie, daß Gefahr besteht? Wird man ...» Sie vermochte nicht weiterzusprechen.

«Miss Leavenworth», flüsterte ich, einen warnenden Blick in Richtung des Kriminalinspektors werfend, «was wollen Sie damit sagen?»

Wie ein Blitz folgte ihr Blick dem meinen, und augenblicklich änderte sich ihr Verhalten.

«Ihre Cousine mag angespannt sein», fuhr ich fort, als wäre nichts geschehen, «aber ich würde gerne wissen, worauf Sie anspielen, wenn Sie sagen, sie hätte ihren Kopf in eine Schlinge gesteckt.»

«Ich will damit sagen», erwiderte sie entschlossen, «daß sie den ihr hier gestellten Fragen, absichtlich oder unabsichtlich, auf eine Art und Weise begegnet ist, daß jeder, der ihr zugehört hat, zu der Annahme gelangen muß, sie wüßte mehr über das entsetzliche Ereignis, als sie sollte. Sie benimmt sich ...» – Mary flüsterte, aber nicht so leise, als daß nicht jedes ihrer Worte in jedem Winkel des Raums deutlich vernehmbar gewesen wäre – «... als sei sie ängstlich darauf bedacht, etwas zu verbergen. Aber das ist sie nicht, dessen ich bin mir sicher: das ist sie nicht. Eleanore und ich sind keine guten Freundinnen, aber niemand auf der Welt könnte mir weismachen, sie wisse mehr über diesen Mord als ich selbst. Kann ihr denn bitte nicht jemand sagen – können Sie ihr nicht sagen –, daß sie mit ihrem Betragen einen Fehler macht, daß es unweigerlich Verdacht erregen muß, daß dies bereits der Fall ist? Richten Sie ihr bitte aus ...»

– ihre Stimme sank zu einem gedämpften Wispern herab – «… was Sie mir gerade sagten, daß nämlich ein Indiz nicht immer einen absoluten Beweis darstellt.»

Ich betrachtete sie mit großer Verwunderung. Was für eine Schauspielerin diese Frau war!

«Sie bitten mich, ihr das zu sagen», entgegnete ich. «Wäre es nicht besser, Sie würden selbst mit ihr sprechen?»

«Eleanore und ich vertrauen uns einander nur selten oder gar nicht an», antwortete sie.

Es fiel mir nicht schwer, das zu glauben, dennoch war ich verwirrt.

Ihr ganzes Benehmen erschien mir rätselhaft. Ich wußte nicht, was ich sagen sollte, und bemerkte daher: «Das ist sehr bedauerlich. Jemand müßte ihr klarmachen, daß Offenheit in jedem Fall der beste Weg wäre.»

Mary Leavenworth schluchzte bloß. «Oh, warum hat mich dieses schreckliche Unglück überfallen, wo ich bisher stets so glücklich gewesen bin!»

«Vielleicht aus genau dem Grund, weil Sie immer glücklich gewesen sind.»

«Nicht genug damit, daß mein lieber Onkel auf diese entsetzliche Weise sterben mußte, meine eigene Cousine …»

Ich faßte sie am Arm, die Geste schien sie wieder zu sich zu bringen. Sie hörte sofort auf zu sprechen und biß sich auf die Lippen.

«Miss Leavenworth», flüsterte ich, «Sie sollten das Beste hoffen. Außerdem bin ich der festen Überzeugung, daß Sie sich unnötige Sorgen machen. Ausflüchte allein oder ähnliches werden Ihrer Cousine nicht schaden können, außer es tritt etwas zutage, das bis jetzt niemand weiß.»

Das sagte ich, um herauszufinden, ob sie einen Grund hatte, die Zukunft zu fürchten. Ich wurde reich belohnt.

«Etwas, das bis jetzt niemand weiß? Wie könnte es so etwas geben, da sie doch vollkommen unschuldig ist?»

Plötzlich schien ihr ein Gedanke zu kommen.

«Mr. Raymond», sagte sie und drehte sich auf ihrem Stuhl herum, bis ihr prächtiger parfümierter Umhang mein Knie streifte, «warum hat man mir nicht mehr Fragen gestellt? Ich hätte ihnen sagen können, daß Eleanore ihr Zimmer gestern abend nicht verlassen hat.»

«Sie hätten was?» Was sollte ich von dieser Frau halten?

«Ja, mein Zimmer liegt näher am Treppenabsatz als ihres, und um hinunterzugehen, muß sie an meiner Tür vorbeilaufen. Ich hätte sie auf jeden Fall gehört, verstehen Sie?»

War das alles?

«Das eine folgt nicht aus dem anderen», antwortete ich bekümmert. «Können Sie keinen weiteren Grund angeben?»

«Ich würde alles sagen, was not tut», hauchte sie.

Ich zuckte zurück. Ja, diese Frau würde lügen, um ihre Cousine zu retten, hatte während der Vernehmung gelogen, und dafür war ich dankbar gewesen, jetzt allerdings erschreckte es mich bloß.

«Miss Leavenworth», sagte ich, «die Gebote des eigenen Gewissens zu übertreten ist durch nichts gerechtfertigt, nicht einmal dadurch, daß man jemand schützt, den man nicht einmal bedingungslos liebt.»

«Nein?» erwiderte sie fragend. Ihre Lippen begannen zu zittern, ihr Busen bebte, und sie schlug sanft die Augen nieder.

Hätte sich Eleanores Schönheit meinem Inneren um nur einen Deut weniger eingeprägt, hätte ihre furchteinflößende Lage nur ein Tüpfelchen weniger Angst über meine Seele gelegt – ich wäre von Stund an ein verlorener Mann gewesen.

«Ich wollte nichts Schlimmes tun», raunte sie, «denken Sie bitte nicht zu schlecht von mir.»

«Nein, nein», antwortete ich, und es gibt keinen Mann auf der Welt, der nicht an meiner Stelle dasselbe gesagt hätte.

Ich vermag nicht zu beurteilen, welche Worte noch gefallen wären, denn in diesem Moment öffnete sich die Tür, und ein Mann kam herein, den ich als denjenigen wiedererkannte, der kurze Zeit vorher Eleanore Leavenworth hinausgefolgt war.

«Mr. Gryce», sagte er, im Türrahmen stehenbleibend, «dürfte ich Sie kurz sprechen?»

Der Inspektor nickte, begab sich jedoch nicht zu ihm hinüber, sondern schritt stattdessen gemächlich durch das Zimmer, hob den Deckel eines Tintenfasses, welches er in der anderen Hälfte des Raums fand, murmelte einige unverständliche Worte hinein und verschloß es wieder.

Sogleich überfiel mich die gespenstische Vorstellung, ich müsse nur zu diesem Tintenfaß eilen, es öffnen und hineinspähen, dann würde ich die geheime Information, welche er ihm anvertraut hat, noch erhaschen können.

Aber ich unterdrückte diese närrische Eingebung und begnügte mich damit, den Blick verhaltenen Respekts zu registrieren, mit welchem der hagere Handlanger seinem Vorgesetzten entgegensah.

«Und?» fragte letzterer, als er schließlich bei ihm stand. «Was ist los?»

Der Mann zuckte die Achseln und zog seinen Chef durch die geöffnete Tür. Draußen in der Eingangshalle sanken ihre Stimmen zu einem Flüstern herab, und da man nur ihre Rücken sehen konnte, wandte ich mich meiner Gefährtin zu. Sie war bleich, aber gefaßt. «Kam er von Eleanore?»

«Ich weiß es nicht, aber ich fürchte. Miss Leavenworth», sagte ich, «ist es möglich, daß Ihre Cousine etwas in ihrem Besitz hat, das sie verstecken möchte?»

«Sie glauben also, sie versuche, etwas zu verstecken?»

«Das habe ich nicht gesagt. Aber es wurde viel von einem Schriftstück geredet ...»

«Man wird kein Schriftstück und auch nichts anderes bei Eleanore finden, das verdächtig wäre», unterbrach sie mich. «Zuallererst einmal, weil es kein Schriftstück gab, das wichtig genug gewesen wäre» – ich sah, wie Mr. Gryce plötzlich eine gespannte Haltung annahm –, «als daß man es hätte verstecken wollen. Muß ich es nicht wissen? War ich nicht die Vertraute meines Onkels?»

«Soweit Sie darüber Bescheid wußten, gab es so etwas wohl nicht», bemerkte ich. «Doch hätte nicht sie von etwas Kenntnis besitzen können ...?»

Sie betrachtete mich abweisend, kühl. «Es gab nichts, wovon irgend jemand irgendwelche besondere Kenntnisse hätte besitzen können, Mr. Raymond. Wir führten ein sehr geregeltes, häusliches Leben. Ich meinerseits kann nicht verstehen, worüber soviel Aufhebens gemacht wird. Mein Onkel ist unbezweifelbar durch die Hand eines mutwilligen Einbrechers ums Leben gekommen. Daß nichts aus dem Haus gestohlen wurde, beweist nicht, daß kein Einbrecher eingedrungen ist. Was die angeblich verriegelten Türen und Fenster betrifft, wollen Sie sich da rückhaltlos auf das Wort eines irischen Dienstboten verlassen? Ich kann es nicht. Ich glaube, der Mörder gehört zu einer Bande, deren Tätigkeit darin besteht, in anderer Leute Häuser einzubrechen, und falls Sie sich meiner Meinung nicht guten Gewissens anschließen können, dann versuchen Sie bitte, derlei Erklärungen zu akzeptieren, wenn schon nicht um unserer Familienehre willen, dann wenigstens ...» – sie wandte mir ihr Gesicht in all seiner liebreizenden Schönheit zu, Augen, Wangen, Mund, so köstlich, so bezaubernd – «... wenigstens meinetwegen.»

In diesem Augenblick drehte Mr. Gryce sich um. «Mr. Raymond, würden Sie sich freundlicherweise zu uns gesellen?»

Froh, meinen gegenwärtigen Aufenthaltsort verlassen zu können, kam ich seiner Aufforderung eilends nach.

«Was ist geschehen?» erkundigte ich mich.

«Wir beabsichtigen, Sie ins Vertrauen zu ziehen», murmelte Mr. Gryce wie nebenbei. «Entschuldigen Sie – Mr. Raymond, Mr. Fobbs.»

Ich verbeugte mich leicht vor dem Mann und wartete nervös. Obwohl ich unbedingt wissen wollte, was wir wirklich zu befürchten hatten, schreckte ich doch nach wie vor instinktiv davor zurück, mit einem Menschen in Berührung zu kommen, den ich als Spitzel betrachtete.

«Eine recht wichtige Sache», sagte Mr. Gryce. «Ich brauche Sie wohl nicht daran zu erinnern, daß sie vertraulich ist?»

«Nein.»

«Das dachte ich mir. Mr. Fobbs, fahren Sie bitte fort.»

Augenblicklich änderte sich das Verhalten jenes Mr. Fobbs. Er machte eine überlegene, wichtige Miene, legte seine große Hand flach auf die Brust und begann:

«Entsprechend Mr. Gryces Order, Miss Eleanore Leavenworth auf Schritt und Tritt zu beobachten, verließ ich hinter ihr den Raum und folgte ihr sowie zwei der Dienstboten, die sie geleiteten, die Treppe hinauf zu ihrem Zimmer. Als wir dort ankamen ...»

Mr. Gryce unterbrach ihn. «Als Sie dort ankamen? Wo?»

«In ihrem Zimmer, Sir.»

«Wo liegt das?»

«Am Treppenabsatz.»

«Das ist nicht ihr Zimmer. Reden Sie weiter.»

«Nicht ihr Zimmer? Dann wollte sie zu dem Feuer», rief er aus und schlug sich auf die Knie.

«Ein Feuer?»

«Entschuldigen Sie, ich greife mir selbst vor. Sie schien mich nicht einmal richtig zu bemerken, obwohl ich unmittelbar hinter ihr herlief. Erst als sie die Tür jenes Raums erreicht hatte – der nicht ihr eigener war», ergänzte er dramatisch, «und sich umdrehte, um ihre Dienstboten zu entlassen, wurde ihr bewußt, daß ihr jemand gefolgt war. Sie blickte mich mit großer Würde an – dieser Ausdruck wurde allerdings sogleich wieder von einer schicksalsergebenen Duldsamkeit verdrängt – und ging hinein, wobei sie die Tür auf eine höfliche Weise offenstehen ließ, die ich schlecht zu beschreiben vermag.»

Ich konnte ein Stirnrunzeln nicht unterdrücken. Der Mann wirkte zwar aufrichtig, aber dies war eindeutig ein heikler Punkt. Er sah meine finstere Miene und milderte seinen Ton.

«Da ich keine andere Möglichkeit sah, sie im Auge zu behalten und meine Pflicht ordnungsgemäß zu erfüllen, außer der, den Raum zu betreten, folgte ich ihr hinein und nahm in einem Winkel Platz. Sie warf mir einen scharfen Blick zu und begann, auf eine Art und Weise im Zimmer auf und ab zu gehen, die ich recht gut kenne. Plötzlich blieb sie stehen, mitten im Zimmer. 'Bringen Sie mir ein Glas Wasser', keuchte sie, 'ich werde wieder ohnmächtig, schnell! Auf dem Gestell in der Ecke.' Um das Wasser holen zu können, war es allerdings erforderlich, hinter einem Spiegel zu gehen, der fast bis zur Decke reichte, deswegen zögerte ich natürlich. Aber sie drehte sich um und blickte mich an und – ich glaube, meine Herren, jeder von Ihnen wäre ihrer Bitte, ohne zu zögern, nachgekommen, zumindest hätten Sie» – mit einem zweifelnden Blick auf Mr. Gryce – «Ihre rechte Hand für dieses Privileg hergegeben, selbst wenn Sie der Versuchung nicht erlegen wären.»

«Ja, ja!» rief Mr. Gryce ungeduldig aus.

«Ich fahre ja fort», sagte der andere. «Einen Augenblick lang befand ich mich also außer Sichtweite, aber das schien für ihre Absichten zu reichen, denn als ich mit dem Glas in der Hand wieder hervortrat, kniete sie, gut fünf Fuß von der Stelle entfernt, an welcher sie gestanden hatte, am Kamin und hantierte am Gürtel ihres Kleides. Ich ahnte sofort, daß sie dort etwas verborgen hielt, das sie unbedingt loswerden wollte. Als ich ihr das Wasser reichte, betrachtete ich sie forschenden Blicks, aber sie starrte mit einem Ausdruck auf ihrem Gesicht in den Kamin, wie ich ihn nie zuvor gesehen hatte, und schien es nicht zu bemerken. Sie trank kaum einen Tropfen, gab mir das Glas zurück und hielt im nächsten Augenblick ihre Hände über das Feuer. 'Oh, mir ist so kalt', murmelte sie, 'so kalt.' Das glaubte ich ihr unbesehen. Jedenfalls zitterte sie sehr echt. Aber auf dem Rost lagen ein paar schwach glühende Kohlen, und als ich sah, wie sie ihre Hände erneut zwischen die Falten ihres Kleids steckte, wurde ich sehr mißtrauisch, was ihre Absichten anbelangte, trat einen Schritt näher und blickte über ihre Schulter, da sah ich deutlich, wie sie etwas in den Kamin warf, das beim Aufprall klirrte. Ich hatte eine Ahnung, was es sein könnte, und wollte eben eingreifen, da sprang sie auf, griff nach dem Kohleneimer, der vor dem Kamin stand, und leerte ihn in einem Schwung über dem verglimmenden Feuer aus. 'Ich will ein Feuer', rief sie, 'richtiges Feuer.' – 'Aber so geht das schwerlich', entgegnete ich, nahm die Kohlen vorsichtig mit den Händen heraus, eine nach der anderen, und legte sie in den Eimer zurück, bis ...»

«Bis was?» fragte ich, als ich sah, wie er und Mr. Gryce einen raschen Blick tauschten.

«Bis ich das hier fand.» Er öffnete seine große Pranke und zeigte mir den Schlüssel mit dem abgebrochenen Griff.

X. Neuer Schwung für Mr. Gryce

There's nothing ill
Can dwell in such a temple.

Nichts Böses
kann in einem solchen Tempel wohnen.

SHAKESPEARE: DER STURM

Diese erstaunliche Entdeckung erschütterte mich zutiefst. Es war also wahr. Eleanore, die Schöne, die Liebenswerte – ich vollendete den Satz nicht, konnte ihn nicht vollenden, nicht einmal im stillen, nicht einmal in meinem Innern.

«Sie wirken überrascht», sagte Mr. Gryce, den Schlüssel neugierig beäugend. «Ich bin es nicht. Keine Frau ereifert sich umsonst, zittert, errötet, macht Ausflüchte, fällt in Ohnmacht, wenn sie keinen Grund dafür hat, vor allem nicht eine Frau wie Miss Leavenworth.»

«Die Frau, die eine solche Tat begehen könnte, würde niemals zittern, Ausflüchte machen und in Ohnmacht fallen», hielt ich dagegen. «Geben Sie mir den Schlüssel, lassen Sie mich sehen.»

Er reichte ihn mir, sehr mit sich selbst zufrieden. «Es ist der, den wir wollten», sagte er. «Daran läßt sich nicht rütteln.»

Ich gab ihm den Schlüssel zurück. «Wenn sie sich für unschuldig erklärt, werde ich ihr glauben.»

Er starrte mich verwundert an. «Ihr Glaube an die Frauen ist groß», bemerkte er vergnügt. «Ich hoffe, Sie erleben es noch, daß jene sich dessen würdig erweisen.»

Darauf wußte ich keine Antwort, und für einen Moment herrschte Schweigen, welches Mr. Gryce schließlich brach. «Es gibt nur noch eines zu tun», sagte er. «Fobbs, Sie müssen

Miss Leavenworth bitten herunterzukommen. Erschrecken Sie sie nicht, sorgen Sie lediglich dafür, daß sie kommt. In den Salon», setzte er hinzu, während der Mann bereits im Fortgehen begriffen war.

Sobald wir alleine waren, wollte ich mich erneut Mary zugesellen, aber er hielt mich zurück.

«Kommen Sie, bleiben Sie bis zum Ende», raunte er. «Sie wird bald herunterkommen, ich rate Ihnen, bleiben Sie.»

Ich wandte mich ab, unschlüssig, doch die Aussicht, Eleanore ein zweites Mal zu sehen, verlockte mich wider meinen Willen. Ich bat ihn zu warten und ging zu Mary, um mich zu empfehlen.

«Worum geht es, was ist geschehen?» fragte sie atemlos.

«Nichts, worüber Sie sich beunruhigen müßten. Seien Sie unbesorgt.»

Aber mein Gesichtsausdruck strafte mich Lügen.

«Doch, etwas stimmt nicht», sagte sie.

«Ihre Cousine kommt herunter.»

«Hierher?» und sie zuckte sichtlich zusammen.

«Nein, in den Salon.»

«Ich verstehe das nicht. Alles ist so schrecklich, und niemand verrät mir etwas.»

«Miss Leavenworth» – Versuch einer Erklärung – «ich bete zu Gott, daß es nichts zu verraten gibt. Wenn man davon ausgeht, daß Sie Ihrer Cousine derzeit bedingungslos vertrauen, kann nichts geschehen. Fassen Sie sich, und glauben Sie mir, ich würde Sie sofort unterrichten, falls etwas eintritt, das Sie wissen müssen.»

Ich warf ihr einen beruhigenden Blick zu, ließ sie in sich zusammengesunken auf den purpurnen Kissen des Sofas sitzen und gesellte mich abermals zu Mr. Gryce. Wir hatten kaum den Salon betreten, da kam Eleanore Leavenworth herein.

Sie wirkte matter als eine Stunde zuvor, aber immer noch stolz; sie näherte sich langsam, und als unsere Augen einander begegneten, neigte sie leicht den Kopf.

«Ich bin von einer Person hergebeten worden», sagte sie, ihre Worte ausschließlich an Mr. Gryce richtend, «die vermutlich in Ihren Diensten steht. Dürfte ich darum bitten, daß Sie mir Ihr Anliegen unverzüglich unterbreiten, denn ich bin recht erschöpft und verspüre ein großes Verlangen nach Ruhe.»

«Miss Leavenworth», erwiderte Mr. Gryce, wobei er seine Hände gegeneinander rieb und mit väterlicher Miene den Türknauf anstarrte, «es tut mir sehr leid, Sie zu behelligen, aber ich möchte Sie fragen ...»

Doch sie unterbrach ihn. «Hat es mit dem Schlüssel zu tun, den ich, wie dieser Mann gesehen und Ihnen zweifellos berichtet hat, in die Asche warf?»

«Ja.»

«Ich muß es ablehnen, hierzu irgendwelche Fragen zu beantworten. Ich habe darüber nichts zu sagen, außer» – sie warf ihm einen gequälten, aber auch tapferen Blick zu – «daß er die Wahrheit sagt, wenn er Ihnen erzählt, ich hätte den Schlüssel verborgen gehalten und versucht, ihn unter der Asche im Kamin zu verstecken.»

«Trotzdem, mein gnädiges Fräulein ...»

Sie indessen hatte sich bereits zur Tür begeben. «Bitte entschuldigen Sie mich», sagte sie. «Sie könnten nichts vorbringen, was meinen Entschluß ins Wanken bringen kann, Sie würden nur Ihre Kraft vergeuden, wenn Sie es versuchten.» Blitzschnell warf sie mir einen beschwörenden Blick zu, dann verließ sie den Raum.

Mr. Gryce verharrte eine Sekunde lang reglos und sah ihr mit einem Ausdruck großen Interesses nach, dann verbeugte er sich ehrerbietig bis nahezu auf den Boden und folgte ihr eilig hinaus.

Ich hatte mich von meiner Überraschung über diesen unerwarteten Zwischenfall kaum erholt, da ließen sich rasche Schritte vernehmen, und Mary tauchte vor mir auf, erhitzt, erregt.

«Wie steht es?» fragte sie. «Was hat Eleanore gesagt?»

«Ach», antwortete ich, «sie hat gar nichts gesagt. Darin besteht das Problem, Miss Leavenworth. Ihre Cousine hüllt sich in ein Schweigen, das nur schwer zu ertragen ist. Sie muß begreifen, daß – falls sie sich weiterhin so verhält ...»

«Daß was?» Die ängstliche Besorgtheit, welche in ihrer Frage mitschwang, war unmißverständlich.

«Daß sie den sich daraus ergebenden Schwierigkeiten nicht entgehen kann.»

Einen Augenblick lang starrte sie mich mit schreckgeweiteten, ungläubigen Augen an, dann sank sie auf einen Stuhl nieder und bedeckte aufschluchzend ihr Gesicht mit ihren Händen.

«Warum wurden wir je geboren? Warum durften wir leben? Warum sind wir nicht mit jenen umgekommen, die uns geboren haben?»

Ich konnte angesichts ihrer Qual nicht schweigen.

«Liebes Fräulein Leavenworth», begann ich versuchsweise, «zu solcher Verzweiflung besteht kein Grund. Die Zukunft wirkt düster, doch nicht pechschwarz. Ihre Cousine wird auf die Stimme der Vernunft hören, und wenn sie erklärt ...»

Aber sie hatte sich, für meine Worte taub, bereits wieder erhoben und stand in einer beinahe furchteinflößenden Haltung vor mir.

«Einige Frauen an meiner Stelle würden wahnsinnig!» wisperte sie, «wahnsinnig, wahnsinnig!»

Ich betrachtete sie mit zunehmender Verwunderung. Ich glaubte zu wissen, was sie meinte. Sie begriff, daß sie selbst uns den Hinweis gegeben hatte, der zur Verdächtigung ihrer Cousine führte und deshalb das Unheil, welches über ihren Köpfen schwebte, ein selbstverschuldetes war. Ich bemühte mich, sie zu beruhigen, aber meine Anstrengungen fruchteten nichts. Sie ging ganz in ihrem Schmerz auf und beachtete mich kaum. Ich gab mich schließlich damit zufrieden, daß ich nicht mehr für sie tun konnte, und wollte gehen, doch diese Bewegung schien sie wachzurütteln.

«Es tut mir leid, mich zu verabschieden», sagte ich, «ohne daß ich Ihnen Trost spenden konnte. Bitte glauben Sie mir, mehr als alles andere der Welt möchte ich Ihnen helfen. Gibt es niemand, den ich Ihnen als Beistand senden kann, eine Freundin oder Verwandte? Es wäre herzzerreißend, Sie unter den gegebenen Umständen alleine zu lassen.»

«Ja, glauben Sie denn, daß ich beabsichtige hierzubleiben?» fragte sie. «Ich würde sterben. Heute nacht hier?» Schauer durchliefen ihren Körper.

«Es ist wahrhaftig nicht notwendig», ließ sich plötzlich eine höfliche Stimme in unserem Rücken vernehmen, «daß Sie hierbleiben, Miss Leavenworth.»

Ich fuhr erschrocken herum. Mr. Gryce saß nicht nur hinter uns, sondern hatte sich dort offensichtlich bereits seit einigen Minuten befunden. Er hockte in einem Lehnstuhl bei der Tür, eine Hand in der Tasche, mit der anderen strich er über die Lehne. Unseren Blicken begegnete er mit dem Anflug eines Lächelns, als wolle er für die lästige Störung Abbitte leisten und gleichzeitig beteuern, er unterbräche uns aus triftigen Gründen. «Es wird ordnungsgemäß für alles gesorgt, gnädiges Fräulein, Sie können das Haus vollkommen beruhigt verlassen.»

Ich erwartete, daß sie ihm seine Einmischung übelnehmen würde, stattdessen schien seine Gegenwart sie in gewisser Weise zu befriedigen.

Sie zog mich beiseite und raunte: «Halten Sie diesen Mr. Gryce für gescheit?»

«Nun», entgegnete ich vorsichtig, «er muß gescheit sein, um eine Position wie die seine einzunehmen. Die Behörden setzen offenbar großes Vertrauen in ihn.»

So plötzlich, wie sie sich mir zugewandt hatte, so plötzlich durchquerte sie nun den Raum und stellte sich vor Mr. Gryce.

«Ich höre, mein Herr», sagte sie und und sah ihn flehentlich an, «daß Sie ein sehr fähiger Mann sind, der wahre Verbrecher aus einer Menge zweifelhafter Charaktere aufspüren kann und dessen Scharfblick nichts entgeht. Falls das zutrifft, haben Sie bitte Mitleid mit zwei Waisen, die jäh ihres Vormunds und Beschützers beraubt wurden. Setzen Sie Ihre Talente, die allseits gepriesen werden, dafür ein, herauszufinden, wer dieses Verbrechen begangen hat. Es wäre töricht von mir, Ihnen gegenüber leugnen zu wollen, daß sich meine Cousine mit ihrer Zeugenaussage verdächtig gemacht hat, der Eindruck ist berechtigt, aber ich verkünde Ihnen hiermit, daß ich sie für ebenso unschuldig halte wie mich selbst, und wenn ich Sie beschwöre, den Übeltäter, der diese Tat begangen hat, andernorts zu suchen, dann versuche ich damit nur, das Auge des Gesetzes von den Schuldlosen auf die Schuldigen zu lenken.» Sie hielt inne und streckte ihm flehentlich beide Hände entgegen. «Es muß ein gemeiner Einbrecher oder Bandit gewesen sein, können Sie ihn nicht dem Gesetz überliefern?»

Ihr Benehmen war so anrührend, ihr Auftreten so ernsthaft und inständig bittend, daß ich mühsam unterdrückte Gefühlsregungen auf Mr. Gryces Gesicht wahrnehmen konnte, obwohl er seine Augen unverwandt auf die Kaffeemaschine gerichtet hielt, auf die er den Blick gleich bei ihrer ersten Annäherung geheftet hatte.

«Zunächst müssen Sie Hannah finden – Sie können es», fuhr sie fort, «das verschwundene Mädchen weiß doch gewiß alles. Suchen Sie sie, stellen Sie die Welt auf den Kopf, tun sie etwas, mein Eigentum sei das Ihre. Ich setze eine große Belohnung für die Entdeckung des Einbrechers aus, der die Tat begangen hat.»

Mr. Gryce erhob sich langsam. «Miss Leavenworth», sagte er, doch unterbrach er sich wieder. Der Mann war sichtlich erregt. «Miss Leavenworth, es hätte Ihres sehr anrührenden Appells nicht bedurft, um mich zu äußerster Pflichterfüllung anzustacheln. Mein persönlicher und mein beruflicher Stolz allein hätten genügt. Da Sie mir jedoch die Ehre erwiesen haben, mir Ihre Wünsche mitzuteilen, will ich Ihnen nicht verhehlen, daß ich mich dieser Angelegenheit von Stund an mit

Gtsch.

äußerster Anstrengung widmen will. Ich werde alles tun, was ein Sterblicher vermag, und wenn ich nicht in einem Monat, von heute an gezählt, um meine Belohnung zu Ihnen komme, dann ist Ebenezer Gryce nicht der Mensch, für den ich ihn stets gehalten habe.»

«Und Eleanore?»

«Wir wollen keine Namen nennen», sagte er, behutsam abwinkend.

Einige Minuten später verließ ich gemeinsam mit Miss Leavenworth das Haus, nachdem sie den Wunsch geäußert hatte, ich möge sie zum Haus einer Freundin, Mrs. Gilbert, begleiten, wo sie Zuflucht suchen wollte. Während wir in der Kutsche, welche Mr. Gryce zuvorkommenderweise für uns besorgt hatte, dahinrollten, bemerkte ich, wie sich meine Gefährtin mit einem Blick des Bedauerns zurückwandte, als verspüre sie Gewissensbisse, weil sie ihre Cousine im Stich ließ. Diese Stimmung wurde jedoch rasch dadurch verdrängt, daß sie die wachsame Haltung derjenigen annahm, die fürchten, aus einem unvorhergesehenen Winkel könne jeden Augenblick ein bestimmtes Gesicht auftauchen. Sie blickte die Straße hinauf und hinab, spähte unauffällig in jedes Tor, an dem wir vorüberfuhren, und tauchte unvermittelt eine Gestalt auf dem Gehsteig auf, fuhr sie zusammen; sie schien nicht aufzuatmen, bis wir die Avenue hinter uns gelassen hatten und in die Thirtyseventh Street eingebogen waren.

Da kehrte auf einmal Farbe in ihre Wangen zurück, sie lehnte sich anmutig zu mir herüber und fragte, ob ich ihr einen Stift und ein Stück Papier überlassen könne. Glücklicherweise hatte ich beides bei mir. Ich reichte es ihr und beobachtete, neugierig und auch verwundert, wie sie zwei, drei Zeilen niederschrieb.

«Eine kurze Nachricht, die ich jemandem schicken möchte», bemerkte sie und betrachtete zweifelnd ihr nahezu unlesbares Gekritzel. «Würden Sie die Kutsche bitte kurz anhalten lassen, damit ich sie adressieren kann?»

Ich tat, wie mir geheißen, und im nächsten Augenblick war das Blatt, welches ich aus meinem Notizbuch herausgerissen hatte, gefaltet, adressiert und mit einer Briefmarke versiegelt, die sie ihrer Handtasche entnommen hatte.

«Merkwürdiger Brief», murmelte sie, während sie ihn mit der Adresse nach unten auf ihren Schoß legte.

«Warum warten Sie nicht», schlug ich vor, «bis Sie an Ihrem Bestimmungsort angekommen sind, wo sie ihn korrekt versiegeln und nach Belieben adressieren können.»

«Weil es eilt. Ich möchte ihn sofort abschicken. Schauen Sie, an der Ecke steht ein Briefkasten, der Fahrer soll bitte noch einmal halten.»

«Darf ich ihn für Sie einwerfen?» fragte ich und streckte die Hand aus.

Sie schüttelte den Kopf, öffnete, ohne meine Hilfe abzuwarten, die Tür auf ihrer Seite der Kutsche und sprang hinaus. Sogar jetzt noch hielt sie inne, um die Straße entlangzuspähen, bevor sie es wagte, den Brief im Briefkasten zu deponieren. Nachdem dies vollbracht war, wirkte sie heiterer und zuversichtlicher, als ich sie bis dahin überhaupt erlebt hatte. Und als sie sich wenige Minuten später, vor dem Haus ihrer Freundin, mir zuwandte, um sich zu verabschieden, reichte sie mir beinahe frohgemut die Hand und beschwor mich, sie am nächsten Tag aufzusuchen und über die Fortsetzung der Vernehmungen zu unterrichten.

Ich verhehle nicht, daß ich den ganzen langen Abend damit zubrachte, mir die im Verlauf der Vernehmung gemachten Zeugenaussagen zu vergegenwärtigen und zu versuchen, alles, was ich gehört hatte, mit einer anderen Theorie als der von Eleanores Schuld unter einen Hut zu bringen. Die Hauptverdachtsmomente skizzierte ich auf einem Blatt Papier wie folgt:

1. *Die nicht lange zurückliegende Mißstimmung und erkennbare Entfremdung zwischen ihr und ihrem Onkel, laut Mr. Harwells Aussage.*

2. *Das geheimnisvolle Verschwinden der Kammerzofe.*
3. *Die ausdrückliche Beschuldigung durch ihre Cousine, die allerdings nur Mr. Gryce und ich selbst mitangehört haben.*
4. *Die Ausflüchte bezüglich ihres Taschentuchs, welches rußbeschmiert am Schauplatz der Tragödie aufgefunden worden ist.*
5. *Ihre Weigerung, sich über das Schriftstück zu äußern, welches sie angeblich unmittelbar nach dem Entfernen der Leiche von Mr. Leavenworths Schreibtisch genommen hat.*
6. *Daß man den Schlüssel zur Bibliothek bei ihr gefunden hat.*

«Eine düstere Bestandsaufnahme», rief ich unwillkürlich aus, als ich sie überflog, aber während ich dies noch tat, begann ich, auf der anderen Seite des Blatts folgende Erklärungen aufzulisten:

1. *Meinungsverschiedenheiten, sogar Entfremdungen zwischen Verwandten sind nichts Ungewöhnliches. Fälle, in welchen solche Meinungsverschiedenheiten und Entfremdungen ein Verbrechen verursacht haben, sind dagegen selten.*
2. *Das Verschwinden Hannahs muß zunächst einmal gar nichts bedeuten.*
3. *Zwar hat Mary ihre Cousine unter vier Augen mit großem Nachdruck und Überzeugung beschuldigt, doch ähnliches gilt für ihre öffentliche Erklärung, daß sie weder wisse noch einen Verdacht hegte, wer der Urheber des Verbrechens sei. Der Vorteil der ersten Aussage besteht natürlich darin, daß es sich um eine spontane Äußerung gehandelt hat, gleichzeitig allerdings ist sie in der Aufregung des Augenblicks, ohne Rücksicht auf die Konsequenzen und möglicherweise in Unkenntnis einiger Fakten erfolgt.*
4. *Ein Unschuldiger, ob Mann, ob Frau, sucht in der ersten Verzweiflung häufig nach Ausflüchten, wenn es um Dinge geht, die sie oder ihn zu belasten scheinen.*

Aber der Schlüssel! Was konnte ich dazu sagen? Nichts. Da sich der Schlüssel unerklärtermaßen in ihrem Besitz befunden hatte, stand Eleanore Leavenworth unter einem Verdacht, den selbst ich, dem es widerstrebte, sie für schuldig zu halten, anerkennen mußte. An diesem Punkt angelangt, steckte ich das Notizblatt in die Tasche und griff nach der Abendausgabe des *Express.* Sofort fiel mein Blick auf die Zeilen:

BESTÜRZENDER MORDFALL

Mr. Leavenworth, der bekannte Millionär, tot in seinem Zimmer aufgefunden.

Kein Hinweis auf den Verbrecher.

Das entsetzliche Verbrechen wurde mit einer Pistole begangen —

Alle Einzelheiten der Affäre in dieser Ausgabe.

Wenigstens ein Trost! Ihr Name wurde jedenfalls nicht als der einer verdächtigen Person erwähnt. Doch was mochte der nächste Morgen bringen? Ich dachte an Mr. Gryces vielsagenden Blick, als er mir den Schlüssel reichte, und mich schauderte.

«Sie muß unschuldig sein, alles andere ist ausgeschlossen», sagte ich mir immer wieder vor, doch dann hielt ich inne und fragte mich, welche Gewähr ich hierfür besaß. Keine als ihr schönes Gesicht, nichts weiter, gar nichts, als ihr schönes Gesicht. Beschämt ließ ich die Zeitung sinken und lief hinunter; ich war wohl von der verwegenen Idee besessen, in der Eingangshalle dem Telegraphenboten mit einer Botschaft Mr. Veeleys zu begegnen, mit deren Ankunft ich jeden Augenblick rechnete. Dank eines glücklichen Zufalls geschah das auch, ich riß ihm das Telegramm aus den Händen und öffnete es noch auf der Türschwelle. Es stammte von dem Besitzer des Hotels, in welchem Mr. Veeley abgestiegen war, und lautete:

Washington, D.C.

Mr. Everett Raymond —
Mr. Veeley liegt krank in meinen Räumen. Habe ihm Ihr Telegramm aus Angst vor Folgen nicht gezeigt. Werde es tun, sobald dies ratsam erscheint.

Thomas Loworthy

Ich ging grübelnd hinein. Woher rührte dieses plötzliche Gefühl von Erleichterung? War es möglich, daß ich unbewußt eine versteckte Furcht vor der Rückkehr meines Vorgesetzten hegte? Ja, denn wer kannte die geheimen Kräfte, welche jene Familie regierten, so gut wie er! Wer sonst konnte mich so gründlich auf die richtige Fährte bringen? War es möglich, daß ich, Everett Raymond, Bedenken hatte, die ganze Wahrheit zu erfahren? Nein, nie sollte man mir das nachsagen können. Ich setzte mich daher erneut nieder, zog meine Notizen hervor, las es sorgfältig noch einmal durch und schrieb neben Nummer 5 in adretten runden Buchstaben *VERDÄCHTIG.* Na also! Niemand konnte jetzt noch behaupten, ich sei jemand, den ein bestrickendes, schönes Gesicht so blenden konnte, daß er etwas übersah, was bei einer anderen – der die Natur Schönheit versagt hatte – prompt als nahezu unbezweifelbarer Schuldbeweis gelten würde.

Dennoch: Nachdem ich fertig war, merkte ich, wie ich auf meine Aufzeichnungen starrte und mehrmals laut sagte: «Wenn sie sich für unschuldig erklärt, werde ich ihr glauben.» So sehr sind wir die Opfer unserer eigenen Vorurteile.

XI. Ein Hilferuf

The pink of courtesy.

Rosafarbener Schimmer der Höflichkeit.

SHAKESPEARE: ROMEO UND JULIA

Die Morgenzeitungen enthielten ausführlichere Berichte über den Mord als die Ausgaben vom Vorabend. In fiebriger Hast überflog ich die Zeugenaussagen, suchte, was ich am allermeisten zu entdecken fürchtete, doch es tauchte nirgends auf. Die Näherin und Kammerzofe Hannah, deren aufsehenerregendes Verschwinden nach wie vor unaufgeklärt blieb, wurde als mögliche Komplizin des Mörders, wenn nicht gar als die Verbrecherin erwähnt, doch Eleanores Name fiel in diesem Zusammenhang nicht einmal andeutungsweise.

Der letzte Absatz in der *Times* lautete:

Die Kriminaldetektive sind dem vermißten Mädchen auf der Spur.

Und im *Herald* las ich folgende Ankündigung:

Die Verwandten des verschiedenen Horatio Leavenworth, Esq., haben für jede Neuigkeit, den Aufenthaltsort einer gewissen Hannah Chester betreffend, welche aus dem Haus Nummer --- der Fifth Avenue seit dem Abend des 4. März verschwunden ist, eine großzügige Belohnung ausgesetzt. Das besagte Mädchen ist irischer Abstammung, etwa 25 Jahre alt und mag anhand folgender Kennzeichen identifiziert werden: Von Gestalt groß und schlank, dunkelbraunes Haar mit einem rötlichen Schimmer, gesunde Gesichtsfarbe, feine, wohlgeformte Züge, kleine Hände, deren Finger allerdings durch den häufigen Umgang mit der Nadel arg zer-

stochen sind, große Füße, von gröberer Art als die Hände. Als sie zuletzt gesehen wurde, trug sie ein braun-weiß kariertes Baumwollkleid und vermutlich einen verschlissenen rotgrünen Umhang. Abgesehen von den obenerwähnten Kennzeichen weist ihr rechtes Handgelenk die Spuren einer größeren Brandwunde auf, und an der linke Schläfe befinden sich ein, zwei Blatternnarben.

Dieser Abschnitt lenkte meine Überlegungen in eine neue Richtung. Seltsamerweise hatte ich auf das Mädchen bis zu diesem Augenblick nur wenige Gedanken verschwendet, obwohl eindeutig feststand, daß im Grunde sie es war, von deren Zeugenaussage – sollte es zu einer solchen kommen – der ganze Fall abhing. Mit denen, die sie als persönlich in den Mord verstrickt erachteten, stimmte ich indes nicht überein. Eine Mitschuldige wäre sich dessen bewußt gewesen, was ihr bevorstand, und hätte alles Geld eingesteckt, das sie besaß, bevor sie sich auf ein verbrecherisches Unternehmen einließ; die Durchsuchung ihrer Truhe hatte allerdings ergeben, daß sie nichts dergleichen getan hatte.

Falls sie jedoch andererseits den Mörder bei seinem Werk überrascht hatte, wie hatte man sie dann aus dem Haus schaffen können, ohne soviel Lärm zu verursachen, daß die Damen es hörten, zumal bei einer von ihnen die Tür offenstand? Die erste Reaktion eines unschuldigen Mädchen in einer Situation dieser Art hätte naturgemäß darin bestanden zu schreien, doch hatte sich kein Schrei vernehmen lassen – sie war einfach verschwunden.

Was war daraus zu folgern? Daß die Person, welche Hannah sah, ihr bekannt und vertraut war? Ich mochte diese Möglichkeit nicht ausführlicher in Betracht ziehen, legte daher die Zeitung nieder und versuchte, alle weiteren Überlegungen beiseite zu drängen, bis ich eine ergiebigere Anzahl von Fakten gesammelt hatte, auf welche sich eine Theorie aufbauen ließ. Doch wer kann seine Gedanken beherrschen, wenn sie, aufs äußerste erregt, um ein einziges Thema kreisen? Den gesamten Vormittag über ging ich den Fall in Gedanken immer wieder durch, gelangte immer wieder zu einem von zwei Ergebnissen: Entweder man fand Hannah Chester, oder Eleanore Leavenworth mußte aufklären, wann und wie der Schlüssel zur Bibliothek in ihren Besitz gelangt war.

Um zwei Uhr brach ich von meinem Büro auf, um an der zweiten Vernehmung teilzunehmen, wurde jedoch auf dem Weg aufgehalten und traf erst im Hause Leavenworth ein, nachdem man das Verdikt verkündet hatte. Das war eine große Enttäuschung für mich, vor allem, weil mir deswegen die Gelegenheit entging, Eleanore Leavenworth wiederzusehen; sie hatte sich unmittelbar nach der Entlassung der Geschworenen auf ihr Zimmer zurückgezogen. Doch Mr. Harwell befand sich in Sichtweite, und von ihm erfuhr ich den Inhalt des Urteils.

«Tod durch Pistolenschuß von der Hand eines Unbekannten.»

Dieses Ergebnis erleichterte mich gewaltig. Ich hatte Schlimmeres befürchtet. Außerdem bemerkte ich, ungeachtet all seiner geflissentlich einstudierten Selbstbeherrschung, daß der blaßgesichtige Sekretär meine Befriedigung teilte.

Was mich weniger erleichterte, war die mir bald zu Ohren kommende Neuigkeit, daß Mr. Gryce und seine Untergebenen die Lokalitäten unmittelbar nach Verkündung des Verdikts verlassen hatten. Mr. Gryce war nicht der Mann, der die Arbeit an solch einer Affäre im Stich ließ, solange wichtige Dinge unaufgeklärt blieben. War es denkbar, daß er über maßgebliche Aktionen nachsann? Ich verspürte darob eine gewisse Beunruhigung und wollte soeben aus dem Haus eilen, um seine Absichten auszuforschen, als eine unvermittelte Bewegung im unteren Fenster des Gebäudes auf der gegenüberliegenden Straßenseite meine Aufmerksamkeit erregte, und als ich genauer hinschaute, entdeckte ich das Gesicht Mr. Fobbs', der hinter dem Vorhang hervorspähte. Dieser Anblick bestätigte mich in meiner Einschätzung von Mr. Gryces Handlungsweise. Ich verspürte tiefes Mitleid für das von aller Welt verlassene Mädchen, das zwangsläufig einem Schicksal ausgesetzt war, welches in dieser Beschattung lediglich seine ersten Schatten vorauswarf. Ich ging daher ins Haus zurück und übersandte ihr eine Nachricht, ihr darin in Vertretung Mr. Veeleys meine Dienste für alle Eventualitäten anbietend; überdies ließ ich sie darin wissen, daß ich täglich zwischen sechs und acht Uhr in meiner Wohnung anzutreffen sei. Hierauf begab ich mich zu dem Haus an der Thirtyseventh Street, wo ich am Vortag Miss Mary Leavenworth abgesetzt hatte.

Man führte mich in einen jener länglich-schmalen Salons, welche während der vergangenen Jahre in unseren vornehmen Stadthäusern in Mode gekommen sind, und alsbald befand ich mich in der Gesellschaft Mary Leavenworths.

«Oh» – sie hieß mich überschwenglich willkommen –, «ich dachte schon, man hätte mich ganz und gar vergessen.» In ihrer leidenschaftlichen Art streckte sie mir beim Nähertreten beide Hände entgegen. «Was gibt es Neues von daheim?»

«Das Verdikt lautet auf Mord, Miss Leavenworth.»

Die Frage in ihren Augen blieb dadurch unbeantwortet.

«Begangen von einem oder mehreren Unbekannten.»

Ein Ausdruck von Erleichterung breitete sich sanft über ihren Zügen aus.

«Sind sie endlich fort?» Ihre begierige, muntere Art zu fragen vermittelte mir einen Eindruck davon, wie lebhaft sie sonst gewesen sein mußte.

«Ich sah niemand im Haus, der dort nicht hingehörte», antwortete ich.

«Dann stehen uns keinerlei Schwierigkeiten mehr bevor?»

Ich sah mich hastig im Zimmer um.

«Hier ist niemand», rief sie.

Doch noch zögerte ich. Schließlich wandte ich mich ihr, reichlich verlegen, zu und sagte: «Ich möchte Sie weder kränken noch in Aufregung versetzen, aber ich halte es für Ihre Pflicht, daß Sie heute abend in Ihr Haus zurückkehren.»

«Warum?» stammelte sie. «Gibt es einen besonderen Grund dafür? Wissen Sie denn nicht, daß ich nicht mit Eleanore unter einem Dach sein kann?»

«Das weiß ich nicht, und mit dieser Frage kann ich mich auch nicht beschäftigen. Sie ist Ihre Cousine, ist stets dazu angehalten worden, Sie als Schwester zu betrachten; es wäre Ihrer nicht würdig, sie in dieser Zeit ihrer Not im Stich zu lassen. Sie werden sich meinem Standpunkt anschließen, wenn Sie sich gestatten, einen Augenblick lang mit kühlem Kopf darüber nachzudenken.»

«Ein kühler Kopf ist unter diesen Umständen ein Ding der Unmöglichkeit», entgegnete sie mit einem Lächeln bitterer Ironie.

Bevor ich jedoch antworten konnte, wurde sie milder gestimmt und fragte, ob mir sehr daran gelegen wäre, daß sie zurückkehrte, und als ich erwiderte: «Mehr als ich auszudrücken vermöchte», lief ein Beben durch ihren Körper, und sie sah einen Augenblick lang so aus, als wäre sie beinahe bereit nachzugeben, aber dann brach sie plötzlich in Tränen aus, schluchzte, es sei unmöglich, und ich sei grausam, weil ich sie darum bäte.

Verwirrt, gekränkt ließ ich ab. «Verzeihen Sie», sagte ich, «ich habe die mir zustehenden Befugnisse in der Tat überschritten. Es wird kein zweites Mal geschehen. Sie haben zweifelsohne viele Freunde, die Ihnen raten können.»

Wie ein Feuersturm wirbelte sie herum. «Die Freunde, von denen Sie sprechen, würden sich winden und mich tun lassen, was mir beliebte. Nur Sie haben den Mut, mir zu befehlen, was das Rechte ist.»

«Entschuldigen Sie», sagte ich. «Ich befehle nicht, ich bitte nur.»

Sie gab keine Antwort, sondern begann, im Zimmer auf und ab zu schreiten, den Blick starr geradeaus gerichtet, die Hände ringend. «Sie ahnen nicht, was Sie verlangen», sagte sie. «Mir kommt es vor, als würde mich die Aura des Hauses vernichten, aber – warum kann Eleanore nicht hierherkommen?» fragte sie abrupt. «Ich weiß, Mrs. Gilbert hätte nichts dagegen einzuwenden, ich könnte auf meinem Zimmer bleiben, wir bräuchten uns nicht zu begegnen.»

«Sie vergessen, daß Ihrer in Ihrem Heim noch eine andere als die von mir angedeutete Aufgabe harrt. Morgen nachmittag soll Ihr Onkel zu Grabe getragen werden.»

«Ach, armer Onkel!»

«Sie sind der Haushaltsvorstand» – ich wurde kühner –, «und Ihnen obliegt es, für die letzten Dienste an einem Menschen Sorge zu tragen, der so viel für Sie getan hat.»

Sie warf mir einen eigentümlichen Blick zu. «Das ist wahr», murmelte sie. Und dann, rasch entschlossen und mit einer erhabenen Geste: «Ich möchte mich Ihrer guten Meinung würdig erweisen. Ich werde zu meiner Cousine zurückkehren, Mr. Raymond.»

Ich spürte, wie sich meine Stimmung ein wenig hob, und nahm ihre Hand. «Ich hoffe, daß Ihre Cousine niemals des Trostes bedarf, den Sie ihr, wie ich mir nun sicher bin, nicht versagen werden, sollte es erforderlich sein.»

Sie entzog mir ihre Hand. «Ich beabsichtige, meine Pflicht zu tun», gab sie zurück.

Als ich die Treppe der Veranda hinunterschritt, lief mir ein überschlanker, modisch gekleideter junger Mann über den Weg, der mich im Vorübergehen scharf beobachtete. Da er für einen perfekten Gentleman eine Spur zu auffällig gekleidet war und ich in vager Erinnerung hatte, ihn bei der Vernehmung durch den Coroner gesehen zu haben, erkannte ich ihn als einen von Mr. Gryces Männern. Ich eilte auf die breite Querstraße zu, als ich an der Ecke zu meiner Überraschung auf eine weitere Person traf, die mich, während sie vorgab, nach einer Droschke Ausschau zu halten, mit einem flüchtigen, aber äußerst prüfenden Blick bedachte. Da es sich bei diesem Mann unbezweifelbar um einen Gentleman handelte, verspürte ich eine gewisse Verärgerung, ging indes ruhig auf ihn zu und fragte ihn, ob ihm mein Gesicht bekannt vorkäme, daß er es so eindringlich betrachten müsse?

«Ich halte es für ein sehr angenehmes Gesicht», erwiderte er, verbeugte sich mit angelsächsischer Grazie und entfernte sich.

Verstimmt und eine Spur beschämt blieb ich einen Augenblick lang stehen, um ihm die Straße entlang nachzublicken und darüber nachzusinnen, wer und was er sein mochte. Er war nämlich nicht nur ein Gentleman, sondern überdies ein ganz besonderer Mann mit außergewöhnlich gutgeschnittenen Zügen und von äußerst elegantem Äußeren. Nicht mehr ganz jung, ich schätzte, daß er bereits auf vierzig Jahre zurückblicken mochte, in denen Vergnügungen und Enttäuschungen sich die Waage gehalten hatten. Doch die Kraft jugendlicher Gefühle prägte unvermindert ihren Stempel auf, und weder der Schwung des Kinns noch der scharfe Blick der Augen verrieten das kleinste Anzeichen von *ennui*, obwohl Gesicht und Gestalt zu jenem Typus gehörten, der *ennui* am ehesten verfällt und pflegt.

«Er steht mit Sicherheit in keinerlei Verbindung zur Polizei», dachte ich, «und es ist ungewiß, ob er mich kennt oder sich für meine Angelegenheiten interessiert, aber ich werde ihn nicht so schnell vergessen.»

Eleanore Leavenworths Ruf erreichte mich abends gegen acht Uhr. Thomas überbrachte die Botschaft, sie lautete:

«Kommen Sie, bitte kommen Sie, ich ...» Die zittrige Schrift brach mitten im Satz ab, als wäre die Feder einer kraftlosen Hand entfallen.

Es kostete mich nicht viel Zeit, den Weg zu ihrem Haus zu finden.

XII. Eleanore

Constant you are—
* * * And for secrecy
No lady closer.

Beständig bist du,
und keine Dame verschwiegener,
um ein Geheimnis zu bewahren.
SHAKESPEARE: KÖNIG HEINRICH DER VIERTE

No, 'tis slander,
Whose edge is sharper than the sword whose tongue
Outvenoms all the worms of Nile.

Oh, Verleumdung ist's, deren Schneide schärfer als die des Schwerts, deren Zunge giftiger als alles Gewürm des Nils.
SHAKESPEARE: CYMBELIN

Molly öffnete mir die Tür. «Miss Eleanore ist im Empfangszimmer», sagte sie und ließ mich eintreten.

Von unbestimmer Angst erfüllt, eilte ich zu dem mir genannten Raum; mit nie zuvor empfundener Intensität nahm ich die kostbare Ausstattung der prächtigen Eingangshalle wahr, die antiken Fußböden, Holzschnitzereien, bronzenen Verzierungen, und zum ersten Mal zwangen sie mir die Erkenntnis auf, die Dinge seien doch nichts als purer Hohn. Ich legte meine Hand auf die Tür zum Empfangsraum und lauschte. Es herrschte Totenstille. Langsam zog ich die Tür auf, hob die schweren Satinvorhänge hoch, die vor mir bis auf den Boden fielen, und schaute hinein. Welch Bildnis bot sich meinen Augen!

Sie saß beim Schein einer einzelnen Gaslampe, deren schwacher Schimmer den leuchtenden Satin und makellos reinen Marmor des prunkvollen Gemachs eben sichtbar werden ließ – in dieser Szenerie erblickte ich Eleanore Leavenworth.

Sie war so bleich wie die Skulptur der Psyche, welche hochaufragend über ihr in einem zarten Lichtstrahl stand, der durch das Bogenfenster fiel.

Sie war jener an Schönheit ebenbürtig und beinahe genauso regungslos; vollkommen in sich zusammengesunken, und ihre Hände hielt sie in einer flehentlichen Gebärde, einer vergessenen, starren, erstarrten Gebärde von sich gestreckt, unempfänglich für jedes Geräusch, jede Bewegung oder Berührung – eine stille, verzweifelte Gestalt im Angesicht eines unversöhnlichen Schicksals.

Der Anblick erschütterte mich zutiefst, so daß ich mit meiner Hand am Vorhang stehenblieb, unschlüssig, ob ich vortreten oder mich zurückziehen sollte, als plötzlich ein heftiger Schauer sie durchlief; die erstarrten Hände lösten sich voneinander, der steinerne Blick wurde weicher, sie sprang auf, stieß einen Laut der Zufriedenheit aus und lief mir entgegen.

«Miss Leavenworth!» rief ich aus und erschrak beim Klang meiner eigenen Stimme.

Sie hielt inne und schlug die Hände vor ihr Gesicht, als stürmten bei der bloßen Nennung ihres Namens die ganze Welt und alles, was sie vergessen hatte, mit erneuter Wucht auf sie ein.

«Was ist Ihnen?» fragte ich.

Schwer ließ sie die Hände sinken. «Wissen Sie es denn nicht?» schluchzte sie. «Man … man fängt an zu behaupten, ich …» Sie unterbrach sich, ihre Hand fuhr an ihre Kehle. «Lesen Sie», murmelte sie und wies auf eine Zeitung, welche zu ihren Füßen am Boden lag.

Ich beugte mich hinunter und hob auf, was ich auf den ersten Blick als eine Ausgabe des *Evening Telegram* erkannte. Ich brauchte nur einmal hinzuschauen, um mich dessen zu vergewissern, worauf sie anspielte. In schreiendgroßen Lettern stand dort:

MORD IM HAUSE LEAVENWORTH!

Jüngste Entwicklungen in dem mysteriösen Fall.

Ein Familienmitglied des Ermordeten wird des Verbrechens stark verdächtigt.

Schatten über der schönsten Frau New Yorks. Die Geschichte Eleanore Leavenworths.

Ich war darauf vorbereitet gewesen, hatte mich, wie man sagen könnte, für genau dieses Ereignis gestählt, dennoch zuckte ich unwillkürlich zusammen.

Ich ließ die Zeitung sinken, stand regungslos vor ihr, sehnte mich danach, in ihr Gesicht zu blicken, hatte jedoch gleichzeitig grauenhafte Angst davor.

«Was bedeutet das?» stieß sie keuchend hervor, «was in aller Welt bedeutet das? Sind denn alle verrückt geworden?» Mit glasigen, unbewegten Augen starrte sie mich an, als vermöchte sie die Bedeutung dieses Frevels um nichts in der Welt zu begreifen.

Ich schüttelte den Kopf, war nicht in der Lage zu antworten.

«Mich zu beschuldigen», murmelte sie, «mich, mich!» Verkrampft lag ihre Hand auf ihrer Brust. «Wo ich den Boden liebte, auf den er trat, die ich mich mit meinem eigenen Leib zwischen ihn und die tödliche Kugel geworfen hätte, wäre ich mir der Gefahr bewußt gewesen, in der er schwebte. Nein», rief sie weinend, «sie verleumden mich nicht, es ist weit mehr, sie stoßen einen Dolch in mein Herz.»

Über alle Maßen gerührt und überwältigt, indes entschlossen, mein Mitgefühl erst zu zeigen, wenn ich von ihrer vollkommenen Unschuld noch stärker überzeugt wäre, antwortete ich nach einer kurzen Pause:

«Es scheint Sie sehr zu überraschen, Miss Leavenworth. Haben Sie denn die Folgen Ihrer hartnäckigen Schweigsamkeit, was bestimmte Fragen betrifft, nicht vorausgesehen? Ja, kennen Sie die menschliche Natur so wenig, als daß Sie annehmen konnten, Sie, in Ihrer besonderen Position, könnten über irgend etwas, das mit diesem Verbrechen zusammenhängt, Stillschweigen bewahren und damit nicht die Feindseligkeit der Massen heraufbeschwören, ganz zu schweigen von den Verdächtigungen durch die Polizei?»

«Aber ... aber ...»

Mit einer knappen Handbewegung unterbrach ich sie.

«Als Sie trotzig dem Coroner widersprachen, in Ihrem Besitz befände sich kein verdächtiges Schriftstück, als» – ich zwang mich weiterzureden – «Sie sich weigerten, Mr. Gryce darüber aufzuklären, wie Sie in den Besitz des Schlüssels gelangten ...»

Sie wich hastig zurück, meine Worte zogen einen schweren Schleier über ihr Gesicht. «Nein», raunte sie und blickte gequält um sich, «sagen Sie das nicht! Manchmal glaube ich, die Wände hätten Ohren, die Schatten selbst schienen zu lauschen.»

«Glauben Sie denn», gab ich zurück, «Sie können der Welt vorenthalten, was die Kriminalbeamten bereits wissen?»

Sie blieb mir die Antwort schuldig.

«Miss Leavenworth», fuhr ich fort, «ich fürchte, Sie begreifen die Lage nicht, in der Sie sich befinden. Versuchen Sie, den Fall kurz aus dem Blickwinkel einer unvoreingenommenen Person zu betrachten, versuchen Sie einzusehen, wie notwendig Erklärungen sind ...»

«Aber ich kann nichts erklären», flüsterte sie heiser.

«Sie können nicht?!»

Ich weiß nicht, ob es am Ton meiner Stimme oder an den Worten selbst lag, jedenfalls wirkte dieser simple Ausruf auf sie wie ein Schlag ins Gesicht.

«Oh!» stieß sie hervor und wich zurück, «haben auch Sie etwa Zweifel an mir, nein, das dürfen Sie nicht! Ich dachte, Sie ...» Sie stockte. «Ich hätte nicht im Traum damit gerechnet, daß ich ...», und unterbrach sich erneut. Auf einmal zitterte sie am ganzen Körper. «Ich verstehe», murmelte sie, «Sie haben mir von Anfang an mißtraut, zuviel spricht gegen mich.» Sie sank in sich zusammen, verloren in ihrer Beschämung und Demütigung. «Ich bin verloren!» raunte sie.

Ihr Flehen traf mich mitten ins Herz. Unwillkürlich beugte ich mich vor und rief aus: «Miss Leavenworth, ich bin nur ein sterblicher Mann, ich kann Ihren Kummer nicht mitansehen. Sagen Sie, daß Sie unschuldig sind, und ich werde Ihnen glauben, gleichgültig, was gegen Sie spricht.»

Sie sprang hoch und richtete sich zu ihrer vollen Größe auf. «Gibt es jemand, der mir ins Gesicht zu sehen und mich dennoch einer Schuld zu bezichtigen vermag?» Ich schüttelte traurig den Kopf, da beeilte sie sich hinzuzufügen: «Sie wollen einen weiteren Beweis!»

Plötzlich lief sie wie ein aufgescheuchtes Reh zur Tür, am ganzen Leibe zitternd.

«Kommen Sie», rief sie, «folgen Sie mir!» Entschlossen blitzten mich ihre Augen an.

Aufgewühlt, entsetzt, wider meinen Willen gerührt, durchquerte ich den Raum, doch sie war bereits in der Halle. Ich hastete ihr nach, von einer Furcht erfüllt, die ich mir nicht bewußt zu machen wagte. Als ich am Fuß der Treppe stand, da befand sie sich bereits halbwegs auf dem Weg nach oben. Ich folgte ihr in den Flur des ersten Stockwerks und sah ihre edle, hochaufragende Gestalt an der Tür zum Schlafzimmer ihres Onkels stehen.

«Kommen Sie!» rief sie erneut, nun allerdings mit ruhiger, andächtiger Stimme; sie stieß die Tür auf und trat hindurch.

Ich unterdrückte meine Verwunderung und folgte ihr langsamen Schritts. In jenem Raum des Todes schien kein Licht, doch die Flamme der Gaslaterne am anderen Ende des Gangs flackerte unheimlich, und in dem schwachen Glimmern sah ich sie bei dem von Linnen umhüllten Bett knien. Ihr Kopf beugte sich über den Kopf des Ermordeten, ihre Hand lag auf seiner Brust.

«Sie sagten, Sie würden mir glauben, wenn ich Ihnen meine Unschuld beteuerte», sagte sie und hob den Kopf, als ich nähertrat. «Sehen Sie her.» Sie legte ihre Wange an die erbleichte Stirn ihres toten Wohltäters, küßte die kalten Lippen, kalt wie Lehm, küßte sie sanft, wild, voller Schmerz, sprang auf und rief mit gedämpfter, doch erregter Stimme: «Wäre ich schuldig, könnte ich dies tun? Würde mir nicht der Atem auf den Lippen gefrieren, das Blut in den Adern gerinnen, das Leben aus meiner Seele weichen? Sohn eines geliebten, verehrten Vaters, der auch Sie sind, können Sie mich wirklich für eine Frau halten, die sich mit einem Verbrechen besudelt hat, wenn ich dies zu tun imstande bin?» Sie kniete aufs neue nieder, umschlang die reglose Gestalt mit ihren Armen und schaute mich gleichzeitig mit einem Gesichtsausdruck an, den kein Sterblicher zu malen, keine Zunge zu beschreiben vermöchte.

«Früher hat man gesagt», fuhr sie fort, «daß eine Leiche anfangen würde zu bluten, wenn der Mörder in ihre Nähe käme. Was also würde jetzt geschehen, wenn ich, seine Tochter, sein geliebtes Kind, mit Wohltaten überhäuft, mit Kleinodien reich beschenkt, von seinen Küssen bedeckt, wirklich das getan hätte, dessen man mich anklagt? Würde nicht der Tote sein Leichenhemd sprengen und mich von sich stoßen?»

Ich konnte nichts erwidern, denn in bestimmten Situationen gibt es keine Antworten.

«Wenn es einen Gott im Himmel gibt», fuhr sie fort, «der Gerechtigkeit liebt und Übeltaten haßt, dann muß Er mich jetzt erhören! Sollte ich, durch Gedanken oder Werke, absichtlich oder unabsichtlich, die Ursache dafür gewesen sein,

Gtschm.

daß dieses geliebte Haupt nun hier liegt, sollte auch nur der Schatten einer Schuld, ganz zu schweigen von einem tatsächlichen Vergehen, auf meinem Herzen und in diesen schwachen Frauenhänden liegen, dann mag Sein Zorn jetzt in gerechter Rache zur Welt sprechen und dies schuldvolle Haupt auf die Brust dieses Toten fallen, um sich nie mehr zu erheben!»

Nach dieser Anrufung herrschte ehrfürchtiges Schweigen. Mir schien, als stünde die Welt still, um zu lauschen; dann entrang sich meiner Brust bebend ein langer, tiefer Seufzer ungeheurer Erleichterung: alle Gefühle, die ich bis dahin in meinem Herzen verborgen hatte – die grenzenlose Bewunderung, die bedingungslose Anteilnahme, das unaussprechliche Mitgefühl, die Hoffnung, Sehnsucht, Zärtlichkeit, alles, was wider mein besseres Wissen, wider die Vernunft und jegliches Vorurteil in mein Herz gedrungen war, sprengte seine Fesseln. Ich beugte mich über sie und nahm ihre Hand.

«Glauben Sie jetzt noch, können Sie nun noch glauben, daß ich eine Verbrecherin bin?» wisperte sie, und auf ihren Wangen, ihrer Stirn breitete sich zart jenes Lächeln aus, welches nicht die Lippen kräuselt, sondern vielmehr vom Antlitz selbst ausstrahlt, dem Erblühen eines inneren Friedens gleich.

«Verbrecherin!» Wild brach das Wort aus mir hervor: «Verbrecherin!»

«Nein», sprach sie gelassen, «kein lebender Mensch könnte jetzt noch Anklage gegen mich erheben, hier!»

Statt einer Antwort nahm ich ihre Hand und legte sie auf die Brust des Toten.

Sie neigte den Kopf, behutsam, langsam, voll der Dankbarkeit.

«Laßt die Anfechtungen kommen», hauchte sie. «Jetzt gibt es einen, der an mich glauben wird, wie finster die Zukunft auch immer aussehen mag.»

XIII. Das große Rätsel

But who would force the soul, tilts with a straw
Against a champion cased in adamant.

Der Seele Zwang antun wollen, heißt mit Stroh gegen einen in Eisen gewandeten Kämpen anreiten.

WORDSWORTH

Als wir den Empfangsraum wieder betraten, fiel unser erster Blick auf Mary, die in einen langen Umhang gehüllt in der Mitte des Zimmers stand. Sie war während unserer Abwesenheit eingetroffen und erwartete uns mit hocherhobenem Haupt und stolzer Miene.

Als ich ihr Gesicht sah, wurde mir klar, wie peinlich beiden Frauen diese Begegnung sein mußte, und ich hätte mich entfernt, hätte nicht Mary Leavenworth mir eine Art Zeichen gemacht, das dies untersagte.

Außerdem wollte ich die Gelegenheit nicht vorübergehen lassen, ohne daß zwischen beiden etwas wie eine Versöhnung zustandekam, deswegen trat ich einige Schritte vor, verbeugte mich vor Mary und sagte:

«Ihrer Cousine ist soeben gelungen, was Sie selbst, Ihren eigenen Worten zufolge, bei mir anstrebt haben, Miss Leavenworth. Sie hat mich von ihrer vollkommenen Unschuld überzeugt. Ich bin nun bereit, mich Mr. Gryce bei der Suche nach dem wahren Schuldigen mit Leib und Seele zuzugesellen.»

«Meiner Ansicht nach hätte es genügt, in Eleanore Leavenworths Gesicht zu sehen, um zu wissen, daß sie sich keines Verbrechens schuldig gemacht hat.» Sie hob mit einer hochmütigen Bewegung den Kopf und richtete ihre Augen fest auf die meinen.

Ich spürte, wie mir die Röte ins Gesicht stieg, doch bevor ich sprechen konnte, erklang ihre Stimme erneut, noch kälter als zuvor.

«Einem zartfühlenden Mädchen, das in der Geborgenheit von Liebe und Luxus aufgezogen wurde und nichts anderes als Lobreden und aufrichtige Zuneigungsbeteuerungen gewöhnt ist, fällt es schwer, die Welt von seiner Unschuld in Bezug auf ein schwerwiegendes Verbrechen zu überzeugen. Eleanore gilt mein ganzes Mitgefühl.» Mit einer brüsken Bewegung streifte sie den Umhang von ihren Schultern und richtete nun zum ersten Mal den Blick auf ihre Cousine.

Eleanore trat augenblicklich einen Schritt vor, als wolle sie dem Blick leiblich begegnen, und ich wurde das Gefühl nicht los, daß diesem Moment für beide eine Bedeutung innewohnte, die zu ermessen ich schwerlich in der Lage war. Doch obwohl ich mir seiner Tragweite kaum bewußt sein konnte, reagierte ich zumindest auf die bedeutungsträchtige Atmosphäre dieses wahrlich erinnernswerten Augenblicks. Zwei Frauen zu schauen, von denen jede als Ausnahmeerscheinung ihrer Zeit gelten mochte und die einander in unübersehbarem Antagonismus Auge in Auge gegenüberstanden – dieser Anblick hätte selbst den unempfindlichsten Geist angerührt. Doch es war noch mehr: Ein Zusammenprall der leidenschaftlichsten aller unergründlichen menschlichen Empfindungen, das Ineinanderfließen von Gewässern, deren Tiefe und reißende Kraft ich nur anhand ihrer Wirkung einzuschätzen vermochte. Eleanore kam als erste wieder zur Besinnung. In der ihr eigenen kühlen, stolzen Haltung, die ich inzwischen wegen ihrer anderen, weicheren Züge und Empfindungen beinahe vergessen hatte, trat sie einen Schritt zurück und sagte laut: «Es gibt etwas besseres als Mitgefühl, und das ist Gerechtigkeit.» Sie wandte sich wie zum Gehen um. «Ich werde mich mit Ihnen im Salon unterhalten, Mr. Raymond.»

Mary jedoch schoß vorwärts und hielt sie mit einer machtvollen Geste zurück. «Nein», rief sie, «du wirst dich mit mir unterhalten, denn ich habe dir etwas zu sagen, Eleanore Leavenworth.» Sie nahm ihren Standort in der Mitte des Raums wieder ein und wartete.

Mit einem Blick auf Eleanore erkannte ich, daß meines Bleibens nicht länger sein konnte, und verließ hastig den Raum. Zehn endlose Minuten lang lief ich im Salon auf und ab, leichte Beute tausender Zweifel und Mutmaßungen. Worin bestand das Geheimnis dieses Hauses? Was begründete das tödliche Mißtrauen, das sich beständig zwischen den beiden Cousinen zeigte, welche die Natur selbst zu unzertrennlichen Genossinnen und den herzlichsten aller Freundinnen bestimmt hatte? Die Ursache lag nicht im Heute oder Gestern. Kein frisch entzündetes Feuer vermochte die hitzigen Gefühlsausbrüche zu entfachen, deren unfreiwilliger Zeuge ich soeben geworden war. Man mußte weiter in die Vergangenheit zurückgehen, weit vor den Mord, um die Wurzel eines Mißtrauens zu finden, welches so groß war, daß der Streit, den es verursachte, sogar an dem Ort fühlbar wurde, an dem ich stand, obwohl nur das leiseste Geräusch von Stimmen durch die geschlossenen Türen an mein Ohr drang.

Schließlich wurde der Vorhang an der Tür zum Empfangsraum beiseitegeschoben und Marys Stimme erklang, deutlich vernehmbar:

«Wir können nicht länger unter einem Dach zusammenleben. Morgen wirst entweder du oder werde ich ein neues Heim finden.» Sie kam mit gerötetem Gesicht und atemlos in die Halle und näherte sich der Stelle, an der ich stand. Beim ersten Blick auf mein Gesicht jedoch ging eine Veränderung mit ihr vor. Ihr Stolz schien sich in Luft aufzulösen, sie streckte mir ihre Hände entgegen, als wolle sie mir verbieten, sie anzuschauen, entfloh meiner Gegenwart und stürzte weinend die Treppe hinauf. Ich kämpfte noch mit der Bedrücktheit, welche das schmerzliche Ende jenes seltsamen Zwischenfalls in mir verursacht hatte, als der Vorhang erneut hochgehoben wurde und Eleanore den Salon betrat. Sie war bleich, aber gefaßt, und bis auf einen leicht müden Zug um die Augen ließen sich keinerlei Anzeichen der Auseindersetzung an ihr entdecken, die sie soeben durchgemacht hatte; sie setzte sich mir zur Seite nieder, und ich konnte nichts anderes tun als nur verwundert zu schauen, sie bot ein Bild, das sich von jenem, welches ich bei meiner Ankunft angetroffen hatte, gänzlich unterschied. Entweder verlieh das Bewußtsein, daß wenigstens eine Menschenseele bedingungslos an sie glaubte, ihr frische Kraft, oder ihr war durch das Zwiegespräch mit dem Toten eine bis dahin nicht erahnte Beständigkeit und Duldsamkeit zuteil worden – woran es lag, vermochte ich nicht zu ergründen; ich weiß lediglich, daß ich mich einem neuen Wesen gegenübersah, einer ernsten, demütigen Frau, die sich in ihr Schicksal fügte, der zwar die Zumutung auferlegt werden mochte, Schande zu ertragen, die jedoch spürte – und entschlossen war, andere es ebenfalls spüren zu lassen –, daß nämliche Schande ein Ergebnis der Umstände war, Bestandteil ihres Geschicks, nichts, das ihren Geist befleckte oder ihre Seele antastete.

Sie glich einer erhabenen Königin, welche zwar durch die Gewalt eines brutalen Eroberers überwältigt und in Ketten gelegt worden ist, ohne daß sie sich darob jedoch weniger als Königin und als erhaben fühlt, nur weil sich das Eisen eines gemeinen Siegers in ihr Fleisch eingräbt.

Sie begegnete meinem Blick mit einem Ausdruck grenzenlosen Muts und sagte nach einer kurzen Zeit des Schweigens: «Sagen Sie mir, wie es um mich steht, lassen Sie mich das Schlimmste wissen, denn ich fürchte, daß ich meine eigene Lage tatsächlich noch nicht erfaßt habe.»

Ich freute mich über ihre Worte und beeilte mich, ihnen zu entsprechen. Ich begann, indem ich ihr den Fall darlegte, wie er sich einer unvoreingenommenen Person darstellte, erläuterte ausführlich die Gründe für die Verdächtigung und schilderte ihr, inwiefern manches, das ihr möglicherweise leicht erklärlich und unbedeutsam schien, gegen sie sprach. Ich versuchte, ihr bewußt zu machen, wie wichtig es war, daß sie eine Entscheidung träfe und beendete meine Rede mit einem Appell. Ob sie sich mir nicht anvertrauen wollte?

«Ich dachte, Sie wären zufrieden?» fragte sie mit bebender Stimme.

«Das bin ich auch, aber ich bin nur einer, und ich will, daß die ganze Welt Sie sieht wie ich.»

«Ich fürchte, daß ist unmöglich», sagte sie traurig. «Der anklagende Finger vergißt nie die Richtung, in welche er einmal gewiesen hat. Mein Name ist auf ewig besudelt.»

«Und das wollen Sie hinnehmen, wenn doch ein Wort von Ihnen ...»

«Ich glaube, daß ziemlich gleichgültig ist, was auch immer ich jetzt sage», murmelte sie.

Ich sah beiseite, denn schmerzlich fiel mir der Anblick von Mr. Fobbs wieder ein, wie er sich hinter den Gardinen des gegenüberliegenden Hauses versteckte.

«Wenn es um mich so schlecht steht, wie Sie mir zu verstehen gaben», fuhr sie fort, «ist kaum anzunehmen, daß Mr. Gryce an meinen Erklärungen großes Interesse haben wird.»

«Mr. Gryce würde sich freuen, zu erfahren, woher Sie den Schlüssel hatten, und sei es bloß, um ihm zu helfen, seinen Nachforschungen die richtige Richtung zu verleihen.»

Sie antwortete nicht, und wieder senkte sich ein Gewicht wie Blei auf mein Herz.

«Es lohnt sich für Sie, seine Neugier zu befriedigen», sagte ich beharrlich. «Und obwohl es bedeuten mag, daß Sie jemand belasten, den Sie zu schützen wünschen ...»

Sie erhob sich, ihr Gesicht stand plötzlich wie in Flammen. «Niemals, niemandem gegenüber werde ich preisgeben, wie der Schlüssel in meinen Besitz gelangte.»

Sie setzte sich wieder hin und faltete entschlossen die Hände in ihrem Schoß.

Nun stand ich auf und lief im Zimmer hin und her. Eine tödliche Schlange schlug ihre Zähne tief in mein Herz.

«Mr. Raymond, selbst wenn es zum Schlimmsten kommen sollte und alle, die mich lieben, auf Knien vor mir lägen und mich bestürmten zu sprechen, ich würde es niemals verraten.»

«In diesem Fall», sagte ich, meinerseits entschlossen, ihr meine geheimen Gedanken nicht zu enthüllen, aber mit dem festen Vorsatz, die Beweggründe für ihr Schweigen herauszufinden, soweit es nur irgend möglich war, «ist, was Sie wollen, den Lauf der Gerechtigkeit zu verhindern.»

Sie rührte sich nicht, sprach kein einziges Wort.

«Miss Leavenworth», sagte ich beschwörend, «daß Sie jemand anderen um den Preis Ihres eigenen guten Namens decken wollen, ist zweifellos eine sehr großmütige Verhaltensweise, doch weder Ihre Freunde noch all jene, welche Wahrheit und Gerechtigkeit lieben, können ein solches Opfer annehmen.»

Sie fuhr zusammen. «Sir!» war alles, was sie hochmütig sagte.

«Wenn Sie uns nicht helfen», fuhr ich ruhig, aber bestimmt fort, «müssen wir ohne Ihre Unterstützung auskommen. Es hätte genügt, daß Sie die Adoptivtochter eines Freundes von Mr. Veeley sind, um mich zu äußersten Anstrengungen anzustacheln, Ihren Namen von dem Schatten zu befreien, der sich auf ihn gelegt hat. Aber nach der Szene, deren Zeuge ich vorhin wurde, nach der triumphierenden Versicherung, die Sie mich gezwungen haben anzuhören, daß Sie nämlich nicht nur unschuldig, sondern über das Verbrechen und seine Folgen zutiefst entsetzt seien – ich wäre kein Mann, gäbe ich nicht sogar Ihre gute Meinung über mich dafür hin, Ihre Sache voranzutreiben und Ihren Ruf von diesen schmählichen Verleumdungen reinzuwaschen.»

Noch immer dieses dräuende Schweigen.

«Was schlagen Sie vor?» fragte sie endlich.

Ich durchquerte den Raum, stand nun vor ihr. «Ich schlage vor», sagte ich, «den wahren Schuldigen zu finden und vor der Welt bloßzustellen, damit jeder Verdacht vollkommen und für immer von Ihnen abfällt.»

Ich rechnete fest mit ihrer Gegenwehr, meinte ich doch mittlerweile beinahe Gewißheit darüber erlangt zu haben, wer jener Schuldige sein mochte. Stattdessen verknotete sie ihre Hände lediglich fester ineinander und sagte:

«Ich bezweifle, daß Sie hierzu in der Lage sein werden, Mr. Raymond.»

«Was bezweifeln Sie – daß ich den Schuldigen ausfindig machen werde oder daß ich ihn dem Arm der Gerechtigkeit überliefern kann?»

«Ich bezweifle», sagte sie mühsam, «daß man je erfahren wird, wer der Schuldige an diesem Verbrechen ist.»

«Es gibt jemand, der es weiß», sagte ich, um sie auf die Probe zu stellen.

«Es gibt jemand?»

«Das Mädchen, Hannah, weiß um die Geheimnisse der Übeltaten in jener Nacht, Miss Leavenworth. Wenn wir Hannah finden, dann haben wir jemand, der uns den Mörder Ihres Onkels zeigen kann.»

«Das ist eine reine Vermutung», sagte sie. Aber der Hieb hatte gesessen, ich sah es deutlich.

«Ihre Cousine hat eine ansehnliche Belohnung für das Auffinden des Mädchens ausgesetzt, das ganze Land ist auf der Suche. Binnen einer Woche werden wir sie bei uns willkommen heißen können.»

Ihr Gesichtsausdruck und Benehmen veränderten sich.

«Das Mädchen kann mir nicht helfen», sagte sie.

Ihr Verhalten verwirrte mich, ich war versucht aufzugeben. «Gibt es irgend etwas oder jemand, der es kann?»

Sie blickte unschlüssig beiseite.

«Miss Leavenworth», fuhr ich mit wiedergewonnenem Eifer und Ernsthaftigkeit fort. «Sie haben keinen Bruder, der Ihnen zureden, keine Mutter, die Ihnen raten könnte, lassen Sie daher mich, in Ermangelung näherstehender, besserer Freunde, die dringende Bitte aussprechen, mir insoweit zu vertrauen, als daß Sie mir wenigstens eines sagen.»

«Was?»
«Ob Sie das Schriftstück vom Schreibtisch nahmen, wie es Ihnen zur Last gelegt wird?»
Sie antwortete nicht sogleich, sondern blickte mit einem Ernst und einer gespannten Aufmerksamkeit vor sich hin, die deutlich machten, daß sie sowohl die Frage als auch ihre Erwiderung sorgsam abwägte. Schließlich drehte sie sich zu mir und sagte:
«Ich antworte Ihnen in vollkommener Vertraulichkeit. Ja, Mr. Raymond.»
Ich unterdrückte den verzweifelten Seufzer, der sich meiner Brust entringen wollte, und unternahm den nächsten Schritt.
«Ich werde Sie nicht fragen, was das für ein Schriftstück war» – sie winkte abwehrend mit der Hand – «aber dies eine müssen Sie mir sagen. Existiert es noch?»
Sie blickte mir standhaft ins Gesicht.
«Nein.»
Unter großer Anstrengung gelang es mir, meine Enttäuschung zu verbergen. «Miss Leavenworth», fuhr ich fort, «es mag grausam erscheinen, daß ich Ihnen zum jetzigen Zeitpunkt derart zusetze. Nur meine klare Erkenntnis der Gefahr, in der Sie schweben, veranlaßt mich dazu, das Wagnis einzugehen, Ihnen Unannehmlichkeiten zu bereiten, indem ich Ihnen Fragen stelle, die unter anderen Umständen kindisch, ja beleidigend zu nennen wären. Sie haben mir eine Auskunft erteilt, die sehr wichtig war; würden Sie mir bitte außerdem sagen, was Sie in der Nacht hörten, als Sie sich auf Ihrem Zimmer befanden, und zwar von dem Moment an, da Mr. Harwell die Treppe heraufkam, bis zum Schließen der Bibliothekstür. Sie erwähnten dergleichen bei der Vernehmung.»
Auf der Stelle bemerkte ich, daß ich mit dieser Frage zu weit gegangen war.
«Mr. Raymond», entgegnete sie, «von dem Wunsch getrieben, Ihnen gegenüber nicht unendlich undankbar zu erscheinen, rang ich mich dazu durch, eine Ihrer wichtigsten Fragen

vertraulich zu beantworten, doch mehr kann ich nicht sagen. Bitte hören Sie auf, mich zu bedrängen.»

Ihr vorwurfsvoller Blick traf mich bis ins Herz, und so sehr ich es bedauerte, ließ ich sie doch wissen, daß ihrem Wunsch entsprochen werden sollte. «Ich beabsichtige nichts weiter, als alles zu unternehmen, was in meiner Macht steht, um den wahren Urheber des Verbrechens zu entlarven», sagte ich, «ich fühle mich dazu aufgerufen, dies als meine Pflicht zu erfüllen. Ich werde Ihnen indessen keine weiteren Fragen stellen noch mit Bitten in Sie dringen. Was immer geschieht, muß ohne Ihre Unterstützung geschehen, und sollte meinem Unterfangen Erfolg beschieden sein, verlange ich nichts weiter, als daß Sie anerkennen, was Sie gegenwärtig blindlings glauben müssen, nämlich daß meine Beweggründe lauter und meine Handlungen unparteiisch sind.»

«Ich bin bereit, dies schon heute anzuerkennen», hub sie an, unterbrach sich allerdings und blickte mir flehentlich, beinahe gequält, in die Augen. «Mr. Raymond, können Sie die Dinge nicht belassen, wie sie sind? Bitte? Ich verlange keine Hilfe, ich will keine, ich würde lieber ...»

Aber ich hörte nicht auf sie. «Die Schuld hat kein Recht darauf, von der Großherzigkeit der Unschuld zu profitieren. Die Hand, welche diesen Schlag ausführte, darf nicht zusätzlich für die Vernichtung der Ehre und des Glücks einer edlen Frau Verantwortung tragen. Ich werde tun, was ich vermag, Miss Leavenworth.»

Während ich die Fifth Avenue hinabschritt und mich wie ein Abenteurer und Reisender fühlte, der in einem Moment der Verzweiflung seinen Fuß auf eine Planke gesetzt hat, die sich schmal und endlos lang über den unermeßlich tiefen Abgrund vor ihm erstreckt, tauchte folgende Frage aus den Schatten vor mir auf:

Wie sollte es mir gelingen, Mr. Gryces Voreingenommenheit zu widerlegen, den wahren Mörder Mr. Leavenworths zu finden und eine unschuldige Frau von dem Verdacht zu befreien, der sich, nicht gänzlich grundlos, über sie gelegt hatte – wie, wenn es keinen anderen Anhaltspunkt gab als meine Überzeugung, daß Eleanore Leavenworth auf Kosten ihres eigenen guten Namens einen anderen Menschen zu schützen trachtete?

Zweites Buch

Henry Clavering

XIV. Mr. Gryces Domizil

Nay, but hear me.

Nein, doch höre mich an.

SHAKESPEARE: MASS FÜR MASS

Für mich bestand kein Zweifel mehr daran, daß der Schuldige, an dessen Stelle Eleanore Leavenworth sich zu opfern bereit war, jemand war, für den sie vormals Zuneigung empfunden hatte: Nur die Liebe selbst oder das starke Pflichtgefühl, welches dieser Leidenschaft erwächst – gleichgültig, ob sie lebt oder bereits erstorben ist –, bildete einen für ihre Handlungsweise genügend starken Antrieb.

Und obwohl es meiner Voreingenommenheit auf gröblichste widerstrebte, kam mir stets aufs neue nur ein Name in den Sinn, wann immer ich mich fragte, wer diese Person wohl sein mochte, und zwar der jenes durchschnittlichen Menschen, jenes Sekretärs mit seinen launenhaften Stimmungen, unvermittelt hitzigen Gebaren, eigenartigen Benehmen und gekünstelter Selbstbeherrschung.

Hätte Eleanores Verhalten nicht selbst diese Art Licht auf die Affäre geworfen – niemals hätte meine Wahl sich auf jenen Mann als einen möglichen Verdächtigen gerichtet. Es wirkte auf den ersten Blick zu unwahrscheinlich, daß jemand in seiner Stellung, mit seinen Beziehungen zu dem Verstorbenen, ein ausreichendes Motiv für ein Verbrechen besessen haben sollte, welches ihm offenkundig keinerlei Vorteile einbrachte, und sein eigenartiges Betragen während der Vernehmung allein wäre nicht auffällig genug gewesen, um diese Unwahrscheinlichkeit zu entkräften. War jedoch Liebe ins Spiel gekommen, ja, dann mußte mit allem gerechnet werden. James Harwell, schlichter Amanuensis eines Teegroßhändlers, der sich zur Ruhe gesetzt hatte, das war ein Fall; James Harwell, in Leidenschaft für eine so schöne Frau wie Eleanore Leavenworth entbrannt, hingegen ein anderer. Indem ich ihn auf die Liste der möglichen Verdächtigen setzte, tat ich meinem Gefühl nach lediglich, was eine gewissenhafte Erwägung aller Wahrscheinlichkeiten rechtfertigte.

Doch welche Kluft lag zwischen einer zufälligen Verdächtigung und einem echten Beweis! James Harwell für schuldig zu halten und genügend Anhaltspunkte dafür zu finden, ihn dieser Schuld anzuklagen, waren zwei sehr verschiedene Paar Schuhe. Ich merkte, wie ich instinktiv vor der Aufgabe zurückschreckte, bevor ich mich noch vollständig dazu durchgerungen hatte, sie anzupacken, denn unwillkürlich drängte sich mir die mitleidheischende Vorstellung auf, in welch unglückliche Lage ich ihn, wäre er unschuldig, dadurch bringen mochte; diese Vorstellung ließ schon mein geringstes Mißtrauen ihm gegenüber als höchst unedel erscheinen, abgesehen davon, daß es womöglich ganz und gar ungerechtfertigt war. Wäre mir der Mann sympathischer gewesen, hätte ich seine Unschuld gewiß nicht so bereitwillig angezweifelt.

Doch Eleanore mußte unter allen Umständen gerettet werden. War sie dem Pesthauch der Verdächtigung erst einmal ausgeliefert, konnte niemand mehr vorhersagen, was geschehen würde. Vielleicht kam es gar zu ihrer Verhaftung, die, wenn vollzogen, einen Schatten auf ihr junges Leben werfen würde, den die Zeit alleine nicht vollständig würde zerstreuen können. Da wäre es weniger entsetzlich, einen mittellosen Sekretär zu beschuldigen. Ich beschloß, früh am nächsten Morgen Mr. Gryce aufzusuchen.

Die gegensätzlichen Bilder von Eleanore, wie sie einerseits vor dem Toten stand und mit emporgerichtetem Gesicht, ihre Hand auf seine Brust legte, andererseits dagegen Mary gegenübertrat, die eine knappe halbe Stunde später aufgebracht von ihrer Seite stürzte, verfolgten mich und hielten mich bis weit nach Mitternacht wach. Sie glichen einer doppelten Vision, Licht und Dunkelheit, unvereinbare Gegensätze ohne die Chance einer Annäherung oder Harmonie. Ich konnte mich nicht entziehen. Was auch immer ich versuchte, die beiden Bilder verfolgten mich, erfüllten meine Seele abwechselnd mit Hoffnung und Mißtrauen, bis ich nicht mehr wußte, ob ich mit Eleanore meine Hand auf die Brust des Toten legen und vorbehaltlosen Glauben an ihre Lauterkeit schwören sollte, oder, wie Mary, mein Gesicht abwenden und vor dem fliehen sollte, was ich nicht fassen noch in Einklang bringen konnte.

In Erwartung erheblicher Widerstände begab ich mich am nächsten Morgen auf die Suche nach Mr. Gryce, fest entschlossen, mich weder von Enttäuschungen aus der Fassung zu bringen noch durch anfängliche Rückschläge entmutigen zu lassen. Meine Mission bestand darin, Eleanore Leavenworth zu retten, und so hatte ich Besonnenheit und Selbstbeherrschung zu bewahren. Meine schlimmste Befürchtung bestand darin, daß sich die Dinge zuspitzen könnten, bevor ich eingreifen konnte. Die Tatsache allerdings, daß Mr. Leavenworths Beerdigung für diesen Tag angekündigt worden war, bedeutete eine gewisse Beruhigung; ich glaubte, Mr. Gryce gut genug zu kennen, daß er den Vollzug einer derartigen Zeremonie abwarten würde, bevor er zu krassen Maßnahmen schritt.

Ich weiß nicht, ob ich irgendwelche klare Vorstellungen davon hegte, wie das Haus eines Kriminalinspektors auszusehen habe, aber als ich vor dem adretten dreistöckigen Ziegelbau stand, zu dem man mich gewiesen hatte, mußte ich mir unwillkürlich eingestehen, daß die makellos sauberen, vorgezogenen Gardinen hinter halbgeschlossenen Läden etwas ausstrahlten, was den Charakter des Hausherrn ungemein treffend widerspiegelte.

Auf mein nervöses Läuten hin wurde die Tür von einem blaß wirkenden Jungen geöffnet, dessen lebhaft rote Locken ihm bis über beide Ohren reichten. In Beantwortung meiner Frage, ob Mr. Gryce zugegen sei, gab er ein Schnauben von sich, welches Nein bedeuten konnte, von mir jedoch als ein Ja gedeutet wurde.

«Mein Name ist Raymond, ich wünsche ihn zu sprechen.»

Mit einem einzigen Blick erfaßte er meine gesamte Gestalt und äußere Erscheinung und zeigte sodann auf eine Tür am oberen Treppenabsatz. Ohne weitere Instruktionen abzuwarten, eilte ich hinauf, klopfte an die von ihm bezeichnete Tür und trat ein. Der breite Rücken Mr. Gryces begrüßte mich; er war über ein hoffnungslos altmodisches Pult gebeugt, das auf der Mayflower herübergekommen sein mochte.

«Welch eine Ehre!» rief er aus. Er erhob sich, öffnete die quietschende Tür eines gewaltigen Ofens, der in der Mitte des Raums stand, und schloß sie wieder, mit einem Knall. «Ein ziemlich kühler Tag.»

«Ja», gab ich zurück, ihn dabei genauestens musternd, um herauszufinden, ob er in einer gesprächigen Stimmung war. «Ich habe jedoch nur wenig Zeit, mich mit den herrschenden Wetterverhältnissen zu befassen. Meine Befürchtung bezüglich dieses Mordfalls ...»

«Gewiß, gewiß», unterbrach er mich und heftete, allerdings – dessen bin ich mir gewiß – ohne jede böse Absicht, seine Augen auf den Schürhaken. «Eine wirklich rätselhafte Angelegenheit. Aber vielleicht stellt sie sich Ihnen anders dar. Ich sehe, daß Sie mir etwas mitzuteilen haben.»

«Ja», sagte ich, «das stimmt, ich bezweifle allerdings, daß es Ihren Erwartungen entsprechen wird. Mr. Gryce,» – ich stellte mich ein wenig dichter vor ihn – «seit wir uns das letzte Mal sahen, haben sich meine Ansichten über einen gewissen Punkt zu einer felsenfesten Überzeugung verdichtet. Die, welche Sie verdächtigen, ist unschuldig.»

Falls ich eine überraschte Reaktion erwartet hatte, wäre mir eine Enttäuschung sicher gewesen. «Eine erfreuliche Überzeugung», murmelte er. «Mr. Raymond, ich schätze Sie dafür.»

Ich unterdrückte einen Anflug von Ärger. «Ich bin mir dieser Überzeugung dermaßen sicher», sagte ich in dem Bestreben, ihn ein wenig aufzurütteln, «daß ich heute zu Ihnen komme, um Sie im Namen der Gerechtigkeit und puren Menschlichkeit zu bitten, alles Handeln aufzuschieben, bis wir Gelegenheit hatten, uns umzuschauen und herauszufinden, ob es nicht eine bessere Fährte zu verfolgen gilt.»

Er zeigte ebensowenig Neugier wie zuvor. «Für einen Mann wie Sie», rief er aus, «ist das ein wahrhaft staunenswertes Anliegen!»

Ich ließ mich nicht aus der Fassung bringen. «Mr. Gryce», fuhr ich fort, «ist der Name einer Frau erst einmal durch den Schmutz gezogen worden, bleibt er bis in alle Ewigkeit besudelt. Eleanore Leavenworth ist ein zu edler Mensch, als daß man sie in einer so schwerwiegenden Krise ohne die nötige Rücksicht behandeln dürfte. Leihen Sie mir Ihr Ohr, ich verspreche Ihnen, Sie werden es nicht bereuen.»

Er lächelte und erlaubte seinen Augen, vom Schürhaken zu meiner Stuhllehne zu wandern. «Einverstanden», bemerkte er, «ich höre Ihnen zu, reden Sie.»

Ich zog meine Notizen aus der Tasche und legte sie auf den Tisch.

«Was, Aufzeichnungen?!» rief er. «Sehr gefährlich. Bringen Sie niemals Ihre Pläne zu Papier.»

Ich fuhr fort, ohne die Unterbrechung zu beachten.

«Mr. Gryce, ich hatte Gelegenheit – die Ihnen bisher nicht zuteil wurde –, in die Seele dieser Frau zu blicken. Ich habe sie in einer Situation beobachtet, in welcher ein Schuldiger niemals bestehen könnte, und für mich bleibt nicht einmal mehr der Schatten eines Zweifels, daß nicht nur ihre Hände, sondern auch ihr Herz rein und von diesem Verbrechen unbefleckt ist. Sie mag etwas darüber wissen, was uns Rätsel aufgibt, das wage ich nicht zu bestreiten. Der Schlüssel, welchen man in ihrem Besitz auffand, würde mich Lügen strafen. Doch was bedeutet es, daß sie etwas weiß? Solange wir mit ein wenig Geduld und List ohnedies unser Ziel erreichen, kann es mitnichten Ihr Wunsch sein, Schande über dieses liebreizende Wesen zu bringen, nur weil sie es offenkundig für ihre Pflicht hält, Informationen zurückzuhalten.»

«Angenommen, Sie haben recht», warf der Inspektor ein, «wie sollen wir dann erfahren, was wir wissen wollen, ohne dem einzigen Hinweis nachzugehen, den wir bis jetzt erhalten haben?»

«Wenn Sie Hinweisen Eleanore Leavenworths folgen, werden Sie nie etwas erreichen.»

Er hob vielsagend die Augenbrauen, schwieg jedoch still.

«Miss Eleanore wird von jemandem ausgenutzt, der ihre Festigkeit, Großzügigkeit und möglicherweise Liebesfähigkeit kennt. Wir müssen herausfinden, wer soviel Macht über sie besitzt, daß er sie dermaßen in der Hand hat, dann haben wir den, welchen wir suchen.»

«Mh!» erwiderte Mr. Gryce mit zusammengepreßten Lippen, sonst nichts.

Ich wollte, daß er spräche, also wartete ich.

«Denken Sie an jemand Bestimmtes?» erkundigte er sich schließlich fast schnippisch.

«Ich nenne keine Namen», entgegnete ich. «Alles, was ich will, ist mehr Zeit.»

«Sie beabsichtigen demnach, diese Angelegenheit zu Ihrer eigenen zu machen?»

«Jawohl.»

Er stieß einen ellenlangen Pfiff aus. «Darf ich fragen», sagte er schließlich, «ob Sie davon ausgehen, vollständig auf eigene Faust zu arbeiten, oder ob Sie, stünde Ihnen ein geeigneter Gehilfe zur Verfügung, seine Unterstützung wirklich verschmähen, seinen Rat ignorieren würden?»

«Nichts wäre mir lieber, als mit Ihnen zusammenzuarbeiten.» Das Grinsen auf seinem Gesicht wurde breiter und spöttischer. «Sie müssen sehr von sich selbst überzeugt sein», sagte er.

«Ich bin sehr von Miss Leavenworth überzeugt», hielt ich dagegen.

Die Replik schien ihm zu gefallen. «Lassen Sie mich hören, was Sie vorzuschlagen haben.»

Ich antwortete nicht sofort. In Wahrheit hatte ich nämlich noch keine Pläne gemacht.

«Mich dünkt», sagte er nun, «daß Sie eine Aufgabe übernommen haben, die für einen Amateur eher schwierig ist. Überlassen Sie es lieber mir, Mr. Raymond, überlassen Sie es lieber mir.»

«Ich bin sicher», entgegnete ich, «daß mir nichts angenehmer wäre ...»

Er unterbrach mich: «Selbstverständlich wäre ein Beitrag Ihrerseits von Zeit zu Zeit willkommen. Ich bin kein Egoist und für jede Anregung offen. In diesem Augenblick zum Beispiel würde ich nur allzugerne hören, was Sie höchstpersönlich gesehen und gehört haben und worüber Sie mir liebenswürdigerweise berichten können.»

Ich war über seine Aufgeschlossenheit erleichtert und fragte mich, was ich tatsächlich zu berichten hatte – nicht vieles, das er für wesentlich halten würde. Andererseits nützte jetzt alles Zögern nichts mehr.

«Mr. Gryce», sagte ich, «ich kann Ihnen nur wenige Fakten mitteilen, welche über das hinausgehen, was Sie bereits wissen. Es sind in der Tat weniger Fakten, an die ich denke, als vielmehr Überzeugungen. Ich spreche in der unumstößlichen Gewißheit, daß Eleanore Leavenworth dieses Verbrechen nicht nur nicht begangen hat, sondern auch bis zu seiner Vollendung nicht die leiseste Ahnung davon hatte. Ebenso bin ich mir sicher, daß der wahre Übeltäter ihr bekannt ist und sie es aus einem ungenannten Grund als ihre heilige Pflicht ansieht, den Mörder selbst auf Kosten ihrer eigenen Sicherheit zu decken, anders ist ihr Verhalten nicht zu erklären. Vor diesem Hintergrund kann es weder für Sie noch für mich ein allzu schwieriges Unterfangen sein, zumindest gedanklich eine befriedigende Lösung dafür zu finden, wer diese Person sein könnte. Bei ein wenig größerer Kenntnis der Familie …»

«Sie wissen also nichts über sie als das, was von außen erkennbar ist?»

«Nichts.»

«Wissen nicht einmal, ob diese Mädchen verlobt sind oder Liebhaber haben?»

«Nein», antwortete ich, nachdem ich ob dieser unverblümten Formulierung meiner eigenen, unausgesprochenen Gedanken recht erschrocken dreingeblickt hatte.

Er schwieg einen Moment lang. «Mr. Raymond», rief er endlich aus, «machen Sie sich irgendeinen Begriff von den widrigen Umständen, unter denen ein Detektiv arbeitet? Sie glauben zum Beispiel bestimmt, daß ich mich in alle möglichen gesellschaftlichen Kreise einschmuggeln kann, aber Sie irren sich. So seltsam es erscheinen mag, es ist mir trotz aller Kniffe nie auch nur mit einer einzigen Schicht gelungen. Ich kann mich nicht als Gentleman ausgeben. Schneider, Friseure, nichts klappt: ich werde immer erkannt.»

Er sah derart niedergeschlagen aus, daß ich ein Lächeln kaum zu unterdrücken vermochte, meiner geheimen Sorge und Angst zum Trotz.

«Einmal stellte ich sogar einen französischen Kammerdiener an, der sich mit Tänzen und Schnurrbartformen auskannte, aber alles vergeblich. Der erste Gentleman, dem ich mich näherte, starrte mich bloß an – ich spreche von einem echten Gentleman, nicht von einem dieser amerikanischen Gecken –, und ich hatte seinem Starren nichts entgegenzusetzen. Diesen Ernstfall hatte ich bei meinen vertraulichen Plaudereien mit diesem Clown Pierre Camille Marie glatt vergessen.»

Die unvermittelte Wendung, welche unsere Unterhaltung nahm, belustigte und verwirrte mich gleichermaßen. Ich blickte Mr. Gryce fragend an.

«Für Sie hingegen, wage ich zu behaupten, wäre es kein Problem …», rief er aus. «Sie wurden womöglich als einer geboren und könnten sogar eine Dame zum Tanz auffordern, ohne zu erröten.»

«Nun», hub ich an.

«Genau», sagte er, «aber ich nicht. Ich kann eine Residenz betreten und mich vor der Dame des Hauses verneigen, egal wie elegant sie ist, solange ich einen Haftbefehl in der Hand oder sonst ein berufliches Anliegen im Kopf habe, doch sobald es darum geht, in Glacéhandschuhen aufzutreten, ein Glas Champagner zum Toast zu erheben und ähnliches, tauge ich zu nichts mehr.» Er fuhr sich mit beiden Händen durch das Haar und starrte trübselig auf den Knauf meines Spazierstocks, den ich in der Hand hielt. «Doch das gilt für alle von uns. Wenn wir einen Gentleman brauchen, damit er mit uns zusammenarbeitet, müssen wir außerhalb unseres Berufsstands suchen.»

Ich begann zu verstehen, worauf er hinauswollte, und verhielt mich in dem vagen Bewußtsein ruhig, daß meine Unterstützung sich für ihn letztlich als notwendig erweisen würde.

«Mr. Raymond», sagte er nun, beinahe brüsk, «kennen Sie einen Herrn namens Henry Clavering, der derzeit im Hoffman House abgestiegen ist?»

«Nicht daß ich wüßte.»

«Er verfügt über tadellose Umgangsformen; würde es Ihnen etwas ausmachen, seine Bekanntschaft zu suchen?»

Ich folgte Mr. Gryces Beispiel und fixierte den Kaminsims. «Darauf vermag ich nicht zu antworten, bis ich Ihr Anliegen ein wenig besser verstehe», antwortete ich schließlich.

«Es gibt nicht viel zu verstehen», gab er zurück. «Mr. Henry Clavering, Gentleman, Mann von Welt, hält sich derzeit im Hoffman House auf. Er ist ein Fremder, ohne fremd zu sein, fährt herum, läuft herum, raucht, sucht jedoch niemanden im besonderen auf, betrachtet sich die Damen, aber erweist keiner seine besondere Referenz. Kurzum, eine Person, die jedermann gerne näher kennenlernen möchte. Da er allerdings ein hochmütiger Mann ist und jenes typisch europäische Vorurteil gegen die Freizügigkeit und Geradlinigkeit der Yankees pflegt, habe ich genauso viele Chancen, an ihn heranzukommen wie an den österreichischen Kaiser.»

«Und Sie möchten ...»

«Für einen aufstrebenden jungen Anwalt aus guter Familie und von untadeligem Ruf gäbe er einen sehr passenden Gefährten ab. Ich bin mir sicher, Sie fänden es durchaus der Mühe wert, zu versuchen, eine Freundschaft mit ihm anzuknüpfen.»

«Aber ...»

«Würden ihn womöglich gar enger an sich binden – ganz allmählich natürlich –, ihm Dinge anvertrauen und ...»

«Mr. Gryce», hastig unterbrach ich ihn. «Ich kann mich niemals damit einverstanden erklären, einen Mann zum Freund zu gewinnen, nur um ihn später an die Polizei zu verraten.»

«Es gehört wesentlich zu Ihren eigenen Plänen, Mr. Claverings Bekanntschaft zu machen», erwiderte er trocken.

«Aha!» – mir ging ein Licht auf – «Er steht also in einer Beziehung zu unserem Fall?»

Gedankenverloren glättete Mr. Gryce den Ärmel seiner Jacke. «Ich weiß nicht, ob es notwendig sein wird, daß Sie ihn verraten. Hätten Sie etwas dagegen, ihm vorgestellt zu werden?»

«Nein.»

«Oder sich mit ihm zu unterhalten, sollte er Ihnen sympathisch sein?»

«Nein.»

«Nicht einmal, falls Sie im Lauf Ihrer Unterredung auf etwas stoßen würden, das Ihnen bei Ihren Bemühungen, Eleanore Leavenworth zu retten, als Anhaltspunkt dienen könnte?»

Diesmal klang mein Nein weniger überzeugt, denn die letzte Rolle, welche ich in dem heraufziehenden Drama zu spielen wünschte, war die eines Spions.

«Dann ist es ja gut», fuhr er fort, wobei er den zweifelnden Ton, in welchem ich meine Zustimmung geäußert hatte, nicht zur Kenntnis nahm. «Ich rate Ihnen, noch heute ein Zimmer im Hoffman House zu beziehen.»

«Ich bezweifle, daß es etwas nützen würde», sagte ich. «Wenn ich mich nicht irre, habe ich diesen Herrn bereits getroffen und mit ihm gesprochen.»

«Wo?»

«Beschreiben Sie ihn zuerst.»

«Er ist groß, gut gebaut, hält sich sehr gerade, hat vornehme Gesichtszüge, einen dunklen Teint, braunes Haar mit grauen Strähnen, einen durchdringenden Blick, gewandte Manieren. Ich versichere Ihnen, eine eindrucksvolle Persönlichkeit.»

«Ich habe Grund zu der Annahme, daß ich ihm bereits begegnet bin», sagte ich und berichtete ihm in wenigen Worten, wann und wo.

«Mh!» machte er, nachdem ich geendet hatte. «Er interessiert sich augenscheinlich ebensosehr für Sie, wie wir für ihn, nun, wie finden wir das? Ich glaube, ich verstehe», rief er nach kurzem Nachdenken aus. «Schade, daß Sie ihn angesprochen haben, das hat womöglich einen unliebsamen Eindruck bei ihm hinterlassen, und alles hängt davon ab, daß Sie sein Vertrauen gewinnen.»

Er erhob sich und begann, im Zimmer auf und ab zu gehen.

«Wir müssen mit Bedacht vorgehen, das ist alles. Geben Sie ihm die Gelegenheit, Sie in einem anderen, besseren Licht zu sehen. Schauen Sie im Leseraum des Hoffman House vorbei. Reden Sie mit den angesehensten Männern, die Sie dort antreffen, doch weder zuviel noch zu wahllos. Mr. Clavering ist anspruchsvoll und wird sich durch die Aufmerksamkeiten eines Manns, der mit jedem gut Freund ist, nicht geschmeichelt fühlen. Seien Sie Sie selbst, und überlassen Sie es ihm, den Kontakt zu knüpfen, er wird es mit Sicherheit tun.»

«Angenommen, wir befinden uns in einem Irrtum, und der Mann, den ich auf der Thirtyseventh Street traf, war nicht Mr. Clavering?»

«Das würde mich sehr überraschen, sonst nichts.»

Ich wußte nicht, was ich außerdem noch einwenden konnte, also schwieg ich.

«Und dieses alte Haupt müßte seinen besten Denkerhut aufsetzen», fügte er scherzend hinzu.

«Mr. Gryce», sagte ich, weil ich ihm unbedingt bewußt machen wollte, daß alles Gerede über einen Unbekannten mich meine eigenen Absichten nicht hatte vergessen lassen, «es gibt eine Person, von der wir noch nicht gesprochen haben.»

«Nein?» bemerkte er sanft und drehte sich herum, bis er mir seinen breiten Rücken zukehrte. «Wer mag das sein?»

«Nun, wer anders als Mr. ...»

Ich konnte nicht weitersprechen. Welches Recht hatte ich, einen Namen in diesem Zusammenhang zur Sprache zu bringen, außer ich verfügte über genügend Beweise gegen ihn, um seine Erwähnung zu rechtfertigen. «Verzeihen Sie», sagte ich, «aber ich glaube, ich halte mich an meine erste Eingebung und nenne keinen Namen.»

«Harwell?» warf er mühelos ein.

Unfreiwillige Zustimmung meinerseits durch eine rasche Röte, welche mir ins Gesicht stieg.

«Ich sehe keinen Grund, warum wir nicht über ihn reden sollten», fuhr er fort, «vorausgesetzt, wir gewinnen etwas dadurch.»

«Hielten Sie seine Aussage bei der Vernehmung für aufrichtig?»

«Sie wurde bisher nicht widerlegt.»

«Er ist ein sonderbarer Mensch.»

«Ich auch», gab der Inspektor zurück.

Die Bemerkung verblüffte mich, und da mir bewußt wurde, daß ich mich selbst ins Hintertreffen gebracht hatte, nahm ich meinen Hut vom Tisch und schickte mich an, zu gehen, da fiel mir plötzlich Hannah ein; ich wandte mich um und fragte, ob es Neuigkeiten über sie gäbe.

Er schien so lange zu zögern und mit sich selbst zu debattieren, daß ich zu zweifeln anfing, ob der Mann mich je ins

Vertrauen ziehen würde, da machte er plötzlich mit beiden Händen eine energische Geste und sagte nachdrücklich:

«Der Böse höchstpersönlich hat hier seine Hand im Spiel. Das Mädchen könnte nicht spurloser verschwunden sein, wenn sich die Erde selbst geöffnet und sie verschlungen hätte.»

Ich fühlte, wie mir das Herz sank. Eleanore hatte gesagt: «Hannah kann nichts für mich tun.» Bestand die Möglichkeit, daß das Mädchen für immer verschwunden war?

«Unzählige Agenten sind in meinem Auftrag unterwegs, von der allgemeinen Öffentlichkeit ganz zu schweigen, und trotzdem hat mich bis jetzt nicht einmal der Hauch einer Nachricht darüber erreicht, wo sie ist oder wie sie sich befindet. Ich habe Angst, daß wir sie eines schönen Tages auf dem Fluß treibend finden, ohne Geständnis in der Tasche.»

«Alles hängt von der Zeugenaussage des Mädchens ab», bemerkte ich.

Er grunzte. «Was sagt Miss Leavenworth darüber?»

«Daß das Mädchen ihr nicht helfen kann.»

Mir schien, daß er hierauf eine Spur überrascht wirkte, doch er überspielte es mit einem Nicken und markigen Worten. «Sie muß trotzdem gefunden werden», sagte er, «und sei es, daß ich X dafür losschicke.»

«X?»

«Einer meiner Agenten, ein lebendes Fragezeichen, deswegen nennen wir ihn X, für jede x-beliebige Frage.» Ich wandte mich erneut zum Gehen, da sagte er: «Wenn der Inhalt des Testaments bekannt gemacht worden ist, kommen Sie wieder zu mir.»

Das Testament! Ich hatte das Testament vergessen.

XV. Wege tun sich auf

It is not and it cannot come to good.

Es ist nicht und es kann nichts Gutes daraus werden.

SHAKESPEARE: HAMLET

Ich nahm an Mr. Leavenworths Beerdigung teil, sah die Damen jedoch weder vor noch nach der Zeremonie.

Hingegen wechselte ich einige Worte mit Mr. Harwell, der mich, ohne etwas Neues zu sagen, trotzdem mit reichlich Nahrung für Mutmaßungen versorgte. Er fragte mich nämlich unmittelbar nach unserer gegenseitigen Begrüßung, ob ich das *Telegram* vom Vorabend gesehen hätte, und als ich seine Frage bejahend beantwortete, sah er mich so besorgt und bittend an, daß ich der Versuchung erlag, mich zu erkundigen, wie eine derartig monströse Anspielung auf eine gut beleumundete junge Dame bester Erziehung je in die Zeitung hatte gelangen können. Seine Antwort war es, die mir durch Mark und Bein ging.

«Ich vermute, damit die schuldige Person, von Gewissensbissen getrieben, sich als der wahre Übeltäter zu erkennen gibt.»

Eine seltsame Bemerkung von jemandem, der den Verbrecher und dessen Charakter weder kannte noch einen Verdacht hegte. Ich hätte die Unterhaltung gerne fortgesetzt, doch der Sekretär, der nie viele Worte machte, ließ es hierbei bewenden und sich zu keinen weiteren Auskünften bewegen. Es oblag also offenkundig mir, mich mit Mr. Clavering oder wem auch sonst immer bekannt zu machen, um mir Klarheit über die ungewisse Vergangenheit der beiden jungen Frauen zu verschaffen.

An jenem Abend erhielt ich Nachricht, daß Mr. Veeley zu Hause eingetroffen, aber zu einer Unterredung mit mir über ein so schmerzliches Thema wie den Mord an Mr. Leavenworth nicht in der Verfassung wäre, außerdem eine Botschaft von Eleanore, in der sie mir ihre Adresse übermittelte, mich allerdings gleichzeitig darum bat, sie nicht aufzusuchen, außer ich hätte ihr etwas wirklich Wichtiges mitzuteilen, da sie zu unpäßlich sei, um Besucher zu empfangen. Die knappe Mitteilung rührte mich zutiefst. Krank, allein, in einem fremden Haus – mein Herz schwoll vor Mitleid!

Am folgenden Tag begab ich mich, Mr. Gryces Wünschen gemäß, zum Hoffman House und setzte mich in den Leseraum. Nach nur wenigen Minuten trat ein Gentleman herein, den ich sofort als den nämlichen wiedererkannte, mit dem ich an der Ecke der Thirtyseventh Street geredet hatte.

Er erinnerte sich offenbar ebenfalls an mich, denn er wirkte bei meinem Anblick ein wenig verlegen, gewann jedoch rasch seine Fassung wieder, griff nach einer Zeitung und schien bald völlig in ihren Inhalt vertieft zu sein, aber ich fühlte, daß seine faszinierenden schwarzen Augen auf mir ruhten und mein Gesicht, meine Gestalt, äußere Erscheinung und jede meiner Bewegungen prüfend und mit derart ausgeprägtem Interesse beobachteten, daß es mich zugleich verwunderte und in Verwirrung stürzte.

Ich spürte, daß es meinerseits unklug gewesen wäre, seine forschenden Blicke zu erwidern, obwohl mir sehr daran gelegen war, seinen Augen zu begegnen und zu ergründen, was bei ihm diese Neugier bezüglich einer ihm völlig unbekannten Person entfacht hatte. Deshalb erhob ich mich, ging zu einem alten Bekannten hinüber, der am gegenüberliegenden Tisch saß, und verwickelte ihn in eine belanglose Unterhaltung, wobei ich eine passende Gelegenheit abwartete, um mich zu erkundigen, ob er wisse, wer der gutaussehende Fremde sei. Dick Furbish verkehrte in gesellschaftlichen Kreisen und kannte jeden.

«Er heißt Clavering und kommt aus London. Mehr weiß ich nicht über ihn, außer daß man ihn allerorten antreffen kann, von Privathäusern einmal abgesehen. Man hat ihn noch nicht in die wesentlichen Kreise aufgenommen, vielleicht in Erwartung von Referenzen.»

«Ein Gentleman?»

«Unbestreitbar.»

«Jemand, mit dem du dich unterhalten würdest?»

«Ja, ich spreche ihn gelegentlich an, aber er hat mir wenig zu sagen.»

Dick verzog bei diesen Wort das Gesicht zu einer Grimasse, und ich konnte ein Lächeln nicht unterdrücken. «Was nur beweist», setzte er hinzu, «daß er echt ist.»

Dieses Mal lachte ich laut auf, verabschiedete mich von ihm und schlenderte wenige Minuten später aus dem Saal.

Während ich durch die Menschenmassen auf dem Broadway spazierte, grübelte ich verwundert über die flüchtige Begegnung nach.

Es schien nicht nur unwahrscheinlich, sondern geradezu absurd, daß jener unbekannte Londoner Herr, der überall außer in Privathäusern auftauchte, mit der Angelegenheit, welche mir so sehr am Herzen lag, in irgendeiner Verbindung stand, und erstmals stiegen leise Zweifel in mir auf, ob Mr. Gryce klug gehandelt hatte, als er ihn meiner Aufmerksamkeit anempfahl.

Am nächsten Tag wiederholte ich den Versuch, doch ebenso erfolglos. Als Mr. Clavering den Raum betrat und mich sah, verließ er ihn bald wieder. Allmählich wurde mir klar, daß seine Bekanntschaft anzuknüpfen nicht einfach war. Um den Rückschlag wettzumachen, suchte ich am Abend Mary Leavenworth auf. Sie empfing mich mit nahezu schwesterlicher Vertrautheit.

Nachdem sie mich einer älteren Dame vorgestellt hatte – einer Freundin der Familie, die herbeigeeilt war, um ihr eine Weile zur Seite zu stehen –, fragte sie emphatisch: «Sie sind gewiß gekommen, um mir zu berichten, daß man Hannah gefunden hat, nicht wahr?»

Ich schüttelte voller Bedauern, sie enttäuschen zu müssen, den Kopf. «Nein», sagte ich, «noch nicht.»

«Aber heute war Mr. Gryce hier und erzählte mir, er hoffe, daß man binnen vierundzwanzig Stunden Neues von ihr hören würde.»

«Mr. Gryce hier!»

«Ja, er kam, um mir zu berichten, wie die Dinge voranschreiten – wobei sie anscheinend nicht sonderlich weit vorangeschritten sind», setzte sie betrübt hinzu.

«Das können Sie zu diesem Zeitpunkt kaum erwarten», antwortete ich. «Sie dürfen sich nicht so leicht entmutigen lassen.»

«Aber ich kann nicht anders, jeder Tag, jede Stunde, die in dieser Ungewißheit vergehen, lasten wie ein Berg auf mir.» Sie griff sich bebend an die Brust. «Wenn es möglich wäre, würde ich die ganze Welt an die Arbeit schicken. Ich würde jeden Stein umdrehen lassen, ich ...»

«Was würden Sie tun?» murmelte ich.

«Ach, ich weiß es nicht», rief sie, und auf einmal änderte sich ihr Gebaren. «Vielleicht gar nichts.» Dann, bevor ich etwas erwidern konnte: «Haben Sie Eleanore gesehen?»

Ich verneinte. Damit schien sie noch nicht zufrieden zu sein, wartete aber, bis ihre Gefährtin den Raum verlassen hatte, bevor sie weitersprach. Nun erkundigte sie sich mit ernstem Blick, ob ich wisse, wie es Eleanore gehe.

«Ich fürchte, nicht gut», antwortete ich.

«Es ist eine schwere Prüfung für mich», murmelte sie, «daß Eleanore fort ist. Nein», setzte sie hinzu, womöglich, weil sie meinen ungläubigen Blick bemerkte, «nicht, daß Sie denken, ich würde meinen Beitrag zum jetzigen unglücklichen Stand der Dinge leugnen. Ich bin bereit zuzugeben, daß ich als erste eine Trennung vorgeschlagen habe. Trotzdem, sie ist darum nicht leichter zu ertragen.»

«Für Sie ist es nicht so schwer wie für sie», sagte ich.

«Nicht so schwer? Wieso? Weil sie nun verhältnismäßig arm dasteht, wohingegen ich reich bin – ist es das, was Sie meinen?» Sie wartete meine Antwort nicht ab. «Ach, könnte ich Eleanore doch dazu überreden, meinen Wohlstand mit mir zu teilen. Gerne schenkte ich ihr die Hälfte von allem, was ich empfangen habe. Ich fürchte jedoch, sie würde sich niemals dazu bewegen lassen, etwas anzunehmen.»

«Unter den gegebenen Umständen ist es klüger, wenn sie nichts nimmt.»

«Genau das dachte ich auch», erwiderte Mary, «obwohl eine große Last von mir abfallen würde, wenn sie es täte. Das Vermögen, welches mir plötzlich in den Schoß gelegt worden ist, bedrückt mich wie ein Alptraum, Mr. Raymond. Als heute das Testament verlesen wurde, das mich zur Eigentümerin nahezu unbegrenzten Reichtums macht, hatte ich ein Gefühl, als würde sich ein schwerer, undurchdringlicher, blutbefleckter Schleier über mich legen, ein aus abgrundtiefem Entsetzen gewobener Schleier. Ich hatte erwartet, diesen Tag mit vollkommen andersartigen Gefühlen zu erleben. Denn, Mr. Raymond» – sie atmete stoßweise –, «so grauenhaft jetzt auch alles ist, man hat mich in dem Bewußtsein aufgezogen, dieser Stunde mit Stolz, ja mit Sehnsucht entgegenzusehen. Um Geld wurde in meiner kleinen Welt ein ungeheures Aufhebens gemacht. In dieser schlimmen Zeit der Vergeltung will ich wahrhaftig niemandem eine Schuld anlasten, am allerwenigsten meinem Onkel, doch von jenem Tag vor zwölf Jahren an, als er uns das erste Mal in seine Arme schloß, auf unsere kindlichen Gesichter herabschaute und verkündete: 'Der Blondschopf gefällt mir gut, ich werde sie zu meiner Erbin erklären' – seit jenem Tag bin ich gehätschelt, umschmeichelt, verwöhnt worden, der Onkel nannte mich seine kleine Prinzessin, seinen Liebling, und so ist es geradezu befremdlich, daß ich – so beladen und vorbelastet – die großherzigen Empfindungen einer erwachsenen Frau haben kann, obwohl mir von Anfang an klar war, daß diese ungleiche Behandlung meiner Cousine und mir einer bloßen Laune entsprang, eine Ungleichheit darstellt, die niemals zustande gekommen wäre, hätten Schönheit, Tugend oder Verdienst als Maßstäbe gedient. Eleanore ist mir in allem mehr als ebenbürtig.» Sie hielt inne und würgte in dem mühsamen Versuch, die Beherrschung zu wahren, den jähen Schluchzer hinunter, der sich ihrer Kehle entringen wollte, ein gleichermaßen rührender wie bewunderungswürdiger Versuch. Ihre Augen suchten scheu die meinen, und sie murmelte mit leise bittender Stimme: «Meine Fehler lassen sich bis zu einem gewissen Grad entschuldigen, verstehen Sie; bei einer lebenslustigen jungen Erbin gelten Überheblichkeit, Eitelkeit und Selbstsucht als gerechtfertigte Auswüchse eines lobenswerten Selbstbewußtseins. Weh mir!» erklang ihr bitterer Ausruf. «Geld, nur das Geld, hat Verderben über uns gebracht!» Ihr Stimme sank zu einem Flüstern herab. «Und nun, da es mit seinem bösen Erbe auf mich gekommen ist, gäbe ich alles – alles, wenn ... Doch nein, dies ist Schwäche. Ich habe kein Recht, Ihnen mein Leid aufzubürden. Bitte vergessen Sie alles, was ich gesagt habe, Mr. Raymond, oder betrachten Sie meine Klagen als bloße Anmerkungen eines unglücklichen, gramgebeugten Mädchens, das unter der schweren Last ihrer großen Verwirrtheit und Furcht beinahe zusammenbricht.»

«Ich möchte aber nichts vergessen», erwiderte ich. «Sie haben einiges Gutes gesagt, edle Regungen offenbart. Wenn Sie Ihr Vermögen mit diesen Gefühlen entgegennehmen, wird es Ihnen nichts als Segen bringen.»

Aber sie winkte ab. «Ausgeschlossen! Es kann sich unmöglich als Segen erweisen.» Als wäre sie über ihre eigenen Worte erschrocken, biß sie sich auf die Lippen und fügte hastig hinzu: «Großer Wohlstand ist niemals ein Segen.»

«Und jetzt», sagte sie in einem völlig veränderten Ton, «möchte ich etwas mit Ihnen besprechen, wofür Ihnen der Zeitpunkt als gänzlich ungeeignet erscheinen mag, nichtsdestoweniger muß ich unbedingt darüber reden, wenn der Plan, welchen ich im Innersten gefaßt habe, je vollendet werden soll. Wie Sie wissen, war mein Onkel, bevor er starb, damit beschäftigt, ein Buch über die Gebräuche der Chinesen und die Vorurteile gegen jenes Volk zu verfassen. Es lag ihm viel daran, das Werk veröffentlicht zu sehen, und selbstverständlich möchte ich seine Wünschen ausführen, doch dafür ist es meiner Ansicht nach notwendig, daß nicht nur ich selbst mich diesem Unterfangen zuwende, und zwar sogleich – denn es erfordert Mr. Harwells Mitarbeit, und ich möchte jenen Herrn so bald wie möglich entlassen –, sondern daß ich darüber hinaus jemand finde, der in der Lage ist, die Fertigstellung des Manuskripts zu überwachen. Ich habe gehört – man hat mir erzählt, Sie vor allen anderen wären der Mann dafür, und obwohl es mir schwerfällt, vielleicht sogar unschicklich ist, einen Menschen, der bis vor einer Woche ein Fremder für mich war, um einen so großen Gefallen zu bitten, würde es mich doch mehr als freuen, wenn Sie sich damit einverstanden erklärten, das Manuskript zu begutachten und mir zu sagen, was damit zu tun ist.»

Die Zaghaftigkeit, mit welcher diese Sätze hervorgebracht wurden, unterstrich, wie ernst sie gemeint waren; was mich überraschte, war, daß dieses Anliegen zufällig und eigenartigerweise genau mit meinen eigenen geheimen Wünschen übereinstimmte, da ich bereits seit geraumer Zeit die Frage erwogen hatte, wie ich mir freien Zutritt zu diesem Haus verschaffen konnte, ohne seine Bewohner noch mich selbst zu kompromittieren. Ich wußte in jenem Augenblick nicht – was ich später erfuhr –, daß Mr. Gryce derjenige gewesen war, der mich ihr in dieser Angelegenheit empfohlen hatte. Doch so zufrieden ich mich darob auch fühlen mochte, ich erachtete es als meine Pflicht, sie auf meine mangelnde Befähigung für eine Aufgabe hinzuweisen, die so weit außerhalb meiner beruflichen Erfahrung lag, und ihr vorzuschlagen, jemand damit zu beauftragen, der sich auf diesem Gebiet besser auskannte. Doch sie wollte nichts dergleichen hören.

«Mr. Harwell verfügt über jede Menge Notizen und Aufzeichnungen», sagte sie, «und kann Sie mit allen notwendigen Informationen versorgen. Sie werden wirklich keine Mühe damit haben.»

«Kann denn Mr. Harwell die Arbeit nicht allein zu Ende führen? Er scheint ein intelligenter, gewissenhafter junger Mann zu sein.»

Doch sie schüttelte den Kopf. «Er glaubt, es zu können», sagte sie leise, «aber ich weiß, daß mein Onkel ihm niemals die Formulierung auch nur eines einzigen Satzes zugetraut hat, und ich möchte genauso handeln, wie er es in diesem Fall getan haben würde.»

«Er wird aber vielleicht nicht begeistert sein – Mr. Harwell, meine ich –, wenn sich ein Fremder in die Arbeit einmischt.»

Ihre Augen weiteten sich erstaunt.

«Das spielt keine Rolle», sagte sie. «Mr. Harwell steht in meinen Diensten und hat gar nichts dazu zu sagen. Überdies wird er nichts dagegen einwenden. Ich habe bereits mit ihm gesprochen, und er zeigte sich mit der Regelung einverstanden.»

«Also gut», sagte ich, «ich verspreche, es mir zu überlegen. In jedem Fall kann ich einen Blick auf das Manuskript werfen und Ihnen meine Meinung über seinen Zustand mitteilen.»

«Vielen Dank», sagte sie mit einer befriedigten Miene, die reizend anzuschauen war. «Sie sind zu gütig, wie kann ich es Ihnen jemals vergelten? Möchten Sie vielleicht selbst mit Mr. Harwell sprechen?» Sie schritt auf die Tür zu, blieb jedoch unvermittelt stehen, von einer bestimmten Erinnerung übermannt, und hauchte: «Er ist in der Bibliothek, würde es Ihnen etwas ausmachen …?»

Ich unterdrückte das Gefühl von Übelkeit, welches mich bei der Erwähnung jenes Orts befiel, und verneinte.

«Alle Dokumente befinden sich dort, und er sagt, er könne an seinem alten Platz besser arbeiten als irgend sonst, aber wenn Sie es wünschen, lasse ich ihn herbeirufen.»

Doch davon wollte ich nichts hören und geleitete sie zur Treppe.

«Gelegentlich kam mir bereits der Gedanke, den Raum zu verriegeln», beeilte sie sich zu bemerken, «aber etwas hält mich davon ab. Ich vermag es ebensowenig zu tun, wie ich dieses Haus nicht verlassen kann. Eine Macht jenseits meiner selbst zwingt mich, dem Grauen gegenüberzutreten. Dabei leide ich», fuhr sie fort, «beständig unter entsetzlichen Ängsten. Zuweilen, in der Dunkelheit der Nacht – nein», rief sie plötzlich, «ich werde Sie nicht damit behelligen. Ich habe ohnehin schon zuviel gesagt. Kommen Sie.» Sie warf abrupt den Kopf in den Nacken und stieg die Treppe hinauf.

Als wir den Schicksalsort betraten, saß Mr. Harwell ausgerechnet auf jenem Stuhl, den ich vor allen anderen unbesetzt vorzufinden erwartet hatte, und während ich die magere Gestalt betrachtete, welche sich über die Stelle beugte, an welcher der Sekretär so kurze Zeit zuvor mit eigenen Augen den dahingestreckten Körper seines ermordeten Dienstherrn erblickt hatte, mußte ich mich wahrlich über die Unempfindlichkeit dieses Mannes wundern, der trotz derartiger Erinnerungen nicht bloß diesen Platz einnahm, sondern seine Tätigkeit dort zudem gelassen und mit großer Sorgfalt ausführte. Im nächsten Moment allerdings merkte ich, daß die Anordnung der Lampen im Zimmer genau diesen Sitzplatz zum einzigen machten, der sich für seine Zwecke eignete, und meine Verwunderung verwandelte sich augenblicklich in Bewunderung für die stille Ergebenheit, mit welcher er persönliche Gefühle den Geboten der Notwendigkeit unterordnete.

Als wir eintraten, blickte er mechanisch hoch, stand indessen nicht auf. Sein Gesichtsausdruck wurde von der typischen Abwesenheit geprägt, die sich einstellt, wenn jemand tief in Gedanken versunken ist.

«Er ist ungemein zerstreut», wisperte Mary, «das ist seine Art. Ich bezweifle, daß er weiß, wer oder was ihn gestört hat.» Sie schritt weiter in den Raum, in sein Blickfeld, hinein, um seine Aufmerksamkeit auf sich ziehen, und sagte: «Ich habe Mr. Raymond mitgebracht, Mr. Harwell. Er war so freundlich, sich meinen Wünschen zu beugen, insofern sie die Vollendung des Manuskripts betreffen.»

Mr. Harwell erhob sich bedächtig, wischte seine Feder ab und legte sie nieder, allerdings sichtlich widerwillig, ein Zeichen dafür, daß ihm die Unterbrechung in Wahrheit alles andere als angenehm war. Da ich dies bemerkte, wartete ich nicht darauf, daß er als erster den Mund auftat, sondern nahm den Berg Manuskriptseiten, die auf dem Tisch vor ihm aufgetürmt lagen, und sagte:

«Dies scheint mir sehr leserlich geschrieben zu sein; wenn Sie mich bitte entschuldigen wollen, werde ich einen Blick darauf werfen und mir einen allgemeinen Eindruck verschaffen.»

Er neigte den Kopf, murmelte ein, zwei zustimmende Worte, setzte sich, während Mary den Raum verließ, verlegen wieder hin und griff erneut zur Feder.

Auf der Stelle entschwanden das Manuskript und alles, was damit zusammenhing, aus meinem Bewußtsein, denn die Gedanken an Eleanore, ihre mißliche Lage und das Geheimnis, welche dieses Familie umgab, überfielen mich mit verstärkter Wucht. Ich blickte dem Sekretär fest ins Gesicht und bemerkte:

«Ich freue mich sehr über diese Gelegenheit, Sie einen Moment lang unter vier Augen zu sprechen, Mr. Harwell, und sei es bloß, um zu sagen ...»

«Hat es etwas mit dem Mordfall zu tun?»

«Ja ...», setzte ich an.

«In diesem Fall», entgegnete er respektvoll, aber unnachgiebig, «müssen Sie mich bitte entschuldigen. Ein höchst betrübliche Angelegenheit, an die zu denken ich kaum ertrage, geschweige denn, daß ich mich darüber unterhalten könnte.»

Bestürzt und – was schlimmer war – überzeugt davon, daß es unmöglich war, dem Mann irgendwelche Informationen zu entlocken, gab ich den Vorstoß auf und nahm aufs neue das Manuskript zur Hand, bestrebt, seinen Inhalt zumindest ein wenig zu begreifen. Es gelang mir besser, als ich erhofft hatte, und nach einer kurzen Absprache mit Mr. Harwell kam ich zu dem Schluß, daß ich Miss Leavenworths Wunsch würde erfüllen können. Ich ließ ihn in der Bibliothek zurück und begab mich wieder in den Salon.

Als ich mich ungefähr eine Stunde später verabschiedete, hatte ich das Gefühl, daß jedenfalls ein Hindernis aus meinem Weg geräumt worden war. Falls ich versagte, würde es nicht an mangelnder Gelegenheit gelegen haben, die Bewohner dieses Hauses aus der Nähe zu beobachten.

XVI. Das Testament eines Millionärs

Our remedies oft in ourselves do lie,
Which we ascribe to Heaven.

Abhilfe, die wir dem Himmel zuschreiben,
liegt oft in uns selbst.

SHAKESPEARE: ENDE GUT, ALLES GUT

Die nächste Morgenausgabe des *Tribune* enthielt eine Zusammenfassung von Mr. Leavenworths Testament. Seine Bestimmungen überraschten mich, denn obwohl der Hauptteil seines umfangreichen Vermögens, wie allgemein angenommen worden war, seiner Nichte Mary zufiel, erwies sich durch eine etwa fünf Jahre alte Testamentsergänzung, daß er Eleanore nicht gänzlich übergangen hatte, denn ihr wurde eine ansehnliche, wenn auch nicht enorme Hinterlassenschaft zugesprochen.

Nachdem ich mir die unterschiedlichen Bemerkungen meiner Kollegen zu dem Thema angehört hatte, begab ich mich zu Mr. Gryces Haus und befolgte damit seine Aufforderung, ihn nach der Bekanntmachung des Testaments so rasch als möglich aufzusuchen.

«Guten Morgen», lautete sein Gruß, als ich eintrat, wobei allerdings schwer zu sagen gewesen wäre, ob er damit mich oder den bedrohlich wirkenden Schreibtisch meinte, an welchem er saß. «Möchten Sie sich setzen?» fragte er mit einem merkwürdigen, nach rückwärts gerichteten Kopfnicken zu einem Stuhl hinter ihm hin.

Ich zog den Stuhl an seine Seite. «Ich würde gerne Ihre Meinung über dieses Testament erfahren und darüber, wie es die

Dinge beeinflusst, die wir bis jetzt in der Hand haben», sagte ich.

«Was denken Sie selbst?»

«Meiner Ansicht nach wird sich in den Augen der Öffentlichkeit dadurch nicht viel ändern. Alle, die Eleanore für schuldig hielten, werden meinen, daß sie nun noch viel mehr Grund dazu haben, ihre Unschuld anzuzweifeln, während diejenigen, die bis jetzt zögerten, sie zu verdächtigen, in der vergleichsweise geringen Summe, welche sie geerbt hat, schwerlich ein ausreichendes Motiv für ein kapitales Verbrechen sehen.»

«Sie hören, was die Leute reden – was scheint der generelle Eindruck bei denen zu sein, mit denen Sie sich unterhalten haben?»

«Daß der Grund für die Tragödie in der Einseitigkeit dieses ungewöhnlichen Testaments gesucht werden muß, wenn auch niemand einen Vorschlag machen kann, wie die Suche zu bewerkstelligen sei.»

Mr. Gryce zeigte urplötzlich immenses Interesse an einer kleinen Schublade direkt unter seiner Nase.

«Und das hat Sie nicht zum Nachdenken veranlaßt?» fragte er.

«Nachdenken?» gab ich zurück. «Ich weiß nicht, was Sie meinen. Ich bin mir sicher, daß ich in den letzten drei Tagen nichts anderes getan habe als nachzudenken. Ich …»

«Aber natürlich, gewiß doch», rief er. «Ich hatte nicht die Absicht, Sie zu verstimmen. Haben Sie Mr. Clavering gesehen?»

«Nur gesehen, nichts weiter.»

«Und werden Sie Mr. Harwell dabei helfen, Mr. Leavenworths Buch zu vollenden?»

«Woher wissen Sie das?»

Er lächelte versonnen.

«Ja», sagte ich, «Miss Leavenworth hat mich um diesen kleinen Gefallen gebeten.»

«Eine königliche Erscheinung, diese Frau!» rief er in einem Anfall von Begeisterung, verfiel jedoch gleich darauf wieder in seinen geschäftsmäßigen Ton: «Es werden sich Ihnen gewisse Gelegenheiten bieten, Mr. Raymond. Ich möchte Sie bitten, zwei Dinge herauszufinden: erstens, welcher Art die Verbindung zwischen Henry Clavering und den beiden Damen ist ...»

«Es gibt demnach eine Verbindung?»

«Zweifellos. Und zweitens die Ursache für die Mißstimmigkeit, welche unübersehbar zwischen den Cousinen besteht.»

Ich hüllte mich in Schweigen und bedachte die Position, in welche ich durch dieses Ansinnen versetzt wurde. Spion im Haus einer schönen Frau! Wie konnte ich das mit meinen Gentleman-Instinkten vereinbaren?

«Können Sie nicht jemand Geeigneteren finden, der diese Fragen für Sie aufklärt?» fragte ich schließlich. «Ich muß Ihnen nämlich sagen, daß mir die Rolle des Spitzels alles andere als behagt.» Mr. Gryce machte ein langes Gesicht.

«Ich werde Mr. Harwell bei seinen Bemühungen unterstützen, Mr. Leavenworths Manuskript für den Druck vorzubereiten», setzte ich hinzu, «Mr. Clavering die Gelegenheit einräumen, meine Bekanntschaft zu machen, und zuhören, falls Miss Leavenworth sich dazu entschließt, mich über dies oder jenes ins Vertrauen zu ziehen. Doch jegliches Horchen an Türen, jegliche Überraschungsangriffe, unwürdige Täuschungsmanöver oder Listen und Tücken, die eines Gentlemans unwürdig wären, schlagen nicht in mein Fach, und ich weise sie hiermit weit von mir. Meine Aufgabe wird darin bestehen herauszufinden, was ich in aller Offenheit herauszufinden vermag, und die Ihre, in den Ecken und Winkeln dieser scheußlichen Angelegenheit herumzustöbern.»

«Anders ausgedrückt: Sie werden den Jagdhund spielen und ich den Maulwurf. Ja, ja, ich weiß, was sich für einen Gentleman geziemt.»

«Was gibt es Neues von Hannah?» fragte ich.

Er streckte beide Fäuste in die Luft und schüttelte sie. «Nichts», rief er.

Ich kann nicht sagen, daß es mich sehr überraschte, als ich am Abend, nachdem ich von einer einstündigen Arbeitssitzung mit Mr. Harwell in das untere Stockwerk zurückgekehrt war, Miss Leavenworth am Fuß der Treppe begegnete. Ihr Verhalten am Vorabend hatte mich gewissermaßen auf ein neuerliches Gespräch vorbereitet, wobei mich allerdings die Art und Weise überraschte, wie sie es einleitete. «Mr. Raymond», sagte sie mit gesenkten Augen, wohl aus Verlegenheit, «ich möchte Sie gerne etwas fragen. Ich glaube, daß Sie ein guter Mensch sind und nach besten Wissen und Gewissen antworten werden – wie ein Bruder», sagte sie mit gesenkter Stimme und schaute mir eine Sekunde lang geradewegs ins Gesicht. «Ich weiß, es klingt wahrscheinlich seltsam, aber bedenken Sie, daß mir außer Ihnen niemand mit Rat und Tat zur Seite steht, und irgendwen muß ich fragen. Mr. Raymond, glauben Sie, daß man etwas sehr Schlimmes tun und trotzdem später ein von Herzen guter Mensch werden kann?»

«Gewiß», antwortete ich, «wenn man seinen Fehltritt aufrichtig bereut.»

«Aber sagen wir einmal, es wäre mehr als ein Fehltritt, sagen wir, es wäre ein echtes Vergehen gewesen: würde nicht die Erinnerung an jene eine böse Stunde für immer einen Schatten auf das Leben werfen?»

«Das hängt von der Natur des Vergehens und seinen Auswirkungen auf andere ab», erwiderte ich. «Wenn man einem Mitmenschen nicht wiedergutzumachenden Schaden zugefügt hat, wird es vermutlich schwer, danach seines Lebens je wieder froh zu werden, wobei allerdings die Tatsache, daß man kein frohes Leben hat, nicht heißt, daß man nicht doch ein ehrbares führen kann.»

«Wäre es denn erforderlich, die böse Tat zu beichten, damit man ein ehrbares Leben führen kann? Könnte man nicht weitermachen und Gutes tun, ohne der Welt zu offenbaren, daß man sich einst eines großen Vergehens schuldig gemacht hat?»

«Ja, außer eine solchen Beichte würde zu einer gewissen Wiedergutmachung beitragen.»

Meine Antwort schien sie zu bekümmern. Sie zog sich innerlich zurück und stand einen Moment lang zutiefst nachdenklich vor mir; im Schein der Porzellanlampe neben ihr erstrahlte ihre Schönheit in beinahe marmornem Glanz, einer Statue gleich. Und obwohl sie sich alsbald wieder aus ihrer Versunkenheit riß und mich mit einer Geste – oh, sie war ein Inbild der Verführerin! – ihr in den Salon folgen hieß, nahm sie das Thema nicht wieder auf, sondern schien mich in der Unterhaltung, welche sich jetzt anschloß, vielmehr vergessen lassen zu wollen, welche Worte bereits zwischen uns gefallen waren. Daß es ihr mißlang, lag an meinem heftigen, unerschöpflichen Interesse für ihre Cousine.

Als ich das Haus verließ und auf der Veranda stand, sah ich Thomas, den Butler, am Eingangstor lehnen. Sogleich packte mich der Impuls, ihn bezüglich eines Punktes zu befragen, der mich mehr oder minder bereits seit der allerersten Vernehmung beschäftigt hatte, und zwar, wer dieser Mr. Robbins gewesen sei, der Eleanore in der Mordnacht aufgesucht hatte? Thomas jedoch erwies sich als nicht gerade mitteilsam. Er erinnere sich zwar, daß jemand dieses Namens vorgesprochen habe, könne dessen Aussehen allerdings nicht näher beschreiben und wisse bloß zu sagen, daß es kein eben kleiner Mann gewesen sei.

Ich drang nicht weiter in ihn.

XVII. Erste Überraschungen

Vous regardez une étoile pour deux motifs, parce qu'elle est munineuse et parce qu'elle est impénétrable. Vous avez auprès de vous un plus doux rayonnement et un plus grand mystère, la femme.

Ihr betrachtet einen Stern aus zwei Gründen, nämlich weil er leuchtet und weil er unerreichbar ist. Vor Euch seht Ihr den lieblichsten Schein und das größte Geheimnis – eine Frau.

VICTOR HUGO: LES MISÉRABLES

Tage folgten, in denen ich so gut wie gar nicht vorwärtszukommen schien. Mr. Clavering, der sich durch meine Anwesenheit möglicherweise gestört fühlte, gab seine gewohnten Streifzüge auf und entzog mir dadurch jede Gelegenheit, auf eine natürlich wirkende Weise mit ihm ins Gespräch zu kommen, während die Abende bei Miss Leavenworth nicht viel mehr erbrachten als andauernde Spannung und Unbehaglichkeit.

Das Manuskript erforderte weniger Überarbeitung, als ich vermutet hatte, da Mr. Leavenworth einer jener Menschen gewesen war, die nach dem Prinzip arbeiten, alles, was sie tun, sogleich in eine korrekte Form zu bringen. Unterdessen hatte ich, während ich die wenigen notwendigen Änderungen vornahm, reichlich Gelegenheit, den Charakter Mr. Harwells zu studieren. Ich kam zu dem Ergebnis, daß er nichts weiter war als der perfekte Privatsekretär, aber auch nichts weniger. Steif, unbeugsam, düster, doch pflichtbewußt und zuverlässig in der Ausführung seiner Pflichten – ich begann, ihn zu respektieren, sogar zu mögen, obwohl ich bemerkte, daß meine Sympathien nicht erwidert wurden, und die Frage nach dem Respekt entzog sich meinem Beurteilungsvermögen. Über Eleanore Leavenworth sprach er nie, ja, er erwähnte die Familie oder ihre Probleme nicht mit einer Silbe, so daß ich schließlich das Gefühl nicht mehr los wurde, für diese Verschwiegenheit gäbe es einen tieferen Grund als nur seine Veranlagung, und wenn er den Mund auftat, dann aus einer wohlerwogenen Absicht.

Natürlich befand ich mich aufgrund dieser Vermutung in seiner Gegenwart stets in einem Zustand nervöser Angespanntheit. Ich konnte es nicht lassen, ihm gelegentlich verstohlene Blicke zuzuwerfen, um herauszufinden, wie er sich verhielt, wenn er sich unbeobachtet fühlte, aber er blieb immer gleich: ein unbeteiligter, gewissenhafter, leidenschaftsloser Arbeiter.

Schließlich wurde es fast unerträglich, beständig gegen eine Mauer aus Stein anzulaufen, denn so empfand ich die Vorgänge. Clavering machte sich rar, der Sekretär wirkte unnahbar – wie sollte ich je Land gewinnen? Meine kurzen Gespräche mit Mary halfen ebenfalls nicht weiter. Hochmütig, befangen, fiebrig erregt, launisch, dankbar, flehentlich, alles auf einmal und niemals gleich – ich lernte jene Gespräche zu fürchten, obwohl ich sie suchte. Sie schien eine Zeit großer Anfechtungen zu durchleben, die ihr tiefes Leid bescherten. Einmal sah ich, wie sie, sich unbeobachtet wähnend, ihre Hände in jener Gebärde von sich streckte, mit der wir das Böse abzuwehren oder einen grauenvollen Anblick fernzuhalten suchen. Bei anderer Gelegenheit stand sie da und neigte beschämt das stolze Haupt, die stets nervös verkrampften Hände hingen zu beiden Seiten ihres Körpers herab, sie wirkte ganz und gar in sich zusammengesunken, erschlafft, als ob die Last eines Gewichts, das sie weder zu tragen noch abzuschütteln vermochte, ihr jegliche Widerstandskraft raube. Dies jedoch erlebte ich nur einmal mit. In der Regel hielt sie sich in ihrem Kummer zumindest aufrecht. Selbst wenn sie mich mit so bittenden Augen anschaute, daß es Steine hätte erweichen können, pflegte sie in der Regel sehr gerade zu stehen und niemals ihre bewußte Haltung von Stärke aufzugeben. Selbst an dem Abend, da sie in der Eingangshalle auf mich zulief – ihre Wangen glühten, ihre Lippen zitterten vor Anspannung – und sich dann doch wieder umwandte, entfloh, ohne dem Ausdruck zu verleihen, was sie sagen wollte, strahlte sie eine Würde aus, die durchaus beeindruckend war.

In der Gewißheit, daß dies alles etwas zu bedeuten habe, übte ich mich in Geduld und der Hoffnung, daß sie mir eines Tages ihr Herz ausschütten würde. Ihre bebenden Lippen würden nicht auf ewig versiegelt bleiben. Dieses rastlose Wesen jedenfalls würde das Geheimnis, welches auch über Eleanores Ehre und Glück entschied, über kurz oder lang enthüllen. Die Erinnerung an ihre unerhörte, wenn nicht sogar grausame Anschuldigung, die ich unfreiwillig mitangehört hatte, reichte nicht aus, meine Hoffnung zu zerstören. So verkürzte ich, ohne es recht zu merken, meine Aufenthalte bei Mr. Harwell in der Bibliothek mehr und mehr, meine vertraulichen Besuche bei Mary im Salon indessen dehnte ich zunehmend aus, bis der unerschütterliche Sekretär sich zu der Klage genötigt sah, daß er oft Stunden ohne Arbeitsanweisung zubringen mußte.

Doch wie ich bereits erwähnte, Tage vergingen, ein zweiter Montagabend zog ins Land, und ich hatte in der Lösung des Rätsels, welche ich mir zwei Wochen vorher zur Aufgabe gemacht hatte, keine Fortschritte gemacht. Weder der Mord noch Hannah waren ein einziges Mal zur Sprache gekommen, ich bemerkte allerdings, daß die Zeitungen keine Sekunde länger als nötig auf der Eingangsschwelle liegenblieben und sich Herrin wie Angestellte gleichermaßen begierig für ihren Inhalt interessierten. Mich dünkte alles sehr sonderbar. Es war, als sähe man eine Gruppe von Menschen auf den Hängen eines Vulkans essen, trinken und schlafen, der noch glühte, weil er eben erst ausgebrochen war, während sich gleichzeitig in seinem Innern der nächste Ausbruch bereits grollend ankündigte. Es verlangte mich danach, das Schweigen zu brechen – wie man manchmal Glas zerschmettern will –, indem ich Eleanores Namen laut in den vergoldeten Räume und satinumflorten Hallen erschallen ließ. Ich verspürte die wahnsinnige Regung, die Fußböden aufzuhacken, die Wände einzureißen, als würden sie – wenn sie könnten – mir erzählen, was ich sehnlichst zu erfahren suchte. An jenem Montag abend jedoch befand ich mich in einer ruhigeren Verfassung. Ich war tags zuvor an ihrem Haus vorbeigegangen und hatte einen Blick auf ihr Gesicht am Fenster erhascht, so lieblich und traurig, daß es mich für mehr als nur eine Woche von Rückschlägen entschädigt hätte.

Ich nahm mir vor, von meinen Visiten in Mary Leavenworths Heim nichts mehr zu erwarten, und betrat es an dem betreffenden Abend mit einem Gleichmut, den ich seit jenem Tag, da ich seine unselige Eingangspforte erstmals durchschritt, nicht mehr verspürt hatte.

Als ich jedoch am Salon vorbeikam und sah, wie Mary Leavenworth drinnen mit raschen Schritten auf und ab lief, wie ein Mensch, der unruhig etwas oder jemanden erwartet, trat ich in rascher Entschlossenheit auf sie zu und fragte: «Treffe ich Sie alleine an, Miss Leavenworth?»

Sie hielt in ihren gehetzten Bewegungen inne, errötete, neigte den Kopf, bat mich jedoch entgegen ihren Gepflogenheit nicht, ihr Gesellschaft zu leisten.

«Wäre es sehr zudringlich von mir, wenn ich für einige Minuten hereinkäme?» bat ich.

Sie blickte unruhig zur Uhr hinüber; einen Augenblick lang schien sie ablehnen zu wollen, doch plötzlich lenkte sie ein, schob einen Stuhl neben den Kamin und hieß mich Platz nehmen. Obwohl sie sich bemühte, gelassen zu wirken, ahnte ich, daß ich sie zufällig in einer ihrer aufgewühltesten Stimmungen angetroffen hatte und das Thema, welches ich anschneiden wollte, nur zu streifen brauchte, um ihre hochmütige Miene vor meinen Augen wie Schnee dahinschmelzen zu sehen. Außerdem spürte ich, daß mir höchstens wenige Minuten zur Verfügung standen. Dementsprechend stürzte ich mich sofort mitten hinein.

«Miss Leavenworth», sagte ich, «wenn ich heute abend bei Ihnen eindringe, habe ich etwas anderes als mein Vergnügen im Sinn. Ich bin gekommen, um Ihnen eine große Bitte vorzutragen.»

Ich erkannte augenblicklich, daß ich es aus irgendeinem Grund falsch angefangen hatte.

«Sie wollen mich um etwas bitten?» fragte sie, und jede Pore ihres Gesichts atmete Kälte.

«Ja», fuhr ich in hitziger Tollkühnheit fort. «Da bisher jeder meiner Versuche, die Wahrheit ans Licht zu bringen, fehlgeschlagen ist, stehe ich nun vor Ihnen, die ich für den Edelmut in Person halte, um die Hilfe zu erlangen, die uns bisher versagt geblieben ist, weil Ihre Worte – selbst wenn sie Ihre Cousine vielleicht nicht vollständig zu retten vermögen – uns zumindest auf die Fährte dessen setzen können, was sie zu retten vermag.»

«Ich verstehe nicht, was Sie meinen», antwortete sie, eine Spur zugänglicher.

«Miss Leavenworth» – ich blieb hartnäckig –, «ich brauche Ihnen nicht zu erläutern, in welcher Lage Ihre Cousine sich befindet. Sie erinnern sich gewiß daran, welche Fragen ihr bei der Vernehmung gestellt wurden, und mit welchen Hintergedanken. Sie begreifen alles, ohne daß ich es Ihnen erklären müßte. Was Sie jedoch möglicherweise nicht wissen, ist, daß ihr die Folgen, welche eine derartige Verdächtigung nach sich zieht, zum Nachteil gereichen werden, außer man befreit sie zügig von dem Verdacht, der, gerechtfertigt oder auch nicht, auf sie gefallen ist, und ...»

«Gott im Himmel!» rief sie aus, «Sie wollen doch nicht sagen, daß sie ...»

«In Haft genommen wird? Doch.»

Es war ein schwerer Schlag für sie. Scham, Entsetzen und Angst malten sich in ihrem bleichen Gesicht. «Und alles wegen des Schlüssels!» murmelte sie.

«Schlüssel? Woher wissen Sie etwas von einem Schlüssel?»

«Ich ...», sie errötete gequält. «Ich weiß es nicht mehr, haben Sie es mir nicht erzählt?»

«Nein», erwiderte ich.

«Stand es in der Zeitung?»

«Die Zeitungen haben es mit keiner Silbe erwähnt.»

Sie wurde immer erregter.

«Ich dachte, jeder wüßte es. Nein, das stimmt nicht», rief sie in einem plötzlichen Anfall von Beschämung und Reue. «Ich wußte, daß es ein Geheimnis war, aber – Mr. Raymond, Eleanore hat es mir selbst erzählt.»

«Eleanore?»

«Ja, am letzten Abend, als sie hier war und wir im Salon miteinander sprachen.»

«Was hat Sie gesagt?»

«Daß der Schlüssel zur Bibliothek in ihrem Besitz gefunden worden wäre.»

Ich konnte meine Ungläubigkeit kaum verhehlen. Eleanore, die sich darüber im klaren war, daß ihre Cousine sie verdächtigte, teilte eben dieser einen Umstand mit, der den Verdacht begründet erscheinen ließ! Ich vermochte es nicht zu glauben.

«Aber Sie wußten es doch?» fragte Mary. «Habe ich etwas verraten, das ich für mich hätte behalten sollen?»

«Nein», antwortete ich, «und es ist genau das, Miss Leavenworth, was Ihre Cousine gefährdet. Ein Umstand, der ihren Namen auf ewig in Verrufenheit bringt, sofern er nicht aufgeklärt wird, ein Indiz, welches weder Spitzfindigkeit entschärfen noch Leugnen tilgen kann. Nichts als ihr bislang untadeliger Ruf sowie die Bemühungen eines einzigen Menschen, der allen äußeren Anzeichen zum Trotz an ihre Unschuld glaubt, haben sie bis heute vor dem Zugriff der Justiz bewahrt. Der Schlüssel und ihr diesbezügliches Schweigen lassen sie allmählich in einen Abgrund sinken, aus dem selbst die äußersten Anstrengungen ihrer besten Freunde sie bald nicht mehr werden befreien können.»

«Und Sie sagen mir ...»

«Daß Sie mit dem armen Mädchen, das kein Mitleid mit sich selbst hat, Mitleid haben mögen und helfen, sie jenem grauenvollen Schatten zu entreißen, der drohend über ihr schwebt, indem Sie einige Dinge erhellen, die Ihnen nicht verborgen sein können.»

«Wollen Sie damit andeuten, mein Herr» – sie ging wütend auf mich los –, «daß ich mehr über diese Angelegenheit weiss als Sie? Daß ich im Zusammenhang mit der furchtbaren Tragödie, welche unser Heim in eine Wüstenei, unser Leben in eine unablässige, entsetzliche Qual verwandelt hat, Kenntnisse besitze, die ich der Öffentlichkeit vorenthalten habe? Weht der Pestatem des Verdachts nun auch mich an, sind Sie gekommmen, mich in meinem eigenen Hause anzuklagen ...»

«Miss Leavenworth», bat ich sie, «beruhigen Sie sich. Ich klage Sie nicht an. Ich ersuche Sie lediglich darum, mich über den möglichen Grund für das belastende Schweigen Ihrer Cousine aufzuklären. Es kann nicht sein, daß er Ihnen unbekannt ist. Sie sind ihre Cousine, fast ihre Schwester, Sie haben jahrelang mit ihr zusammengelebt und müssen wissen, für wen oder warum sie ihre Lippen versiegelt und Hinweise zurückhält, die den Verdacht auf den wahren Verbrecher lenken könnten, wenn sie bekannt würden – natürlich nur, falls Ihre Cousine, wie Sie versichern, unschuldig ist.»

Da sie nicht antwortete, erhob ich mich und ging frontal zum Angriff über.

«Miss Leavenworth, halten Sie Ihre Cousine für unschuldig, dieses Verbrechen verübt zu haben, oder nicht?»

«Unschuldig? Eleanore? Oh, wäre die Welt nur einen Deut so unschuldig wie sie!»

«Dann müssen Sie auch davon überzeugt sein, daß sie ausschließlich aus Zuneigung zu jemandem, der weniger schuldlos als sie ist, sich weigert, über Dinge zu sprechen, die der Erklärung bedürfen.»

«Was? Nein, nein, das habe ich niemals gesagt. Wie sind Sie darauf gekommen?»

«Durch ihr Verhalten. Bei einem Menschen mit Eleanores Wesensart läßt ihr Benehmen keinen anderen Schluß zu. Entweder sie ist verrückt oder sie schützt eine andere Person zu ihrem eigenen Nachteil.»

Marys Lippen hörten allmählich auf zu zittern. «Und auf wen sind Sie verfallen, wer ist Ihrer Meinung nach derjenige, für den Eleanore sich opfert?»

«In eben diesem Punkt», antwortete ich, «brauche ich Ihre Hilfe. Sie kennen sie so gut ...»

Mary Leavenworth jedoch ließ sich mit einer überheblichen Geste in einen Sessel sinken und winkte nachlässig ab.

«Bitte entschuldigen Sie», sagte sie, «aber Sie machen einen Fehler. Eleanores persönliche Gefühle kenne ich so gut wie gar nicht. Dieses Rätsel muß jemand anders lösen.»

Ich änderte mein Vorgehensweise.

«Als Eleanore Ihnen offenbarte, daß der fehlende Schlüssel in ihrem Besitz gefunden worden war, sagte sie Ihnen da auch, wie sie ihn bekommen und warum sie ihn versteckt hatte?»

«Nein.»

«Sie erzählte es Ihnen bloß, ohne weitere Erläuterung?»

«Ja.»

«War es nicht etwas merkwürdig, ausgerechnet Ihnen freiwillig diese Mitteilung zu machen? Immerhin hatten Sie selbst ihr nur wenige Stunden zuvor die Anklage ins Gesicht geschleudert, sie habe das Verbrechen begangen.»

«Was meinen Sie?» schrie sie auf.

«Miss Leavenworth, erinnern Sie sich nicht mehr daran, welche Worte am Morgen der Vernehmung fielen, als Sie sich mit Ihrer Cousine alleine in Ihren Gemächern befanden, unmittelbar bevor Mr. Gryce und ich uns Ihnen zugesellten?»

Sie hielt meinen Blick stand, aber ihre Augen füllten sich mit plötzlichem Entsetzen. «Das haben Sie gehört?» keuchte sie hervor.

«Ich konnte nicht umhin. Ich stand vor der Tür, und ...»

«Was genau haben Sie gehört?»

Ich sagte es ihr.

«Und Mr. Gryce?»

«Er stand neben mir.»

Es war, als wolle sie mein Gesicht mit den Augen verschlingen. «Trotzdem fiel keine einzige Bemerkung, als Sie ins Zimmer kamen.»

«Nein.»

«Aber Sie haben es nicht vergessen?»

«Wie hätte ich es vergessen können, Miss Leavenworth?»

Sie vergrub ihr Gesicht in den Händen und sah einen atemberaubenden Augenblick lang aus, als hätte ein schwarzer Strudel sie verschlungen. «Und deshalb sind Sie heute abend gekommen», rief sie plötzlich aus, stand voller Verzweiflung auf und funkelte mich empört an. «Dieser Satz steht Ihnen im Herzen geschrieben, also dringen Sie bei mir ein, quälen mich mit Fragen ...»

«Verzeihung», warf ich ein, «sind meine Fragen derartig kränkender Natur? Muß jemand, dem die Ehre derer, mit denen er beständig Umgang pflegt, natürlicherweise am Herzen liegen sollte, deswegen Bedenken haben, sie zu beantworten? Verletze ich die Gebote der Menschlichkeit, indem ich Sie frage, warum Sie zu einem Zeitpunkt, da die Einzelheiten des Falls offen und frisch vor Ihnen lagen, eine so überaus ernstliche Anschuldigung erheben konnten, nur um später mit demselben Nachdruck darauf zu beharren, Ihre Cousine sei unschuldig? Da hatten Sie doch immerhin bereits herausgefunden, daß Ihre Unterstellungen in der Tat begründeter waren, als Sie zunächst vermuteten.»

Sie schien mich nicht zu hören. «Welch grausames Geschick!» murmelte sie. «Welch grausames Geschick!»

«Miss Leavenworth» – ich stellte mich unmittelbar vor sie –, «obwohl zwischen Ihnen und Ihrer Cousine derzeit eine gewisse Entfremdung herrscht, kann es nicht Ihrem Wunsch entsprechen, als ihre Feindin zu erscheinen. Reden Sie, lassen Sie mich mindestens den Namen dessen wissen, für den sie sich opfert. Der geringste Hinweis von Ihrer Seite ...»

Sie erhob sich jedoch mit einem eigenartigen Gesichtsausdruck und unterbrach mich in strengem Ton: «Wenn Sie es nicht wissen, ich kann es Ihnen nicht sagen. Fragen Sie mich nicht, Mr. Raymond.»

Sie blickte erneut zur Uhr.

Ich wählte eine neue Taktik: «Miss Leavenworth, Sie haben mich einmal gefragt, ob ein Mensch, der ein Verbrechen begangen hat, dieses auf jeden Fall bekennen müsse, und ich antwortete Ihnen mit einem Nein, außer ein Geständnis könne bei der Wiedergutmachung helfen. Erinnern Sie sich?» Ihre Lippen bewegten sich, sie brachte jedoch keinen Ton heraus.

«Ich bin allmählich der festen Überzeugung», fuhr ich feierlich fort – ich ließ mich von ihren unmißverständlichen Gefühlsausbrüchen wie von einem Wegweiser leiten –, «daß die einzige Errettung aus dieser Bedrängnis in einem Geständnis liegt, daß Eleanore vor dem Verhängnis, welches ihr naht, nur durch ein Wort aus Ihrem Mund gerettet werden kann. Seien Sie wahrhaft Mensch, wahrhaft Frau, erhören Sie meine dringende Bitte.»

Ich schien den rechten Ton getroffen zu haben, denn sie erbebte, und ein wehmütiger Blick trat in ihre Augen. «Wenn ich bloß könnte!» flüsterte sie.

«Und warum nicht? Sie werden Ihres Lebens nicht mehr froh, bis Sie es tun. Eleanore hüllt sich hartnäckig in Schweigen, doch das ist kein Grund, warum Sie ihrem Beispiel nacheifern sollten. Dadurch bringen Sie Ihre Cousine in eine noch bedenklichere Lage.»

«Ich weiß, aber ich kann nicht anders. Das Schicksal hält mich zu fest in seiner Hand, ich komme nicht los.»

«Das stimmt nicht. Jeder vermag Fesseln zu entrinnen, welche so eingebildet sind wie die Ihrigen.»

«Nein, nein», sagte sie erregt, «Sie begreifen nichts.»

«Ich begreife folgendes: der Pfad der Redlichkeit ist ein gerader, und wer davon abkommt, verirrt sich.»

Für einen Moment huschte ein unbeschreiblich rührender Hoffnungsschimmer über ihr Antlitz, ein einziges wildes Schluchzen entrang sich ihrer Kehle, ihre Lippen öffneten sich, sie schien endlich nachzugeben, da – durchdringendes Läuten an der Haustür!

«Oh», rief sie laut und fuhr herum, «sagen Sie ihm, daß ich ihn nicht empfangen kann, sagen Sie ihm ...»

Ich unterbrach sie und nahm ihre beiden Hände in die meinen: «Kümmern Sie sich nicht um das Läuten, Miss Leavenworth, kümmern Sie sich um gar nichts, außer darum, daß ich Ihnen eine Frage gestellt habe, welche das Rätsel betrifft, welches hinter dieser Angelegenheit steht. Antworten Sie mir, um Ihrer Seligkeit willen, enthüllen Sie mir, welche unglücklichen Verkettungen Sie dazu trieben ...»

Sie jedoch entriß mir ihre Hände. «Die Tür!» rief sie. «Sie wird sich öffnen, und ...»

Ich trat in die Vorhalle und traf auf Thomas, der eben die Kellertreppe heraufstieg. «Gehen Sie wieder hinunter», wies ich ihn an. «Ich werde Sie rufen, wenn es soweit ist.»

Er verschwand mit einem kurzen Kopfnicken.

«Sie wollen, daß ich Ihnen antworte», brach es aus ihr hervor, als ich wieder hereinkam, «jetzt, in diesem Augenblick? Ich kann nicht.»

«Aber ...»

«Ausgeschlossen!» Starr richtete sie ihren Blick auf die Vordertür.

«Miss Leavenworth!»

Sie zuckte zusammen.

«Wenn Sie jetzt nicht sprechen, fürchte ich, sprechen Sie niemals mehr.»

«Ausgeschlossen», wiederholte sie.

Es läutete zum zweiten Mal.

Ich ging in die Vorhalle und rief nach Thomas.

«Sie können jetzt die Tür öffnen», sagte ich und kehrte an ihre Seite zurück.

Sie hingegen wies gebieterisch in Richtung der Treppe. «Gehen Sie!» sagte sie laut und bat Thomas durch ihren Blick zu warten.

«Ich werde Sie noch einmal aufsuchen, bevor ich mich entferne», sagte ich und eilte hinauf.

Thomas öffnete die Tür. «Ist Miss Leavenworth anwesend?» hörte ich eine volltönend vibrierende Stimme fragen.

«Ja, Sir», erklang die Stimme des Butlers, wie sie respektvoller und wohlgesetzter nicht sein konnte, und als ich mich über das Geländer beugte, erkannte ich zu meiner äußersten Verblüffung Mr. Clavering, der die Eingangshalle betrat und auf den Salon zuschritt.

XVIII. Auf der Treppe

You cannot say I did it.

Du kannst nicht sagen, ich hätte es getan.

SHAKESPEARE: MACBETH

Weil ich über den unvorhergesehenen Zwischenfall erregt, beunruhigt und höchst verwundert war, blieb ich eine Minute lang stehen, um mich zu sammeln, als der Klang einer gedämpften, gleichförmigen Stimme aus der Richtung der Bibliothek an mein Ohr drang.

Als ich dort anlangte, entdeckte ich, daß Mr. Harwell laut aus dem Manuskript seines verstorbenen Dienstherrn las. Es fiele mir schwer auszudrücken, welche Wirkung diese schlichte Beobachtung gerade in jenem Moment auf mich ausübte. Ein Eremit hatte sich von der Aufruhr der Welt in den Raum des Todes zurückgezogen und versenkte sich in seiner mit Skeletten ausgeschmückten Zelle in das leidenschaftslose, aber interessierte Lesen und Wiederlesen dessen, was der Tote geschrieben hatte, während über und unter ihm gequälte Seelen sich an Zweifeln und Scham aufrieben.

Folgende Worte waren es, die ich vernahm: «Auf diese Weise werden die Regierenden Chinas nicht nur ihre aus Neid herrührende Furcht vor unseren Einrichtungen verlieren, sondern vielleicht diesbezüglich sogar echte Wißbegier entwickeln.»

Ich öffnete die Tür und trat ein.

«Sie kommen spät», murmelte er, stand auf und brachte einen zweiten Stuhl herbei.

«Ja», antwortete ich, in Gedanken bei den beiden Menschen im unteren Stockwerk.

«Ich sorge mich, daß es Ihnen nicht gut geht», setzte er hinzu.

Ich riß mich zusammen.

«Ich bin nicht krank», entgegnete ich, griff nach den Manuskriptseiten und begann, sie zu überfliegen. Doch die Worte tanzten vor meinen Augen, und ich sah mich gezwungen, jeglichen Versuch zu arbeiten, für den Rest des Abends aufzugeben.

«Ich fürchte, ich kann Ihnen heute nicht zur Hand gehen, Mr. Harwell. Tatsache ist, daß es mir schwerfällt, mich angemessen auf unsere Arbeit zu konzentrieren, während der Mann, aufgrund dessen hinterhältiger Mordtat sie überhaupt notwendig geworden ist, ohne Strafe einherspaziert.»

Der Sekretär schob die Blätter beiseite, als hätte ihn ein plötzlicher Widerwillen gegen sie überfallen, gab jedoch keine Antwort.

«Als Sie zuallererst mit Nachrichten von der furchtbaren Tragödie zu mir kamen, sagten Sie, es handele sich um ein Rätsel. Mr. Harwell, das Rätsel muß gelöst werden, denn es beeinträchtigt die Leben zu vieler Menschen, die wir lieben und verehren.»

Der Sekretär warf mir einen Blick zu. «Miss Eleanore?» murmelte er.

«Und Miss Mary», fuhr ich fort, «ich selbst, Sie und einige andere.»

«Sie haben der Angelegenheit von Anfang an große Aufmerksamkeit gewidmet», sagte er und tauchte sorgfältig seine Feder in das Tintenfaß.

Ich starrte ihn ungläubig an.

«Ja, interessieren Sie sich denn gar nicht dafür, was nicht nur die Sicherheit, sondern auch das Glück und die Ehre der Familie angeht, mit der Sie so lange zusammengelebt haben?»

Er sah mich zunehmend kühl an. «Ich bat Sie schon einmal darum, Mr. Raymond, dieses Thema mit mir nicht zu erörtern. Es behagt mir nicht, darüber zu reden.» Er erhob sich.

«Behagen hat nichts damit zu tun», fuhr ich beharrlich fort. «Falls Sie Dinge wissen, die bislang nicht allgemein bekannt sind, ist es Ihre unbedingte Pflicht, sie zu offenbaren. Die Lage, in welcher Miss Eleanore sich derzeit befindet, sollte in jeder Brust, in der ein aufrechtes Herz schlägt, den Ruf nach Gerechtigkeit wecken, und wenn Sie ...»

«Falls ich etwas wüßte, Mr. Raymond, das dazu beitragen könnte, sie aus ihrer unglückseligen Lage zu befreien, so hätte ich bereits vor langer Zeit meinen Mund aufgetan.»

Ich biß mir auf die Lippen, der beständigen Zurückweisungen müde, und erhob mich ebenfalls.

«Sofern Sie nichts hinzuzufügen haben», fuhr er fort, «und sich zur Arbeit durchaus nicht in der Lage fühlen, würde ich mich gerne entschuldigen, da ich eine Verabredung habe.»

«Lassen Sie sich durch mich nicht aufhalten», sagte ich bitter. «Ich kann auf mich selbst aufpassen.»

Er wandte sich mir zu und starrte mich kurz an, als wäre es ihm nahezu unverständlich, daß man Gefühle zeigen konnte, dann neigte er still, fast mitfühlend den Kopf und verließ den Raum. Ich hörte, wie er die Treppe hinaufging, fühlte die Erschütterung, als sich seine Tür schloß, und weil ich in der Tat froh darüber war, allein zu sein, setzte ich mich nieder, um das Alleinsein auszukosten. Ich konnte es allerdings nicht ertragen, an jenem Ort allein zu sein. Als Mr. Harwell die Treppe wieder herunterkam, merkte ich, daß ich nicht länger verweilen konnte, trat auf den Flur hinaus und teilte ihm mit, daß ich ihn, falls er nichts dagegen einzuwenden habe, auf einen kurzen Spaziergang begleiten würde.

Mit einem steifen Kopfnicken bedeutete er mir seine Zustimmung und eilte mir voran die Treppe hinab. Ich hatte eben erst die Tür zur Bibliothek geschlossen, da war er bereits halbwegs im unteren Stockwerk, und ich dachte gerade bei mir, wie ungelenk sein Körper, wie linkisch seine Haltung wirkten, wenn man sie, wie ich, aus dieser Entfernung von oben sah, da blieb er plötzlich stehen, das Geländer umklammernd und beugte sich mit einem erschrockenen, totengleichen Ausdruck auf seinem halb abgewandten Gesicht hinüber. Das versetzte mich einen Augenblick lang in atemloses Erstaunen, so daß ich mich nicht vom Fleck zu rühren vermochte, doch dann sprang ich an seine Seite, ergriff seinen Arm und fragte bestürzt: «Was ist Ihnen? Was ist geschehen?»

Er jedoch schob mich mit kraftvoller Hand die Treppe hinan. «Zurück», raunte er, und seine Stimme bebte vor heftigster Erregung, «zurück!» Er umfaßte meinen Arm und zog mich regelrecht die Stufen empor. Oben angelangt, lockerte er seinen Griff, lehnte sich mit schlotternden Gliedern über das Geländer und spähte hinunter.

«Wer ist das?» fragte er aufgebracht. «Wer ist dieser Mann? Wie heißt er?»

Nun war es an mir zu erschrecken; ich beugte mich neben ihm vor und sah, wie Henry Clavering aus dem Salon trat und die Eingangshalle durchquerte.

«Das ist Mr. Clavering», flüsterte ich und versuchte, noch den letzten Rest an Selbstbeherrschung aufzubringen, über den ich verfügte. «Kennen Sie ihn?»

Mr. Harvell taumelte rücklings gegen die Wand. «Clavering, Clavering», stammelte er. Seine Lippen zitterten, doch dann machte er unvermittelt einen Riesenschritt vorwärts, umklammerte erneut die Brüstung und heftete seine Augen auf mich, Augen, aus denen sämtliche unerschütterliche Ruhe für immer verschwunden zu sein schien, aufgegangen in Flammen und Raserei. Kaum verständlich röchelte er an meinem Ohr: «Sie wollen wissen, wer Mr. Leavenworth ermordet hat? Schauen Sie genau hin, dort steht der Mann, Clavering!»

Mit einem Satz sprang er von meiner Seite, lief taumelnd wie ein Betrunkener in das obere Stockwerk und entschwand meinen Blicken. Ich folgte ihm zunächst blindlings, rannte die Stufen hinauf und klopfte an seine Tür, worauf jedoch keine Antwort erfolgte. Dann rief ich seinen Namen, aber umsonst. Er war entschlossen, sich nicht zu rühren. Ich nahm mir fest vor, daß er mir nicht so leicht entkommen sollte, kehrte in die Bibliothek zurück und verfaßte eine kurze Nachricht, in der ich ihn aufforderte, eine Erklärung für seine ungeheuerliche Anschuldigung zu erbringen; außerdem teilte ich ihm mit, daß ich mich am nächsten Abend um sechs Uhr in meiner Wohnung aufhalten und ihn dort erwarten würde. Danach ging ich hinunter zu Mary.

Doch der Abend sollte nichts als Enttäuschungen bringen. Sie hatte sich auf ihr Zimmer zurückgezogen, während ich mich in der Bibliothek aufhielt, und so entging mir die Fortsetzung der Unterredung, von welcher ich mir soviel versprochen hatte. «Diese Frau entwindet sich wie ein Aal», bemerkte ich zu mir selbst, während ich verdrießlich im Flur auf und ab schritt. «Sie umhüllt sich mit Geheimnissen, erwartet allerdings von mir, daß ich ihr den Respekt zolle, welcher einem aufrichtigen, offenen Menschen gebührt.»

Ich wollte soeben das Haus verlassen, da sah ich, wie Thomas mit einem Brief in der Hand die Treppe herunterkam.

«Miss Leavenworth richtet Ihnen Grüße aus», sagte er und überreichte mir ihre Botschaft. «Sie sei zu erschöpft, um heute abend im Salon zu verweilen.»

Ich trat beiseite, um die Botschaft zu lesen, und während ich die hastige, zittrige Schrift entzifferte, nagten beinahe Gewissensbisse an mir.

Sie verlangen mehr, als ich zu geben vermag. Die Dinge müssen ohne Erklärung hingenommen werden, wie sie sind. Es bereitet mir den größten Kummer meines Lebens, Sie abzuweisen, aber mir bleibt keine Wahl. Gott vergebe uns allen und bewahre uns vor Verzweiflung. *M.*

Und darunter:

Da wir uns nicht mehr unbefangen gegenübertreten können, wäre es für alle besser, wenn wir unsere Last schweigend und voneinander getrennt trügen. Mr. Harwell wird Sie aufsuchen. Leben Sie wohl!

Als ich die Thirtysecond Street überquerte, vernahm ich rasche Schritte hinter mir. Ich drehte mich um und erblickte Thomas. «Verzeihen Sie, Sir», sagte er, «aber ich habe Ihnen eine heikle Mitteilung zu machen. Als Sie mich neulich fragten, wer der Gentleman war, der Miss Eleanore am Abend des Mords aufgesucht hat, habe ich Ihnen nicht so geantwortet, wie ich sollte. Die Kriminaldetektive hatten nämlich mit mir über dasselbe gesprochen, und ich war eingeschüchtert. Aber ich weiß, daß Sie ein Freund der Familie sind, deswegen will ich Ihnen jetzt sagen, daß der Gentleman – wie auch immer er heißt, damals nannte er sich jedenfalls Mr. Robbins – heute wieder bei uns war, und den Namen, mit dem er sich dieses Mal bei Miss Leavenworth anmelden ließ, war Clavering. Jawohl, Sir», fügte er hinzu, als er sah, wie ich zusammenzuckte, «und wie ich schon zu Molly sagte, für einen Fremden benimmt er sich äußerst sonderbar. Als er damals kam, zögerte er lange, bevor er nach Miss Eleanore fragte, und als ich um seinen Namen bat, nahm er eine Karte heraus und schrieb darauf den Namen, von dem ich Ihnen erzählt habe, und dabei machte er ein sehr seltsames Gesicht für einen Verehrer. Außerdem ...»

«Ja?»

«Mr. Raymond», fuhr der Butler mit gedämpfter, erregter Stimme fort und rückte in der Dunkelheit sehr dicht an mich heran, «es gibt etwas, das ich außer Molly noch keiner Menschenseele erzählt habe, aber das vielleicht denen nützen kann, die herausfinden wollen, wer den Mord begangen hat.»

«Tatsache oder Verdacht?» erkundigte ich mich.

«Eine Tatsache, und ich bitte um Entschuldigung, Sir, wenn ich Sie jetzt damit belästige, aber Molly gibt mir keine Ruhe, bis ich nicht mit Ihnen oder Mr. Gryce darüber gesprochen habe. Sie sorgt sich doch wegen Hannah so und ist aufregt, und die ist unschuldig, das wissen wir ganz genau, auch wenn es Leute gibt, die es wagen zu behaupten, sie müßte wohl schuldig sein, weil sie jetzt, wo man mit ihr reden will, nicht aufzutreiben ist.»

«Worum geht es?» drängte ich.

«Nun, es geht um folgendes. Wissen Sie – ich würde es ja Mr. Gryce sagen», begann er aufs neue, unempfänglich für meine besorgte Ungeduld, «aber ich habe ein wenig Angst vor Kriminaldetektiven, Sir, manchmal schnappen sie so schnell zu und denken, man wüßte mehr, als man wirklich weiß.»

«Was wollen Sie mir sagen?» warf ich erneut ein.

«Ja, natürlich, Sir, also an dem Abend von dem Mord sah ich zwar, wie Mr. Clavering, Robbins oder wie auch immer, ins Haus kam, doch weder ich noch sonst irgendwer sah, wie er wieder hinausging, noch weiß ich genau, ob er es überhaupt tat.»

«Was meinen Sie damit?»

«Nun, damit meine ich folgendes: Als ich aus Miss Eleanores Zimmer wieder herunterkam und Mr. Robbins, wie er sich damals nannte, sagte, meine Herrin sei krank und nicht in der Lage, ihn zu empfangen – das trug sie mir auf, ihm zu sagen, Sir –, da ging Mr. Robbins in den Empfangsraum und setzte sich hin, anstatt sich, wie die meisten Herren es getan hätten, zu verbeugen und zu verschwinden. Vielleicht war ihm unwohl, er wirkte jedenfalls blaß und bat mich um ein Glas Wasser. Ich hatte keinen Grund, irgendwelchen Handlungen von irgendwem zu mißtrauen, deswegen lief ich rasch in die Küche, um Wasser zu holen, und ließ ihn im Empfangsraum allein. Aber bevor ich es noch in der Hand hatte, hörte ich, wie sich die Haustür schloß. 'Was ist das?' fragte Molly, die mir gerade half. 'Ich weiß es nicht', sagte ich, 'aber vielleicht wollte der Herr nicht länger warten und ist gegangen.' – 'Wenn er weg ist, will er auch kein Wasser mehr', sagte sie. Also stelle ich die Kanne ab und gehe hoch, und er war weg, zumindest dachte ich das damals. Aber wer weiß, ob er nicht doch in dem Zimmer war oder im Salon, in dem damals kein Licht brannte, alldieweil ich das Haus abschloß.»

Ich erwiderte nichts, denn ich war überraschter, als ich ihm zeigen wollte.

«Ich hätte nicht darüber gesprochen, Sir, wer kommt, um die jungen Damen zu besuchen, aber wir wissen alle, daß irgend jemand, der in jener Nacht im Haus war, meinen Herrn ermordete, und Hannah war es nicht ...»

«Sie sagten, daß Miss Eleanore sich weigerte, ihn zu empfangen», unterbrach ich ihn mit der Hoffnung, diese schlichte Bemerkung würde ihm weitere Einzelheiten seines Gesprächs mit Eleanore entlocken.

«Jawohl, Sir. Zuerst, als sie die Karte las, schien sie ein wenig nachzudenken, doch dann wurde ihr Gesicht sehr rot, und sie bat mich, ihm auszurichten, was ich Ihnen erzählt habe. Ich hätte nie mehr daran gedacht, wenn ich ihn nicht heute abend wiedergesehen hätte, wie er dreist und laut ins Haus stürmte, mit einem neuen Namen auf den Lippen. Und ich will auch jetzt nichts Böses von ihm denken, aber Molly wollte unbedingt, daß ich mit Ihnen rede und mein Herz ausschütte, und das ist alles.»

Als ich an jenem Abend nach Hause kam, trug ich eine neue Auflistung von Verdachtsmomenten in mein Notizbuch ein, dieses Mal allerdings mit dem Buchstaben C am Anfang und nicht E.

XIX. In meinem Büro

Something between an hindrance and a help.

Etwas zwischen einer Behinderung und einer Hilfe.

WORDSWORTH

Als ich am nächsten Tag – ich fühlte mich, als seien meine Nervenenden bloßgelegt und mein Gehirn vor Erschöpfung wie aus Blei – die Kanzlei betrat, empfing mich folgende Ankündigung: «In Ihrem Büro wartet bereits seit geraumer Zeit äußerst ungeduldig ein Herr auf Sie.»

Müde und keinesfalls in der Stimmung, mich mit neuen oder alten Mandanten zu unterhalten, ging ich ohne jeden Elan auf meine Tür zu, öffnete sie und erblickte – Mr. Clavering.

Ich war im ersten Augenblick zu verblüfft, um ein Wort herauszubringen, und nickte ihm daher zur Begrüßung nur schweigend zu, woraufhin er in der Haltung und Würde des vollendeten Gentlemans auf mich zuschritt und mir seine Karte überreichte, auf der ich in großzügigen, wohlgeformten Lettern seinen vollen Namen las, Henry Ritchie Clavering. Nachdem er sich auf diese Weise vorgestellt hatte, entschuldigte er sich für die unziemliche Form seines unangemeldeten Besuchs; der Grund hierfür sei jedoch, daß er in New York nicht ansässig, sein Anliegen aber ein äußerst dringliches und ihm mein Name als der eines angesehenen Anwalts und Gentlemans zu Ohren gekommen sei. Er wage es daher, mich in Vertretung eines Freundes um diese Unterredung zu ersuchen. Dieser befände sich in der unglücklichen Lage, der Meinung und des Rats bezüglich eines Problems zu bedürfen, bei welchem nicht nur überaus ungewöhnliche Umstände ineinanderspielten, sondern welches aufgrund seiner – des

Freundes – Unkenntnis der amerikanischen Gesetzgebung und der möglichen gesetzlichen Auswirkungen jener Umstände höchst eigentümlich und peinlich sei.

Nachdem er auf diese Weise meine Neugierde geweckt und meine Aufmerksamkeit gefesselt hatte, fragte er mich, ob ich ihm gestatten würde, mir seine Geschichte zu erzählen. Da ich mich, jedenfalls bis zu einem gewissen Grad, von meinem Erstaunen erholt und den gewaltigen Abscheu, ja das Entsetzen, welches ich vor diesem Mann empfand, überwunden hatte, bedeutete ich ihm mein Einverständnis, worauf er ein Notizbuch aus der Tasche zog und mir im großen und ganzen ungefähr folgendes vorlas:

«Ein Engländer, der sich auf Reisen befindet, trifft in einem allseits beliebten Badeort eine junge Amerikanerin, in welche er sich heftig verliebt und die er bereits nach wenigen Tagen zu heiraten wünscht. Im Bewußtsein seiner hervorragenden gesellschaftlichen Stellung, seines beträchtlichen Vermögens und seiner durch und durch ehrbaren Absichten bittet er sie um ihre Hand und wird erhört. Wegen des aufflammenden, entschiedenen Widerstands seitens der Familie gegen die Verbindung ist er jedoch gezwungen, seine Gefühle zu verbergen, das Verlöbnis wird allerdings nicht gelöst. In diesem ungeklärten Zustand erhält er Nachrichten aus England, welche seine sofortige Rückreise erforderlich machen, und da er über die Aussicht einer längeren Trennung von seiner Herzensdame sehr beunruhigt ist, berichtet er ihr in einem Brief von der Situation und schlägt ihr vor, sich heimlich mit ihm zu vermählen. Sie erklärt sich unter Angabe gewisser Bedingungen dazu bereit, deren eine ist, daß er sie unmittelbar nach Beendigung der Zeremonie zu verlassen habe, und deren andere, daß er die öffentliche Bekanntmachung der Eheschließung ihr überlassen müsse. Dies entspricht nicht restlos seinen Wünschen, doch da die Situation sich zuspitzt, schickt er sich ins Unvermeidliche, solange sie nur die Seine werde. Bereitwillig geht er also auf den ihm angetragenen Plan ein. Er trifft die

Dame etwa zwanzig Meilen von dem Badeort entfernt, an welchem sie sich aufhält, in einer Pfarrei, er steht mit ihr vor einem Methodistenpriester, die Trauungszeremonie wird vollzogen. Zwei Zeugen wohnen ihr bei, ein Mann, den der Geistliche hinzubittet und dafür bezahlt, sowie eine Freundin der Braut, aber es liegt keine amtliche Lizenz vor, und die Braut hat ihr einundzwanzigstes Lebensjahr noch nicht vollendet. Ist die Eheschließung rechtsgültig? Falls die Dame, welche jener Freund in Treu und Glauben zur Gemahlin nahm, sich entschlösse zu leugnen, daß sie seine rechtmäßig ihm angetraute Ehefrau sei, könne er dann eine vertragliche Vereinbarung, die auf so informelle Weise zustande kam, überhaupt bei ihr geltend machen? Kurzum, Mr. Raymond, ist mein Freund der rechtmäßige Gemahl jenes Mädchens oder nicht?»

Während ich seinem Bericht lauschte, regten sich in mir fast wider meinen Willen Gefühle, welche zu denen, die ich für den Redenden noch kurze Zeit zuvor empfunden hatte, in einem krassen Gegensatz standen. Die Geschichte seines «Freundes» schlug mich derart in Bann, daß ich einen Augenblick lang beinahe vergaß, Henry Clavering je gesehen oder von ihm gehört zu haben; und nachdem ich noch erfragt hatte, ob der Ort der Trauungszeremonie im Staat New York gelegen war, beantwortete ich seine Fragen, soweit ich mich erinnern kann, etwa folgendermaßen:

«Meiner Ansicht nach schreiben die amerikanischen Gesetze, auch die Gesetze dieses Staats, fest, daß die Ehe einen bürgerlichen Vertrag darstellt, welcher weder einer Lizenz, eines Geistlichen, einer Zeremonie oder einer Beurkundung bedarf – in manchen Fällen sind nicht einmal Zeugen vonnöten, um ihr Gültigkeit zu verleihen. Man erwarb sich, historisch gesehen, eine Frau auf dieselbe Weise, wie man jedes Stück Besitz erwerben konnte, und von ihrem Prinzip her haben sich diese Verfahrensweisen bis in die Gegenwart nicht geändert. Es genügt, daß ein Mann und eine Frau zueinander sagen: ‘Von nun an sind wir verheiratet', oder: 'Du bist jetzt meine Frau' oder 'mein Mann', je nachdem. Das einzig Notwendige ist gegenseitiges Einverständnis. Man kann eine Ehe schließen wie man eine Summe Geldes verleiht oder einen Gegenstand kauft.»

«Dann lautet Ihre Meinung ...»

«Daß Ihrem Bericht zufolge Ihr Freund der rechtmäßige Ehegatte besagter Dame ist, vorausgesetzt natürlich, daß keine der beiden Parteien gesetzlich unbefugt ist, eine solche Verbindung einzugehen. Was das Alter der jungen Dame betrifft, möchte ich dazu lediglich anmerken, daß jedes vierzehnjährige Mädchen die Ehe eingehen kann.»

Auf Mr. Claverings Zügen breitete sich ein Ausdruck großer Befriedigung aus, und er neigte in einer knappen Verbeugung den Kopf.

«Es freut mich sehr, das zu hören», sagte er, «meines Freundes Seligkeit hängt von dieser Eheschließung ab.»

Er wirkte so erleichtert, daß meine Neugierde noch stärker geweckt wurde. Deshalb sagte ich: «Dies ist zwar meine Meinung bezüglich der Rechtsgültigkeit jener Eheschließung, doch für den Fall, daß sie angefochten wird, könnte das Problem darin bestehen, sie zu beweisen.»

Erschrocken warf er mir einen fragenden Blick zu und murmelte: «Das stimmt.»

«Erlauben Sie mir, einige Fragen zu stellen. Heiratete die Dame unter ihrem eigenen Namen?»

«Ja.»

«Der Herr?»

«Ebenfalls.»

«Erhielt die Dame eine Urkunde?»

«Ja.»

«Von dem Priester und den Zeugen ordnungsgemäß unterzeichnet?»

Er nickte zustimmend.

«Behielt sie die Urkunde bei sich?»

«Das kann ich nicht sagen, aber ich nehme es an.»
«Die Zeugen waren ...»
«Ein vom Priester eigens dafür herbeigerufener Mann ...»
«Den man aufsuchen könnte?»
«Den man nicht aufsuchen kann.»
«Tot oder verschwunden?»
«Der Pfarrer ist tot, der Mann verschwunden.»
«Der Pfarrer ist tot!»
«Seit drei Monaten.»
«Und wann fand die Trauung statt?»
«Im vergangenen Juli.»
«Die andere Zeugin, die Freundin, wo ist sie?»
«Man könnte sie erreichen, aber es läßt sich nicht einschätzen, was sie tun wird.»
«Verfügt der Herr selbst über keinerlei Beweise für die Eheschließung?»
Mr. Clavering schüttelte den Kopf. «Er kann nicht einmal beweisen, daß er sich am fraglichen Tag in jenem Ort aufhielt.»
«Aber die Heiratsurkunde wurde doch beim Stadtschreiber hinterlegt?» fragte ich.
«Nein.»
«Wieso?»
«Das kann ich nicht sagen, ich weiß nur, daß mein Freund Erkundigungen eingezogen hat und ein derartiges Dokument nicht auffindbar ist.»
Ich lehnte mich bedachtsam zurück und schaute ihn an. «Wenn das, was Sie sagen, den Tatsachen entspricht und die Dame abstreiten möchte, daß eine solche Zeremonie je stattgefunden hat, verwundert es mich nicht, daß Ihr Freund sich Sorgen macht. Es wäre zwar dennoch denkbar, daß ein Gericht – sollte er vor Gericht gehen – zu seinen Gunsten entscheidet, aber ich bezweifle es. Alles, worauf er sich berufen könnte, ist sein Ehrenwort, und falls sie seiner Aussage unter Eid widerspräche – die Sympathien der Geschworenen liegen in der Regel bei den Frauen.»

Mr. Clavering erhob sich, sah mich überaus ernst an und fragte mich schließlich in einem Ton, der sich zwar geringfügig verändert, aber nichts von seiner ursprünglichen Verbindlichkeit eingebüßt hatte, ob ich so liebenswürdig sein würde, meine Ausführungen, insofern sie die Rechtsgültigkeit der Ehe betrafen, schriftlich für ihn niederzulegen. Ein solches Schriftstück würde seinem Freund anzeigen, daß sein Fall angemessen vorgebracht worden sei, und könnte ihn daher weitestgehend zufriedenstellen. Er sei sich der Tatsache bewußt, daß kein achtbarer Anwalt seinen guten Namen für ein gesetzliches Gutachten hergeben würde, ohne seinen Schlußfolgerungen durch eine sorgfältige, gründliche Überprüfung der Gesetze die nötige Grundlage zu verleihen.

Dieses Anliegen schien so akzeptabel, daß ich ihm ohne Zögern nachkam und Mr. Clavering eine schriftliche Begutachtung überreichte. Er nahm sie entgegen, las sie aufmerksam durch und übertrug sie dann mit Bedacht in sein Notizbuch. Danach wandte er sich mir zu, und auf seinem Gesicht spiegelte sich eine heftige, bis dahin unterdrückte Gefühlsregung wider.

«Nun, mein Herr», sagte er und richtete sich zu seiner vollen, majestätischen Größe auf, «habe ich nur noch eine Bitte, und zwar, daß Sie dieses Gutachten wieder an sich nehmen. Mögen Sie einst, an jenem Tag, da Sie selbst beabsichtigen, eine schöne Frau zum Altar zu führen, innehalten und sich fragen: 'Bin ich mir sicher, daß die Hand frei ist, welche ich hier leidenschaftlich umklammere? Gibt es irgendeine Gewißheit, daß sie nicht bereits vergeben ist, wie die jener Dame, die meinem eigenen Gutachten zufolge und gemäß den Gesetzen meines Landes bereits eine rechtmäßig verheiratete Ehefrau ist?'»

«Mr. Clavering!»

Doch er verbeugte sich elegant und legte seine Hand auf den Türgriff. «Ich danke Ihnen für die Gefälligkeit, Mr. Raymond, und wünsche einen angenehmen Tag. Ich hoffe, Sie werden nicht in die Lage geraten, jenes Schriftstück zu Rate zu ziehen, bevor wir uns wiedersehen.» Er verbeugte sich abermals und verließ den Raum.

Nie jemals hatte mich etwas derart überwältigt und aufgewühlt, und einen Augenblick lang blieb ich wie gelähmt stehen. Mich! Mich! Warum sollte er mich in diese Angelegenheit hineinziehen, es sei denn – doch an diese Möglichkeit wollte ich nicht einmal denken. Eleanore verheiratet, und zwar mit diesem Mann? Nein, nein, alles, nur das nicht – und dennoch konnte ich nicht anders, als diese Mutmaßung in meinem Kopf zu drehen und zu wenden, bis ich meinen Hut ergriff und, um meinen eigenen Spekulationen zu entrinnen, in der Hoffnung auf die Straße eilte, ihm zu begegnen und ihm eine Erklärung seines rätselhaften Gebarens zu entlocken. Doch als ich schließlich auf dem Gehsteig anlangte, war er nirgendwo zu erblicken. Tausende geschäftiger Männer mit ihren Pflichten und Plänen hatten sich zwischen uns geschoben, und mir blieb nichts anderes übrig, als mit ungelösten Fragen in die Kanzlei zurückzukehren.

Ich glaube, kein Tag ist mir jemals so lang geworden, doch endlich ging auch dieser vorüber, und um fünf Uhr erlaubte ich mir das Vergnügen, dem Hoffman House einen Besuch abzustatten, um mich nach Mr. Clavering zu erkundigen. Man kann sich mein Erstaunen ausmalen, als ich erfuhr, daß sein Besuch in meinem Büro das letzte gewesen war, was er unternommen hatte, bevor er an jenem Tag das Dampfschiff nach Liverpool bestieg, daß er sich demnach bereits auf hoher See befand und jegliche Aussicht auf ein weiteres Gespräch mit ihm zerstört war. Ich vermochte es zunächst kaum zu fassen, aber nach einer Unterhaltung mit dem Kutscher, welcher ihn zunächst in die Kanzlei und dann an den Hafen gefahren hatte, glaubte ich es allmählich. Mein erstes Gefühl war Beschämung. Ich hatte einem Mann, den man des Mordes beschuldigte, von Angesicht zu Angesicht gegenübergestanden, hatte mir seine Andeutungen angehört, daß ich ihn vermutlich längere Zeit nicht mehr sehen würde, mich dennoch – eher halbherzig – meinen eigenen Angelegenheiten gewidmet und ihm erlaubt zu entwischen. Das sah mir tölpelhaftem Anfänger ähnlich. Ich mußte unverzüglich Mr. Gryce von der Abreise des Mannes unterrichten. Es war allerdings mittlerweile sechs Uhr, Zeit für meine Verabredung mit Mr. Harwell. Diese zu versäumen, konnte ich mir nicht leisten, also verfaßte ich lediglich rasch eine Nachricht an Mr. Gryce, in welcher ich ihm meinen Besuch für den späteren Abend ankündigte, und machte mich auf den Heimweg. Zu Hause fand ich Mr. Harwell bereits wartend vor.

XX. «Trueman! Trueman! Trueman!»

Often do the spirits
Of great events, stride on before the events,
And in to-day, already walks to-morrow.

Oft werden große Ereignisse von Geistern wie Vorboten angekündigt, und im Heute wandelt bereits das Morgen.

COLERIDGE

Ich wurde augenblicklich von großer Furcht gepackt. Welche Enthüllungen würde dieser Mann machen? Aber ich unterdrückte diese Empfindung, begrüßte ihn mit aller Herzlichkeit, die ich aufzubringen vermochte, und richtete mich innerlich darauf ein, seine Erklärungen anzuhören.

Trueman Harwell indessen hatte gar keine Erklärungen abzuliefern; im Gegenteil, er sei gekommen, um sich für die harten Worte zu entschuldigen, die seinerseits am Vorabend gefallen wären.

Er fühle sich verpflichtet, jene Worte, welche Wirkung auch immer sie auf mich gehabt haben mochten, als belanglos zurückzunehmen, da ihre Äußerung einer ausreichenden Grundlage entbehre.

«Aber Sie müssen angenommen haben», rief ich dazwischen, «daß es für eine solch ungeheuerliche Anschuldigung Gründe gibt, sonst könnte man Sie nur als verrückt bezeichnen.»

Er legte seine Stirn in tiefe Falten, seine Augen blickten düster. «Das eine folgt nicht aus dem anderen», erwiderte er. «In der ersten Überraschung haben viele Menschen bereits felsenfest etwas behauptet, das auch nicht fester untermauert war als meine Aussage, ohne daß sie Gefahr gelaufen wären, als verrückt bezeichnet zu werden.»

«Überraschung? Mr. Claverings Gesicht oder Gestalt muß Ihnen demnach bekannt gewesen sein. Das bloße Auftauchen eines fremden Herrn in der Eingangshalle hätte wohl nicht ausreichen können, um Sie in Erstaunen zu versetzen, Mr. Harwell.»

Er strich nervös über die Lehne des Stuhls, hinter welchem er stand, sagte jedoch nichts.

«Setzen Sie sich bitte», drängte ich ihn nun, dieses Mal in einem andeutungsweise gebieterischen Ton. «Dies ist eine ernste Angelegenheit, und ich beabsichtige, entsprechend zu verfahren. Sie sagten einmal, daß Sie bereit wären, alles mitzuteilen, was Sie wüßten, falls es dazu beitragen würde, Eleanore Leavenworth von dem Verdacht zu befreien, unter dem sie steht.»

«Ich sagte», unterbrach er mich kühl, «daß ich gesprochen hätte, wenn ich etwas gewußt hätte, das helfen könnte, ihre unglückliche Lage zu verändern.»

«Werden Sie nicht spitzfindig», entgegnete ich. «Sie wissen etwas, Mr. Harwell, und ich fordere Sie im Namen des Gesetzes nochmals auf, mir zu erzählen, was es ist.»

«Sie irren sich», antwortete er verbissen, «ich weiß nichts. Ich habe möglicherweise meine Gründe, gewisse Gedanken zu hegen, aber mein Gewissen erlaubt es mir nicht, kaltblütig unbewiesene Verdächtigungen auszusprechen, welche nicht nur den Ruf eines ehrbaren Mannes zerstören, sondern auch mich in die unangenehme Lage des Anklägers ohne hinreichende Begründungen für seine Anklage versetzen könnten.»

«In dieser Lage befinden Sie sich bereits», hielt ich dagegen, ebenso kühl. «Nichts kann mich vergessen lassen, daß Sie Henry Clavering in meiner Gegenwart als den Mörder Horatio Leavenworths angeprangert haben. Es wäre besser, Sie gäben eine Erklärung ab, Mr. Harwell.»

Er warf mir einen durchdringenden Blick zu, ging jedoch um den Stuhl herum und ließ sich nieder. «Ich befinde mich vor Ihnen in einem Nachteil», sagte er, etwas weniger scharf.

«Wenn es Ihnen beliebt, Ihre Position auszunutzen und mich unter Druck zu setzen, damit ich das wenige preisgebe, das ich weiß, bleibt mir nichts anderes übrig, als meine Zwangslage zu bedauern und zu reden.»

«Das einzige, was Sie also zurückhält, ist die Stimme Ihres Gewissens?»

«Ja, und daß meine Kenntnisse eher mager sind.»

«Darüber werde ich urteilen, wenn ich alles gehört habe.»

Er blickte zu mir, und der eigentümliche Eifer, welchen ich in den seinen Augen entdeckte, überraschte mich; seine Überzeugungen waren offenkundig stärker als seine Bedenken. «Mr. Raymond», hub er an, «Sie sind Anwalt und zweifelsohne ein realistischer Mann, aber vielleicht haben Sie eine Vorstellung davon, was es heißt, eine Gefahr zu ahnen, bevor man sie sieht, Mächte zu spüren, die unsichtbar um uns wirken, aber nicht zu wissen, was einen solch starken Einfluß auf einen selbst ausübt, bis man entdeckt, daß sich ein Feind in der Nähe befindet, oder ein Freund am Fenster vorbeigegangen ist, oder der Schatten des Todes auf das Buch fiel, das man gerade las, oder sich in den Atem des Schlafenden mischte.»

Sein beschwörender Blick verlangte nach einer Antwort, also schüttelte ich gebannt den Kopf.

«Dann können Sie mich oder das, was ich in den vergangenen drei Wochen gelitten habe, nie und nimmer verstehen.» Und er verstummte in einer eisigen Abwehrhaltung, die es beinahe aussichtslos erscheinen ließ, daß meine mittlerweile brennend erwachte Neugierde jemals befriedigt werden würde.

«Bitte verzeihen Sie», beeilte ich mich einzuwerfen, «aber die Tatsache, daß ich derartige Empfindungen nicht am eigenen Leib erfahren habe, hindert mich nicht daran, die Gefühle anderer zu verstehen, welche von spirituellen Kräften nachhaltiger beeindruckt werden als ich.»

Langsam taute er wieder auf, beugte sich vor. «Sie werden sich also nicht über mich lustig machen, wenn ich Ihnen sage, daß ich in der Nacht, bevor Mr. Leavenworth ermordet wurde, alles, was später geschah, in einem Traum erlebt habe, daß ich ihn ermordet vor mir sah, das Gesicht ...», er krampfte seine Hände in einer Geste zusammen, welche überzeugender wirkte, als Worte es je auszudrücken vermocht hätten, «ich sah das Gesicht des Mörders!»

Ich fuhr zusammen, mich durchlief ein Schauer, als hätte mich ein Geist angerührt, und ungläubig starrte ich ihn an.

«War das ...?» – ich versuchte zu sprechen.

«Der Grund, warum ich den Mann belastete, den ich gestern abend in der Eingangshalle von Miss Leavenworths Haus erblickte? Ja.» Er zog ein Taschentuch hervor und wischte sich die großen Schweißtropfen ab, die ihm mittlerweile auf der Stirn standen.

«Wollen Sie damit andeuten, daß es sich bei dem Gesicht, welches Sie in Ihrem Traum sahen und dem Gesicht, das Sie gestern in der Halle erblickten, um ein und dasselbe handelt?»

Ein ernsthaftes Kopfnicken.

Ich zog meinen Stuhl näher an den seinen heran. «Erzählen Sie mir Ihren Traum», bat ich.

«Es war in der Nacht», begann er mit gedämpfter Stimme, «vor dem Mord an Mr. Leavenworth. Ich war mit dem Gefühl zu Bett gegangen, mit mir und der Welt insgesamt zufrieden sein zu können, denn obschon mein Leben alles andere als glücklich ist», er stieß einen kurzen Seufzer aus, «so war ich an dem Tag doch mit freundlichen Worten bedacht worden, und ich freute mich noch darüber, als plötzlich eine kalte Hand an mein Herz rührte und die Dunkelheit, die mir noch eine Sekunde zuvor wie ein Hort des Friedens erschienen war, von einem übernatürlichen Schrei widerhallte; ich hörte, wie eine Stimme, die ich nicht erkannte, meinen Namen rief, dreimal: 'Trueman, Trueman, Trueman', und als ich von meinem Kissen hochfuhr, erblickte ich neben meinem Bett eine Frau. Ich hatte ihr Gesicht nie zuvor gesehen», fuhr er feierlich fort, «aber ich könnte es Ihnen bis in die kleinste Einzelheit beschreiben, denn sie beugte sich über mich und blickte mir gerade ins Gesicht. In ihren Augen wuchs Entsetzen, das nach Hilfe zu rufen schien, ihr Mund jedoch blieb stumm, nur das Echo jenes Schreis erscholl noch in meinem Ohr.»

Ich unterbrach ihn. «Beschreiben Sie das Gesicht.»

«Ein rundes, hübsches Gesicht, das Gesicht einer Dame. Es war wohlgestaltet, entbehrte allerdings jeglicher Farbe; nicht schön, wegen seines kindlich vertrauensvollen Ausdrucks aber äußerst anziehend. Die Haare über der niedrigen, breiten Stirn waren braun, die Augen, die weit auseinanderstanden, grau, der Mund – das gewinnendste Merkmal – fein geformt und höchst ausdrucksvoll. Das Kinn wies ein Grübchen auf, die Wangen jedoch nicht. Ein Gesicht, das man nicht so schnell wieder vergißt.»

«Fahren Sie fort», sagte ich.

«Als unsere Augen einander begegneten, setzte ich mich erschrocken auf. Das Gesicht verschwand augenblicklich, und plötzlich wurde mir bewußt, wie es in Träumen zuweilen geschieht, daß sich im Flur unter mir etwas bewegte; im nächsten Moment schlüpfte ein Mann von eindrucksvoller Größe lautlos in die Bibliothek. Ich erinnere mich, wie mich dabei eine seltsame Regung überfiel, halb Grauen, halb Neugier, obwohl ich, wie aus einer Eingebung heraus, zu wissen schien, was er vorhatte. Es ist eigenartig, aber ich nahm nun anscheinend eine andere Identität an und war nicht länger ein Dritter, welcher die Vorgänge beobachtete, sondern Mr. Leavenworth selbst, der an seinem Schreibtisch saß und fühlte, wie sich sein Schicksal verstohlen näherte, ohne daß er in der Lage war zu sprechen, ohne daß er Macht über seine Gliedmaßen hatte, um es abzuwenden. Obwohl ich dem Mann den Rücken zukehrte, spürte ich, wie er durch den Zwischengang schlich, in den Raum dahinter eindrang, zu der Kommode ging, in welcher die Pistole lag, die Schublade öffnen wollte, entdeckte, daß sie verschlossen war, den Schlüssel umdrehte, die Pistole herausnahm, in seiner Hand wog, einer Hand, die an solches Tun gewöhnt war, und sich mir näherte. Ich fühlte jeden seiner Schritte, als liefe er in Wirklichkeit über mein Herz, und ich erinnere mich, daß ich vor mich hin nach unten starrte, als erwarte ich jede Sekunde mein eigenes Blut zu sehen, wie es über den Tisch rann. Ich sah, wie die Buchstaben, die ich geschrieben hatte, vor meinen Augen auf dem Papier tanzten und wie die geisterhaften Gestalten von Menschen und Dingen aus längst vergessener – oder so dachte ich – Vergangenheit aussahen. Sie erfüllten meine letzten Augenblicke mit Reue und lähmender Scham, verzehrenden Sehnsüchten und unaussprechlichen Qualen, durch welche hindurch jenes Gesicht aufschien, das Gesicht aus meinem ersten Traum, bleich, lieblich, fragend, während die lautlosen Schritte hinter mir immer näher kamen, bis ich spürte, wie die Augen des Mörders wild über die schmale Kluft stierten, die mich noch vom Tod trennte, und den klickenden Laut seiner Zähne hörte, als er sich mit zusammengepreßtem Mund zur endgültigen Tat anschickte.» Entsetzen verzerrte die aschfahlen Züge des Sekretärs. «Wie soll man ein Erlebnis dieser Art in Worte fassen?! In einem Moment Herz und Hirn verschlungen von sämtlichen Höllenqualen, im nächsten eine Leere, über die hinweg ich wie aus weiter Ferne, urplötzlich allem entrückt, eine zusammengeduckte Gestalt sah, einen Mann. Seine Augen traten schier aus ihren Höhlen, seine totenbleichen Lippen gaben die Zähne frei; ich hatte das Gesicht nie zuvor gesehen, aber es waren so ansehnliche, bemerkenswerte, einzigartig geformte, unverwechselbare Züge, daß ich ebenso leicht das Antlitz meines Vaters für das eines Fremden halten könnte, als das Aussehen und die Gestalt des Mannes, der mir im Traum gezeigt wurde, nicht wiederzuerkennen.»

«Und dieses Gesicht?» fragte ich, und dabei klang mir meine eigene Stimme wie die eines Fremden.

«War das Gesicht jenes Mannes, welchen wir gestern abend sahen, als er Mary Leavenworth im Salon verlassen hatte und durch die Halle zur Haustür schritt.»

XXI. Ein bitteres Vorurteil

True, I talk of dreams,
Which are the children of an idle brain
Begot of nothing but vain phantasy.

Es ist wahr, ich spreche von Träumen,
den Kindern eines müßigen Hirns,
von nichts erzeugt als eitler Phantasie.

SHAKESPEARE: ROMEO UND JULIA

Einen Augenblick wurde ich von abergläubischem Entsetzen gepackt, doch dann setzte sich meine gewohnte Skepsis durch. Ich blickte auf und bemerkte: «Sie sagen, dies ereignete sich in der Nacht vor dem tatsächlichen Geschehen?»

Er neigte den Kopf. «Als Warnung», raunte er.

«Aber Sie sahen es nicht als solche an?»

«Nein, denn ich leide gelegentlich unter Alpträumen. Ich verschwendete kaum einen Gedanken daran, bis ich am nächsten Tag vor Mr. Leavenworths Leiche stand.»

«Ihr eigenartiges Verhalten während der Vernehmung wundert mich jetzt nicht mehr, etwas anderes wäre gar nicht zu erwarten gewesen.»

«Ach, Mr. Raymond», erwiderte er mit einem bedächtigen, traurigen Lächeln, «niemand kann ahnen, was ich bei meinem Bemühen, nicht mehr zu sagen, als ich tatsächlich wußte, gelitten habe. Das gilt unabhängig von meinem Traum, dem Mord und der Art, wie er begangen wurde.»

«Sie glauben also», sagte ich, «daß sowohl der Ablauf des Mords als auch der Mord selbst in Ihrem Traum ihre Schatten vorauswarfen?»

«Ja.»

«Es ist jammerschade, daß er nicht ein wenig weitergeht und uns mitteilt, wie der Mörder ein Haus, welches allabendlich so gut verriegelt wird wie das der Leavenworths, betreten und wieder verlassen konnte.»

Sein Gesicht glühte. «Das wäre in der Tat gut», sagte er, «günstig wäre es auch gewesen, wenn ich erfahren hätte, wo Hannah ist und warum ein Fremder, und ein Gentleman dazu, sich soweit erniedrigen konnte, dieses abscheuliche Verbrechen zu begehen.»

Ich unterließ meinen hänselnden Ton, weil ich seine Gereiztheit bemerkte. «Warum sprechen Sie von einem Fremden?» fragte ich. «Wissen Sie so gut über alle Bescheid, die im Haus ein und aus gehen, als daß Sie sagen könnten, wen die Familie näher kennt und wen nicht?»

«Die Gesichter ihrer Freunde sind mir wohlbekannt, Mr. Raymond, Henry Claverings zählt nicht zu ihnen, aber ...»

Ich unterbrach ihn: «Haben Sie Mr. Leavenworth jemals begleitet, wenn er das Haus für längere Zeit verließ, zum Beispiel, um in die Sommerfrische zu fahren oder auf Reisen zu gehen?»

«Nein», antwortete der Sekretär gezwungen.

«Aber ich gehe doch recht in der Annahme, daß er sich gelegentlich von seinem Heim zu entfernen pflegte?»

«Gewiß.»

«Können Sie mir sagen, wo er letzten Juli war, er und die beiden jungen Damen?»

«Ja, sie verbrachten einige Zeit in R., falls Sie das meinen. Dem berühmten Badeort. Glauben Sie etwa», rief er, da er sah, wie sich mein Gesichtsausdruck veränderte, «daß sie einander dort begegnet sein könnten?»

Ich blickte ihn einen Moment lang an, dann erhob ich mich meinerseits, stellte mich ihm Auge in Auge gegenüber und sagte mit Nachdruck: «Sie verschweigen etwas, Mr. Harwell. Sie wissen mehr, als Sie mir bisher zu verstehen gegeben haben. Was ist es?»

Mein Scharfblick schien ihn zu überraschen, trotzdem entgegnete er: «Ich weiß nicht mehr über den Mann, als ich Ihnen bereits mitgeteilt habe, aber ...», und brennende Röte stieg in sein Gesicht, «falls Sie nicht davon abzubringen sind, die Angelegenheit weiterzuverfolgen ...» Er unterbrach sich und sah mich fragend an.

«Ich bin felsenfest entschlossen, alles über Henry Clavering herauszufinden, was ich kann», antwortete ich.

Er hob mit einer raschen Bewegung den Kopf. «In diesem Fall», sagte er, «kann ich Ihnen zumindest folgendes sagen. Wenige Tage vor dem Mord schrieb Henry Clavering einen Brief an Mr. Leavenworth, und ich habe Grund zu der Vermutung, daß dieser Brief bei der Familie nicht ohne Wirkung blieb.» Der Sekretär verschränkte die Arme und wartete ruhig auf meine nächste Frage.

«Woher wissen Sie das?» lautete sie.

«Ich habe ihn versehentlich geöffnet. Ich pflegte täglich Mr. Leavenworths Geschäftspost zu lesen. Seine private Korrespondenz war in der Regel besonders gekennzeichnet, aber da dieser Brief von jemandem stammte, der darüber nicht Bescheid wußte, fehlte die Markierung.»

«Und Sie sahen den Namen Clavering?»

«Ja, Henry Ritchie Clavering.»

«Haben Sie den Brief gelesen?» Ich hatte mittlerweile zu zittern begonnen.

Der Sekretär antwortete nicht.

«Mr. Harwell», wiederholte ich, «dies ist nicht der rechte Zeitpunkt für Diskretion an der falschen Stelle. Haben Sie den Brief gelesen?»

«Ja, aber hastig, aufgeregt, mit schlechtem Gewissen. An den Inhalt kann ich mich kaum erinnern.»

«Aber Sie wissen noch, worum es in etwa ging!»

«Es handelte sich um eine Beschwerde darüber, wie eine der Nichten Mr. Leavenworths ihn behandelt hatte. Weiter weiß ich nichts mehr.»

«Welche Nichte?»
«Namen wurden keine genannt.»
«Aber Sie schlossen daraus ...»
«Nein, mein Herr, genau das tat ich nicht. Ich zwang mich, die ganze Sache zu vergessen.»
«Dennoch sagen Sie, daß der Brief bei der Familie nicht ohne Wirkung blieb.»
«Das vermag ich im nachhinein so zu sehen. Kein Mitglied der Familie hat sich den anderen gegenüber seither so verhalten wie früher.»
«Mr. Harwell, als man Sie nach Briefen fragte, die Mr. Leavenworth empfing und die mit der Tragödie in Zusammenhang gestanden haben könnten, leugneten Sie, einen derartigen Brief gesehen zu haben. Warum?»
«Mr. Raymond», erwiderte er, «Sie sind ein Gentleman, ein Kavalier der Damen – glauben Sie, daß Sie es übers Herz gebracht hätten, im Augenblick der Vernehmung den Erhalt eines Briefs zu erwähnen, in dem sich jemand über eine von Mr. Leavenworths Nichten beklagte? Auch wenn er Ihrer Meinung nach wichtig genug war, um dem Coroner und den Geschworenen mitgeteilt zu werden und Sie sich insgeheim davon einen Fortschritt für die Vernehmung versprachen? Von mir selbst kann ich das jedenfalls nicht behaupten.»
Ich schüttelte den Kopf. Es blieb mir nichts anderes übrig, als ihm zu bestätigen, daß dies in der Tat undenkbar war.
«Wie sollte ich auf den Gedanken kommen, der Brief sei von Bedeutung? Ich kannte niemanden mit Namen Henry Ritchie Clavering.»
«Aber Sie schienen etwas in der Richtung zu denken», murmelte ich. «Ich kann mich an Ihr Zögern erinnern, bevor Sie antworteten.»
«Das stimmt, aber es wäre nichts gegen mein jetziges Zögern, sollte man mir dieselbe Frage noch einmal stellen.»
In der auf diese Worte folgenden Stille ging ich einige Male im Zimmer hin und her.

«Eine recht phantastische Geschichte», sagte ich und lachte in dem vergeblichen Versuch, das abergläubische Entsetzen abzuschütteln, das mir unerklärlicherweise immer noch im Nacken saß.

Er nickte zustimmend mit dem Kopf. «Ich weiß», sagte er. «Bei Tageslicht bin ich selbst ein nüchterner Mensch und weiß genausogut wie Sie, daß eine Beschuldigung, die auf dem Traum eines armen, hart arbeitenden Sekretärs beruht, sehr fadenscheinig ist. Aus dem Grund wollte ich überhaupt nicht darüber sprechen. Träume sind nichts, womit man einen Mann vor Gericht konfrontieren kann, aber falls der Mörder Mr. Leavenworths jemals dazu gebracht wird, seine Tat zu gestehen» – er umklammerte mit seiner langen, knochigen Hand so angespannt meinen Arm, daß es sich für mich nahezu wie ein elektrischer Schlag anfühlte –, «dann denken Sie an meine Worte, Mr. Raymond: Es wird der Mann aus meinem Traum sein.»

Ich holte tief Luft. Eine Sekunde glaubte ich, was er glaubte. Ich dachte an die Möglichkeit, daß Eleanore von dem Schatten des Verbrechens reingewaschen werden könnte, nur um neuerlichen Demütigungen ausgesetzt und in weit tiefere Abgründe des Leidens gestürzt zu werden. In diesem Moment überwältigte mich eine zwiespältige Empfindung von Erleichterung und heftigem Schmerz.

«Er stolziert frei auf der Straße umher», fuhr der Sekretär fort, als spräche er mit sich selbst, «wagt es gar, das Haus zu betreten, welches er erbärmlich geschändet hat, aber Gerechtigkeit wird Gerechtigkeit bleiben. Früher oder später muß etwas zutage treten, was Ihnen beweisen wird, daß eine so wundersame Warnung wie die mir erteilte eine Bedeutung hat. Hinter der Stimme, die 'Trueman, Trueman' rief, steckt mehr: Es war Justitia selbst, die mit dem Finger auf den Schuldigen wies.»

Ich blickte ihn verwundert an; wußte er, daß die Handlanger der Justiz sich bereits auf die Spuren eben jenes Claverings geheftet hatten? Seiner Miene vermochte ich es nicht zu entnehmen, aber ich verspürte den Impuls, es herauszufinden.

«Sie sprechen anscheinend mit großer Überzeugung», sagte ich, «aber aller Wahrscheinlichkeit steht Ihnen eine Enttäuschung bevor. Soweit wir wissen, ist Mr. Clavering ein Ehrenmann.»

Er nahm seinen Hut vom Tisch.

«Ich habe nicht vor, ihn an den Pranger zu stellen. Ich habe nicht einmal vor, seinen Namen je wieder in den Mund zu nehmen. Ich bin kein Narr, Mr. Raymond. Ich habe nur deshalb so offen mit Ihnen gesprochen, um meine unglückselige, unerhörte Indiskretion von gestern abend zu erklären. Ich gehe davon aus, daß Sie alles, was ich Ihnen erzählte, vertraulich behandeln. Gleichzeitig hoffe ich, Sie werden mir zugute halten, daß ich mich insgesamt so korrekt verhalten habe, wie es unter den gegebenen Umständen zu erwarten ist.» Und er reichte mir die Hand.

«Gewiß», antwortete ich und schüttelte sie. Doch dann hatte ich plötzlich das Bedürfnis, die Richtigkeit seiner Geschichte nachzuprüfen. Ich fragte ihn, ob er seine Behauptung beweisen könne, er habe den Traum zu der von ihm angegebenen Zeit gehabt, also vor dem Mord und nicht danach.

«Nein. Ich weiß zwar, daß ich den Traum in der Nacht vor Mr. Leavenworths Tod geträumt habe, aber das könnte ich durch nichts belegen.»

«Sie haben nicht am nächsten Morgen mit jemandem darüber gesprochen?»

«Wo denken Sie hin, ich habe schwerlich eine Position, welche mir derlei Gefühlsäußerungen gestattet.»

«Aber er muß Sie doch erschüttert, Sie außerstande gesetzt haben, zu arbeiten ...»

«Nichts setzt mich außerstande, zu arbeiten», sagte er mit leiser, bitterer Stimme.

«Das glaube ich Ihnen gerne», erwiderte ich und dachte daran, wie fleißig er in den letzten Tagen gewesen war. «Aber es kann trotzdem nicht spurlos an Ihnen vorübergegangen sein, daß Sie eine gelinde ausgedrückt unangenehme Nacht verbracht hatten. Können Sie sich denn nicht erinnern, ob irgend jemand Sie am nächsten Morgen auf Ihr Aussehen angesprochen hat?»

«Mr. Leavenworth mag etwas gesagt haben, ansonsten hätte es wohl kaum jemand bemerkt», antwortete er melancholisch.

«Mr. Harwell, ich werde heute abend nicht zu Ihnen ins Haus kommen, weiß auch nicht, wann ich überhaupt wieder dorthingehen werde. Persönliche Gründe hindern mich derzeit daran, Miss Leavenworth aufzusuchen. Ich zähle darauf, daß Sie unsere gemeinsame Arbeit ohne meine Unterstützung fortsetzen, es sei denn, Sie könnten alles herbringen ...»

«Das kann ich tun.»

«In dem Fall erwarte ich Sie morgen abend hier.»

«Sehr wohl, mein Herr.» Er wandte sich zum Gehen, da kam ihm ein letzter Gedanke. «Wir möchten dieses Thema gewiß nicht wieder anschneiden. Es versteht sich allerdings vermutlich von selbst, daß ich neugierigerweise gerne mehr über jenen Mann wissen möchte, dessen Gesicht und Gestalt mir so wohlbekannt sind, obwohl er für mich ein vollkommen Fremder ist und bleibt. Würde es Ihnen etwas ausmachen, mir zu sagen, was Sie über ihn wissen? Sie halten ihn für einen Ehrenmann – kennen Sie ihn, Mr. Raymond?»

«Ich weiß, wie er heißt und wo er wohnt.»

«Und wo ist das?»

«In London, er ist Engländer.»

«Ach!» murmelte er in einem seltsamen Ton.

«Was wollen Sie damit ausdrücken?»

Er biß sich auf die Lippen und senkte die Augen. Schließlich blickte er mir jedoch geradewegs ins Gesicht und antwortete mit auffälliger Betonung: «Ich rief 'ach', weil ich überrascht war.»

«Überrascht?»

«Ja, denn Sie sagen, er sei Engländer. Mr. Leavenworth hegte einen ausgesprochenen Widerwillen gegen die Engländer. Das war eine seiner ausgeprägten Schrullen. Er vermied es, ihnen zu begegnen, wann immer er konnte.»

Nun war es an mir, nachdenklich dreinzublicken.

«Mr. Leavenworth war ein Mann, der seine Vorurteile bis zum Äußersten trieb. Er haßte die Engländer fast bis zur Raserei. Ich bezweifle, daß er den Brief gelesen hätte, wenn er gewußt hätte, daß er von einem Engländer stammte. Er pflegte zu sagen, lieber sähe er eine seiner Töchter tot vor ihm liegen als mit einem Engländer verheiratet.»

Ich wandte mich hastig ab, um die Wirkung zu verbergen, welche diese Neuigkeit auf mich machte.

«Sie glauben wohl, ich übertreibe», sagte er. «Fragen Sie Mr. Veeley.»

«Nein», entgegnete ich, «warum sollte ich denken, daß Sie übertrieben?»

«Er hatte zweifelsohne seine Gründe dafür, die Engländer zu hassen, Gründe, die wir nicht kennen», setzte der Sekretär hinzu. «Als er jung war, lebte er eine Weile in Liverpool, wo er selbstverständlich zahlreiche Gelegenheiten hatte, ihr Verhalten und ihren Charakter zu studieren.» Er schickte sich erneut zum Gehen an.

Doch diesmal war ich es, der ihn zurückhielt. «Entschuldigen Sie, Mr. Harwell», sagte ich. «Sie haben Mr. Leavenworth so lange so nahe gestanden – glauben Sie, sein Vorurteil reichte so weit, daß er seinen Nichten strengstens verboten hätte, einen Engländer zu heiraten, gesetzt den Fall, sie hätten es gewollt?»

«Ja, das glaube ich.»

Ich trat einen Schritt zurück. Ich hatte erfahren, was ich wollte, und sah daher keinen weiteren Grund, das Gespräch fortzusetzen.

XXII. Stückwerk

Come, give us a taste of your quality.

Komm, laß uns dein Wesen spüren.

Shakespeare: Hamlet

Folgende Frage war es, die sich mir stellte: Falls Mr. Clavering mir im Verlauf unserer Unterredung am Vormittag, mehr oder minder wahrheitsgetreu, bis in Einzelheiten seine eigenen Erfahrungen mit und seine Beziehung zu Eleanore Leavenworth geschildert hatte, was galt es zu beweisen, um die Vermutung zu belegen? Folgende Punkte kamen mir in den Sinn:

1. *Mr. Clavering muß sich zur fraglichen Zeit, nämlich vergangenen Juli, nicht nur im Land aufgehalten, sondern auch für kurze Zeit an einem Badeort im Staat New York geweilt haben.*
2. *Bei diesem Badeort mußte es sich um denselben handeln, wo sich zur selben Zeit auch Miss Eleanore Leavenworth befand.*
3. *Man muß beobachtet haben, wie sie dort zumindest eine gewisse Verbindung zueinander aufnahmen.*
4. *Beide dürften zur selben Zeit nicht in der Stadt gewesen sein, und zwar lang genug, um an einem etwa zwanzig Meilen entfernt gelegenen Ort eine Trauungszeremonie zu vollziehen.*
5. *Ein methodistischer Geistlicher, der mittlerweile verstorben ist, muß in einem Umkreis von zwanzig Meilen um besagten Badeort gelebt haben.*

Als nächstes fragte ich mich, wie ich diese Voraussetzungen nachweisen sollte. Noch wußte ich zuwenig über Mr. Claverings Leben, als daß mir dieses Wissen hätte weiterhelfen können, deshalb ließ ich es für den Moment außer acht und konzentrierte mich auf Eleanores Vergangenheit. Bei meinen Nachforschungen stellte ich fest, daß sie sich zu der mir angegebenen Zeit in R. befunden hatte, einem beliebten Badeort im Staat New York. Falls sie jedoch dort gewesen und meine Theorie richtig war, mußte auch er sich dort aufgehalten haben. Meine Aufgabe bestand deswegen darin, dies zu bestätigen. Ich beschloß, am nächsten Tag nach R. abzureisen.

Ich hielt es allerdings – bevor ich ein derart wichtiges Unternehmen weiterverfolgte – für angebracht, so viele Erkundigungen einzuziehen und Fakten zu sammeln, wie es mir in den wenigen Stunden, die mir blieben, möglich war. Also begab ich mich zu Mr. Gryce.

Als ich eintraf, lag er in dem kärglichen Wohnraum, den ich bereits kannte, auf einem harten Sofa, weil er an einem heftigen Rheumaanfall litt. Seine Hände waren bandagiert und die Füße mehrfach von den Falten eines schäbigen roten Umhangs umwickelt, der aussah, als hätte er bereits mehrere Kriege überstanden. Sein kurzes Kopfnicken war Begrüßung und Entschuldigung zugleich, und nach einer knappen Bemerkung über seine ungeziemende Stellung ging er unverzüglich, ohne weitere Vorreden, zu dem Thema über, welches uns beide vor allen anderen beschäftigte, indem er sich mit einem ironischen Unterton erkundigte, ob ich mich sehr gewundert habe, daß mein Vogel ausgeflogen sei, als ich nachmittags das Hoffman House aufgesucht habe.

«Ich war überrascht, daß Sie ihm erlaubt haben, zum jetzigen Zeitpunkt auszufliegen», erwiderte ich. «Weil sie mich so dringend ersucht hatten, eine Bekanntschaft mit ihm anzuknüpfen, vermutete ich, daß Sie Grund zu der Annahme besaßen, er spiele in unserer Tragödie eine wesentliche Rolle.»

«Und wie kommen Sie darauf, daß ich etwas anderes denke? Weil ich ihn so leicht entwischen ließ? Das beweist nichts. Man tritt erst auf die Bremse, wenn es bergab geht. Doch genug hiervon. Mr. Clavering hat demnach vor seiner Abreise keine Auskunft über sich gegeben?»

«Es fällt mir äußerst schwer», antwortete ich nach sorgfältigem Nachdenken, «diese Frage zu beantworten. Ich sehe mich aufgrund gewisser Umstände genötigt, Ihnen derzeit nicht in der bedingungslosen Offenheit zu antworten, die Ihnen gebühren würde, aber ich werde alles sagen, was ich darf. Ich kann Ihnen also mitteilen, daß Mr. Clavering meiner Ansicht nach während eines Gesprächs mit mir heute morgen Auskunft über sich gegeben hat. Aber es geschah dermaßen verschleiert, daß ich erst einige Nachforschungen anstellen muß, bevor ich mir meiner Sache sicher genug bin, um Sie ins Vertrauen ziehen zu können. Er gab mir möglicherweise einen Anhaltspunkt ...»

«Moment mal», sagte Mr. Gryce, «weiß er das? Tat er es absichtlich, aus einem finsteren Beweggrund heraus, oder unbewußt, in Treu und Glauben?»

«Ich würde sagen, in Treu und Glauben.»

Mr. Gryce schwieg einen Augenblick. «Zu schade, daß Sie es nicht etwas genauer erklären können», sagte er schließlich. «Ich habe beinahe Angst, Ihnen zuzutrauen, daß Sie Ihre sogenannten Nachforschungen auf eigene Faust anstellen können. Sie kennen das Geschäft nicht und werden Zeit verlieren, ganz zu schweigen davon, daß Sie sich auf falsche Fährten setzen und Ihre Kraft mit unergiebigen Einzelheiten vergeuden könnten.»

«Daran hätten Sie denken sollen, als Sie mich zum Mitarbeiter erkoren.»

«Und Sie bestehen darauf, alleine in dem Loch herumzuwühlen?»

«Genau hierum geht es, Mr. Gryce», sagte ich. «Soweit ich weiß, handelt es sich bei Mr. Clavering um einen Gentleman von untadeligem Ruf. Ich weiß nicht einmal, zu welchem Zweck Sie mich auf seine Fährte gesetzt haben. Ich weiß lediglich, daß ich bei der Verfolgung dieser Fährte auf gewisse

Umstände gestoßen bin, welche einer näheren Erkundung wert erscheinen.»

«Also gut», meinte er, «Sie wissen es am besten. Doch die Tage vergehen wie im Flug. Irgend etwas muß geschehen, und zwar bald. Die Öffentlichkeit schlägt allmählich Krach.»

«Ich weiß, und deswegen bitte ich Sie um Unterstützung, soweit Sie sie mir beim jetzigen Stand der Dinge gewähren können. Sie verfügen über Kenntnisse hinsichtlich jenes Mannes, die zu erfahren für mich von Belang sind, anderenfalls ergäbe Ihre Einstellung ihm gegenüber keinen Sinn. Ich frage Sie unumwunden, ob Sie mir alles über Mr. Clavering mitteilen würden, das Sie wissen, ohne von mir zu verlangen, daß ich meinerseits Ihr Vertrauen sofort erwidere.»

«Das heißt viel verlangen, zumal von einem Berufsdetektiv.»

«Ich weiß, und unter anderen Umständen hätte ich lange gezögert, bevor ich eine solche Bitte äußern würde. Ich sehe jedoch ohne dieses Zugeständnis Ihrerseits bei der derzeitigen Sachlage keinen anderen Weg, in der Angelegenheit voranzukommen. In jedem Fall ...»

«Einen Augenblick. Ist Mr. Clavering nicht der Geliebte einer der beiden jungen Damen?»

Obwohl ich ängstlich darum bemüht war, mein Interesse an jenem Herrn zu verbergen, konnte ich nicht verhindern, daß mir angesichts dieser unvermittelten Frage die Röte ins Gesicht stieg.

«So jedenfalls dachte ich es mir», sagte er. «Da es sich bei ihm weder um einen Verwandten noch einen offiziellen Freund der Familie handelt, ging ich wie selbstverständlich davon aus, daß er eine solche oder ähnliche Stellung einnehmen muß.»

«Ich verstehe nicht, wie Sie zu dieser Schlußfolgerung kommen», sagte ich, denn ich wollte unbedingt herausfinden, wieviel er über ihn wußte. «Mr. Clavering ist fremd in dieser Stadt, er hat sich nicht einmal lang in unserem Land aufgehalten, hatte kaum die Zeit, die von Ihnen angedeutete Position einzunehmen.»

«Mr. Clavering war nicht nur dieses eine Mal in New York. Ich weiß mit Sicherheit, daß er vor einem Jahr ebenfalls hier gewesen ist.»

«Das wissen Sie?»

«Ja.»

«Was wissen Sie sonst noch? Kann es sein, daß ich im dunkeln nach Fakten tappe, die Ihnen längst bekannt sind? Ich beschwöre Sie, Mr. Gryce, entsprechen Sie meinem Anliegen, und teilen Sie mir unverzüglich mit, was ich wissen will. Sie werden es nicht bereuen. Ich hege keine eigennützigen Hintergedanken. Falls ich Erfolg habe, seien Ruhm und Preis die Ihren; sollte ich versagen, nehme ich das Scheitern auf mich.»

«Ein fairer Vorschlag», murmelte er. «Was wäre der Lohn?»

«Mein Lohn wird darin bestehen, eine unschuldige Frau von der Schande eines Verbrechens zu befreien, welche an ihr haftet.»

Diese Versicherung schien ihn zufriedenzustellen. Seine Stimme, sein Gebaren veränderten sich; in jenem Moment wirkte er nahezu vertraulich. «Also schön», sagte er, «was wollen Sie wissen?»

«Zunächst möchte ich erfahren, wie Sie darauf kamen, ihn zu verdächtigen. Welchen Grund hatten Sie zu der Annahme, ein Herr seines Benehmens und Standes stünde mit der Angelegenheit in Verbindung?»

«Eine Frage, die Sie nicht einmal zwangsläufig stellen müßten», entgegnete er.

«Wieso?»

«Schlicht und einfach, weil es in Ihrer Hand lag, sie zu beantworten, bevor ich überhaupt die Gelegenheit hierzu bekam.»

«Was meinen Sie?»

«Erinnern Sie sich denn nicht an den Brief, den Mary Leavenworth in Ihrer Gegenwart im Lauf Ihrer gemeinsamen Fahrt vom Haus der Leavenworths zu dem ihrer Freundin an der Thirtyseventh Street in den Briefkasten steckte?»

«An dem Nachmittag, als die Vernehmung stattfand?»
«Ja.»
«Gewiß, aber ...»
«Kamen Sie nicht auf den Gedanken, einen Blick auf die Adresse zu werfen, bevor er im Kasten landete?»
«Dazu hatte ich weder die Gelegenheit noch das Recht.»
«Wurde er nicht in Ihrer Gegenwart geschrieben?»
«Doch.»
«Hielten Sie die Angelegenheit nicht für wichtig genug, um ihr Aufmerksamkeit zu schenken?»
«Wofür auch immer ich sie hielt, ich sah jedenfalls keinen Weg, Miss Leavenworth davon abzuhalten, eigenhändig einen Brief einzuwerfen, da sie es nun einmal so wollte.»
«Weil Sie ein Gentleman sind. Das hat seine Nachteile», murmelte er düster.
«Aber Sie?» fragte ich. «Woher beziehen Sie Ihre Kenntnisse? Ach, ich verstehe.» Mir fiel nämlich wieder ein, daß er uns die Kutsche besorgt hatte, in der wir damals fuhren. «Der Mann auf dem Fahrersitz steht in Ihrem Dienst und wußte, wie Sie es nennen würden, Bescheid.»
Mr. Gryce blinzelte seinen vermummten Zehen geheimnisvoll zu.
«Das trifft nicht exakt zu», sagte er. «Es genügt, daß mir zu Ohren kam, ein Brief, der sich aller Voraussicht nach als für mich interessant erweisen würde, dieser Brief wäre zu einer bestimmten Uhrzeit in den Kasten an einer bestimmten Straßenecke geworfen worden. Da sich meine Meinung mit der meines Gewährmanns deckte, telegraphierte ich an die Poststation, zu deren Bereich der Briefkasten gehört, mit der Bitte, auf einen ungewöhnlich aussehenden Brief zu achten, der auf dem Weg zum Hauptpostamt dort in den Sortierungsprozeß gelangen würde, und die Adresse jenes Briefs zu notieren. Als ich meinem Telegramm persönlich auf dem Fuß folgte, fand ich heraus, daß soeben eine recht seltsame Epistel eingetroffen war, deren Adresse mit Bleistift geschrieben und

die mit einer Marke versiegelt worden war, und man erlaubte mir, einen Blick auf die Adresse zu werfen ...»

«Und die lautete?»

«Henry R. Clavering, Hoffman House, New York.»

Ich tat einen tiefen Atemzug. «So wurden Sie zuallererst auf den Mann aufmerksam?»

«Ja.»

«Seltsam. Aber fahren Sie fort – was geschah dann?»

«Ich ging dem Hinweis selbstverständlich nach, indem ich dem Hoffman House einen Besuch abstattete und Nachforschungen anstellte. Ich erfuhr, daß Mr. Clavering ordnungsgemäßer Dauergast des Hotels war. Daß er dort unmittelbar nach seiner Ankunft drei Monate zuvor auf dem Dampfer aus Liverpool abgestiegen war, sich unter dem Namen Henry R. Clavering, Esq., London, angemeldet und eines der besten Zimmer bezogen hatte, wo er seither wohnte. Daß man nichts Näheres über ihn wußte, ihn allerdings in der Gesellschaft verschiedener, höchst respektabler Personen gesehen hatte, bei denen es sich sowohl um seine als auch um unsere Landsleute handelte, die ihn allesamt mit Hochachtung behandelten. Und schließlich, daß er zwar nicht übermäßig freigebig war, jedoch mehrfach Anlaß zu der Annahme gegeben hatte, es handele sich bei ihm um einen wohlhabenden Mann. Nachdem das erledigt war, begab ich mich in den Empfangsraum des Hotels und wartete dort auf sein Kommen, in der Hoffnung auf eine Gelegenheit, seine Reaktion zu beobachten, wenn der Hotelsekretär ihm Mary Leavenworths merkwürdigen Brief überreichen würde.»

«Ist es Ihnen gelungen?»

«Nein, im entscheidenden Moment stellte sich so ein ungeschickter Tölpel von einem Kerl zwischen uns, und ich verpaßte den Augenblick, um zu sehen, was ich sehen wollte. Aber noch am selben Abend hörte ich vom Hotelsekretär und den anderen Angestellten, daß man seit Erhalt des Briefes eine ungewohnte Erregtheit an ihm wahrnehmen konnte, und ich war überzeugt, auf der richtigen Spur zu sein. Ich teilte meine Männer entsprechend ein, und während der folgenden zwei Tage war Mr. Clavering von allen Männern, die je überwacht worden sind, der am strengsten überwachte. Doch wir gewannen nichts daraus; falls er überhaupt Interesse an dem Mord hegte, verbarg er es jedenfalls gut, und obwohl er in den Straßen umherlief, die Zeitungen studierte und sich ständig, wie ein Geist, in der Nähe des Haus an der Fifth Avenue aufhielt, sah er nicht nur davon ab, es tatsächlich aufzusuchen, sondern unternahm auch keinerlei Versuche, Kontakt mit der Familie aufzunehmen. In der Zwischenzeit liefen Sie mir über den Weg und stachelten mich mit Ihrer eigenen Entschlossenheit zu verstärkten Anstrengungen an. Da ich aufgrund Mr. Claverings Benehmen und des Klatsches, den ich mittlerweile über ihn zusammengetragen hatte, zu der Überzeugung gelangt war, daß es nur einem Gentleman und Freund gelingen konnte, den Schlüssel zu seiner Verbindung mit den Leavenworths zu finden, überließ ich den Herrn Ihnen und ...»

«Stellten fest, daß ich ein eher unfügsamer Mitarbeiter bin.»

Mr. Gryce lächelte ungefähr so, als hätte man ihm eine saure Pflaume in den Mund gestopft, sagte jedoch nichts, und so entstand eine kurze Pause.

«Dachten Sie daran, sich zu erkundigen», fragte ich schließlich, «ob jemand wußte, wo Mr. Clavering am Abend des Mordes gewesen war?»

«Ja, aber ohne rechtes Ergebnis. Alle waren sich einig, daß er am fraglichen Abend ausgegangen war, und auch, daß er am Morgen, als der Kammerdiener hereinkam, um Feuer zu machen, in seinem Bett lag, aber niemand schien Näheres zu wissen.»

«So daß Sie also im Grunde nichts zutage förderten, das den Mann mit dem Mord in Zusammenhang brachte, mit Ausnahme seines auffälligen, heftigen Interesses daran und des Umstands, daß eine Nichte des Ermordeten ihm einen Brief geschrieben hatte?»

«Das ist alles.»

«Noch eine Frage: Erfuhren Sie, wie und um welche Zeit er an jenem Abend in Besitz einer Zeitung gelangte?»

«Nein, ich hörte nur, daß mehr als eine Person beobachtete, wie er mit der Post in der Hand aus dem Speisesaal rannte und sich, ohne sein Abendessen anzurühren, sogleich auf sein Zimmer zurückzog.»

«Mmh, das sieht aus ...»

«Falls Mr. Clavering von dem Verbrechen wußte, und zwar schuldhaft wußte, hätte er sein Abendessen entweder bestellt, bevor er die Zeitung aufschlug, oder es nach der Bestellung auch gegessen.»

«Dann glauben Sie also nicht, nach allem, was Sie gehört haben, daß Mr. Clavering der Schuldige ist?»

Mr. Gryce rutschte unbehaglich hin und her, warf einen Blick auf die Blätter, die aus meiner Manteltasche hervorlugten, und rief: «Nach allem, was Sie erfahren haben, bin ich bereit, mich davon überzeugen zu lassen, daß er es ist.»

Dieser Satz erinnerte mich wieder an meine Aufgabe. Ich tat, als hätte ich seinen Blick nicht bemerkt, und verlegte mich erneut auf meine Fragen.

«Wie haben Sie herausgefunden, daß Mr. Clavering letzten Sommer in der Stadt war? Ebenfalls im Hoffman House?»

«Nein, dessen vergewisserte ich mich auf ganz andere Weise. Kurz gesagt, ich verfüge über Nachricht aus London.»

«Aus London?»

«Ja, ich habe dort einen Freund in derselben Branche, der mir auf Anfrage zuweilen mit Informationen unter die Arme greift.»

«Aber wie? Sie hatten seit dem Mord doch keine Zeit, nach London zu schreiben und bereits eine Antwort zu erhalten.»

«Ich brauche nicht zu schreiben. Es genügt, daß ich ihm den Namen einer Person telegraphiere, er versteht dann, daß ich alles über jene Person wissen möchte, was er innerhalb einer angemessenen Frist zusammentragen kann.»

«Und Sie übermittelten ihm Mr. Claverings Namen?»
«Ja, chiffriert.»
«Und erhielten Antwort?»
«Heute morgen.»
Ich sah zu seinem Schreibtisch hinüber.
«Dort liegt sie nicht», sagte er, «aber wenn Sie so liebenswürdig wären, in meine Brusttasche zu fassen, werden Sie dort einen Brief finden ...»
Ich hielt ihn in der Hand, bevor er den Satz vollenden konnte. «Verzeihen Sie mir meinen Übereifer», sagte ich. «Ich bin neu in diesem Geschäft.»
Er bedachte das alte, verblichene Gemälde, welches vor ihm an der Wand hing, mit einem nachsichtigen Lächeln. «Übereifer selbst ist kein Fehler, nur, ihn zu zeigen. Aber lesen Sie vor, was Sie in der Hand halten. Lassen Sie uns hören, was mein Freund Brown uns über Mr. Henry Ritchie Clavering, wohnhaft Portland Place, London, zu berichten hat.»
Ich hielt das Schreiben ins Licht und las folgendes:

Henry Ritchie Clavering, Gentleman, 43 Jahre alt. Geboren in ---, Hertfordshire, England. Vater Chas. Clavering, diente kurz in der Armee. Mutter Helen Ritchie aus Dumfriesshire, Schottland. Lebt noch, und zwar bei H.R.C. am Portland Place, London. H.R.C. ist Junggeselle, 1,80 m groß, breitschultrig, wiegt etwa 76 kg. Dunkle Gesichtsfarbe, regelmäßige Züge. Dunkelbraune Augen, gerade Nase. Wird als gutaussehend bezeichnet; rascher, hochaufgerichteter Gang. Gilt in seinen Kreisen allgemein als guter Kerl, ist beliebt, vor allem bei den Damen. Großzügig, aber nicht extravagant, verfügt angeblich über etwa 5000 Pfund pro Jahr, und was man sieht, unterstreicht diese Behauptung. Sein Vermögen besteht aus einem kleinen Gut in Hertfordshire und Geldanlagen, genaue Beträge unbekannt. Da ich bereits so ausführlich schreibe, hier etwas, das ein Mitarbeiter bezüglich seiner Vergangenheit mitteilt: Ging 1846 nach Eton, wohnte bis dahin bei seinem Onkel. Von Eton nach Oxford, Abschluß des Studiums

1856. Guter Student. 1855 starb der Onkel, der Vater erbte den Besitz. Starb 1857 bei Sturz vom Pferd oder ähnlichem Unfall. Kurze Zeit später übersiedelte H.R.C. mit seiner Mutter nach London, an erwähnte Adresse, wo sie bis heute wohnen.

Unternahm 1860 ausgedehnte Reisen, teilweise in Gesellschaft von --- aus München, außerdem mit den Vandervorts aus New York; reiste bis nach Kairo (das östlichste Ziel). Fuhr 1875 allein nach Amerika, kehrte jedoch nach drei Monaten wegen Krankheit der Mutter zurück. Was er unternahm, während er sich in Amerika aufhielt, ist hier nicht bekannt.

Erfuhren von den Angestellten, daß er seit seiner Kindheit Liebling aller war. Ist seit neuestem eher wortkarg. Bevor er abreiste, behielt er aufmerksam die eingehende Post im Auge, vor allem Briefe aus dem Ausland. Versandte selbst kaum etwas, abgesehen von Zeitungen. Schickte Brief nach München. Habe zerrissenen, an Amy Belden gerichteten Briefumschlag ohne weitere Adresse im Papierkorb gesehen. Amerikanische Korrespondenzpartner überwiegend in Boston, zwei in New York. Namen unbekannt, aber angeblich Bankiers. Brachte beim letzten Mal beträchtliches Gepäck mit und ließ Teil des Hauses herrichten, als wäre er für eine Dame bestimmt. Wurde jedoch bald wieder abgeschlossen. Reiste vor zwei Monaten nach Amerika ab. Hält sich dort meines Wissens im Süden auf. Schickte zwei Telegramme an den Portland Place. Seine Freunde hören nur selten von ihm. Kürzlich trafen aus New York Briefe ein. Einer mit dem letzten Dampfschiff, aus F., New York.

Wird geschäftlich vertreten von ---. Den Landbesitz verwaltet --- von --- .

Brown.

Das Blatt fiel mir aus der Hand.

F., New York, war eine Kleinstadt in der Nähe von R. «Ihr Freund ist ein Pfundskerl», verkündete ich. «Er teilt mir exakt das mit, was ich sehnsüchtig wissen wollte.» Ich nahm mein Notizbuch zur Hand und notierte mir die Fakten, welche mir beim Lesen des Schriftstücks am eindrücklichsten aufgefallen waren.

«Unter Zuhilfenahme dessen, was er hier berichtet», rief ich aus, «werde ich dem Geheimnis Henry Claverings binnen einer Woche auf die Spur kommen, wetten …?!»

«Und wann», erkundigte sich Mr. Gryce, «darf ich auf die Erlaubnis hoffen, bei dem Spiel mitzumischen?»

«Sobald ich mich ausreichend vergewissert habe, auf der rechten Spur zu sein.»

«Was brauchen Sie, um sich zu vergewissern?»

«Nicht viel, nur die Bestätigung eines bestimmten Umstands, und …»

«Moment mal, vielleicht kann ich Ihnen das ja abnehmen?» Mr. Gryce blickte zu seinem Schreibtisch in der Zimmerecke hinüber, bat mich, die oberste Schublade zu öffnen und ihm die halbverbrannten Blätter zu bringen, welche ich dort finden würde.

Ich beeilte mich, der Aufforderung nachzukommen, holte die drei oder vier zerfetzten Papierstreifen herbei und legte sie auf den Tisch an seiner Seite.

«Ein weiteres Ergebnis von Fobbs' Nachforschungen unter den Kohlen am ersten Tag der Vernehmung», bemerkte Mr. Gryce knapp. «Sie dachten, der Schlüssel sei alles gewesen, was er fand. Nun, er war nicht alles. Bei einem nochmaligen Umwenden der Kohlen tauchten diese äußerst interessanten Papierstücke auf.»

Ängstlich gespannt beugte ich mich sogleich über die zerrissenen, verkohlten Streifen. Es waren ihrer vier, und auf den ersten Blick erschienen sie wie die bloßen Überreste eines regulären Blatts Schreibpapier, das man in längliche Streifen zerrissen und zu Fidibussen zusammengerollt hatte; bei genauerer Betrachtung indessen konnte man auf einer Seite Schriftzüge und, was noch weitaus bedeutsamer war, Blutspuren – mehrere Tropfen – ausmachen. Letztere Entdeckung erfüllte mich mit Grauen, und einen Augenblick lang war ich so überwältigt, daß ich die Papierstücke niederlegte und mich fragend an Mr. Gryce wandte:

«Was können Sie daraus erkennen?»

«Gerade wollte ich Sie dasselbe fragen?»

Ich schluckte meinen Abscheu hinunter und nahm sie erneut zur Hand. «Scheinen die Überreste eines alten Briefes zu sein.»

«So sieht es aus», antwortete Mr. Gryce leicht verstimmt.

«Eines Briefs, der mit der beschriebenen Seite nach oben zur Mordzeit auf Mr. Leavenworths Schreibtisch gelegen haben muß, den Blutstropfen nach zu urteilen ...»

«Stimmt auffallend.»

«Die Streifen sind alle gleich breit, außerdem rollen sich solche Streifen in der Regel nach einer Weile wie von selbst zusammen. Daraus läßt sich schließen, daß der Brief zunächst gleichmäßig zerrissen wurde, worauf sich die Streifen einzeln zusammenrollten; erst dann warf man sie in den Kamin, wo sie später gefunden wurden.»

«Sehr gut», sagte Mr. Gryce, «fahren Sie fort.»

«Die Handschrift ist die eines gebildeten Herrn, daß heißt, insofern man sie überhaupt entziffern kann. Mr. Leavenworths ist es nicht, seine Handschrift würde ich auf der Stelle erkennen, dafür habe ich sie in letzter Zeit zu oft studieren können, aber es könnte – Moment mal!» rief ich plötzlich aus, «gibt es hier Leim, ich glaube nämlich, wenn ich diese Streifen auf ein Blatt Papier aufkleben würde, so daß sie flach blieben, wäre ich besser in der Lage, Ihnen zu sagen, was ich davon halte.»

«Leim steht auf dem Schreibtisch», antwortete Mr. Gryce.

Ich holte den Leim und betrachtete die Streifen prüfend ein zweites Mal, um nach Anhaltspunkten zu suchen, die mir helfen würden, sie in eine Ordnung zu bringen. Sie wiesen mehr ausgeprägte Merkmale auf, als ich vermutet hatte: der längste, am vollständigsten erhaltene Streifen, auf dessen oberen Ende «Mr. Hor» stand, stellte sich gleich beim ersten Hinsehen als linker Rand des Briefs heraus, und die mechanisch beschnitte-

House
1 März 1845

Mr. Hor

Sehr geehrter
eine Nich
er Sie
eine andern, die der Liebe und des Vertrauens
an sein sch
jedo an
Mann
könn
on, so reiz
ihr Gestr
ihre Gest
Rede
eine Rose ohn
ose ist
keine Ausnahm
end, wie sie
ist, so bez
liebenswürdig,
wie sie ist
imstande,
die Red
r vertraute
Küße

des sa
ihre
willen. Wenn
sie geradewegs
grausames
Gesicht, wa
ist, ihr
ängste Da
Adieu

ne Kante des zweitlängsten diente als ausreichender Hinweis darauf, daß es sich hierbei um den rechten Rand handelte. Diese beiden also nahm ich und klebte sie in dem Abstand auf ein Blatt, in dem sie sich ohnehin befunden hätten, wenn beide von einem regulären Stück Briefpapier abgerissen worden wären. Es wurde sogleich erkennbar, daß man zwei weitere Streifen der gleichen Breite brauchen würde, um den Zwischenraum zu füllen, und daß der Text nicht am unteren Rand des Blattes endete, sondern sich auf einer zweiten Seite fortsetzte.

Ich besah mir die Kante des dritten Streifens, der oben gerade abgeschnitten war; die Anordnung der Wörter darauf zeigte, daß er den Rand einer neuen Seite bildete. Ich leimte ihn auf ein zweites Blatt und untersuchte nun den vierten, der zwar oben, aber nicht seitlich glatt war; ich wollte ihn dem bereits angeklebten Stück anfügen, aber die Worte paßten nicht zusammen. Deswegen verschob ich ihn und befestigte ihn an der Stelle, wo der dritte Streifen (von vieren bei einem gleichmäßig zerrissenen Stück Papier) seinen Platz gehabt hätte.

«Gut gemacht!» rief Mr. Gryce. Und als ich es ihm unter die Nase hielt, meinte er: «Zeigen Sie es nicht mir. Studieren Sie es selbst, und erzählen Sie mir, was Sie darüber denken.»

«Soviel ist gewiß», sagte ich, «daß es sich um einen Brief an Mr. Leavenworth handelt, geschrieben in irgendeinem 'House', mit dem Datum – Moment – ist das wohl ein z?» Und ich wies auf den Buchstaben, den man auf der Zeile unter dem Wort «House» eben noch erkennen konnte.

«Ich nehme es an, aber fragen Sie mich nicht.»

«Es muß ein z sein. Das Jahr ist 1875, weder Januar noch Februar hören mit diesem Buchstaben auf. Der Brief ist also auf den 1. März 1876 datiert, und unterzeichnet ...»

Vor Begeisterung rollte Mr. Gryce seine Augen zur Zimmerdecke.

«Von Henry Clavering», verkündete ich, ohne zu zögern.

Mr. Gryces Augen richteten sich wieder auf seine eingewickelten Fingerspitzen. «Woher wissen Sie das?»

«Warten Sie, ich zeige es Ihnen.»

Ich holte die Karte aus der Tasche, welche Mr. Clavering, um sich vorzustellen, mir während unseres kürzlichen Gesprächs überreicht hatte, und legte sie unter die letzte Zeile auf dem zweiten Blatt. Ein Blick genügte. Henry Ritchie Clavering auf der Karte; H---tchie--- in derselben Schrift auf dem Brief.

«Clavering also», sagte er, «ein Zweifel ist ausgeschlossen.» Doch ich bemerkte, daß es ihn nicht überraschte.

«Und jetzt zum Inhalt, worum geht es?» Ich setzte meine Untersuchung fort.

Ich begann am Anfang und las die Worte vor, so wie sie kamen, mit Pausen bei den Lücken, und dabei ergab sich ungefähr folgendes.

«Mr. Hor---Sehr geehrter---eine Nichte, der Si---eine zudem, die der Liebe und des Vertraue---zu sein schei---jeder andere Mann --kön---ön, so reiz---sind ihr Gesicht, ihre Gest---Rede.---ine Rose ohne---ose ist keine Ausnahme---zend, wie sie ist, so bez--- liebenswürdig, wie sie ist, sie---stande, die Rechte---r ihr vertraute---t Füßen---ihn, in d---ie steht---Ehre---illen.

Wenn---t glauben---sie---geradewegs---grausames---Gesicht---was---ist. ihr---tänigster Dien---

H---tchie---

«Klingt wie eine Beschwerde über eine von Mr. Leavenworths Nichten», sagte ich und zuckte bei meinen eigenen Worten zusammen.

«Was ist los?» rief Mr. Gryce, «was haben Sie?»

«Das Erstaunliche ist», sagte ich, «daß ich von diesem Brief bereits gehört habe. Es handelt sich in der Tat um eine Beschwerde über eine von Mr. Leavenworths Nichten, und Henry Clavering hat ihn geschrieben.» Ich erzählte ihm, was Mr. Harwell mir berichtet hatte.

«Aha, Mr. Harwell hat also doch geredet! Ich dachte, er würde aus Prinzip den Mund halten!»

«Mr. Harwell und ich sind einander während der vergangenen beiden Wochen beinahe täglich begegnet», erwiderte ich. «Es wäre seltsam, wenn er mir nichts gesagt hätte.»

«Und er behauptet, einen Brief von Mr. Clavering an Mr. Leavenworth gelesen zu haben?»

«Ja, aber den genauen Wortlaut habe er vergessen.»

«Diese paar Worte hier sollten ihm helfen, sich den Rest zu vergegenwärtigen.»

«Ich würde es vorziehen, wenn wir ihn nicht in die Existenz dieses Beweisstücks einweihen würden. Ich halte nichts davon, irgend jemanden ins Vertrauen zu ziehen, solange wir es vermeiden können.»

«Das tun Sie allerdings nicht», bemerkte Mr. Gryce trocken.

Ich tat, als hätte ich seine Anspielung nicht gehört, nahm die Blätter erneut in die Hand und fing an, jene verstümmelten Wörter herauszusuchen, die wir meiner Meinung nach guten Gewissens vervollständigen konnten, als da waren

Hor-, Si-, schei-, -ön, reiz-, Gest-, -stande, -t Füßen, -tänigster Dien-.

Hierauf schlug ich vor, solche Wörter einzufügen, welche sinngemäß notwendig waren, zum Beispiel Leavenworth nach Horatio; Herr nach Sehr geehrter; haben mit einem möglichen Sie vor eine Nichte; Dornen nach der Wortkombination Rose ohne; treten nach mit Füßen; dessen nach in; Schuld vor steht; Sie mir nicht nach Wenn; fragen Sie nach glauben; schönes nach grausames.

Zwischen die Wortsäulen, welche sich auf diese Weise ergaben, fügte ich hier und da ein, zwei Ausdrücke ein, bis sich schließlich folgender Wortlaut ergab:

___ House
1. März 1875

Mr. Horatio Leavenworth
Sehr geehrter Herr!

(Sie) haben eine Nichte, der Sie eine zudem, die der Liebe und des Vertrauens würdig zu sein scheint jeder andere Mann könnte schön, so reizend sind ihr Gesicht, ihre Gestalt Gespräch. Doch keine Rose ohne Dornen und (diese) Rose ist keine Ausnahme reizend, wie sie ist, so bezaubernd (wie sie ist), so liebenswürdig, wie sie ist, sie ist imstande, die Gefühle der ihr vertraute, mit Füßen zu treten, ihn, in dessen Schuld sie steht Ehre willen.

Wenn Sie mir nicht glauben, fragen Sie sie geradewegs grausames, schönes Gesicht was ist (ihr) untertänigster Diener Ihr

Henry Ritchie Clavering

«Ich denke, das genügt», sagte Mr. Gryce, «jetzt haben wir den allgemeinen Sinn, und das ist alles, was wir derzeit brauchen.»

«Der Brief klingt alles andere als schmeichelhaft für die Dame, für die er nichts als Schelte übrig hat», gab ich zu bedenken. «Er muß einen verzweifelten Grund zur Klage verspürt oder zumindest einen triftigen Anlaß dafür gesehen haben, sonst hätte er sich nicht zu einer so unverblümten Ausdrucksweise eine Frau betreffend hinreißen lassen, die er trotz allem als liebenswürdig, reizend, schön bezeichnet.»

«Ein Grund zur Klage eignet sich durchaus als Auslöser rätselhafter Verbrechen.»

«Ich glaube, ich weiß, was der Grund war», sagte ich, «muß aber» – als ich sah, wie er hochblickte – «zum jetzigen Zeitpunkt davon Abstand nehmen, Ihnen meinen Verdacht zu unterbreiten. Meine Theorie ist bisher nicht ins Wanken geraten, gewissermaßen sogar bestätigt worden, mehr kann ich nicht sagen.»

«Der Brief liefert Ihnen demnach nicht den fehlenden Zusammenhang, den Sie noch brauchen?»

«Nein, er bildet ein wertvollen Anhaltspunkt, stellt allerdings nicht den Zusammenhang her, nach dem ich suche.»

«Dennoch muß er ein wichtiges Beweisstück sein, sonst hätte Eleanore Leavenworth sich nicht der Mühe unterzogen, ihn zunächst, so wie sie es tat, vom Schreibtisch ihres Onkels zu entwenden, und ihn dann ...»

«Augenblick mal», sagte ich, «wie kommen Sie darauf, dies sei das Schriftstück, welches sie an jenem schicksalhaften Morgen vom Schreibtisch ihres Onkels weggenommen hat beziehungsweise genommen haben soll?»

«Weil es zusammen mit dem Schlüssel gefunden wurde, den sie, wie wir de facto wissen, in den Kamin geworfen hat, und weil Blutspuren darauf sind.»

Ich schüttelte den Kopf. Sie hatte mir versichert, das von ihr entwendete Schriftstück wäre vernichtet worden, doch natürlich war es möglich, daß sie es zwar annahm, es aber nicht mit Bestimmtheit wissen konnte.

«Warum schütteln Sie den Kopf?» fragte Mr. Gryce.

«Weil mich Ihre Begründung für die Vermutung, dies sei das Papier, welches sie von Mr. Leavenworths Tisch genommen hat, nicht zufriedenstellt.»

«Und warum?»

«Erstens», sagte ich, «weil Fobbs nichts davon erwähnt hat, irgendwelches Papier in ihren Händen gesehen zu haben, als sie sich über das Feuer beugte, was uns zu der Schlußfolgerung bringt, daß diese Streifen auch in dem Häufchen Kohlen gesteckt haben können, welches sie nachlegte; dies wiederum wäre, wie Sie zugeben müssen, ein merkwürdiger Ort, um dort ein Schriftstück zu verstecken, das sie sich so mühevoll verschafft hatte. Zweitens, weil die Streifen zusammengerollt waren, als hätte man sie als Papierhaarwickler oder ähnliches benutzt, ein Umstand, der Ihre Theorie schwerlich zuläßt.»

Die Augen des Detektivs wanderten verstohlen und mit einem Ausdruck großen Interesses in Richtung meiner Krawatte, was ungefähr das nächste war, das man sich in bezug auf Blickkontakt mit einem Gesicht bei Mr. Gryce vorstellen konnte.

«Sie sind ein schlauer Kerl», sagte er, «ein sehr schlauer Kerl. Ich bewundere Sie, Mr. Raymond.»

Ich war leicht überrascht und nicht uneingeschränkt erfreut über das unerwartete Kompliment. Einen Augenblick lang sah ich ihn bloß an, dann erkundigte ich mich: «Wie lautet Ihre Ansicht?»

«Ach, ich habe keine Ansicht. Ich habe derlei Sperenzchen aufgegeben, als ich die Angelegenheit in Ihre Hände legte.»

«Dennoch ...»

«Daß der Brief, dessen Überreste wir in diesen Streifen vor uns sehen, zum Zeitpunkt des Mords auf Mr. Leavenworths Schreibtisch lag, davon kann man ausgehen. Daß Miss Eleanore Leavenworth nach der Entfernung der Leiche ein Schriftstück von dem Tisch nahm, davon kann man ebenfalls ausgehen. Als sie merkte, daß man sie dabei beobachtet hatte, und sowohl Schriftstück als auch Schlüssel in das Zentrum der Aufmerksamkeit rückten, nahm sie Zuflucht zu einer List, um der Wachsamkeit des Beamten zu entgehen, der den Auftrag hatte, sie zu beschatten, was ihr auch teilweise gelang, denn sie konnte den Schlüssel in das Feuer werfen, aus dem später diese Papierstreifen geborgen wurden. All das wissen wir. Die Schlußfolgerungen überlasse ich Ihrem Urteilsvermögen.»

«Also gut», sagte ich und erhob mich, «sehen wir für den jetzigen Zeitpunkt von Schlußfolgerungen ab. Erst muß ich Gewißheit haben, ob eine bestimmte Theorie von mir richtig oder falsch ist, nur dann hat mein Urteil hierüber – und auch über alles andere, das diese Angelegenheit betrifft – überhaupt einen Wert.»

Ich wartete eben noch darauf, daß er mir die Adresse seines Untergebenen X gab, für den Fall, ich bräuchte bei meinen Nachforschungen Unterstützung, woraufhin ich mich von Mr. Gryce verabschiedete und mich unverzüglich zu Mr. Veeleys Haus aufmachte.

XXIII. Geschichte einer schönen Frau

Fe, fi, fo, fum, I smell the blood of an Englishman.

Hi, ha, ho, hum, ich rieche das Blut eines Engländers.

VOLKSLIED

I hold you as a thing enskied and sainted.

Ich halte dich empor, wie etwas Himmlisches und Geheiligtes.

SHAKESPEARE: MASS FÜR MASS

«Haben Sie denn nie etwas davon gehört, unter welchen Umständen seine Ehe zustandekam?»

Mein Partner war es, der mir diese Frage stellte. Ich hatte ihn gebeten, mich über die Gründe für Mr. Leavenworths allseits bekannte Abneigung gegen die Engländer aufzuklären.

«Nein.»

«Denn falls sie Ihnen bekannt wären», fuhr er fort, während er sich im Bett aufrichtete – noch hatte er sich von seiner Krankheit nicht vollständig erholt, «bräuchten Sie mich nicht um Aufklärung zu ersuchen. Es wundert mich allerdings nicht, daß Sie nichts darüber wissen. Vermutlich gibt es kaum eine Handvoll Menschen, die Ihnen erzählen können, wo Horatio Leavenworth jenes liebliche Geschöpf gefunden hat, das später seine Frau wurde, geschweige denn, daß sie Einzelheiten über die Umstände wissen, die zu jener Eheschließung führten.»

«Ich darf mich demnach glücklich schätzen, jemanden zu kennen, der hierzu in der Lage ist. Was geschah damals?»

«Es wird Ihnen nicht unbedingt weiterhelfen, das zu wissen, aber weil Sie gefragt haben, will ich Ihnen antworten. Horatio Leavenworth war ein sehr ehrgeiziger junger Mann, so ehrgeizig, daß er eine Zeitlang alles daransetzte, eine reiche Erbin aus Providence zu heiraten. Es traf sich jedoch, daß er auf einer Reise nach England eine junge Frau kennenlernte, deren Liebreiz und Charme ihn restlos überwältigten. Er gab jeden Gedanken an die Dame aus Providence auf. Es dauerte allerdings geraume Zeit, bis er sich mit der Vorstellung anfreunden konnte, jene, die ihn so fesselte, tatsächlich zu heiraten. Sie lebte nämlich nicht nur in den bescheidensten Verhältnissen, ihr war auch eine schwere Bürde auferlegt – sie hatte ein Kind.

Die Nachbarn behaupteten, den Vater nicht zu kennen, sie selbst schwieg sich über seine Person aus. Es kam jedoch, wie es in solchen Fällen unweigerlich kommt – Liebe und Faszination triumphierten über jegliche praktische Vernunft. Er tat den entscheidenden Schritt, nahm seine Zukunft in beide Hände und bot sich ihr als Ehemann an. Sie erwies sich seiner Wertschätzung als würdig, indem sie ihm sogleich jene Aufklärung zuteil werden ließ, die er – jeder Zoll ein Gentleman – nie von ihr gefordert hätte.

Sie hatte eine wahrlich beklagenswerte Geschichte zu erzählen. Von Geburt her war sie Amerikanerin, ihr Vater ein angesehener Kaufmann aus Chicago. Zu seinen Lebzeiten führte sie ein Leben voller Luxus; er starb allerdings in der Zeit, als sie eben zur Frau erblühte. Bei seinem Begräbnis begegnete sie dem Mann, der ihr Schicksal werden sollte. Den Grund für seine Anwesenheit erfuhr sie nie, er war jedenfalls kein Freund ihres Vaters gewesen. Es genügt jedoch zu wissen, daß er an dem Begräbnis teilnahm und sie dort kennenlernte. Binnen dreier Wochen – erschrecken Sie nicht, sie war noch ein solches Kind – waren sie verheiratet. Binnen weiterer vierundzwanzig Stunden wußte sie, was das Wort für sie bedeutete: Schläge. Everett, ich habe die Geschichte nicht erfunden. Am Tag nach der Hochzeit kam der Ehemann betrunken nach Hause, sie stand ihm im Weg, er schlug sie nieder. Aber das war lediglich der Anfang. Als der Nachlaß ihres Vaters geordnet wurde und sich herausstellte, daß es weniger als erwartet zu holen gab, verschleppte er sie nach England. Er brauchte nicht einmal betrunken zu sein, um sie zu mißhandeln. Weder bei Tag noch bei Nacht entging sie seiner Grausamkeit. Noch bevor sie sechzehn Lenze zählte, hatte sie sämtliche Spielarten menschlichen Leidens durchgemacht, und zwar nicht unter der Fuchtel eines ungehobelten, gemeinen Grobians, sondern in den Händen eines eleganten, gutaussehenden Herrn, der Luxus über alle Maßen liebte. Er besaß einen vollendeten Geschmack, eine tadellose Erscheinung war ihm so wichtig, daß er eher eines ihrer Gewänder ins Feuer warf als mitanzusehen, wie sie sich in einer Robe in Gesellschaft begab, welche sie seiner Meinung nach nicht angemessen kleidete. Sie ertrug es bis zur Geburt ihres Kindes, dann entfloh sie.

Zwei Tage, nachdem das Kleine das Licht der Welt erblickt hatte, erhob sie sich von ihrem Bettlager, nahm das Baby und flüchtete aus dem Haus. Die wenigen Kleinode, die sie eingesteckt hatte, ernährten sie, bis sie sich einen kleinen Laden eingerichtet hatte. Das Leben, welches sie von nun an führte, glich – wie nicht anders zu erwarten – dem Leben aller Menschen gehobener Herkunft und Bildung, wenn sie in Situationen geraten, welche mit ihrer früheren Erziehung und ihren angeborenen Verhaltenweisen nicht in Einklang stehen. Von ihren Gatten sah und hörte sie nichts mehr, bis sie aus der Zeitung von seinem Tod erfuhr. Das geschah ungefähr zwei Wochen, bevor Horatio Leavenworth ihr zum ersten Mal begegnete. Sie war also frei.

Doch obwohl sie Horatio Leavenworth von ganzem Herzen liebte, weigerte sie sich, ihn zu heiraten. Ihr war, als hätte jenes eine Jahr, in welchem sie mißhandelt und durch den Schmutz gezogen worden war, sie auf immer befleckt und besudelt. Nichts, was er sagte, vermochte sie umzustimmen. Erst als ihr Kind, einen Monat nach seinem Antrag, gestorben war, willigte sie ein. Sie reichte ihm ihre Hand und damit den Rest ihres unglückseligen Lebens. Er brachte sie nach New York, überhäufte sie mit Luxus, mit jeder erdenklichen Aufmerksamkeit und Zärtlichkeit, doch der Pfeil saß zu tief. Zwei Jahre, nachdem ihr Kind den letzten Atemzug getan hatte, verschied auch sie. Einen ärgeren Schlag erfuhr Horatio Leavenworth in seinem Leben kein zweites Mal; er war fortan nicht mehr der alte. Zwar kamen Mary und Eleanore nur kurze Zeit später zu ihm ins Haus, seine frühere Unbeschwertheit jedoch erlangte er niemals wieder. Geld wurde sein höchstes Gut, sein Abgott. Der Ehrgeiz, ein gewaltiges Vermögen anzuhäufen und zu hinterlassen, bestimmte fortan seine Sicht der Welt. Es gab jedoch einen Beweis dafür, daß er seine Gemahlin aus Jugendzeiten nie vergaß: man durfte nicht einmal das Wort 'Engländer' in seiner Gegenwart aussprechen, er ertrug es nicht.»

Damit endete Mr. Veeleys Bericht. Ich erhob mich, um aufzubrechen. «Erinnern Sie sich daran, wie Mrs. Leavenworth aussah?» fragte ich. «Könnten Sie sie mir beschreiben?»

Meine Frage überraschte ihn ein wenig, aber er antwortete ohne jedes Zögern: «Sie war auffallend bleich, keine Schönheit im herkömmlichen Sinne, besaß jedoch feingemeißelte Gesichtszüge und strahlte große Anmut aus. Sie hatte braunes Haar, graue Augen ...»

«Die weit auseinanderstanden?»

Er nickte, noch überraschter. «Woher wissen Sie das? Haben Sie ein Bild von ihr gesehen?»

Ich ließ die Frage unbeantwortet.

Auf der Treppe entsann ich mich, daß ein Brief für Mr. Veeleys Sohn Fred in meiner Tasche steckte. Um sicherzustellen, daß er ihn noch am selben Abend erhielt, schien es mir das beste, ihn auf den Tisch in der Bibliothek zu legen. Ich schritt auf die Tür jenes Raums zu, der sich in diesem Haus hinter den Empfangsräumen befand, und klopfte an. Da ich keine Antwort vernahm, öffnete ich die Tür und blickte hinein.

Der Raum war nicht beleuchtet, aber im Schein des lebhaften Kaminfeuers erblickte ich die Umrisse einer Frau, die davorkauerte. Ich hielt sie zunächst für Mrs. Veeley, doch während ich mich näherte und ihren Namen nannte, bemerkte ich meinen Irrtum, denn sie reagierte mit keiner Silbe. Außerdem hatte sie sich beim Klang meiner Stimme erhoben, und als ihre hochaufgerichtete Gestalt, über alle Maßen edel und anmutig, in voller Größe sichtbar wurde, schwand jeder Zweifel, daß es sich nicht um die zierliche kleine Gattin meines Partners handeln konnte.

«Verzeihen Sie mein unbeabsichtigtes Eindringen», sagte ich und wollte bereits das Zimmer verlassen. Irgend etwas jedoch ging von der Dame vor mir aus, das mich zurückhielt. In der Annahme, daß es sich um Mary Leavenworth handelte, fragte ich:

«Sind Sie es, Miss Leavenworth?»

Die edle Gestalt schien in sich zusammenzusinken, das graziös erhobene Haupt neigte sich vornüber. Einen Augenblick lang vermeinte ich, einem Irrtum erlegen zu sein. Doch alsbald richtete die Gestalt sich ohne Hast wieder auf, hob den Kopf, eine sanfte Stimme erklang, und ich vernahm ein gedämpftes «Ja». Hastig tat ich einen Schritt vorwärts, sah mich jedoch nicht Mary gegenüber, Marys brennendem, unverwandtem Blick, ihren scharlachroten, bebenden Lippen, sondern – Eleanore, jener Frau, deren Anblick von Anfang an in die tiefsten Tiefen meiner Seele gedrungen, jener Frau, deren Gemahl ich verfolgte, um ihn seinem gerechten Schicksal zu übergeben. Das jedenfalls dachte ich damals.

Meine Überraschung war zu groß, ich konnte mich weder dagegen wehren noch sie unterdrücken. Langsam, taumelnd wich ich zurück und murmelte eine Bemerkung dahingehend, ich habe sie für ihre Cousine gehalten. Mein Bewußtsein war von einem einzigen, übermächtigen Gedanken durchdrungen: der Anwesenheit jener zu entfliehen, in deren Nähe ich in meiner gegenwärtigen Verfassung nicht zu verweilen wagte. Aber

nun ließ sich ihre klangvolle, vor innerer Erregung bebende Stimme erneut vernehmen:

«Wollen Sie denn gehen, ohne mit mir zu sprechen, Mr. Raymond, jetzt, da wir uns in dieser Weise zufällig begegnen?» Vorsichtig trat ich einen Schritt auf sie zu. Sie fragte: «Wundern Sie sich sehr darüber, mich hier anzutreffen?»

«Ich weiß nicht – ich rechnete nicht damit...», stammelte ich, nicht eben zusammenhängend. «Ich habe gehört, Sie seien krank, an einem unbekannten Ort, wollten niemanden sehen, nicht einmal Ihre Freunde.»

«Ich war krank», erwiderte sie, «aber es geht mir besser, und ich bin hergekommen, um über Nacht bei Mrs. Veeley zu bleiben. Ich konnte es nicht länger aushalten, die Wände meines Zimmers anzustarren.»

Sie sprach ohne jeden klagenden Unterton, eher so, als hielte sie es für notwendig, ihre Anwesenheit zu entschuldigen.

«Ich freue mich, daß Sie hier sind», sagte ich. «Sie hätten sich von Anfang an hier aufhalten sollen. Jene trostlose, verlassene Pension ist nicht der rechte Platz für Sie, Miss Leavenworth. Uns alle betrübt es außerordentlich, daß Sie sich ausgerechnet jetzt in die Verbannung begeben.»

«Ich möchte niemanden betrüben», entgegnete sie. «Für mich ist es das beste, dort zu bleiben, wo ich bin. Ich lebe weder in der Verbannung noch bin ich allein. Ein kleines Mädchen wohnt ebenfalls dort, ihre unschuldigen Augen erkennen nichts als Unschuld in den meinen. Sie wird mich vor bodenloser Verzweiflung bewahren. Meine Freunde dürfen sich keine Sorgen machen, ich bin stark genug.» Sie sprach nahezu flüsternd weiter. «Nur eines beunruhigt mich zutiefst, und zwar, daß ich nicht weiß, was in unserem Haus vor sich geht. Das Leid kann ich ertragen, aber die Ungewißheit bringt mich beinahe um. Erzählen Sie mir bitte von daheim, von Mary! Mrs. Veeley kann ich nicht fragen. Sie ist sehr liebenswürdig, kennt aber weder mich noch Mary wirklich gut, und von der Verstimmung zwischen uns weiß sie nichts. Sie hält mich für halsstarrig und beschuldigt mich, meine Cousine in ihrem Kummer alleinzulassen. Aber Sie wissen, daß ich keine andere Wahl hatte. Sie wissen» – ihr versagte die Stimme, sie vollendete den Satz nicht.

«Viel kann ich Ihnen nicht berichten», beeilte ich mich zu erwidern, «aber ich werde Ihnen gewiß alles mitteilen, was ich selber weiß. Gibt es irgend etwas, das Sie mich insbesondere fragen möchten?»

«Ich würde gerne wissen, wie Mary sich befindet, ob es ihr gut geht und sie – ob sie gefaßt ist.»

«Ihrer Cousine ist nicht unwohl», antwortete ich, «aber ich fürchte, gefaßt vermag ich sie nicht zu nennen. Sie leidet Qualen, Miss Leavenworth. Der ungeheure Verlust, der sie überkommen hat, erdrückt sie schier. Außerdem steht sie Ihretwegen Ängste aus. Sie dürfen nicht meinen, sie mache sich keine Sorgen.»

«Treffen Sie häufig mit ihr zusammen?» fragte sie.

«Ich unterstütze Mr. Harwell dabei, das Manuskript Ihres Onkels für den Druck vorzubereiten. Es ist daher notwendig geworden, daß ich viel Zeit dort verbringe», erwiderte ich.

«Das Buch meines Onkels!» Entsetzen schwang in den Worten mit, so leise sie auch geäußert wurden.

«Ja, Miss Leavenworth. Man hielt es für angebracht, das Buch der Öffentlichkeit zugänglich zu machen und ...»

«Hat Mary Sie damit beauftragt?»

«Ja.»

Es schien, als könnte sie das Entsetzen, welches sie befallen hatte, kaum mehr abschütteln. «Wie konnte sie bloß? Oh, wie konnte sie bloß!»

«Sie glaubt, damit so zu handeln, wie es Ihrem Onkel gefallen würde. Es lag ihm, wie Sie wissen, sehr am Herzen, das Buch vor Juli veröffentlicht zu sehen. Sie entspricht lediglich seinem Wunsch...»

«Schweigen Sie still», rief sie aus und wich einen Schritt zurück, «ich kann es nicht hören.» Dann jedoch senkte sie die

Stimme, als fürchtete sie, mich mit diesem plötzlichen Ausbruch gekränkt zu haben, und sagte: «Allerdings weiß ich niemand, in dessen Händen ich diese Aufgabe lieber sähe als in Ihren. Sie werden die Arbeit mit Respekt und Achtung zu einem Abschluß bringen, ein Fremder hingegen – ich hätte es niemals ertragen, wenn ein Fremder sein Werk angerührt hätte.»

Ihr altes Entsetzen übermannte sie aufs neue, doch plötzlich richtete sie sich auf und murmelte: «Ich wollte Sie etwas fragen – ach, ich weiß schon ...»

Sie wandte sich um, bis sie unmittelbar vor mir stand.

«Ich würde gerne wissen, ob im Haus noch alles beim alten ist, dieselben Dienstboten und alle – alles andere ebenfalls?»

«Eine Mrs. Darrell wohnt jetzt dort, ansonsten wüßte ich nichts, was sich verändert hätte.»

«Hat Mary davon gesprochen zu verreisen?»

«Ich erinnere mich nicht.»

«Empfängt Sie Besucher? Menschen außer Mrs. Darrell, die ihr helfen, die Einsamkeit zu ertragen?»

Ein tödlich kalter Schauer durchlief mich. «Ja, einige wenige», antwortete ich.

«Würde es Ihnen etwas ausmachen, mir zu sagen, wer diese Leute sind?» erkundigte sie sich mit gedämpfter, aber klarer Stimme.

«Selbstverständlich nicht.» Aber ansehen konnte ich sie dabei nicht. «Vor allem Mrs. Veeley, Mrs. Gilbert, Miss Martin und ein – ein ...»

«Fahren Sie fort», wisperte sie.

«Ein Herr namens Clavering.»

«Den Namen zu nennen, macht Sie hörbar verlegen», sagte sie nach einem kurzen, unerträglichen Moment des Schweigens. «Darf ich fragen warum?»

Verwundert sah ich auf, blickte in ihr Gesicht. Sehr bleich war es und schimmerte im Schein des Feuers wie Marmor. Den Ausdruck beherrschter Ruhe darauf kannte ich bereits gut.

Erneut schlug ich die Augen nieder.

«Warum? Weil mir in Zusammenhang mit ihm einiges aufgefallen ist, das ich als äußerst sonderbar empfinde.»

«Inwiefern?» fragte sie.

«Er tritt unter zwei verschiedenen Namen auf. Zur Zeit ist es Clavering, vor kurzem noch war es ...»

«Sprechen Sie!»

«Robbins.»

Sanft raschelnd streifte ihr Kleid die gemauerte Einfassung des Kamins. Das Geräusch selbst klang unendlich trostlos, ihre Stimme hingegen entbehrte jeglichen Ausdrucks, ähnelte der eines Automaten.

«Wie oft hat jene Person, deren Namen Sie nicht mit Sicherheit bestimmen können, Mary bisher aufgesucht?»

«Einmal.»

«Wann?»

«Gestern abend.»

«Blieb er lange?»

«Ungefähr zwanzig Minuten.»

«Glauben Sie, daß er wiederkommen wird?»

«Nein.»

«Warum?»

«Er hat das Land verlassen.»

Eine kurze Pause trat ein. Ich spürte, wie ihre Augen mein Gesicht erforschten, bezweifle allerdings, daß ich in jenem Augenblick hätte aufblicken können, selbst wenn sie eine geladene Pistole in ihren Händen gehalten hätte.

«Mr. Raymond», sagte sie schließlich in verändertem Tonfall, «als wir uns das letzte Mal begegneten, teilten Sie mir mit, Sie wollten sich darum bemühen, mein Ansehen vor der Welt wiederherzustellen. Dieses war weder damals noch ist es heute mein Wunsch. Sie würden mich zumindest ein bißchen glücklich machen, wenn Sie mir versicherten, daß Sie dieses hoffnungslose Unterfangen aufgegeben haben oder aufgeben werden. Bitte tun Sie es, meinetwillen.»

«Unmöglich, ich kann nicht aufgeben», antwortete ich. «So sehr es mich auch bekümmert, Ihnen Pein zu bereiten – Sie müssen wissen, daß ich die Hoffnung, Sie zu rehabilitieren, nicht aufgeben werde, solange ich lebe.»

Sie streckte ihre Hände von sich. In dem rasch verglimmenden Feuerschein war diese flüchtige Gebärde hoffnungsloser Abwehr unbeschreiblich rührend anzusehen. Aber ich gab um keinen Zoll nach.

«Mir wäre noch im Grab keine Ruhe vergönnt, wenn ich aufgrund einer vorübergehenden Schwäche der unendlich süßen Ehre entsagen würde, dem Recht zu seinem Recht zu verhelfen und eine edle Frau aus unverdienter Schande zu erretten.» Ich merkte, daß sie hierauf nicht antworten würde, deshalb trat ich einen Schritt näher: «Gibt es denn keinen Liebesdienst, Miss Leavenworth, um den Sie mich bitten könnten, bevor wir voneinander scheiden? Eine Botschaft zu übermitteln oder etwas zu tun, das nur ein Freund tun kann?»

Sie verharrte nachdenklich. «Nein», erwiderte sie, «ich habe nur eine einzige Bitte, doch die wollen Sie mir nicht gewähren.»

«Meine Motive sind frei von Eigennutz», entgegnete ich. Bedächtig schüttelte sie den Kopf.

«Das denken Sie», murmelte sie, doch bevor ich antworten konnte, setzte sie hinzu: «Einen kleinen Gefallen könnten Sie mir allerdings erweisen.»

«Welchen?»

«Falls irgend etwas ans Tageslicht kommt, Hannah gefunden wird oder – oder meine Gegenwart aus irgendeinem Grund notwendig ist, lassen Sie mich nicht in Unkenntnis darüber, bitte. Sagen Sie mir alles, auch das Schlimmste, wenn es denn eintreten sollte, ohne Ausnahme.»

«Versprochen.»

«Nun gute Nacht. Mrs. Veeley wird jeden Augenblick zurückkehren, und es wäre Ihnen wohl schwerlich angenehm, wenn sie Sie hier vorfände.»

«Allerdings», sagte ich.

Dennoch verließ ich sie nicht sofort, sondern blieb stehen und betrachtete den flackernden Widerschein der Flammen auf ihrem schwarzen Kleid, bis die Gedanken an Clavering und meine Pflicht für den morgigen Tag wie kalter Stahl in mein Herz drangen. Also wandte ich mich zur Tür. An der Schwelle jedoch hielt ich erneut inne und blickte zurück. Das flackernde Feuer, welches allmählich erstarb! Die dräuenden Schatten, die sich vertieften! Und in ihrer Mitte ihre gramgebeugte Gestalt, das Gesicht im Dunkel, die Hände ineinandergekrampft! Ich sehe alles wieder vor mir, sehe es wie in einem Traum. Dann bricht Finsternis herein, und ich haste im grellen Glanz der Gaslaternen durch die Straßen zu meiner einsamen Heimstatt, traurig und allein.

XXIV. Eine Theorie und jede Menge Rauch

Oft expectation fails, and most oft there
Where most is promises; and oft it hits,
Where Hope is coldest, and Despair most sits.

Erwartungen enttäuschen oft, am häufigsten,
wenn sie am verheißungsvollsten wirken;
und oft werden sie Wirklichkeit,
wenn die Hoffnung am kältesten und die Verzweiflung am größten ist.

Shakespeare: Ende gut, Alles gut

Ich hatte, wie berichtet, Mr. Gryce mitgeteilt, daß ich nur darauf wartete, einen bestimmten Umstand bestätigt zu sehen, bevor ich es für gerechtfertigt hielte, ihm den Fall vorbehaltlos zu übergeben. Mein Hintergedanke dabei war, zunächst die Annahme, daß Henry Clavering im vergangenen Sommer denselben Badeort aufgesucht hatte wie Eleanore Leavenworth, entweder zu beweisen oder zu widerlegen.

Als ich daher am nächsten Morgen das Gästebuch des Union-Hotels zu R. in meinen Händen hielt, mußte ich meine gesamte Willenskraft aufbringen, um meine Ungeduld zu zügeln.

Die Spannung währte indes nicht lange. Nahezu augenblicklich erspähte ich seinen Namen, eine knappe halbe Seite unter den Namen Mr. Leavenworths und seiner Nichten. Ungeachtet dessen, was ich angesichts der Entdeckung, daß meine Vermutung der Wirklichkeit entsprach, gefühlt haben mag, war ich mir vor allem einer Tatsache bewußt: Ich befand mich nun im Besitz eines Hinweises, der zur Lösung des schrecklichen Rätsels beitragen würde.

Ich begab mich eilends zum Telegraphenamt, um dem Mann zu kabeln, dessen Unterstützung Mr. Gryce mir zugesagt hatte. Weil er sich erst um drei Uhr würde zu mir gesellen können, machte ich mich auf, Mr. Monell einen Besuch abzustatten. Mr. Monell war einer unserer Mandanten, er wohnte in R. Ich traf ihn tatsächlich in seinem Domizil an. Unsere zweistündige Unterredung war für mich eine Tortur. Nach außen hin mußte ich unbefangen wirken und Interesse an dem Gespräch bekunden, während ich schweren Herzens mit meiner ersten Enttäuschung fertigzuwerden hatte und mein Gehirn vor Erregung über die Arbeit, die es zu verrichten galt, glühte.

Ich erreichte den Bahnhof in dem Moment, da der Zug einfuhr. Ein einziger Passagier stieg aus, ein munterer junger Mann, dessen gesamte Erscheinung sich so beträchtlich von der Vorstellung unterschied, welche ich mir von X machte, daß ich sofort zu dem Schluß gelangte, er könne nicht derjenige sein, auf den ich wartete. Ich wandte mich darob enttäuscht zum Gehen, als er sich mir näherte und eine Karte überreichte, auf der nichts anderes gedruckt stand als ein ?. Selbst dann vermochte ich noch nicht zu glauben, Mr. Gryces listigsten, erfolgreichsten Agenten vor mir zu haben, doch dann trafen sich unsere Blicke. In der Tiefe seiner Augen sah ich ein solch durchdringendes Funkeln und angenehmes Zuzwinkern aufblitzen, daß sämtliche Zweifel schwanden. Mit allen Anzeichen der Befriedigung erwiderte ich seine knappe Verbeugung und bemerkte: «Sie sind pünktlich, das gefällt mir.»

Rasch nickte er mir ein zweites Mal zu. «Ich freue mich, daß Sie zufrieden sind, Sir. Pünktlichkeit ist eine zu leicht zu beherzigende Tugend, als daß ein Mann, der nach oben kommen will, sich gestatten könnte, sie nicht zu pflegen. Doch wie lauten Ihre Anordnungen? Der Zug in die Gegenrichtung fährt in zehn Minuten hier vorbei; wir haben keine Zeit zu verlieren.»

«Der Zug in die Gegenrichtung? Was haben wir damit zu schaffen?»

«Ich dachte, Sie würde ihn vielleicht gerne besteigen. Mr. Brown» – vielsagendes Blinzeln – «bricht in der Regel auf, sobald ich eingetroffen bin. Aber ich überlasse es Ihnen, ich lege weder auf das eine noch auf das andere Wert.»

«Ich möchte tun, was am klügsten erscheint.»

«In dem Fall sollten Sie so zügig wie möglich heimfahren.» Und er verneigte sich ein drittes Mal, zackig, geschäftsmäßig, bestimmt.

«Ich werde Sie alleinlassen, aber ich möchte, daß wir uns über eines recht verstehen. Sie kommen mit jeglicher Information zuallererst zu mir, denn gegenwärtig stehen Sie ausschließlich in meinen Diensten, und bis ich Ihnen erlaube zu sprechen, lautet die Parole 'Pst!'.»

«Jawohl, Sir. Wenn ich für Brown & Co. arbeite, arbeite ich für Brown & Co., wenn ich für Smith & Co. arbeite, dann für Smith & Co.»

«Sehr gut», sagte ich und händigte ihm einige Notizen aus, die ich noch in Mr. Monells Haus niedergeschrieben hatte. «Ihre Aufgaben.»

Er las sie recht sorgfältig durch, dann betrat er den Wartesaal und warf sie in den Ofen. Mit gedämpfter Stimme bemerkte er: «Falls ich einen Unfall haben sollte, mich der Schlag trifft oder ähnliches.»

«Aber ...»

«Keine Sorge, ich vergesse nie etwas. Ich habe ein hervorragendes Gedächtnis. Meinetwegen braucht keiner Papier und Bleistift zu benutzen.» Er lachte kurz, hurtig, es paßte zu einem Menschen, der aussah und redete wie er. «In ein, zwei Tagen werden Sie von mir hören.» Er verbeugte sich und entschwand forsch und unbekümmert auf der Straße, die vom Bahnhof wegführte, während mein Zug nach New York einfuhr.

Meine Anweisungen für X lauteten wie folgt:

1. Herausfinden, an welchem Tag und in Begleitung welcher Personen die Damen Leavenworth im Vorjahr in R. eingetroffen sind. Was sie dort unternommen und mit wem sie am häufigsten verkehrt haben. Außerdem das Datum ihrer Abreise, alle Einzelheiten, welche über ihre Gewohnheiten zu erfahren sind, etc.
2. Dito in bezug auf Mr. Henry Clavering, einen anderen Gast und vermutlichen Freund besagter Damen.
3. Den Namen einer Person mit diesen Merkmalen: Geistlicher, Methodist, etwa im Dezember verstorben, im Juli 1875 jedoch in einer Stadt wohnhaft, die von R. nicht weiter als zwanzig Meilen entfernt liegt.
4. Außerdem Namen und Aufenthaltsort eines Manns, der sich zu jenem Zeitpunkt im Dienst besagten Geistlichen befunden hat.

Ich würde mir selbst einen Gleichmut zuschreiben, über den ich leider nicht verfüge, wenn ich behauptete, daß ich die Zwischenzeit in einer normalen geistigen Verfassung zugebracht hätte. Nie dünkten mich zwei Tage so endlos wie jene beiden, welche zwischen meiner Rückkehr aus R. und dem Erhalt dieses Briefes vergingen:

Sehr geehrter Herr!

1. Besagte Personen trafen am 3. Juli 1875 in R. ein. Es handelte sich um eine Reisegesellschaft von vieren: die Damen, der Onkel und ein Mädchen namens Hannah. Der Onkel blieb drei Tage, danach begab er sich auf eine kurze Reise durch Massachusetts. War zwei Wochen abwesend; währenddessen wurden die Damen mehr oder minder häufig in Gesellschaft besagten Herrns gesehen, doch nicht häufig genug, um Gerede oder vieldeutige Bemerkungen zu verursachen. Zwei Tage nach Rückkehr des Onkels reiste unser Mann urplötzlich ab, am 19. Juli. Was die Gepflogenheiten der Damen betrifft: sie begaben sich gerne in Gesellschaft. Man sah sie bei Picknicks, Ausfahrten etc., auch im Ballsaal. M. war die Beliebtere. E. galt als überernst und, gegen Ende ihres Aufenthalts, als launisch. In Erinnerung bleibt, daß ihr Betragen oft sonderbar wirkte und sie von ihrer Cousine mehr oder minder geschnitten wurde.

Ein Zimmermädchen aus dem Hotel meint allerdings, daß sie die gütigste Dame gewesen wäre, die je auf Erden gewandelt sei. Kein besonderer Grund für diese Meinungsäußerung. Onkel, Damen und Dienstmädchen reisten am 7. August 1875 aus R. mit Bestimmungsort New York ab.

2. H.C. traf am 6. Juli 1875 in demselben Hotel in R. ein, begleitet von Mr. und Mrs. Vandervort, Freunden. Fuhr am 19. Juli wieder ab, zwei Wochen nach seiner Ankunft. Über ihn ist wenig in Erfahrung zu bringen. Man erinnert sich an ihn als an den gutaussehenden Herrn, der mit den Damen L. verkehrte, weiter nichts.

3. Der Methodistengeistliche von F., einem kleinen Ort ungefähr sechzehn, siebzehn Meilen von R. gelegen, hieß Samuel Stebbins. Im Juli vergangenen Jahres lebte er noch dort, starb aber am 7. Januar dieses Jahres.

4. Name des Manns, der damals für S.S. arbeitete, lautet Timothy Cook. War unterwegs, ist jedoch vor zwei Tagen nach F. zurückgekehrt. Falls erwünscht, läßt sich Treffen mit ihm einrichten.

«Aha!» sagte ich laut zu mir selbst, überrascht, aber befriedigt ob dieser Nachrichten. «Endlich etwas, womit wir arbeiten können.» Ich setzte mich nieder und entwarf folgende Antwort:

«T.C. unbedingt herbeischaffen. Außerdem jeden Hinweis, der beweisen könnte, daß H.C. und E.L. im vergangenen Juli oder August in Mr. S.' Haus getraut worden sind.»

Am nächsten Morgen traf folgendes Telegramm ein:

«T.C. auf dem Weg. Erinnert sich an eine Trauung. Kommt um zwei Uhr nachmittags zu Ihnen.»

Um drei Uhr des nämlichen Tags stand ich vor Mr. Gryce.
«Ich bin hier, um Ihnen Bericht abzustatten», verkündete ich.

Über sein Gesicht huschte der Hauch eines Lächelns. Mit einer gewissen Milde, die ihnen sicherlich wohl tat, betrachtete er seine bandagierten Finger. «Ich höre», sagte er.

«Mr. Gryce, erinnern Sie sich an die Schlußfolgerung, zu der wir bei unserer ersten Unterredung hier in Ihrem Arbeitszimmer gelangten?»

«Ich erinnere mich an die Schlußfolgerung, zu der Sie gelangten.»

«Ja, ja», gab ich leicht verdrossen zurück, «dann eben die, zu der ich gelangte. Sie lautete: wenn wir den Mann finden könnten, dem gegenüber Eleanore Leavenworth sich zu uneingeschränkter Liebe und Loyalität verpflichtet fühlt, würden wir entdecken, wer ihren Onkel ermordet hat.»

«Und Sie glauben, dies nunmehr festgestellt zu haben?»

«Jawohl.»

Seine Augen tasteten sich ein wenig näher an mein Gesicht heran. «Das klingt vielversprechend!» rief er. «Reden Sie weiter.»

«Als ich mich dem Unterfangen zuwandte, Eleanore Leavenworth von jeglichem Verdacht zu befreien, geschah es mit der Vorahnung, daß es sich bei jenem Mann um ihren Verehrer handeln könnte. Ich hatte allerdings keine Ahnung, daß er sich als ihr Ehemann herausstellen würde.»

Mr. Gryces Blick raste wie ein Kugelblitz in Richtung Zimmerdecke. «Was?» fragte er stirnrunzelnd.

«Der Verehrer Eleanore Leavenworths ist gleichzeitig ihr Gatte», wiederholte ich. «Mr. Clavering steht zu ihr in keiner geringeren Beziehung.»

«Wie haben Sie das herausgefunden?» verlangte Mr. Gryce zu wissen. Drückte sein barscher Ton Enttäuschung oder Mißbilligung aus?

«Das zu erörtern, stellt sich mir nicht als notwendig dar. Die Frage ist nicht, wie ich gewisse Aufschlüsse erlangt habe, sondern ob meine daraus folgernden Behauptungen der Wahrheit entsprechen. Ich bin allerdings der Meinung, daß sie zutreffen. Werfen Sie einen Blick auf diesen Überblick über bestimmte Ereignisse im Leben jener beiden Personen, die ich zusammengetragen habe. Sie werden mir gewiß zustimmen.»

Ich hielt ihm meine Notizen unter die Nase.

Vom 6. Juli 1875 bis zum 19. Juli desselben Jahres, also zwei Wochen, wohnten Henry R. Clavering, London, und Eleanore Leavenworth, New York, in demselben Hotel. Bewiesen durch Eintrag im Gästebuch des Union-Hotels zu R., New York.

Sie lebten nicht nur im selben Hotel, sie verkehrten auch mehr oder minder regelmäßig miteinander. Bewiesen durch Aussagen von Hotelangestellten.

19. Juli. Mr. Clavering reist urplötzlich aus R. ab. Dieses Ereignis wäre nicht weiter bemerkenswert, fiele es nicht unmittelbar mit der Rückkehr Mr. Leavenworths von einer kurzen Reise zusammen. Mr. Leavenworths heftige Abneigung gegen Engländer als Ehegatten ist allgemein bekannt.

30. Juli. Mr. Clavering wird im Empfangszimmer des Hauses von Mr. Stebbins mit einer Dame von außerordentlicher Schönheit getraut. Mr. Stebbins war der methodistische Geistliche von F., einem Städtchen, das sechzehn Meilen von R. entfernt liegt. Bewiesen durch die Aussage Timothy Cooks, der damals in Mr. Stebbins Diensten stand. Man rief ihn aus dem Garten herein, um der Zeremonie als Zeuge beizuwohnen und ein Dokument zu unterzeichnen, angeblich eine Heiratsurkunde.

31. Juli. Mr. Clavering besteigt den Dampfer nach Liverpool. Bewiesen durch Zeitungsmeldungen jenen Datums.

September. Eleanore Leavenworth hält sich im Haus ihres Onkels in New York auf. Sie benimmt sich nicht anders als sonst, ist jedoch blaß und macht einen zerstreuten, grüblerischen Eindruck. Bewiesen durch die Aussagen von Dienstboten. Mr. Clavering ist in London, wartet täglich gespannt auf Post aus den Vereinigten Staaten, empfängt jedoch keine Briefe. Richtet elegantes Damen-

zimmer in seinem Haus ein. Bewiesen durch Geheimbotschaft aus London.

November. Miss Leavenworth weilt nach wie vor im Haus ihres Onkels. Ihre Eheschließung wurde niemals bekanntgegeben. Mr. Clavering ist weiterhin in London, wirkt bekümmert. Das Damenzimmer wird verschlossen. Bewiesen durch s.o.

17. Januar 1876. Mr. Clavering kehrt nach Amerika zurück und bezieht ein Zimmer im Hoffman House, New York.

1. oder 2. März. Mr. Leavenworth erhält einen Brief von Mr. Clavering, in dem er sich darüber beschwert, von einer der Nichten Mr. Leavenworths schmählich behandelt worden zu sein. Ein selbst für Außenstehende sichtbarer Schatten fällt auf die Familie.

4. März. Mr. Clavering spricht unter falschem Namen bei den Leavenworths vor und erkundigt sich nach Miss Eleanore Leavenworth. Bewiesen durch Thomas' Aussage.

«Vierter März!» rief Mr. Gryce. «Die Mordnacht!»

«Ja, jener Mr. Le Roy Robbins, der dem Haus an dem Abend einen Besuch abstattete, war niemand anderer als Mr. Clavering.»

19. März. Miss Mary Leavenworth gibt während eines Gesprächs mit mir zu, daß die Familie ein Geheimnis hütet und will es eben enthüllen, da betritt Mr. Clavering das Haus. Nachdem er sich wieder entfernt hat, verkündet sie, daß sie nie wieder darüber sprechen wolle.

Bedächtig schob Mr. Gryce das Blatt Papier beiseite. «Und aus diesen Fakten schließen Sie, daß Eleanore Leavenworth Mr. Claverings Gattin ist?»

«Ja.»

«Und wenn sie seine Gattin sein sollte ...»

«... wäre es das Selbstverständlichste von der Welt, daß sie alles daransetzen würde, jeden ihn belastenden Umstand zu verschleiern.»

«Immer vorausgesetzt, daß Clavering etwas Belastendes getan hat!»
«Natürlich.»
«Und jetzt werden Sie einen Vorschlag machen, wie dieser Verdacht zu erhärten sei!»
«Wir müssen uns von nun an bemühen, Indizien zu finden, die diesen Beweis erhärten.»
Mr. Gryces sonderbar geistesabwesende Miene hellte sich eine Sekunde lang auf auf. «Sie verfügen also über keine neuen Indizien gegen Mr. Clavering?»
«Ich dachte, die Tatsache, daß er, wie soeben dargelegt, der geheime Ehemann der Verdächtigen ist, wäre Indiz genug.»
«Ich rede von einem hieb- und stichfesten Beweis dafür, daß er Mr. Leavenworth ermordet hat.»
Ich mußte seine Frage verneinen. Mir war nichts bekannt, das er hieb- und stichfest nennen würde.
«Aber ich kann Ihnen sowohl auseinandersetzen, daß es ein Motiv gab, als auch, daß es nicht nur möglich, sondern wahrscheinlich ist, daß er sich zur Mordzeit im Haus der Leavenworths aufhielt.»
«Tatsächlich?» rief Mr. Gryce aus. Seine Zerstreutheit schien ein wenig zu schwinden.
«Bei dem Motiv handelt es sich um eines der üblichen, nämlich Eigennutz. Mr. Leavenworth war der Grund dafür, daß Eleanore sich nicht zu ihm als ihrem Gatten bekannte, er mußte daher aus dem Weg geräumt werden.»
«Ein schwaches Motiv!»
«Mordmotive sind zuweilen schwach.»
«Das Motiv für diesen Mord nicht. Dieser Fall läßt zuviel Berechnung erkennen, die Ausführung geschah enorm kaltblütig. Alles deutet darauf hin, daß die Hand des Vollstreckers mit äußerster Willenskraft und Absicht geführt wurde, jener Art Absicht, die den tödlichen Gelüsten der Leidenschaft oder Habgier erwächst.»
«Habgier?»

«Nie darf man die Gründe für die Ermordung eines reichen Manns erwägen, ohne jenen gewöhnlichsten unter allen menschlichen Trieben in Betracht zu ziehen.»

«Aber ...»

«Erzählen Sie mir, was Sie über die Anwesenheit Mr. Claverings im Hause Leavenworth zur Mordzeit wissen.»

«Ich fürchte, wenn Sie schon das Motiv als zu schwach befanden, wird es Ihnen hiermit ähnlich ergehen.» Ich teilte ihm mit, was der Butler Thomas mir im Zusammenhang mit Mr. Claverings Besuch bei Miss Leavenworth in jener Nacht berichtet hatte, und erwähnte vor allem die fehlende Gewißheit, daß er das Haus tatsächlich dann verlassen hatte, als man annahm, er sei gegangen.

«Man sollte diesen Umstand im Gedächtnis behalten», bemerkte Mr. Gryce, als ich geendet hatte. «Er taugt zwar nicht als Beweis dafür, daß er in das Verbrechen verwickelt war, könnte jedoch einen wichtigen Hinweis bilden.» Als er weitersprach, klang seine Stimme auf einmal ernster, als sie in unseren bisherigen Unterhaltungen je geklungen hatte. «Mr. Raymond, ist Ihnen klar, daß alle Ihre bisherigen Nachforschungen dazu dienen, den Verdacht gegen Eleanore Leavenworth zu erhärten, statt ihn zu zerstreuen?»

Erstaunt und entsetzt, wie ich war, brachte ich nichts anderes über die Lippen als einen Laut der Verwunderung.

«Ihren Erkundungen zufolge hat sie kein Rückgrat, ist verschlagen, nicht aufrichtig und imstande, den Menschen Leid zuzufügen, die ihr am nächsten stehen, ihrem Onkel und ihrem Gatten.»

«Sie gebrauchen starke Worte», sagte ich. Mir wurde der nahezu schockierende Gegensatz zwischen seiner Beschreibung von Eleanores Charakter und meiner bereits gefestigten Beurteilung ihrer Person bewußt.

«Sie sind nicht stärker, als es Ihre eigenen Schlußfolgerungen aus diesem Bericht als gerechtfertigt erscheinen lassen.» Da ich schwieg, sagte er leise, wie zu sich selbst: «Der Verdacht gegen sie wog von Anfang an schwer, doch nun, da die Vermutung, daß sie insgeheim mit Mr. Clavering verheiratet ist, bestätigt zu sein scheint, wiegt er doppelt.»

«Aber Sie können doch nicht allen Ernstes annehmen, daß Eleanore, die Edle, Schöne, die Schuld an diesem grauenhaften Verbrechen trägt», rief ich aus. Ich konnte die Hoffnung, welche ich so lange in mir genährt hatte, nicht kampflos fahrenlassen.

«Nein», erwiderte er bedächtig, «und warum sollten Sie nicht schon jetzt wissen, was ich wirklich denke? Ich halte Eleanore Leavenworth für unschuldig.»

«Sie?» fuhr ich dazwischen. Ich schwankte zwischen hellem Jubel ob dieses Eingeständnisses und der Ungewißheit darüber, was seine vorherigen Aussagen bedeutet haben mochten. «Was bleibt zu tun?»

Mr. Gryce antwortete gelassen: «Nur den Beweis zu erbringen, daß Ihre Vermutung nicht der Wahrheit entspricht.»

XXV. Timothy Cook

Look here upon this picture and on this.

Sieh her, auf dieses Bild, und auch auf dieses.
SHAKESPEARE: HAMLET

Entgeistert starrte ich ihn an.

«Ich glaube nicht, daß es so schwierig sein wird», sagte er. Und dann fragte er auf einmal energisch: «Wo ist dieser Cook?»

«Unten, bei X», erwiderte ich. «Ich habe beide mitgebracht.»

«Sehr schlau von Ihnen. Lassen Sie die Jungs heraufkommen.»

Ich ging zur Tür und rief sie herbei.

«Ich rechnete natürlich damit, daß Sie Ihnen Fragen stellen würden», sagte ich, nachdem ich zu ihm zurückgekehrt war.

Kurz darauf betraten X und Cook den Raum – der eine schmuck, der andere struppig.

«Hier haben wir also den Helfer des verstorbenen Mr. Stebbins», sagte Mr. Gryce und blickte vage in dessen Richtung. «Sie sehen aus, als könnten Sie die Wahrheit erzählen.»

«Das tue ich eigentlich immer, Sir. Man hat mich jedenfalls noch nie einen Lügner genannt, soweit ich mich erinnere.»

«Selbstverständlich nicht», entgegnete der Inspektor, für seine Verhältnisse überaus leutselig. Dann fragte er ohne weitere Einleitung: «Wie lautet der Vorname der Dame, deren Trauung Sie vergangenen Sommer im Haus Ihres damaligen Dienstherrn beigewohnt haben?»

«Ich wünschte, ich wüßte es! Ich habe ihn nicht nennen hören, Sir.»

«Aber Sie erinnern sich daran, wie sie aussah?»

«Als wäre sie meine eigene Mutter. Bei allem Respekt vor der Dame, Sir, falls Sie sie kennen sollten», beeilte er sich hinzuzufügen. Sein hastiger Blick dabei galt mir. «Ich meine bloß, sie war so wunderschön, daß ich niemals mehr vergessen könnte, wie ihr Gesicht aussah, und wenn ich hundert Jahre alt würde.»

«Können Sie sie beschreiben?»

«Ich weiß nicht, meine Herren. Sie war groß und vornehm, hatte strahlende Augen und weiße Hände und lächelte auf eine Art, daß selbst ein einfacher Mann wie ich sich wünschen mußte, sie nie gesehen zu haben.»

«Würden Sie sie wiedererkennen?»

«Überall und jederzeit, Sir.»

«Erzählen Sie uns von der Trauung.»

«Es war ungefähr so. Ich stand zu der Zeit seit einem Jahr in Mr. Stebbins' Diensten. Eines Morgens, als ich den Vorgarten an der Straße harkte, sah ich einen Gentleman aus dem Bahnhof heraustreten. Er schaute kurz die Straße hinauf und hinunter, dann lief er eilig auf unser Tor zu und kam herein. Er fiel mir sofort auf, weil er so vornehm aussah, anders als jeder andere in F. und auch als jeder, den ich je gesehen hatte. Trotzdem hätte ich nicht weiter darüber nachgedacht, wenn nicht fünf Minuten später eine Kutsche mit zwei Damen vorgefahren wäre, die ebenfalls vor unserem Tor stehenblieb. Ich sah, daß sie aussteigen wollten, deshalb ging ich hinüber und hielt ihr Pferd, und sie stiegen aus und gingen ins Haus.»

«Sahen Sie dabei ihre Gesichter?»

«Nein, in dem Moment nicht. Sie trugen Schleier.»

«Aha. Fahren Sie fort.»

«Ich hatte gerade wieder mit meiner Arbeit angefangen, da hörte ich, wie jemand meinen Namen rief, und sah Mr. Stebbins in der Haustür. Er winkte mich zu sich. Ich ging hinüber, und er sagte: 'Tim, ich brauche dich. Wasch dir die Hände und komm in den Salon.' Man hatte mich noch nie hereingebeten, deswegen war ich ganz platt, tat aber, wie mir geheißen. Als ich die schöne Dame sah, die neben dem gutaussehenden Herrn im Zimmer stand, war ich so verblüfft, daß ich über einen Stuhl stolperte und ein großes Getöse veranstaltete und gar nicht richtig wußte, wo ich war oder was da vor sich ging, bis ich hörte, wie Mr. Stebbins 'Mann und Frau' sagte. Erst da kam es siedendheiß über mich, daß ich einer Hochzeit beiwohnte.»

Timothy Cook hielt inne und wischte sich den Schweiß von der Stirn. Die bloße Erinnerung schien ihn zu überwältigen. Mr. Gryce ergriff die Gelegenheit zu einer Zwischenfrage:

«Sie sagten, es wären zwei Damen gewesen. Wo war die andere?»

«Sie war auch da, Sir, aber ich achtete nicht auf sie, ich war von der anderen, der schönen, wie erschlagen, und von ihrem Lächeln, wann immer jemand sie anguckte. Es übertraf alles, was ich je erlebt habe.»

Ich spürte, wie ich erschauerte, hätte mir in jenem Moment allerdings nicht erklären können, warum oder vor wem.

«Können Sie sich an die Farbe ihrer Haare oder ihrer Augen erinnern?»

«Nein. Ich ahnte, daß sie nicht dunkel waren, aber mehr weiß ich nicht.»

«Doch Sie erinnern sich noch an ihr Gesicht?»

An dieser Stelle raunte Mr. Gryce mir zu, die beiden Bilder, die ich in einer bestimmten Schublade seines Schreibtischs finden würde, an mich zu nehmen und sie, ohne daß der Mann es bemerkte, an zwei unterschiedlichen Stellen im Raum zu plazieren.

«Sie sagten, daß Sie sich nicht an ihren Namen erinnern könnten.» Mr. Gryce setzte seine Befragung fort. «Woher kommt das? Hat man Sie nicht aufgefordert, eine Urkunde zu unterzeichnen?»

«Ja, und es ist mir auch sehr peinlich, aber ich muß zugeben, daß mein Kopf wie benebelt war und ich nicht viel mitbekommen habe. Ich weiß bloß noch, daß der Herr Mr. Clavering hieß, den sie heiratete, und daß jemand jemanden anders Elner oder so ähnlich nannte. Ich wünschte, ich wäre nicht so dumm gewesen, Sir, und könnte Ihnen nützlicher sein.»

«Erzählen Sie uns, wie die Urkunde unterschrieben wurde», forderte Mr. Gryce ihn auf.

«Da gibt es nicht viel zu erzählen. Mr. Stebbins sagte mir, ich solle meinen Namen an einen bestimmten Platz auf ein Stück Papier schreiben, das er vor mich hinlegte. Ich schrieb, das war alles.»

«Stand kein anderer Name auf dem Papier, als Sie es unterzeichneten?»

«Nein, Sir. Mr. Stebbins sprach die andere Dame erst nach mir an. Sie trat vor, er bat sie zu unterschreiben, sie sagte 'ja' und kam ganz schnell an den Tisch und unterschrieb.»

«Sahen Sie ihr Gesicht?»

«Nein, denn als sie ihren Schleier hob, stand sie mit dem Rücken zu mir, und ich sah bloß, wie Mr. Stebbins sie anstarrte, als sie sich vornüberbeugte. Er machte ein staunendes Gesicht, deshalb dachte ich, daß sie wahrscheinlich auch sehr hübsch anzuschauen wäre. Ich selbst konnte leider keinen Blick auf sie werfen.»

«Was geschah dann?»

«Ich weiß es nicht, Sir. Ich stolperte aus dem Zimmer, und mehr habe ich nicht gesehen.»

«Wo waren Sie, als die Damen abfuhren?»

«Im Garten, arbeiten.»

«Sie sahen also, wie sie abfuhren. War der Herr bei ihnen?»

«Nein, und das war das Merkwürdigste an der ganzen Geschichte. Sie fuhren alleine ab, so wie sie angekommen waren, und er auch, und ein paar Minuten später kam Mr. Stebbins zu mir in den Garten und sagte, ich dürfte nie darüber reden, was ich gesehen habe, weil es ein Geheimnis sei.»

«Waren Sie der einzige im Haus, der Bescheid wußte? Gab es denn keine Frau dort?»

«Nein, Sir. Miss Stebbins war zum Nähkreis gegangen.»

Mir schwante mittlerweile, in welche Richtung sich Mr. Gryces Vermutung bewegte. Ich hatte die beiden mir bezeichneten Bilder aufgestellt: Eleanores köstliches Porträt auf dem Kaminsims und eine ausgezeichnete Photographie Marys auf dem Schreibtisch, für jedermann sogleich sichtbar. Doch noch kehrte Mr. Cook diesem Teil des Raums den Rücken zu. Ich gesellte mich wieder zu den anderen und fragte Mr. Cook, ob das alles gewesen sei, was er uns über den Vorfall zu berichten wüßte.

«Ja, Sir.»

Mr. Gryce warf X einen Blick zu. «Gibt es in diesem Raum etwas, das Sie Mr. Cook als Belohnung für seine Geschichte anbieten könnten? Schauen Sie sich doch einmal um.»

X nickte und ging auf ein Regal an der Wand neben dem Kaminsims zu. Mr. Cook folgte ihm natürlicherweise mit den Augen. Plötzlich schnalzte er verwundert mit der Zunge, durchquerte das Zimmer und blieb vor dem Kamin stehen. Er betrachtete Eleanores Bild, welches ich dort aufgestellt hatte, gab ein zufriedenes, erfreutes Grunzen von sich, schaute noch einmal genau hin und nahm danach seine Wanderung durch den Raum wieder auf. Mir schlug das Herz bis zum Halse, ich mußte mich abwenden, ob aus Angst oder Hoffnung, vermag ich nicht zu sagen. Da hörte ich plötzlich, wie er einen überraschten Ausruf tat und die Worte hervorstieß: «Das ist sie ja, meine Herren, das ist sie!» Als ich mich umdrehte, sah ich, wie er mit Marys Photographie in der Hand auf uns zustürzte.

Ich kann nicht sagen, daß ich überrascht gewesen wäre. Ich war aufs äußerste angespannt und merkte, wie die Gedanken in meinem Kopf umherrasten, als alte Mutmaßungen auf verwirrende Weise über den Haufen geworfen wurden, aber überrascht? Nein. Mr. Gryces Gebaren hatte mich anscheinend zu gut vorbereitet.

«Guter Mann, das soll die Dame sein, die mit Mr. Clavering getraut wurde? Ich glaube, Sie irren sich.» Mr. Gryces Tonfall klang höchst ungläubig.

«Mich irren? Habe ich nicht gesagt, daß ich sie überall wiedererkennen würde? Das ist sie, und wäre sie die Frau des Präsidenten persönlich.» Mr. Cook beugte sich mit einem verzehrenden Blick über das Bild, einem Blick, der seine wunderliche Verehrung für Mary nicht verhehlte.

«Das überrascht mich sehr», fuhr Mr. Gryce fort, dabei zwinkerte er mir zu wie ein rechter Mephistopheles. In jeder anderen Verfassung hätte mich dieses Zwinkern in fürchterliche Rage versetzt.

«Wenn Sie gesagt hätten, die andere Dame sei es gewesen, wäre ich nicht halb so erstaunt.» Er deutete auf das Porträt auf dem Kaminsims.

«Die Dame dort drüben? Ich habe sie noch nie gesehen, aber diese hier – würde es Ihnen etwas ausmachen, mir zu sagen, wie sie heißt?»

«Wenn alles stimmt, was Sie erzählen, heißt sie Mrs. Clavering.»

«Clavering? Ja, so hieß er.»

«Eine wirklich hübsche Dame», sagte Mr. Gryce. «Morris, haben Sie schon etwas Passendes gefunden?»

«Jawohl», antwortete X und brachte eine Flasche mitsamt einigen Gläsern herbei.

Mr. Cook jedoch war nicht in der rechten Stimmung für einen guten Tropfen. Vermutlich plagte ihn ein schlechtes Gewissen, denn er blickte von Marys Bild hinüber zu X und wieder herüber zu dem Bild und sagte:

«Ich könnte es mir nie verzeihen, falls ich die Dame durch mein Geplauder in Schwierigkeiten gebracht haben sollte. Sie sagten mir, daß ich ihr zu ihrem Recht verhelfen könnte, aber wenn Sie mich hintergangen haben ...»

«Ich habe Sie nicht hintergangen.» X unterbrach ihn, kurz und bündig wie immer. «Fragen Sie diesen Herrn. Uns allen liegt sehr daran, daß Mrs. Clavering erhält, was ihr gebührt.»

Diese Bemerkung galt mir, aber ich war nicht in der Stimmung für eine Erklärung. Mir lag nichts dringender am Herzen, als den Mann fortzuschicken, damit ich mich nach dem Grund für Mr. Gryces selbstgefälligen Gesichtsausdruck erkundigen konnte, der sich bis in seine Fingerspitzen auszubreiten schien.

«Mr. Cook braucht sich nicht zu beunruhigen», warf Mr. Gryce ein. «Er sollte ein Getränk zu sich nehmen, um sich für den Weg zu stärken, und dann unbesorgt die Unterkunft aufsuchen, die Mr. Morris für ihn besorgt hat. Gebt dem Burschen ein Glas, er mag sich nach Lust und Laune selbst einschenken.»

Es vergingen allerdings noch endlose zehn Minuten, bevor wir den Kerl mitsamt seinem eitlen Gejammer los waren. Marys Bildnis wühlte anscheinend die verborgensten Gefühle in seinem Herzen auf; ich war ob einer so machtvollen Schönheit, die selbst einen Burschen wie ihn hinzureißen vermochte, unwillkürlich tief beeindruckt. Endlich jedoch erlag er den Lockungen des listigen X und verabschiedete sich.

Ich blieb allein mit Mr. Gryce zurück. Die widerstreitenden Gefühle, welche meine ganze Seele erfüllten, müssen sich trotz meiner gegenteiligen Bemühungen in meiner Miene widergespiegelt haben, denn nach einigen unheilverkündenden Minuten des Schweigens rief er grimmig, gleichwohl mit einer Spur der zuvor bemerkbaren Selbstgefälligkeit, aus:

«Diese unerwartete Wendung bringt Sie reichlich durcheinander, nicht wahr? Nun, mich nicht. Ich habe damit gerechnet.» Und seine Lippen schnappten zu wie eine Falle.

«Wir müssen im Anfang zu sehr unterschiedlichen Schlußfolgerungen gelangt sein», entgegnete ich. «Sonst würden Sie erkennen, daß diese Neuigkeit völlig neues Licht auf den Fall wirft.»

«Die Wahrheit verändert sich dadurch nicht.»

«Was ist die Wahrheit?»

Sogar Mr. Gryces Beine nahmen eine nachdenkliche Haltung ein. Seine Stimme schien aus unermeßlichen Abgründen zu kommen. «Drängt es Sie so sehr, das zu erfahren?»

«Die Wahrheit? Wonach streben wir denn sonst?»

«Nun gut. Meiner Meinung nach hat sich der Charakter der Angelegenheit verändert, allerdings zum Guten. Solange wir Eleanore für die geheime Gemahlin hielten, war ihre Handlungsweise erklärbar, die Tragödie selbst hingegen nicht. Welches Interesse sollten Eleanore oder Eleanores Gatte an dem Tod eines Mannes haben, von dem sie annehmen mußten, daß seine großzügigen Zuwendungen mit dem Ende seines Lebens gleichfalls versiegen würden? Aber Mary, die Erbin und erwiesenermaßen die Ehefrau! Ich sage Ihnen, Mr. Raymond, plötzlich fügt sich alles ineinander. Bei der Beurteilung eines Mordfalls dürfen Sie niemals die Frage außer acht lassen, wer vom Tod des Opfers den höchsten Gewinn davonträgt.»

«Aber Eleanores Schweigen? Sie vergrub gewisse wichtige Hinweise und Spuren in ihrem Herzen – wie erklären Sie das? Ich kann mir zwar vorstellen, daß eine Frau alles daransetzen mag, ihren eigenen Gatten vor den Folgen einer verbrecherischen Tat zu bewahren, aber den Gemahl ihrer Cousine? Niemals!»

Mr. Gryce stellte seine Füße sehr dicht nebeneinander und gab einen sanften Grunzlaut von sich. «Sie glauben demnach immer noch, daß Mr. Clavering Mr. Leavenworth ermordet hat?»

Ich starrte ihn an; Zweifel und Angst packten mich. «Immer noch was?» echote ich.

«Daß Mr. Clavering der Mörder von Mr. Leavenworth ist?»

«Ja, was sonst? Sie verdächtigen doch nicht etwa Eleanore, daß sie es freiwillig auf sich genommen haben könnte, ihrer Cousine aus Schwierigkeiten zu helfen, indem sie ihren gemeinsamen Wohltäter zu Tode beförderte?»

«Nein», sagte Mr. Gryce. «Nein, ich glaube, Eleanore Leavenworth hat nichts damit zu tun.»

«Aber wer ...» setzte ich an, doch unterbrach mich wieder, von der grauenvollen Möglichkeit überwältigt, die sich vor meinem inneren Auge auftat.

«Wer? Nun, wer anders als die, für welche sein Tod aufgrund vergangenen Betrugs und gegenwärtiger Notlage der einzige Ausweg war? Wer anders als jene schöne, atemberaubende, geldgierige, männermordende Göttin …»

Voller Entsetzen und Abscheu sprang ich auf. «Sprechen Sie den Namen nicht aus!» schrie ich ihn an. «Sie haben Unrecht, aber sprechen Sie ihren Namen trotzdem nicht aus!»

«Entschuldigen Sie», sagte er, «aber er wird noch viele Male ausgesprochen werden müssen. Wir können ebensogut jetzt damit anfangen – Mary Leavenworth oder, falls Ihnen das besser gefällt, Mrs. Henry Clavering. Sind Sie überrascht? Ich habe es von Anfang an geahnt.»

XXVI. Mr. Gryce klärt auf

Sits the wind in that corner?

Steckt der Wind der Ahnung in jener Ecke?
SHAKESPEARE: VIEL LÄRM UM NICHTS

Ich werde nicht einmal den Versuch wagen, die gemischten Gefühle zu beschreiben, welche mich nach diesem Ausspruch übermannten. Es erging mir wie einem Ertrinkenden, der innerhalb eines einzigen, schrecklichen Augenblicks sein ganzes Leben vor sich ablaufen sieht.

Mir kam jedes Wort in den Sinn, das Mary in meiner Gegenwart geäußert hatte, und zwar von dem Moment an, da wir uns am Morgen der Vernehmung in ihren Zimmer kennenlernten, bis zu unserem letzten Gespräch an dem Abend, als Mr. Clavering sie aufsuchte. Wie eine phantastische wilde Flut brachen sämtliche ihrer Äußerungen über mein Gehirn herein und versetzten mich in vollkommenes Entsetzen ob der veränderten Bedeutung, die ihr Verhalten annahm, nun, da neues, gespenstisches Licht darauffiel.

«Ich merke, daß ich eine Lawine von Zweifeln ausgelöst habe, welche über Ihnen einstürzt», äußerte mein Gefährte aus der Höhe gelassener Überlegenheit. «Haben Sie diese Möglichkeit denn nie in Betracht gezogen?»

«Fragen Sie mich nicht danach, was ich in Betracht gezogen habe. Ich weiß nur eins, und zwar, daß ich Ihren Unterstellungen niemals Glauben schenken werde. Auch wenn Mary vom Tod ihres Onkels profitieren mag, persönlich hatte sie nichts damit zu tun, jedenfalls nicht unmittelbar.» Den letzten Halbsatz fügte ich in dem Bestreben an, redlich zu sein.

«Wie sind Sie zu dieser Ansicht gelangt?»

«Wie sind Sie zu der Ansicht gelangt, daß sie ihre Hand im Spiel hatte? Es liegt an Ihnen zu beweisen, daß es so war, nicht an mir zu beweisen, daß es nicht so war.»

«Sie haben Ihre juristischen Grundregeln also noch nicht vergessen», bemerkte Mr. Gryce in seiner bedächtigen, sarkastischen Art. «Wenn ich mich recht erinnere, sind Sie nicht immer so sorgsam darauf bedacht gewesen, diesen Grundsatz zu beachten oder von anderen beachten zu lassen, als es um die Frage ging, ob Mr. Clavering der Mörder war oder nicht.»

«Er ist ein Mann. Es graut mir nicht so sehr davor, einen Mann eines Verbrechens zu beschuldigen. Aber eine Frau! Und eine solche dazu! Ich will es nicht hören, ich ertrage die Vorstellung nicht. Nur wenn sie selbst es gestehen sollte, werde ich je glauben können, daß Mary Leavenworth oder überhaupt eine Frau dieses Verbrechen begangen hat. Es war zu grausam, zu vorsätzlich, zu …»

Mr. Gryce unterbrach mich: «Lesen Sie die Gerichtsakten.»

Ich blieb jedoch stur. «Ich pfeife auf die Gerichtsakten. Keine Gerichtsakte der Welt könnte mich davon überzeugen, daß Eleanore hinter diesem Verbrechen steckt, und ihrer Cousine gegenüber werde ich mich nicht weniger loyal verhalten. Mary Leavenworth mag schlecht sein, aber schuldig ist sie nicht.»

«Ich habe den Eindruck, daß Sie ihr gegenüber nachsichtiger sind als ihre Cousine selbst.»

«Ich verstehe nicht, was Sie meinen», murmelte ich. Eine neue Einsicht bahnte sich ihren Weg in mein Bewußtsein, beängstigender als jede andere vor ihr.

«Haben Sie denn im Trubel der jüngsten Ereignisse die Worte der Anklage vergessen, die am Morgen der Vernehmung zwischen den beiden Damen fielen? Wir waren unfreiwillige Ohrenzeugen, wissen Sie noch?»

«Nein, aber …»

«Glaubten Sie, daß Mary solches zu Eleanore sprach?»

«Natürlich, Sie nicht?»

Dieses Lächeln, das über sein Gesicht huschte! «Schwerlich. Diese Kinkerlitzchen überließ ich Ihnen. Ich dachte mir, einer auf dem Holzweg sei genug.»

Mir gingen gleich mehrere Lichter auf!

«Wollen Sie damit andeuten, daß Eleanore die Sprecherin gewesen ist?» Meine Stimme wurde lauter. «Daß ich in den vergangenen Wochen bei meinen Nachforschungen von einem schrecklichen Mißverständnis ausgegangen bin? Sie hätten mich mit einem einzigen Wort aufklären können und haben es nicht getan?»

«Ich verfolgte eine bestimmte Absicht damit, Sie für eine Weile Ihren eigenen Spuren folgen zu lassen», sagte er. «Zunächst war ich mir selbst nicht uneingeschränkt sicher, welche von beiden in dem Augenblick redete. Ich hegte allerdings keine sonderlich großen Zweifel. Ihre Stimmen klingen, wie Sie gewiß bemerkt haben, sehr ähnlich. Bei unserem Eintreten standen sie einander in einer Haltung gegenüber, die beide Deutungen offenließ. Entweder hatte Mary soeben eine Beschuldigung geäußert, oder sie war dabei, sich gegen eine Anklage zu verteidigen. Ich erkannte den wahren Hintergrund der Szene rasch, bemerkte allerdings mit einer gewissen Genugtuung, daß Sie zu einer gegensätzlichen Auffassung gelangten. Auf diese Weise konnten beide Theorien überprüft werden, was in einem so mysteriösen Fall wie dem unsrigen nur recht und billig ist. Sie untersuchten die Angelegenheit von Ihrem Standpunkt aus, ich von einem anderen. Ihre Sicht der Fakten war von der These geprägt, daß Mary Eleanore für schuldig hielt, ich ging von der gegenteiligen Voraussetzung aus. Und das Ergebnis? Sie haben mit Zweifeln und Widersprüchen zu kämpfen, ihre Annahmen werden beständig über den Haufen geworfen. Immer wieder müssen Sie sich auf unzuverlässige Mittel und obskure Quellen verlassen, um die tatsächlichen Gegebenheiten und Ihre eigenen Überzeugungen miteinander in Einklang zu bringen. Ich dagegen werde mir meiner Sache zunehmend sicherer; alle bisherigen Entwicklungen dienen dazu, meine Hypothese zu festigen und glaubwürdiger zu machen.»

Erneut tanzte das turbulente Kaleidoskop aus Ereignissen, Blicken, Worten vor mir. Marys wiederholte Versicherung, ihre Cousine wäre unschuldig, Eleanores stolzes Stillschweigen über gewisse Umstände, von denen sie annehmen mußte, daß sie den Mörder belasteten.

«Wahrscheinlich ist Ihre Vermutung korrekt», sagte ich schließlich. «Eleanore muß die Anklägerin gewesen sein. Sie hält Mary für schuldig. Ich war in der Tat zu blind, um es gleich zu erkennen.»

«Falls Eleanore Leavenworth glaubt, daß ihre Cousine eine Verbrecherin ist, muß sie gute Gründe dafür haben.»

Ich mußte auch dem zustimmen.

«Sie hat den verräterischen Schlüssel – Gott weiß, wo sie ihn gefunden hat! – nicht umsonst in ihrem Gewand verborgen und versucht, ihn zu vernichten. Den Schlüssel und außerdem den Brief, aus dem die ganze Welt erfährt, daß ihre Cousine grausam und leichtfertig einem Mann seinen Seelenfrieden geraubt hat, der ihr vertraute.»

«Nein.»

«Sie sind ein junger Mann, ein Fremder, der Mary Leavenworth nur von der Seite kennengelernt hat, die sie Ihnen aufgrund ihrer koketten Art vorzuführen trachtet. Und obwohl Sie die persönliche Meinung Eleanore Leavenworths kennen, aus welcher diese von Anfang an keinen Hehl gemacht hat, wagen Sie zu behaupten, Mary sei unschuldig?!»

«Selbst Eleanore Leavenworth ist nur ein Mensch», hielt ich dagegen. Es widerstrebte mir, seinen Standpunkt zu übernehmen. «Vielleicht hat sie sich in ihren Schlußfolgerungen geirrt. Sie hat niemals preisgegeben, worauf sich ihr Verdacht gründet, noch können wir wissen, welche Anhaltspunkte sie dafür besitzt, an der Meinung, von der Sie sprachen, festzuhalten. Soweit wir es zu beurteilen vermögen, kann Clavering ebensogut der Mörder sein wie Mary die Mörderin. Eleanore hat keinen besseren Stand als wir.»

«Sie scheinen Ihrer Überzegung, Clavering sei der Mörder, nahezu abergläubisch anzuhängen.»

Ich zuckte zusammen. Stimmte das? War es möglich, daß Mr. Harwells wunderliche Beschuldigung jenes Mannes mich derart beeinflußt hatte, daß meine Urteilsfähigkeit dadurch eingeschränkt wurde?

«Vielleicht haben Sie sogar recht», fuhr Mr. Gryce fort, «ich will nicht so tun, als wären meine Hypothesen unerschütterlich. Womöglich tritt bei zukünftigen Untersuchungen etwas zutage, das ihn belastet. Ich halte es allerdings für wenig wahrscheinlich, denn sein Verhalten ist beständig gewesen. Er benimmt sich wirklich wie der geheime Ehemann einer Frau, die Motive für die Ausübung eines Verbrechens besitzt.»

«Mit einer Ausnahme, nämlich daß er sie verlassen hat.»

«Es gibt keine Ausnahme, denn er hat sie nicht verlassen.»

«Was wollen Sie damit sagen?»

«Mr. Clavering hat das Land nicht wirklich verlassen, er hat sich nur den Anschein gegeben, als wäre er abgereist. Anstatt ihrer Forderung zu entsprechen und nach Europa zu entschwinden, hat er lediglich seinen Aufenthaltsort gewechselt. Derzeit kann man ihn nicht nur in einem Haus antreffen, das dem ihren gegenüberliegt, er sitzt überdies Tag für Tag am Fenster und beobachtet, wer bei ihr ein und aus geht.»

Ich dachte an Claverings ernste Mahnung am Ende unserer denkwürdigen Unterredung in meinem Büro und sah mich genötigt, seine Bemerkung in einem neuen Licht zu betrachten.

«Im Hoffman House versicherte man mir, er hätte das Schiff nach Europa bestiegen. Ich habe persönlich mit dem Mann gesprochen, der ihn zum Hafen kutschiert hat.»

«Alles richtig.»

«Doch später kehrte Mr. Clavering in die Stadt zurück?»

«In einem anderen Wagen und zu einer anderen Unterkunft.»

«Und Sie behaupten immer noch, daß mit dem Mann alles in Ordnung ist?» fragte ich.

«Nein», gab er zurück, «ich behaupte lediglich, es gebe nicht einmal den Schatten eines Beweises dafür, daß er Mr. Leavenworth erschossen hat.»

Ich erhob mich und begann, im Zimmer auf und ab zu marschieren. Einige Minuten lang herrschte Schweigen. Das Schlagen der Uhr allerdings rief mir das Gebot der Stunde ins Bewußtsein zurück. Ich wandte mich um und fragte Mr. Gryce, was seiner Ansicht nach nun zu tun sei.

«Mir bleibt nur eins zu tun übrig», antwortete er.

«Und das ist?»

«Die Hinweise ernst zu nehmen, die mir vorliegen, und Miss Leavenworths Verhaftung zu veranlassen.»

Ich hatte mittlerweile Übung darin gewonnen, auch das Unerträgliche zu ertragen und vermochte ihm zuzuhören, ohne aufzuschreien. Trotzdem konnte ich nicht kampflos aufgeben. Ich mußte versuchen, ihn von seinem Vorhaben abzubringen. «Ich sehe nicht, über welche tatsächlichen Beweise Sie verfügen, die einen solchen Schritt rechtfertigen würden. Sie selbst deuteten an, das bloße Vorhandensein eines Motivs genüge nicht, sogar wenn man die Tatsache hinzunimmt, daß die verdächtigte Person sich zur Mordzeit im Haus aufhielt. Was sonst hätten Sie gegen Miss Leavenworth in der Hand?»

Er unterbrach mich. «Verzeihung, ich sagte zwar Miss Leavenworth, hätte jedoch wohl besser von Eleanore Leavenworth sprechen sollen.»

«Eleanore? Warum ausgerechnet Eleanore, wenn Sie und jeder andere übereinstimmen, daß sie als einzige von allen Verdachtspersonen schuldloser als schuldlos ist?»

«Sie ist bisher die einzige, der etwas angelastet werden kann.»

Dem mußte ich leider zustimmen.

«Mr. Raymond, die Öffentlichkeit wird unruhig», sagte er ernst. «Etwas muß unternommen werden, um sie zufriedenzustellen, und sei es nur für den Augenblick. Eleanore hat sich der Polizei verdächtig gemacht und muß die Folgen ihres Verhaltens tragen. Ich bedaure das sehr. Sie ist ein edler Mensch, ich verehre sie zutiefst, aber Recht muß Recht bleiben. Ich sehe mich gezwungen, sie in Haft zu nehmen, obwohl ich sie für unschuldig halte, es sei denn ...»

«Aber ich kann es nicht hinnehmen», klagte ich laut. «Es hieße, ihr ein nicht wiedergutzumachendes Unrecht zuzufügen. Eleanores einziges Vergehen besteht in ihrer übertriebenen, falschverstandenen Treue zu ihrer Cousine, die derer nicht einmal würdig ist. Falls Mary ...»

«Es sei denn, daß bis morgen früh eine entscheidende Wendung einträte», beschloß Mr. Gryce seinen Satz, als hätte er mich gar nicht gehört.

«Morgen früh?»

«Ja.»

Ich versuchte es zu begreifen, versuchte der Tatsache ins Auge zu sehen, daß meine Bemühungen gescheitert sein sollten. Es gelang mir nicht.

«Können Sie mir nicht einen Tag Aufschub geben?» fragte ich in meiner Verzweiflung.

«Wofür?»

Ach, und ich wußte es nicht. «Um Mr. Clavering zur Rede zu stellen und die Wahrheit aus ihm herauszupressen.»

«Um die Geschichte endgültig zu vermasseln», hielt er unwirsch dagegen. «Nein, mein Herr, die Würfel sind gefallen. Eleanore Leavenworth weiß genau, was ihre Cousine belastet. Entweder verrät sie es uns, oder sie trägt die Folgen ihrer hartnäckigen Weigerung.»

Ich unternahm einen letzten Versuch.

«Warum morgen? Wir haben bereits soviel Zeit auf unsere Nachforschungen verwandt, warum gönnen wir uns nicht ein wenig mehr, zumal unsere Spur täglich heißer wird? Ein bißchen mehr Wühlarbeit ...»

«Ein bißchen mehr Kinderkram.» Mr. Gryce verlor allmählich die Beherrschung. «Nein, die Zeit für Wühlarbeit ist vorbei, jetzt gilt es zu handeln. Ich wäre allerdings froh, wenn ich meiner Sache etwas sicherer sein und das fehlende Glied in der Kette finden könnte ...»

«Welches fehlende Glied?»

«Den unmittelbaren Auslöser für die Tragödie. Ein winziger Beweis, daß Mr. Leavenworth seiner Nichte mit Unannehmlichkeiten oder Mr. Clavering mit Rache gedroht hat, brächte mich sofort einen gewaltigen Schritt weiter. In dem Fall bräuchte Eleanore nicht verhaftet zu werden. Nein, meine Dame, ich spazierte schnurstracks in Ihre goldenen Gemächer hinein, und wenn Sie mich fragen würden, ob ich den Mörder gefunden hätte, sagte ich 'ja' und hielte Ihnen ein Stück Papier unter die Nase, das Sie vermutlich ziemlich überraschen würde. Aber fehlende Glieder findet man nicht so leicht. Wir haben gewühlt und gewühlt, wie Sie unsere Untersuchungsmethoden zu bezeichnen belieben, und nichts ist dabei zutage gekommen. Bei diesem Verbrechen wird uns nur das Geständnis einer unserer Verdachtspersonen mit den Anhaltspunkten versorgen, die wir brauchen. Ich sage Ihnen, was ich tun werde», rief er plötzlich aus. «Miss Leavenworth hat mich inständig gebeten, ihr laufend Bericht abzustatten. Wie Sie wissen, liegt ihr so viel daran, daß der Mörder entdeckt wird, daß sie eine enorme Belohnung ausgesetzt hat. Ich werde ihrem Wunsch entsprechen. Mein Verdacht und die Gründe, die ich dafür habe, werfen mit Sicherheit einige interessante Anmerkungen ab. Ich würde mich nicht wundern, wenn diese zu einem ähnlich interessanten Geständnis führten.»

Von Entsetzen geschüttelt sprang ich auf, ich konnte nicht anders.

«Ich beabsichtige, zu diesem Mittel zu greifen. Eleanore ist das Risiko allemal wert.»

«Es wird Ihnen nichts nützen», sagte ich. «Auch wenn Mary schuldig sein sollte – sie würde es niemals zugeben. Falls sie ...»

«Sie wird uns verraten, wer es war.»

«Nein», sagte ich, «nicht, wenn es sich um Clavering handelt, ihren Ehemann.»

«Doch», entgegnete er, «selbst wenn es sich um Clavering handelt, ihren Ehemann. Sie ist nicht so treu wie Eleanore.»

Wieder konnte ich nicht umhin, ihm beizupflichten. Sie würde keine Schlüssel verstecken, um einen anderen Menschen zu schützen, nein, wenn Mary die Beschuldigte wäre, würde sie den Mund aufmachen. Die Zukunft stellte sich in der Tat düster dar. Dennoch war es vor allen anderen ein Gedanke, der mich durchdrang, als ich kurze Zeit später alleine durch die geschäftigen Straßen lief. Der Gedanke, daß Eleanore frei war, erfüllte und bewegte mich so stark, daß mein Heimweg durch den Regen an jenem Tag sich mir für mein ganzes Leben eingeprägt hat.

Erst gegen Abend drang mir ins Bewußtsein, in welcher wahrlich gefährlichen Situation Mary sich befand, sollte Mr. Gryces Theorie auf Tatsachen beruhen. Sobald diese Vorstellung vollständig von mir Besitz ergriffen hatte, ließ sie mich indessen nicht mehr los. Wie ich mich auch drehte und wendete, sie suchte mich heim; die gräßlichsten Befürchtungen verfolgten mich. Ich begab mich früh zu Bett, konnte jedoch weder einschlafen noch mich entspannen. Die ganze Nacht wälzte ich mich auf meinen Kissen und sagte mir unausgesetzt diese öde Litanei vor: «Es muß etwas geschehen, es wird etwas geschehen, das Mr. Gryce von seinem grausamen Vorhaben abbringt.»

Immer wieder fuhr ich erschrocken in meinem Bett hoch, mich fragend, was es denn wäre, was geschehen könnte. In Gedanken ging ich die verschiedenen denkbaren Fälle durch: vielleicht legte Mr. Clavering ein Geständnis ab; Hannah mochte auftauchen; Mary würde ihre mißliche Situation endlich selbst einsehen und die Worte aussprechen, die ihr bereits so lange auf der Zunge lagen – ich hatte ihre Lippen ja beben sehen. Doch bei weiterem Nachdenken gelangte ich stets zu der

Erkenntnis, wie unwahrscheinlich es war, daß derlei geschehen würde. Im Morgengrauen endlich schlief ich mit zermartertem Hirn ein, nur um zu träumen, daß Mary vor Mr. Gryce stand und ihn mit einer Pistole bedrohte. Ein dröhnendes Klopfen an meiner Tür unterbrach dieses durchaus erfreuliche Traumbild. Ich erhob mich hastig und fragte: «Wer dort?» Statt einer Antwort wurde ein Kuvert unter der Tür hergeschoben. Ich hob es auf und las die darin enthaltene Notiz. Sie stammte von Mr. Gryce und lautete:

Kommen Sie augenblicklich her. Man hat Hannah Chester gefunden.

«Hannah ist gefunden worden?»

«Wir haben Grund zu der Annahme.»

«Wann? Wo? Von wem?»

«Setzen Sie sich, ich werde Ihnen alles erzählen.»

In einem Taumel aus Furcht und Hoffnung zog ich einen Stuhl herbei und ließ mich an Mr. Gryces Seite nieder.

«Im Schrank steckt sie nicht», bemerkte der Kerl trocken. Zweifellos hatte er beobachtet, wie ich vor lauter Unruhe und Ungeduld meine Augen durch den Raum schweifen ließ. «Wir wissen nicht genau, ob sie überhaupt irgendwo ist, haben jedoch vernommen, das Gesicht eines Mädchen, angeblich Hannahs Gesicht, wäre im oberen Fenster eines Haus in – bleiben Sie ruhig – R. gesehen worden. Als sie vor einem Jahr mit den Damen Leavenworth in dem bewußten Hotel zu R. residierte, pflegte sie jenem Haus häufige Besuche abzustatten. Es ist inzwischen ermittelt worden, mit welcher Eisenbahnlinie sie New York in der Mordnacht verlassen hat. Ihren endgültigen Bestimmungsort konnten wir zwar nicht feststellen, doch halten wir den Hinweis für wertvoll genug, um ihm nachzugehen.»

«Aber ...»

«Falls sie sich tatsächlich dort befindet, wird sie verborgen gehalten. Man hat sie gleichsam eingesperrt. Außer unserem

Gewährsmann sah sie bisher niemand, die Nachbarn haben keine Ahnung von ihrer Anwesenheit in der Stadt.»

«Hannah wird in einem Haus in R. verborgen gehalten? Wessen Haus?»

Mr. Gryce schenkte mir sein allergrimmigstes Lächeln. «Der Name der Dame, bei der sie wohnt, wird als Belden angegeben, Mrs. Amy Belden.»

«Amy Belden! Dieser Name stand auf dem zerrissenen Briefumschlag, den Mr. Claverings Dienstmädchen in London gefunden hat!»

«Jawohl.»

Ich machte aus meiner Befriedigung keinen Hehl. «Dann stehen wir kurz vor einer entscheidenden Entdeckung. Die Vorsehung selbst hat gesprochen, Eleanore ist gerettet. Wann haben Sie die Nachricht erhalten?»

«Gestern abend, vielmehr heute früh. X brachte sie zu mir.»

«War die Nachricht an X gerichtet?»

«Ja, ein Ergebnis seiner Wühlarbeit in R.»

«Wer ist der Absender?»

«Ein ehrbarer Klempner, Mrs. Beldens unmittelbarer Nachbar.»

«Haben Sie von der Existenz einer Amy Belden in R. gewußt?»

«Nein.»

«Verwitwet oder verheiratet?»

«Das weiß ich nicht. Außer ihrem Namen weiß ich nichts über sie.»

«Aber Sie haben X bereits ausgesandt, um weitere Nachforschungen anzustellen?»

«Nein, denn die Angelegenheit ist ein wenig zu schwierig und bedeutsam, als daß er sie ohne weiteres bewältigen könnte. Ich habe Bedenken, sie ihm alleine anzuvertrauen. Es könnten Eventualitäten eintreten, bei denen eine scharfe Kombinationsgabe sich als nützlich erweisen würde. X besitzt zwar eine hervorragende Spürnase, ist aber gewissen Fällen nicht gewachsen und könnte scheitern, nur weil kein schlauer Kopf in der Nähe ist, der die Richtung vorgibt.»

«Kurzum …»

«Ich möchte, daß Sie hinfahren. Ich bin nicht in der Lage, mich persönlich nach R. zu begeben. Außer Ihnen kenne ich niemand, der über den Stand der Dinge gut genug Bescheid weiss, um das Unternehmen zu einem befriedigenden Abschluß zu bringen. Verstehen Sie, es genügt nicht, das Mädchen zu finden und zu identifizieren. Unter den gegebenen Umständen ist es unbedingt notwendig, daß die Festnahme einer derart wichtigen Zeugin so geheim wie möglich vonstatten geht. Jemand muß in ein fremdes Haus in einer fremden Stadt eindringen, ein Mädchen aufstöbern, welches sich dort verborgen hält, sie einschüchtern oder umschmeicheln oder beides. Er muß sie, vielleicht unter Anwendung von Zwang, aus ihrem Versteck in ein New Yorker Detektivbüro schaffen, und zwar möglichst ohne Wissen der nächsten Nachbarn. Die Aufgabe erfordert Urteilsvermögen, Intelligenz, Erfindungsgabe. Außerdem gibt es noch die Frau, welche sie verborgen hält! Sie wird ihre Gründe dafür haben, diese Gründe müssen ermittelt werden. Eine äußerst diffizile Angelegenheit. Meinen Sie, daß Sie es schaffen?»

«Ich würde es zumindest gerne versuchen.»

Mr. Gryce machte es sich auf seinem Sofa bequem. «Ich darf gar nicht daran denken, welches Vergnügen mir entgeht, das Sie jetzt erleben können!» brummte er und betrachtete vorwurfsvoll seine nutzlosen Gliedmaßen. «Doch an die Arbeit! Wann können Sie aufbrechen?»

«Unverzüglich.»

«Ausgezeichnet. Um viertel nach zwölf fährt ein Zug, den Sie nehmen sollten. Sie müssen vor Ort entscheiden, wie Sie Mrs. Beldens Bekanntschaft machen können, ohne ihren Argwohn zu erregen. X wird ihnen folgen und sich bereithalten, um Ihnen nötigenfalls Unterstützung zu gewähren. Eines nur sollte klar sein: Da er mit Sicherheit in Verkleidung auftreten wird, dürfen Sie keinesfalls durchblicken lassen, daß Sie ihn kennen, geschweige denn ihm oder seinen Plänen in die Quere geraten, bis er Ihnen durch ein verabredetes Signal hierzu freie Bahn einräumt. Sie werden Ihre Arbeit mit Ihren Methoden angehen, er wird auf seine Weise arbeiten, bis die Umstände eine gegenseitige Unterstützung und Zusammenarbeit erforderlich machen. Ich vermag Ihnen nicht einmal mit Sicherheit zu sagen, ob Sie ihn zu Gesicht bekommen werden oder nicht. Er mag es für notwendig halten, Ihnen aus dem Weg zu gehen. Auf eines können Sie sich allerdings blindlings verlassen, nämlich daß er stets wissen wird, wo Sie sich befinden. Und wenn Sie ihm ein Zeichen geben, sagen wir mit einem – mit einem roten Seidentüchlein – besitzen Sie so etwas?»

«Ich besorge mir eins.»

«Er wird daran erkennen, daß Sie seine Anwesenheit oder Hilfe benötigen. Sie können es entweder an sich selbst tragen oder am Ihrem Zimmerfenster befestigen.»

«Sind das alle Anweisungen, die Sie mir geben können?» fragte ich, weil er eine Pause machte.

«Mehr wüßte ich nicht. Sie werden sich größtenteils auf Ihr eigenes Fingerspitzengefühl und die Erfordernisse des jeweiligen Augenblicks verlassen müssen. Gegenwärtig vermag ich Ihnen nicht zu sagen, was Sie zu tun haben. Ihr eigener Verstand wird Ihr verläßlichster Führer sein. Ich bitte Sie nur, daß Sie mir, sofern möglich, morgen um dieselbe Zeit Nachricht senden oder mich aufsuchen.»

Und er nannte mir ein Kennwort für den Fall, daß ich ihm ein Telegramm schicken würde.

Drittes Buch

Hannah

XXVII. Amy Belden

A merrier man
Within the limits of becoming mirth,
I never spent an hour's talk withal.

Mit einem lustigeren Gesellen,
innerhalb der Grenzen einer verträglichen Heiterkeit,
habe ich obendrein nie eine Stunde des Plauderns verbracht.

SHAKESPEARE: WAS IHR WOLLT

An einem rauhen Apriltag stand ich zum zweiten Mal in meinem Leben auf dem Bahnhof von R. Ich lenkte meine Schritte zu einer breiten, von zahlreichen Gebäuden umsäumten Straße, die auf das Hotel und seine benachbarten Villen zuführte.

Dieses Mal beabsichtigte ich jedoch nicht, mich in jenem Eldorado für Zerstreuung suchende New Yorker aufzuhalten, und wäre es noch so kurz.

Mein Plan sah vielmehr vor, bei unserem Mandanten, Mr. Monell, vorzusprechen, um mich bei ihm nach der günstigsten Vorgehensweise für das Anknüpfen einer Bekanntschaft mit Mrs. Belden zu erkundigen. Ich lief also ohne Umschweife die Allee nach F. entlang, an der sein gemütliches Haus lag. Dank einem glücklichen Zufall begegnete ich ihm unterwegs. Er fuhr eben in die Stadt hinein; den Einspänner, in dem er saß, zog sein berühmter Traber Alfred. Das Zusammentreffen dünkte mich insofern besonders glücklich, als es mir genügend Gelegenheit für ein vertrauliches Gespräch mit ihm verschaffte, ohne daß ich den Zeitverlust in Kauf nehmen mußte, den ein Besuch in seinem Haus notgedrungenerweise verursacht hätte.

«Und wie geht es dieser Tage?» fragte mein freundlicher Gefährte, nachdem wir die üblichen Grüße ausgetauscht hatten und nun geschwind in Richtung R. fuhren.

«Was Sie betrifft, läuft alles reibungslos», antwortete ich. Da ich wußte, daß ich seine Aufmerksamkeit niemals für mich würde gewinnen können, wenn ich ihn nicht zuvor ausgiebig über seine Angelegenheiten informiert hätte, erzählte ich alles, was ich über seinen in der Schwebe befindlichen Fall wußte. Das Thema verlangte nach einem so ausgedehnten Frage- und Antwortspiel, daß wir zweimal um den ganzen Ort herumkutschierten. Erst dann fiel ihm der Brief wieder ein, den er expedieren mußte. Da es sich um ein sehr eiliges, wichtiges Schreiben handelte, begaben wir uns sofort zur Poststation. Während er sein Vorhaben erledigte, beobachtete ich das tröpfelnde Kommen und Gehen der wenigen Personen, die um diese Tageszeit für gewöhnlich nichts Besseres zu tun wissen, als vor der Poststation einer kleinen Provinzstadt zu promenieren. Insbesondere fiel mir eine Frau mittleren Alters auf, ohne daß ich hierfür einen Grund hätte angeben können. Ihre Erscheinung war alles andere als bemerkenswert. Doch als sie das Gebäude mit zwei Briefumschlägen in der Hand verließ, einem großen und einem kleinen, trafen sich unsere Augen, und sie verbarg die Kuverts hastig unter ihrem Umhang. Ich fragte mich unwillkürlich, welchen Inhalts ihre Briefe wohl seien, wer sie sein mochte, warum der beiläufige Blick eines Fremden sie unbewußt zu dieser Argwohn erregenden Geste getrieben hatte.

In diesem Augenblick allerdings gesellte sich Mr. Monell wieder zu mir, was meine Aufmerksamkeit von dem Zwischenfall ablenkte. Und im Interesse der sich anschließenden Unterredung hatte ich sowohl jene Frau als auch ihre Briefe alsbald vergessen. Ich war nämlich fest entschlossen, daß er keine Gelegenheit mehr erhalten sollte, sein Dauerthema – den Rechtsstreit – anzuschneiden. Im selben Moment, da er die Peitsche zur Abfahrt knallen ließ, rief ich deswegen aus: «Ach ja, ich wußte doch, daß ich Sie etwas fragen wollte. Kennen Sie in R. jemanden, der Belden heißt?»

«Eine Witwe Belden lebt hier am Ort. Weitere Personen dieses Namens wären mir nicht bekannt.»

«Lautet ihr Vorname Amy?»

«Ja, Mrs. Amy Belden.»

«Die meine ich», sagte ich. «Wer ist sie, was macht sie, wie gut sind Sie mit ihr bekannt?»

«Nun, ich verstehe zwar nicht, weswegen Sie sich für diese etwas ältliche Florence Nightingale interessieren, aber ich habe keinen Anlaß, ihre Frage nicht zu beantworten. Sie ist die ehrbare Witwe eines hiesigen Tischlers, der bereits vor einiger Zeit starb, und lebt am Ende jener Straße dort in einem kleinen Haus. Wer je einen elenden alten Landstreicher über Nacht unterbringen muß oder eine mittellose Familie mit vielen kleinen Kindern kennt, um die sich jemand kümmern sollte, sollte sich unbesorgt an sie wenden. Ich kenne sie nicht besser oder schlechter als die anderen Mitglieder meiner kleinen Gemeinde; unsere Kirche liegt oben am Hügel. Wenn wir uns begegnen, plaudern wir miteinander, das ist alles.»

«Eine ehrbare Witwe, sagten Sie. Irgendwelche Familienangehörige?»

«Nein, sie lebt allein und verfügt wohl über ein bescheidenes Einkommen, jedenfalls spendet sie bei der Kollekte immer reichlich. Sie verbringt ihre Tage mit einfachen Näharbeiten und guten Taten für Notleidende, soweit sie eben die Mittel dafür aufbringen kann und es in einem Städtchen wie diesem Gelegenheit hierfür gibt. Sie hat ein gutes Herz. Doch warum in aller Welt wollen Sie das wissen?»

«Dienstlich», sagte ich, «rein dienstlich. Mrs. Belden ist in einen meiner Fälle verwickelt – übrigens, verraten Sie das bitte niemandem –, und ich dachte, ich schuldete es meiner beruflichen Neugierde, wenn nicht auch meinem Geldbeutel, Näheres über sie herauszufinden. Allerdings bin ich noch nicht völlig zufriedengestellt. Tatsache ist, Monell, daß ich einiges für die Gelegenheit geben würde, den Charakter dieser Frau genauer zu beobachten. Könnte es Ihnen gelingen, mich auf eine schickliche Weise bei ihr einzuführen, so daß ich nach Herzenslust mit ihr ins Gespräch kommen könnte? Die Kanzlei wäre Ihnen zu Dank verpflichtet.»

«Ich weiß nicht recht, aber ich vermute, es ließe sich einrichten. Früher hat sie Sommergäste bei sich beherbergt, wenn das Hotel belegt war. Man könnte sie möglicherweise dazu bewegen, einem Freund von mir Kost und Logis anzubieten. Dem Freund wäre natürlich sehr daran gelegen, sich möglichst nahe bei der Poststation aufzuhalten, weil er auf ein geschäftliches Telegramm wartet, dessen Ankunft augenblickliches Handeln erforderlich macht.» Mr. Monell blinzelte mir schlau zu. Er konnte natürlich nicht ahnen, daß er mit seiner Idee tatsächlich fast ins Schwarze traf.

«Soweit brauchen Sie gar nicht zu gehen. Sagen Sie ihr einfach, daß ich einen unerklärlichen Widerwillen dagegen hegte, in öffentlichen Unterkünften zu schlafen, und daß Sie niemand Geeigneteren als sie wüßten, um mich für die kurze Frist aufzunehmen, die ich in der Stadt bleiben wollte.»

«Was wird man von meiner Gastfreundschaft halten, wenn ich zulasse, daß Sie unter diesen Umständen in einem anderen Haus wohnen als dem meinigen?»

«Keine Ahnung», erwiderte ich, «vermutlich viel Schlechtes. Aber ich denke, Ihr Ruf als Gastgeber wird es unbeschadet überstehen.»

«Wenn Sie darauf bestehen – ich werde gerne alles tun, was ich für Sie tun kann.»

Er fuhr vor einem sauberen weißen Häuschen vor, das bescheiden, aber adrett und heimelig wirkte, und hielt an.

«Ihr Haus», bemerkte er und sprang ab. «Lassen Sie uns sehen, was hier zu machen ist.»

Ich blickte zu den Fenstern empor. Bis auf die beiden über der Veranda, welche zur Straße hin lag, waren sie geschlossen, und ich dachte im stillen: «Falls sich hier jemand versteckt, dessen Anwesenheit sie geheimhalten will, wäre es Wahnsinn zu hoffen, daß sie mich aufnimmt, selbst wenn ich die besten Empfehlungen mitbringe.» Ich folgte jedoch dem Beispiel meines Freundes, stieg von meinem Sitz herunter und schritt hinter ihm den kurzen, von Rasenstreifen eingefaßten Gartenweg entlang.

«Sie hat keine Dienstboten und wird die Tür persönlich öffnen, seien Sie also bereit», sagte er beim Anklopfen.

Flüchtig nahm ich wahr, daß der Vorhang des Fensters zu meiner Linken plötzlich herunterfiel, dann hörte ich aus dem Inneren des Hauses auch schon eilige Schritte, die Tür wurde geöffnet und vor mir stand die Frau, die mir an der Poststation aufgefallen war. Die Frau, deren Gebaren wegen ihrer Briefe mich so merkwürdig berührt hatte. Ich erkannte sie augenblicklich wieder, obwohl sie anders gekleidet war und sich offensichtlich über etwas aufgeregt oder beunruhigt hatte, denn sie wirkte ein wenig außer Fassung und strahlte eine Anspannung und Unsicherheit aus, die zuvor nicht bemerkbar gewesen war. Ich besaß jedoch keinen Grund anzunehmen, daß sie sich an mich erinnerte. Im Gegenteil, sie warf mir einen fragenden Blick zu. Mr. Monell stellte mich mit der Bemerkung vor: «Ein guter Freund von mir, genauer gesagt, mein Anwalt aus New York.» Sie begrüßte mich mit einer altmodischen Höflichkeitsfloskel, mit der sie unzweideutig ausdrücken wollte, daß sie sich trotz ihrer erkennbaren Geistesabwesenheit der Ehre meines Besuchs wohl bewußt sei.

«Wir möchten Sie um einen Gefallen bitten, Mrs. Belden. Dürfen wir eintreten?» fragte mein Mandant mit volltönender, herzlicher Stimme. Sein Tonfall zielte bewußt darauf ab, zerstreute Gedanken in die rechten Bahnen zu lenken. «Ich habe schon viel von Ihrem gemütlichen Heim gehört und erhielte zu gerne die Gelegenheit, es persönlich in Augenschein zu nehmen.» Geflissentlich übersah er die Verwunderung und Ablehnung, die sich unwillkürlich auf ihren Zügen malten. Stattdessen schlüpfte er galant in einen kleinen Raum zu unserer Linken, dessen heitere rote Teppiche und helle, bildgeschmückte Wände durch die halbgeöffnete Tür einladend herüberwinkten. Da man ihre Räumlichkeiten nun ohnehin, im Stil eines französischen *coup d'état*, besetzt hatte, versuchte Mrs. Belden, das Beste aus der Situation zu machen. Sie nötigte mich, ebenfalls einzutreten, und übernahm sofort die Rolle der vollendeten Gastgeberin. Mr. Monell blühte bei seinen Bestrebungen, sich von seiner angenehmsten Seite zu zeigen, regelrecht auf. Binnen kurzem mußte ich über seine geistreichen Bonmots herzlich lachen, obwohl ich mir große Sorgen machte, ob unseren Anstrengungen der Erfolg beschieden sein würde, den wir gewißlich verdienten. Mrs. Belden taute ebenfalls auf und beteiligte sich mit einer Leichtigkeit an unserer Konversation, welche man von einem Menschen in ihren bescheidenen Verhältnissen schwerlich erwartet hätte. Ich merkte in der Tat bald, daß sie keine gewöhnliche Frau war. Ihre kultivierte Art, sich zu geben und zu unterhalten, war, vor allem in Verbindung mit ihrer mütterlichen Ausstrahlung und Sanftheit, äußerst anziehend. Sie wäre die letzte Frau auf Erden gewesen, der ich jemals heimliche Machenschaften unterstellt hätte, wäre da nicht ihr eigentümlich reservierter Gesichtsausdruck gewesen, mit dem sie auf Mr. Monells behutsame Anfrage reagierte, ob sie mich möglicherweise bei sich beherbergen könne.

«Ich weiß nicht recht, meine Herren.» Sie warf mir einen durchdringenden, prüfenden Blick zu. «Ich täte es liebend gerne, aber ich habe schon länger keine zahlenden Gäste mehr bei mir aufgenommen und bin nicht mehr darauf eingericht. Ich fürchte, ich könnte es ihm nicht bequem genug machen. Kurzum, ich bitte Sie, Nachsicht mit mir walten zu lassen.»

«Unmöglich», entgegnete Mr. Monell. Seine Augen umfaßten den gesamten Raum mit einem herzlichen, lobenden Blick. Seine warmen Farben und der behagliche Eindruck, den er erweckte, machten ihn wahrlich einer gewissen Bewunderung wert, so schlicht er letztlich ausgestattet war. «Sie können niemand erst in ein Zimmer wie dieses locken und ihm dann die kalte Schulter zeigen, wenn er demütig um die Ehre ersucht, eine einzige kleine, bescheidene Nacht in diesen vier Wänden verbringen und genießen zu dürfen. Nein, meine liebe Mrs. Belden, ich kenne Sie zu gut. Sie würden selbst Lazarus nicht von Ihrer Schwelle weisen, geschweige denn einen so gutmütigen, aufgeweckten jungen Herrn wie meinen Freund.»

«Sie sind zu liebenswürdig», erwiderte sie. Man konnte an ihrem Blick erkennen, daß gelobt werden zu wollen eine ihrer großen Schwächen war. «Aber ich veranstalte dieser Tage einen gründlichen Hausputz, alles ist in schrecklicher Unordnung und kein Raum bezugsfertig. Mrs. Wright, drüben auf der anderen Straßenseite ...»

Mr. Monell unterbrach sie mit unverblümter Sturheit: «Mein Freund bleibt hier. Da ich ihn aus gewissen Gründen leider nicht in meinem eigenen Haus beherbergen kann, möchte ich zumindest die befriedigende Gewißheit verspüren, daß er sich unter den Fittichen der besten Hausfrau von ganz R. befindet.»

«Es täte mir sehr leid», warf ich ein, ohne allerdings zu eifrig zu erscheinen, «wenn ich mich woanders hinbegeben müßte, nun, da ich mich hier bereits vorgestellt habe.»

Sie warf einen unsicheren, bekümmerten Blick zur Tür hinüber.

«Man hat mir nie nachsagen können, ich sei ungastlich», setzte sie an, «aber diese schreckliche Unordnung – um wieviel Uhr möchten Sie kommen?» fragte sie unvermittelt.

«Ich habe gehofft, ich dürfte gleich bleiben», antwortete ich. «Ich muß einige Briefe schreiben und würde mir nichts sehnlicher wünschen, als mich still in eine Ecke zu setzen und zu schreiben.»

Bei dem Wort Briefe sah ich, wie ihre Hand unwillkürlich ihre Rocktasche streifte. Ihr Gesichtsausdruck veränderte sich unterdessen nicht, und sie erwiderte rasch: «Also gut, bleiben Sie. Falls Sie sich damit arrangieren können, was ich Ihnen anzubieten habe – es soll jedenfalls nicht heißen, daß ich Ihnen verweigert hätte, was Mr. Monell in seiner Güte einen Gefallen nennt.» Ihr Willkommen war so uneingeschränkt herzlich, wie ihr vorheriges Widerstreben ablehnend gewesen war. Sie schenkte uns ein freundliches Lächeln, überhörte meine Dankesbeteuerungen und eilte geschäftig mit Mr. Monell aus dem Haus, um meine Reisetasche sowie – was ihr zweifelsohne noch mehr behagte – die Komplimente in Empfang zu nehmen, mit denen er sie bei dieser Gelegenheit bereitwilliger denn je überhäufte.

«Ich werde dafür sorgen, daß Ihr Zimmer bald bezugsfertig ist», sagte sie bei ihrer Rückkehr. «In der Zwischenzeit fühlen Sie sich bitte wie zu Hause. Falls Sie Schreibgerät brauchen sollten, finden Sie alles Nötige in diesen Fächern.» Dabei deutete sie auf die schmalen Schubladen eines Tischchens, das sie neben meinen Lehnstuhl geschoben hatte. Ihr Verhalten brachte deutlich ihren Wunsch zum Ausdruck, ich sollte alles und jedes, was sie besaß, auch als mein Eigentum betrachten. Plötzlich wurde mir meine Situation wieder bewußt, und mich überfiel ein Gefühl von verwunderter Verlegenheit, das an Beschämung grenzte.

«Vielen Dank, ich führe selbst stets Papier und Feder bei mir.» Ich beeilte mich, meine Tasche zu öffnen und mein Schreibetui herauszunehmen, ohne das ich das Haus nie verließ.

«Dann lasse ich Sie jetzt alleine», sagte sie und schritt nach einem knappen Kopfnicken und einem raschen, gehetzten Blick aus dem Fenster hurtig aus dem Raum.

Ich hörte, wie sie den Flur durchquerte, zwei oder drei Stufen hinanstieg, innehielt, den Rest der Treppe hinauflief, erneut stehenblieb und schließlich weiterging. Außer mir befand sich nun im Erdgeschoß niemand mehr.

XXVIII. Ein denkwürdiges Erlebnis

Flat burglary as ever was committed.

So plump ein Diebstahl, wie er je verübt wurde.
SHAKESPEARE: VIEL LÄRM UM NICHTS

Ich durchsuchte zunächst das Zimmer, in dem ich mich befand.

Es handelte sich, wie ich bereits erwähnte, um einen hübschen Raum, viereckig, sonnig und gut ausgestattet. Jeder Eintretende mußte sich in der anheimelnden Atmosphäre sogleich wohl fühlen. Ein scharlachroter Teppich bedeckte den Boden, an den Wänden hingen mehrere Bilder, an den Fenster weiße Vorhänge mit einem geschmackvollen Muster aus Farnen und Herbstblättern. In einer Ecke stand ein altes Harmonium und in der Mitte des Raums ein Tisch, über den ein helles Tuch drapiert war. Auf dem Tisch befand sich eine kleine Ansammlung von Nippes; die einzelnen Stücke wirkten weder protzig noch zu kostspielig und trotzdem recht ansprechend und dekorativ. Meine besondere Aufmerksamkeit galt jedoch nicht diesen Details, die mir aus anderen Landhäusern sattsam bekannt waren. Ihretwegen unternahm ich meinen bedächtigen Gang durch das Zimmer gewiß nicht. Es war etwas anderes, etwas jenseits der äußeren Erscheinung der Dinge, das ich zu finden trachtete. Spuren – nicht nur allgemein auf den Fall bezogen, sondern auch auf Charakter, Befindlichkeit und Vergangenheit der Frau, mit der ich es nunmehr zu tun hatte. Ich suchte diese Spuren in jedem einzelnen profanen, kleinen Gegenstand. Deswegen studierte ich die Daguerrotypien auf dem Kaminsims, die Bücher im Schrank, die Noten auf dem Regal. Außerdem wollte ich herausfinden, ob mir irgend etwas Aufschluß darüber geben würde, daß sich jemand im Haus versteckte – jemand wie Hannah.

Zunächst also wandte ich mich der nicht sehr umfangreichen Bibliothek zu, die sich, wie ich erfreut bemerkte, in diesem Raum befand. Sie bestand aus wenigen ausgewählten Werken – Poesie, historische Bücher, Romane – und erklärte zur Genüge, warum Mrs. Beldens Gesprächsbeiträge jene überraschende Kultiviertheit erkennen ließen, die ich wahrgenommen hatte. Ich nahm einen vielgelesenen Band mit Byrons Gedichten zur Hand und schlug ihn auf. Sie hatte zahlreiche Passagen angestrichen. Im Geiste machte ich mir eine Notiz darüber, daß sie unbestreitbar für die rührenderen menschlichen Sentimente empfänglich war. Nachdem ich das Buch wieder an seinen Platz gestellt hatte, widmete ich mich dem Harmonium an der gegenüberliegenden Wand. Es war abgeschlossen, aber auf der ordentlich darübergelegten Decke lagen ein oder zwei Choralbücher, eine halbfertige Strickarbeit und ein Korb mit rotwangigen Äpfeln.

Ich nahm das Strickzeug zur Hand, mußte es allerdings wieder hinlegen, ohne daß ich im entferntesten darauf gekommen wäre, was es darstellen sollte. Ich setzte meine Entdeckungsreise zu einem kleinen Fenster fort, das sich auf den schmalen Hof öffnete, der am Haus entlangführte und es vom Nachbarhaus trennte. Ich schaute hinaus und dachte an die vielen neugierigen, bestürzten, wütenden, frohen, traurigen, enttäuschten Blicke, die seit dem Einzug der Bewohner des Hauses von diesem Fleck aus auf die Straße geworfen worden waren, denn neben diesem Fenster standen Schaukelstuhl und Arbeitstisch. Da erspähte ich plötzlich eine Reihe von Buchstaben, die jemand mit einer Diamantspitze in das Glas geritzt hatte. Soweit ich zu erkennen vermochte, handelte es sich um ein Wort oder Wörter, sie ergaben jedoch keinerlei Sinn, standen in keinem erkennbaren Zusammenhang. Ich schrieb sie der Augenblickslaune eines Schulmädchens zu und warf einen Blick auf den Korb, der auf dem Tisch an meiner Seite stand. Er quoll von Näh- und Flickzeug über; unter anderem entdeckte ich ein Paar Strümpfe, die bei weitem zu klein und verschlissen waren, als daß sie Mrs. Belden gehören konnten. Das war jedenfalls mein Eindruck. Ich zog sie behutsam aus dem Haufen hervor und betrachtete sie prüfend daraufhin, ob sie mit einem Namen gekennzeichnet waren. Erschrecken Sie nicht – klar und deutlich war der Buchstabe H aufgestickt. Ich warf sie in den Korb zurück, blickte erneut aus dem Fenster und tat einen tiefen, erleichterten Atemzug. Da fesselten jene Buchstaben auf der Scheibe erneut meine Aufmerksamkeit.

Gnirevalc Yram

Was mochten sie bedeuten? Ich begann müßig, sie rückwärts zu lesen, als ich plötzlich – Aber versuchen Sie es selbst, verehrter Leser! Sie können sich gewiß ausmalen, wie verblüfft ich über meine Entdeckung war. Freudig erregt über meine beiden Funde ließ ich mich nieder, um besagte Briefe zu schreiben. Ich war soeben fertig geworden, als Mrs. Belden hereinkam und verkündete, das Essen stände bereit. «Ich habe Ihnen mein eigenes Zimmer hergerichtet», sagte sie. «Ich dachte mir, es wäre bequemer für Sie, im Erdgeschoß zu bleiben.» Sie öffnete eine Tür, durch welche ich einen kleinen, aber komfortablen Raum erblickte. Verschwommen nahm ich ein Bett, eine riesenhafte Kommode und einen angelaufenen Spiegel in einem dunklen, altmodischen Rahmen wahr.

«Ich lebe schlicht», sprach sie weiter, während sie mich ins Speisezimmer führte, «aber ich mache es mir gerne gemütlich und möchte, daß andere es ebenfalls gemütlich haben.»

«Was Ihnen ohne Zweifel gelingt», sagte ich mit einem Blick auf die reichgedeckte Tafel.

Sie lächelte, und ich merkte, daß ich bereits hoch in ihrer Gunst stand, was mir in der Zukunft gewiß zum Vorteil gereichen würde.

Nie werde ich dieses Mahl vergessen! Die Leckerbissen, die zwanglosen Umgangsformen, die alles durchdringende geheimnisumwobene, unwirkliche Atmosphäre, das anhaltende Gefühl von Beschämung! Denn bei jedem köstlichen Gericht, das sie mir aufnötigte, war ich des Argwohns in meinem Herzen gegen eben jene Frau gewahr, deren Kochkünsten ich so herzhaft zusprach. Nie werde ich das Gefühl vergessen, als mir zum ersten Mal klarwurde, wie sehr sie sich danach sehnte, jemandem ihr Herz auszuschütten und ihrem Kummer Ausdruck zu verleihen. Doch noch zögerte sie, zu sprechen. Nie werde ich vergessen, wie sie zusammenfuhr, als eine Katze von dem schrägen Küchendach auf den Rasenfleck hinter ihrem Haus sprang, oder wie mein Herz pochte, als ich das Knarren eines Fußbodenbretts über meinem Kopf vernahm oder zu vernehmen glaubte. Wir befanden uns in einem kleinen, langen und schmalen Zimmer, das seltsamerweise quer zum Grundriß des Hauses gelegen schien. Auf einer Seite grenzte es an den düsteren, spärlich beleuchteten Salon, der wenig zur übrigen Beschaulichkeit paßte. Die andere Tür öffnete sich zu dem winzigen Schlafzimmer, das mir zugewiesen worden war.

«Wohnen Sie allein hier? Fürchten Sie sich nicht?» fragte ich, während Mrs. Belden mir entgegen meinem ausdrücklichen Wunsch ein weiteres Stück kaltes Huhn servierte. «Gibt es in diesem Ort denn keine Langfinger, keine Landstreicher, vor denen eine alleinstehende Frau wie Sie zu Recht Angst haben müßte?»

«Keiner wird mir etwas zuleide tun», sagte sie. «Jeder, der hier mit der Bitte um Essen oder ein Dach über den Kopf anklopft, bekommt, was er braucht.»

«Sie leben so dicht bei einer Bahnstation. Ich könnte mir vorstellen, daß Sie ständig von Nichtsnutzen heimgesucht werden, deren einzige Beschäftigung darin besteht, sich alles zu nehmen, was sie kriegen können, ohne je etwas zurückzugeben.»

«Ich kann sie nicht abweisen», sagte sie. «Die Armen zu ernähren, ist mein einziger Luxus.»

«Aber die Müßiggänger, die Herumtreiber, die nicht arbeiten wollen und andere nicht arbeiten lassen ...»

«Sind auch Arme.»

Wieder machte ich mir im Geiste eine Notiz: Diese Frau würde bedenkenlos ein unglückseliges Menschenkind schützen, das sich in den Fallstricken eines Verbrechens verfangen hatte. Ich bat, mich entschuldigen zu dürfen. Während ich mich zurückzog, kam mir der Gedanke, daß sie vermutlich die nächstbeste Gelegenheit ergreifen würde, um Essen nach oben zu schaffen, sollte sich tatsächlich jemand, zum Beispiel Hannah, im Haus verborgen halten. In der Hoffnung, ich würde später erkennen können, ob etwas fehlte, warf ich einen sorgfältigen Blick auf die Platten mit Brot und kaltem Huhn.

«Ich werde meine Zigarre auf der Veranda rauchen», sagte ich. «Danach wäre es mir außerordentliches Vergnügen, wenn Sie Zeit für einen kleinen Plausch mit mir hätten.»

«Danke schön», antwortete sie bereitwillig. Das Verlangen, eine Art Bekenntnis abzulegen, machte sich in ihrem Verhalten deutlicher bemerkbar denn je zuvor. «Aber gehen Sie nur auf die Veranda, falls Sie es wirklich wollen. Ich bin keine von den Hausfrauen, die sich vor Rauch zu Tode fürchten.»

«Ich ziehe die Veranda vor, mir steht der Sinn nach ein wenig frischer Luft.»

In Wahrheit wurde ich allmählich nervös wegen X. Schon das geringste Anzeichen, daß er in R. zugegen war, würde mir Mut einflößen. Anscheinend war mir jedoch nicht einmal diese kleine Aufmunterung vergönnt. Vergeblich marschierte ich auf der Veranda hin und her. Weder erspähte ich ihn, noch vernahm ich jenes typische kurze Auflachen, obwohl ich halb erwartet hatte, es würde urplötzlich von einem unbekannten Ort her an mein Ohr dringen. Falls X sich überhaupt in meiner Nähe befand, verhielt er sich jedenfalls ungeheuer still.

Mrs. Belden kam mit einem leeren Teller die Treppe herunter. (Ich weiß es, weil ich sie dabei ertappte, wie sie ihn auf den Küchentisch stellte, als ich mir gerade etwas zu trinken holen wollte.) Schließlich saßen wir wieder beieinander. Ich hatte mir vorgenommen, zunächst eine angemessene Frist abzuwarten, ob sie von sich aus etwas sagen würde. Falls sie nicht anfinge zu reden, würde ich einen Versuch unternehmen, ihr das Geheimnis zu entlocken.

Sie stand allerdings fast unmittelbar davor, sich zu erklären. Ihr Geständnis war indessen anderer Natur, als ich vermutet hatte, und zog ganz eigene Konsequenzen nach sich.

Indem sie ihr Strickzeug zur Hand nahm, versuchte sie, sich einen gezwungenen Anschein von Geschäftigkeit zu geben. «Sie sind Anwalt, nicht wahr?» bemerkte sie einleitend.

«Ja, das ist mein Beruf.»

Sie schwieg eine Weile. Während dieser Pause muß sie große Verwirrung in ihr Strickzeug gebracht haben, denn plötzlich bedachte sie ihre Handarbeit mit einem erstaunten, gequälten Blick. Zögernd fragte sie:

«Wären Sie eventuell bereit, mir einen Rat zu erteilen? Ich befinde mich nämlich in einer äußerst seltsamen, mißlichen Lage, der ich nicht zu entrinnen vermag. Sie fordert jedoch sofortiges Handeln. Falls Sie gestatten, möchte ich Ihnen davon erzählen.»

«Es soll mir eine Ehre sein; erzählen Sie mir alles. Ich werde Ihnen raten, so gut ich eben kann.»

Meine Antwort muß sie erleichtert haben, denn sie atmete einmal tief durch. Die Falten auf ihrer Stirn jedoch schwanden nicht.

«Wenige Worte werden reichen. In meinem Besitz befindet sich ein Paket mit Dokumenten, die mir von zwei Damen anvertraut wurden. Es besteht die unmißverständliche Vereinbarung zwischen uns dreien, daß ich sie weder vernichten noch wieder aus der Hand geben darf, außer beide Damen wissen davon Bescheid und geben ihr ausdrückliches Einverständnis, entweder persönlich oder schriftlich. Bis dahin müssen sie bei mir bleiben, und nichts und niemand soll sie mir entreißen können.»

«Das klingt nicht besonders kompliziert», sagte ich, denn sie sprach nicht weiter.

«Ich habe jedoch mittlerweile von einer der Damen die Nachricht erhalten, daß von der unverzüglichen Vernichtung der Dokumente ihr Seelenfrieden und ihre Sicherheit abhängen. Es ist die Dame, für welche die Dokumente von größerer Bedeutsamkeit sind.»

«Und Sie wollen wissen, worin in diesem Fall Ihre Pflicht besteht?»

«Ja», entgegnete sie nervös.

Ich erhob mich, ich konnte nicht anders. Eine Flut von Mutmaßungen stürzte tosend über mir zusammen.

«Ihre Pflicht ist es, diese Dokumente zu schützen, als wären sie Ihnen lieb wie Ihr eigenes Leben, bis man Sie von Ihrem Wachposten befreit, und zwar auf dem Weg, auf den Sie sich selbst eingeschworen haben.»

«Lautet so Ihre Meinung als Anwalt?»

«Ja, und als Mensch. Nach einem Gelöbnis dieser Art haben Sie keine andere Wahl. Sie begingen einen unverzeihlichen Vertrauensmißbrauch, wenn Sie sich dem Ansinnen der einen Partei beugen würden, wo Sie sich beiden gleichermaßen verpflichtet haben. Die Tatsache, daß Ihr Festhalten an diesen Dokumenten Kummer oder Leid erzeugen könnte, entbindet Sie nicht von Ihrer Verpflichtung. Das ist nicht Ihre Sache, außerdem können Sie sich keinesfalls sicher sein, daß die Darstellung besagter Person mit dem dringlicheren Interesse an den Dokumenten der Wahrheit entspricht. Sie begehen vermutlich ein größeres Unrecht, wenn Sie auf Wunsch der einen Partei zerstören, was für beide Parteien ausdrücklich gleichermaßen wertvoll ist, als wenn Sie die Dokumente der Vereinbarung gemäß erhalten.»

«Aber die Umstände! Umstände verändern Bedingungen. Kurz gesagt, mir scheint, die Wünsche der einen Dame, für welche die Angelegenheit wichtiger ist, sollten berücksichtigt werden, zumal zwischen beiden Damen eine Verstimmung herrscht, aufgrund derer es vielleicht nie gelingen wird, die Zustimmung der anderen Dame einzuholen.»

«Nein», sagte ich, «zwei Übel zusammengenommen ergeben nie und nimmer ein Gutes. Außerdem steht es niemandem frei, ein Unrecht mit der Begründung zu begehen, damit würde jemandem zu seinem Recht verholfen. Die Dokumente müssen erhalten bleiben, Mrs. Belden.»

Sie ließ entmutigt den Kopf sinken. Offenbar hatte sie den Wunsch gehegt, es der einen Dame recht zu machen. «Das Gesetz ist streng, sehr streng», murmelte sie.

«Hier geht es nicht um das Gesetz, sondern um schlichte Menschenpflicht», sagte ich. «Nehmen Sie den gegensätzlichen Fall, nehmen Sie an, Ehre und Glück der anderen Person hingen von der Erhaltung der Dokumente ab. Worin bestünde dann Ihre Pflicht?»

«Aber ...»

«Vertrag ist Vertrag», fuhr ich fort. «Damit läßt sich nicht spaßen. Sie haben in Verwahrung genommen, was man Ihnen anvertraute, und Ihr Wort gegeben. Damit sind Sie gezwungen, alle Bedingungen auf den Punkt genau zu erfüllen. Wenn Sie die Dokumente ohne das notwendige beiderseitige Einverständnis der Damen aus der Hand geben oder vernichten, würden Sie sich eines schwerwiegenden Vertrauensmißbrauchs schuldig machen.»

Langsam breitete sich ein Ausdruck unendlicher Schwermut auf ihren Zügen aus. «Ich fürchte, Sie haben recht», sagte sie und wurde still.

Ich beobachtete sie und dachte: «Wären Mr. Gryce oder X an meiner Stelle, sie würden sich nicht mehr vom Fleck rühren, bis sie der Angelegenheit auf den Grund gegangen wären, bis sie in Erfahrung gebracht hätten, um wen es sich handelt und wo jene kostbaren Dokumente versteckt sind, die von derartiger Wichtigkeit zu sein scheinen.» Da ich jedoch weder der eine noch der andere war, fiel mir nichts anderes ein, als sie zum Weiterreden zu bewegen, bis sie vielleicht etwas sagen würde, das mir weitere Aufschlüsse gab.

Mit dieser Absicht im Sinn wollte ich ihr soeben eine Frage stellen, als ich durch das Erscheinen einer Frau abgelenkt wurde, die aus der Hintertür des Nachbarhauses trat. Sie sah dermaßen verkommen aus und legte ein so ungeschlachtes Benehmen an den Tag, daß sie die perfekte Vertreterin jener Spezies von Herumtreibern vorstellte, über die wir beim Essen geredet hatten. Sie nagte an einer Brotkruste, die sie später auf die Straße warf. Mühsam trottete sie den Gartenweg entlang; ihre dürftige Gewandung, erbarmenswert zerlumpt und schmutzig, flatterte im scharfen Frühlingswind. Darunter wurden zerfetzte Schuhe sichtbar, die von lehmrotem Straßenstaub bedeckt waren.

«Dort drüben läuft eine Anwärterin auf Ihre Wohltätigkeit», sagte ich.

Mrs. Belden schien aus einer Art Trance zu erwachen. Sie erhob sich langsam, blickte hinaus und beäugte das jämmerliche Geschöpf. Dabei erweichte sich ihre Miene zusehends.

«Armes Ding!» sagte sie leise. «Wenn es je eine gab, die der Barmherzigkeit bedurfte, dann diese hier. Aber viel kann ich heute abend nicht für sie tun. Alles, was ich ihr bieten kann, ist eine solide Mahlzeit», sagte sie. Die Frau war vor dem Gartentor stehengeblieben.

Mrs. Belden ging zum Vordereingang und rief ihr zu, sie solle um das Haus herum zur Küchentür kommen. Bald darauf hörte ich, wie die wilde Kreatur draußen laut 'Gott vergelt's Ihnen!' sagte. Es konnte dafür keinen anderen Grund geben, als daß Mrs. Belden ihr von den guten Dingen vorgesetzt hatte, von denen ihre Speisekammer zu bersten schien.

Sie wollte allerdings mehr als nur essen. Nach einer angemessenen Zeit des Schweigens, die, wie ich wohl zu Recht vermuten durfte, mit ausgiebigem Kauen verbracht worden war, ließ sich die Stimme erneut vernehmen, dieses Mal mit der Bitte um ein Nachtlager.

«Die Scheune, gute Frau», hörte ich sie sagen, «oder den Holzverschlag, irgendein Plätzchen, wo ich windgeschützt liegen kann.» Und sie erzählte eine nicht enden wollende Geschichte von ewigwährender Not und Krankheit, die selbst den Hartherzigsten erweichen mußte. Ich war daher mitnichten überrascht, als Mrs. Belden nach ihrer Rückkehr in das Zimmer verkündete, daß sie sich trotz ihrer ursprünglichen, gegensätzlichen Absicht damit einverstanden erklärt hatte, die Frau für eine Nacht vor dem Ofen in der Küche schlafen zu lassen.

«Sie sieht ehrlich genug aus», sagte sie, «und wie Sie wissen, ist Nächstenliebe mein einziger Luxus.»

Leider hatte die Unterbrechung unser Gespräch beendet. Mrs. Belden begab sich in das obere Stockwerk. Ich blieb eine Zeitlang alleine sitzen, erwog in Gedanken ihre Geschichte und versuchte, über meine nächsten Schritte Klarheit zu gewinnen. Ich war soeben zu dem Schluß gelangt, daß sie sich ebensogut von ihren Gefühlen zu der Zerstörung der Dokumente hinreißen lassen konnte, die sich in ihrer Obhut befanden, als die Regeln unparteilichen Verhaltens zu befolgen, die ich ihr unterbreitet hatte, da hörte ich, wie sie verstohlen die Treppe hinunterschlich und das Haus verließ. Ich mißtraute ihren Absichten, daher ergriff ich meinen Hut und eilte ihr nach. Sie lief die Hauptstraße entlang. Zunächst glaubte ich, sie wolle sich zum Haus eines Nachbarn oder gar zum Hotel begeben. Bald jedoch verlangsamte sie ihren ruhelosen Schritt und schlug ein gemächlicheres Tempo ein, was mich davon überzeugte, daß sie sich sie ein entfernteres Ziel vorgenommen hatte. Kurze Zeit später hatten wir in der Tat sowohl das Hotel mit seinen Nebengebäuden als auch die kleine Schule passiert, die als letztes Haus des Ortes an der Straße stand. Nun liefen wir schnurstracks aufs freie Land hinaus. Was mochte es zu bedeuten haben?

Unbeirrt hastete sie vorwärts. Die Umrisse ihrer auf und ab hüpfenden Gestalt, der große Schal, den sie fest um sich geschlungen hielt, das adrette Häubchen, alles entschwand immer mehr in der Dunkelheit der Aprilnacht, die endgültig über uns hereingebrochen war. Dennoch blieb ich ihr auf den Fersen. Ich lief über den Wiesenstreifen am Straßenrand, damit sie meine Schritte nicht hören und sich umwenden würde. Schließlich erreichten wir eine Brücke. Ich vernahm noch, wie sie hinüberlief, dann herrschte plötzlich vollkommene Stille. Sie war vermutlich stehengeblieben, um zu lauschen. Es würde mir nichts nützen, ebenfalls stehenzubleiben, deshalb duckte ich mich zusammen und ging langsam weiter, allerdings nur bis zu einem bestimmten Punkt jenseits der Brücke. Dort kehrte ich um und begann, denselben Weg zurückzugehen, bis ich mich wieder am Anfang der Brücke befand. Dabei spähte ich angestrengt über meine Schulter in die Dunkelheit zurück, um ihre herannahende Gestalt sofort sehen zu können. Aber sie folgte mir nicht.

Ich war mittlerweile zu der festen Überzeugung gelangt, daß sie den wahren Grund für meinen Aufenthalt bei ihr erkannt und mich absichtlich fortgelockt hatte, um Hannah zur Flucht zu verhelfen. Ich wollte gerade auf meinen Posten zurückstürzen, den ich so unbedacht verlassen hatte, als ich zu meiner Linken ein eigenartiges Geräusch vernahm und wie angewurzelt stehenblieb. Es wehte vom Ufer des Flüsschens zu mir herauf, das unter der Brücke herströmte, und klang wie das Knarren einer alten Tür mit rostigen Scharnieren.

Ich sprang über das Geländer und bahnte mir, so gut ich konnte, meinen Weg den steilen Abhang hinunter in die Richtung, aus der das Geräusch gedrungen war. Es herrschte undurchdringliche Finsternis, und ich kam nur langsam voran, so langsam, daß ich allmählich fürchtete, mich auf eine tollkühne, aber vergebliche Jagd eingelassen zu haben. Da erhellte sekundenlang ein Blitz den Himmel. In dem grellen Licht erhaschte ich einen flüchtigen Blick auf ein Gebilde unmittelbar vor meiner Nase, das wie ein alter Schuppen aussah. Dem stärker werdenden Rauschen des Wassers nach zu urteilen, stand er unmittelbar am Flußufer. Ich zögerte deshalb weiterzugehen, da vernahm ich plötzlich ganz in meiner Nähe schweres Atmen und ein schabendes Geräusch, als ertastete sich jemand seinen Weg über einen Stapel loser Bretter. Während ich noch auf demselben Fleck stand, erglühte im Inneren des Schuppens eine schwache blaue Flamme. Durch die halbeingestürzte Tür erkannte ich die Umrisse Mrs. Beldens; sie hielt ein Streichholz in der Hand und ließ ihren Blick über die vier Wände schweifen, die sie umgaben. Während ich kaum zu atmen wagte, um sie nicht aufzuschrecken, beobachtete ich, wie sie sich drehte und wendete, hinauf in das Dach und hinunter auf den Fußboden spähte. Das Dach war so verfallen, daß an vielen Stellen der Himmel durchschien, der Boden befand sich in einem ähnlich beklagenswerten Zustand. Schließlich zog sie unter ihrem Umhang einen Blechkasten hervor, legte ihn vor sich auf die Erde und betrachtete ihn prüfend. Der Anblick des Kastens verdeutlichte mir auf der Stelle, welcher Natur ihr nächtlicher Spaziergang war. Sie wollte verstecken, was sie nicht zu vernichten wagte. Nachdem ich solcherart Klarheit gewonnen hatte, wollte ich eben vortreten, da verlöschte das Streichholz in ihrer Hand. Während sie damit beschäftigt war, ein zweites anzuzünden, überlegte ich mir, daß es vermutlich ratsamer wäre, sie nicht zum gegenwärtigen Zeitpunkt anzusprechen und dadurch Furcht und Argwohn in ihr zu wecken. Dies könnte den Erfolg meines Hauptplans gefährden. Ich würde vielmehr warten, bis sie sich entfernt hatte, und danach versuchen, den Kasten in meinen Besitz zu bringen. Also verkroch ich mich an der Schuppenwand und wartete dort ihr Fortgehen ab, denn ich wußte, daß ich nicht länger bei der Tür stehenbleiben und hindurchsehen durfte. Immer öfter leuchteten am Himmel über uns Blitze auf; das Risiko, entdeckt zu werden, war zu groß. Minuten vergingen, ein ums andere Mal vollzog sich jener eigenartige Wechsel zwischen erdrückender Dunkelheit und grellem Licht. Doch sie tauchte nicht wieder auf. Ich wollte mein Versteck soeben ungeduldig verlassen, da verließ sie endlich den Schuppen und stieg unsicheren Schritts die Böschung zur Brücke empor.

Ich wartete, bis ich sie außer Hörweite wußte, dann stahl ich mich aus meinem Zufluchtsort und betrat den Schuppen. Drinnen herrschte eine Finsternis wie im Hades; als Raucher jedoch war ich mit Streichhölzern ebenso reichlich ausgestattet wie sie.

Ich entzündete eines und hielt es in die Höhe, aber weil es nur ein trübes Licht verbreitete und ich nicht mit Bestimmtheit wußte, wo ich zu suchen beginnen sollte, verlöschte es, bevor ich mehr als einen flüchtigen Überblick über meinen Aufenthaltsort gewonnen hatte. Ich strich ein zweites an, doch obwohl ich meine Aufmerksamkeit auf einen Fleck konzentrierte, nämlich auf den Fußboden, ging es ebenfalls aus, bevor ich irgendwelche Spuren entdecken und eine Ahnung davon entwickeln konnte, wo sie den Kasten versteckt hatte. Zum ersten Mal wurde mir die Schwierigkeit meines Vorhabens bewußt. Sie hatte sich vermutlich bereits vor dem Aufbruch aus ihrem Haus eine Idee davon zurechtgelegt, in welchem Winkel des alten Schuppens sie ihren Schatz verstecken wollte. Ich hingegen verfügte über keinerlei Anhaltspunkte, mir blieb nichts anderes übrig, als Streichhölzer zu vergeuden. Und ich vergeudete sie allemal. Ein Dutzend glomm auf und erlosch, bevor ich mir sicher sein konnte, daß der Kasten nicht unter einem Schutthaufen in einer Ecke des Schuppens steckte. Erst als ich bereits mein letztes Streichholz in der Hand hielt, entdeckte ich, daß eine der zersplitterten Bodenplanken gegenüber den anderen ein wenig verschoben wirkte. Nur noch ein Streichholz! In dessen Schein mußte ich das Brett hochheben, die Vertiefung darunter durchsuchen und den Kasten – falls er dort wäre – vorsichtig herausheben.

Ich beschloß, meinen mageren Vorrat nicht zu verschwenden, kniete im Dunkeln nieder, faßte das Brett versuchsweise an und entdeckte, daß es lose saß. Mit aller Kraft zerrte ich daran, riß es heraus und warf es beiseite. Dann entzündete ich mein Streichholz und spähte in das Loch hinunter, das sich aufgetan hatte. Irgend etwas, ich hätte nicht sagen können, ob Stein oder Kasten, geriet in mein Blickfeld, doch während ich meine Hand danach ausstreckte, entglitt mir das Streichholz. Ich verfluchte meine Unachtsamkeit. Weil ich jedoch um jeden Preis entschlossen war, meinen Fund in Sicherheit zu bringen, faßte ich tief in das Loch hinein und hielt im nächsten Moment das Objekt meiner Neugierde in Händen. Es war der Kasten!

Mit dem Ergebnis meiner Mühe sehr zufrieden, wandte ich mich zum Gehen. Nur ein Gedanke beherrschte mich jetzt noch, nämlich vor Mrs. Belden in ihrem Haus einzutreffen. Ob es möglich sein würde? Sie hatte mehrere Minuten Vorsprung, ich würde sie überholen müssen, dabei mochte sie mich erkennen. Lohnte es sich, dieses Risiko einzugehen? Ich beschloß, daß es sich lohnte.

Sobald ich mich wieder auf der Landstraße befand, beschleunigte ich meine Schritte. Über eine kurze Strecke hinweg behielt ich meine Geschwindigkeit bei, ohne jemand zu überholen oder zu treffen. Hinter einer Biegung im Weg allerdings stieß ich beinahe mit Mrs. Belden zusammen, die mitten auf der Straße stand und zurückblickte. Ich war verwirrt und lief hastig an ihr vorbei. Natürlich rechnete ich damit, daß sie mich anhalten würde. Aber sie ließ mich ohne ein Wort vorübergehen, was mich sehr überraschte. Noch verblüffter war ich, als sie mir nicht folgte. Ich wandte mich daher zu ihr um. Und sah, warum sie wie gebannt auf einem Fleck stand und meine Anwesenheit nicht einmal bemerkte. Der Schuppen brannte!

Mir wurde augenblicklich klar, daß dies das Werk meiner Hände war. Ich hatte vermutlich ein glimmendes Streichholz fallenlassen, und es war auf einer entzündbaren Unterlage gelandet.

Nun war die Reihe an mir, entgeistert auf das Schauspiel vor unseren Augen zu starren. Die roten Flammen züngelten hoch und höher, die Wolken am Himmel über dem Schuppen, der Fluß, alles glänzte rot und immer heller. Über der Faszination des Anblicks vergaß ich Mrs. Belden. Doch bald rief ein rasches, erregtes Keuchen mir ihre Gegenwart wieder ins Gedächtnis. Ich näherte mich behutsam und hörte, wie sie wie im Traum sagte: «Das habe ich nicht gewollt, nein, das habe ich nicht gewollt.» Dann fügte sie mit gedämpfter, aber zufriedener Stimme hinzu: «Aber es ist das beste so, jetzt ist alles unwiederbringlich vernichtet. Mary wird sich freuen, und niemand trifft die Schuld.»

Weitere Äußerungen wartete ich nicht ab. Falls dies der Schluß war, den sie aus dem Vorfall zog, würde sie nicht mehr lange auf ihrem Platz verweilen, zumal Geschrei und Gerenne in der Ferne davon kündeten, daß eine Horde Dorfjungen sich zum Schauplatz der Feuersbrunst aufgemacht hatte.

Nach meiner Rückkehr vergewisserte ich mich zunächst, daß mein unüberlegter Ausflug keine bösen Folgen gehabt hatte, obwohl das Haus der Landstreicherin auf Gedeih und Verderb ausgeliefert gewesen war. Danach zog ich mich auf mein Zimmer zurück und begutachtete den Kasten. Er erwies sich als eine recht schmucke Kassette aus Blech mit einem Schloß. Ihr Gewicht überzeugte mich zufriedenstellend davon, daß sie nichts Schwereres als die Dokumente enthielt, die Mrs. Belden erwähnt hatte. Ich versteckte die Kassette unter meinem Bett und begab mich in das gemütliche kleine Wohnzimmer. Kaum hatte ich mich niedergelassen und ein Buch zur Hand genommen, erschien Mrs. Belden bereits in der Tür.

«Was für eine Nacht!» rief sie aus und nahm ihre Haube ab. Darunter kam ihr Gesicht zum Vorschein, das vor Anstrengung gerötet war, doch überaus erleichtert wirkte. «Blitze und Donner allenthalben, irgendwo ist ein Feuer ausgebrochen, es ist absolut scheußlich dort draußen. Ich hoffe, Sie haben sich nicht einsam gefühlt.» Sie blickte forschend in mein Gesicht – ich versuchte, so unbeteiligt wie möglich zu wirken. «Ich hatte einen Botengang zu verrichten, rechnete allerdings nicht damit, daß ich so lange ausbleiben würde.»

Ich antwortete mit irgendeiner beiläufigen Bemerkung. Danach stürzte sie aus dem Raum, um das Haus zu verriegeln.

Ich wartete, aber sie kam nicht zurück, vielleicht aus Furcht, sich zu verraten. Sie hatte sich offenbar für die Nacht auf ihr Zimmer zurückgezogen und überließ es mir, für mich selbst zu sorgen, so gut ich konnte. Ich räume ein, daß ich darob eher Erleichterung verspürte. Ich fühlte mich nicht imstande, in dieser Nacht weitere Aufregungen zu erleben, und war froh darüber, meine nächsten Schritte auf den folgenden Tag verschieben zu können. Sobald das Gewitter vorübergezogen war, begab ich mich ebenfalls zu Bett. Nach einigen vergeblichen Anläufen gelang es mir sogar, einzuschlafen.

XXIX. Die fehlende Zeugin

I fled and cried out death.

Ich floh und verkündete Tod.

MILTON

«Mr. Raymond!» Die Stimme klang gedämpft und fragend in meine Träume herüber, weckte mich und ließ mich die Augen aufschlagen. Der Morgen dämmerte. In seinem milchigen Schein sah ich, daß die klägliche Gestalt der Herumtreiberin, die Mrs. Belden am Vorabend aufgenommen hatte, im Rahmen der Tür zum Speisezimmer stand. Ich war bestürzt, ärgerlich, wollte sie soeben hinauswerfen, da zog sie zu meiner äußersten Verwunderung ein rotes Tüchlein aus ihrer Tasche, und ich erkannte X.

Er trat eilig an mein Bett und drückte mir ein Stück Papier in die Hand. «Lesen Sie das», sagte er, danach verließ er ohne ein weiteres Wort oder einen Blick zurück das Zimmer und zog die Tür hinter sich zu.

Verständlicherweise erregt stand ich auf, trat mit dem Zettel ans Fenster und entzifferte im heller werdenden Morgenlicht seine eilig niedergekritzelten Zeilen:

Sie ist hier, ich habe sie in dem Raum gesehen, der mit einem Kreuz markiert ist. Warten Sie bis acht Uhr, gehen Sie dann hinauf. Ich werde einen Weg ersinnen, Mrs. Belden aus dem Haus zu locken.

Darunter befand sich eine Skizze mit dem Grundriß des ersten Stockwerks (siehe Seite 303).

Hannah hielt sich demnach in dem engen Hinterzimmer oberhalb des Speiseraums auf. Ich hatte mich nicht getäuscht, als ich am Vorabend Schritte über mir zu vernehmen glaubte!

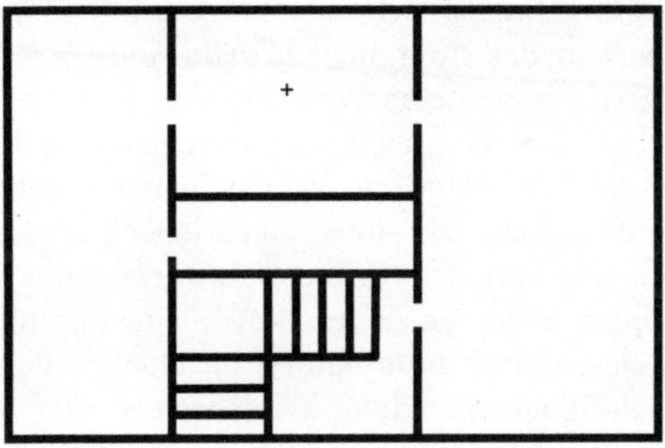

Mir fiel ein Stein vom Herzen, gleichzeitig allerdings wühlte mich die Aussicht auf, in großer Bälde der Person gegenüberzustehen, die allem begründeten Anschein nach das gräßliche Geheimnis des Mordes an Horatio Leavenworth kannte. Ich legte mich erneut nieder, um noch ein wenig zu ruhen. Doch es war unmöglich, ebensogut hätte ich versuchen können einzuschlafen, während sich mir mein Todfeind mit geladener Pistole und dem Finger am Abzug näherte! Gepeinigt ließ ich jeden Gedanken an Schlaf fahren und gab mich damit zufrieden, den Geräuschen meiner langsam erwachenden Umwelt zu lauschen, die aus Mrs. Beldens und den benachbarten Häusern erklangen.

X hatte die Tür hinter sich zugezogen, deswegen vernahm ich nur undeutlich, wie Mrs. Belden die Treppe herunterkam. Desto klarer drang ihr kurzer, überraschter Ausruf an mein Ohr, nachdem sie die Küche betreten und entdeckt hatte, daß die Landstreicherin verschwunden war und die Hintertür sperrangelweit offenstand. Einen Moment lang befürchtete ich, X habe einen Fehler begangen, indem er sich ohne Dank und Gruß aus dem Staub machte. Doch nicht umsonst hatte er am Abend zuvor Mrs. Belden genau beobachtet und war zu einer korrekten Einschätzung ihres Charakters gelangt. Denn als sie während ihrer Frühstücksvorbereitungen durch das Nebenzimmer lief, hörte ich, wie sie vor sich hinmurmelte:

«Armes Ding! Sie lebt schon so lange auf den Feldern und am Straßenrand, daß sie es nicht aushält, eine ganze Nacht im Haus eingesperrt zu bleiben.»

Das Frühstück erwies sich als schwere Prüfung. Essen, unbeschwert wirken, plaudern, keinen Fehler begehen – eine Qual! Ich bete, eine solche nie wieder erleben zu müssen. Endlich jedoch ging auch das vorüber, ich war frei und wartete in meinem Zimmer auf den Zeitpunkt für jenes gefürchtete und doch herbeigesehnte Zusammentreffen. Die Minuten krochen dahin, es schlug acht, gerade verklang der letzte Ton, da klopfte es laut an die Hintertür, ein Knabe stürzte in die Küche und schrie aus vollem Halse: «Papa hat einen Anfall! Mrs. Belden, Papa hat einen Anfall, kommen Sie schnell!»

Natürlich erhob ich mich, um in die Küche zu eilen. Mrs. Belden stand mit besorgter Miene im Türrahmen und sagte:

«Ein armer Holzfäller, der ein Stück die Straße hinunter wohnt, hat einen Anfall erlitten. Man verlangt nach mir. Würden Sie bitte auf das Haus achtgeben, solange ich fort bin? Ich werde mich nicht länger als notwendig aufhalten.»

Sie wartete meine Antwort gar nicht erst ab, sondern haschte nach ihrem Umhang, der über einem Stuhl lag, warf ihn sich um die Schulter und lief hinter dem aufgeregten Bengel her auf die Straße.

Augenblicklich schien das Haus wie von einer Todesstille erfüllt. Mich überfiel eine Furcht, wie ich sie nie zuvor gekannt hatte. Einen schrecklichen Moment lang glaubte ich, nie die Kraft dafür aufzubringen, jene Treppe hinaufzusteigen und dem Mädchen gegenüberzutreten. Meine Scheu wäre nicht größer gewesen, hätte ich vor der Aufgabe gestanden, den Vorhang beiseitezuziehen, der mir die Leiche des geliebtesten Menschen auf Erden enthüllen würde. Dennoch drängte es mich, auch das Schlimmste zu erfahren. Neben allen anderen Empfindungen verspürte ich zudem unendliche Dankbarkeit um Eleanores willen, weil sich alles so rasch und zum Guten aufgeklärt hatte. Bis ich meinen Mut zusammengenommen hatte, um die Pflicht zu erfüllen, die mir in dieser Stunde oblag, vergingen zwar noch einige Minuten, doch sobald ich mich auf der Treppe befand, merkte ich, wie meine ursprüngliche, überwältigende Angst dahinschwand. Statt ihrer erfüllte mich plötzlich eine Art kämpferischer Neugier, so daß ich die Tür am Ende der Treppe gar mit einem gewissen Ungestüm aufstieß, das ich an mir selbst nicht kannte und welches unter den gegebenen Umständen vermutlich eher fehl am Platze war.

Ich stand in einem geräumigen Schlafzimmer; offensichtlich hatte hier Mrs. Belden die Nacht verbracht. Flüchtig nahm ich wahr, daß es auch für sie eine unruhige gewesen sein mußte. Ich hielt mich jedoch nicht an Einzelheiten auf, sondern lief gleich auf die Tür zu dem Raum zu, den X auf seinem Plan mit einem Kreuz gekennzeichnet hatte. Die Tür war keine Augenweide, sie bestand aus achtlos überstrichenen Fichtenholzbrettern und schien in aller Eile zusammengetischlert worden zu sein, lange nachdem man das Haus erbaut hatte. Ich blieb davor stehen und lauschte. Alles ruhig. Ich legte meine Hand auf die Klinke und wollte eintreten. Abgeschlossen. Erneut hielt ich inne, beugte mich vor und legte mein Ohr an das Schlüsselloch. Kein Laut drang von innen, kein Grab hätte stiller sein können. Ich sah mich unschlüssig und beklommen um und überlegte, was ich tun sollte. Plötzlich fiel mir ein, daß auf dem Plan, den X mir gegeben hatte, ein weiterer Eingang zu diesem Zimmer eingezeichnet gewesen war, der es mit dem dritten Raum des Obergeschosses verband. Dieser Raum lag auf der gegenüberliegenden Flurseite. Ich stürzte hinüber und versuchte, die dortige Zwischentür aufzustoßen, doch sie war ebenfalls verriegelt. Da mir nichts anderes übrigbleiben würde, als Gewalt anzuwenden, erhob ich erstmals meine Stimme und rief den Namen des Mädchens. Ich befahl ihr, die Tür zu öffnen. Keine Antwort. Ich wiederholte, laut und streng: «Hannah Chester, Sie sind entdeckt. Wenn Sie nicht sofort öffnen, sehen wir uns gezwungen, die Tür aufzubrechen. Ersparen Sie uns die Anstrengung und öffnen Sie auf der Stelle!»

Kein Laut.

Ich trat einen Schritt zurück und warf mich mit meinem gesamten Körpergewicht gegen die Tür. Sie knirschte unheilverkündend, hielt jedoch stand. Ich blieb eben lang genug stehen, um mich zu vergewissern, daß sich innen nichts gerührt hatte, dann preßte ich erneut mit aller Kraft gegen die Tür. Sie brach aus ihren Angeln heraus, und ich fiel beinahe in einen Raum hinein, der so stickig, kalt und dunkel war, daß ich einen Moment lang innehalten und mich sammeln mußte, bevor ich beginnen konnte, meine Umgebung zu erforschen. Zum Glück war es so. Im allernächsten Augenblick nämlich starrte ich direkt in das hübsche Gesicht des irischen Mädchens, das blaß und unbewegt zwischen zerwühlten Laken auf einem Bett an der Wand neben mir lag. Wäre jene Sekunde der innerlichen Vorbereitung nicht gewesen, der Anblick hätte mich zu Tode erschreckt. Stattdessen beschlich mich ein Gefühl von Abscheu und eigenartiger Furcht, das ich nicht abzuschütteln vermochte. Ich trat näher an die ausgestreckte, schweigsame Gestalt heran. Eine Marmorstatue hätte nicht stiller unter der Flickendecke liegen können, die über dem Mädchen ausgebreitet war. Diese Beobachtung führte mich zu der unwillkürlichen Überlegung, ob Schlaf und Tod einander tatsächlich so ähnlich sehen könnten. Denn daß die Frau vor mir schlummerte, daran hegte ich keinerlei ernsthafte Zweifel. Der Zustand des Zimmers ließ einen anderen Schluß nicht zu, es wirkte in seiner Unaufgeräumtheit sehr bewohnt. Ihre Kleider lagen in einem Kreis auf dem Boden, gerade so, wie sie sie abgestreift hatte; auf einem Stuhl bei der Tür stand ein gefüllter Teller, der nur darauf wartete, daß sie zugriff. Ich bemerkte sofort, daß es sich um dasselbe Gericht handelte, welches mir zum Frühstück vorgesetzt worden war. Alles in dem Raum zeugte von Lebendigkeit und grenzenlosem Vertrauen auf morgen.

Dennoch, jeder hätte davor zurückgeschreckt, ein Wesen zu berühren, dessen ohnmachtsähnlicher Schlaf fast abstoßend wirkte. Ihre allzu weiße Stirn wies in Richtung der ungefügen, unverputzten Wandbalken über ihrem Kopf, ihre halbgeöffneten Augen schimmerten seltsam glasig, ihr Arm, der halb unter, halb auf der Decke lag, schien für ewig erstarrt. Berührung jedoch war vermutlich unumgänglich, denn kein Schrei, und hätte ich auch lauter als laut geschrieen, wäre kraftvoll genug gewesen, um zu jenen unempfindlichen Ohren durchzudringen. Ich gab meinem Herzen einen Stoß, neigte mich zu ihr hinab und ergriff ihre Hand. Die Hand mit der verräterischen Narbe, sie lag gleichsam spöttisch auf der Bettdecke. Ich wollte etwas sagen, rufen, tun, irgend etwas, das sie wecken würde. Doch sobald meine Hand die ihre berührt hatte, durchzuckte mich ein unbeschreibliches Grauen. Sie war nicht nur eiskalt, sondern auch vollkommen steif. Entsetzt ließ ich Hannahs Hand fahren, wich zurück und betrachtete prüfend ihr Gesicht. Großer Gott, sah so Leben aus? Wann hatte Schlaf je diese bleiche Farbe, wann jene starren, anklagenden Züge getragen? Wieder beugte ich mich vor und legte mein Ohr an ihre Lippen. Kein Atmen, keine Bewegung. Ich war bis in Mark und Bein erschüttert, unternahm jedoch eine allerletzte Anstrengung, riß ihr Hemd auf und legte meine Hand auf ihre Brust. Ihr Herz war regungslos wie ein Stein.

XXX. Verbranntes Papier

I could have better spared a better man.

Ich hätte lieber einen mir lieberen Mann verschont.
SHAKESPEARE: KÖNIG HEINRICH DER VIERTE

Ich glaube nicht, daß ich sofort um Hilfe rief. In jenem furchtbaren Augenblick war ich jeder Handlung unfähig. Gerade jetzt, da Hoffnung und Lebenswillen sich am stärksten in mir regten, mußte ich diese grauenerregende Entdeckung machen! Der Schock war kaum zu ertragen. Hannahs jäher Tod vernichtete alle Pläne, welche ihr Zeugnis zur Bedingung hatten, und war schicksalhaft mit der bedrohlichen Lage verknüpft, in welche die verdächtige Person, wer auch immer es war, nun geraten würde.

Diese Erkenntnisse überwältigten mich. Ich starrte auf ihre ruhigen Züge; ihr friedliches Lächeln vermittelte den Eindruck, als wäre der Tod mitnichten so schmerzlich, wie wir vermuten. Ich konnte nicht umhin, mich verwundert vor einer Vorsehung zu verneigen, der es gefallen hatte, uns neuerliche Furcht aufzuerlegen, anstelle Befreiung zu gewähren, Verwirrung statt Aufklärung, Enttäuschung statt Erkenntnis zu stiften. So eindringlich der Tod auch zu uns spricht, selbst durch Gesichter von Menschen, die wir nicht kennen und nicht lieben – die Gründe und Konsequenzen dieses besonderen Todes waren zu wichtig, als daß ich in Gedanken bei dem ergreifenden Charakter des Bildes vor meinen Augen verweilen konnte. Die Person Hannah ging in der Zeugin Hannah verloren.

Während ich jedoch schaute und schaute, fiel mir der erwartungsvolle Ausdruck auf, der sich in dem wehmütigen

Mund, den halbgeschlossenen Lidern bemerkbar machte. Ich beugte mich endlich über sie wie ein Freund und fragte mich, ob sie wirklich tot war. Womöglich konnte sofortige ärztliche Hilfe ihr noch helfen. Je genauer ich sie allerdings betrachtete, um so stärker wurde meine Gewißheit, daß sie bereits einige Stunden tot sein mußte. Im gleichen Maß wuchs meine Bestürzung; ich werde es bis in alle Ewigkeit bereuen, daß ich mich am Vorabend nicht für den kühnen Weg entschied, in das Versteck des armseligen Geschöpfes eindrang, ihr Einhalt bot und ihr schreckliches Schicksal von ihr abwendete. Derlei Überlegungen brachten mir schließlich meine Situation wieder ins Bewußtsein. Ich verließ das Mädchen, begab mich in den angrenzenden Raum, stieß das Fenster auf und befestigte an seinem Laden das rote Tuch, welches ich in weiser Voraussicht stets bei mir trug.

Augenblicklich schälte sich ein junger Mann aus dem Schatten des Nachbarhauses, in dem besagter Klempner wohnte, und lief auf Mrs. Beldens Domizil zu. Er wies zwar keinerlei Ähnlichkeit mit dem Burschen auf, den ich als X kennengelernt hatte, weder im Gesicht noch durch seine Kleidung, aber ich mußte mich wohl darauf verlassen, daß es sich um X handelte.

Ich beobachtete, wie er flüchtig zu mir emporblickte, dann durchquerte ich den Raum und erwartete ihn am oberen Ende der Treppe.

«Und, haben Sie das Mädchen gesehen?» raunte er, nachdem er das Haus betreten hatte und mich vom Fuße der Treppe her ansah.

«Ja», erwiderte ich bitter, «ich habe sie gesehen.»

Er stürzte die Treppe hinauf, an meine Seite. «Hat sie gestanden?»

«Nein, ich habe nicht mir ihr gesprochen.» Da mein Ton und Verhalten ihn offenkundig zu beunruhigen begannen, zog ich ihn rasch in Mrs. Beldens Zimmer und erkundigte mich eilends: «Was haben Sie heute morgen gemeint, als Sie mir erzählten, Sie hätten das Mädchen gesehen? Daß sie in einem bestimmten Zimmer wäre, wo ich sie finden würde?»

«Ich habe genau das gemeint, was ich gesagt habe.»

«Sind Sie persönlich in dem Zimmer gewesen?»

«Nein, nur davor. Gestern abend bemerkte ich einen Lichtschein, also kletterte ich, während Sie und Mrs. Belden nicht hier waren, bis zum Rand des Vordachs, spähte durch das Fenster und sah, wie sie im Zimmer umherlief.» Er mußte bemerkt haben, wie sich meine Miene veränderte, denn er unterbrach sich. «Was ist Sache?» rief er.

Ich konnte mich nicht länger zurückhalten. «Kommen Sie, sehen Sie selbst!» Ich führte ihn in das Zimmerchen und zeigte auf die stille Gestalt, die auf dem Bett ruhte. «Sie sagten zwar, ich würde Hannah hier finden, aber Sie haben verschwiegen, in welchem Zustand ich sie vorfinden würde.»

«Gütiger Himmel!» schrie er entsetzt. «Sie ist doch nicht etwa tot?»

«Doch, tot.»

Er schien es nicht fassen zu können. «Ausgeschlossen», gab er zurück. «Sie schläft zu fest, hat ein Mittel eingenommen ...»

«Das ist kein Schlaf», sagte ich, «und wenn es Schlaf wäre, dann einer, aus dem sie niemals wieder aufwacht. Schauen Sie her!» Ich nahm ihre Hand in meine und ließ sie, schwer wie Blei, auf das Bett fallen.

Der Anblick schien ihn zu überzeugen. Er beruhigte sich und starrte sie mit einem eigenartigen Gesichtsausdruck an. Plötzlich bückte er sich und begann in aller Ruhe, die Kleider auf dem Fußboden umzuwenden.

«Was tun Sie?» fragte ich. «Wonach suchen Sie?»

«Ein Papiertütchen oder ähnliches. Ich habe gestern abend nämlich beobachtet, wie sie etwas einnahm, das ich für Arznei hielt. Hier ist es ja», rief er und hob vom Boden unter dem Bettrand ein Stück Papier auf, das wir bis dahin übersehen hatten.

«Geben Sie her», forderte ich nervös.

Er händigte mir das Briefchen aus. Auf der Innenseite vermochte ich eben die Spuren eines feinen weißen Pulvers auszumachen.

«Sehr wichtig», verkündete ich und faltete es sorgfältig zusammen. «Falls genügend Pulver zurückgeblieben ist, um den Nachweis zu führen, daß der Inhalt des Tütchens Gift war, haben wir die Erklärung, unter welchen Umständen der Tod des Mädchens zustandekam, und außerdem den Beweis, daß es sich um Selbstmord handelt.»

«Ich teile Ihre Meinung nicht ohne weiteres», erwiderte er, «denn ich bilde mir ein, eine recht gute Beobachtungsgabe zu besitzen. Dieses Mädchen hatte ebensowenig eine Ahnung davon, daß sie Gift einnahm, wie ich. Sie wirkte nicht nur fröhlich, sondern regelrecht ausgelassen, und als sie den Kopf zurücklehnte, um noch das letzte Körnchen aus der Tüte aufzufangen, breitete sich ein begeistertes Lächen auf ihrem Gesicht aus, das geradezu albern wirkte. Falls Mrs. Belden ihr diese Dosis gegeben und gesagt hat, es wäre Medizin ...»

«Das müssen wir noch herausfinden. Außerdem wissen wir zum gegenwärtigen Zeitpunkt nicht, ob diese Dosis, wie Sie es nennen, Gift war oder nicht. Vielleicht hat sie einen Anfall erlitten.»

Mit einem Achselzucken deutete er zunächst auf den Frühstücksteller auf dem Schemel und danach auf die aufgebrochene Tür.

Ich folgte seinem Blick und erwiderte: «Ja, Mrs. Belden ist heute morgen in diesem Zimmer gewesen und hat die Tür abgeschlossen, nachdem sie wieder hinausgegangen war, doch das beweist gar nichts, außer daß sie fest daran glaubte, Hannah wäre gesund und munter.»

«Und diesen Glauben konnte nicht einmal jenes bleiche Gesicht auf den zerwühlten Kissen erschüttern?»

«Vielleicht hat sie in ihrer Eile das Mädchen kaum angesehen, sondern den Teller ohne näheres Hinüberschauen abgestellt.»

«Ich will keinen falschen Verdacht wecken, aber es scheint mir ein allzu merkwürdiges Zusammentreffen.»

Damit berührte er bei mir einen wunden Punkt. Ich wich unwillkürlich einen Schritt zurück. «Uns den Kopf über reine Mutmaßungen zu zerbrechen, bringt uns keinen Deut weiter», sagte ich. «Wir haben Wichtigeres zu tun. Kommen Sie!» Ich eilte zur Tür.

«Wohin gehen Sie?» fragte er. «Haben Sie vergessen, daß dies eine weitere Episode der mysteriösen Geschichte ist, die aufzuklären man uns hergesandt hat? Es gehört zu unserer Aufgabe, herauszufinden, ob am Tod des Mädchen etwas faul gewesen ist.»

«Das sollten wir dem Coroner überlassen. Es liegt nicht mehr in unserer Hand.»

«Ich weiß, aber wir können uns zumindest gründlich in diesem Zimmer umsehen, bevor wir die Angelegenheit in fremde Hände übergeben. Mr. Gryce jedenfalls würde das von uns erwarten.»

«Ich habe mich bereits umgesehen und mir alles genauestens eingeprägt. Meine Angst besteht vielmehr darin, daß ich es nie wieder vergessen werde.»

«Und die Leiche? Haben Sie bemerkt, in welcher Stellung sie liegt, wie die Decken und Kissen angeordnet sind, daß offensichtlich kein Kampf stattgefunden hat? Es keine Anzeichen von erlittener Todesangst zu geben scheint? Haben Sie den gelassenen Gesichtsausdruck wahrgenommen, die unverkrampften Hände?»

«Ja, ja. Zwingen Sie mich nicht, länger hinzuschauen!»

«Sehen Sie die Kleider an der Wand? Ein Baumwollkleid, ein Umhang.» Beim Sprechen wies er auf die bezeichneten Gegenstände. «Das ist nicht der Umhang, in dem sie angeblich fortgelaufen ist, sondern ein alter, schwarzer, vermutlich Mrs. Beldens. Diese Kommode» – er öffnete sie – «enthält Leibwäsche mit eingestickten Initialen. Mal sehen ... Ah, die Initialen der Dame des Hauses, aber die Stücke sind zu klein für sie. Merken Sie, man hat die Wäsche für Hannah genäht, aber mit Mrs. Beldens Initialen versehen, um keinen Argwohn zu erregen. Dann die Kleider auf dem Fußboden, samt und sonders neu und auf dieselbe Art gekennzeichnet. Und hier – oho, schauen Sie her!» rief er unvermittelt.

Ich stellte mich neben ihn und entdeckte auf dem Fußboden eine Waschschüssel voller Asche von verbranntem Papier.

«Ich sah, wie sie sich in dieser Ecke über etwas beugte, hatte aber keine Idee, was es sein könnte. Vielleicht handelt es sich am Ende doch um Selbstmord? Offensichtlich hat sie etwas verbrannt, was niemand anderer in die Hand bekommen sollte.»

«Ich tappe völlig im dunkeln», sagte ich, «doch ich wünschte, es wäre so, wie Sie sagen.»

«Leider ist nichts übriggeblieben, woran wir erkennen könnten, was es gewesen ist, kein einziger Fetzen, kein noch so kleines Stück.»

«Mrs. Belden muß uns helfen, das Rätsel zu lösen», sagte ich.

«Mrs. Belden muß das Rätsel lösen», wiederholte er, «der gesamte Mordfall Leavenworth hängt davon ab.» Mit einem nachdenklichen Blick auf das verbrannnte Papier fügte er hinzu: «Wer weiß, womöglich war es ein Geständnis!»

Diese Vermutung erschien nur allzu wahrscheinlich.

«Jedenfalls ist es jetzt Asche, was immer es auch war», antwortete ich. «Wir müssen es hinnehmen und das Beste daraus machen.»

«Sie haben recht», sagte er mit einem tiefen Seufzer, «aber Mr. Gryce wird es mir niemals verzeihen, niemals! Er wird sagen, ich hätte erkennen müssen, was für ein verdächtiges Zeichen es war, daß sie genau zu dem Zeitpunkt, als ihre Entdeckung bevorstand, eine Dosis Arznei eingenommen hat.»

«Aber das wußte sie nicht, sie hat Sie doch gar nicht gesehen.»

«Wir wissen nicht, was sie oder Mrs. Belden tatsächlich gesehen haben. Frauen sind ein Mysterium, und obwohl ich mir normalerweise selbst damit schmeichle, es noch mit dem schlauesten Weibsstück auf Erden aufnehmen zu können, muß ich zugeben, daß ich in diesem Fall eine gründliche, beschämende Niederlage erlitten habe.»

«Nur Mut, wir sind noch nicht am Ende», sagte ich. «Wer weiß, was ein kleines Gespräch mit Mrs. Belden zutage befördern wird. Apropos, sie wird bald zurückkehren. Ich muß mich darauf vorbereiten, worüber ich mit ihr rede. Alles hängt davon ab, daß ich herausfinde, ob sie über dieses tragische Ereignis Bescheid weiß oder nicht. Möglich, daß sie keine Ahnung hat.»

Ich schob ihn eilig aus dem Zimmer, schloß die Tür und lief ihm voran die Treppe hinunter.

«Eine Sache gilt es augenblicklich zu erledigen», sagte ich, «und zwar muß ein Telegramm an Mr. Gryce gesandt werden, das ihn über den unerwarteten Vorfall unterrichtet.»

«In Ordnung», sagte X und lief auf die Haustür zu.

«Einen Augenblick noch», hielt ich ihn zurück. «Ich habe später vielleicht nicht mehr die Gelegenheit, folgendes zu erwähnen. Gestern händigte der Postmeister Mrs. Belden zwei Briefe aus, ein großes und ein kleines Kuvert. Falls Sie herausfinden könnten, wo sie abgestempelt wurden ...»

X steckte die Hand in die Tasche. «Ich glaube, ich brauche nicht weit zu gehen, um zumindest herauszufinden, woher der eine von ihnen stammt. Ich bin ein solches Rindvieh!» Ehe ich's mich versah, war er wieder die Treppe hinaufgesprungen.

In diesem Augenblick vernahm ich, wie die Gartenpforte einklinkte.

XXXI. X

Thereby hangs a tale.

Hierzu gehört eine Geschichte.
Shakespeare: Der Widerspenstigen Zähmung

«Falscher Alarm! Niemand ist krank. Man hat mir einen Streich gespielt, einen dummen Streich.» Keuchend und mit gerötetem Gesicht betrat Mrs. Belden das Zimmer, in dem ich mich aufhielt, und nahm ihre Haube ab.

Plötzlich jedoch verharrte sie unbeweglich und rief aus: «Was ist geschehen? Sie sehen mich so seltsam an. Hat sich etwas zugetragen?»

«Etwas Furchtbares hat sich zugetragen», erwiderte ich. «Sie waren nur kurze Zeit fort, aber während dieser Zeit habe ich etwas entdeckt ...» Ich machte absichtlich eine Pause, um die Spannung zu steigern. Sie würde sich vielleicht durch irgendeine Reaktion verraten. Sie hingegen erbleichte zwar, wirkte jedoch weniger aufgeregt, als ich erwartet hätte, deswegen fuhr ich fort: «... das vermutlich schwerwiegende Folgen nach sich ziehen wird.»

Zu meiner Überaschung brach sie in lautes Weinen aus. «Ich wußte es!» stammelte sie. «Ich habe die ganze Zeit über gewußt, daß man es unmöglich würde geheimhalten können, sobald ich jemanden ins Haus ließe. Sie ist so lebhaft. Aber ich vergaß – Sie haben mir noch nicht gesagt, was Sie entdeckt haben.» Sie warf mir einen ängstlichen Blick zu. «Vielleicht ist es gar nicht das, woran ich denke, vielleicht ...»

Ich unterbrach sie rücksichtslos.

«Mrs. Belden, ich beabsichtige nicht, diesen Schlag abzuschwächen. Eine Frau, die allen dringenden Appellen der Polizei und der Justiz zum Trotz eine so wichtige Zeugin wie Hannah in ihrem Haus aufnimmt und versteckt, hat es gewiß nicht nötig, daß man sie schonend auf eine unangenehme Nachricht vorbereitet. Ihre Bemühungen sind nur allzu erfolgreich gewesen, Sie haben Ihr Ziel, eine wertvolle Zeugenaussage zu verhindern, mehr als erreicht. Recht und Gesetz wurden mit Füßen getreten, und eine unschuldige Frau, welche durch das Zeugnis jenes Mädchens hätte gerettet werden können, steht für immer vor den Augen der Welt als verdächtig da, von den Augen der Polizei ganz zu schweigen.»

Ihre Augen, die während meiner Rede unverwandt auf mir geruht hatten, glänzten vor Tränen der Bestürzung.

«Was wollen Sie damit sagen?» fragte sie verzweifelt. «Ich habe nicht in böser Absicht gehandelt. Ich habe versucht, jemand zu retten. Ich – ich – wer sind Sie? Wieso interessieren Sie sich dafür, was ich tue und lasse? Sie behaupten, Anwalt zu sein. Hat Mary Leavenworth Sie hergeschickt, um zu erkunden, ob ich ihre Befehle befolge und …»

«Mrs. Belden, es tut momentan wenig zur Sache, wer ich bin oder aus welchem Grund ich hier bin. Ich habe Ihnen, soweit es meinen Namen und meinen Beruf betrifft, die reine Wahrheit gesagt. Aber um meinen Worten für Sie mehr Gewicht zu verleihen, will ich Ihnen zumindest mitteilen, daß ich ein Freund der Damen Leavenworth bin und mir alles, was mit ihnen geschieht, brennend am Herzen liegt. Wenn ich Ihnen also sage, daß der Tod dieses Mädchens für Eleanore Leavenworth ein nicht wiedergutzumachendes Unglück darstellt …»

«Der Tod? Wie meinen Sie das – Tod?»

Ihr Ausbruch war so natürlich, in ihrer Stimme schwang ein derartiges Entsetzen – ich zweifelte keine Sekunde länger daran, daß die Frau sich über den wahren Stand der Dinge in vollkommener Unkenntnis befand.

«Ja. Sie haben über das Mädchen, das Sie so lange und gut versteckt gehalten haben, keine Macht mehr. Nur ihr toter Körper ist noch hier, Mrs. Belden.»

Nie wieder wird ihr schriller Schrei in meinen Ohren verklingen, nie wieder ihr rasendes 'Ich glaube es nicht, o nein, ich glaube es nicht!' während sie aus dem Zimmer stürzte und die Treppe hinaufrannte.

Und nie werde ich die sich anschließende Szene vergessen, als sie vor der Toten stand, die Hände rang und, von aufrichtigem Grauen und Leid geschüttelt, unter Schluchzen wieder und wieder beteuerte, davon habe sie nichts gewußt.

Das Mädchen sei noch am Vorabend so vergnügt gewesen. Ja, sie habe Hannah eingeschlossen, aber das hätte sie jedesmal getan, wenn sich andere Leute im Haus aufgehalten hätten.

Falls sie aufgrund eines plötzlichen Anfalls gestorben sei, müsse es ein leiser Anfall gewesen sein, denn sie habe die ganze Nacht lang keinen Laut vernommen, obwohl sie mehr als einmal ängstlich gehorcht habe, ob das Mädchen Geräusche machte, die meine Aufmerksamkeit erregen konnten.

«Aber Sie waren heute morgen in ihrem Zimmer?»

«Ja, doch ich habe nichts bemerkt. Ich hatte es eilig und dachte, sie schliefe. Deshalb stellte ich das Essen dorthin, wo sie es später finden konnte, lief wieder hinaus und verriegelte wie üblich die Tür.»

«Sonderbar, daß sie ausgerechnet heute nacht gestorben ist», sagte ich. «Hat sie sich gestern nicht wohl gefühlt?»

«Im Gegenteil, sie war sogar fröhlicher und lebhafter als sonst. Ich hätte niemals vermutet, daß sie krank sein könnte, weder gestern noch an einem anderen Tag. Wenn ich ...»

«Sie hielten das Mädchen nie für krank?» warf eine fremde Stimme ein. «Warum haben Sie Ihr dann gestern abend eine Dosis Arznei verabreicht?» X war vom Nebenzimmer her eingetreten.

«Das habe ich nicht getan.» Sie glaubte offensichtlich, ich hätte die Frage gestellt. «So war es doch, nicht wahr, Hannah? Meine arme Hannah.» Sie streichelte die Hand des Mädchens; ihr Schmerz und ihre Trauer wirkten vollkommen natürlich.

«Wie ist sie dann in ihre Hände gelangt? Woher, wenn nicht von Ihnen, hat sie die Arznei bekommen?»

Dieses Mal nahm sie wahr, daß jemand anders außer mir mit ihr sprach, denn sie erhob sich hastig und starrte den Mann verblüfft an, bevor sie antwortete:

«Ich weiß zwar nicht, wer Sie sind, mein Herr, aber eines sage ich Ihnen: Das Mädchen hatte keine Medizin, schluckte keine Dosis, und ich wüßte nicht, daß sie gestern abend krank gewesen wäre.»

«Ich habe aber gesehen, daß sie ein Pulver eingenommen hat.»

«Gesehen – entweder ist die Welt verrückt geworden oder ich! Sie haben gesehen, daß sie ein Pulver eingenommen hat? Woher konnten Sie sehen, was Hannah gemacht hat? Sie ist vierundzwanzig Stunden am Tag in diesem Raum eingesperrt gewesen.»

«Ja, aber es ist nicht besonders schwierig, gnädige Frau, durch ein Dachfenster wie jenes dort in ein Zimmer hineinzugucken.»

«Ein Spion in meinem Haus, das ist es also», rief sie. Sie erschauerte. «Aber ich habe es verdient, ich hielt sie in diesen vier Wänden wie in einem Gefängnis und habe letzte Nacht nicht einmal nach ihr geschaut. Ich darf mich nicht beklagen. Was, sagen Sie, hat sie genommen? Arznei? Gift?»

«Von Gift habe ich nicht gesprochen.»

«Aber das haben Sie gemeint. Sie denken, daß sie sich vergiftet hat und ich dabei meine Hand im Spiel hatte.»

Ich mischte mich rasch ein. «Nein, er denkt nicht, daß Sie Ihre Hand dabei im Spiel hatten. Er sagt lediglich, er habe gesehen, wie das Mädchen etwas schluckte, das seiner Meinung nach ihren Tod verursacht haben muß. Und jetzt fragt er Sie bloß, woher sie es bekommen haben mag.»

«Wie soll ich das wissen? Ich habe ihr nichts gegeben, wußte nicht, daß sie etwas hatte.»

Aus irgendeinem Grund glaubte ich ihr, deshalb wollte ich die Befragung vorläufig nicht fortsetzen, zumal Minuten vergingen, ohne daß wir handelten. Und unverzüglich zu handeln, hielt ich in jenem Moment für unsere vorrangige Aufgabe. Ich bedeutete daher X, den ihm von mir aufgetragenen Botengang zu erledigen, nahm Mrs. Belden bei der Hand und wollte sie aus dem Zimmer geleiten. Sie leistete jedoch Widerstand und setzte sich neben der Leiche auf die Bettkante, als wollte sie damit ausdrücken: 'Ich lasse sie nie wieder allein, verlangen Sie das nicht von mir. Dies ist mein Platz, hier will ich bleiben.' X, der zum ersten Mal Ungehorsam an den Tag legte, blieb einfach stehen und starrte uns beide grimmig an. Er rührte sich nicht vom Fleck, obwohl ich ihn erneut zur Eile mahnte: «Die Stunden vergehen, Sie müssen an Mr. Gryce kabeln.»

«Ich weiche nicht aus diesem Zimmer, bis sie nicht gegangen ist. Und wenn Sie mir nicht versprechen, sie statt meiner zu bewachen, werde ich das Haus keine Sekunde verlassen.»

Erstaunt ließ ich sie bei dem Bett alleine, durchquerte den Raum und wisperte: «Ihre Verdächtigungen gehen zu weit, meiner Meinung nach benehmen Sie sich ungehörig grob. Wir haben gewiß nichts in der Hand, um eine solche Handlungsweise zu rechtfertigen. Außerdem kann sie hier nichts Böses anstellen. Aber wenn es Sie beruhigt, verspreche ich gerne, sie nicht aus den Augen zu lassen.»

«Ich will nicht, daß sie in diesem Zimmer bewacht wird. Bringen Sie die Frau ins Erdgeschoß. Ich kann nicht gehen, solange sie hierbleibt.»

«Spielen Sie sich nicht ein wenig zu sehr wie der Herr von uns beiden auf?»

«Ich weiß nicht. Möglich. Falls es so ist, liegt das daran, daß ich über eine Sache verfüge, die mein Betragen entschuldigt.»

«Was ist es, der Brief?»

«Ja.»

Nun war es an mir, Erregung zu zeigen. Ich streckte die Hand aus: «Geben Sie her!»

«Nicht, solange die Frau im Zimmer ist.»

Ich begriff, daß er nicht nachgeben würde, und kehrte an Mrs. Beldens Seite zurück.

«Ich fordere Sie auf, mitzukommen», sagte ich. «Es handelt sich nicht um einen gewöhnlichen Todesfall. Wir müssen den Coroner und andere Personen benachrichtigen. Es wäre besser, wenn Sie das Zimmer verließen und nach unten gehen würden.»

«Der Coroner stört mich nicht, ich kenne ihn, er ist mein Nachbar. Sein Kommen wird mich nicht davon abhalten, bei dem armen Mädchen Wache zu halten, bis er eintrifft.»

«Mrs. Belden, Sie sind die einzige gewesen, die von der Anwesenheit des Mädchens in diesem Haus Kenntnis besaß. Es wäre daher klug von Ihnen, wenn Sie keinen zusätzlichen Verdacht auf sich lenken würden. Sie machen sich verdächtig, indem Sie länger als notwendig auf dem Zimmer verweilen, in dem die Leiche liegt.»

«Wollen Sie damit sagen, es wäre der beste Beweis dafür, daß ich es vorher gut mit ihr gemeint habe, wenn ich sie jetzt schlecht behandele?!»

«Sie behandeln das Mädchen nicht schlecht, wenn Sie meiner inständigen Bitte entsprechen und mir ins Erdgeschoß folgen. Sie tun nichts Gutes, indem Sie bleiben, im Gegenteil, Sie richten Schaden an. Hören Sie auf mich, andernfalls sehe ich mich genötigt, Sie unter der Aufsicht dieses Mannes zurückzulassen und mich selbst auf den Weg zu machen, um die Behörden zu verständigen.»

Die letzte Bemerkung schien sie zu überzeugen, denn sie erschauderte, bedachte X mit einem Ausdruck größten Widerwillens und erhob sich endlich: «Ich begebe mich ganz in Ihre Hand.» Ohne ein weiteres Wort breitete sie ihr Taschentuch über dem Gesicht des Mädchens aus und verließ das Zimmer. Zwei Minuten später hielt ich den von X erwähnten Brief in der Hand.

«Ich konnte nur einen finden, Sir. Er steckte in der Tasche des Kleides, das Mrs. Belden gestern abend trug. Der andere muß irgendwo liegen, aber ich hatte noch nicht die Zeit, ihn zu suchen. Doch dieser hier genügt vorerst. Sie werden den anderen wohl nicht mehr brauchen.»

In jenem Augenblick schenkte ich dem tödlichem Ernst, mit dem er diese Worte äußerte, kaum Beachtung, sondern riß den Brief auf. Es war der kleinere der beiden, die sie am Vortag unter ihrem Umhang verborgen hatte, als ich sie an der Poststation beobachtete. Er hatte folgenden Wortlaut:

Meine liebe, liebe Freundin,
ich bin in allergrößten Schwierigkeiten. Du, die mich liebt, mußt es wissen. Ich vermag nichts zu erklären, vermag nur, eine inständige Bitte an Dich zu richten. Vernichte, was in Deinem Besitz ist, heute, ohne Verzug, ohne Frage. Du mußt gehorchen. Ich bin verloren, solltest Du es mir abschlagen. Tue, was ich Dir sage und rette:
Eine, die Dich liebt!

Der Brief war an Mrs. Belden adressiert und wies weder Unterschrift noch Datum auf, nur den Poststempel, New York. Aber ich erkannte die Handschrift als die Mary Leavenworths.

«Ein verfluchter Brief!» X wählte für die Bemerkung jenen ihm eigenen trockenen Tonfall, den er bei Gelegenheiten wie dieser für angemessen hielt. «Und ein verflucht erdrückender Beweis gegen die Frau, welche ihn geschrieben hat, sowie gegen die andere, die ihn in Empfang nahm.»

«Er wäre in der Tat ein schreckliches Beweisstück», bestätigte ich, «wüßte ich nicht zufällig, daß sich dieser Brief auf die Vernichtung von etwas völlig anderem bezieht, als Sie vermuten. Er spielt auf einige Dokumente in Mrs. Beldens Verwahrung an, sonst nichts.»

«Sind Sie sicher?»

«Ziemlich sicher, aber darüber unterhalten wir uns später. Es wird Zeit, daß Sie das Telegramm abschicken und den Coroner benachrichtigen.»

«Sehr wohl.» Damit schieden wir voneinander. Er wandte sich seinen Pflichten zu, ich den meinen.

Mrs. Belden lief aufgelöst durch die Räume im Erdgeschoß. Laut jammernd beklagte sie ihr Schicksal und stieß unzusammenhängende Satzfetzen hervor: was die Nachbarn wohl über sie reden würden, was der Pfarrer von ihr halten mußte, was Clara – wer auch immer das war – tun mochte. Oh, wäre sie doch gestorben, bevor sie sich in diese unglückselige Angelegenheit eingemischt hätte.

Es gelang mir erst nach geraumer Zeit, sie zu beruhigen. Schließlich bewegte ich sie dazu, sich hinzusetzen und mich anzuhören. «Mit solchen Gefühlsausbrüchen werden Sie sich nur schaden», merkte ich an. «Außerdem versetzen Sie sich dadurch selbst in einen Zustand, in dem Sie nicht mehr stark genug sein werden, dem zu begegnen, was in Kürze auf Sie zukommen wird.» Ich nahm es auf mich, die Unglückliche zu trösten, erläuterte ihr die bei einem solchen Vorfall üblichen Prozeduren und erkundigte mich außerdem, ob sie keinen Freund hätte, an den sie sich in ihrer Notlage wenden könnte.

Zu meiner großen Verwunderung verneinte sie die Frage. Sie hätte zwar freundliche Nachbarn und gute Bekannte, aber niemand, an den sie sich in ihrer gegenwärtigen Situation um Hilfe oder Mitgefühl wenden könnte. Wenn nicht ich mich ihrer erbarmen würde, müßte sie ihrem Schicksal alleine gegenübertreten. «So wie ich bisher alles alleine erduldet habe», sagte sie, «von Mr. Beldens Tod bis hin zu dem Verlust fast aller meiner Ersparnisse bei einer Feuersbrunst im vergangenen Jahr.»

Es rührte mich zutiefst, daß ausgerechnet sie keine Freunde hatte, sie, die ungeachtet ihrer Charakterschwäche und allzu leichten Beeinflußbarkeit doch über eine wesentliche menschliche Tugend verfügte, nämlich Mitgefühl mit jeder Kreatur. Bedenkenlos bot ich ihr daher an, alles für sie zu tun, was ich tun konnte, vorausgesetzt, sie vergelte es mir mit bedingungsloser Ehrlichkeit, denn das sei es, was die Umstände erforderten: Ehrlichkeit. Zu meiner großen Erleichterung verlieh sie nicht nur ihrer Bereitwilligkeit hierzu Ausdruck, sondern gestand, daß sie sich nichts sehnlicher wünschte, als mir alles zu enthüllen, das sie wußte. «Mir ist die Heimlichtuerei für den Rest meines Lebens verleidet», bemerkte sie. Ich glaube, sie war tatsächlich so gründlich eingeschüchtert, daß sie selbst den guten Namen ihres eigenen Sohns blindlings und widerspruchslos verraten hätte, wäre in diesem Augenblick ein Polizist ins Haus getreten und hätte es ihr befohlen. «Ich möchte mich vor aller Welt hinstellen, möchte in aller Öffentlichkeit verkünden, was ich für Mary Leavenwort getan habe. Doch zuerst», flüsterte sie, «sagen Sie mir bitte um Christi willen, wie es den Mädchen geht? Ich habe nicht gewagt, mich danach zu erkundigen oder ihnen zu schreiben. Über Eleanore steht viel in den Zeitungen, doch über Mary keine Silbe. Dabei war Mary es, die mir Nachricht von einer Gefahr sandte, in der sie schweben würde, und von den Schwierigkeiten, die sie zu erwarten hätte, wenn gewisse Umstände aufgedeckt würden. Wie stehen die Dinge wirklich? Ich will den beiden nicht schaden, nur um meine eigene Haut zu retten.»

«Mrs. Belden, Eleanore Leavenworth hat sich in ihre gegenwärtige prekäre Lage selbst hineinmanövriert, indem sie sich über alles ausschweigt, das man von ihr wissen will. Mary Leavenworth – doch ich werde nicht über sie sprechen, bis ich nicht weiß, was Sie mir erzählen wollen. Ihre Lage ist, ebenso wie die ihrer Cousine, zu monströs, zu außergewöhnlich, als daß Sie oder ich sie erörtern sollten. Von Ihnen wollen wir wissen, wie Sie in die Angelegenheit verwickelt wurden und was Hannah wußte, weswegen sie aus New York verschwinden und bei Ihnen Zuflucht suchen mußte.»

Mrs. Belden erwiderte meinen eindringlichen Blick, indem sie mich besorgt und zweifelnd anstarrte. Erregt krampfte sie die Hände ineinander. «Sie werden mir nie und nimmer glauben», sagte sie, «aber ich weiß nicht, was Hannah wußte. Ich habe nicht die geringste Ahnung, was sie in jener schlimmen Nacht gehört oder gesehen hat. Sie hat es mir nie erzählt, und ich habe sie nie danach gefragt. Sie sagte lediglich, die Damen Leavenworth hätten den Wunsch geäußert, daß ich sie für eine kurze Zeitspanne verstecken sollte. Weil ich Mary Leavenworth liebe und mehr als jeden anderen Menschen verehre, dem ich je begegnet bin, gab ich widerspruchslos nach und ...»

«Wollen Sie damit andeuten, daß Sie das Mädchen verborgen hielten, ohne ihr Fragen zu stellen oder Erklärungen zu fordern, nur weil Miss Leavenworth es so wünschte? Und das auch noch, nachdem Sie von dem Mord erfahren hatten?»

«Ja. Ich weiß, daß Sie mir nicht glauben werden, aber so ist es gewesen. Ich dachte, wenn Mary sie geschickt hat, wird sie schon wissen warum, und – und – ich kann es nicht erklären, plötzlich sieht alles ganz anders aus, aber was ich sage, stimmt.»

«Ein äußerst sonderbares Betragen. Sie müssen gute Gründe dafür besitzen, sich Mary Leavenworth derart bedingungslos zu unterwerfen.»

Sie rang nach Luft. «Sir, ich dachte, ich hätte alles durchschaut. Dachte, daß Mary zu dem Verbrecher in irgendeiner Verbindung stünde, daß es besser für mich wäre, nichts Genaueres zu wissen, sondern zu tun, was man von mir verlangte, und darauf zu vertrauen, daß alles gut ausgehen würde. Mary – es war doch meine schöne junge Mary, die sich aus ihrer Höhe dazu herabließ, mich zu lieben und zu brauchen. Ich überlegte nicht lange, ich folgte meiner Eingebung. Ich konnte nicht anders, so bin ich nun einmal. Wenn mich jemand, den ich liebe, um etwas bittet, kann ich es ihm oder ihr unmöglich abschlagen.»

«Und Sie lieben Mary Leavenworth, obgleich Sie die Frau eines schweren Verbrechens für fähig halten?»

«Das habe ich nie gesagt. Ich kann mich auch nicht daran erinnern, daß es mir je in den Sinn gekommen wäre. Sie mag in das Verbrechen verwickelt sein, ohne daß sie es eigenhändig verübt hätte. Dazu wäre sie niemals imstande, sie ist zu zart.»

«Mrs. Belden, was wissen Sie über Mary Leavenworth, um überhaupt zu einem solchen Verdacht gelangen zu können?»

Ihr bleiches Gesicht überzog sich mit glühender Röte. «Was soll ich darauf antworten», sagte sie. «Es ist eine lange Geschichte, und ...»

«Vergessen Sie die lange Geschichte», warf ich ein. «Nennen Sie mir den einen, den wesentlichen Grund.»

«Mary befand sich in einer Notlage, aus der sie nur der Tod ihres Onkels erlösen konnte.»

«Warum?»

Doch in diesem Augenblick wurden wir durch Schritte auf der Veranda unterbrochen. Ich blickte hinaus und sah, wie X das Haus betrat. Mrs. Belden blieb sitzen, während ich auf den Flur hinauslief.

«Nun, wie steht's?» fragte ich. «Haben Sie den Coroner angetroffen? Oder war er nicht zu Hause?»

«Nein, er ist mit seiner Kutsche unterwegs, um sich um einen Kerl zu kümmern, den man etwa zehn Meilen entfernt von hier neben einem Ochsengespann im Graben gefunden hat.» Als er meinen erleichterten Gesichtsausdruck bemerkte – denn ich freute mich über den Aufschub –, zwinkerte er mir vielsagend zu und bemerkte: «Es dauert angeblich ziemlich lange, dorthin zu gelangen, vor allem, wenn man keine Eile hat. Stunden, würde ich meinen.»

«Was Sie nicht sagen!» erwiderte ich. Amüsiert ging ich auf sein Gebaren ein. «Schlechte Straßen?»

«Sehr schlecht! Kein Pferd wäre schneller als ein Fußgänger, selbst wenn es mir gelänge, ein sehr schnelles Pferd zu beschaffen.»

«Um so besser für uns», sagte ich. «Mrs. Belden möchte eine lange Geschichte erzählen, und ...»

«Und wünscht keinerlei Unterbrechung. Ich verstehe.»

Ich nickte, und er wandte sich zum Gehen.

«Haben Sie Mr. Gryce gekabelt?» erkundigte ich mich noch.

«Jawohl.»

«Glauben Sie, daß er kommen wird?»

«Ja, und wenn er an zwei Stöcken humpeln muß.»

«Um wieviel Uhr werden Sie nach ihm Ausschau halten?»

«Sie werden frühestens gegen drei Uhr nach ihm Ausschau halten. Ich werde um diese Zeit in den Bergen weilen und melancholisch ein zusammengebrochenes Ochsengespann beobachten ...» Er lüpfte lässig seinen Hut und schlenderte wie ein Mensch die Straße entlang, der einen freien Tag vor sich hat und nicht weiß, was er mit seiner Zeit anfangen soll.

Ich kehrte zu Mrs. Belden zurück und teilte ihr mit, daß der Coroner die Stadt verlassen hätte und erst später wieder eintreffen würde. Uns stünden demzufolge einige Stunden Zeit zur Verfügung, die wir mit Sicherheit am sinnvollsten damit verbrächten, daß sie mir über alles Bericht erstattete, was sie von besagter Angelegenheit wüßte. Sie erklärte sich sofort dazu bereit und begann ohne Umschweife zu erzählen. Da es sich in der Tat um eine lange Geschichte handelt, widme ich ihr ein eigenes Kapitel mit der Überschrift «Mrs. Beldens Bericht».

XXXII. Mrs. Beldens Bericht

Cursed, destructive Avarice
Thou everlasting foe to Love and Honor.

Verfluchte, zerstörerische Habgierde,
du ewige Feindin der Liebe und Ehre.

TRAP'S ABRAM

Mischief never thrives
Without the help of Woman.

Verderben gedeihet nie
Ohne Weibes Hilfe.

EBENDA

Im Juli jährt sich der Tag, an dem ich Mary Leavenworth zum ersten Mal begegnete. Damals führte ich ein eintöniges Leben. Ich liebe alles Schöne, verabscheue alles Häßliche, Gemeine und fühle mich von meiner Natur her zu allem hingezogen, was romantisch und ungewöhnlich ist. Aber meine eingeschränkten Lebensumstände und die Einsamkeit meiner Witwenschaft verdammten mich dazu, meine Tage mit der monotonen Verrichtung langweiliger Näharbeiten zu verbringen. Ich gelangte allmählich zu der Einsicht, mich mit der Trübseligkeit des Alterns abfinden zu müssen, da trat eines Morgens, als meine Unzufriedenheit auf ihrem Höhepunkt angelangt war, Mary Leavenworth über meine Schwelle und veränderte mit einem einzigen Lächeln mein Leben.

In Ihren Ohren mag das übertrieben klingen, zumal sie lediglich aus einem praktischen Grund zu mir kam; sie hatte nämlich von meiner Geschicklichkeit im Umgang mit Nadel und Faden gehört. Aber wenn Sie sich mit eigenen Augen davon hätten überzeugen können, wie Mary an jenem Tag aussah, mit welchem Blick sie sich mir näherte, mit welchem Lächeln sie mich später verließ, würden Sie einer sentimentalen alten Frau ihr närrisches Gehabe verzeihen. Andere sahen in ihr eine hübsche junge Dame, ich indessen schaute eine Märchenfee. Ihre Schönheit und Anmut blendeten mich. Wenige Tage später kam sie erneut zu mir, hockte sich auf einen Schemel zu meinen Füßen nieder und bat, eine Weile bei mir sitzenbleiben zu dürfen. Sie sei des Trubels und Tratsches im Hotel müde und sehne sich zuweilen so sehr danach, fortzulaufen und sich bei jemandem zu verstecken, der ihr gestatte, das Kind zu sein, das sie sei. Ich glaube, das war der glücklichste Augenblick meines ganzen Lebens. Ich konnte die Gefühle, die in mir aufstiegen, nicht länger zurückhalten. Vor ihren lockenden Blicken erwachte in mir, was ich so lange unterdrückt hatte, und ehe ich's mich versah, erzählte ich ihr, fast ohne mein eigenes Wollen, meine Lebensgeschichte, allerdings in Form eines reizenden Märchens. Dabei hing sie mit unübersehbarem Vergnügen unverwandt an meinen Lippen.

Der nächste Tag kam, sie saß wieder zu meinen Füßen, am übernächsten ebenfalls. Und immer wieder: ihre eifrigen, lachenden Augen, und die fahrigen, nervösen Hände, die nach allem, was sie berührten, griffen, und alles, was sie ergriffen, zerbrachen.

Am vierten Tag jedoch kam sie nicht, auch nicht am fünften oder sechsten. Ich spürte, wie mich die trübe alte Düsternis allmählich wieder umfing, da stahl sie sich eines Abends, gerade als graue Dämmerung in finstere Nacht überging, durch die Haustür, schlich sich an mich heran und legte ihre Hände über meine Augen, so daß ich zusammenzuckte. Dabei lachte sie leise und doch silberhell.

«Sie wissen nicht, was Sie von mir halten sollen!» rief sie, schlug ihr Cape beiseite und stand in prächtiger Abendrobe vor mir. «Ich weiß selbst nicht, was ich von mir halten soll», raunte sie. «Ich weiß nur, daß ich fortrennen und jemandem erzählen muß, daß ich mich zum ersten Mal in meinem Leben vollkommen lebendig fühle. Ein Augenpaar hat in meine Augen geblickt, und nicht einmal Mary, Königin von Schottland, kann sich in all ihrer Schönheit und Königlichkeit jemals mehr als Herrscherin und als Frau gefühlt haben, als ich mich heute abend fühle!»

Sie warf den Kopf mit einer majestätischen Bewegung zurück, die es mit jeder Gebärde der schönen schottischen Hoheit hätte aufnehmen können, raffte ihr Cape um sich zusammen und rief lachend aus:

«Hat Sie eben eine hurtige kleine Elfe besucht? Hat ein kleiner Mondstrahl für einen flüchtigen Augenblick seinen Weg in Ihr Verließ gefunden, dank Marys Lachen, Marys schneeweißer Seide und ihren Diamanten? Sagen Sie's mir!» Sie tätschelte meine Wangen und lächelte so berückend, daß mir bei der Erinnerung daran selbst jetzt noch die Tränen kommen, trotz des dumpfen Entsetzens, das mich seither, vor allem nach den heutigen Ereignissen, beschlichen hat.

«Ja, ist denn Ihr Märchenprinz gekommen?» wisperte ich in Anspielung auf eine Geschichte, die ich ihr bei ihrem letzten Besuch erzählt hatte. Die Geschichte handelte von einem Mädchen, das sein ganzes Leben lang in bitterster Armut und Erniedrigung darauf gewartet hatte, daß ein edler Ritter sie aus ihrer Hütte holen und zu sich auf den Thron emporheben sollte. Sie starb just, als ihr einziger Verehrer, ein redlicher Bauernbursche, den sie in ihrem Stolz stets abgewiesen hatte, an ihre Tür klopfte, um ihr das Vermögen zu Füßen zu legen, für das er sich um ihretwillen Tag und Jahr abgerackert hatte.

Hierauf errötete sie jedoch und wich zurück, in Richtung der Tür. «Ich weiß es nicht, ich fürchte nein. Ich – ich gebe nichts darauf. Prinzen kriegt man nicht so leicht», murmelte sie.

«Wollen Sie denn schon gehen?» fragte ich. «Und ganz allein? Bitte, ich möchte Sie begleiten.»

Sie schüttelte ihr herrliches Haupt und erwiderte: «Nein, nein, das hieße nun wirklich, jegliche Romantik vertreiben. Wie eine kleine Elfe bin ich bei Ihnen vorbeigeflogen, wie eine Elfe will ich jetzt davonhuschen.» Sie funkelte, einem Mondstrahl gleich, denn ein Mondstrahl war sie, glitt hinaus in die Nacht und entschwebte über die Straße.

Bei ihrem folgenden Besuch bemerkte ich an ihr eine fiebrige Erregtheit, die mich weitaus stärker als ihre entzückende Verlegenheit während unserer letzten Begegnung davon überzeugte, daß die Aufmerksamkeiten ihres Verehrers tiefe Empfindungen in ihr ausgelöst hatten.

Bevor sie sich verabschiedete, deutete sie tatsächlich derlei an. Ich hatte ihr wieder eine Geschichte mit dem üblichen glücklichen Ausgang – lauter Küsse und eine große Hochzeit – erzählt, da bemerkte sie wehmütig: «Ich werde niemals heiraten!»

Sie beschloß ihren Ausruf mit einem langgedehnten Seufzer. Ich war darob kühn genug zu fragen, vielleicht weil ich wußte, daß sie keine Mutter hatte:

«Aber warum? Mit welcher Begründung vermag ein so rosiges Mündchen zu behaupten, daß seine Besitzerin niemals Hochzeit halten werde?»

Sie warf mir einen raschen Blick zu und schlug die Augen nieder. Ich fürchtete, ihr zu nahe getreten zu sein, und fühlte mich elend. Doch plötzlich erwiderte sie ruhig und leise: «Ich sagte, daß ich niemals heiraten würde, weil der einzige Mann, der mir gefällt, mir unmöglich vom Schicksal als Gatte beschieden werden kann.»

«Schicksal?» wiederholte ich. Meine verborgenen romantischen Triebe erwachten augenblicklich zum Leben.

«Ja.»

«Was wollen Sie damit sagen?»

«Da gibt es nichts zu sagen», antwortete sie, «nur, daß ich Schwäche gezeigt habe und ...» – das Wort Liebe hätte sie niemals in den Mund genommen, dazu war sie zu stolz – «... und

Zuneigung für einen Mann empfinde, den zu heiraten mein Onkel mir niemals gestatten wird.»

Sie erhob sich zum Gehen, aber ich hielt sie zurück. «Den zu heiraten Ihr Onkel Ihnen niemals gestatten wird? Warum, ist er arm?»

«Nein. Mein Onkel liebt zwar das Geld, aber nicht bis zu diesem Grad. Außerdem ist Mr. Clavering nicht arm. In seinem Land gehört ihm ein wunderschönes Haus ...»

«In seinem Land?» fragte ich dazwischen. «Ist er kein Amerikaner?»

«Nein, er ist Engländer.»

Ich verstand zwar nicht, warum sie den Satz in diesem Ton aussprach, nahm jedoch an, daß es mit einer unangenehmen Erinnerung zusammenhängen mußte. Ich fragte weiter: «Welches Hindernis kann es also geben? Ist er nicht ...?» Ich wollte respektabel sagen, hielt jedoch an mich.

«Er ist Engländer», wiederholte sie in demselben bitteren Tonfall. «Damit ist alles gesagt. Mein Onkel wird mir niemals erlauben, einen Engländer zu heiraten.»

Ich starrte sie entgeistert an. Ein kindischerer Grund wäre mir niemals in den Sinn gekommen.

«Er ist, was dieses Thema betrifft, von einem Wahn besessen», fuhr sie fort. «Ich könnte ihn ebenso gut darum bitten, mich ertränken zu dürfen, als einen Engländer zu heiraten.»

Ein Frau mit schärferem Urteilsvermögen als ich hätte an dieser Stelle gesagt: 'Wenn es wirklich so ist, müssen Sie jeden Gedanken an ihn aus Ihrem Herzen verbannen! Warum tanzen Sie dann mit ihm, sprechen mit ihm, lassen aus Ihrer Verehrung Liebe werden?' Die Romantikerin in mir hatte jedoch bereits die Oberhand gewonnen; außerdem ärgerte ich mich über ein Vorurteil, das ich weder begreifen noch gutheißen konnte. Ich sagte:

«Das ist echte Tyrannei! Warum haßt er die Engländer so sehr? Und selbst wenn er es tut, warum fühlen Sie sich verpflichtet, ihn in seinen unsinnigen Grillen zu bestärken?»

«Warum? Soll ich es Ihnen verraten, Tantchen?» Sie errötete und sah beiseite.

«Ja, sagen Sie mir alles.»

«Nun, wenn Sie partout meine schlechtesten Eigenschaften kennenlernen wollen – denn die besten kennen Sie ja bereits: Ich würde ungern den Groll meines Onkels auf mich laden, weil – weil – ich in dem Bewußtsein aufgezogen worden bin, mich als seine Erbin zu betrachten. Wenn ich mich nicht seinen Wünschen gemäß verheirate, würde er seine Absicht augenblicklich ändern und mich mittellos zurücklassen.»

Das Eingeständnis trübte meine romantischen Vorstellungen in der Tat. «Aber Sie haben mir doch erzählt, daß Mr. Clavering genug zum Leben hat, Sie würden demnach nicht darben. Und wenn Sie ihn lieben ...»

Ihre veilchenfarbenen Augen funkelten vor Verwunderung.

«Sie begreifen nicht», sagte sie. «Mr. Clavering ist nicht arm, aber Onkel ist reich. Ich werde eine Königin sein.» Sie unterbrach sich. Bebend sank ihr Kopf an meine Brust. «Ich weiß, es klingt so habsüchtig», schluchzte sie, «aber schuld daran ist meine Erziehung. Man hat mich gelehrt, Geld anzubeten. Ohne Geld wäre ich verloren. Und dennoch» – ihr Gesicht wurde weicher, eine andere, innige Empfindung malte sich auf ihren Zügen – «kann ich Henry Clavering nicht sagen: 'Gehen Sie, ich liebe meinen Reichtum mehr als Sie!' Ich kann es nicht.»

«Also lieben Sie ihn», sagte ich, entschlossen, die Wahrheit zu ergründen.

Sie stand nervös auf. «Ist das nicht Beweis genug? Wenn Sie mich besser kennen würden, wüßten Sie es.» Sie wandte sich ab und stellte sich vor ein Bild, das in meinem Wohnzimmer an der Wand hing.

«Sie sieht aus wie ich», sagte sie.

Es handelte sich um eine von zwei kostbaren Photographien in meinem Besitz.

«Ja», gab ich zu, «deswegen ist sie mir so teuer.»

Sie schien mich nicht zu hören, sondern war völlig in die Betrachtung des bezaubernden Antlitzes versunken. «Ein betörendes Gesicht», sagte sie. «Lieblicher als meines. Ich frage mich, ob sie zögern würde, wenn sie sich je zwischen Liebe und Geld entscheiden müßte. Ich bezweifle es.» Ihre Miene verfinsterte sich und wurde traurig, während sie sprach. «Sie dächte nur an das Glück, das ihr zuteil würde, sie ist nicht so hart wie ich. Eleanore würde dieses Mädchen sehr mögen.»

Ich glaube, sie hatte meine Anwesenheit vorübergehend vergessen, denn in dem Augenblick, da sie den Namen ihrer Cousine aussprach, drehte sie sich mit einem halb argwöhnischen Blick zu mir um und sagte leichthin:

«Mein gutes altes Mütterchen macht ein so erschrockenes Gesicht. Als es seine wundervollen Geschichten von der einen, der wahren und ewigen Liebe erzählte, um deretwillen Drachen erschlagen werden, edle Ritter in Höhlen hausen und über glühende Pflugschwerter wandeln, als wären es Grasbüschel im Frühling, wußte mein Mütterchen nicht, daß seine Zuhörerin ein unromantischer kleiner Teufel ist.»

«Nein, aber selbst wenn ich es gewußt hätte, ich hätte nichts anders gemacht.» Meine Gefühle der Zuneigung und Verehrung für sie überschwemmten mich wie eine Flut, die ich nicht zurückzudrängen vermochte. Ich schloß sie fest in meine Arme. «Ich hätte immer weiter von der Liebe erzählt und von den Wunderdingen, die sie vollbringen kann, um uns diese Welt der Mühsal und täglichen Plackerei zu verschönen und zu versüßen.»

«Das hätten Sie getan? Sie halten mich demnach nicht für einen kleinen Teufel?»

Was sollte ich darauf antworten? Ich hielt sie für das reizendste Geschöpf auf Gottes Erdboden und sagte es ihr frank und frei. Augenblicklich erhellte sich ihre Miene, sie wurde so fröhlich, wie sie nur sein konnte. Ich hätte mir nie angemaßt zu denken, weder damals noch heute, daß ihr ausgerechnet an meiner guten Meinung besonders gelegen war, aber sie brauchte Bewunderung und blühte unbewußt auf wie eine Blume im Sonnenschein.

«Darf ich weiter zu Ihnen kommen und Ihnen erzählen, wie schlecht ich bin – das heißt, wenn ich schlecht bleibe, was zweifelsohne bis ans Ende der Fall sein wird? Werden Sie mich nicht fortschicken?»

«Ich werde Sie niemals fortschicken.»

«Nicht einmal, wenn ich etwas ganz Schreckliches anstellen würde? Wenn ich in einer lauschigen Nacht mit meinem Geliebten entflöhe und mein Onkel erleben müßte, wie böse ich ihm seine zärtliche Vorliebe für mich vergelte?»

Sie sagte und meinte es nicht ernst, denn sie wartete meine Antwort nicht einmal ab. Dennoch war der Same tief in unser beider Herzen gesenkt. Ich verbrachte die nächsten Tage damit, mir auszumalen, wie ich die Flucht zweier geheimer Brautleute bewerkstelligen würde, gesetzt den Fall, man würde jemals von mir verlangen, ein derart aufregendes Unternehmen zu einem erfolgreichen Ende zu bringen.

Sie können sich also mein Entzücken denken, als eines Abends Hannah – das unglückliche Mädchen, das tot unter meinem Dach liegt und damals Mary Leavenworths Zofe war – mit einer Botschaft ihrer Herrin vor meiner Haustür stand. Die Botschaft lautete:

Halten Sie sich bereit, mir morgen die beste Geschichte von allen zu erzählen, in welcher der Prinz so – so schön ist, wie Sie es sich überhaupt nur ausdenken können, und die Prinzessin so töricht wie Ihr nachgiebiges Püppchen.

Mary

Das konnte nur bedeuten, daß sie sich heimlich verlobt hatte. Doch weder der nächste Morgen brachte mir meine Mary, noch die Mittagsstunde, noch der Abend. Der folgende Tag kam und ging, aber ich hörte nichts, außer daß Mr. Leavenworth von seiner Reise zurückgekehrt war. Ich empfing keine weitere Nachrichten. Zwei weitere Tage schleppten sich dahin, da erschien sie plötzlich im Zwielicht der Abenddämmerung. Nur eine Woche war vergangen, seit ich sie zum letzten Mal gesehen hatte, doch hätte es ebensogut ein Jahr sein können, so verändert wirkte sie in ihrem Verhalten und ihrer äußeren Erscheinung. Mir gelang es kaum, sie wie sonst freudig willkommen zu heißen, sie war sich selbst nicht mehr ähnlich.

«Sie sind gewiß enttäuscht», sagte sie und blickte mich scharf an. «Sie haben eine romantische Offenbarung erwartet, geflüsterte Verheißungen, süße Vertraulichkeiten; stattdessen steht ein kalte, verbitterte Frau vor Ihnen, die zum ersten Mal in Ihrer Gegenwart den Drang verspürt, sich reserviert und unzugänglich zu geben.»

«Das liegt daran, daß Sie in Ihrer Liebe bisher mehr entmutigt als bestärkt worden sind», entgegnete ich, nicht ohne meinerseits innerlich ein wenig vor ihr zurückzuschrecken. Das lag weniger an ihren Worten selbst als vielmehr an ihrem Benehmen.

Sie antwortete nicht, sondern stand auf und begann, im Zimmer auf und ab zu gehen. Zunächst wirkte sie kühl, doch dann machte sich bei ihr allmählich eine gewisse Erregung bemerkbar, von der sich herausstellte, daß sie der Vorbote für eine Veränderung in ihrem Verhalten war. Plötzlich wandte sie sich nämlich zu mir um und sagte:

«Mr. Clavering ist abgereist, Mrs. Belden.»

«Abgereist?»

«Ja, mein Onkel befahl mir, ihn fortzuschicken, und ich gehorchte.»

Auf das Heftigste enttäuscht, ließ ich meine Handarbeit sinken. «Er wußte also über Ihr Verlöbnis mit Mr. Clavering Bescheid?»

«Ja, er war keine fünf Minuten im Hotel, da hatte Eleanore es ihm bereits erzählt.»

«Sie wußte es auch?»

Mary seufzte. «Ja, aber sie konnte kaum etwas dafür. Ich war dumm genug gewesen, ihr gegenüber im ersten Moment meiner Freude und Schwäche eine Andeutung fallen zu lassen. Ich dachte nicht an die Folgen, hätte es allerdings besser wissen sollen. Sie ist so gewissenhaft.»

«Ich würde es nicht gewissenhaft nennen, anderer Leute Geheimnisse zu verraten», hielt ich dagegen.

«Weil Sie nicht Eleanore sind.»

Hierauf wußte ich keine Antwort. Ich sagte stattdessen: «Ihr Onkel hat Ihre Verlobung also nicht gebilligt?»

«Gebilligt? Erzählte ich Ihnen nicht bereits, daß er mir niemals erlauben würde, einen Engländer zu heiraten. Er sagte, lieber sähe er mich in meinem Grab.»

«Und Sie gaben nach? Haben nicht gekämpft? Ließen dem harten, grausamen Mann seinen Willen?»

Sie wanderte quer durch den Raum, um dasselbe Bild zu betrachten, welches schon bei früherer Gelegenheit ihre Aufmerksamkeit erregt hatte. Bei meinen letzten Worten jedoch streifte sie mich mit einem unsagbar vieldeutigen Seitenblick.

«Ich gehorchte seinem Befehl, falls Sie das meinen.»

«Und sandten Mr. Clavering fort, nachdem Sie ihm Ihr Ehrenwort gegeben hatten, seine Frau zu werden.»

«Warum nicht? Ich merkte, daß ich mein Wort nicht würde halten können.»

«Sie haben demnach beschlossen, ihn nicht zu heiraten?»

Sie antwortete nicht sogleich, sondern blickte mechanisch auf das Bild.

«Mein Onkel würde es so ausdrücken: ich habe beschlossen, mich bedingungslos seinen Wünschen zu beugen», erwiderte sie schließlich in einem Tonfall bitterer Selbstverachtung.

Ich war so enttäuscht, daß ich in Tränen ausbrach. «O Mary, Mary!» rief ich und errötete, erschrocken darüber, daß ich sie bei ihrem Vornamen genannt hatte.

Sie schien es jedoch nicht bemerkt zu haben.

«Worüber beklagen Sie sich?» fragte sie. «Ist es denn nicht meine ausdrückliche Pflicht, mich den Wünschen meines Onkels zu beugen? Hat er mich nicht von Kindesbeinen an aufgezogen? Mich mit Luxus überhäuft? Mich zu dem gemacht, was ich bin, meine Liebe zum Reichtum eingeschlossen? Seit ich eben alt genug war, um zu wissen, was das Wort Reichtum bedeutet, hat er mit jedem Geschenk, das er mir zu Füßen legte, jedem Wort, das er mir einflüsterte, die Liebe zum Geld in meiner Seele Tiefen eingeprägt. Steht es mir zu, seiner Sorge und Pflege, seiner Wohltätigkeit, Großzügigkeit und Weisheit nun den Rücken zuzukehren, nur weil ein Mann, den ich kaum zwei Wochen kenne, mir im Gegenzug das anbietet, was er zufällig Liebe nennt?»

Vielleicht war es der ironische Tonfall, in dem sie diese Sätze hervorstieß, der mich zu der Vermutung verleitete, daß zwischen ihrer und meiner Empfindungswelt letztlich keine unüberbrückbaren Gegensätze bestanden. Ich unternahm einen tastenden Vorstoß. «Sie haben binnen zweier Wochen gelernt, diesen Mann mehr als alles andere auf der Welt zu lieben. Da sollte selbst der Reichtum, aufgrund dessen es für Sie eine solche Bedeutung gewinnt, ob Ihr Onkel Ihnen günstig gesonnen ist ...»

«Ja, was?» fragte sie.

«Ich würde vorschlagen, daß Sie sich Ihr Glück sichern, indem Sie den von Ihnen erwählten Mann heiraten, und sei es heimlich. Vertrauen Sie darauf, daß Ihr Einfluß auf Ihren Onkel groß genug ist, um ihn später dazu bewegen zu können, Ihnen zu verzeihen. Er wird es Ihnen auf die Dauer nicht abschlagen können.»

Sie hätten den Schalk sehen sollen, der sich bei diesen Worten in ihre Augen stahl. Sie verkroch sich in meinen Armen und legte ihren Kopf an meine Schulter. «Wäre es nicht noch besser, ich würde mich erst der Gunst meines Onkels versichern, bevor ich mich auf den gewagten Versuch einließe, mit einem allzu glühenden Verehrer durchzubrennen?»

Ihre Reaktion erstaunte mich. Ich nahm ihr Gesicht in beide Hände und sah sie an. Ein amüsiertes Lächeln hatte sich auf ihren Zügen ausgebreitet.

«Mein liebes Kind», sagte ich, «Sie haben Mr. Clavering also nicht abgewiesen?»

«Ich habe ihn fortgeschickt», flüsterte sie tugendhaft.

«Doch ihm die Hoffnung nicht genommen?»

Sie brach in schallendes Gelächter aus. «Mein liebes altes Mütterchen ist eine vollendete Heiratsvermittlerin, das steht nun einmal fest! Sie wirken so eifrig, als wären Sie selbst der Verehrer.»

«Erzählen Sie mir alles», drängte ich.

Augenblicklich wurde sie wieder ernst. «Er wird auf mich warten», sagte sie.

Am nächsten Tag unterbreitete ich ihr die Pläne, welche ich zum Zweck einer heimlichen Verbindung zwischen Mr. Clavering und ihr geschmiedet hatte. Beide müßten fremde Namen annehmen; sie den meinen, weil er weniger Argwohn auslösen würde als ein vollkommen unbekannter, und er sollte sich Le Roy Robbins nennen. Die Idee gefiel ihr und wurde sogleich in die Tat umgesetzt. Wir machten lediglich eine geringfügige Ergänzung, nämlich daß die Umschläge mit einem geheimen Zeichen zu markieren seien, um an mich gerichtete Briefe von den ihrigen unterscheiden zu können.

Und so tat ich den schicksalhaften Schritt, der zu meinen gegenwärtigen Schwierigkeiten geführt hat. Indem ich dem jungen Ding meinen Namen lieh, um ihn nach Gutdünken zu benutzen und alles damit zu unterzeichnen, was ihr beliebte, schien ich das letzte Quentchen Urteilsvermögen und Besonnenheit fahren zu lassen, der mir geblieben war. Von nun an war ich nur noch ihre ränkeschmiedende, unermüdlich planende, ihr treuergebene Sklavin. An einem Tag schrieb ich die Briefe ab, die sie mir brachte, und unterzeichnete sie mit dem Namen, auf den wir uns geeinigt hatten. Dann wieder suchte und fand ich geschäftig Mittel und Wege, ihr die Briefe zuzuspielen, die ich von ihm für sie erhielt, ohne daß wir Gefahr liefen, entdeckt zu werden. In der Regel bedienten wir uns Hannahs als Botin, da Mary es für unklug hielt, mich zu häufig persönlich aufzusuchen. Ich vertraute dem Mädchen also alle Botschaften an, die ich Mary auf keine andere Weise zuspielen konnte. Hannahs von Natur her verschlossenes Wesen und ihre Unfähigkeit zu lesen, erschienen mir die beste Gewähr dafür, daß jene an Mrs. Amy Belden gerichteten Briefe ohne Zwischenfall an ihren wahren Bestimmungsort gelangen würde. Ich glaube, sie sind wirklich alle angekommen. Zumindest hörte ich nie etwas anderes.

Plötzlich allerdings ergab sich eine entscheidende Veränderung. Mr. Clavering erhielt unerwartet Nachricht aus England, daß seine gebrechliche alte Mutter schwerkrank darniederläge und um seine sofortige Rückkehr bäte. Er richtete sich darauf ein, ihrem Ruf Folge zu leisten. Gleichzeitig jedoch barst sein Herz beinahe vor Liebe, außerdem wurde er von Zweifeln gepeinigt und von der Angst niedergedrückt, seine ungesicherte Stellung im Leben einer so vielumworbenen Frau wie Mary einzubüßen, sobald er sich nicht mehr in ihrer Nähe befände. Er schrieb ihr daher einen Brief, in dem er ihr seine Befürchtungen offenbarte und sie bat, ihn noch vor seiner Abreise zu heiraten.

«Lassen Sie mich Ihr Gatte sein, danach werde ich mich in allem Ihren Wünschen beugen», schrieb er. «Erst die Gewißheit, daß Sie wirklich mein sind, wird mir die Trennung ermöglichen. Ohne diese Gewißheit kann ich nicht scheiden, nicht einmal, wenn meine Mutter deswegen sterben müßte, ohne sich von ihrem einzigen Kind verabschiedet haben zu können.»

Zufällig hielt sie sich gerade in meinem Haus auf, als ich mit diesem Brief von der Poststation heimkehrte. Nie werde ich vergessen, wie sehr sie beim Lesen erschrak. Sie reagierte zunächst wie jemand, dem soeben eine Kränkung widerfahren war; bald jedoch faßte sie sich und begann, sein Ansinnen in aller Ruhe zu überdenken. Sie entwarf einige Zeilen, die sie in meiner Verwahrung zurückließ, weil ich sie abschreiben sollte. Darin versprach sie ihm, seinen Antrag anzunehmen, sofern er sich bedingungslos damit einverstanden erklärte, den Zeitpunkt für die Bekanntgabe der Ehe ihrem Gutdünken zu überlassen und sich sofort nach dem Vollzug der Trauung von ihr zu verabschieden, gleich an der Tür der Kirche oder wo auch immer die Zeremonie stattfinden werde. Er dürfe überdies nie wieder in ihre Nähe kommen, bis die Ehe bekanntgegeben worden sei. Wenige Tage später hielt sie seine Antwort in Händen. Sie lautete, wie nicht anders zu erwarten gewesen war: «Alles, wenn Sie nur die Meine werden.» Zum zweiten Male also erklang der Ruf nach Amy Beldens Hilfe und Gewitztheit. Ich sollte einen Plan entwerfen, wie die Trauung arrangiert werden konnte, ohne die beteiligten Personen der Gefahr einer Entdeckung auszusetzen. Eine heikle, schwierige Aufgabe. Die Zeremonie mußte überdies binnen dreier Tage vollzogen werden, da Mr. Clavering nach Erhalt von Marys Brief sofort eine Kabine auf dem Dampfschiff reserviert hatte, das am folgenden Samstag auslaufen würde. Außerdem waren sowohl er als auch Miss Leavenworth zu auffallende Erscheinungen, als daß sie in der näheren Umgebung von R., sozusagen in Sicht- und Hörweite, getraut werden konnten, denn in diesem Fall würde mit Sicherheit Gerede aufkommen. Andererseits durfte der Ort der Trauung in nicht allzu großer Entfernung liegen, sonst würde Miss Leavenworth für die Hin- und Herfahrt zwischen beiden Orten zuviel Zeit aufwenden müssen. Eine längere Abwesenheit ihrerseits vom Hotel wiederum würde aller Voraussicht nach Eleanores Mißtrauen erwecken, und Mary hielt es für ratsam, das zu vermeiden. Ich vergaß zu erwähnen, daß ihr Onkel damals nicht in der Stadt weilte, er hatte sich nach Mr. Claverings Verabschiedung erneut auf Reisen begeben. Für mein Dafürhalten war F. der einzige geeignete Ort, er war in ausreichender Entfernung und Nähe. Es lag zwar an der Eisenbahnstrecke, war jedoch ein unbedeutendes Dorf und hatte, was noch besser war, ein sehr obskures geistliches Oberhaupt. Der Mann lebte kaum zehn Schritte von der Bahnstation entfernt. Konnten sie sich bei ihm treffen? Ich zog Erkundigungen ein, kam zu dem Ergebnis, daß es möglich sein würde und begann, die Einzelheiten zu planen. Die Romantik des bevorstehenden Ereignisses erfüllte mich bis in die Fingerspitzen mit prickelndem Leben.

Ich komme nun zu dem, was beinahe dazu geführt hätte, daß unser Vorhaben zunichte gemacht wurde. Damit meine ich Eleanores Entdeckung des Briefwechsels zwischen Mary und Mr. Clavering. Folgendes geschah: Hannah, die beinahe täglich bei mir ein und aus ging, suchte häufig meine Gesellschaft. Sie schien das Beisammensein mit mir stets sehr zu genießen. Während eines ihrer abendlichen Besuche – seit ihrem Eintreffen waren kaum zehn Minuten vergangen – klopfte es unvermittelt an der Haustür. Ich ging hin, um zu öffnen, und sah, wie ich nicht anders erwartet hatte, Mary vor mir stehen; ich erkannte sie an ihrem langen Umhang. In der Annahme, sie brächte mir einen Brief für Mr. Clavering, zog ich sie am Arm ins Haus und fragte: «Haben Sie den Brief? Ich muß ihn heute abend auf die Poststation bringen, sonst erhält er ihn nicht mehr rechtzeitig.» Ich hielt inne, denn das vom Lauf noch schwer atmende Geschöpf an meiner Seite hatte sich zu mir umgedreht, und ich erkannte, daß es sich um eine Fremde handelte.

«Sie befinden sich in einem Irrtum», sagte sie. «Ich bin Eleanore Leavenworth und suche mein Mädchen, Hannah. Ist sie hier?»

Von den schlimmsten Befürchtungen erfüllt, war ich zu nichts anderem fähig, als meine Hand zu heben und damit auf Hannah zu deuten, die in einer Zimmerecke saß. Miss Leavenworth wandte sich augenblicklich wieder zum Gehen.

«Hannah, ich brauche dich», sagte sie noch und hätte das Haus ohne ein weiteres Wort verlassen, wenn ich sie nicht am Arm gepackt hätte.

«Verehrtes Fräulein ...» Ich wollte zu einer Erklärung ansetzen, aber der Blick, mit dem sie mich bedachte, veranlaßte mich dazu, ihren Arm loszulassen, als wäre er aus glühendem Eisen.

«Ich habe Ihnen nichts zu sagen», verkündete sie mit gedämpfter, aber durchdringender Stimme. «Halten Sie mich nicht auf!» Sie vergewisserte sich mit einem Blick, daß Hannah ihr folgte, und entschwand.

Eine Stunde lang kauerte ich auf der Schwelle, just dort, wo sie mich zurückgelassen hatte. Dann begab ich mich zur Ruhe, tat in dieser Nacht jedoch kein Auge zu. Sie können sich deshalb gewiß meine Verwunderung vorstellen, als Mary, schöner denn je, im Licht der ersten Sonnenstrahlen die Treppe heraufgerannt kam und in mein Zimmer stürzte. Den Brief an Mr. Clavering hielt sie bebend in der Hand.

«Sie hat es also nicht begriffen?» rief ich in meiner Freude und Erleichterung.

Marys heiterer Gesichtsausdruck verwandelte sich in übermütigen Spott. «Falls Sie Eleanore meinen – doch. Sie ist gehörig eingeweiht, mein Mütterchen. Weiß, daß ich Mr. Clavering liebe und mit ihm korrespondiere. Nach Ihrem gestrigen Schnitzer konnte ich es nicht mehr geheimhalten, deswegen tat ich das zweitbeste und schenkte ihr reinen Wein ein.»

«Auch, daß Sie im Begriff sind zu heiraten?»

«Gewiß nicht. Ich bin keine Freundin von unnötigen Mitteilungen.»

«War sie denn weniger wütend, als Sie vermutet hatten?»

«Das würde ich nicht sagen, denn sie war tatsächlich sehr wütend. Nichtsdestotrotz ...» Bei ihren nächsten Worten brachen plötzlich Reue und Selbstanklage aus Mary hervor. «Ich will Eleanores erhabene Empörung nicht Wut nennen. Sie ist sehr betrübt, Tantchen, sehr betrübt.» Mit ihrem Lachen wollte sie wahrscheinlich ihre Verstimmung abschütteln und die Gedanken an ihre Cousine vertreiben. Sie legte ihr Köpfchen auf die Seite und beäugte mich mit einem Blick, der zu sagen schien: «Bereite ich dir wirklich soviel Kummer, mein gutes altes Mütterchen?»

Sie bereitete mir in der Tat Kummer, und ich verhehlte ihn nicht. «Aber sie wird es Ihrem Onkel erzählen!» stieß ich hervor.

Marys Gesichtsausdruck änderte sich augenblicklich, die treuherzige Miene verschwand. «Nein», sagte sie.

Die glühendheiße, schwere Hand, welche mein Herz umklammert hatte, ließ mich los. «Heißt das, wir können wie bisher weitermachen?»

Statt einer Antwort streckte sie mir den Brief entgegen.

Wir hatten uns auf folgenden Plan geeinigt, um unser Vorhaben durchzuführen. Zur verabredeten Zeit würde Mary sich unter dem Vorwand bei ihrer Cousine entschuldigen, sie hätte mir versprochen, mich zu einer Freundin ins Nachbardorf zu begleiten. Darauf würde sie einen zuvor bestellten Einspänner besteigen und mich in meinem Haus abholen. Wir würden unverzüglich nach F. zum Haus des Geistlichen fahren, wo bereits alles für uns vorbereitet wäre, es sprach jedenfalls nichts dagegen.

Doch so simpel der Plan auch war, er ließ einen entscheidenden Umstand außer acht, und zwar Eleanores besondere Liebe zu ihrer Cousine. Wir bezweifelten nicht, daß sie einen Argwohn hegen würde, aber daß sie Mary tatsächlich folgen und eine Erklärung für ihr Verhalten verlangen würde, hielten weder Mary, die sie so gut, noch ich, die sie so wenig kannte, für möglich.

Zunächst verlief alles wie geplant; Mary hatte Eleanore eine kurze Nachricht mit der zuvor ersonnenen Ausrede auf ihrer Frisierkommode hinterlassen und war bereits bei mir eingetroffen. Sie warf eben ihren langen Umhang zurück, um mir ihr Kleid vorzuführen, als sich ein gebieterisches Klopfen an der Haustür vernehmen ließ. Ich hüllte sie hastig wieder in ihren Umhang und stürzte hinaus, um die Tür zu öffnen. Wie Sie sich denken können, beabsichtigte ich, meinen Besuch so rasch als möglich abzufertigen, da hörte ich, wie eine Stimme in meinem Rücken sagte: «Meine Güte, es ist Eleanore!» Ich blickte mich um und sah, wie Mary durch den Fensterladen auf den Hauseingang spähte.

«Was soll ich tun?» rief ich und wich erschrocken zurück.

«Tun? Öffnen Sie die Tür, was sonst? Ich habe keine Angst vor Eleanore.»

Ich tat, wie mir geheißen. Eleanore Leavenworth marschierte mit bleichem, aber entschlossenem Gesicht an mir vorbei ins Haus, in dieses Zimmer, und stellte Mary fast genau an derselben Stelle zur Rede, wo Sie jetzt sitzen. In ihrem Gesichtsausdruck mischten sich Stärke und Sanftheit auf eine so unnachahmliche Weise, daß ich selbst in diesem Augenblick nicht umhin konnte, sie zu bewundern. «Ich bin gekommen, darum zu bitten – ohne daß ich freilich ein Recht zu dieser Bitte hätte –, dich auf deinem heutigen Ausflug begleiten zu dürfen.»

Mary hatte sich in Erwartung eine Anklage oder eines dringenden Appells hoch aufgerichtet. Nun allerdings wandte sie sich achtlos zum Fenster.

«Es tut mir sehr leid», erwiderte sie, «aber in dem Einspänner können nur zwei Personen sitzen. Ich muß dir die Bitte leider abschlagen.»

«Ich werde eine Kutsche rufen lassen.»

«Aber ich wünsche deine Begleitung nicht, Eleanore. Wir möchten einen kleinen Ausflug unternehmen und, wie geplant, alleine fahren.»

«Und du gestattest mir nicht, euch zu begleiten?»

«Ich kann dich nicht daran hindern, in einer anderen Kutsche hinterherzufahren.»

Eleanores Miene wurde noch ernsthafter und eindringlicher. «Mary, man hat uns zusammen aufgezogen. Ich bin zwar nicht deine leibliche Schwester, aber ich liebe dich wie eine Schwester. Ich kann nicht mitansehen, daß du dich ohne andere Begleitung als die jener Frau dort in dieses Abenteuer begibst. Das lassen weder mein Gewissen noch meine Liebe noch die Dankbarkeit zu, die ich für unseren abwesenden Onkel empfinde. Wenn du dich wirklich an den Ort begibst, den du aufzusuchen beabsichtigst, bestehe ich darauf, dich zu begleiten. Sage mir, soll ich an deiner Seite fahren, wie deine Schwester, oder gegen deinen Willen hinter dir her, als eine dir aufgezwungene Hüterin deiner Ehre.»

«Meiner Ehre?»

«Du wirst dich mit Mr. Clavering treffen?»

«Und?»

«Zwanzig Meilen von hier?»

«Und?»

«Schickt sich das für dich, ist es vernünftig? Falls es so sein sollte, sind Schicklichkeit und Vernunft wohl nicht länger dieselben Tugenden, die zu achten man mich gelehrt hat.»

Um Marys hochmütigen Mund spielte ein unheilverkündender Zug. «Mich zog dieselbe Hand auf wie dich», rief sie bitter.

«Dies ist nicht der Zeitpunkt, davon zu sprechen.»

Marys Gesicht glühte. Ihr Widerspruchsgeist war gründlich geweckt. In ihrem unversöhnlichen Zorn, ihrer drohenden Haltung glich sie einer wahren Juno. «Eleanore, ich fahre nach F., um Mr. Clavering zu heiraten. Willst du mich jetzt noch begleiten?»

«Ja.»

Marys Verhalten änderte sich schlagartig. Sie stürzte auf ihre Cousine zu, ergriff deren Arm und schüttelte ihn. «Warum?» schrie sie. «Was willst du tun?»

«Ich will darauf achtgeben, daß es eine rechtmäßige Trauung ist, will dich vor der möglichen Schande bewahren, in welche du geraten könntest, sofern Lug und Betrug im Spiel sein sollten.»

Mary ließ ihre Cousine los. «Ich begreife dich nicht», sagte sie. «Ich dachte, du würdest niemals unterstützen, was du nicht billigst.»

«Das tue ich auch nicht. Jeder, der mich kennt, wird verstehen, daß meine unfreiwillige Gegenwart als Zeugin bei dem

Vollzug dieser Trauung nicht bedeutet, ich gäbe zu der Heirat selbst meine Zustimmung.»

«Warum willst du dann dabeisein?»

«Weil mir deine Ehre wichtiger ist als mein eigener Seelenfrieden. Weil ich unseren gemeinsamen Wohltäter liebe und weiß, daß er es mir nie verzeihen würde, wenn ich seinen Liebling alleine heiraten ließe, ohne der Zeremonie durch meine Anwesenheit zumindest Achtbarkeit und Würde zu verleihen. Gleichgültig, wie sehr er gegen diese Verbindung eingestellt sein mag.»

«Aber du verstrickst dich auf diese Weise in ein wahres Lügennetz – und du haßt es zu lügen!»

«Wird es noch schlimmer kommen, als es jetzt bereits ist?»

«Mr. Clavering begleitet mich nicht hierher zurück, Eleanore.»

«Ich habe nichts anderes vermutet.»

«Ich werde ihn unmittelbar nach der Zeremonie verlassen.»

Eleanore neigte den Kopf.

«Er wird nach Europa abreisen.»

Schweigen.

«Und ich kehre nach Hause zurück.»

«Um auf was zu warten, Mary?»

Marys Gesicht wurde dunkelrot, langsam wandte sie sich ab. «Wahrscheinlich auf das, worauf jedes Mädchen in meiner Lage warten würde. Darauf, daß sich das verstockte Herz eines uneinsichtigen Elternteils erweichen möge.»

Eleanore seufzte. Wieder entstand eine kurze Pause, die davon unterbrochen wurde, daß Eleanore plötzlich auf die Knie sank und die Hand ihrer Cousine umklammerte. «Oh, Mary», schluchzte sie. Ihr Stolz wich einem flutartigen Ausbruch unbändigen Flehens. «Überlege dir gut, was du tust! Bevor es zu spät ist, denk an die Folgen, die dein Handeln unweigerlich nach sich ziehen wird. Auf einer Ehe, die durch Täuschung zustandegekommen ist, kann nie und nimmer Segen ruhen. Liebe – aber es ist keine Liebe. Liebe hätte dich entweder dazu veranlaßt, Mr. Clavering sofort abzuweisen oder dem Schicksal, das dir durch eine Verbindung mit ihm beschieden ist, offen ins Gesicht zu blicken. Nur blinde Leidenschaft erniedrigt sich soweit, daß sie zu derlei Tücken greift. Und Sie ...» An dieser Stelle stand sie auf und drehte sich zu mir um. Die hilflose Hoffnung auf ihrem Gesicht war unendlich rührend mitanzusehen. «Sie haben Kinder geboren und aufgezogen. Können Sie es wirklich ohne ein inständiges Wort der Warnung zulassen, daß dieses junge mutterlose Mädchen den düsteren, verschlungenen Pfad einschlägt, den sie aus einer Laune heraus und ohne jegliche moralische Selbstbeschränkung gewählt hat? Sagen Sie mir, Mutter toter und begrabener Kinder, womit werden Sie Ihren Anteil am Geschehen des heutigen Tages rechtfertigen, was werden Sie zu Ihrer Entschuldigung vorbringen, wenn sie einst zu Ihnen kommt, ihr Gesicht von dem Schmerz gezeichnet, den dieser Betrug unweigerlich über sie bringen muß ...»

Mary unterbrach sie mit frostiger, angespannter Stimme: «Vermutlich die gleiche Entschuldigung, derer du dich wirst bedienen müssen, wenn Onkel sich bei dir erkundigt, wie du es hast zulassen können, daß man in seiner Abwesenheit ein derart übles Geschäft abwickelt: daß sie nämlich keine andere Wahl hatte, weil Mary tat, was Mary tun wollte, und jeder andere sich damit abfinden mußte.»

Es war, als wehte unvermittelt ein Eishauch in ein überhitztes Verließ. Eleanore erstarrte. Blaß, aber gelassen ließ sie ab und wandte sich ihrer Cousine mit der Bemerkung zu:

«Dich vermag also nichts umzustimmen?»

Mary verzog den Mund, das war ihre einzige Antwort.

Mr. Raymond, ich will Sie nicht mit meinen Gefühlen behelligen, aber in diesem Augenblick kamen mir zum ersten Mal lähmende Zweifel, ob es klug von mir gewesen war, unser Vorhaben so weit voranzutreiben. Dieses Kräuseln ihrer Lippen verdeutlichte mir klarer als alle Worte Eleanores, mit welcher Launenhaftigkeit Mary sich auf dieses Unternehmen einließ. Von einer plötzlichen Furcht befallen, wollte ich eben zu sprechen anheben, da hielt Mary mich zurück.

«Aber, aber, Tantchen, jetzt fangen Sie nicht damit an, Sie hätten Angst. Davon will ich nichts hören. Ich habe versprochen, Henry Clavering heute zu heiraten, und ich beabsichtige, mein Wort zu halten – selbst wenn ich ihn nicht lieben würde», setzte sie mit bitterer Emphase hinzu. Sie lächelte mich auf eine Weise an, die mich alles, alles vergessen ließ, außer daß sie sich auf ihrem Weg zum Altar befand, und reichte mir ihren Schleier, damit ich ihn feststeckte. Während ich ihr mit zitternden Händen gehorchte, sah sie geradewegs in Eleanores Gesicht und sagte:

«Dein Verhalten hat bewiesen, daß dir mein Schicksal dringender am Herzen liegt, als ich es je für möglich gehalten hätte. Wirst du auf dem Weg nach F. ohne Unterlaß von deinen Befürchtungen reden, oder darf ich hoffen, daß es mir vergönnt sein wird, ein wenig zu träumen und in Frieden über den Schritt nachzusinnen, der mich deiner Meinung nach in solch schreckliche Schwierigkeiten bringen wird?»

«Falls ich mit dir nach F. fahre», entgegnete Eleanore, «dann lediglich als deine Trauzeugin. Mein Schwesternpflicht ist getan.»

«Dann wäre ja alles in Ordnung», sagte Mary, auf deren Wangen sich plötzlich vergnügte Grübchen zeigten. «Ich glaube, ich muß mich ins Unvermeidliche fügen. Mein gutes Mütterchen, es tut mir so leid, Sie zu enttäuschen, aber unser Wagen bietet nun einmal nicht genügend Platz für drei. Wenn Sie brav sind, dürfen Sie die erste sein, die mir gratuliert, wenn ich heute abend heimkehre», wisperte sie. Und bevor ich es recht zu fassen vermochte, saßen die beiden bereits in dem Einspänner, der vor der Tür wartete. «Adieu», rief Mary und winkte, «Wünschen Sie mir viel Vergnügen – auf dem Ausflug!»

Ich versuchte es, aber die Worte blieben mir im Hals stecken. Ich konnte bloß stumm zurückwinken, dann rannte ich schluchzend ins Haus.

Ich werde nicht einmal versuchen, diesen Tag und die endlosen Wartestunden zu beschreiben, in denen ich abwechselnd von Gewissensbissen und Angst gepeinigt wurde. Ich gehe unmittelbar zu dem Moment über, da ich alleine in meinem Wohnzimmer saß. Eine einzelne Lampe brannte, ich wartete und hielt nach dem Zeichen für ihre Rückkehr Ausschau, das Mary mir angekündigt hatte.

Mary kam selbst; sie schlich sich, in ihren langen Umhang gehüllt, verstohlen ins Haus, gerade als ich vollends verzweifeln wollte. Ihr schönes Antlitz war von glühender Röte überzogen.

Im Garten des Hotels fand an dem Abend ein Ball statt, weswegen in Marys Begleitung auch die Klänge ausgelassener Musik über meine Schwelle drangen.

Die Musik reizte meine ohnehin überhitzte Phantasie auf eigenartige Weise. Es überraschte mich daher nicht im geringsten, daß unter ihrem Umhang, den sie nun zur Seite schlug, ein bräutlich weißes Gewand sichtbar wurde. Schneeweiße Rosen bekränzten wie ein Krone ihr Haupt.

Ich brach in Tränen aus. «Mary, Sie sind also ...»

«Mrs. Henry Clavering, zu Ihren Diensten. Ich bin eine Braut, Tantchen.»

«Ohne eine Hochzeit», murmelte ich und schloß sie gerührt in die Arme.

Sie war für meinen Gefühlsausbruch nicht unempfänglich, kuschelte sich fest an mich und ließ ihren Tränen ebenfalls einen einzigen, überwältigenden Augenblick lang freien Lauf. Zwischen ihren Schluchzern und Seufzern flüsterte sie mir lauter zärtliche Bemerkungen ins Ohr und sagte, wie sehr sie mich liebe. Ich sei die einzige auf der ganzen weiten Welt, an die sie sich in dieser ihrer Hochzeitnacht zu wenden wage, um sich trösten und beglückwünschen zu lassen. Nun, da alles vorüber sei, verspüre sie eine solche Angst, als habe sie sich mit ihrem Namen auch von einem unschätzbar wertvollen Besitz getrennt.

«Spendet Ihnen denn die Vorstellung keinen Trost, daß Sie jemand zum stolzesten Mann unter der Sonne gemacht haben?» fragte ich. Mein Unvermögen, diese Liebenden glücklich zu machen, brach mir schier das Herz.

«Ich weiß es nicht», wimmerte sie. «Was sollte ihm daran gefallen, sich für sein ganzes Leben an eine Frau gebunden zu fühlen, die ihm eher diesen grausamen Abschied auferlegt, als ihre Aussicht auf ein großes Vermögen fahrenzulassen?»

«Reden Sie sich ruhig alles von der Seele», sagte ich.

Doch das entsprach nicht ihrer gegenwärtigen Verfassung. Die Aufregung des Tages brach über ihr zusammen. Tausend Ängste schienen sie zu überfallen. Sie kauerte sich auf den Schemel zu meinen Füßen nieder und verschränkte die Hände ineinander.

Ihre Haltung und ihr wilder Blick standen in einem eigenartigen, unwirklichen Gegensatz zu ihrer prächtigen Gewandung. «Wie soll mir je gelingen, es geheimzuhalten? Der Gedanke verfolgt mich bei jedem Atemzug, wie kann ich es geheimhalten?»

«Besteht denn die Gefahr, daß etwas durchgesickert ist?» erkundigte ich mich. «Wurden Sie gesehen, ist man Ihnen gefolgt?»

«Nein», murmelte sie, «alles ist gutgegangen, aber ...»

«Welche Gefahr sehen Sie dann?»

«Ich weiß nicht, aber manche Taten sind wie Gespenster. Sie lassen sich nicht zur Ruhe betten, sie erscheinen immer wieder, sie sind geschwätzig, sie machen sich bemerkbar, ob wir es wollen oder nicht. Daran habe ich vorher nicht gedacht. Ich war wahnsinnig, tollkühn, nennen Sie es, wie Sie wollen. Doch seit Anbruch der Nacht erdrückt es mich wie ein Leichentuch, das alles Leben, alle Jugend in mir erstickt. Solange die Sonne schien, vermochte ich es zu ertragen, aber jetzt – ach, Tantchen, ich habe etwas getan, was mich in beständige Furcht versetzen wird. Ich habe mich eigenhändig an die Angst selbst gefesselt. Ich habe mein Lebensglück vernichtet.»

Entgeistert wie ich war, brachte ich keinen Ton hervor.

«Ich habe zwei Stunden lang versucht, die Fröhliche zu mimen. Ich stand im Salon des Hotels, in bräutliches Weiß gekleidet, das Haupt von Rosen bekränzt, und habe mir selbst vorgespielt, ich empfinge Hochzeitsgäste. Habe so getan, als wären alle Komplimente, mit denen man mich umschmeichelte – und es gab ihrer viele –, Beglückwünschungen zu meiner Hochzeit. Aber es hat nichts genützt. Eleanore wußte das. Sie hat sich auf ihr Zimmer zurückgezogen, um zu beten, ich hingegen – ich bin zu Ihnen gekommen, um zum ersten und vielleicht letzten Mal vor jemandem niederzusinken und Gott anzurufen, er möge mir gnädig sein!»

Ich vermochte meine Gefühle nicht im Zaum zu halten. «Oh, Mary, besteht mein ganzer Erfolg denn darin, daß ich Ihnen Unglück gebracht habe?»

Sie gab keine Antwort. Sie war damit beschäftigt, die Rosen aufzuheben, die von ihrem Kopf auf den Boden gefallen waren.

«Ich wünschte, man hätte mich nicht gelehrt, Geld über alle Maßen zu lieben!» sagte sie schließlich. «Ich wünschte, ich könnte – wie Eleanore – den Prunk, der uns von Kindesbeinen an umgeben hat, als bloßes, angenehmes Beiwerk des Lebens betrachten, das sich leicht abstreifen läßt, sobald Pflicht oder Liebe rufen. Ich wünschte, äußeres Ansehen, Schmeicheleien und kostbare Güter würden mir nicht soviel, stattdessen Liebe, Freundschaft und häusliches Glück mehr bedeuten. Könnte ich doch einen einzigen Schritt gehen, ohne jene Eisenkette, geschmiedet aus der Gier nach Eleganz und Luxus, hinter mir herzuschleppen. Eleanore vermag es. Sie ist ohne Zweifel eine wunderschöne, vornehme Frau, sie kann sehr hochmütig reagieren, wenn man den empfindlichen Kern ihres Wesens trifft und sie kränkt. Aber ich weiß, daß sie stundenlang in einem niedrigen, kalten, schlecht erleuchteten, übelriechenden Bodenstübchen sitzen und ein schmutziges Kind auf ihrem Schoß wiegen oder eigenhändig eine ungeduldige alte Frau füttern kann, die niemand sonst anrühren würde. Die Menschen sagen, es gäbe so etwas wie Reue oder Sinneswandel. Würde doch auch mich etwas verwandeln! Aber für mich gibt es keine Hoffnung! Es gibt keine Hoffnung, daß ich je etwas anderes sein werde, als was ich bin, nämlich ein selbstsüchtiges, eigensinniges, habgieriges Mädchen.»

Ihre düstere Stimmung war keine vorübergehende Laune. Noch in derselben Nacht machte sie zu allem Überfluß eine Entdeckung, durch welche sich ihre Befürchtungen beinahe zu Entsetzen steigerten. Bei dieser Entdeckung handelte es sich um nichts Geringeres als die Tatsache, daß Eleanore über die vorhergegangenen Wochen Tagebuch geführt hatte. «Wie soll ich mich je sicher fühlen, solange mir dieses Tagebuch ins Auge springt, wann immer ich ihr Zimmer betrete», sagte sie, als sie mir am nächsten Tag davon berichtete. «Sie weigert sich, es zu vernichten, obwohl ich alles getan habe, um ihr klarzumachen, daß sie damit das Vertrauen mißbraucht, welches ich ihr geschenkt habe. Sie behauptet, ohne das Tagebuch könne sie sich später nicht verteidigen, sollte unser Onkel sie jemals der Heimtücke und Zerstörung seines Glücks beschuldigen, denn es wäre ihre einzige Quelle, um die Gründe für ihre Verhaltensweise darlegen zu können. Sie verspricht, es stets sorgfältig verschlossen aufzubewahren, aber was hilft das?! Hunderte von Zufällen sind denkbar, durch die es in Onkels Hände geraten könnte. Solange dieses Tagebuch existiert, werde ich mich keine Sekunde lang sicher fühlen.»

Ich versuchte, sie mit dem Hinweis zu beruhigen, daß ihre Befürchtungen jeder Grundlage entbehrten, solange Eleanore nichts Arges im Schilde führe. Doch sie wollte sich nicht trösten lassen. Angesichts ihrer großen Nervosität und Erregung schlug ich daher vor, sie solle Eleanore fragen, ob sie das Tagebuch nicht meiner Obhut anvertrauen wolle, bis sie den Zeitpunkt für gekommen halte, sich seiner zu bedienen.

Mary gefiel die Idee sogleich. «Ja, und ich werde meine Heiratsurkunde dazulegen. Auf diese Weise bin ich auf einen Schlag sämtliche Sorgen los.» Noch bevor der Nachmittag um war, hatte sie mit Eleanore gesprochen und ihre Bitte vorgebracht.

Die Einwilligung wurde unter der Bedingung gegeben, daß ich die Dokumente, einzeln oder zusammen, weder vernichten noch aus der Hand geben dürfe, außer beide zusammen gäben mir hierzu ihr ausdrückliches Einverständnis. Wir beschafften eine Kassette aus Blech, die alle damals existierenden Beweise für Marys Eheschließung in sich aufnahm, ergo die Urkunde, Mr. Claverings Briefe und jene Seiten aus Eleanores Tagebuch, welche die Angelegenheit behandelten. Sodann überreichte man sie mir mit der ausdrücklichen Bekräftigung der vorerwähnten Bedingung. Ich räumte sie in einen Schrank im ersten Stock, wo sie bis gestern abend in guter Verwahrung gelegen hat.

Hier hielt Mrs. Belden inne. Peinliche Röte überzog ihr Gesicht, und sie blickte mir mit einer sonderbaren Mischung aus Furcht und Flehen in die Augen.

«Ich weiß nicht, was Sie davon halten werden, aber gestern abend holte ich, von meiner eigenen Angst getrieben, jenen Blechkasten aus seinem Versteck, schaffte ihn entgegen Ihrem ausdrücklichen Ratschlag aus dem Haus, und nun ist er ...»

«In meinem Besitz», sagte ich ruhig.

Ich glaube nie, daß ich sie je verblüffter erlebt habe, nicht einmal, als ich ihr von Hannahs Tod erzählte.

«Unmöglich!» rief sie aus. «Ich ließ ihn gestern nacht in dem alten Schuppen zurück, der niederbrannte. Ich wollte ihn vorläufig nur verstecken. In meiner Eile fiel mir kein geeigneterer Platz ein. Von dem Schuppen sagt man nämlich, das es dort spuke – früher einmal hat sich dort ein Mann erhängt – niemand geht je hinein. Ich – ich – Sie können den Kasten unmöglich haben, außer ...»

«Außer ich hätte ihn gefunden und fortgebracht, bevor der Schuppen zerstört wurde», deutete ich an.

Sie errötete noch mehr. «Sind Sie mir gefolgt?»

«Ja», antwortete ich. Da ich merkte, wie ich nun selbst rot wurde, beeilte ich mich hinzuzufügen: «Wir haben in dieser Geschichte beide seltsame Parts gespielt, Rollen, die zu übernehmen keiner von uns beiden gewöhnt ist, weder Sie noch ich. Eines Tages, wenn uns diese schrecklichen Ereignisse nur noch wie vergangene Träume erscheinen, werden wir einander um Verzeihung bitten. Doch machen Sie sich um all das jetzt keine Sorgen. Der Kasten ist in Sicherheit, und ich kann es kaum abwarten, den Schluß Ihrer Geschichte zu hören.»

Meine Bemerkung schien sie zu beruhigen, so daß sie bald wieder fortfuhr zu sprechen.

Von nun an schien Mary beinahe wieder die alte zu sein. Aufgrund von Mr. Leavenworths Rückkehr und den Vorbereitungen zu ihrer Abreise, welche unmittelbar bevorstand, bekam ich sie nicht mehr häufig zu Gesicht. Die wenigen Male allerdings, die ich sie sah, genügten, mir den Eindruck zu vermitteln, daß sie sich der Vorstellung hingab, ihre Ehe wäre mit dem Verstecken der Beweise ungültig geworden. Ich machte mir deswegen ernsthaft Sorgen. Aber vielleicht tue ich ihr Unrecht.

Mein Bericht über jene Wochen geht zu Ende. Am Vorabend ihrer Abreise suchte Mary mich auf, um sich von mir zu verabschieden. Sie brachte mir ein Geschenk mit, dessen Wert ich verschweigen möchte. Ich nahm es nicht an, obwohl sie mich auf das reizendste zu umschmeicheln und zu beschwatzen versuchte.

Sie machte an jenem Abend allerdings eine Bemerkung, die ich nicht vergessen kann, und zwar ging es um folgendes. Ich hatte meine Hoffnung geäußert, daß es ihr binnen zweier Monate gelingen möge, Mr. Leavenworth auf ihre Seite zu ziehen, so daß sie Mr. Clavering aus England zurückrufen könnte. Ich sagte ihr eben, ich würde mir wünschen, daß sie mich von diesem Ereignis unterrichtete, sobald es eingetreten wäre, da unterbrach sie mich:

«Ich werde meinen Onkel niemals, wie Sie es nennen, auf meine Seite ziehen, solange er lebt. Ich wußte es bereits vorher, aber jetzt bin ich davon überzeugter denn je. Nur sein Tod wird es mir einst ermöglichen, Mr. Clavering an meine Seite zu rufen.» Als sie meinen entsetzten Blick ob der langen Trennung sah, die dieser Umstand aller Wahrscheinlichkeit nach mit sich bringen würde, errötete sie leicht und wisperte: «Trübe Zukunftsaussichten, nicht wahr? Aber wenn Mr. Clavering mich liebt, wird er auf mich warten.»

«Aber Ihr Onkel hat seine Lebensmitte eben erst überschritten und scheint sich ausgezeichneter Gesundheit zu erfreuen. Es bedeutet Jahre des Wartens, Mary.»

«Ich weiß nicht», murmelte sie. «Vielleicht nicht. Mein Onkel ist nicht so rüstig, wie er aussieht, und …» Mehr sagte sie nicht, wahrscheinlich war sie erschrocken über diese Wendung unseres Gesprächs. Aber ihr Gesichtsausdruck in jenem Augenblick machte mich sehr nachdenklich. Ich habe bis heute nicht aufgehört, darüber nachzudenken.

Was nicht heißen soll, daß ich ein so grauenhaftes Ereignis, wie es sich seither tatsächlich zugetragen hat, damals bereits voraussah. Das hätte die langen Monate, die auf ihre Abreise folgten, noch schlimmer gemacht, als sie ohnehin waren. Ich stand nach wie vor zu sehr im Bann ihres Charmes, als daß ich lange bei einem Gedanken verweilt wäre, der mein Bild von ihr verfinstern konnte. Eines Tages im Herbst jedoch erhielt ich einen Brief von Mr. Clavering, der aus einer einzigen, dringenden Bitte an mich bestand, ihm Neues von der Frau zu berichten, die ihn dazu verdamme, seine Tage in beständiger grausamer Ungewißheit zuzubringen. Am Abend desselben Tages erzählte mir überdies ein Freund, der soeben aus New York zurückgekehrt war, er hätte Mary Leavenworth bei einer festlichen Zusammenkunft im Kreis mehrerer glühender Verehrer angetroffen. Allmählich wurde mir bewußt, welch beunruhigendes Ausmaß die Affäre angenommen hatte. Ich schrieb ihr sofort einen Brief, ausnahmsweise ohne die innere Anspannung, die ich von meinen Gesprächen mit ihr zu spüren gewohnt war, sondern in rückhaltloser Aufrichtigkeit und Eindringlichkeit. Dieses Mal brauchte ich mich nicht ihrer bittenden Augen, ihrer bebenden, kosenden Hände zu erwehren, die mich stets dazu verführt hatten, wider mein besseres Urteil zu empfinden und zu handeln. Ich beschrieb ihr Mr. Claverings Gefühle und die Gefahr, welcher sie sich aussetzte, indem sie einem so hitzigen Verehrer seine Rechte vorenthielt. Ihre Antwort erschreckte mich: 'Ich beziehe Mr. Clavering mitnichten in meine derzeitigen Lebenspläne mit ein. Ich rate Ihnen, es mir gleich zu tun, so sehr Sie das enttäuschen mag. Was den Herrn selbst betrifft, so habe ich ihm bereits mitgeteilt, daß ich ihn sofort verständigen werde, wenn es mir möglich sei, ihn bei mir willkommen zu heißen. Der Tag ist noch nicht gekommen.

Sie dürfen ihm jedoch durchaus Mut zusprechen', fügte sie in einem Postscriptum hinzu. 'Wann immer ihm sein Glück zuteil werden wird – er wird keinen Grund zur Klage haben.'

Wann immer, dachte ich. Dieses wann immer wird alles verderben! Doch in dem Bestreben, ihren Wunsch zu erfüllen, schrieb ich Mr. Clavering einen Brief, in dem ich ihre Botschaft ihm gegenüber wiederholte und ihn inständig bat, sich in Geduld zu üben. Ich würde es ihn mit Bestimmtheit wissen lassen, sobald sich Marys Verhalten oder die Umstände veränderten. Ich sandte die Botschaft an seine Londoner Adresse und wartete die Entwicklung der Ereignisse ab.

Es dauerte nicht lange, da begannen sie sich geradezu zu überstürzen. Denn zwei Wochen später erfuhr ich von dem plötzlichen Tod Mr. Stebbins', des Geistlichen, der sie getraut hatte. Während ich mich noch von der Aufregung erholte, welche die Neuigkeit bei mir ausgelöst hatte, erlebte ich bereits den nächsten Schock, als ich in einer New Yorker Zeitung Mr. Claverings Namen auf einer Liste der Neuankömmlinge im Hoffman House entdeckte. Seine Ankunft verdeutlichte mir, daß mein Brief an ihn die beabsichtigte Wirkung verfehlt hatte und daß seine Geduld, auf die Mary so unbedacht baute, sich ihrem Ende näherte. Es überraschte mich daher nicht im mindesten, als wenige Wochen später ein Brief von ihm bei mir eintraf. Er hatte unachtsamerweise vergessen, ihn mit dem Geheimzeichen für Mary zu versehen. Deswegen öffnete ich ihn und erfuhr bereits aus den ersten Zeilen, daß er den Entschluß gefaßt hatte, alles zu wagen, selbst auf die Gefahr hin, sich dadurch ihre Mißgunst zuzuziehen. Da seine sämtlichen Anstrengungen, sich ihr zu nähern, ob in aller Öffentlichkeit oder unter vier Augen, fortwährend gescheitert seien, treibe ihn seine Verzweiflung zu diesem riskanten Schritt. Er scheute sich nicht, auszusprechen, daß sein Scheitern wohl in ihrem Widerwillen begründet liege, ihn zu empfangen. Er werde sich nun unmittelbar an ihren Onkel wenden, um die Ungewißheit, unter der er leide, sofort und für alle Zeiten zu beenden. 'Ich will Dich, Amy', schrieb er, 'mit oder ohne Mitgift, das ist mir gleichgültig. Wenn Du nicht freiwillig zu mir kommst, muß ich dem Beispiel der tapferen Ritter folgen, die meine Vorfahren waren. Ich werde die Burg stürmen, in der Du Dich befindest, und Dich mit Waffengewalt entführen.'

Die Antwort, welche mir Mary einige Tage darauf zum Abschreiben und Absenden zukommen ließ, erstaunte mich nicht. Ich kannte sie bereits zu gut.

Falls Mr. Robbins mit Amy Belden je glücklich zu werden wünscht, sollte er den von ihm erwähnten Entschluß noch einmal überdenken. Durch eine solche Handlungsweise würde er nicht nur das Lebensglück derjenigen vernichten, die er zu lieben behauptet, sondern die weitaus größere Gefahr laufen, die Zuneigung, welche das Band zwischen beiden erträglich macht, restlos zu zerstören.

Die Botschaft trug weder Datum noch Unterschrift. Sie war der warnende Aufschrei einer wilden, freiheitsliebenden Kreatur, die sich in die Enge getrieben sieht. Sogar ich prallte vor ihrer Heftigkeit zurück, obwohl ich von Anfang an gewußt hatte, daß Marys koketter Eigensinn nur einem Kräuseln der Wellen über den abgrundtiefen Wassern kaltblütiger Entschlossenheit und wohlerwogener Zielstrebigkeit glich.

Ich vermag nichts als Mutmaßungen darüber anzustellen, in welche Bahnen ihrer beider Geschick durch diese Botschaft gelenkt wurden. Alles, was ich weiß, ist, daß binnen zweier weiterer Wochen Mr. Leavenworth ermordet in seinem Zimmer aufgefunden wurde und Hannah Chester eines Nachts vor meiner Tür stand. Sie kam unmittelbar vom Schauplatz des gewalttätigen Geschehens und flehte mich an, sie um meiner Liebe zu Mary Leavenworth willen aufzunehmen, Mary Leavenworth auf diese Weise zu helfen und sie, Hannah, vor einer Befragung durch die Polizei und alle Welt zu schützen.

XXXIII. Unerwartetes Zeugnis

Polonius. What do you read my lord?
Hamlet. Words, words, words.

Polonius: Was lest Ihr, mein Lord?
Hamlet: … Worte, Worte, Worte.

Shakespeare: Hamlet

Mrs. Belden schwieg. Der düstere Schatten, der sich bei ihren letzten Worte über ihr Gemüt gelegt hatte, hielt sie gefangen. Stille erfüllte den Raum. Ich unterbrach das Schweigen, indem ich sie bat, das zuletzt erwähnte Ereignis ausführlicher zu beschreiben. Es sei mir ein Rätsel, wie Hannah ohne das Wissen der Nachbarn ihr Haus habe erreichen können.

«Es war eine kalte Nacht», antwortete sie, «und ich hatte mich früh zur Ruhe begeben – zu der Zeit schlief ich in dem Raum neben diesem –, da hörte ich gegen zehn vor eins (der letzte Zug erreicht R. um viertel vor eins), wie jemand leise an den Fensterladen am Kopfende meines Bettes klopfte. Ich vermutete, einer meiner Nachbarn wäre krank geworden, richtete mich rasch auf und fragte, wer da sei. Als Antwort ertönte ein ersticktes Flüstern: 'Hannah, Miss Leavenworths Zofe! Bitte lassen Sie mich zur Küchentür herein.' Beim Klang der mir wohlbekannten Stimme erschrak ich. Voll schlimmer Vorahnungen ergriff ich eine Lampe und rannte zur Hintertür. 'Ist jemand bei dir?' fragte ich. 'Nein', erwiderte sie. 'Dann komm herein.' Doch sobald ich nur einen Blick auf sie geworfen hatte, wich alle Kraft aus mir, und ich mußte mich setzen. Sie sah entsetzlich bleich und fremd aus. Sie hatte kein Gepäck und wirkte wie ein ruheloses Gespenst. 'Hannah!' keuchte ich. 'Was ist dir? Was ist geschehen? Warum bist du zu mir gekommen, in diesem Zustand, mitten in der Nacht?' – 'Miss Leavenworth schickt mich', entgegnete sie mit einer leisen, dumpfen Stimme, die klang, als sagte sie eine auswendig gelernte Lektion her. 'Sie hat mir befohlen, zu Ihnen zu fahren, hat gesagt, bei Ihnen könnte ich bleiben. Ich soll das Haus nicht verlassen, niemand darf wissen, daß ich hier bin.' – 'Aber warum?' fragte ich. Eine namenlose Angst hatte mich befallen, ich zitterte am ganzen Leibe. 'Was ist geschehen?' – 'Ich traue mich nicht, es zu sagen', flüsterte sie. 'Ich darf nichts verraten. Ich soll hierbleiben und den Mund halten.' – 'Aber ...' wandte ich ein, dabei half ich ihr aus ihrem Umhang, jenem schäbigen Wolltuch, das später in den Zeitungsmeldungen beschrieben wurde. 'Du mußt es mir sagen. Sie hat dir doch sicher nicht verboten, es mir zu sagen?' – 'Doch', antwortete das Mädchen. Vor lauter Beharrlichkeit wurde ihr Gesicht ganz weiß. 'Und ich werde mein Wort niemals brechen, nicht einmal, wenn man mich foltern sollte.' Sie wirkte so entschlossen, so verändert gegenüber ihrem früheren braven, sanften Wesen, das mir aus den gemeinsamen Stunden des Vorjahres vertraut war, daß ich sie ungläubig anstarrte. 'Darf ich bei Ihnen bleiben?' fragte sie. 'Oder schicken Sie mich fort?' – 'Nein', antwortete ich, 'ich schicke dich nicht fort.' – 'Und Sie werden niemandem verraten, daß ich hier bin?' sagte sie noch. 'Keiner Menschenseele', gab ich zurück.

Das schien sie zu beruhigen. Sie bedankte sich und stieg ruhig hinter mir her die Treppe hinauf. Ich brachte sie in dem Zimmer unter, in welchem Sie sie gefunden haben, weil es das unzugänglichste im ganzen Haus ist. Und in diesem Zimmer blieb sie, scheinbar glücklich und zufrieden, bis zum heutigen schrecklichen Tag.»

«Und das ist alles?» fragte ich. «Sie haben auch später nicht mit ihr darüber geredet? Hat sie Ihnen niemals etwas von den Begebenheiten erzählt, die zu ihrer Flucht führten?»

«Nein, sie schwieg hartnäckig. Sie sagte weder in jener ersten Nacht noch am folgenden Tag ein einziges Wort. Ich hielt ihr die Zeitungen unter die Nase und stellte ihr die eine, die entsetzliche Frage, nämlich ob sie wegen des Mordes geflohen wäre, der in Mr. Leavenworths Haus stattgefunden hätte. Sogar dann gab sie nichts weiter zu, als daß ein gewisser Zusammenhang bestünde. Irgend jemand oder irgend etwas hatte ihre Lippen versiegelt, und, wie sie selbst sagte, 'weder Feuer noch Folter werden mich je zum Sprechen bewegen.'»

Wieder herrschte kurze Zeit Stille. Meine Gedanken hörten nicht auf, um einen bestimmten Punkt zu kreisen, jenen Punkt, der mich am stärksten beschäftigte. Ich fragte:

«Der von Ihnen geäußerte Verdacht gründet sich demnach auf zwei Beobachtungen, ist das richtig? Zum einen die Geschichte, die Sie mir von Mary Leavenworths geheimer Eheschließung und der Zwangslage, in welche sie dadurch geriet, erzählt haben. Scheinbar konnte nur der Tod ihres Onkels sie aus dieser Zwangslage befreien. Zum zweiten gab Hannah zu, daß sie New York verlassen und sich zu Ihnen geflüchtet hätte, weil Miss Leavenworth es so wollte.»

«Genauso ist es, Sir. Drittens gibt es als Beweis den Brief, den ich gestern von ihr erhielt und der sich, wie Sie mir mitteilten, derzeit in Ihrem Besitz befindet.»

Ja, der Brief!

«Ich weiß», fuhr Mrs. Belden mit gebrochener Stimme fort, «daß es ist einem so schwerwiegenden Fall ein großer Fehler ist, voreilige Schlüsse zu ziehen. Aber ich kann nichts dafür, ich wußte einfach zuviel.»

Ich gab keine Antwort. In meinem Kopf wälzte ich die alte Frage, ob es angesichts dieser neuen Entwicklungen nach wie vor vertretbar wäre, Mary Leavenworth für unschuldig zu halten, oder ob sie den Mord an ihrem Onkel tatsächlich mit eigenen Händen begangen hatte?

Unterdessen sprach Mrs. Belden weiter: «Ich weiß, es ist ein schrecklicher Verdacht. Ich wäre nie darauf verfallen, hätte ich nicht ihre eigenen Worte in ihrer eigenen Handschrift gelesen, und ...»

Ich unterbrach sie. «Entschuldigen Sie, Mrs. Belden, aber zu Beginn unseres Gesprächs erwähnten Sie, daß Sie sich nicht vorstellen könnten, Mary hätte persönlich Hand an ihren Onkel gelegt. Bleiben Sie bei dieser Behauptung?»

«Aber natürlich. Was immer sie auch getan haben mag, um zu diesem Mord anzustiften, und was immer ich auch darüber denke – mit dem eigentlichen Verbrechen hat sie gewiß nichts zu tun. O nein! Gleichgültig, was in jener schrecklichen Nacht geschehen ist, Mary Leavenworth jedenfalls nahm nie und nimmer die Pistole oder Kugel in die Hand, sie stand nicht einmal neben dem Täter im Augenblick der Tat. Dessen können Sie sich gewiß sein. Einzig der Mann, der sie liebte, sich nach ihr sehnte und merkte, daß es keine andere Möglichkeit, keinen anderen Ausweg geben würde, um sie zu erringen, konnte die Nervenstärke für dieses entsetzliche Verbrechen aufbringen.»

«Sie glauben also ...»

«Daß Mr. Clavering der Mann ist? O ja, mein Herr, und wenn Sie bedenken, daß es sich um ihren Gatten handelt – grausamer kann das Leben gar nicht spielen!»

«Das stimmt», sagte ich und stand auf, um die Wirkung besser verbergen zu können, die ihre Schlußfolgerung auf mich ausgeübt hatte.

Etwas an meinem Tonfall oder Gesichtsausdruck schien sie zu beunruhigen, denn sie beäugte mich erstmals mit leisem Mißtrauen und sagte: «Ich hoffe und vertraue darauf, daß ich nicht unbedacht zuviel verraten habe. Ich weiß, ich sollte sehr vorsichtig sein, da doch das arme tote Mädchen in meinem Haus liegt, aber ...»

«Sie haben nichts Unrechtes gesagt.» Ich verspürte das übermächtige Bedürfnis, der herrschenden Stimmung, die mich schier zu erdrücken drohte, einen Augenblick lang zu entfliehen, deshalb bewegte ich mich langsam auf die Zimmertür zu. «Niemand kann Ihnen für irgend etwas, daß Sie heute gesagt oder getan haben, eine Schuld in die Schuhe schieben. Aber eines möchte ich Sie noch fragen.» Ich hielt inne und ging raschen Schritts wieder auf sie zu. «Ihre Scheu, einer schönen jungen Frau ein kapitales Verbrechen anzulasten, ist nur allzu verständlich. Haben Sie dennoch weitere Gründe für Ihre Verdächtigungen gegen Henry Clavering, einen Gentleman, von dem Sie bisher nur mit dem allerhöchsten Respekt gesprochen haben?»

«Nein, keinen weiteren Grund», flüsterte sie. Dabei machte sich flüchtig ihre ursprüngliche Nervosität wieder bemerkbar.

Der Grund dünkte mich nicht ausreichend. Ich vermeinte fast zu ersticken, ähnlich wie in jenem Moment, als ich die Nachricht vernahm, der gesuchte Schlüssel wäre in Eleanore Leavenworths Besitz gefunden worden. Ich wandte mich erneut zum Gehen, dabei sagte ich: «Sie müssen mich bitte entschuldigen. Ich möchte kurze Zeit alleine sein, um über alles nachzudenken, was ich von Ihnen gehört habe. Ich komme bald wieder.» Ohne weitere Umstände eilte ich aus dem Zimmer.

Einer unbestimmbaren Eingebung folgend, begab ich mich unverzüglich in das obere Stockwerk und stellte mich an das westliche Fenster des großen Raums, welcher über dem Zimmer lag, in dem Mrs. Belden sich aufhielt. Die Läden waren geschlossen. Der Raum wirkte wie von einem dunklen Trauerflor eingehüllt, doch in diesem Augenblick nahm ich seine bedrohliche Düsternis kaum wahr, denn ich lag in einem heftigen, furchbaren Streit mit mir selbst. War Mary Leavenworth bei dem Verbrechen die Hauptübeltäterin oder nur eine Nebenfigur gewesen? Mr. Gryces unnachgiebige Voreingenommenheit, Eleanores Überzeugungen, die mittlerweile bekanntgewordenen Indizien – schlossen denn alle diese Faktoren die Möglichkeit aus, daß Mrs. Beldens Auffassung der Wahrheit entsprach? Ich bezweifelte nicht, daß die mit dem Fall betrauten Detektive die Frage als geklärt betrachten würden, aber mußte es wirklich so sein? War es wirklich ausgeschlossen, noch einen Beweis dafür zu finden, daß Henry Clavering der Mörder Mr. Leavenworths war?

In derlei Gedanken versunken, blickte ich auf die andere Seite des Raums zu der Kammer hinüber, in welcher die Leiche des Mädchens lag. Sie hatte wahrscheinlich die Wahrheit gekannt. Eine unbeschreibliche Sehnsucht überkam mich. Warum konnte man die Toten nicht zum Sprechen bringen? Warum mußte sie so schweigsam, regungs- und leblos dort liegen, wo ein einziges Wort von ihr genügt hätte, jene furchtbare Frage zu entscheiden? Konnte denn keine Macht der Welt ihre bleichen Lippen dazu bewegen, sich aufzutun?

Fiebrige Anspannung überwältigte mich, und ich begab mich zu ihrem Bett hinüber. Wie still sie war! Spöttisch begegneten die fest verschlossenen Lippen und Lider meinem fordernden Starren. Eher hätte sich ein Stein erweichen lassen.

Ich stand mit einem Gefühl vor ihr, das beinahe an Wut grenzte, da – was sah ich unter ihren Schultern hervorlugen, dort, wo sich ihr bleierner Körper tief in die Laken drückte. Ein Kuvert? Ein Brief? Ja!

Mir schwindelte ob dieses überraschenden Funds. Die Entdeckung weckte kühnste Hoffnungen in mir, neues Leben durchströmte mich. Erregt beugte ich mich hinab und zog den Brief unter ihr hervor. Er war versiegelt, trug jedoch keinen Adressaten. Hastig erbrach ich das Siegel und prüfte den Inhalt. Das Mädchen selbst war hier am Werk gewesen, das bewies die äußere Erscheinung des Schreibens auf den ersten Blick! Mir war, als wäre ein Wunder geschehen. Ich stürzte in das andere Zimmer zurück und machte mich unverzüglich an die Arbeit, das ungelenke Gekritzel zu entziffern.

Auf einem Blatt gewöhnlichen Notizpapiers stand in groben, mit Bleistift geschriebenen Druckbuchstaben:

Ich bin ein böses Mädchen. Ich habe die ganze Zeit Dinge gewust, die ich hätte verraten solen, aber ich habe mich nich getraut, weil er gesagt hat, er täte mich sonst umbringen. Ich meine den gro-

sen, gutausehenden Herrn mit dem schwarzen Schnurrbart, den ich getroffen habe, wie er mit einem Schlüssel aus Mr. Leavenworths Zimmer herausgekommen ist in der Nacht, als Mr. Leavenworth ermordet wurde. Er hatte solche Angst, daß er mir Geld gab und sagte, ich müste weggehen und hierherkommen und alles geheimhalten, aber ich kann nicht mehr. Mir ist, als sähe ich die ganze Zeit Miss Elenor, und sie weint und fragt mich, ob ich will, das sie ins Gefengnis kommt. Gott ist mein Zeuge, daß ich lieber selber sterben würde. Und das ist die Wahrheit und meine letzten Worte und ich bitte jedermann um Verzeihung und hoffe, niemand wird mir böse sein und das sie Miss Elenor jetzt in Ruhe lassen und den gutausehenden Herrn mit dem schwarzen Schnurrbart verfolgen.

Viertes Buch

Des Rätsels Lösung

XXXIV. Mr. Gryce übernimmt die Führung

It out-herods Herod.

Herodianischer als Herodes selbst.

SHAKESPEARE: HAMLET

A thing devised by the enemy.

Das hat der Feind sich ausgedacht.

SHAKESPEARE: KÖNIG RICHARD III.

Eine halbe Stunde war vergangen.

Der Zug kam an, mit dem ich Mr. Gryces Eintreffen erhoffte. Ich stand auf Mrs. Beldens Veranda und beobachtete in schier unerträglicher Anspannung, wie sich das buntgemischte Grüppchen von Männern und Frauen, die nach Einfahrt der Waggons aus dem Bahnhof getreten waren, träge und umständlich auf mich zubewegte.

Würde er unter ihnen sein? War der Inhalt des Telegramms an ihn zwingend genug gewesen, würde er sich trotz seiner Unpäßlichkeit herbegeben? Mein Herz, das nur eine kurze halbe Stunde zuvor noch von Zwiespalt und Argwohn erfüllt gewesen war, pochte freudig und ängstlich erregt zugleich. Selbst Hannahs Geständnis, das in meiner Brusttasche steckte, schien zweifelnd zu knistern. Die Aussicht auf einen endlosen, in Ungeduld verbrachten Nachmittag wurde mir fast schon zu Gewißheit, da bog ein Teil der sich nähernden Gruppe in eine Seitenstraße ein, und ich konnte auf einmal die Gestalt Mr. Gryces erkennen. Er humpelte, nicht auf zwei, aber doch auf einen Stock gestützt, unter Schmerzen und sehr langsam die Straße entlang.

Sein Gesichtsausdruck war sehenswert.

«Oho!» rief er, als wir uns am Gartentor begrüßten, «ich muß sagen, das ist eine schöne Bescherung! Hannah tot, alles geht drunter und drüber. Was halten Sie jetzt von Mary Leavenworth?»

Man hätte ob dieser Frage wohl erwartet, daß ich meinen Bericht mit der Präsentation von Hannahs Geständnis eingeleitet haben würde, aber ich tat es nicht. Übrigens saßen wir mittlerweile in Mrs. Beldens Salon, nachdem ich ihn ins Haus geführt hatte.

Ich vermag nicht zu sagen, aus welchem Grund ich ihm das Geständnis nicht sogleich zeigte.

Wollte ich ihn dem gleichen Wechselbad aus Hoffnung und Furcht aussetzen, das mir seit meiner Ankunft in R. beschieden gewesen war? Oder trug ich es ihm in einer Anwandlung verständlicher menschlicher Boshaftigkeit nach, daß er meinen Verdacht gegen Henry Clavering hartnäckig nicht ernstgenommen hatte? Wollte ich deshalb die Gunst der Stunde nutzen, ihm mein Wissen just dann unter die Nase zu reiben, da seine Überzeugungen sich zu absoluter Gewißheit verdichteten?

Als Antwort muß folgendes genügen: Erst nachdem ich ihm ausführlich Bericht über alles andere erstattet hatte, was sich im Zusammenhang mit meinem Aufenthalt in Mrs. Beldens Haus zugetragen hatte; erst nachdem ich seine Augen leuchten und seine Lippen vor Aufregung hatte zittern sehen, während er Marys Brief an Mrs. Belden durchlas, den wir in ihrer Rocktasche gefunden hatten; erst als ich hörte, wie er rief: «Unglaublich! Ein böses, böses Spiel! Seit der Affäre Lafarge hat es dergleichen nicht mehr gegeben!» und merkte, daß er im Begriff schien, eine Theorie oder Überzeugung zu äußern, die, einmal ausgesprochen, für immer wie eine Mauer zwischen uns stehen würde, händigte ich ihm endlich den Brief aus, den ich unter Hannahs Leiche gefunden hatte.

Nie werde ich die Miene vergessen, mit der er ihn entgegennahm. «Was um alles in der Welt ist das?» rief er aus.

«Hannahs Geständnis vor ihrem Tod», antwortete ich. «Ich fand es in ihrem Bett, als ich vor einer halben Stunde hinaufging, um ein zweites Mal nach ihr zu sehen.»

Er faltete das Blatt auseinander und betrachtete es verwundert. Während er den Inhalt hastig überflog, wandelte sich sein Gesichtsausdruck zu äußerster Ungläubigkeit. Mit prüfendem Blick drehte und wendete er das Geständnis in seinen Händen.

«Ein bemerkenswertes Beweisstück», triumphierte ich, «das völlig neues Licht auf den Fall wirft.»

«Meinen Sie?» entgegnete er scharf. Weil seine Reaktion in einem solchen Gegensatz zu meinen Erwartungen stand, starrte ich ihn verdutzt an. Er blickte auf und sagte: «Sie haben es also in ihrem Bett gefunden. Wo in ihrem Bett?»

«Unter der Leiche selbst», antwortete ich. «Ich sah ein Stück Papier unter ihren Schultern hervorblicken und zog es heraus.»

Er stellte sich sehr dicht vor mich hin. «Als Sie es zum ersten Mal sahen, war es da zusammen- oder auseinandergefaltet?»

«Es steckte zusammengefaltet in diesem Kuvert», und ich zeigte ihm wie.

Er nahm das Päckchen in die Hand, betrachtete es kurz und setzte seine Befragung fort.

«Das Kuvert wirkt ebenso zerknittert wie der Brief selbst. Waren sie bereits so, als Sie Ihre Entdeckung machten?»

«Ja, und nicht nur das, sie waren außerdem zusammengerollt.»

«Zusammengerollt? Sind Sie sicher? Gefaltet, versiegelt und zusammengerollt, als hätte sie sich daraufgelegt, als sie noch lebte?»

«Ja.»

«Keine Tricks? Keine Anzeichen dafür, daß es ihr nach ihrem Tod untergeschoben wurde?»

«Nicht die geringste, ich würde sogar eher sagen, daß sie es allem Anschein nach in der Hand hielt, als sie sich hinlegte.

Beim Umdrehen hat sie es vermutlich losgelassen und sich daraufgelegt.»

Mr. Gryces bislang funkelnde Augen verdüsterten sich, offensichtlich bereiteten ihm meine Erklärungen eine herbe Enttäuschung. Er legte den Brief aus der Hand und stand versonnen davor, doch plötzlich hob er ihn wieder auf, um die Kanten des Papiers mit äußerster Sorgfalt zu betrachten. Dann warf er mir einen raschen Blick zu und verschwand mit dem Blatt in den Falten des Vorhangs am Fenster. Sein Gebaren dünkte mich derart sonderbar, daß ich ihm unwillkürlich folgen wollte, doch er winkte ab und sagte:

«Kümmern Sie sich um den Kasten dort auf dem Tisch, der Ihnen solche Umstände bereitet hat. Schauen Sie nach, ob Mrs. Beldens Angaben bezüglich seines Inhalts stimmen. Ich möchte kurz für mich alleine sein.»

Ich unterdrückte mein Erstaunen und machte mich daran, seiner Bitte zu entsprechen. Doch kaum hatte ich den Deckel des Kastens geöffnet, stürzte er wieder auf mich zu, schleuderte in heller Aufregung den Brief auf den Tisch und schrie:

«Habe ich nicht gesagt, daß es seit der Affäre Lafarge nichts dergleichen mehr gegeben hat? Ich gehe soweit zu behaupten, daß es so etwas überhaupt noch nie gegeben hat. Dies ist der tollste Fall aller Zeiten, Mr. Raymond!» Vor lauter Aufregung blickte er mir tatsächlich zum allerersten Mal, seit wir uns kannten, unmittelbar in die Augen! «Bereiten Sie sich auf eine Enttäuschung vor! Dieses angebliche Geständnis Hannahs ist ein Betrug.»

«Ein Betrug?»

«Ja, Betrug, Fälschung, nennen Sie es, wie Sie wollen. Das Mädchen hat diese Worte niemals geschrieben!»

Verblüfft, ja geradezu empört, sprang ich von meinem Stuhl auf. «Woran erkennen Sie das?»

Er beugte sich vor und überreichte mir den Brief. «Sehen Sie sich das an», sagte er, » schauen Sie genau hin. Was fällt Ihnen zuallererst auf?»

«Nun, was mir als erstes auffällt, ist der Umstand, daß es sich um Buchstaben in Druck-, nicht in Schreibschrift handelt. Etwas anderes wäre von dem Mädchen nach allem, was wir über sie wissen, wohl kaum zu erwarten gewesen.»

«Und weiter?»

«Die Buchstaben stehen auf einem Blatt gewöhnlichen Schreibpapiers ...»

«Gewöhnliches Papier?»

«Ja.»

«Meinen Sie damit eines der handelsüblichen Formate in gewöhnlicher Qualität, also ein einfaches Stück Notizpapier?»

«Natürlich, was sonst?»

«Wirklich?»

«Warum – doch, ich würde sagen, ja.»

«Schauen Sie sich die Zeilen an.»

«Was ist damit? Ach ja, sie reichen dicht an die Oberkante der Seite heran. Offensichtlich hat man einen Streifen abgeschnitten.»

«Kurzum, handelt es sich um ein großes Blatt, das auf das Format eines Stück Notizpapiers zurechtgeschnitten wurde?»

«Ja.»

«Mehr sehen Sie nicht?»

«Nur die Worte.»

«Begreifen Sie denn nicht, was durch das Zurechtschneiden verlorengegangen ist?»

«Nein, außer Sie beziehen sich auf das Wasserzeichen des Herstellers in der oberen Ecke.» Mr. Gryces Blick wurde immer wissender. «Ich verstehe allerdings nicht, was daran so wichtig sein könnte.»

«Sie verstehen es nicht? Auch dann nicht, wenn Sie die Tatsache in Betracht ziehen, daß es uns jeder Möglichkeit beraubt, im nachhinein herauszufinden, woher dieses Blatt Papier ursprünglich stammt?»

«Nein.»

«Sie sind ein größerer Laie, als ich angenommen habe. Begreifen Sie denn nicht, daß Hannah keinen Grund dazu gehabt haben kann, zu verschleiern, woher das Papier stammte, auf das sie ihre letzten Worte schrieb? Das Blatt muß demnach von einer anderer Person zugeschnitten worden sein.»

«Nein, ich kann nicht sagen, daß ich es begreifen würde.»

«Wirklich nicht? Dann beantworten Sie mir folgende Frage: Warum sollte Hannah, ein Mädchen, das im Begriff ist, Selbstmord zu begehen, Wert darauf legen, daß ihr Geständnis keinen sichtbaren Hinweis auf das Paket, das Pult oder die Schreibtischschublade enthält, aus welcher das Papier stammte, das sie benutzte?»

«Es gibt keinen Grund.»

«Dennoch sind sorgfältige Vorkehrungen getroffen worden, um alle derartigen Hinweise zu entfernen.»

«Aber ...»

«Es gibt noch etwas. Lesen Sie das Geständnis, Mr. Raymond, und sagen Sie mir, was Sie daraus schließen.»

Ich tat, wozu er mich aufgefordert hatte. «Unaufhörliche Angst hatte dem Mädchen alle Kraft genommen. Sie beschloß, ihrem Leben ein Ende zu setzen, und Henry Clavering ...»

«Henry Clavering?»

Er stellte die Zwischenfrage mit einem derart bedeutungsvollen Unterton, daß ich aufblickte. «Ja», sagte ich.

«Verzeihen Sie mir, aber ich wußte nicht, daß Mr. Claverings Name in dem Brief erwähnt wird.»

«Sein Name wird nirgends erwähnt, aber der Brief enthält eine Beschreibung, die so auffällig mit seiner Erscheinung übereinstimmt ...»

«Dünkt es Sie nicht ein wenig verwunderlich, daß ein Mädchen wie Hannah sich damit aufgehalten haben soll, einen Mann zu beschreiben, der ihr namentlich bekannt war?»

Ich zuckte zusammen. Das war in der Tat ungewöhnlich.

«Schenken Sie Mrs. Beldens Geschichte Glauben?»

«Ja.»

«Halten Sie ihren Bericht über die Ereignisse des Vorjahres für zutreffend?»

«Ja.»

«In dem Fall müssen Sie auch davon ausgehen, daß Hannah, die Mittlerin, Mr. Clavering und seinen Namen kannte, nicht wahr?»

«Ohne Frage.»

«Warum erwähnt sie den Namen dann nicht? Falls ihre Absicht tatsächlich, wie sie schreibt, darin bestand, Eleanore Leavenworth von dem falschen Verdacht zu befreien, der auf sie gefallen war, hätte sie gewiß unmißverständlichere Worte gewählt. Sie hätte seine Identität durch ein einziges Wort, durch das Nennen seines Namens, enthüllen können. Nein, dieses Geständnis ist nicht das Werk des armen, unwissenden Mädchens, sondern das eines Menschen, der uns ihren Part vorspielen will. Aber er ist in Bausch und Bogen gescheitert. Aber das ist noch nicht alles. Ihren Ausführungen zufolge berichtet Mrs. Belden, daß Hannah ihr bei der Ankunft in ihrem Haus sagte, Mary Leavenworth hätte sie geschickt. In diesem Schreiben indes behauptet sie, es wäre Schwarzer Schnurrbart gewesen.»

«Ich weiß, doch vielleicht waren beide beteiligt.»

«Möglich», sagte er, «aber es ist stets verdächtig, wenn zwischen der gesprochenen und der geschriebenen Aussage einer Person ein Widerspruch besteht. Doch was stehen wir hier herum und vertrödeln mit diesem Unsinn die Zeit. Ein Satz aus dem Mund dieser Mrs. Belden, die Sie fortwährend zitieren, kann die Angelegenheit vermutlich sofort klären.»

«Ein Satz aus Mrs. Beldens Mund?» wiederholte ich. «Ich habe am heutigen Tag bereits tausend Sätze von ihr gehört, trotzdem sehe ich nicht klarer als am Anfang.»

«Sie haben ihr zugehört», entgegnete er, «aber ich noch nicht. Können Sie sie bitte zu mir bringen, Mr. Raymond?»

Ich erhob mich. «Eines noch, bevor ich gehe», sagte ich. «Was wäre, wenn Hannah das Blatt Papier so gefunden hätte, wie es ist, und ohne einen Gedanken daran benutzt hätte, welchen Argwohn es erregen würde?»

«Ah!» rief er aus, «genau das wollen wir nun herausfinden.»

Als ich das Wohnzimmer betrat, befand sich Mrs. Belden in einem Zustand äußerster Ungeduld. Ihre Glieder flogen. Wann werde meiner Meinung nach der Coroner eintreffen? Was würde dieser Detektiv für uns tun? Es sei unerträglich, alleine auf etwas zu warten, von dem sie nicht einmal wisse, was es sei.

Ich versuchte sie zu beruhigen, so gut ich es vermochte. Der Detektiv habe mir noch nicht mitgeteilt, was er tun könne, er müsse ihr zunächst einige Fragen stellen. Ob sie wohl einverstanden sei, mit ihm zu sprechen? Sie erhob sich bereitwillig. Alles sei besser als die Ungewißheit.

In der kurzen Zeit meiner Abwesenheit war Mr. Gryces grimmige Stimmung in eine wohlwollende umgeschlagen. Er empfing Mrs. Belden mit eben der respektvollen Verbindlichkeit, die dazu angetan schien, einer Frau zu imponieren, welche von der guten Meinung anderer so abhängig war wie sie.

«Hier haben wir also die Dame, unter deren Dach sich dieser schauderhafte Vorfall begeben hat», rief er aus und erhob sich, um sie mit für ihn ungewöhnlicher Herzlichkeit zu begrüßen. «Bitte setzen Sie sich doch – das heißt, sofern es mir, einem Fremden, gestattet sein mag, die Dame des Hauses persönlich zum Sitzen einzuladen.»

«Mir kommt es beinahe so vor, als sei dies nicht mehr mein Haus», sagte sie, eher traurig als erbost. Mr. Gryces joviales Gebaren hatte seine Wirkung auf sie offenkundig nicht verfehlt. «Ich bin wenig bessergestellt als eine Gefangene, komme und gehe, spreche und schweige, was man gerade von mir verlangt. Und das alles, weil ein unglückliches Geschöpf, das ich aus völlig uneigennützigen Motiven bei mir aufnahm, zufällig unter meinem Dach gestorben ist.»

«Es ist wirklich sehr ungerecht», pflichtete Mr. Gryce ihr bei. «Doch vielleicht können wir die Sache wieder ein wenig in Ordnung bringen. Ich meinerseits bin mir ziemlich sicher, daß es uns möglich sein wird. Für diesen unerwarteten Todesfall muß es eine einfache Erklärung geben. Sie sagten bereits, daß Sie kein Gift im Haus aufbewahrt hätten?»

«Nein.»

«Und das Mädchen ging nie aus?»

«Nie, Sir.»

«Niemand hat sie je besucht?»

«Nein.»

«Sie hätte derlei also nicht in ihren Besitz bringen können, selbst wenn sie es gewollt hätte?»

«Nein.»

«Außer sie hatte es bereits bei ihrer Ankunft», sagte er aalglatt.

«Unmöglich. Sie trug kein Gepäck bei sich, und ich weiß, was in ihren Taschen steckte, weil ich nachgesehen habe.»

«Was haben Sie gefunden?»

«Einige Geldnoten, mehr, als man bei einem Mädchen wie ihr vermutet hätte, einige Münzen und ein gewöhnliches Taschentuch.»

«Damit ist also bewiesen, daß sie nicht an Gift starb, da es im Haus keines gab.»

Er sagte dies im Brustton der Überzeugung, und sie ließ sich täuschen. «Das habe ich zu Mr. Raymond auch gesagt.» Sie warf mir einen triumphierenden Blick zu.

«Es muß also ein Herzanfall gewesen sein», fuhr er fort. «Gestern ging es ihr noch gut?»

«Ja, jedesfalls hatte es den Anschein.»

«Aber sie war nicht in guter Stimmung?»

«Das habe ich nicht gesagt, im Gegenteil.»

«Wirklich, Hannah?» Er warf mir einen vielsagenden Blick zu. «Das verstehe ich nicht. Ich hätte vermutet, daß sie sich um die Menschen ängstigte, die sie in der Stadt zurückgelassen hatte, und deswegen nicht gerade fröhlich gestimmt gewesen sein konnte.»

«Sie haben recht, aber so war es nicht», antwortete Mrs. Belden. «Im Gegenteil, sie schien sich überhaupt keine Sorgen zu machen.»

«Nicht einmal um Miss Eleanore, die den Zeitungen zufolge vor aller Welt einen so schweren Stand hat? Aber vielleicht wußte sie gar nichts davon – ich meine, von Miss Leavenworths mißlicher Lage.»

«Doch, denn ich habe ihr davon erzählt. Ich war so bestürzt, daß ich es nicht für mich behalten konnte. Ich hatte Eleanore immer für über jeden Tadel erhaben gehalten. Es schockierte mich, daß ihr Name in diesem Zusammenhang in den Zeitungen auftauchte. Deswegen las ich Hannah den Artikel vor und beobachtete dabei ihr Gesicht, um zu sehen, wie sie es aufnehmen würde.»

«Wie nahm sie es auf?»

«Ich konnte es nicht einschätzen. Sie tat so, als verstünde sie kein Wort, fragte mich, warum ich ihr diesen Artikel vorläse, und sagte, daß sie nichts mehr davon hören wollte. Ich hätte versprochen, sie mit dem Mord in Ruhe zu lassen, und wenn ich nicht aufhörte, würde sie einfach nicht mehr zuhören.»

«Und danach?»

«Nichts weiter. Sie hielt sich mit beiden Händen die Ohren zu und verzog so beleidigt das Gesicht, daß ich aus dem Zimmer ging.»

«Wann war das?»

«Ungefähr vor drei Wochen.»

«Schnitt sie das Thema jemals wieder an?»

«Kein einziges Mal.»

«Wie, sie erkundigte sich nicht, was mit ihrer Herrin geschehen würde?»

«Nein.»

«Aber es gab Zeichen dafür, daß sie irgend etwas quälte – Angst, Gewissensbisse, Sorgen?»

«Nein, im Gegenteil, sie wirkte häufig wie jemand, der sich insgeheim über etwas freut.»

Mr. Gryce streifte mich erneut mit einem Seitenblick. «Das klingt äußerst merkwürdig und unnatürlich. Ich kann mir darauf keinen Reim machen.»

«Ich auch nicht, Sir. Ich versuchte, es mir dahingehend zu erklären, daß irgend etwas ihre Gefühle abgestumpft hatte oder sie zu wenig wußte, um das volle Ausmaß des Geschehens zu erfassen. Als ich sie allerdings ein wenig besser kennengelernt hatte, änderte ich meine Meinung. Ihre Fröhlichkeit mußte einen Grund haben. Es war nicht zu übersehen, daß sie sich auf die Zukunft freute. Zum Beispiel fragte sie mich eines Tages, ob sie meiner Ansicht nach Klavierspielen lernen könnte. Ich gelangte schließlich zu der Erklärung, daß man ihr Geld versprochen hatte, wenn sie das ihr anvertraute Geheimnis bewahrte. Diese Aussicht behagte ihr vermutlich so sehr, daß sie die Schatten der Vergangenheit und alles, was damit zusammenhing, verdrängte. Anders jedenfalls vermochte ich mir ihren Wunsch nach höherer Bildung und ihren Fleiß oder das zufriedene Lächeln nicht zu erklären, das sich gelegentlich auf ihr Gesicht stahl, wenn sie sich unbeobachtet wähnte.»

Das war nichts gegen das Lächeln, das in diesem Augenblick über Mr. Gryces Züge huschte – da wäre ich jede Wette eingegangen.

«Deswegen war ihr Tod für mich ein solcher Schock», sagte Mrs. Belden. «Ich konnte es nicht fassen, wie ein derart munteres, gesundes Geschöpf innerhalb einer Nacht und ohne, daß irgend jemand eine Ahnung davon hatte, dahinsterben konnte. Aber ...»

Mr. Gryce ließ sie nicht ausreden. «Augenblick bitte. Sie sprachen von ihrem Bestreben, sich zu bilden. Was meinen Sie damit?»

«Sie wünschte sich, Dinge zu lernen, die sie nicht wußte oder konnte, zum Beispiel Lesen und Schreiben. Als sie bei mir ankam, konnte sie nur mühselig einige Buchstaben malen.»

Ich dachte, Mr. Gryce würde mir den Arm ausreißen, so fest hielt er ihn umklammert.

«Als sie ankam! Wollen Sie damit sagen, daß sie während ihres Aufenthaltes bei Ihnen schreiben gelernt hat?»

«Ja. Ich ließ sie Sprüche abschreiben ...»

«Wo sind diese Sprüche?» Mr. Gryce unterbrach sie erneut; dabei senkte er seine Stimme wieder und schlug einen geschäftsmäßigen Ton an. «Und wo ihre Abschriften? Ich würde gerne einige davon sehen. Könnten Sie uns welche zeigen?»

«Ich bin mir nicht sicher. Ich achtete stets peinlich genau darauf, sie sofort wieder zu zerstören, wenn sie ihren Zweck erfüllt hatten. Ich wollte derlei nicht im Haus herumliegen lassen. Aber ich werde einmal nachsehen.»

«Bitte tun Sie das», sagte er, «ich gehe mit Ihnen. Ich würde mir das obere Stockwerk ohnehin gerne einmal ansehen.» Seine rheumatischen Gliedmaßen schienen ihn nicht daran zu hindern, sich unverzüglich zu erheben, um sie zu begleiten.

«Es wird allmählich spannend», flüsterte ich ihm zu, während er an mir vorüberlief.

Selbst einer Sphinx hätte das Lächeln, mit dem er diese Bemerkung bedachte, zur Ehre gereicht.

Von den folgenden zehn Minuten ihrer Abwesenheit, die ich in einem Zustand der Hochspannung zubrachte, will ich lieber schweigen. Schließlich kehrten sie mit einigen Schachteln zurück, die sie auf dem Tisch abstellten.

«Sämtliches Schreibpapier, das im Haus aufzutreiben ist, jeder Fetzen und Zettel, den wir finden konnten», verkündete Mr. Gryce. «Aber bevor Sie anfangen, die Schachteln zu untersuchen, schauen Sie sich das hier an!» Er hielt mir ein Stück bläulichen Kanzleipapiers entgegen, auf dem mehrere Dutzend Versionen des alten Spruchs geschrieben standen, 'Tue Gutes, und das Glück wird dir folgen', mit gelegentlichen Einsprengseln von 'Schönheit ist Vergangenheit' und 'Eine böse Zunge verdirbt das lieblichste Gesicht'.

«Was halten Sie davon?»

«Sehr ordentlich und leserlich.»

«Hannahs letzte Versuche. Die einzigen Beispiele ihrer Handschrift, die aufzutreiben sind. Entdecken Sie eine Ähnlichkeit mit gewissen, uns bekannten Schmierereien?»

«Nein.»

«Mrs. Belden sagt, Hannah hätte seit etwa einer Woche so sauber schreiben können. Sie wäre sehr stolz darauf gewesen und hätte ständig davon geredet, wie schlau sie wäre.»

Er lehnte sich zu mir hinüber und wisperte in mein Ohr: «Was Sie in Verwahrung haben, muß vor geraumer Zeit gekritzelt worden sein, wenn sie denn die Urheberin gewesen sein sollte.» Mit normaler Lautstärke fuhr er fort: «Doch jetzt wollen wir einen Blick auf das Papier werfen, auf das sie zu schreiben pflegte.»

Er hob hurtig die Deckel von den Schachteln, nahm die losen Blätter heraus und fächerte sie vor mir auf dem Tisch aus. Auf den ersten Blick ließ sich erkennen, daß sie samt und sonders anders aussahen und beschaffen waren als das Geständnis. «Mehr Papier gibt es in diesem Haus nicht», bemerkte er.

«Sind Sie sich dessen gewiß?» Ich richtete die Frage an Mrs. Belden, die verdutzt neben uns stand. «Lag nirgendwo ein loses Blatt herum, Kanzleipapier oder ähnliches, das sie gefunden und ohne Ihr Wissen benutzt haben könnte?»

«Nein. Ich besitze nur dieses Papier. Außerdem hatte Hannah in ihrem Zimmer einen ganzen Stapel Blätter, sie hätte es nicht nötig gehabt, nach irgendwelchen Papierfetzen herumzustöbern.»

«Wir können jedoch nicht mit Bestimmtheit wissen, wozu dieses Mädchen imstande gewesen wäre. Werfen Sie einen Blick hierauf», sagte ich und zeigte ihr die unbeschriebene Seite des Geständnisses. «Hätte ein solches Blatt irgendwo in Ihrem Haus aufbewahrt sein können? Schauen Sie bitte genau hin, die Antwort ist wichtig.»

«Ich habe genau hingeschaut», antwortete sie, «und meine Antwort lautet nein, ein solches Stück Papier habe ich niemals im Haus gehabt.»

Mr. Gryce trat vor und nahm mir das Geständnis aus der Hand. Dabei raunte er: «Wie denken Sie mittlerweile darüber? Liegt es im Bereich des Möglichen, daß Hannah diesen Abschiedsbrief geschrieben hat?»

Endlich überzeugt, schüttelte ich den Kopf, flüsterte ihm jedoch meinerseits zu: «Aber wenn Hannah ihn nicht geschrieben hat, wer war es dann? Und wie ist das Geständnis dorthin gelangt, wo ich es gefunden habe?»

«Genau das müssen wir nun herausfinden», erwiderte er. Wieder stellte er eine Frage nach der nächsten, um sämtliche Einzelheiten über die Lebensumstände des Mädchens auszuforschen. Mrs. Beldens Antworten zeigten, daß Hannah das Geständnis weder mitgebracht, geschweige denn von einem geheimen Boten erhalten haben konnte. Das Rätsel schien unlösbar, außer natürlich, wir hätten Mrs. Beldens Worten mißtraut. Ich ließ jede Hoffnung auf einen Erfolg der Befragung allmählich fahren, da blickte Mr. Gryce mich scheel von der Seite an, neigte sich dann zu Mrs. Belden hinüber und erkundigte sich:

«Wie ich höre, erhielten Sie gestern einen Brief von Miss Mary Leavenworth?»

«Das stimmt.»

«Diesen Brief?» Er zeigte ihr den Brief.

«Ja.»

«Ich möchte Sie etwas fragen. War dieser Brief, so wie Sie ihn vor sich sehen, der einzige Inhalt des Umschlags, in dem er steckte? War in Ihrem Umschlag kein Brief für Hannah miteingeschlossen?»

«Nein», stieß sie seltsam erregt hervor, «in meinem Brief steckte nichts für sie, aber sie erhielt gestern ebenfalls einen Brief. Er kam mit derselben Post wie meiner.»

«Hannah erhielt einen Brief!?» riefen wir gleichzeitig. «Mit der Post?»

«Ja, aber er war nicht an sie gerichtet.» Sie warf mir einen verzweifelten Blick zu. «Er war an mich adressiert. Nur an einem bestimmten Zeichen in der Ecke des Kuverts erkannte ich ...»

«Großer Gott!» rief ich dazwischen, «wo ist dieser Brief? Warum haben Sie ihn bis jetzt mit keiner Silbe erwähnt? Was denken Sie sich eigentlich dabei, uns im dunkeln tappen zu lassen, wo uns ein einziger Blick auf diesen Brief vermutlich sofort Klarheit verschaffen würde?»

«Er ist mir eben erst wieder eingefallen. Ich wußte nicht, daß er wichtig war. Ich ...»

Doch ich konnte mich nicht beherrschen. «Mrs. Belden», schrie ich sie an, «wo ist dieser Brief? Haben Sie ihn?»

«Nein, ich gab ihm dem Mädchen. Gestern. Seitdem habe ich ihn nicht mehr gesehen.»

«Er muß also oben sein. Lassen Sie uns suchen gehen.» Ich eilte zur Tür.

«Sie werden nichts finden», vernahm ich Mr. Gryces Stimme in meinem Rücken. «Ich habe bereits gesucht. Bis auf einen Haufen verbrannten Papiers in der Ecke ist nichts mehr da. Übrigens, was könnte das für Papier gewesen sein?» fragte er Mrs. Belden.

«Ich habe keine Ahnung. Sie hatte nichts zu verbrennen, außer vielleicht jenen Brief.»

«Das wollen wir doch einmal sehen», murmelte ich, hastete ins obere Stockwerk und brachte die Waschschüssel samt Inhalt nach unten. «Falls es sich bei dem Brief um denselben handelt, mit dem ich Sie gestern an der Poststation sah, muß er in einem braunen Umschlag gesteckt haben.»

«Ja.»

«Braune Kuverts ergeben beim Verbrennen eine andere Asche als weißes Papier. Ich sollte in der Lage sein, die Überreste eines braunen Briefumschlags zu erkennen. – Der Brief wurde verbrannt, und hier ist ein Stück vom Kuvert.» Bei diesen Worten zog ich aus dem Häuflein rußiger Papierschnitzel einen kleinen Fetzen hervor, der etwas weniger verkohlt war als die übrigen, und hielt ihn in die Höhe.

«Es wird uns demnach nichts nützen, hier danach zu suchen, was der Brief enthielt», sagte Mr. Gryce und stellte die Schüssel beiseite. «Sie müssen es uns beantworten, Mrs. Belden.»

«Aber ich weiß nichts. Gewiß, er war an mich gerichtet, Hannah hatte mir allerdings im Anfang, als sie mich bat, sie schreiben zu lehren, erzählt, daß sie damit rechnete, einen Brief zu bekommen. Deshalb habe ich ihn nicht geöffnet, sondern ihn ihr unmittelbar gegeben, so wie er war.»

«Blieben Sie denn nicht bei ihr, während sie ihn las?»

«Nein, ich verspürte allzu große Unruhe. Mr. Raymond war soeben eingetroffen; ich hatte keine Zeit, über Hannah nachzudenken. Außerdem bereitete mir mein eigener Brief Kummer.»

«Aber Sie haben sie doch gewiß noch vor Ende des Tages darüber ausgefragt?»

«Ja, als ich ihr den Tee brachte, aber sie hielt den Mund. Hannah konnte, wenn ihr der Sinn danach stand, verschwiegener sein als je ein Mensch, den ich gekannt habe. Sie gab nicht einmal zu, daß ihre Herrin ihn geschickt hatte.»

«Sie vermuteten also, der Brief käme von Miss Leavenworth?»

«Gewiß, Sir, was hätte ich sonst vermuten sollen, nachdem ich die Markierung auf dem Umschlag gesehen hatte? Obwohl sie natürlich auch von Mr. Clavering hätte stammen können», setzte sie nachdenklich hinzu.

«Sie deuteten an, daß Hannah gestern besonders heiter gewesen wäre. Nach Erhalt des Briefes?»

«Ja, soweit ich es beurteilen kann. Ich blieb nicht lange bei ihr, da ich dringend etwas wegen des Kastens in meiner Obhut unternehmen wollte – hat Mr. Raymond Ihnen vielleicht davon erzählt?» Mr. Gryce nickte.

«Der Abend war so anstrengend, daß ich Hannah darüber vergaß, aber ...»

«Einen Augenblick!» rief Mr. Gryce. Er bat mich, ihm in eine Nische zu folgen, und fragte im Flüsterton: «An dieser

Stelle wird X' Beobachtung wichtig. Während Ihrer beider Abwesenheit, und bevor Mrs. Belden das Mächen wiedersieht, erhascht er einen Blick auf Hannah. Sie sich beugt sich eben über etwas in der Zimmerecke, aller Wahrscheinlichkeit die Waschschüssel, die wir gefunden haben. Danach beobachtet er, wie sie angeregt eine Dosis irgendeines Pulvers aus einem Papiertütchen schluckt. Habe ich etwas vergessen?»

«Nein», antwortete ich.

«Sehr gut», sagte er und kehrte zu Mrs. Belden zurück. «Aber?»

«Aber als ich nach oben ins Bett ging, fiel mir das Mädchen wieder ein, und ich öffnete die Tür zu ihrem Zimmer. Sie hatte das Licht gelöscht und schien zu schlafen, deswegen schloß ich die Tür wieder.»

«Ohne ein Wort?»

«Ja.»

«Haben Sie darauf geachtet, in welcher Stellung sie lag?»

«Nicht genau. Ich nehme an, auf dem Rücken.»

«Ungefähr in derselben Haltung, in der sie heute morgen gefunden wurde?»

«Ja.»

«Ist das alles, was Sie uns sowohl von dem Brief als auch von ihrem mysteriösen Tod erzählen können?»

«Das ist alles, mein Herr.»

Mr. Gryce richtete sich auf.

«Mrs. Belden, würden Sie Mr. Claverings Handschrift erkennen, wenn Sie Ihnen vorläge?»

«Ja.»

«Und Miss Leavenworths?»

«Ebenfalls.»

«Welche der beiden Handschriften befand sich auf dem Briefumschlag, den Sie Hannah aushändigten?»

«Ich könnte es nicht mit Bestimmtheit sagen. Die Handschrift war verstellt, es hätte sich sowohl um ihre als auch um seine handeln können. Ich glaube allerdings ...»

«Nun?»

«Daß sie eher der ihren ähnelte als der seinen, obwohl sie auch der ihren nicht sonderlich ähnelte.»

Mit einem Lächeln steckte Mr. Gryce das Geständnis in das Kuvert, in welchem es ursprünglich gefunden worden war. «Erinnern Sie sich daran, wie groß der Umschlag war, den Sie ihr überreichten?»

«Sehr groß, einer von der allergrößten Sorte.»

«War er dick?»

«O ja, dick genug für zwei Briefe.»

«Groß und dick genug, um das hier zu enthalten?» Er legte ihr das Geständnis vor, zusammengefaltet wie es war und mitsamt dem dazugehörigen Umschlag, so daß es eine Art Päckchen bildete.

Sie betrachtete es, verwundert und erschrocken. «Ja, groß und dick genug.»

Mr. Gryces Augen blitzten wie Diamanten. Sie huschten durch den Raum, bis sie schließlich auf einer Fliege haften blieben, die eben meinen Jackenärmel überquerte.

«Wissen Sie jetzt?» fragte er mit vibrierender Stimme, «woher und von wem dieses sogenannte Geständnis stammt?»

Mr. Gryce gestattete sich einen Moment des stillen Triumphes, dann erhob er sich und begann die Schriftstücke, die auf dem Tisch lagen, zusammenzufalten und in seine Taschen zu stecken.

«Was werden Sie jetzt tun?» Ich stellte mich hastig neben ihn.

Er nahm meinen Arm und führte mich über den Flur in das Wohnzimmer. «Ich fahre nach New York zurück. Ich werde der Sache nachgehen. Ich werde herausfinden, von wem das Gift stammt, das Hannah getötet hat, und wessen Hand diese schändliche Fälschung verfaßt hat.»

Was geschehen war, hatte mich erheblich aus der Fassung gebracht. «Aber X und der Coroner müssen jeden Moment eintreffen», wandte ich ein, «wollen Sie nicht auf die beiden warten?»

«Nein», erwiderte er, «Fährten wie dieser muß man folgen, solange die Spur heiß ist. Ich kann es mir nicht leisten zu warten.»

«Falls ich mich nicht irre, sind sie bereits zur Stelle», sagte ich, denn Schritte auf der Veranda kündeten davon, daß jemand an der Haustür stand.

«Sie haben recht», rief er aus und beeilte sich, die Männer einzulassen.

Wären wir von den üblichen Erfahrungen ausgegangen, hätten wir durchaus Grund zu der Befürchtung haben müssen, daß unseren Bemühungen beim Erscheinen des Coroners sofort Einhalt geboten werden würde. Zu unserem Glück jedoch, und zum Glück unseres Falles, erwies Dr. Fink aus R. sich als ein überaus vernünftiger Mann. Nachdem er umfassend über die Angelegenheit informiert worden war, erkannte er sogleich deren Bedeutung und die gebotene Notwendigkeit, so behutsam wie möglich vorzugehen. Er erklärte sich aus einer Art Kollegialität zu Mr. Gryce – die um so erstaunlicher schien, da er ihm nie zuvor begegnet war – bereit, unsere Pläne ohne jede Einschränkung zu unterstützen. Er gestattete uns nicht nur die vorläufige Mitnahme aller Beweisstücke, die wir brauchten, er nahm es außerdem auf sich, die nötigen Formalitäten, wie die Bestellung der Geschworenen und die Terminfestlegung für die erste Vernehmung, so zu arrangieren, daß uns genügend Zeit für unsere eigenen Nachforschungen bleiben würde.

Es entstand uns daher kein nennenswerter Zeitverlust. Mr. Gryce sah sich in der Lage, den Zug nach New York um halb sieben zu besteigen. Ich folgte ihm noch am selben Abend um zehn Uhr nach. In der Zwischenzeit war alles erledigt worden: Wir hatten die Vernehmung durch den Coroner auf den darauffolgenden Dienstag vertagt, die Geschworenen bestellt und die Autopsie angeordnet.

XXXV. Gute Arbeit

No hinge nor loop to hang a doubt on!
But yet the pity of it, Iago! O, Iago, the pity of it, Iago!

Weder Haken noch Öse für einen Zweifel!
Doch dieser Jammer, Jago. Oh, Jago, doch dieser Jammer, Jago!
SHAKESPEARE: OTHELLO

Mr. Gryce hatte mich vor seiner Abfahrt aus R. über seine Pläne insoweit informiert, als daß ich wußte, daß er zuvorderst der Spur nachgehen wollte, die mit dem Papier zusammenhing, auf welches das Geständnis geschrieben worden war. «Herausfinden, in wessen Besitz sich der Block befindet, von dem dieses Blatt stammt, und wir haben den doppelten Mörder», lauteten seine Worte.

Ich war daher nicht überrascht, als ich ihn bei meinem Besuch am nächsten Morgen an seinem Schreibtisch sitzend antraf. Vor ihm lag der Aufsatz eines Schreibpultes, das eindeutig einer Dame gehörte, sowie ein Stapel Papier. Es handele sich um Eleanores Pult, bedeutete er mir. «Wieso?» fragte ich. «Sind Sie von ihrer Unschuld immer noch nicht überzeugt?»

«Doch, aber das oberste Gebot heißt Gründlichkeit. Solange man nicht alles bis ins Detail und ausgiebig untersucht hat, ist jedwelche Schlußfolgerung wertlos.» Er ließ seinen Blick gelassen zur Feuerzange hinüberschweifen. «Ich habe, ohne sein Wissen natürlich, übrigens auch Mr. Claverings Habseligkeiten durchsucht, obwohl das Geständnis selbst bereits Beweis genug ist, daß er es nicht verfaßt haben kann. Es reicht jedoch nicht aus, Beweise dort zu suchen, wo man sie zu finden erwartet. Manchmal muß man genau dort suchen, wo man nichts erwartet.» Er zog die Schublade des Pultes heraus. «Ich erwarte nicht, hier irgend etwas von dem zu finden, das ich finden will. Aber es liegt im Bereich des Möglichen, daß ich trotzdem etwas finden könnte. Für einen Detektiv ist das Grund genug.»

«Haben Sie Miss Leavenworth heute morgen schon gesprochen?» fragte ich, während er die Durchsuchung fortsetzte, indem er den Inhalt der Schublade auf den Tisch ausleerte.

«Ja, sonst hätte ich mir nicht beschaffen können, was ich brauchte. Sie betrug sich sehr anständig, überreichte mir den Pultaufsatz eigenhändig und äußerte kein einziges Wort des Widerspruchs. Damit wir uns recht verstehen, sie dachte natürlich, ich würde mich vergewissern wollen, ob sie nicht das Schriftstück dort verborgen hielt, um welches soviel Aufhebens gemacht wurde. Es hätte jedoch keinen großen Unterschied bedeutet, wenn ihr der wirkliche Grund bekannt gewesen wäre. Hier ist nichts, vor dessen Entdeckung sie sich zu fürchten bräuchte.»

«Geht es Miss Leavenworth gut?» fragte ich, ohne meine Besorgnis verbergen zu können. «Wußte sie über Hannahs plötzlichen Tod Bescheid?»

«Ja, und sie befand sich darob in heller Aufregung. Ich würde meinen, ihre Überzeugungen bezüglich ihrer Cousine sind dadurch bestärkt worden. Aber lassen Sie uns einmal sehen, was das hier ist», sagte er und zog mit gespanntem Gesicht den Blätterstapel an sich heran. «Ich habe diesen Stapel, so wie er ist, in der Schublade des Schreibtisches gefunden, der in der Bibliothek von Miss Leavenworths Haus an der Fifth Avenue steht. Falls ich mich nicht irre, haben wir hier genau das, was wir wollen.»

«Aber ...»

«Aber dieses Papier ist quadratisch, wohingegen das Blatt mit dem Geständnis die Größe und Form eines regulären Notizpapiers hat? Ich weiß, doch vergessen Sie nicht, daß jenes Blatt Papier beschnitten worden ist. Wir wollen einmal die Qualität vergleichen.»

Er nahm das Geständnis aus seiner Tasche und ein Blatt von dem Stapel vor ihm, betrachtete beides prüfend und überreichte darauf beide Blätter mir, damit ich sie untersuchen konnte. Man sah auf den ersten Blick, daß sie exakt dieselbe Farbe hatten.

«Halten Sie sie gegen das Licht», schlug er vor.

Ich tat's; sie ähnelten sich wie ein Ei dem anderen.

«Nun zum Zeilenabstand.» Er legte beide Blätter vor sich auf den Tisch, Kante an Kante. Die Linien fügten sich aneinander wie bei einem einzigen Blatt, womit auch diese Frage geklärt war.

Seinem Triumph stand nichts mehr im Weg. «Ich wußte es», sagte er. «Von dem Augenblick an, da ich jene Schublade öffnete und das Papier darin so gemütlich liegen sah, wußte ich mich beinahe am Ziel.»

Mein alter Kampfgeist erwachte wieder. «Besteht denn überhaupt kein Zweifel? Dies ist ganz gewöhnliches Papier. Jede Familie in dem Stadtviertel könnte von dieser Sorte Papier einen Vorrat besitzen.»

«Nein, denn es handelt sich um ein Briefformat, das nicht mehr hergestellt wird. Mr. Leavenworth benutzte es für sein Manuskript, sonst hätte es sich vermutlich nicht in seiner Bibliothek gefunden. Aber da Sie immer noch nicht überzeugt sind, will ich einmal sehen, was ich für Sie tun kann.» Er sprang auf, trug das Geständnis zum Fenster, drehte und wendete es im Licht, bis er schließlich gefunden hatte, wonach er Ausschau hielt. Er kehrte an meine Seite zurück, legte es vor mich auf den Tisch und wies zunächst auf eine Linie, die deutlich schwärzer als die anderen wirkte, danach auf eine andere, die so blaß war, daß man sie kaum auszumachen vermochte.

«Fehler wie dieser kehren häufig über mehrere zusammenhängende Seiten hinweg wieder», sagte er. «Wenn wir den Packen finden, von welchem dieses Blatt fortgenommen wurde, könnte ich Ihnen einen Beweis vorführen, der jeden Zweifel endgültig zerstreuen würde.» Er nahm den Packen, der obenauf lag, und zählte hastig die Blätter. Es waren lediglich acht.

«Vielleicht stammt es von diesem hier», meinte er. Doch eine sorgfältige Überprüfung der Linien ergab, daß sie gleichmäßig waren. «Mmh, das nützt uns nichts», murmelte er zwischen zusammengepreßten Zähnen.

Das übrige Papier, etwa ein Dutzend zusammengeheftete Blöcke, wirkte unberührt. Mr. Gryce trommelte mit seinen Fingern auf die Tischoberfläche und runzelte die Stirn. «Es wäre zu schön», rief er aus, «wenn es mir gelingen würde!» Plötzlich nahm er den obersten Block zur Hand. «Zählen Sie bitte die Seiten», sagte er und schob ihn mir zu. Er selbst nahm einen anderen zur Hand.

Ich tat, wie mir geheißen. «Zwölf.»

Er zählte die seinen und legte sie nieder. «Machen Sie weiter», sagte er.

Ich zählte die Seiten des darunterliegenden Blocks – zwölf. Er wiederholte die Prozedur mit dem nächsten und hielt inne. «Elf.»

«Zählen Sie ein zweites Mal», forderte ich ihn auf.

Er zählte noch einmal und legte den Block leise beiseite: «Ich habe mich geirrt.»

Er ließ sich unterdessen nicht entmutigen, nahm einen anderen Block zur Hand, zählte – umsonst. Mit einem ungeduldigen Seufzer warf er ihn nieder und blickte auf. «Oho!» rief er aus, «was ist los?»

«Dieser Block enthält bloß elf Blätter», sagte ich und legte ihn in seine Hände.

Seine unübersehbare Erregung wirkte ansteckend. So bedrückt ich auch war – ich konnte seinem Feuereifer nicht widerstehen. «Wunderbar!» rief er aus. «Einfach wunderbar! Sehen Sie her – die schwache Linie auf der Innenseite, die schwärzere außen, beide an denselben Stellen wie auf Hannahs Geständnis. Was halten Sie davon? Brauchen Sie noch mehr Beweise?»

«Der ungläubigste Thomas könnte nicht mehr verlangen», erwiderte ich.

In einer Anwandlung von Rücksicht auf meine Gefühle wandte er sich zur Seite. «Ungeachtet der Tragweite unserer Entdeckung muß ich mich selbst beglückwünschen», sagte er. «Alles ist so schlau, so schlau und so schlüssig. Ich gebe gerne zu, daß die Perfektion, mit der dieses Verbrechen durchgeführt wurde, mich in Erstaunen versetzt. Was für eine Frau!» rief er plötzlich bewundernd aus. «Welch ein Kopf! Wie scharfsinnig, wie geschickt sie ist! Ich gestehe ein, daß ich es nahezu für einen Jammer halte, bei einer Frau die Falle zuschnappen zu lassen, die solches geleistet hat – ein Blatt zuunterst aus dem Stapel zu wählen, es auf ein anderes Format zuzuschneiden, nicht außer acht zu lassen, daß Hannah nicht schreiben konnte, und daher für ihre Botschaft grobe, ungelenke Druckbuchstaben zu verwenden, so wie Hannah es getan hätte. Unübertrefflich! Oder wäre es zumindest gewesen, wenn ein anderer als ich für den Fall verantwortlich gewesen wäre.»

Er betrachtete, lebhaft und glühend vor Begeisterung, den Leuchter über seinem Kopf, als wäre dieser die Verkörperung seiner eigenen Genialität.

Von Verzweiflung übermannt, ließ ich ihn weitersprechen.

«Hätte sie irgend etwas besser machen können?» sagte er gerade. «Sie wurde beobachtet, war in ihren Möglichkeiten eingeschränkt – hätte sie es unter den gegebenen Umständen besser anstellen können? Ich denke kaum. Zum Verhängnis wurde ihr die Tatsache, daß Hannah nach ihrer Flucht schreiben lernte. Nein, vor dieser Unwägbarkeit hätte sie sich nicht schützen können.»

Ich konnte es nicht länger ertragen, ich erhob meine Stimme. «Mr. Gryce, haben Sie heute morgen mit Miss Mary Leavenworth gesprochen?»

«Nein, das entsprach nicht meinen Absichten. Ich bezweifle sogar, daß sie über meine vorübergehende Anwesenheit in ihrem Haus Bescheid weiß. Ein Dienstmädchen, das Grund zur Klage hat, gibt eine wertvolle Komplizin für einen Detektiv ab. Mit Molly auf meiner Seite brauchte ich der Herrin nicht einmal meine Aufwartung zu machen.»

Nach einem neuerlichen Moment des Schweigens, währenddessen er sich ein ums andere Mal selbst beglückwünschte und ich mich verzweifelt bemühte, die Fassung zu wahren, redete ich weiter: «Mr. Gryce, was planen Sie nun zu unternehmen? Sie sind Ihrer Spur bis ans Ende gefolgt und gewiß äußerst zufrieden. Eine Entdeckung dieser Art resultiert in der Regel in sofortigem Handeln.»

«Wir werden sehen», entgegnete er, begab sich zu seinem eigenen Pult hinüber und brachte den Kasten mit den Dokumenten zum Vorschein. Wir hatten in R. keine Gelegenheit dazu gehabt, sie näher in Augenschein zu nehmen. «Wir wollen zunächst diese Schriftstücke untersuchen und erkunden, ob sie nicht einen für uns nützlichen Hinweis enthalten.»

Er nahm das Dutzend Blätter zur Hand, die aus Eleanores Tagebuch herausgerissen worden waren, und begann, sie durchzulesen.

Während er das tat, ergriff ich die Gelegenheit, mich dem weiteren Inhalt des Kastens zuzuwenden. Er entsprach haargenau Mrs. Beldens Beschreibungen. Eine Heiratsurkunde auf die Namen von Mary und Mr. Clavering sowie etwa ein halbes Dutzend Briefe. Während ich die Urkunde überflog, ließ mich ein kurzer Aufruf Mr. Gryces hochblicken.

«Was haben Sie?» fragte ich.

Er drückte mir Eleanores Tagebuchblätter in die Hand.

«Lesen Sie», forderte er mich auf. «Das meiste wiederholt lediglich, was Sie von Mrs. Belden bereits erfahren haben, selbstverständlich aus einem anderen Blickwinkel. Die Aufzeichnungen enthalten allerdings eine Passage, die, sofern ich mich nicht vollkommen täusche, eine Erklärung für das Mordmotiv bietet, die uns bis jetzt gefehlt hat. Lesen Sie von Anfang an, Sie werden es gewiß nicht langweilig finden.»

Langweilig! Eleanores Gefühle und Gedanken in jener Zeit der Angst und der Sorge – langweilig?!

Mit aller Selbstbeherrschung, die mir zur Verfügung stand, begann ich vorzulesen.

R., am 6. Juli …

«Zwei Tage nach ihrer Ankunft, wie Sie sicherlich wissen», bemerkte Mr. Gryce.

Man hat uns heute auf der Promenade mit einem Herrn bekanntgemacht, den zu erwähnen ich nicht umhinkomme. Erstens, weil er der bestaussehende Mann ist, den ich je in meinem Leben gesehen habe, und zweitens, weil Mary sehr schweigsam war, als ich sie später in unserem Hotel unter vier Augen fragte, welchen Eindruck seine Erscheinung und seine Umgangsformen auf sie gemacht hätten. Dabei ist sie sonst nicht auf den Mund gefallen, wenn es um Männer geht. Vielleicht hat es etwas damit zu tun, daß er Engländer ist. Sie kennt Onkels Abscheu vor allen Angehörigen dieser Nation genausogut wie ich. Doch mit der Begründung vermag ich mich nicht zufriedenzugeben. Das Erlebnis mit Charlie Somerville hat mich sehr mißtrauisch gemacht. Nicht auszudenken, wenn die gleiche Geschichte, die letzten Sommer geschah, nun mit einem Engländer als Helden wiederholt würde! Aber daran will ich nicht einmal denken. In wenigen Tagen wird Onkel zurückkehren, dann muß jegliche Beziehung mit diesem Mann, und sei er noch so elegant und charmant, notgedrungen abbrechen. Er gehört nun einmal zu einer Familie und einem Volk, mit dem wir uns unmöglich verbinden können. Ich hätte wahrscheinlich keinen Gedanken darauf verschwendet, hätte Mr. Clavering bei unserem Kennenlernen nicht sofort eine unübersehbare, rückhaltlose und heftige Bewunderung für Mary an den Tag gelegt.

8. Juli. Die alte Geschichte soll sich wohl wiederholen! Mary läßt Mr. Clavering nicht nur gewähren, wenn er ihr den Hof macht, sie ermutigt ihn sogar. Heute saß sie zwei Stunden lang am Kla-

vier und sang ihm ihre Lieblingslieder vor, und heute abend ... Ich will jedoch nicht jede Banalität hier festhalten, die ich beobachte. Das ist meiner nicht würdig. Dennoch, darf ich es wagen, die Augen abzuwenden, wenn das Glück meiner Lieben auf dem Spiel steht?!

11. Juli. Falls Mr. Clavering noch nicht in Mary verliebt sein sollte, steht er jedenfalls unmittelbar davor. Er weicht kaum mehr von ihrer Seite und macht aus seinen Gefühlen keinen Hehl. Er ist ein zu edler Mensch, als daß man so leichtfertig und rücksichtslos mit ihm umspringen dürfte.

13. Juli. Marys Schönheit erblüht wie eine Rose. Heute abend sah sie, in Scharlachrot und Silber, einfach überwältigend aus. Ich halte sie für das lieblichste Geschöpf auf Gottes Erdboden und bin mir gewiß, daß Mr. Clavering zumindest hierin aus tiefster Seele mit mir übereinstimmt. Keine Sekunde wandte er heute abend seinen Blick von ihr. Für eine Frau wie Mary besteht jedoch ein gewaltiger Unterschied dazwischen, sich lieben zu lassen oder die Leidenschaft, mit der man ihr begegnet, zu erwidern. Ich gewinne jedoch allmählich den Eindruck, daß Mary Mr. Claverings ansprechendes Äußeres, seine Gescheitheit und seine bedingungslose, liebende Hingabe nicht kaltlassen würden, wäre er nur Amerikaner. Das schließe ich aus gewissen, sehr weiblichen Reaktionen, die ich gelegentlich an ihr wahrnehme. Aber hat sie uns nicht damals auf ähnliche Weise glauben machen, sie liebte Charlie Somerville? In ihrem Fall bedeuten Lächeln und Erröten wenig, fürchte ich. Oder besser gesagt, hoffe ich, angesichts der Umstände.

17. Juli. Mein armes Herz! Heute abend betrat Mary mein Zimmer und versetzte mich in höchstes Erstaunen, indem sie vor mir niedersank und ihren Kopf in meinem Schoß vergrub. 'Eleanore, Eleanore!', murmelte sie und bebte, weil sie so schluchzen mußte – vor Glück, wie ich glaubte. Doch als ich mich anschickte, ihren Kopf an meine Brust zu drücken, entwand sie sich meiner Umarmung. Sie richtete sich auf, nahm jene Haltung reservierten Stolzes ein, die ich so gut kenne, hob gebieterisch eine Hand, als ge-

böte sie mir Schweigen, und verließ hochmütig den Raum. Für diesen Zwischenfall gibt es nur eine mögliche Erklärung. Mr. Clavering hat ihr seine Gefühle offenbart, und in ihrem Entzücken darüber fühlt sie – wie häufig Menschen in ihrer Lage – jene Verwegenheit, welche die Existenz aller Hindernisse zu leugnen sucht, selbst jener, von denen man bereits seit langem weiß, daß sie unüberwindbar sind. Wann kommt Onkel bloß zurück?

18. Juli. Als ich gestern die letzte Zeile schrieb, ahnte ich nicht, daß Onkel bereits im Hotel war. Er traf unerwartet mit dem letzten Zug ein und kam in mein Zimmer, als ich eben mein Tagebuch forträumte. Er wirkte bedrückt, umarmte mich und erkundigte sich sogleich nach Mary. Ich senkte den Kopf und konnte nicht vermeiden, daß mir die Worte fast in der Kehle steckenblieben, als ich ihm sagte, sie sei auf ihrem Zimmer. Er liebt sie so sehr, er war auf der Stelle beunruhigt, stürzte hinaus und eilte zu ihr. Später erfuhr ich, daß sie bei seinem Eintreten geistesabwesend vor ihrem Frisiertisch saß. Sie trug Mr. Claverings Siegelring an ihrem Finger, als Onkel sie fand. Ich weiß nicht, was darauf folgte, aber ich fürchte, es war eine schreckliche Szene, denn Mary fühlt sich heute morgen nicht wohl, und Onkel ist ungewöhnlich ernst und bedrückt.

Nachmittag. Wir sind eine vom Unglück getroffene Familie. Onkel weigert sich nicht nur kategorisch, eine mögliche Verbindung Marys mit Mr. Clavering auch nur eine Sekunde lang zu erörtern, nein, er verlangt überdies von ihr, sie müsse ihn gnadenlos und unverzüglich fortschicken, andernfalls zöge sie sich seinen unversöhnlichen Zorn zu. Von dieser seiner unbarmherzigen Entschlossenheit erfuhr ich auf höchst schmerzliche Weise. Ich begriff zwar die Situation, wehrte mich allerdings in meinem Inneren gegen ein Vorurteil, das die Kraft besitzen soll, zwei Menschen voneinander zu trennen, die wie füreinander geschaffen scheinen. Deshalb suchte ich heute morgen nach dem Frühstück Onkels Nähe, um mich bei ihm für die beiden zu verwenden. Er unterbrach mich jedoch beinahe augenblicklich mit der Bemerkung: 'Eleanore, ausgerechnet du solltest dich davor hüten, diese Ehe zu befürworten.' Beunruhigt fragte ich ihn warum. 'Weil du damit ganz und gar eigennützig handeln würdest.' Meine Befürchtungen wuchsen, ich flehte ihn an, sich genauer zu erklären. 'Was ich damit meine', sagte er, 'ist folgendes: Falls Mary mir den Gehorsam verweigert und diesen Engländer heiratet, werde ich sie enterben und sowohl in mein Testament als auch in mein Herz statt dem ihren deinen Namen aufnehmen.' Einen Augenblick lang verschwamm mir die Welt vor Augen. 'Du würdest mich niemals in ein solches Elend stürzen', rief ich aus. 'Falls Mary auf ihrem gegenwärtigen Entschluß beharrt, werde ich dich als meine Erbin einsetzen', erwiderte er und verließ ohne ein weiteres Wort und unnachgiebig den Raum. Was blieb mir anderes übrig, als auf die Knie zu sinken und zu beten? Von allen unglücklichen Menschen in diesem Haus bin ich die Unglücklichste. Sie auszustechen! Aber das Los wird an mir vorübergehen, Mary wird Mr. Clavering aufgeben.»

«Was halten Sie jetzt davon?» rief Mr. Gryce an dieser Stelle aus. «Marys Motiv für den Mord wird immer deutlicher. Doch lesen Sie weiter, lassen Sie uns hören, was nun geschah.»

Meine Bedrücktheit nahm zu, aber ich fuhr fort:

Ich hatte recht. Nach einem langen Kampf gegen Onkels unerbittlichen Willen hat Mary nachgegeben. Sie wird Mr. Clavering fortschicken. Ich war Zeuge, als sie ihren Beschluß mitteilte. Nie werde ich den Ausdruck von Genugtuung und Stolz auf Onkels Gesicht vergessen, mit dem er sie in seine Arme schloß und seine Allerliebste, Allerbeste, Allertreueste nannte. Der Vorfall scheint ihm größte Pein bereitet zu haben, und ich verspüre ungeheure Erleichterung darüber, daß letztlich alles gut ausgegangen ist. Aber Mary? In ihrem Gebaren tritt etwas zutage, das mich traurig stimmt – was ist es? Ihr Verhalten scheint eine unüberwindliche Mauer zwischen uns aufzubauen – warum? Ich weiß es wirklich nicht. Ich weiß nur, daß ein gewaltiger Schauer durch meinen ganzen Körper lief, als sie mir ins Gesicht blickte und mich fragte, ob ich nun zufrieden sei. Doch ich überwand mein Unbeha-

gen und streckte ihr meine Hand entgegen. Sie nahm meine Hand nicht.

26. Juli. Wie endlos sich die Tage dehnen. Die Schatten unserer letzten Anfechtung lasten noch auf mir, ich vermag sie nicht abzuschütteln. Wohin ich mich wende, erscheint mir Mr. Claverings verzweifeltes Gesicht. Wie gelingt es Mary, ihre Heiterkeit zu bewahren? Selbst wenn sie ihn nicht liebt, würde ich doch annehmen, daß sie vor seiner Hoffnungslosigkeit Achtung empfinden und sich selbst jeglichen Übermut verbieten sollte.

Onkel hat sich erneut auf Reisen begeben. Keine meiner Bitten vermochte ihn zum Bleiben zu bewegen.

28. Juli. Alles ist ans Licht gekommen. Mary hat sich nur vorgeblich von Mr. Clavering getrennt. Nach wie vor bewegt sie den Wunsch in ihrem Herzen, sich eines Tages mit ihm durch die Ehe zu verbinden. Ich habe durch einen sonderbaren Zufall davon erfahren, der an dieser Stelle keiner weiteren Erläuterung bedarf. Mary hat alles bestätigt. 'Ich verehre diesen Mann', verkündete sie, 'und werde ihn niemals aufgeben.' Ich fragte: 'Warum erzählst du es dann nicht Onkel?' Ihre Antwort bestand aus einem bitteren Lächeln und einem kurzen: 'Das überlasse ich dir.'

30. Juli. Mitternacht. Bin vollkommen erschöpft, will aber schreiben, solange sich mein Inneres in Aufruhr befindet. Mary Leavenworth ist eine verheiratete Frau. Ich kehre gerade von dem Ort zurück, an dem sie Henry Clavering ihre Hand zum Ehebund reichte. Seltsam, daß ich es ohne Zittern niederschreiben kann, wo doch mein Herz vor Empörung und Erregung zu zerspringen droht. Doch hier die Fakten. Als ich heute morgen nach wenigen Minuten der Abwesenheit auf mein Zimmer zurückkehrte, entdeckte ich auf meiner Kommode eine Nachricht Marys, durch die sie mir mitteilte, daß sie mit Mrs. Belden eine Kutschfahrt unternehmen und nicht vor Ablauf mehrerer Stunden zurückkommen würde. Ich vermutete berechtigterweise, daß sie sich mit Mr. Clavering treffe wollte, setzte schleunigst meinen Hut auf und …»

Das Tagebuch brach ab.

«An dieser Stelle wurde sie wahrscheinlich von Mary unterbrochen», sagte Mr. Gryce. «Aber wir haben alles erfahren, was wir wissen wollten. Mr. Leavenworth drohte damit, Eleanore statt Mary als Erbin einzusetzen, falls sie darauf bestünde, sich gegen seinen Willen zu verheiraten. Vier oder fünf Wochen nach dem Vollzug der Trauung gelangte er davon in Kenntnis. Welcher Schluß läge näher, als daß er seine Drohungen wiederholte und so sein eigenes Schicksal heraufbeschwor?»

«Keiner.» Ich gab mich geschlagen. «Er springt einem förmlich ins Gesicht.»

Mr. Gryce erhob sich.

«Doch die Schreiberin dieser Worte ist gerettet», setzte ich hinzu. Ich klammerte mich an den einzigen Trost, der mir geblieben war. «Niemand, der dieses Tagebuch liest, wird je zu unterstellen wagen, daß sie imstande wäre, ein Verbrechen zu begehen.»

«Nein», entgegnete er, «das Thema ist mit Hilfe des Tagebuchs ein für alle Male erledigt.»

Ich versuchte, mich wie ein Mann zu beherrschen und nur daran zu denken, an nichts sonst. Versuchte, ihre Errettung zu bejubeln und alle anderen Überlegungen fahrenzulassen. Doch es gelang mir nicht.

«Aber Mary, ihre Cousine, beinahe ihre Schwester, ist verloren», stammelte ich.

Mr. Gryce vergrub seine Hände in den Taschen. Erstmals machten sich bei ihm Anzeichen einer geheimen Unruhe bemerkbar. «Ja», murmelte er, «ich fürchte, das ist sie, ich befürchte es wirklich.» Während der kurzen Pause, die nun folgte, verspürte ich prickelnd eine seltsame vage Hoffnung. Mr. Gryce sprach weiter: «So ein hinreißendes Geschöpf! Es ist ein Jammer, fraglos ein Jammer! Ich gebe zu, nun, da die Sache sich in dieser Weise entwickelt hat, tut es mir beinahe leid, daß wir so erfolgreich gewesen sind. Merkwürdig, aber wahr. Gäbe es doch einen Ausweg. Doch ich sehe keinen. Der Fall ist so eindeutig wie das ABC.» Plötzlich jedoch stand er auf und begann, in Gedanken versunken auf und ab zu schreiten. Dabei schleuderte er seine Blicke in alle Richtungen, nur nicht auf mich, obwohl ich damals wie heute denke, daß er in dem Moment niemanden anders im Sinn hatte als mich.

Vor einer Art Becken, in dem träge zwei, drei trübselig dreinblickende Fische umherschwammen, blieb er schließlich stehen. «Würde es Ihnen großen Kummer bereiten, Mr. Raymond, falls Miss Mary Leavenworth unter Mordverdacht verhaftet würde?» fragte er.

«Ja, unendlichen Kummer», erwiderte ich.

«Und doch muß es geschehen», gab er zurück. Merkwürdig war nur, daß er auf einmal wesentlich unschlüssiger wirkte, als es sonst seine Art war. «Es ist meine Pflicht als redlicher Diener des Gesetzes, der damit beauftragt worden ist, den Mörder Mr. Leavenworths der Obrigkeit auszuliefern.»

Wieder durchfuhr mich ob seines eigenartigen Gebarens jenes hoffnungsvolle Prickeln.

«Dazu mein Ruf als Detektiv. Auch den gilt es zu berücksichtigen. Ich bin nicht reich oder berühmt genug, als daß ich es mir leisten könnte, außer acht zu lassen, was der erfolgreiche Abschluß eines Falles wie der unsrige mir einbringen würde. Nein, so bezaubernd sie auch ist, ich muß die Sache zu einem Ende führen.»

Doch sogar bei diesen markanten Worten wurde er um noch eine Spur nachdenklicher. Er starrte so eindringlich in die trüben Tiefen des scheußlichen Beckens hinab, daß ich halb damit rechnete, die Fische würden fasziniert aus dem Wasser springen, um seinen Blick zu erwidern. Was ging in ihm vor? Was führte er im Schilde?

Er indessen drehte sich um und sagte: «Mr. Raymond, kommen Sie bitte um drei Uhr hierher zurück.» Seine Unentschlossenheit war auf einmal restlos verflogen. «Dann werde ich meinen Bericht für den Polizeipräsidenten fertiggestellt haben. Doch bevor ich ihn abgebe, würde ich Ihnen den Bericht gerne unterbreiten, also lassen Sie mich nicht im Stich.»

Er verschwieg mir etwas. Es war so eindeutig zu sehen, daß ich mir nicht verkneifen konnte, eine Frage zu wagen: «Haben Sie einen Entschluß gefaßt?»

«Ja», antwortete er, doch in einem eigenartigen Tonfall und mit einer eigenartigen Geste seiner Hände.

«Werden Sie die Verhaftung vornehmen, von der Sie sprachen?»

«Kommen Sie um drei!»

XXXVI. Fäden werden verknüpft

This is the short and the long of it.

Das ist es, kurz und lang gesagt.
SHAKESPEARE: DIE LUSTIGEN WEIBER VON WINDSOR

Pünktlich um die genannte Uhrzeit erschien ich vor Mr. Gryces Tür. Er empfing mich bereits auf der Schwelle.

«Ich habe hier auf Sie gewartet», sagte er ernst, «um Sie zu bitten, während der folgenden Unterredung unter keinen Umständen zu sprechen. Ich werde reden, Sie werden zuhören. Außerdem dürfen Sie sich von nichts verblüffen lassen, was ich tun oder sagen könnte. Ich bin in einer scherzhaften Stimmung» – so wirkte er mitnichten –, «und es mag mir in den Sinn geraten, Sie bei einem anderen Namen zu nennen als Ihrem eigenen. Bitte nehmen Sie es mir nicht übel, falls das geschehen sollte. Doch vor allem – schweigen Sie! Vergessen Sie das auf gar keinen Fall.» Er vermied es, meinem erstaunten, ungläubigen Blick zu begegnen, und führte mich leise die Treppe hinan.

Der Raum, in dem ich mich bisher stets mit ihm getroffen hatte, lag am oberen Ende der Treppe zum ersten Stockwerk, doch er geleitete mich daran vorbei bis ins Dachgeschoß. Dort schob er mich mit einer warnenden Gebärde, vollkommenes Stillschweigen zu bewahren, in einen Raum, dessen seltsames, unheimliches Aussehen ungefähr dieselbe Wirkung auf mich ausübte wie eine Gefängniszelle. Zunächst einmal war er nahezu stockfinster, lediglich durch ein schmutziges, trübes Dachfenster drang ein wenig Licht herein. Außerdem herrschte bis auf einen Tisch aus Kiefernholz und zwei Stühle erschreckende Leere. Die Stühle hatten harte Rückenlehnen und standen einander an den beiden entgegengesetzten Enden des Tisches gegenüber. Die Wände schließlich wiesen mehrere verschlossene Türen auf. Die geisterhaften, spinnwebenverhangenen, runden Luftschächte über jeder Tür sahen wie die leeren Augenhöhlen einer Parade glotzender Mumien aus. Ein ganz und gar trostloser Ort, der in mir, auch wegen meiner damaligen Gemütsverfassung, den Eindruck erweckte, als lauerte in der bloßen Atmosphäre des Ortes eine übernatürliche, drohende Gefahr.

Mich fror, ich fühlte mich elend und mochte mir nicht einmal meh in Erinnerung rufen, daß draußen die Sonne schien, Schönheit existierte und auf den Straßen Leben und Vergnügen ihren Lauf nahmen.

Mr. Gryce setzte sich und bedeutete mir, es ihm gleichzutun. Seine Miene mag ebenfalls zu dem seltsamen Eindruck der Szene auf mich beigetragen haben; sie war düster, geheimnisvoll und gespannt zugleich.

«Bitte stören Sie sich nicht an unserer Umgebung», sagte er mit derart leiser, unterdrückter Stimme, daß ich ihn kaum verstehen konnte. «Ich weiß, dies ist ein furchtbar verlassener Ort, aber Leute, die sich mit Fällen wie der unsrige herumschlagen müssen, dürfen in bezug auf die Örtlichkeiten nicht allzu wählerisch sein, außer sie wollen, daß alle Welt genausoviel weiß wie sie. Ich habe es geschafft, Smith» – er hob mahnend den Zeigefinger; währenddessen gewann sein Ton an Stärke –, «die Belohnung ist mein, der Mörder Mr. Leavenworths entdeckt. Man wird ihn binnen der nächsten beiden Stunden in Gewahrsam nehmen. Möchten Sie wissen, wer es ist?»

Seine Stimme bebte vor Eifer, er beugte sich erregt vor.

Ich starrte ihn verwundert an. War etwas Neues zutage getreten? Hatten seine Schlußfolgerungen eine unvermutete Wendung genommen? Seine Vorrede konnte nicht dem Zweck dienen, mich lediglich auf etwas vorbereiten zu wollen, was ich bereits wußte, dennoch …

Er unterbrach meine Spekulationen mit einem gedämpften Kichern. «Ich sage Ihnen, es war eine schwere Jagd.» Sein Ton schwoll weiter an. «Eine Jagd mit einem knappen Ausgang. Eine Frau war darin verwickelt. Doch keine Frau der Welt kann Ebenezer Gryce hinters Licht führen, wenn er sich auf eine Fährte geheftet hat. Der Mörder von Mr. Leavenworth und» – die nächsten Worte stieß er mit vor Aufregung schriller Stimme hervor – «Hannah Chester ist entdeckt.»

«Still!» setzte er hinzu, obwohl ich weder geredet noch mich gerührt hatte. «Sie wußten nicht, daß Hannah Chester ermordet wurde. In einem gewissen Sinne wurde sie nicht ermordet, aber in einem anderen Sinne durchaus, und zwar von derselben Hand, welche den alten Herrn tötete. Woher ich das weiß? Sehen Sie, dieser Fetzen Papier wurde auf dem Fußboden ihres Zimmers gefunden. Er wies Spuren eines weißen Pulvers auf, dessen Untersuchung gestern abend ergab, daß es sich dabei um Gift handelt. Aber – werden Sie einwenden – das Mädchen nahm das Pulver eigenhändig ein, sie beging Selbstmord. Sie haben recht, Hannah nahm es eigenhändig ein, sie beging Selbstmord. Doch wer trieb sie dazu? Natürlich die Person, die ihre Zeugenaussage am meisten fürchten mußte. Wo ist der Beweis, fragen Sie. Dieses Mädchen, mein Herr, hinterließ ein Geständnis, in welchem es die ganze Last des Verbrechens auf einen Menschen abwälzte, den man für unschuldig hielt. Das Geständnis war eine Fälschung, was durch drei Umstände erwiesen ist: Erstens hätte sich Hannah an dem Ort, an dem sie sich aufhielt, das benutzte Papier unmöglich beschaffen können. Zweitens waren die Buchstaben roh und ungelenk geschrieben, Hannah hingegen konnte sehr ordentlich schreiben, das verdankte sie dem Unterricht der Frau, in deren Obhut sie sich befand. Drittens stimmt die Geschichte, welche in dem Geständnis steht, nicht mit derjenigen überein, die das Mädchen selbst erzählte. Also: Bei einem unwissenden Mädchen, getötet durch eine Dosis Gift, findet sich ein gefälschtes Geständnis, welches die Schuld an dem Mord einer für unschuldig gehaltenen Person in die Schuhe schiebt. Dazu kommt die Tatsache, daß Hannah an dem Morgen des Tages, an dem sie sich das Leben nahm, einen Brief erhielt, der groß und dick genug war, um das zusammengefaltete Geständnis zu enthalten. So fand man es später bei ihr. Es ist überdies zweifelsfrei feststellbar gewesen, daß die Person, die ihr diesen Brief sandte, sich im Hause Leavenworth auskennt. Die genannten Umstände festigten in mir die Überzeugung, daß der Mörder Horatio Leavenworths dem Mädchen das Pulver und das vorgebliche Geständnis schickte. Weil sie mit beidem genau das tat, was er von ihr wollte, erreichte er auch genau das, was er bezweckte, nämlich den Verdacht in eine falsche Richtung zu lenken und gleichzeitig das Mädchen aus dem Weg zu schaffen. Denn Sie wissen ja: Tote reden nicht.»

Er unterbrach sich und blickte zu dem verschmierten Fenster über uns hoch.

Warum schien die Luft mit jeder Minute erstickender zu werden?

Warum zitterte ich vor Furcht, einer Furcht, die ich nicht zu bestimmen vermochte? Ich wußte doch bereits alles, warum erschien es mir plötzlich wie eine Neuigkeit?

«Doch wer war es, fragen Sie? Ah, dies ist das Geheimnis, das Wissen, welches mir Ruhm und Reichtum einbringen wird. Aber Geheimnis oder nicht, Ihnen werde ich es gerne verraten.» Wieder senkte er die Stimme, nur um sie bald erneut anschwellen zu lassen. «Ich kann es nämlich gar nicht für mich behalten, es brennt mir auf der Seele wie ein Stück glühende Kohle. Smith, alter Junge, der Mörder von Horatio Leavenworth ist – Moment! Wen hält alle Welt für den Mörder? Auf wen weisen die Zeitungsschreiber mit dem Finger, über wen schüttelt man den Kopf? Eine Frau! Eine junge, schöne, bezaubernde Frau! Ha, ha, ha! Die Zeitungen haben recht, es ist eine Frau, jung, schön und bezaubernd. Aber welche? Das ist die Frage. In diesen Fall ist mehr als eine Frau verwickelt, welche von ihnen ist es? Seit Hannahs Tod habe ich mehrfach sagen hören, sie wäre die Schuldige an dem Verbrechen – pfui! Andere schreien, die Nichte sei es gewesen, die von ihrem Onkel derart ungerecht behandelt worden wäre – wieder pfui! Dieser Verdacht entbehrt allerdings nicht einer gewissen Grundlage. Eleanore Leavenworth weiß mehr über die Affäre, als sie zugeben wollte. Schlimmer noch, Eleanore Leavenworth schwebt gegenwärtig in echter Gefahr. Sie sind anderer Ansicht? Lassen Sie mich aufzählen, was die Polizei gegen sie in der Hand hat.

Erstens: Man fand ein mit ihrem Namen besticktes Taschentuch am Schauplatz des Mordes, das die Spuren von Pistolenfett aufwies. Dabei hatte sie ausdrücklich behauptet, jenen Raum in den vierundzwanzig Stunden vor der Entdeckung der Leiche nicht mehr betreten zu haben.

Zweitens: Sie war zu Tode erschrocken, als man ihr dieses Beweisstück zeigte. Überdies legte sie sowohl in jenem Augenblick als auch bei späteren Gelegenheiten ein entschlossenes Verhalten an den Tag, welches der Irreführung der sie Befragenden dienen sollte. Gewissen Fragen wich sie aus, bei anderen verweigerte sie rundweg die Antwort.

Drittens: Sie versuchte, einen Brief zu vernichten, der offensichtlich mit dem Verbrechen in einem Zusammenhang stand.

Viertens: Der Schlüssel zur Bibliothek befand sich in ihrem Besitz.

Die Überreste des Briefes, den die Dame innerhalb einer Stunde nach Beendigung ihrer Vernehmung zu zerstören trachtete, wurden in der Folge zusammengesetzt und ließen erkennen, daß der Brief eine bittere Beschwerde über eine der Nichten Mr. Leavenworths beinhaltete. Wir wollen den Schreiber des Briefes Y nennen, Y für eine unbekannte Größe.

Die aufgezählten Fakten wiegen schwer gegen besagte Dame, zumal weitere Nachforschungen folgendes ergaben: Die Familie Leavenworth hatte etwas zu verbergen. Ohne Kenntnis der Öffentlichkeit im allgemeinen und Mr. Leavenworths im besonderen war ein Jahr zuvor in dem Städtchen F. bei R. die Trauung zwischen einer Miss Leavenworth und jenem Y vollzogen worden. Mit anderen Worten, der unbekannte Herr, der sich brieflich bei Mr. Leavenworth über die Behandlung durch eine von Mr. Leavenworths Nichten beklagte, war der geheime Ehemann besagter Nichte. Selbiger Gentleman sprach überdies am Abend vor dem Mord unter einem falschen Namen im Haus Leavenworth vor und erkundigte sich nach Miss Eleanore.

Es spricht soviel gegen Eleanore Leavenworth – Sie werden gewiß einsehen, daß sie verloren ist, wenn man nicht beweisen kann, daß erstens die sie belastenden Gegenstände, also Taschentuch, Brief und Schlüssel, nach dem Mord durch fremde Hände gingen, bevor sie in die ihren gelangten. Und daß zweitens jemand anderer als sie gewichtigere Gründe dafür besaß, Mr. Leavenworth den Tod zu wünschen.

Smith, mein Junge, ich habe beide Beweisführungen erbracht. Nachdem ich ein wenig in alten Geheimnissen herumgewühlt und einige nette kleine Spuren verfolgt habe, bin ich zu dem Schluß gelangt, daß nicht Eleanore Leavenworth dieses Verbrechen begangen hat, so schwer auch alle äußeren Anzeichen gegen sie wiegen, sondern daß die wahre Schuldige eine andere Frau ist, ebenso schön und faszinierend wie Eleanore. Kurzum, die Mörderin von Mr. Leavenworth und später Hannah Chester ist Eleanores berückende Cousine Mary.»

Sein Verhalten wirkte tatsächlich so, als hätte er seine Schlußfolgerungen erst beim Reden entwickelt und aufeinander aufgebaut. Nur deshalb würde er die letzten Worte derart kraftvoll und siegesgewiß verkünden.

Ich war vollkommen entgeistert und erschrak gerade so, als hätte ich nicht bereits vorher gewußt, was er sagen würde. Mein Zusammenzucken schien eine Art Echo hervorzurufen. Etwas wie ein unterdrückter Schrei schwebte in der Luft zu meinen Häupten. Das Zimmer atmete gleichsam Entsetzen und Bestürzung. Meine überreizte Phantasie brachte mich so weit, daß ich unwillkürlich meinen Blick durch den Raum wandern ließ, doch außer den leeren Augenhöhlen der dunklen Luftschächte starrte mir nichts entgegen.

«Sie sind verblüfft!» sagte Mr. Gryce. «Das wundert mich nicht. Alle Welt ist damit beschäftigt, jede Bewegung Eleanore Leavenworths zu beobachten. Ich allein weiß, wohin ich mich zu wenden habe, um den wahren Schuldigen zu ergreifen. Sie schütteln den Kopf!» (Wieder eine Erfindung.) «Sie glauben mir nicht? Glauben, daß ich mich täusche? Ha, ha! Ebenezer Gryce getäuscht, nach einem Monat harter Arbeit? Sie machen denselben Fehler wie Miss Leavenworth, die mich für so dumm hielt, daß sie mir – ausgerechnet mir – eine enorme Belohnung anbot, sollte ich den Mörder ihres Onkels finden. Aber das tut jetzt nichts zur Sache. Sie bezweifeln meine Worte, Sie erwarten Aufklärung von mir. Nichts leichter als das.

Zunächst müssen Sie wissen, daß ich am Morgen der Vernehmung durch den Coroner ein, zwei Entdeckungen machte, die in keinem Protokoll auftauchen: Das Taschentuch, das ich, wie bereits erwähnt, in Mr. Leavenworths Bibliothek vom Boden aufhob, duftete trotz des Pistolenfetts eindeutig nach einem bestimmten Parfüm. Ich inspizierte die Frisierkommoden beider Damen und erspähte, besser: roch das Parfüm in Marys Zimmer, nicht in Eleanores. Diese Entdeckung veranlaßte mich dazu, die Taschen der Kleider zu untersuchen, welche beide am Vorabend getragen hatten. In Eleanores Tasche fand ich ein Taschentuch, das sie aller Wahrscheinlichkeit nach bei dem Anlaß benutzt hatte. In Marys Taschen hingegen steckte keines; auch in ihrem Zimmer lag kein Tuch herum, das sie möglicherweise achtlos zu Boden geworfen hatte, bevor sie zu Bett ging. Aus diesen Beobachtungen schloß ich, daß sie und nicht Eleanore das Taschentuch in den Raum mitgenommen hatte, in dem sich ihr Onkel aufhielt. Meine Schlußfolgerung wurde durch die vertrauliche Mitteilung eines der Dienstmädchen bestätigt, daß Mary sich in Eleanores Zimmer befand, als der Korb mit frischer Wäsche, das Taschentuch obenauf, heraufgebracht wurde.

Da ich jedoch weiß, wie leicht uns in derartigen Situationen Fehler unterlaufen, widmete ich mich einer neuerlichen Durchsuchung der Bibliothek. Hierbei stolperte ich über ein äußerst sonderbares Detail. Auf dem Schreibtisch befand sich ein Federmesser, und auf dem Fußboden darunter, dicht neben einem Stuhl, lagen zwei oder drei winzige frische Holzspäne, die vom Tischbein abgeschabt worden waren. Es wirkte so, als hätte auf dem Stuhl ein nervöser Mensch gesessen, der in irgendeinem Moment der Selbstvergessenheit das Messer ergriffen und unbewußt an dem Tisch herumgeschnitzt hatte. Eine Kleinigkeit, sagen Sie, aber wenn es darum geht, welche von zwei Damen zu einer bestimmten Zeit an einem bestimmten Ort war, erlangen diese Kleinigkeiten eine nahezu tödliche Bedeutsamkeit. Die eine Dame hat ein gelassenes, selbstbeherrschtes Wesen, die andere ist ruhelos und leicht erregbar. Jeder, der mit diesen beiden Frauen auch nur eine einzige Stunde verbracht hat, würde keine Sekunde zögern, wenn er entscheiden müßte, wessen zarte Hand den Schreibtisch in Mr. Leavenworths Bibliothek eingekerbt hat.

Das ist allerdings nicht alles. Ich hörte zufällig mit an, wie Eleanore ihre Cousine der Tat beschuldigte. So wie wir Eleanore Leavenworth kennengelernt haben, würde sie niemals einen ihr nahestehenden Menschen eines Verbrechens beschuldigen, ohne daß sie dafür triftige, starke Gründe hätte. Als Voraussetzung hierfür muß sie sich allerdings einiger Dinge vollkommen gewiß gewesen sein. Erstens, daß ihre Cousine sich in einer Notlage befand, die so aussichtslos war, daß nur der Tod ihres Onkels sie daraus erlösen konnte. Zweitens, daß es dem Charakter ihrer Cousine entsprach, zu einem verzweifelten Mittel zu greifen, um sich aus dieser Notlage zu befreien. Und schließlich befanden sich in ihrem Besitz einige belastende Gegenstände, die ihren Verdacht bekräftigten. Smith, all das trifft auf Eleanore Leavenworth zu. Was den

Charakter ihrer Cousine angeht, so hatten vergangene Erfahrungen Marys Ehrgeiz, Habgier, Launenhaftigkeit und Falschheit hinlänglich bewiesen. Schließlich war Mary Leavenworth jene geheime Ehe eingegangen, von der bereits gesprochen wurde, und nicht Eleanore, wie ursprünglich gemutmaßt. Als Erklärung für ihre Notlage wäre Mr. Leavenworths Drohung anzuführen, er würde in seinem Testament ihren Namen durch den Namen ihrer Cousine ersetzen, falls sie jenen Y heiratete. Diese Erklärung sollte allen genügen, die wissen, wie sehr Mary an der Aussicht auf ihren künftigen Reichtum hing. Bezüglich der eindeutigen Beweise, die Eleanore gegen ihre Cousine in der Hand zu haben glaubte, möchte ich daran erinnern, daß sie sich, bevor der Schlüssel in ihrem Besitz gefunden wurde, eine Zeitlang in Marys Zimmer aufgehalten hatte. Die halbverkohlten Überreste des Briefes wurden in Marys Kamin entdeckt. Damit schließe ich die Zusammenfassung meines Berichts, der in genau einer Stunde zur Verhaftung Mary Leavenworths als der Mörderin ihres Onkels und Wohltäters führen wird.»

Die Stille, die auf einmal herrschte, war so fühlbar, als wäre die ägyptische Finsternis über uns hereingebrochen. Dann erklang plötzlich ein gewaltiger, ein schrecklicher Schrei. Ich hätte nicht zu sagen vermögen, von woher urplötzlich die Gestalt des Mannes an mir vorbeischoß und Mr. Gryce zu Füßen fiel. Er schrie mit gellender Stimme:

«Lüge, alles Lüge! Mary Leavenworth ist so unschuldig wie ein neugeborenes Baby. Ich habe Mr. Leavenworth ermordet. Ich! Ich! Ich!»

Es war Trueman Harwell.

XXXVII. Explosion

Saint seducing gold.

Gold, Verführer gar der Heiligen.

Shakespeare: Romeo und Julia

When our actions do not, our fears do make us traitors.

Wenn unsere Handlungen uns nicht zu Verrätern machen, unsere Ängste tun es.

Shakespeare: Macbeth

Nie zuvor und nie wieder sah ich auf dem Gesicht eines Menschen jenen Ausdruck tödlicher Siegesgewißheit, wie sie sich in dieser Sekunde auf Mr. Gryces Zügen malte.

«Ein unerwartetes, doch nicht unwillkommenes Ergebnis», sagte er. «Es freut mich wirklich außerordentlich zu hören, daß Miss Leavenworth unschuldig ist, aber einige Kleinigkeiten würde ich gerne noch wissen, bevor ich mich endgültig zufriedengeben kann. Stehen Sie auf, Mr. Harwell, reden Sie! Wenn Sie der Mörder von Mr. Leavenworth sind, wie kommt es dann, daß die Sache für alle anderen schwarz aussieht, nur nicht für Sie?»

In den fiebrig glühenden Augen der Kreatur, die sich vor seinen Füßen wand und zu ihm emporblickte, lagen Wahnsinn, Angst, Schmerz, aber mitnichten Aufklärung. Ich merkte, daß er sich vergeblich zu sprechen mühte, und näherte mich ihm.

«Stützen Sie sich auf mich», sagte ich und half ihm aufzustehen.

Die Maske unterdrückter Gefühle war für immer von seinem Antlitz abgefallen. Wie ein verzweifelndes Gespenst wandte er sich an mich. «Retten!» keuchte er. «Retten Sie – Mary – der Bericht – verhindern Sie es!»

«Ja», ertönte eine fremde Stimme. «Sollte es in diesem Raum auch nur einen Mann geben, der Gott fürchtet und Frauen ehrt, mag er der Entsendung dieses Berichts Einhalt gebieten.» Und durch eine geöffnete Tür zu unserer Rechten trat Henry Clavering in unsere Mitte, würdevoll wie eh und je, aber in einem Zustand höchster Erregung.

Bei seinem Anblick jedoch fing der Mann in meinen Armen an zu zittern und zu schreien. Kreischend tat er einen Riesensatz und hätte Mr. Clavering, obschon ein wahrer Herkules an Statur, zu Boden geworfen, wäre nicht Mr. Gryce dazwischengefahren.

«Halt!» brüllte er. Mit einer Hand hielt er den Sekretär fest – wo war sein Rheumatismus geblieben? –, mit der anderen zog er ein Schriftstück aus der Tasche, das er Mr. Clavering unter die Nase hielt. «Er ist noch nicht abgeschickt worden», sagte er, «bleiben Sie ruhig. Und Sie» – zu Trueman Harwell – «schweigen Sie still, oder ...»

Die Worte wurden ihm abgeschnitten, denn der Mann entwand sich seiner Umklammerung. «Lassen Sie mich los», kreischte er. «Lassen Sie mir meine Rache an dem Mann, der allem, was ich für Mary Leavenworth getan habe, zum Trotz sie seine Frau zu nennen wagt! Lassen Sie ...» Er hielt jedoch unvermittelt inne. Seine bebende Gestalt erstarrte zu Stein. Seine ausgestreckten Hände, die sich eben um die Kehle seines Widersachers krallen wollten, fielen kraftlos herab.

«Horcht!» sagte er und starrte auf einen Punkt jenseits von Mr. Claverings Schulter. «Sie ist hier! Ich höre sie! Ich fühle sie! Sie kommt die Treppe herauf! Sie steht vor der Tür! Sie ...» Der Satz endete in einem gedehnten und bebenden, einem sehnsüchtigen und verzweifelten Seufzer – die Tür öffnete sich, vor uns stand Mary Leavenworth.

Es sind diese Augenblicke, die einen Menschen frühzeitig ergrauen lassen. Mitanzusehen, wie ihr Gesicht, bleich, ausgezehrt, verstört, in wildem Entsetzen erstarrt, sich Henry Clavering zuwandte und die wahre Hauptperson dieser schrecklichsten aller Szenen vollkommen übersah! Trueman Harwell ertrug es nicht.

«Schauen Sie sie an!» rief er aus. «Kalt, kalt, nicht ein einziger Blick für mich, obwohl ich soeben die Schlinge von ihrem Hals gestreift und um meinen gelegt habe.» Er befreite sich aus dem eisernen Griff des Mannes, der nun wiederum ihn aus wütender Eifersucht festhielt, und fiel vor Mary auf die Knie. Seine wie rasend fuchtelnden Hände verfingen sich in den Falten ihres Gewandes.

«Du mußt mich ansehen», schrie er. «Du mußt mich anhören. Ich will mein Leben und meine Seele nicht umsonst dahingegeben haben. Mary, man behauptete, du schwebtest in Gefahr. Ich konnte die Vorstellung nicht ertragen, also sagte ich die Wahrheit – ja, obwohl mir die Folgen bewußt sind. Du mußt mir sagen, daß du mir glaubst. Mehr will ich nicht von dir. Glaube mir, ich wollte dir nur das Vermögen sichern, das du dir so sehnlich wünschtest. Ich ahnte nicht im Traum, daß es hierzu kommen würde. Ich tat es nur, weil ich dich liebe und hoffte, deine Liebe zu gewinnen, wenn ...»

Sie indessen hörte und sah ihn nicht. Ihre Augen, aus deren Tiefen eine entsetzliche Frage aufzusteigen schien, hatten sich gleichsam an Henry Claverings Gesicht festgebissen. Nichts außer ihm vermochte sie zu erreichen.

«Du hörst mich nicht!» schrie der jämmerliche Unglückskerl. «Du bist aus Eis und würdest deinen Kopf nicht einmal wenden, wenn ich aus den Abgründen der Hölle nach dir riefe!»

Selbst diese Klage verhallte unbeachtet. Sie preßte ihre Hände auf seine Schultern, als wollte sie ein Hindernis aus ihrem Weg räumen, und schickte sich an vorzutreten.

«Warum ist dieser Mann hier?»

Mit bebender Hand deutete sie auf ihren Gatten. «Was hat er verbrochen, daß man ihn an diesen Schreckensort gebracht hat und ich ihm in dieser Schreckensstunde gegenüberstehen soll?»

«Ich bat sie herzukommen, um dem Mörder ihres Onkels zu begegnen», flüsterte Mr. Gryce mir ins Ohr.

Bevor ich ihr allerdings antworten, bevor Mr. Clavering auch nur ein Wort herausbringen konnte, war der arme Teufel vor ihr aufgesprungen.

«Weißt du es denn nicht?» rief er aus. «Ich will es dir sagen. Er ist hier, weil diese Herren, die sich selbst für so ritterlich und ehrenwert halten, glauben, daß du Schöne, Lebenslustige, mit deinen eigenen weißen Händen die Bluttat vollbrachtest, die dir Freiheit und Vermögen geschenkt hat. Dieser Mann» – er drehte sich um und zeigte mit dem Finger auf mich – «hat sich zwar als Freund ausgegeben, und du hast ihn gewiß für wohlmeinend und anständig gehalten. Unterdessen hat er jedoch mit jedem Blick, mit dem er dich bedachte, mit jedem Wort, das er dir während des furchtbaren letzten Monats einflüsterte, danach getrachtet, dir einen Strick zu drehen. Jawohl, er hält dich für die Mörderin deines Onkels (wie auch möglicherweise der andere dort, der dich seine Gattin nennt), doch er wußte nicht, daß ein Mann an deiner Seite stand, der bereit war, dir die halbe Welt aus dem Weg zu räumen, hätte eben jene weiße Hand sich bittend erhoben. Ich ...»

«Sie?» Jetzt endlich sah sie ihn, hörte sie ihn.

«Ja.» Erneut umklammerte er den Saum ihres Kleides, während sie sich voll Abscheu zurücklehnte.

«Wußtest du das nicht? Als du in jenem grauenhaften Moment, da dein Onkel dich von sich stieß, laut um Hilfe flehtest, wußtest du da nicht ...»

«Nein!» schrie sie gellend auf und sprang zurück. In ihren Augen lag unaussprechliches Entsetzen. «Sagen Sie nichts!» Sie atmete schwer. «Heißt es denn, einen Mörder herbeirufen, wenn eine Frau in ihrer Bedrängnis einen verzweifelten Hilferuf ausstößt und um Mitgefühl fleht?» Sie krümmte sich wie eine vom tödlichen Pfeil getroffene Hirschkuh und stöhnte:

«Niemand, der von heute an einen Blick auf mich wirft, wird dabei vergessen können, daß einst ein Mann glaubte – zu glauben gewagt hat –, ich hätte den Mord an meinem besten Freund als Ausweg aus einer mich erdrückenden Notlage gutheißen können. Dazu ein Mann, der so tief unter mir steht, daß ich es für unter meiner Würde erachtete, meinen Schatten neben dem seinen auf den Boden fallen zu lassen. Es sollte nicht einmal der Hauch des Eindrucks entstehen können, wir schritten als Gleichgestellte nebeneinander her.» Ihr Grauen steigerte sich ins Unermeßliche. «Welch eine Züchtigung für meine närrische Torheit!» murmelte sie. «Welch eine Strafe für die Raffsucht, die seit jeher mein Fluch gewesen ist.»

Henry Clavering vermochte nicht länger an sich zu halten. Er stürzte an ihre Seite und neigte sich über sie. «War es wirklich nichts als Torheit? Hast du dich keines schlimmeren Vergehens schuldig gemacht? Besteht zwischen euch beiden mitnichten Komplizenschaft? Lastet nichts anderes auf deiner Seele als der unmäßige Wunsch, deinen Platz im Testament deines Onkels sogar auf die Gefahr hin zu verteidigen, daß du damit mein Herz brechen und deine edelmütige Cousine ins Unrecht setzen würdest? Sprich zu mir!» Er nahm ihr Gesicht in seine Hände, bog langsam ihren Kopf nach hinten und blickte unverwandt in ihre Augen. Dann schloß er sie wortlos in die Arme und schaute ruhig auf.

«Sie ist unschuldig», sagte er.

Es war, als hätte sich eine erstickende Rauchwolke aufgelöst. Bis auf den erbärmlichen Verbrecher, der vor unseren Augen wie ein Wurm am Haken zappelte, fühlte wohl jeder im Raum plötzliche Hoffnung durch seine Adern strömen. Selbst in Marys fahle Züge kehrte ein wenig Glanz zurück. Sie löste sich aus seiner Umarmung, um ihm besser ins Gesicht blicken zu können, und wisperte: «Ist das der Mann, mit dem ich mein Spiel getrieben, den ich dermaßen verletzt und gequält habe, daß ihm bei dem Namen Mary Leavenworth Schauer über den Rücken laufen müssen? Ist das der Mann, den ich aus einer kapriziösen Laune heraus heiratete, nur um ihn später zu verlassen und zu verleugnen? Henry, erklärst du mich nach allem, was du gesehen und gehört hast, für unschuldig? Betrachte diesen greinenden, geschwätzigen Kerl, sieh auch mich, wie ich vor Schrecken erbebe! Denke an den Brief, den ich dir am Morgen nach dem Mord übersandte und in dem ich dich anflehte, mir fernzubleiben, da ich mich in tödlicher Gefahr befände. Ich schrieb dir, ich müßte unweigerlich zugrunde gehen, wenn auch nur das Geringste über mein Geheimnis an die Öffentlichkeit dringen würde. Kannst du, willst du, wirst du mich vor Gott und aller Welt für unschuldig erklären?»

«Ja», sagte er.

Langsam breitete sich ein nie zuvor dagewesenes Leuchten auf ihren Zügen aus. «Dann möge Gott mir das Unrecht verzeihen, das ich dieser edlen Seele zugefügt habe, denn ich selbst vermag ich es mir nie zu verzeihen. Still!» sagte sie, da er zu sprechen anhob. «Bevor ich weitere Zeichen deines großmütigen Vertrauens in mich annehme, laß mich dir zeigen, wer ich bin. Du sollst auch das Schlechteste über die Frau erfahren, die du in dein Herz geschlossen hast. Mr. Raymond» – zum ersten Mal wandte sie sich mir zu – «als Sie mich damals aufgrund Ihrer aufrichtigen Sorge um mein Wohlergehen (von der ich ungeachtet der Verleumdungen dieses Menschen felsenfest überzeugt bin) dazu bewegen wollten, den Mund aufzutun und alles zu enthüllen, was ich von der schrecklichen Tat wüßte, weigerte ich mich aus einem einzigen Grund: Angst. Ich wußte, daß mich allzuviel belastete, Eleanore hatte es mir gesagt. Eleanore hielt mich für schuldig; das war der schwerste Schlag, den ich zu erdulden hatte. Sie besaß gute Gründe dafür. Erstens wußte sie aufgrund des adressierten Briefumschlags, den sie unter der Leiche unseres Onkels auf dem Tisch in der Bibliothek gefunden hatte, daß er in der Sekunde seines Todes damit beschäftigt gewesen war, eine Botschaft an seinen Anwalt abzufassen. Dieser sollte die Änderung in dem Testament vornehmen, durch die meine Rechte auf sie übergingen. Zweitens hatte sie gehört, wie meine Tür sich öffnete und mein Kleid raschelte, als ich in der Mordnacht zu ihm in die Bibliothek hinunterging. Sie wußte es also, obwohl ich es abstritt. Doch das war nicht einmal alles. Sie hatte den Schlüssel, den jedermann für einen eindeutigen Beweis gegen den Schuldigen hielt, vom Fußboden meines Zimmers aufgehoben. Der Brief Mr. Claverings an meinen Onkel wurde in meinem Kamin gefunden. Sie hatte gesehen, wie ich ihr Taschentuch, das während der Vernehmung mit Pistolenfett besudelt auftauchte, aus dem Korb mit sauberer Wäsche nahm. Ich konnte mir diese Dinge nicht erklären. Meine Füße schienen sich in einem Netz verfangen zu haben. Jedes Mal, wenn ich mich rührte, tappte ich in eine neue Schlinge. Ich wußte, daß ich unschuldig war, aber wenn es mir nicht einmal gelang, einen Menschen davon zu überzeugen, der mich liebte, wie konnte ich dann hoffen, die Allgemeinheit auf meine Seite zu ziehen? Schlimmer noch: Wenn man schon gegen Eleanore, die Reine, Unschuldige, die jeden erkennbaren Grund dafür hatte, unserem Onkel ein langes Leben zu wünschen, wegen einiger Indizien einen so schweren Verdacht hegen konnte, was würde ich nicht alles zu befürchten haben, sobald die Wahrheit ans Licht käme? Der Tonfall und die Art, mit welcher einer der Geschworenen bei der Vernehmung fragte, wer vom Testament meines Onkel den größten Vorteil hätte, bewiesen das nur allzudeutlich. Als Eleanore daher, wie es ihrer Treue und Großherzigkeit entsprach, ihre Lippen versiegelte und sich weigerte zu reden, wo reden meinen Untergang bedeutet hätte, ließ ich es geschehen. Ich rechtfertigte mich mit dem Gedanken, daß sie mich eines Verbrechens für fähig hielt und die Folgen erdulden mußte. Ich lenkte selbst dann nicht ein, als ich erkannte, welches Grauen daraus entstehen mochte. Ich schwieg aus Angst vor der Schande, Ungewißheit und Gefahr, die ein Bekenntnis meinerseits nach sich ziehen würde. Nur einmal schwankte ich in meiner Entschlossenheit, und zwar während unseres letzten Gesprächs, Mr. Raymond. Ich merkte, daß Sie allen äußeren Anzeichen zum Trotz an Eleanores Unschuld glaubten. Deswegen kam mir der Gedanke, Sie würden sich womöglich dazu bewegen lassen, auch an die meine zu glauben, wenn ich mich Ihrer Barmherzigkeit anempfehlen würde. Doch just in jenem Augenblick betrat Mr. Clavering das Haus. Einem Blitz gleich traf mich die Erkenntnis, wie mein zukünftiges Leben aussehen würde, sobald irgendein Verdacht auf mir ruhte. Anstatt meiner ursprünglichen Eingebung zu folgen, verhielt ich mich daher genau entgegengesetzt und drohte Mr. Clavering gar, ich würde unsere Eheschließung leugnen, falls er sich mir ein zweites Mal näherte, solange noch Gefahr bestand.

Ja, er wird Ihnen bestätigen, daß dies mein Willkommensgruß an ihn war, als er zu mir kam, Herz und Hirn von der anhaltenden Ungewißheit zermartert. Er wollte sich nichts weiter als die beruhigende Gewißheit verschaffen, daß ich die Gefahr, in welcher ich schwebte, nicht selbst verschuldet hatte. So lautete mein Willkommensgruß nach einem Jahr des Schweigens, in dem ihm jede Minute Folter gewesen war. Doch er verzeiht mir, ich sehe es in seinen Augen, ich höre es an seiner Stimme. Und Sie – mögen Sie mir in den langen Jahren vor uns vergeben können, was Eleanore wegen meiner selbstsüchtigen Furcht erlitten hat! Wenn es Ihnen gelingen könnte, im Gedanken an den Schatten des Unrechts, der auch auf sie gefallen ist, ein wenig schlechter von mir zu denken, bitte tun Sie es! Ich fürchte zwar, ich werde Ihrer Achtung niemals würdig sein, doch wenn Sie es vermögen, tun Sie es, bitte! Was jenen Mann betrifft – er soll vortreten und ohne Ausflüchte sagen, ob ich ihm durch Blicke oder Worte je Grund zu der Annahme gegeben hätte, daß ich um seine Leidenschaft wüßte, geschweige denn sie erwiderte. Keine Folter könnte schlimmer für mich sein, als hier und jetzt mit ihm in einem Raum zu stehen.»

«Sie brauchen die Frage nicht zu stellen», stieß Harwell hervor. «Begreifen Sie nicht, daß es gerade Ihre Gleichgültigkeit gewesen ist, die mich zum Wahnsinn getrieben hat? Ich stand vor Ihnen, verzehrte mich nach Ihnen, folgte in Gedanken jedem Ihrer Schritte. Ich wußte, daß meine Seele durch Stahlbänder mit der Ihren zusammengeschweißt war, die kein Feuer schmelzen, keine Gewalt zerstören, kein Druck spalten konnte. Ich schlief mit Ihnen unter einem Dach, saß mit Ihnen an einem Tisch, und doch schenkten Sie mir nicht einen Blick, aus dem hervorgegangen wäre, daß Sie es begriffen! Das war es, was mein Leben zur Hölle machte. Ich hatte es mir in den Kopf gesetzt, daß Sie begreifen sollten. Und wenn es hieße, daß ich mich vor Ihren Augen in die Flammen der Verdammnis werfen müßte – Sie sollten wissen, wer ich war, welche Leidenschaft ich für Sie empfand. Und jetzt wissen Sie es. Jetzt verstehen Sie endlich. Sie können vor mir zurückweichen, soviel Sie wollen. Können sich bei dem Schwächling verstecken, den Sie Ihren Gatten nennen. Nie werden Sie die Liebe Trueman Harwells vergessen, und daß es Liebe, Liebe, Liebe, brennende Liebe um Ihrer Schönheit willen war, die mich in jener Nacht in das Zimmer Ihres Onkels zwang und mir den Willen verlieh, den Finger am Abzug zu krümmen, wodurch Ihnen der Reichtum in den Schoß geschüttet wurde, über den Sie heute verfügen.» Seine übermenschliche Verzweiflung ließ ihn ins Riesenhafte wachsen, bis selbst die noble Gestalt Henry Claverings neben ihm zwergenhafte Ausmaße annahm. «Ja, jeder Dollar, der in Ihrer Geldbörse klingelt, wird Ihnen von mir erzählen. Jeder blitzende Tand auf Ihrem stolzen Haupt, das allzu stolz ist, um sich zu mir zu neigen, soll meinen Namen in Ihr Ohr brüllen. Sie werden alles besitzen – Pomp, Luxus, die neueste Mode. Doch bis Gold seinen Glanz, Satin seinen Schimmer und das bequeme Leben seine Anziehungskraft nicht eingebüßt haben, sollen Sie die Hand, die es Ihnen zu Füßen legte, niemals vergessen!»

Auf seinem Gesicht lag ein Ausdruck bösen Triumphs, den zu beschreiben mir die Worte fehlen. Er gab dem Detektiv, der bereits auf ihn wartete, seinen Arm und wäre im nächsten

Moment aus dem Zimmer geleitet worden, da hob Mary den Kopf. Sie dämmte die Flut der Empfindungen ein, welche in ihrem Busen wogte, und sagte:

«Nein, Trueman Harwell, nicht einmal diese Vorstellung lasse ich Ihnen zum Trost. Reichtum, auf dem ein solcher Fluch liegt, wäre eine ewige Qual. Die Qual will ich nicht auf mich nehmen, also muß ich den Reichtum fahrenlassen – als stünde es mir zu, frei über ihn zu verfügen. Vom heutigen Tag an besitzt Mary Clavering nur noch das, was ihr von ihrem Gatten, den sie so lange so schändlich behandelt hat, zugedacht wird.» Sie hob die Hände, riß die Diamantengehänge aus ihren Ohren und schleuderte sie dem Unglücklichen vor die Füße.

Es war der endgültig letzte Schlag. Er schrie auf – ich hätte mir nicht träumen lassen, daß ein menschliches Wesen so schreien könnte – und reckte seine Arme gen Himmel. Irrsinn verlieh seinem Gesicht gespenstischen Glanz. «Ich gab meine Seele der ewigen Verdammnis anheim, und wofür? Für einen Wahn», ächzte er. «Für einen Wahn!»

«Ich habe noch nie so gute Arbeit geleistet! Mr. Raymond, beglückwünschen Sie mich zu dem Erfolg des gewagtesten Spiels, das je im Haus eines Detektivs gespielt worden ist!»

Erstaunt blickte ich in Mr. Gryces frohlockendes Gesicht. «Was meinen Sie damit?» rief ich aus. «Haben Sie das alles geplant?»

«Habe ich es geplant?» echote er. «Könnte ich jetzt hier stehen und mir ansehen, was dabei herausgekommen ist, wenn ich es nicht geplant hätte? Mr. Raymond, lassen Sie uns alle Förmlichkeit für diesen Moment beiseite legen. Sie sind zwar ein Gentleman, trotzdem gestattet der Anlaß, daß wir einander die Hände schütteln. In meiner gesamten Laufbahn habe ich noch nie einen so erfreulichen Ausgang einer so üblen Affäre miterlebt.»

Wir schüttelten einander ausgiebig, nahezu inbrünstig die Hände. Danach ersuchte ich ihn um eine Erklärung.

«Selbst als mein Verdacht gegen diese Frau auf seinem Höhepunkt angelangt war, hat mich eine Kleinigkeit nie in Ruhe gelassen – die Reinigung der Pistole. Ich konnte sie nicht mit meinem Wissen über das weibliche Geschlecht vereinbaren. Es schien mir nicht zu gelingen, darin die Handlungsweise einer Frau zu erkennen. Sind Sie je einer Frau begegnet, die schon einmal eine Pistole gereinigt hätte oder überhaupt wußte, zu welchem Zweck es notwendig wäre? Nein. Sie sind imstande abzudrücken, und tun es auch; aber nach dem Abfeuern würden sie ihre Pistole niemals reinigen. Nun weiß jeder Detektiv um den Wahrheitsgehalt des folgenden Prinzips: Nehmen wir an, es gibt bei einem Verbrechen hundert wesentliche Umstände, von denen neunundneunzig mit unumstößlicher Gewißheit die verdächtige Person belasten. Nun kann aber die hundertste, ebenso wichtige Handlung unmöglich von eben dieser Person begangen worden sein. Augenblicklich fällt das gesamte Gerüst, auf welches der Verdacht gegründet ist, in sich zusammen. Ich weiß aus Erfahrung um die Richtigkeit dieses Prinzips, deswegen zögerte ich, die Verhaftung vorzunehmen. Die Beweiskette war lückenlos, die Glieder miteinander verknüpft, nur hatte eines der Glieder eine andere Form und Größe als die anderen. Es drohte daher, die Kette zu sprengen. Ich beschloß, Mary Leavenworth eine allerletzte Chance einzuräumen. Ich bestellte Mr. Clavering und Mr. Harwell zu mir, zwei Personen, die zu verdächtigen ich keinerlei Anlaß sah. Sie waren jedoch die beiden einzigen außer ihr, die das Verbrechen hätten begehen können, weil sie als einzige von allen, die sich zur Mordzeit im Haus aufhielten – oder vielleicht aufhielten –, den dafür notwendigen Verstand besitzen. Ich teilte ihnen unabhängig voneinander mit, daß der Mörder Mr. Leavenworths nicht nur entdeckt wäre, sondern überdies in allernächster Zukunft in meinem Haus verhaftet würde. Falls ihnen daran gelegen wäre, das Geständnis mitanzuhören, welches ihm aller Wahrscheinlichkeit durch die Verhaftung entlockt werden würde, könnte ich ihnen hierzu Gelegenheit verschaffen, sie müßten lediglich um soundsoviel Uhr bei mir eintreffen. Beiden brannte die Angelegenheit zu sehr auf den Nägeln – wenn auch aus sehr unterschiedlichen Gründen –, als daß sie sich die Chance entgehen ließen. Ich veranlaßte sie dazu, sich in den beiden Kammern zu verbergen, aus welchen Sie sie später hervortreten sahen. Falls einer von ihnen die Tat begangen haben sollte, mußte es aus Liebe zu Mary Leavenworth geschehen sein. Er würde es darob keinesfalls ertragen können, mitanzuhören, wie man sie des Verbrechens beschuldigte und mit ihrem Arrest drohte, ohne sich selbst zu verraten. Ich setzte auf das Experiment keine große Hoffnung und hatte nicht einmal den Schimmer einer Ahnung, daß Mr. Harwell sich als der Schuldige entpuppen würde – aber man lernt im Leben niemals aus, Mr. Raymond, man lernt nie aus.»

XXXVIII.
Ein rückhaltloses Geständnis

Between the acting of a dreadful thing,
And the first motion, all the interim is
Like a phantasma or a hideous dream;
The genius and the mortal instruments,
Are then in council; and the state of a man,
Like to a little Kingdom, suffers then
The nature of an insurrection.

Zwischen der Entstehung eines entsetzlichen Dinges
und dem ersten Schritt ist alles
wie ein Wahngebilde oder gräßlicher Traum;
der erfinderische Geist und die todbringenden Mittel
halten ihre Beratung ab; und der Zustand, in dem sich ein Mann dann befindet,
gleicht, wie in einem kleinen Königreich,
einer schrecklichen Aufruhr.

SHAKESPEARE: JULIUS CÄSAR

Ich bin kein schlechter Mensch, nur ein heftiger. Ehrgeiz, Liebe, Eifersucht, Haß, Rache – Empfindungen, die bei anderen zu gegebener Zeit wieder abklingen, entwickeln sich bei mir zu wütenden Passionen.

Damit Sie mich recht verstehen, sie sind still und verborgen, zusammengerollten Schlangen gleich, die regungslos ruhen, bis sie aufgeschreckt werden.

Dann jedoch ist ihr Vorschnellen tödlich, und gnadenlos verfolgen sie ihr Ziel. Selbst die Menschen, die mich am besten kannten, ahnten es nicht.

Meine eigene Mutter war sich dessen nicht bewußt. Wie oft habe ich sie sagen hören: «Wäre Trueman nur empfindsamer!

Wäre Trueman bloß nicht so abgestumpft! Warum hat Trueman nicht mehr innere Kraft?»

In der Schule war es ähnlich. Niemand verstand mich. Man hielt mich für weich, gab mir den Spitznamen Teiggesicht. Drei Jahre lang riefen sie mir das nach, dann kehrte ich den Spieß um und griff an. Meine Wahl fiel auf den Anführer – ich stieß ihn zu Boden, drehte ihn auf den Rücken und trat zu. Er war ein hübscher Junge, bevor er Bekanntschaft mit meinem Fuß machte, aber danach ...

Es genügt zu sagen, daß er mich nie wieder Teiggesicht nannte. In dem Kontor, in das ich kurze Zeit später eintrat, wurde mir noch weniger Anerkennung zuteil. Weil ich regelmäßig zur Arbeit kam und meine Aufgaben sorgfältig ausführte, hielt man mich für eine gute Maschine, sonst nichts. Ein Mann, der niemals scherzte, niemals rauchte, niemals lachte, konnte ihrer Meinung nach weder Herz noch Seele noch Gefühle besitzen. Ich vermochte Zahlen korrekt zusammenzuzählen, doch brauchte man dafür Seele oder Herz? Ich konnte Tag für Tag, Monat für Monat schreiben, ohne daß meine Abschriften einen einzigen Fehler aufwiesen – ihnen diente es lediglich als Beweis für ihre Überzeugung, daß ich nichts weiter als ein gut funktionierender Automat wäre. Ich beließ sie in ihrem Glauben und glaubte meinerseits fest daran, daß sie ihre Meinung, wie andere vor ihnen, eines Tages ändern würden. Was dahintersteckte, war in Wahrheit die Tatsache, daß ich niemand, nicht einmal mich selbst, genug liebte, um mich um irgendeine Meinung zu scheren. Das Leben war eine Art unbeschriebenes Blatt für mich, eine schnurgerade, eintönige Ebene, die es zu überqueren galt, ob ich wollte oder nicht. Vermutlich wäre mein Leben bis auf den heutigen Tag für mich in dieser Weise weitergegangen, wenn ich nicht Mary Leavenworth getroffen hätte. Doch als ich vor ungefähr neun Monaten meinen Platz in dem Buchhalterbüro gegen einen Stuhl in Mr. Leavenworths Bibliothek eintauschte, fiel eine brennende Fackel in meine Seele, deren Flamme seither nicht mehr erloschen ist und nicht erlöschen wird, bis mich mein Schicksal ereilt.

Gott, sie war schön! Als ich an jenem ersten Abend meinem neuen Dienstherrn in den Salon folgte, stand plötzlich jene Frau vor mir, die so betörend aussieht, daß es einen zugleich anlockt und abstößt. Wie von einem Blitz beleuchtet, lag plötzlich grell meine Zukunft vor mir: ich wußte, was geschehen würde, wenn ich in diesem Haus verweilte. Sie war in einer ihrer überheblichen Stimmungen und bedachte mich mit wenig mehr als einem flüchtigen Blick. Ihre Gleichgültigkeit jedoch störte mich nicht. Mir genügte, daß ich mich in ihrer Gegenwart aufhalten und ungestraft ihre Schönheit betrachten durfte. Es war allerdings, als schaute man in den blumenumkränzten Krater eines grollenden Vulkans. Jeder Moment, den ich in ihrer Gegenwart verweilte, war von Furcht und Faszination angefüllt, aber erst Furcht und Faszination machten die Momente zu dem, was sie waren. Selbst wenn ich gewollt hätte – ich hätte mich nicht entziehen können.

Und so ging es weiter. Die Gefühle, mit denen ich sie betrachtete, umspannten unsäglichen Schmerz und unsägliches Glück. Dennoch ließ ich niemals ab, sie auf das sorgfältigste zu beobachten, Stunde um Stunde, Tag um Tag – wie sie lächelte, sich bewegte, ihren Kopf hob, ihre Lider senkte. Ich verfolgte damit ein bestimmtes Ziel. Ich wollte ihre Schönheit so fest mit jeder Faser meiner selbst verweben, daß sie mir um nichts in der Welt mehr entrissen werden konnte. Denn ich erkannte damals ebensodeutlich wie heute, daß sie sich trotz ihres koketten, verführerischen Wesens nie zu mir herablassen würde.

Nein, sogar wenn ich mich vor ihre Füße legen und sie über mich hinwegsteigen lassen würde – sie würde sich nicht einmal umdrehen, um nachzusehen, worauf sie getreten war. Ich mochte Tage, Monate, Jahre damit zubringen, ihre Wünsche von A bis Z zu ergründen, sie hingegen würde mir meine Mühe niemals danken, nicht ein einziges Mal ihren Blick heben, um mich anzusehen. Ich bedeutete ihr nichts, würde ihr niemals etwas bedeuten, außer – und dieser Gedanke ergriff langsam von mir Besitz – ich konnte sie irgendwie in meine Hand bekommen.

In der Zwischenzeit schrieb ich, was Mr. Leavenworth diktierte. Ihm gefiel, was er sah. Meine methodische Arbeitsweise entsprach ganz seinem Geschmack. Was das dritte Familienmitglied betrifft, Eleanore Leavenworth, so behandelte sie mich genauso, wie man es von einem so stolzen, aber einfühlsamen Menschen wie ihr erwarten konnte. Nicht vertraulich, aber freundlich, nicht als Freund, aber als Mitglied der Hausgemeinschaft, mit dem sie täglich bei Tisch zusammensaß und der, wie sie und jeder andere bemerkte, kein allzu glücklicher oder zuversichtlicher Mensch war.

Sechs Monate vergingen. Zwei Dinge hatte ich in Erfahrung gebracht: Erstens liebte Mary Leavenworth ihre Stellung als zukünftige Erbin eines gewaltigen Vermögens mehr als alles andere in der Welt; zweitens hütete sie ein Geheimnis, das diese Stellung gefährdete.

Um es zu ergründen, fehlten mir zunächst geeignete Gelegenheiten. Als sich in mir jedoch im Laufe der Zeit die Überzeugung verdichtete, es handele sich um ein Liebesgeheimnis, wuchs auch meine Hoffnung, so seltsam das klingen mag. Ich kannte nämlich inzwischen Mr. Leavenworths Einstellungen beinahe so gut wie die seiner Nichte und wußte, daß er sich in einer solchen Angelegenheit als unnachgiebig erweisen würde. Beim Zusammenprall der beiden eisernen Willen mochte etwas geschehen, das mich die Oberhand über sie gewinnen ließ. Mich betrübte lediglich, daß ich den Namen des Mannes nicht kannte, für den sie sich interessierte. Doch bald war mir das Glück hold. Eines Tages, heute vor einem Monat, setzte ich mich an den Schreibtisch, um wie üblich Mr. Leavenworths Post zu öffnen. Ein Brief – ich werde ihn nie vergessen – hatte folgenden Inhalt:

Hoffman House
1. März 1875
Mr. Horatio Leavenworth
Sehr geehrter Herr!

Sie haben eine Nichte, die Sie lieben und der Sie vertrauen, eine zudem, die der Liebe und des Vertrauens würdig zu sein scheint, mit denen Sie oder jeder andere Mann sie bedenken könnten – so schön, so reizend sind ihr Gesicht, ihre Gestalt, ihr Gebaren, ihre Rede. Doch keine Rose ohne Dornen, verehrter Herr, und diese Rose ist keine Ausnahme. Denn so reizend, bezaubernd und liebenswürdig, wie sie ist – sie ist nicht nur imstande, die Rechte dessen, der ihr vertraute, mit Füßen zu treten, sondern auch sein Herz zu brechen, ihm seinen Lebensmut zu nehmen. Ihm, dem sie Pflicht, Respekt und Zuneigung schuldet.

Wenn Sie mir nicht glauben, fragen Sie sie geradewegs in ihr grausames, schönes Gesicht, was er in Wahrheit ist, ihr und auch Ihr untertänigster Diener,

Henry Ritchie Clavering.

Ich hätte mich nicht mehr erschrocken, wenn vor meinen Füßen eine Bombe explodiert oder der Leibhaftige persönlich auf mein Rufen hin erschienen wäre. Es empörte mich nicht nur, daß ich den Namen, mit dem diese bemerkenswerten Sätze unterzeichnet waren, nicht kannte, sondern daß der Schreiber sich offensichtlich als ihr Gebieter fühlte, eine Stellung, die ich, wie Sie wissen, selbst einzunehmen trachtete. Minutenlang hielten mich darob Gefühle der bittersten Wut und Verzweiflung umfangen. Doch dann dämmerte mir, daß ich mit diesem Schreiben auch ihr Schicksal in der Hand hatte, und ich faßte mich allmählich. Andere Männer an meiner Stelle hätten sie sogleich aufgesucht und ihr mittels der Drohung, den Brief ihrem Onkel zu übergeben, zumindest einen flehentlichen Blick entlockt, ich hingegen – meine Pläne reichten weit darüber hinaus. Ich wußte, daß sie sich bis zum Äußersten getrieben fühlen mußte, bevor ich berechtigte Hoffnung hegen konnte, sie zu gewinnen. Erst wenn sie bereits über den Rand des Abgrunds zu gleiten vermeinte, würde sie sich an das erste klammern, das ihr Halt bot. Ich beschloß, meinem Arbeitgeber den Brief nicht vorzuenthalten. Er war allerdings geöffnet worden! Wie konnte ich es bewerkstelligen, ihm den Brief in diesem Zustand auszuhändigen, ohne seinen Argwohn zu erregen. Mir fiel nur eine Möglichkeit ein: er mußte zuschauen, während ich ihn – wie er annehmen sollte – zum ersten Mal öffnete. Ich wartete also, bis er das Zimmer betrat, dann näherte ich mich ihm mit dem Kuvert in der Hand und riß es im Gehen auf. Ich nahm den Brief heraus, streifte ihn mit einem achtlosen Blick und legte ihn auf seinen Tisch.

«Scheint privater Natur zu sein», sagte ich, «obwohl das entsprechende Zeichen auf dem Umschlag fehlt.»

Er nahm den Brief auf, während ich vor ihm stand. Schon beim ersten Wort zuckte er zusammen. Ein kurzer Blick auf mein Gesicht schien ihn dahingehend zufriedenzustellen, daß ich nicht genug gelesen hatte, um mir über den Inhalt klarzuwerden. Langsam drehte er sich auf seinem Stuhl um und verschlang schweigend den Rest des Schreibens. Ich wartete kurz, bevor ich mich an mein eigenes Pult setzte. Eine Minute, zwei Minuten vergingen in völliger Stille. Offensichtlich las er den Brief mehrmals durch. Plötzlich erhob er sich und verließ den Raum. Während er an mir vorüberlief, erhaschte ich im Spiegel einen Blick auf sein Gesicht. Seine Miene trug nicht eben dazu bei, meine Hoffnung abzuschwächen.

Ich folgte ihm wenig später die Treppe hinauf, um mich zu vergewissern, daß er sogleich in Marys Zimmer geeilt war. Als sich die Familie wenige Stunden später zum Abendessen versammelte, nahm ich, fast ohne hinzusehen, wahr, daß sich zwischen ihm und seiner Lieblingsnichte ein tiefer, unüberwindbarer Abgrund aufgetan hatte.

Zwei Tage vergingen, Tage der quälenden, endlosen Ungewißheit für mich. Hatte Mr. Leavenworth den Brief beantwortet? Würde sich alles in Luft auflösen, wie es begonnen hatte, ohne daß jener mysteriöse Clavering auftauchte? Ich vermochte es nicht einzuschätzen.

Mittlerweile ging meine monotone Arbeit weiter und erdrückte schier mein Herz unter ihrem unbarmherzigen Joch. Ich schrieb und schrieb und schrieb, bis mit jedem Tropfen Tinte, den ich auf das Papier fließen ließ, mein eigenes Blut von mir zu weichen schien. Obwohl ich unablässig wachte und horchte, wagte ich nicht, bei ungewohnten Geräuschen den Kopf zu heben oder meine Blicke schweifen zu lassen, denn ich wollte nicht den Anschein eines Beobachters erwecken. In der dritten Nacht hatte ich einen Traum, den ich Mr. Raymond bereits erzählt habe. Deswegen werde ich ihn an dieser Stelle nicht wiederholen. Ich möchte lediglich eine Berichtigung anfügen. Als ich ihm von dem Brief erzählte, behauptete ich, das Gesicht des Mannes, der seine Hand gegen meinen Arbeitgeber erhob, wäre Mr. Claverings Gesicht gewesen. Ich habe gelogen. Das Gesicht, welches ich in meinem Traum schaute, war mein eigenes. Deswegen flößte der Traum mir solche Angst ein. Ich sah wie in einem Spiegel mich selbst in der geduckten Gestalt wieder, welche vorsichtig die Treppe hinunterschlich. Ansonsten ist jedes Wort meines Berichtes wahr.

Das Traumbild übte eine gewaltige Wirkung auf mich aus. War es eine Warnung? Eine Vorahnung, wie ich die von mir Begehrte für mich einnehmen konnte? Sollte der Tod ihres Onkels die Brücke bilden, die sich über die unwegsame Schlucht zwischen uns spannen würde? Die Idee verdichtete sich allmählich. Ich begann, auf Wege zu sinnen, die zu diesem einzigen Pfad in mein Elysium führen mochten. Ich stellte mir gar vor, wie sich ihr liebliches Gesicht mir in Dankbarkeit zuneigen würde, während sie noch wie benommen nach einer unvermuteten Rettung aus höchster Not vor mir stünde. Eines stand jedenfalls fest: falls dies der Weg war, den ich einschlagen mußte – Unterweisung, wie er zu beschreiten wäre, hatte ich bereits erhalten. Wie in einem Taumel, einem

Nebel verbrachte ich den nächsten Tag; bei der Arbeit erschien mir wiederholt mein Traumbild, jene verstohlene, entschlossen wirkende Gestalt, welche die Treppe hinunterschlich und sich mit erhobener Pistole hinter meinen arglosen Dienstherrn stellte. An jenem Tag blickte ich mindestens ein Dutzend Male unwillkürlich auf die Tür, durch welche die Erscheinung treten würde. Ich fragte mich, wie lange es noch dauern mochte, bis ich selbst dort stünde. Ich ahnte nicht, daß der Zeitpunkt unmittelbar bevorstand. Sogar als ich ihn in jener Nacht verließ, nachdem wir, wie ich bei der Vernehmung berichtete, ein Glas Sherry miteinander getrunken hatten, hatte ich noch keine Vorstellung davon, daß die Stunde der Entscheidung so dicht vor mir lag. Doch drei Minuten, nachdem ich die Treppe hinaufgegangen war, vernahm ich das Rascheln eines Kleides auf dem Flur. Ich lauschte und hörte, wie Mary Leavenworth auf ihrem Weg in die Bibliothek an meiner Tür vorbeiging. Da erkannte ich, daß der schicksalhafte Augenblick gekommen war. Denn irgend etwas würde nun in jenem Raum gesagt oder getan werden, das meine Tat notwendig machte. Was? Ich beschloß, mir Klarheit darüber zu verschaffen. Während ich auf ein geeignetes Mittel hierzu sann, fiel mir ein, daß der Luftschacht, der sich durch das gesamte Haus zog, sich zunächst über dem schmalen Durchgang öffnete, der Mr. Leavenworths Bibliothek und Schlafgemach miteinander verband, und dann an einer Abstellkammer entlanglief, die sich in dem großen, unbenutzten Zimmer neben meinem befand. Hastig entriegelte ich die Verbindungstür zwischen den beiden Zimmern und stellte mich in das Kämmerchen. Sogleich drangen Stimmen an mein Ohr. Unten standen alle Türen offen, wodurch ich in meiner Kammer die Worte, die zwischen Mary und ihrem Onkel fielen, ebensogut mitanhören konnte, als wäre ich persönlich in der Bibliothek zugegen. Was vernahm ich? Genug, um mich zu vergewissern, daß meine Vermutungen der Wirklichkeit entsprachen: Für sie stand alles auf Messers Schneide, da Mr. Leavenworth im

Begriff war, sein Testament ändern zu lassen und so eine Drohung wahrzumachen, die er anscheinend geraume Zeit zuvor ausgesprochen hatte. Sie war zu ihm gekommen, um ihn für ein Vergehen um Verzeihung zu bitten und seine Gunst wiederzuerlangen. Worin das Vergehen bestand, erfuhr ich nicht. Mr. Claverings Name fiel nicht, noch wurde er als ihr Gatte erwähnt. Ich hörte nur, wie sie ihre Handlungsweise einen Akt nannte, der eher einer Laune als Liebe entsprungen wäre. Sie bereute alles und wünschte sich nichts sehnlicher, als aller Verpflichtungen dieser Person gegenüber ledig zu sein. Sie wollte ihn liebend gerne vergessen, um wieder den Platz im Herzen ihres Onkels einzunehmen, den sie vor dem Kennenlernen jenes Mannes innegehabt hatte. Narr, der ich war, vermutete ich, sie bezöge sich lediglich auf ein Verlöbnis, und schöpfte bei ihren Worten die wahnwitzigsten Hoffnungen. Da erwiderte ihr Onkel in seinem strengsten Ton, sie habe sich ihr Recht auf sein Wohlwollen und seine Rücksicht auf ewig verscherzt. Ich hätte ihren kurzen, bitteren Aufschrei voller Scham und Enttäuschung, ihren leisen stöhnenden Hilferuf gar nicht zu vernehmen brauchen, um bei diesen seinen Worten seine Totenglocke in meinem Herzen zum Klingen zu bringen. Ich kroch in mein eigenes Zimmer zurück und wartete, bis sie die Treppe wieder heraufgestiegen war, dann stahl ich mich hinaus. Ruhiger, als ich je in meinem Leben ruhig gewesen war, lief ich, just wie in meinem Traum, die Stufen hinab, klopfte leise an die Tür zur Bibliothek und trat ein. Mr. Leavenworth saß schreibend an seinem gewohnten Platz.

«Entschuldigen Sie bitte», sagte ich, als er aufblickte, «ich habe mein Notizbuch verlegt und halte es für möglich, daß ich es im Korridor haben fallen lassen, als ich den Sherry holte.» Er nickte mir zu, und ich lief eilig in den schmalen Durchgang hinein. Von dort begab ich mich rasch in den dahinterliegenden Raum, holte die Pistole aus ihrer Schublade, kehrte um, und bevor ich's mich selbst recht versah, hatte ich mich hinter ihm aufgestellt, gezielt und abgedrückt. Sie kennen das Ergebnis. Ohne einen Laut fiel sein Kopf voran auf seine Hände. Mary Leavenworth war die Besitzerin des Reichtums, nach dem es sie gelüstet hatte.

Mein erster Gedanke galt dem Brief, den er noch in der Sekunde vor seinem Tod geschrieben hatte. Ich näherte mich dem Tisch, zog das Blatt unter seinen Händen hervor, erkannte, daß es sich, wie ich vermutet hatte, um eine Botschaft an seinen Anwalt handelte, und steckte es mitsamt dem Schreiben Mr. Claverings, das blutbespritzt ebenfalls auf dem Tisch lag, in die Tasche. Erst dann kehrten mir allmählich die Sinne wieder. Der Widerhall fiel mir ein, den der kurze, trockene Knall im Haus verursacht haben mußte. Ich ließ die Pistole neben den Ermordeten auf den Boden fallen und bereitete mich darauf vor, jedem, der eintreten mochte, entgegenzuschreien, Mr. Leavenworth habe sich umgebracht. Eine derartige Torheit zu begehen, blieb mir jedoch erspart. Der Schuß war nicht gehört worden, zumindest hatte er niemand alarmiert. Keine Menschenseele erschien, so daß ich mein Werk in aller Ruhe betrachten und überlegen konnte, durch welche Vorgehensweise ich meiner Entdeckung am geschicktesten zu entgehen vermochte. Ich studierte zunächst die Wunde, welche die Kugel seinem Kopf beigebracht hatte, und gelangte zu der Einsicht, daß es unmöglich sein würde, die Tat als Selbstmord oder Werk eines Einbrechers hinzustellen. Jeder, der in diesen Dingen bewandert war, würde auf den ersten Blick erkennen, daß es sich um Mord handelte, und zwar um vorsätzlichen Mord. Meine einzige Hoffnung bestand demnach darin, die Affäre ebenso mysteriös erscheinen zu lassen, wie sie vorsätzlich gewesen war, indem ich sämtliche Hinweise auf das Warum und das Wie zerstörte. Ich nahm die Pistole wieder an mich und trug sie mit der Absicht in den anderen Raum, sie zu reinigen. Da ich dort nichts fand, was sich für diesen Zweck eignete, kehrte ich zurück, um das Taschentuch aufzuheben, das – wie ich mich erinnerte – zu Mr. Leavenworths Füßen auf der Erde lag. Es gehörte Miss Eleanore, aber das merkte ich erst, als ich den Lauf der Pistole bereits geputzt hatte. Der Anblick ihrer Initialen in der Ecke erschreckte mich dermaßen, daß ich das Magazin auszuwischen vergaß. Ich dachte an nichts anderes mehr, als daran, wie ich dieses verdächtige Beweisstück verschwinden lassen könnte. Weil ich nicht wagte, es aus dem Raum zu tragen, suchte ich nach einer Möglichkeit, es zu vernichten, fand jedoch keine. In der Hoffnung, es am nächsten Tag holen und bei einer besseren Gelegenheit verbrennen zu können, riskierte ich es daher, das Taschentuch tief unter einem der Stuhlkissen zu vergraben. Dann lud ich die Pistole, verschloß sie in der Schublade und verließ das Zimmer. In diesem Augenblick jedoch packte mich wie der Fang eines Raubtiers das Grauen, welches einen Menschen nach einer solchen Tat für gewöhnlich befällt, und ich handelte zum ersten Mal konfus. Ich verriegelte nämlich die Tür von außen. Das hätte ich niemals getan, wenn ich im Vollbesitz meiner geistigen Kräfte gewesen wäre. Ich erkannte meinen Fehler erst, als ich bereits am oberen Ende der Treppe anlangte, und dann war es zu spät, denn vor mir stand Hannah und blickte mir entgegen. Sie hielt eine Kerze in der Hand und machte ein überaus erstauntes Gesicht.

«Meine Güte!» rief sie mit unterdrückter Stimme aus (so widersprüchlich diese Beschreibung ihres Tonfalls auch klingen mag), «wo sind Sie gewesen? Sie sehen aus, als hätten Sie ein Gespenst gesehen.» Argwöhnisch richteten sich ihre Augen auf den Schlüssel in meiner Hand.

Mir war, als hielte jemand meine Kehle in einem Würgegriff umklammmert. Ich schob den Schlüssel in meine Tasche und trat einen Schritt auf sie zu. «Ich werde dir verraten, was ich gesehen habe, wenn du mit mir nach unten kommst», flüsterte ich. «Wir stören die Damen, wenn wir uns hier unterhalten.» Ich versuchte, meine Züge zu glätten, streckte meine Hand aus und zog sie an mich. Ich wußte selbst kaum warum, ich folgte wohl einem Instinkt. Doch als ich ihren Gesichtsausdruck bei meiner Berührung sowie die Bereitwilligkeit wahrnahm, mit der sie sich anschickte, mir zu folgen, schöpfte ich Mut. Ich erinnerte mich nämlich an ein, zwei frühere Gelegenheiten, bei denen sich offenbart hatte, daß dieses Mädchen für meinen Einfluß in einer Art und Weise empfänglich war, die sich durch Vernunft nicht erklären ließ. Ich spürte, daß ich diese Empfänglichkeit für meine Zwecke würde ausnützen können.

Ich führte sie ins Erdgeschoß, zog sie in die Tiefen des großen Empfangssalons und brachte ihr so behutsam wie möglich bei, was mit Mr. Leavenworth geschehen war. Sie erschrak selbstverständlich sehr, aber sie schrie nicht auf. Ihre ungewohnte Position flößte ihr offensichtlich ebensoviel Scheu wie Schrecken ein. Erleichtert fuhr ich fort zu sagen, daß ich nicht wisse, wer die Tat begangen habe, daß die Leute jedoch behaupten würden, ich sei es gewesen, wenn sie erführen, daß sie mich mit dem Schlüssel auf der Treppe gesehen habe. «Ich werde nichts verraten», wisperte sie. Vor Angst und Eifer zitterte sie am ganzen Leibe. «Ich werde es für mich behalten. Ich sage einfach, daß ich niemand gesehen hätte.» Ich überzeugte sie jedoch rasch davon, daß sie ihr Geheimnis niemals für sich würde behalten können, wenn die Polizei erst einmal begonnen hätte, sie auszuhorchen. Nachdem ich dieses Argument vorgebracht hatte, umgarnte ich sie mit einigen kleinen Schmeicheleien und erreichte nach langem Hin und Her endlich, daß sie sich damit einverstanden erklärte, das Haus zu verlassen, bis der Sturm vorübergezogen sein würde. Es kostete mich weitere Minuten, bis ich ihr begreiflich gemacht hatte, daß sie unverzüglich, ohne zuerst ihre Sachen zu holen, aufbrechen mußte. Erst nachdem ich ihre Lebensgeister mit dem Versprechen geweckt hatte, sie eines Tages zu heiraten, wenn sie mir nur jetzt gehorche, schien sie das Ausmaß der Situation endlich zu erfassen und ein wenig von dem echten Mutterwitz an den Tag zu legen, mit dem sie ohne Zweifel ausgestattet war. «Mrs. Belden würde mich aufnehmen», sagte sie, «wenn ich nur irgendwie nach R. kommen könnte. Wenn ich ihr sagen würde, daß Miss Mary mich schickt, würde sie mich gewiß nicht fortschicken. Aber heute nacht komme ich nicht mehr hin.»

Sogleich begann ich mit meiner nächsten Überzeugungsarbeit. Doch, sie könne es schaffen. Der Nachtzug verließe die Stadt erst um Mitternacht, also in einer halben Stunde. Sie könne mühelos innerhalb von fünfzehn Minuten zum Bahnhof laufen. – Aber sie habe kein Geld! Ich gab ihr welches. – Sie fürchte, den Weg nicht zu finden! Ich versorgte sie mit einer genauen Beschreibung. Sie zögerte immer noch, doch schließlich willigte sie ein. Wir verabredeten noch eine Methode, mittels derer ich mich mit ihr in Verbindung setzen würde, danach gingen wir nach unten. Wir fanden einen Hut und einen Umhang, die der Köchin gehörten, ich stattete sie mit beidem aus, und im nächsten Moment standen wir in der Hofeinfahrt. «Vergiß nicht, daß du unter keinen Umständen etwas davon erzählen darfst, was geschehen ist, egal was passiert», flüsterte ich ihr zum Abschied in gebieterischem Ton zu. «Vergiß nicht, daß du eines Tages zu mir kommen und mich heiraten mußt», raunte sie zur Antwort. Dabei warf sie mir ihre Arme um den Hals. Wahrscheinlich ließ sie bei der plötzlichen Bewegung die Kerze fallen, die sie bis zu diesem Moment, ohne es zu merken, mit ihrer Hand umklammert hatte. Ich wiederholte mein Versprechen, und sie schlüpfte durch das Tor.

Nachdem das Mädchen entschwunden war, befiel mich eine nahezu unerträgliche Angst. Den besten Begriff davon vermittelt der Umstand, daß ich zwei zusätzliche Fehler beging. Erstens verriegelte ich das Haus von innen, nachdem ich wieder hereingekommen war; zweitens versäumte ich es, mir den Schlüssel vom Hals zu schaffen, indem ich ihn auf die Straße schleuderte oder in der Eingangshalle fallen ließ. Der Gedanke an die Gefahr, die das Mädchen für mich darstellte, verdrängte alle anderen Überlegungen. Unablässig sah ich Hannahs bleiches Gesicht vor mir, Hannahs furchtsamen Blick, als sie sich von mir abwandte und über die Straße davonhuschte. Ich vermochte den Bildern nicht zu entrinnen, selbst die Gestalt des Toten im Stockwerk unter mir drängte sich mir nicht so lebhaft auf. Es war, als teilten jene Frau mit dem weißen Gesicht, welche durch die mitternächtlichen Straßen flitzte, und ich dieselbe Vorstellungswelt, dieselbe Phantasie. Alptraumartig bedrückte mich der Gedanke an ihr Scheitern. Sie würde zurückkommen, man würde sie zurückbringen, ich würde ihr blasses, entsetztes Gesicht am nächsten Morgen auf der Schwelle erblicken. Nach und nach wuchs in mir die Gewißheit, das mein Wahn Wirklichkeit werden mußte. Nie und nimmer würde sie ihre Reise zu jenem kleinen Haus in jenem entfernten Dorf ungehindert vollenden können. Indem ich das ekelhafte Mädchen fortschickte, hatte ich nichts Besseres zu tun gewußt, als eine wehende Fahne in die Welt loszulassen, die Gefahr signalisierte. Gefahr, welche mit dem ersten Sonnenstrahl des neuen Tages zu mir zurückkehren würde!

Doch selbst diese schrecklichen Hirngespinste verblaßten nach einer Weile, als mir die Bedrohung klar wurde, welche der Besitz des Schlüssels und der Briefe darstellte. Wie konnte ich sie loswerden? Ich wagte nicht, mein Zimmer noch einmal zu verlassen oder mein Fenster zu öffnen. Jemand mochte mich sehen und sich später daran erinnern. Nicht einmal sorglos bewegen konnte ich mich in meinem Zimmer. Mr. Leavenworth würde mich vielleicht hören. Ja, meine Todesangst hatte dieses Ausmaß erreicht – ich fürchtete mich vor einem Menschen, dessen Ohren ich für immer verschlossen hatte. Ich stellte mir vor, wie er unter mir im Bett lag und wachsam auf das geringste Geräusch achtete.

Die zwingende Notwendigkeit allerdings, mit den Beweisen meiner Schuld etwas unternehmen zu müssen, verdrängte schließlich sogar meine Todesangst. Ich zog die beiden Briefe aus meiner Tasche – ich hatte mich noch nicht ausgekleidet –, entschied mich für den gefährlicheren, den von Mr. Leavenworth selbst geschriebenen, zerkaute ihn zu einem Klumpen und warf ihn in eine Ecke. Der andere unterdessen wies Blutspuren auf, und nichts, nicht einmal die Aussicht auf Sicherheit, konnte mich dazu verleiten, ihn an meine Lippen zu führen. Ich sah mich gezwungen, mich mit dem Brief in meiner zusammengekrampften Hand und Hannahs schemenhafter Erscheinung vor meinen Augen ins Bett zu legen, bis endlich der Morgen dämmerte. Man sagt, ein Jahr im Himmel sei wie ein Tag; ich glaube es gerne, denn ich weiß, daß eine Stunde in der Hölle der Ewigkeit gleichen kann.

Doch mit dem Licht kehrte auch die Hoffnung zurück. Ich kann nicht beurteilen, ob es an den Sonnenstrahlen lag, die auf meiner Wand tanzten und mich an Mary und all das erinnerten, was ich um ihretwillen zu leisten bereit war, oder ob lediglich der mir eigene Gleichmut im leibhaftigen Angesicht von Bedrängnis in meine Adern zurückgekehrt war. Ich weiß nur, daß ich mich beim Aufstehen gelassen und als Herr meiner selbst fühlte. Die Schwierigkeiten mit Brief und Schlüssel schienen sich ebenfalls wie von selbst gelöst zu haben. Verstecken? Mitnichten! Ich würde sie an Orte legen, die jedermanns Blicken zugänglich waren, und meine Zuversicht darauf gründen, daß man sie übersähe. Ich zerriß den Brief in Streifen, wie Fidibusse, brachte sie in den unbenutzten Raum und stellte sie in eine Vase. Darauf stieg ich mit dem Schlüssel in der Hand die Treppe hinunter. Ich beabsichtigte, ihn im Vorübergehen in das Schloß zu stecken, in das er gehörte. Dieser Plan wurde indessen dadurch vereitelt, daß Miss Eleanore mir auf den Fersen folgte. Es gelang mir allerdings, ihn ohne ihr Wissen in das filigrane Messinggeflecht der Gaslampenhalterung in der hinteren Halle zu werfen. Um eine Sorge erleichtert, begab ich mich zum Frühstückszimmer und überschritt seine Schwelle so selbstbeherrscht, wie je ein Mensch sie überschritten hatte. Mary saß am Tisch. Sie sah unendlich blaß und mutlos aus. Wundersamerweise wandte sie mir beim Eintreten ihr Gesicht zu, und als sich unsere Blicke trafen, hätte ich beinahe laut aufgelacht, dachte ich doch an die Erlösung, die ihr bereits widerfahren war, und an den Zeitpunkt in nicht allzu ferner Zukunft, wenn ich mich als der Mann zu erkennen geben würde, dem sie ihre Erlösung zu verdanken hatte.

Die nun folgende Aufregung sowie mein Verhalten in dem Moment der Entdeckung und danach brauche ich nicht mehr in Einzelheiten zu beschreiben. Ich benahm mich geradeso, als hätte ich bei dem Mord keinesfalls meine Hand im Spiel gehabt. Ich versuchte in der Tat, das zu vergessen. Ich enthielt mich jeder Handlung oder Bewegung, die nicht gleich die ganze Welt sehen sollte, rührte weder den Schlüssel an noch betrat ich den unbenutzten Raum. Denn so, wie die Dinge lagen, gab es im ganzen Haus nicht einmal den Schatten eines Beweises gegen mich, zumal man mich, einen klaglos und hart arbeitenden Sekretär, schwerlich eines Verbrechens verdächtigen würde, das mich aus meiner vorteilhaften Stellung beförderte. Von der Leidenschaft, die ich für eine der Nichten meines Dienstherrn empfand, ahnte nicht einmal besagte Dame etwas. Ich erfüllte also alle Pflichten, die sich aus meiner Stellung ergaben, verständigte die Polizei und Mr. Veeley, just wie ich es getan haben würde, wären die Stunden zwischen dem Moment, da ich Mr. Leavenworth eine gute Nacht wünschte, und meinem Gang zum Frühstückstisch aus meinem Bewußtsein getilgt gewesen.

Auf dieses Prinzip gründete sich auch mein Verhalten während der Vernehmung durch den Coroner. Ich richtete mich darauf ein, alle an mich gestellten Fragen so wahrheitsgetreu wie möglich zu beantworten, jene bewußte halbe Stunde mitsamt ihren Ereignissen natürlich ausgenommen. Der grobe Fehler, den Menschen in meiner Lage in der Regel nämlich machen, besteht darin, daß sie zuviel lügen und sich an unwesentlichen Details aufhalten. Leider übersah ich bei dieser Vorgehensweise, um mich selbst zu schützen, die gefährliche Lage, in die ich dadurch Mary Leavenworth brachte. Denn sie war fraglos diejenige, welche von dem Verbrechen den größten Gewinn davontrug. Erst als einer der Geschworenen aus dem halbgefüllten Sherryglas Mr. Leavenworths, das man am Morgen bei ihm gefunden hatte, den Schluß zog, er müßte sehr bald nach meinem Fortgang aus der Bibliothek gestorben sein, wurde mir bewußt, wie kräftig ich selbst dazu beigetragen haben würde, sollte nun ein Verdacht auf sie fallen. Ich hatte nämlich ausgesagt, daß einige Minuten, nachdem ich mich auf mein Zimmer zurückgezogen hatte, ein Rascheln auf der Treppe hörbar gewesen wäre. Ich vermochte mich nicht damit zu trösten, daß alle Anwesenden glaubten, bei der Person auf der Treppe hätte es sich um Eleanore gehandelt, nicht um Mary. Zwischen Eleanore und dem Verbrechen bestand nicht einmal der Hauch eines Zusammenhangs. Ich konnte mir nicht vorstellen, daß eine Verdächtigung ihrer Person auch nur eine Sekunde standhalten würde. Mary hingegen ... Selbst wenn man einen Vorhang mit einem Gemälde der Zukunft vor mir herabgelassen hätte, so wie sie sich mittlerweile wirklich ereignet hat – ich hätte kein wirkliches Gemälde benötigt. Ich konnte ohnehin vor meinen inneren Augen mühelos erkennen, wie sich ihre Lage entwickeln würde, sobald sich die Aufmerksamkeit erst einmal auf sie gerichtet hätte. In dem vergeblichen Bemühen, meinen Schnitzer zu übertünchen, begann ich zu lügen. Ich konnte leider nicht umhin zuzugeben, daß in jüngster Vergangenheit auf das Verhältnis Mr. Leavenworths zu einer seiner Nichten ein unübersehbarer Schatten gefallen war. Deshalb schob ich die Schuld daran Eleanore zu, die diese Bürde besser würde tragen können. Außerdem verschwieg ich, daß Mr. Leavenworth einen Brief erhalten hatte, der zur Klärung des Verbrechens in der Tat beitragen konnte. Aus alledem ergaben sich allerdings Konsequenzen, die schwerer wogen, als ich vorausberechnet hatte. Ich selbst hatte den Keim für einen Verdacht gepflanzt, den auf einmal jedes zusätzliche Indiz wie durch ein sonderbares Verhängnis zu erhärten schien. Es wurde nicht nur bewiesen, daß Mr. Leavenworths eigene Pistole die Mordwaffe gewesen war. Ich sah mich überdies gezwungen einzugestehen, daß ich Eleanore vor nicht allzulanger Zeit auf ihre

Bitte hin gezeigt hatte, wie man eben jene Pistole lud, mit ihr zielte und sie abfeuerte – einen boshafteren Zufall hätte Satan selbst nicht ersinnen können.

Meine Angst davor, welche Geständnisse man den Damen bei ihrer Vernehmung abpressen mochte, wuchs daher ins Unermeßliche. Nicht auszudenken, was geschehen würde, wenn sie in ihrer Unschuld zugäben, daß Mary, nachdem ich mich zurückgezogen hatte, zu ihrem Onkel gegangen war, um ihn von seinem Vorhaben abzubringen. Die unterschiedlichsten Befürchtungen quälten mich. Es hatte sich allerdings in der Zwischenzeit etwas ereignet, das ich nicht wußte, das jedoch das Verhalten beider Frauen beeinflußte. Eleanore hegte nicht nur einen, wie es schien begründeten, Verdacht gegen ihre Cousine, das Verbrechen begangen zu haben, sie hatte ihr das auch unumwunden mitgeteilt. Als Mary von den bereits entdeckten Indizien erfuhr, die diesen Verdacht tatsächlich mehr oder minder bestätigten, geriet sie in solche Panik, daß sie beschloß, alles, was gegen sie sprach, rundweg abzustreiten. Dabei vertraute sie auf Eleanores Edelmut, darauf, daß Eleanore ihrer Aussage nicht widersprechen würde. Ihr Vertrauen wurde nicht enttäuscht. Eleanore konnte aufgrund ihrer Verhaltensweise, zu der sie sich bewußt entschloß, nicht verhindern, daß sich der bereits bestehende Verdacht gegen sie selbst vertiefte. Trotzdem sah sie davon ab, ihre Cousine in Widersprüche zu verwickeln, und verweigerte überhaupt die Aussage, wenn eine wahrheitsgemäße Antwort ihrerseits Mary geschadet hätte. Eleanore hätte niemals eine Lüge über ihre Lippen gebracht, auch dann nicht, wenn sie dadurch einen der ihr liebsten Menschen retten konnte.

Ihre Haltung bewirkte in mir eines. Sie erregte meine Bewunderung und meinen Wunsch, ihr – die aller Hilfe wahrhaft würdig war – zu helfen, sofern ich ihr helfen konnte, ohne mich selbst zu gefährden. Dennoch bezweifle ich, daß mein Mitgefühl Früchte getragen hätte. Ich merkte allerdings, daß wir alle so lange in echter Gefahr schwebten, bis Schlüssel und

Brief sich nicht mehr im Haus befänden. Der Auffindung dieser mir wohlbekannten Gegenstände schien man während der Vernehmung nämlich großen Wert beizumessen. Noch bevor das Taschentuch auftauchte, hatte ich deshalb beschlossen, einen Versuch zu deren Vernichtung zu wagen. Doch als es dann wirklich herbeigebracht und vorgezeigt wurde, steigerte sich meine Unruhe derart, daß ich mich augenblicklich erhob, unter einem Vorwand in die oberen Stockwerke lief, mir den Schlüssel aus der Lampenhalterung, die Papierstreifen aus der Vase schnappte und mit ihnen den Flur entlang zu Mary Leavenworths Zimmer hastete.

Ich erwartete, dort ein Feuer im Kamin vorzufinden, in dem ich die Gegenstände verbrennen konnte, und ging hinein. Wie enttäuscht war ich, als ich lediglich etwas schwelende Asche auf dem Rost entdeckte. Das Schicksal selbst hatte mir einen Strich durch die Rechnung gemacht. Ich stand unschlüssig herum, nicht wissend, was ich tun sollte, da hörte ich jemand die Treppe heraufkommen. In vollem Bewußtsein der Folgen, falls ich in ausgerechnet diesem Moment in ausgerechnet diesem Raum gefunden werden sollte, warf ich rasch die Papierstreifen auf den Feuerrost und stürzte zur Tür. In meiner Hast machte ich eine unachtsame Bewegung, der Schlüssel flog aus meiner Hand und glitt unter einen Stuhl. Entgeistert über mein Mißgeschick blieb ich wie angewurzelt stehen, während die sich nähernden Schritte immer lauter wurden. Ich verlor völlig den Kopf und floh aus dem Zimmer.

Ich hatte tatsächlich keine Zeit zu verlieren gehabt, denn als ich eben meine eigene Tür erreichte, erschien Eleanore Leavenworth, zwei Dienstboten im Schlepptau, am Ende der Treppe und schritt auf den Raum zu, den ich soeben verlassen hatte. Ihr Anblick beruhigte mich. Sie würde sowohl den Schlüssel als auch Mittel und Wege finden, ihn loszuwerden. Ich bin stets von der Annahme ausgegangen, daß es ihr gelungen sei, da ich nie wieder etwas von Schlüssel oder Brief gehört habe.

Dies mag erklären, warum die bedenkliche Position, in der Eleanore sich bald darauf wiederfand, in mir nicht größere Sorge erweckte. Ich dachte, die Verdächtigungen durch die Polizei gründeten sich auf nichts Greifbareres als ihr eigenartiges Gebaren während des Verhörs und die Entdeckung ihres Taschentuchs am Schauplatz der Tragödie. Ich wußte nicht, daß man in Zusammenhang mit dem Verbrechen sogenannte absolute Beweise gegen sie in der Hand hielt. Doch selbst wenn ich es gewußt hätte – ich bezweifle, daß ich mein Verhalten verändert hätte. Marys Gefährdung wäre das einzige gewesen, das meine Handlungen hätte beeinflussen können, und sie schien sich nicht in Gefahr zu befinden. Im Gegenteil, alle Welt schien sich darauf verständigt zu haben, sämtliche Hinweise auf eine mögliche Schuld ihrerseits geflissentlich zu übersehen. Falls Mr. Gryce, den ich bald fürchten lernte, oder Mr. Raymond, in dem ich rasch meinen hartnäckigsten Feind erkannte (selbst wenn er sich dessen nicht bewußt war), ihr das geringste Mißtrauen entgegengebracht hätten, wäre ich in augenblickliche Alarmbereitschaft versetzt worden. Doch nichts dergleichen geschah. Ihr Verhalten verleitete mich dazu, mich in trügerischer Sicherheit zu wiegen. Ich ließ die Tage verstreichen, ohne mich Marys wegen zu beunruhigen. Um mich selbst jedoch machte ich mir beträchtliche Sorgen. Hannahs Existenz stand jeglichem Gefühl persönlicher Sicherheit im Wege. Da ich wußte, daß die Polizei alle Hebel in Bewegung gesetzt hatte, um sie zu finden, befand ich mich in einem fortwährenden Zustand schier unerträglicher Anspannung.

Allmählich drängte sich mir außerdem die verfluchte Gewißheit auf, daß ich meine Macht über Mary Leavenworth verloren hatte, anstatt sie zu erringen. Für den Mord, durch welchen sie zur Herrin über das Vermögen ihres Onkels geworden war, empfand sie nichts als horrenden Abscheu. Überdies sprachen gewisse Anzeichen dafür, daß sich aufgrund Mr. Raymonds Einfluß eine Veränderung in ihrem Charakter anbahnte und sie gar einige der Eigenschaften abstreifen mochte, die mich überhaupt hatten hoffen lassen, ihre Achtung durch meine Tat zu gewinnen.

Die Erkenntnnis trieb mich beinahe zum Wahnsinn. Ich ächzte unter dem Joch der schrecklichen Selbstbeherrschtheit, die ich mir auferlegen mußte, ich war in den beschwerlichen Mühlen der Zeit gefangen – mein Gemütszustand grenzte darob an Raserei. Unzählige Male habe ich in meiner Arbeit innegehalten, meine Feder abgewischt, niedergelegt und dabei geglaubt, ich könnte keine Sekunde länger an mich halten. Ich habe sie indessen immer wieder zur Hand genommen und meine Pflicht erfüllt. Mr. Raymond pflegte gelegentlich seiner Verwunderung darüber Ausdruck zu verleihen, daß ich auf dem Stuhl meines toten Arbeitgebers zu sitzen vermochte. Es war mein einziger Schutz! Nur indem ich den Mord unablässig im Gedächtnis behielt, konnte ich meine Enttäuschung darüber im Zaum halten, daß er mir nicht die Belohnung einbrachte, die ich erhofft hatte.

Schließlich ereignete sich ein Vorfall, während dem ich meine Qual nicht mehr unterdrücken konnte. Als ich eines Abends in Begleitung Mr. Raymonds die Treppe hinunterging, sah ich vor dem Salon einen fremden Herrn, der Mary Leavenworth auf eine Art anblickte, die mein Blut unweigerlich in Wallung gebracht haben würde, sogar wenn ich nicht diese seine geflüsterten Worte vernommen hätte: «Aber du bist meine Frau und weißt es, gleichgültig, was du sagst oder tust!»

Ein Blitz zerspaltete mich; nichts in meinem ganzen Leben hat mich je ärger getroffen. Ich hatte alles gegeben, um aus ihr die Meine zu machen. Mitanzuhören, wie nun ein anderer einen bereits bestehenden Anspruch auf sie anmeldete, war niederschmetternd, war zum Verrücktwerden. Ich konnte mich nicht zurückhalten. In meiner unbändigen Wut mußte ich entweder aufbrüllen oder jenem Mann dort unten kraft meines Hasses einen vernichtenden Schlag versetzen. Ich wagte nicht zu schreien, daher schlug ich zu. Ich verlangte von Mr. Raymond seinen Namen zu wissen. Wie ich erwartet hatte, lautete er Clavering. Da ließ ich alles fahren, Vorsicht, Vernunft, gesunden Menschenverstand, und nannte ihn in einem Augenblick des Irrsinns den Mörder Mr. Leavenworths.

Doch schon im nächsten Moment hätte ich alles Gold der Welt dafür gegeben, meine Worte widerrufen zu können. Was hatte ich getan! Indem ich einen Mann beschuldigte, gegen den keinerlei Beweise vorlagen, lenkte ich lediglich unerwünsche Aufmerksamkeit auf mich selbst. Ich konnte meine Beschuldigung jedoch nicht mehr zurücknehmen. Die Überlegungen einer langen Nacht führten zu dem nächstliegenden Schritt. Als Grund für meinen unerklärlichen Ausbruch gab ich abergläubische Vorahnungen an und konnte mich auf diese Weise wieder auf meine ursprüngliche Position zurückziehen, ohne Mr. Raymonds vagen Argwohn jenem Mann gegenüber mehr als notwendig zu zerstreuen. Meine eigene Sicherheit verlangte nach diesem Argwohn. Ich beabsichtigte jedoch keinesfalls, die Sache weiter voranzutreiben, und hätte es auch nicht getan, wenn ich nicht gemerkt hätte, daß Mr. Raymond aus irgendeinem Grund gewillt war, Mr. Clavering zu verdächtigen. Unter diesen Umständen allerdings gewannen meine Rachegelüste die Oberhand. Ich fragte mich, ob man dem Mann das Verbrechen nicht tatsächlich anlasten konnte. Doch auch diese Erwägungen wären folgenlos geblieben, da wurde ich eines Tages zum heimlichen Zuhörer eines geflüsterten Gesprächs zwischen zwei der Dienstboten, aus dem hervorging, daß man zwar gesehen hatte, wie Mr. Clavering in der Mordnacht das Haus betreten, nicht aber, wann er es wieder verlassen hatte. Damit stand mein Entschluß fest. Mit diesem Wissen als Basis konnte ich buchstäblich alles erreichen. Nur Hannah war mir noch im Weg. Solange sie lebte, schwebte drohendes Verderben wie das Schwert des Damokles über meinem Haupt. Ich beschloß, mit einem Schlag ihre Vernichtung durchzuführen und meinem Haß auf Mr. Clavering Genugtuung zu verschaffen. Doch wie? Wie konnte ich sie erreichen, ohne meinen Posten zu verlassen? Wie konnte ich sie beiseite schaffen, ohne neuerlichen Verdacht zu erregen? Eine beinahe unlösbare Aufgabe. Truemann Harwell indessen hatte nicht umsonst so lange Zeit das Leben eines Automaten geführt. Ich brauchte mich der Lösung kaum einen Tag zu widmen, da wurde mir bereits Rat zuteil. Es gab nur eine einzige Möglichkeit. Um meine Pläne zu verwirklichen, mußte ich Hannah dazu verleiten, sich selbst zu zerstören.

Sobald der Plan gründlich ausgereift war, wandte ich mich unverzüglich seiner Durchführung zu. Ich wußte um das ungeheure Risiko, das ich einging, und traf jede nur erdenkliche Vorsichtsmaßnahme. Ich schloß mich auf meinem Zimmer ein und schrieb ihr einen Brief in Druckbuchstaben, denn sie hatte mir ausdrücklich gesagt, daß sie Handschriften nicht lesen konnte. Ich baute auf ihre Unwissenheit, törichte Zuneigung und ihren irischen Hang zum Aberglauben, indem ich ihr erzählte, ich würde allnächtlich von ihr träumen. Da ich mich fragte, ob sie wohl ebenfalls von mir träumte, und befürchtete, daß sie nichts dergleichen täte, würde ich ihr mit dem Brief ein Zaubermittelchen schicken, das ihr die wunderschönsten Traumbilder schenken würde, sie müßte es allerdings genau nach Vorschrift einnehmen. Sie sollte also zunächst meinen Brief verbrennen, dann das andere Kuvert in die Hand nehmen, das ich ihr ebenfalls in diesem Kuvert mitsenden würde, das Pulver einnehmen und zu Bett gehen. Bei dem Pulver handelte es sich um eine tödliche Dosis Gift; der andere Umschlag enthielt, wie Sie wissen, ein gefälschtes Geständnis, welches Henry Clavering schwer belastete. Ich steckte alles in einen Briefumschlag, dessen Ecke ich mit einem Kreuz markierte, adressierte diesen gemäß unserer Verabredung an Mrs. Belden und schickte ihn ab.

Hierauf folgte die schlimmste Zeit der Ungewißheit, schlimmer als jede andere, die ich bis dahin durchlitten hatte. Obwohl ich bewußt davon Abstand genommen hatte, den Brief mit meinem Namen zu unterzeichnen, hielt ich die Chance, entdeckt zu werden, für überaus groß. Wenn sie auch nur um einen Deut von dem Kurs abwich, den ich ihr angegeben hatte, würde das Verhängnis seinen Lauf nehmen. Falls sie den zweiten Brief öffnete oder dem Pulver mißtraute, Mrs. Belden ins Vertrauen zog oder gar versäumte, meinen Brief zu verbrennen, wäre alles verloren. Nur durch die Zeitungen konnte ich Genaues über sie oder das Ergebnis meines tückischen Plans erfahren. Was meinen Sie – habe ich wohl forschend in die Gesichter der Menschen um mich geblickt? Habe ich telegraphische Nachrichten verschlungen? Bin ich zusammengefahren, wenn die Türglocke läutete? Und als ich einige Tage später eine kurze Zeitungsmeldung las, die mir die Gewißheit verschaffte, daß meine Anstrengungen endlich zum Tod des Mädchen geführt hatten – glauben Sie, daß ich erleichtert war?

Doch warum weitersprechen? Sechs Stunden später ereilte mich Mr. Gryces Einladung, und ... Sollen die Wände meiner Zelle, sollen diese Zeilen alles erzählen. Ich vermag nichts mehr zu sagen, nichts mehr zu tun.

XXXIX. Nachspiel eines schweren Verbrechens

Leave her to Heaven
And to those thorns that in her bosom lodge
To prick and sting her.

Überlass sie dem Himmel
und es den Dornen, die ihrem Busen innewohnen,
sie zu brennen und zu stechen.

Shakespeare: Hamlet

For she is wise, if I can judge of her;
And fair she is, if that mine eyes be true,
And true she is, as she has proved herself;
And therefore like herself, wise, fair, and true,
Shall she be placed in my constant soul.

Denn soweit ich über sie zu urteilen vermag, ist sie klug;
und schön ist sie, falls meine Augen wahrhaftig sind,
und wahrhaftig ist sie, das hat sie bewiesen;
und deshalb soll sie, wie sie ist, klug, schön und wahrhaftig,
auf immer in meiner Seele wohnen.

Shakespeare: Der Kaufmann von Venedig

«Eleanore!» rief ich aus und stürzte unter Mißachtung aller Regeln des Anstands in ihr Zimmer, «sind Sie bereit, gute Nachrichten zu empfangen? Nachrichten, die Farbe in diese blassen Wangen bringen, diesen Augen wieder Glanz verleihen und Ihnen das Leben wieder lebenswert und hoffnungsvoll erscheinen lassen werden? Sprechen Sie!» Ich beugte mich über sie, denn sie sah aus, als würde sie auf ihrem Stuhl in eine Ohnmacht sinken.

«Ich fürchte, was Sie gute Nachrichten nennen, werde ich anders auffassen», murmelte sie. «Keine Nachricht kann gut sein, außer ...»

«Was?» fragte ich und nahm ihre beiden Hände in die meinen. Mein Lächeln sollte, mußte sie beruhigen, sie mußte einfach erkennen, wie unendlich glücklich ich war. «Sprechen Sie, haben Sie keine Angst!»

Doch sie hatte Angst. So lange Zeit hatte die schwere Bürde auf ihr gelastet, daß sie ein Teil von ihr geworden war. Woher sollte sie wissen, daß sie sich geirrt hatte und weder Vergangenheit noch Gegenwart noch Zukunft zu fürchten brauchte!

Ich erklärte ihr, daß ihre Verdächtigungen der Grundlage entbehrten, weil Trueman Harwell, nicht Mary, der Schuldige war. Dabei versuchte ich, so zartfühlend und behutsam wie möglich vorzugehen, sprach allerdings mit einem gewissen Nachdruck. Nachdem sie die Wahrheit vernommen hatte, bat sie als erstes darum, zu Mary gebracht zu werden: «Bringen Sie mich zu ihr! Bitte bringen Sie mich sofort zu ihr! Ich vermag weder zu atmen noch zu denken, bevor ich sie nicht auf den Knien um Verzeihung gebeten habe. Ich habe sie zu Unrecht beschuldigt, oh, ich habe sie zu Unrecht beschuldigt!»

Angesichts ihrer Verfassung schien es das klügste zu sein, ihrer Bitte zu entsprechen. Also besorgte ich eine Kutsche und fuhr mit ihr zum Haus ihrer Cousine.

«Mary wird mich voller Verachtung zurückstoßen! Sie wird mich nicht einmal eines Blickes würdigen. Und sie hat recht!» sagte Eleanore im Wagen. «Dieser Frevel kann nie und nimmer verziehen werden. Aber Gott weiß, daß ich meinen Verdacht für gerechtfertigt hielt. Wenn Sie wüßten ...»

«Ich weiß es», warf ich ein. «Sogar Mary gab zu, daß die Indizien gegen sie übermächtig waren. Sie zweifelte nahezu an sich selbst und fragte sich, wie sie derartigen Beweisen zum Trotz überhaupt unschuldig sein gewesen könnte. Aber ...»

«Halt – das hat Mary gesagt?»

«Ja.»
«Heute?»
«Ja.»
«Mary muß sich verändert haben.»

Ich schwieg, denn sie sollte mit eigenen Augen sehen, wie sehr! Als jedoch die Kutsche wenige Minuten später vorgefahren war und ich mit ihr in das Haus eilte, welches soviel Unglück mitangesehen hatte, war zunächst ich der Erstaunte. Ich vermochte kaum zu fassen, welche Veränderung mit Eleanore vor sich gegangen war. Denn erst hier, in der erleuchteten Eingangshalle, konnte ich sehen, daß ihre Augen strahlten, ihre Wangen glühten, ihre Stirn sich geglättet, ihr Haupt sich erhoben hatte. Das Eis der Verzweiflung schmilzt rasch, wo die Sonne der Hoffnung scheint.

Thomas, der öffnete, schien sich auf seine melancholische Art durchaus darüber zu freuen, seine Herrin wiederzusehen. «Miss Leavenworth befindet sich im Salon», sagte er.

Ich nickte. Ich bemerkte allerdings, daß sich Eleanore vor innerer Erregung kaum von der Stelle zu rühren vermochte; deswegen fragte ich sie, ob sie sofort hineingehen oder warten wolle, bis sie sich ein wenig gefaßt haben würde.

«Ich werde sofort hineingehen, ich kann nicht länger warten!» Sie ließ meinen Arm los, durchquerte die Halle und berührte eben den Vorhang vor dem Salon, da wurde er plötzlich von innen beiseite geschoben, und Mary trat hervor.

«Mary!» «Eleanore!» Der Klang ihrer Stimmen drückte alles aus. Ich brauchte nicht einmal hinzusehen, um zu wissen, daß Eleanore ihrer Cousine zu Füßen gefallen war, und daß Mary sie bestürzt wieder aufgehoben hatte. Ich brauchte ihre Worte – «Ich habe mich zu schwer gegen dich versündigt, du kannst mir nicht vergeben!» gefolgt von: «Meine Scham ist so groß, daß ich alles verzeihen werde!» – nicht zu hören, um zu wissen, daß der lebenslange Schatten zwischen ihnen wie ein Nebelschleier zerrissen war und die Zukunft heitere Tage des gegenseitigen Vertrauens und Mitgefühls für sie bereithielt.

Eine halbe Stunde später vernahm ich, wie die Tür zum Empfangszimmer, in welches ich mich zurückgezogen hatte, leise geöffnet wurde. Ich blickte auf und sah Mary auf der Schwelle stehen. Auf ihrem Gesicht lag der Widerschein wahrer Demut. Ich leugne nicht, daß es mich zutiefst überraschte, um wieviel weicher ihre schönen, stolzen Züge tatsächlich geworden waren. «Gesegnet sei die Scham, die läutert», sagte ich wie zu mir selbst. Ich trat näher und streckte ihr mit einer Achtung und Zuneigung die Hand entgegen, die für sie zu empfinden ich niemals mehr geglaubt hätte.

Meine Geste schien sie in tiefsten Innern anzurühren. Sie errötete, kam auf mich zu und stellte sich vor mich. «Ich danke Ihnen», sagte sie. «Es gibt so vieles, für das ich dankbar bin. Bis heute abend hatte ich nicht begriffen, wieviel es ist. Aber davon möchte ich nicht sogleich sprechen. Stattdessen bitte ich Sie, mit mir zu kommen und mir zu helfen, daß Eleanore sich dazu bewegen läßt, dieses Vermögen aus meiner Hand anzunehmen. Es gehört ihr, wie Sie wissen, ist ihr vermacht worden, wäre ihr vermacht worden, wenn …»

«Warten Sie», sagte ich. Zu einem Thema dieser Art um Rat gefragt zu werden, erregte unwillkürlich meine berufsmäßige Neugierde. «Haben Sie diesen Schritt sorgfältig erwogen? Ist es wirklich Ihre erklärte Absicht, Ihr Vermögen auf Ihre Cousine zu übertragen?»

Ihr Blick hätte als Antwort genügt, auch ohne die daraufolgende leise Bemerkung: «Wie können Sie mich das fragen?»

Als wir den Salon betraten, saß Mr. Clavering bei Eleanore. Er erhob sich augenblicklich.

«Mr. Raymond», sagte er und nahm mich beiseite. «Bevor es die allgemeine Konversation nicht mehr erlaubt, möchte ich Sie bitten, meine Entschuldigungentgegenzunehmen. In Ihrem Besitz befindet sich ein Schriftstück, das Ihnen niemals hätte aufgedrängt werden dürfen. Mein Verhalten gründete sich auf einen Irrtum und stellt eine Beleidigung dar, die ich zutiefst bereue. Falls Sie mir unter Rücksichtnahme auf meine damalige klägliche Gemütsverfassung verzeihen könnten, wäre ich Ihnen auf ewig zu Dank verpflichtet; falls nicht ...»

Ich unterbrach ihn. «Sagen Sie nichts weiter, Mr. Clavering. Die Ereignisse jenes Tages gehören einer Vergangenheit an, die ich für meinen Teil so rasch als möglich vergessen möchte. Die Zukunft winkt zu verheißungsvoll herüber, als daß wir uns bei längst vergangenem Elend aufhalten sollten.»

Wir wechselten einen Blick gegenseitigen Einverständnis und gegenseitig empfundener Freundschaft. Dann gesellten wir uns eilends zu den Damen.

Es genügt, vom Ergebnis der sich anschließenden Unterredung zu berichten. Eleanore blieb bei ihrer strikten Weigerung, das schuldbeladene Vermögen anzunehmen. Man verständigte sich deshalb schließlich auf die Einrichtung und Unterhaltung einer Institution für wohltätige Zwecke. Sie sollte bedeutend genug sein, um ein unübersehbares Mahnmal der Nächstenliebe in dieser Stadt und für ihre unglücklichen Armen darzustellen. Nachdem solches beschlossene Sache war, richteten sich unsere Gedanken auf unsere Freunde, allen voran Mr. Veeley.

«Er sollte es bald erfahren», sagte Mary. «Er hat sich unseretwegen wie ein Vater gegrämt.» Und in ihrer neuerworbenen, anhaltenden Reumütigkeit wollte sie die unerfreuliche Pflicht auf sich nehmen, ihm die Wahrheit mitzuteilen.

Eleanore hingegen, großherzig wie eh und je, mochte nichts davon hören. «Nein, Mary, du hast genug gelitten. Mr. Raymond und ich werden zu Mr. Veeley gehen.»

Wir ließen sie mit leuchtenden Gesichtern zurück, deren Ausdruck von wachsender Hoffnung und Zuversicht kündete, und fuhren aufs neue in die Nacht hinein. Und damit in einen Traum, von dem ich bis heute nicht erwacht bin, obwohl der Glanz ihrer lieben Augen nun bereits seit vielen überglücklichen Monaten der Leitstern meines Lebens ist.

ENDE

Nachwort von Hanno Kühnert

Dieser berühmte und spannende Kriminalroman mit dem ersten Superdetektiv der Welt, Ebenezer Gryce, dem Vorgänger von Sherlock Holmes und Miss Marple, wurde 1878 veröffentlicht. Seine Autorin Anne Katharine Green schrieb ihn durchaus als Kind ihrer Zeit. Das Oben-und-unten-Verhältnis der Figuren ist noch nicht angefochten, Dienstbote und Herrin sind zwei sehr verschiedene Klassen, und natürlich, selbstredend, denkt eine Frau nicht daran, eine Pistole zu reinigen. Sie kann zwar damit schießen, aber das Tötungsmaschinchen technisch zu behandeln, kommt ihr nicht in den Sinn.

Ja, noch mehr: Die Oberklasse-Frauen sind wunderschön, aber eine von ihnen ist ziemlich geldgierig und arrogant. Doch ist das bei ihr nicht so verharzt, daß sie nicht davon herunterkönnte: Am Ende bekehrt sie sich zur Güte und Großmut. Der Erzähler des Ganzen, der hilfreiche und bald in die andere Schöne verliebte Rechtsanwalt Raymond, kriegt diese, an deren Schuldlosigkeit er den ganzen Roman über mit einer gewissen Schafs-Naivität glaubt, zur Geliebten, vermutlich zur Ehefrau, wie wir die Zeitläufte einschätzen, obwohl am Happy-End nur von vielen vielen «Monaten» die Rede ist.

Dagegen entpuppt sich der Mörder am Ende als Super-Schurke, als abgefeimter, charakterloser Spurenverwischer, als unerkannter, dazu noch unerkannt zurückgewiesener Liebhaber, großer Hasser des Nebenbuhlers, jedenfalls als ein so schlimmes Roman-Miststück, daß nicht nur die Kategorien von Gut und Böse sauber wiederhergestellt und alle Zweifel an der Unvermischtheit der Welt beseitigt sind; der Elende, als solcher unentwegt (dis)qualifiziert, erregt sogar das Mitleid des heutigen Lesers. Ein ausg'schamter Mörder, der sich in dem Moment, da die heimlich Geliebte des von ihm begangenen Mordes verdächtigt wird und da sie Gefahr läuft, (endlich!) in Untersuchungshaft abgeführt zu werden, offenbart und den Romanfiguren und dem Leser eröffnet, was für ein schlimmer Hund er ist! Dabei hat er doch nur schlechte Nerven! Oder er ist im Grunde vielleicht gar ein guter Mensch! Denn welcher Mörder ist bis zur Selbstentdeckung entsetzt, daß andere verdächtigt werden, zumal er den ganzen Roman über alles getan hat, um falsche Spuren zu legen. Da er in diesem Augenblick pathetisch der Moral und Ethik entgegenkommt und schwach wird, ist er einfach kein richtiger Mörder – eher ein armes, von der Liebe von unten nach oben gepeinigtes Hascherl. Aber so weit blickt die Autorin von 1878 nicht in ihren eigenen Hintergrund. Kann man auch nicht von ihr verlangen.

Ich war von diesem Ende überrascht und erstaunt. Zwar fand ich den Roman schön verwickelt und spannend, aber auf diesen Mörder wäre ich – durchaus von einiger Krimi-Erfahrung – nicht gekommen. Allerdings war ich ratlos. Nur Ebenezer Gryce wußte noch mehr als ich. Sein Wissen bestand im Zweifel. Die Reinigung der Pistole, eine völlig frauenfremde Sache, erregte sein Mißtrauen bis zum Ende des Romans – zu recht! Ich aber als Leser hatte das Buch auf einer Diskette und konnte leicht mit meinem Textverarbeitungsprogramm die Namen James Trueman Harwell in den rückwärtigen Teilen des Buches suchen – jeden einzeln, damit mir nichts entgehe. Der Computer erlaubt so etwas Praktisches.

Und da fand ich denn doch Hinweise auf den Verruchten an sieben Stellen. Er war erbleicht und verstummt, hatte rätselhaft geredet, einen furchtbaren Traum erzählt und insgesamt allzu unbeteiligt getan, der Böse. Doch leider muß ich zu meinen Ungunsten sagen, daß ich ihn beim schlichten Lesen nicht recht wahrnahm, jedenfalls nicht als präsumtiven Mittelpunkt und Mörder. So wie auch Raymond ihn als Hauptfigur irgendwann resigniert fallen ließ, als ungeeignet. Eine Finte, eine Täuschung des Lesers durch die Verfasserin Madam Green?

Im Krimi ist fast alles erlaubt. Daß den Harwell gar ein Traum zum Mord angeregt, ja angestiftet hat, zeigt, daß diesem Menschen eben trotz aller Bosheit das rechte Rückgrat und die Hartleibigkeit des typischen Mörders noch fehlten. Auch daher die milde Seelenregung für ihn am Ende.

Heimliche Heiraten spielen bei Anne Katharine Green eine große Rolle – in mehreren ihrer Romane, und auch hier. Heute ist das heimliche Heiraten gar nicht mehr nötig. Man heiratet einfach nicht. Daß der etwas merkwürdige Onkel, Wohltäter, Großbürger und Erblasser, ja, der Ermordete, früher mal ein schlimmes Erlebnis im Zusammenhang mit einem Engländer hatte, läßt sich nachvollziehen. Daß er aber wegen des einen Engländers alle Engländer so haßte, daß er seiner Lieblingsnichte und Quasitochter keinen Englischmann als Ehemann gönnte, und dies immerhin so intensiv, daß ein Mord daraus wurde – das stellt das Verständnis des Lesers auf eine harte Probe. Er muß halt die hundertzwanzig Jahre abrechnen und das eigentümliche Verhältnis zwischen England und Amerika damals wieder dazurechnen. Doch dann geht die Kalkulation immer noch nicht ganz auf.

Faszinierend ist das angloamerikanische Strafrecht, das durch den Roman schimmert. Der Coroner, neben Gryce vor allem zu Beginn die Zentralfigur, ist so eine Art Untersuchungsrichter. Im britisch-amerikanischen Strafprozeß können viele Anklagen oder Anschuldigungen erheben; eine Staatsanwaltschaft gibt es nicht. Neben dem einfachen Bürger, der allerdings heute dieses Recht so nicht mehr hat, ist ein «Director of Public Prosecutions» zur ersten Strafverfolgung befugt, ebenso bestimmte Beamte der Polizei, und nicht zuletzt sogar Rechtsanwälte. Aus dieser großen Zahl der Strafverfolgungsberechtigten ragt allerdings der Coroner im Amerika des ausgehenden 19. Jahrhunderts noch hervor.

Der Name dieses Amtes ist allein schon seltsam. Coroner bedeutet «Kron-Beamter», Beamter des Königs, «Officer Appointed by the Crown». Früher hieß er «Crowner». Das Wort ist über tausend Jahre alt, bereits 925 tauchte es auf. Die republikanischen Amerikaner hatten wohl eine so starke strafrechtliche, nicht-monarchische Vorstellung von dem Amt, so daß sie sich an der Bezeichnung Coroner nicht stießen. Der Untersuchungsrichter namens Coroner fügt sich in ein Rechtssystem, das den strafverfolgenden Staat selbst in dieser Materie als Partei sieht, als gleichberechtigte Prozeßpartei neben der Verteidigung und dem Beschuldigten, später Angeklagten. Daß es trotz eines Mordes verhältnismäßig zahm zugeht, hängt damit zusammen. Daß keine der beiden schönen Cousinen wegen Mordverdachts und Verdunkelungsgefahr festgenommen und in Untersuchungshaft geschickt wird, hängt wohl mit dieser nicht hoheitlich gesehenen Funktion zusammen. Das Denken im Strafprozeß ist im amerikanisch-englischen Recht ganz anders als auf dem europäischen Kontinent. Die vielen amerikanischen Prozeßfilme im Fernsehen – und leider auch viele nicht beratene deutsche Filme – bringen das beim Publikum dauernd durcheinander.

Der Coroner jedenfalls schaltete sich sofort ein, wenn er von einem nicht-natürlichen Todesfall hörte. Er brachte gleich eine besondere Geschworenenbank mit, die ihm bei der Aufklärung der verdächtigen Umstände oder bei strafrechtlichen Konsequenzen, etwa der Anordnung von Haft, half. Die Geschworenen waren Bürger, die der Coroner kannte, von deren Unbescholtenheit er überzeugt war und die er oft auf dem Weg zu dem Toten auf der Straße auflas oder aus ihren Wohnungen bat. Telefon gab es nicht. In unserem Roman spielt sich die Arbeit des Coroners schön an Ort und Stelle ab, alle Hausgenossen außer einer sind anwesend. Ihre Antworten, Gesichter, Gefühle, ihr Verhalten und ihre Mutmaßungen beschreibt die Autorin so exakt, daß ein spannendes Bündel von Fragen entsteht.

In der Folge rekapituliert sie gelegentlich, über welche Punkte der Erzähler nun wieder nachdenkt: erstens, zweitens, drittens. Das ist für den Leser erholsam und hilfreich. Er kriegt nochmal ein Menü des eben Gelesenen, das ihm wegen der vielen Personen und der Komplexität der Ereignisse verworren vorkommen muß. Die Liste der Autorin klärt das, faßt die unbeantworteten Fragen zusammen, erhöht die Spannung, bringt aber auch ein wenig Klarheit.

Wo in diesem Roman Unklarheit verbreitet wird, geschieht es immer wieder auf witzige, verblüffende Art. Schließlich soll der Mörder lange hinter dem Vorhang stehen. Der Erzähler sagt zum Inspektor Gryce: «Harwell ist ein merkwürdiger Mensch!» «Ich auch!» antwortete der Inspektor.

Biographische Notizen

Anne Katharine Green wurde am 11. November 1846 in Brooklyn (New York) geboren. Sie war das vierte von fünf Kindern des bekannten Strafverteidigers James Wilson Green und seiner Gattin Catharine Ann, beide keine Neuankömmlinge in Amerika – wie das zu jenen Zeiten im Staate New York durchaus hätte sein können –, sondern aus alten Connecticuter Familien stammend. Im Alter von drei Jahren verlor Anne Katharine ihre Mutter. Ihre Stiefmutter Grace wurde zum seelischen Bezugspunkt, ein Kontakt, der lebenslang anhielt. Sichtbarster Ausdruck dieses engen Verhältnisses war das literarische Interesse des jungen Mädchens, das von Grace (Hollister) Green intensiv gefördert wurde.

Nach Besuch öffentlicher Schulen in New York und Buffalo, N.Y., wohin die Familie 1857 gezogen war, besuchte A.K. Green das Ripley Female College im Bundesstaat Vermont, eines der ersten höheren Ausbildungsinstitute für Frauen im 19. Jahrhundert. Sie schloß es 1866 erfolgreich mit dem akademischen Grad des B.A. ab, war aber noch längere Zeit in der literarischen Gesellschaft des Colleges tätig. Von daher rührt ihr Kontakt mit dem Philosophen und Dichter Ralph Waldo Emerson, der auch noch in späteren Jahren anhielt. Intensive Beschäftigung mit Tennyson und Scott begeisterten sie für den romantischen Kern des viktorianischen Zeitalters und weckten in ihr den Drang, diesen Idolen nachzueifern.

Man sieht es am Gedichtband «The Defense of the Bride and Other Poems» (1882) und dem Versdrama «Risifi's Daughter» (1887), aber trotz Anerkennung Stedmans und Emersons – der eine einflußreicher Kritiker in New York, der andere bedeutender Literat – wurden die Bände kein Erfolg. Die Zeit für viktorianische Romantik war vorbei, in ihr erblickte die amerikanische Gesellschaft nicht mehr ihre Wünsche und Sehnsüchte.

Was bleibt, sind die mehr als 35 Kriminalerzählungen und Romane, angefangen mit dem berühmten «Fall Leavenworth» (1878) und endend mit «Step on the Stair» (1923), die A.K. Green in den nächsten 45 Jahren schrieb. Greens Gestalten sind noch stark von ihrer literarischen Herkunft geprägt: Vieles an der Schilderung der Personen scheint der *romantic novel* der angelsächsischen Literatur entlehnt. Undenkbar, daß ein *gentleman* nicht edle Gesichtszüge hat, groß und von schlanker Statur ist und einer gehobenen Schicht angehört. Auch die Damen können nur mit vollkommener Figur ausgestattet sein. Sie haben das stark ausgeprägte Klassenbewußtsein viktorianischer Helden, so als gehörten sie altem englischen Adel an. So haben alle ihren Platz in der Welt, die Reichen oben, die Armen unten und die Männer etwas höher als die Damen. Es ist das dröhnende Pathos einer an dramatischen Ereignissen reichen Zeit («Sagen Sie mir, Mutter toter und begrabener Kinder ...»), das Ewerett Raymond bei einer zufällig mitgehörten Anklage «zurücktaumeln» und die Hände auf die Ohren pressen läßt. Auch in den körperlichen Ausdrucksformen wird ein moralischer Standard gelebt, den bereits die Eroberer des britischen Weltreiches nicht einzuhalten in der Lage waren, geschweige denn ihre kolonialen Erben.

Es ist unter diesen Bedingungen völlig klar, daß aus unteren Schichten stammende Personen wie der Sekretär Harwell im «Fall Leavenworth» von den oberen Klassen gar nicht zur Kenntnis genommen werden. Im Greenschen Weltbild kann man sich, aus der «richtigen» Schicht stammend, dem Geld gegenüber moralisch indifferent verhalten, wie es auch Mary Leavenworth tut; aber man kann nicht moralisch fallen. Das tun nur Emporkömmlinge. Selber aus jenen begüterten Kreisen stammend, deren Vermögen auf Agrarbesitz basierte und fast aristokratisches Verhalten an den Tag legte, blieb A.K. Green der neue Typus in der amerikanischen Gesellschaft verschlossen und nur negativ beschreibbar, der Typ des Aufsteigers und *selfmademan.* Umso bedeutsamer ist hier trotz allem die zukunftsweisende Komponente in Greens Darstellung der Menschen, die stark psychologisierende Zeichnung der Personen.

Auch ein anderes Gestaltungsprinzip hielt A.K. Green durch: Der Leser ist in Greens Romanen mit seinen Erkenntnissen immer so weit wie der Detektiv, als hätte sie die Regeln des Detection Clubs, jener Krimiautorenvereinigung in London, der Dorothy Sayers, Chesterton und Agatha Christie angehörten, vorweggenommen.

Bleiben die Gestalten auch viktorianisch und damit edel , so ist jedoch ihre Realität durch und durch amerikanisch: ein Rechtssystem, das seine Quellen in der ländlichen Kolonialsiedlung hatte, findet auch noch zum Ende des 19. Jahrhunderts in der Großstadt seine Anwendung und bietet den sich rasend ausbreitenden Kommunikationsmitteln gutes Futter: Kein Wunder, daß für A.K. Green «die von allen widerwärtigste Erscheinung des Reporters» ekelerregend ist. Hungersnöte in Irland und Wirtschaftskrisen in Deutschland trieben zwischen 1820 bis 1870 einige Millionen Menschen zur Emigration ins scheinbar gelobte Land Amerika. Die Immigranten kamen durchgehend aus verelendeten ländlichen Gebieten ihrer Heimatländer, waren sozial entwurzelt und hatten in der Regel keine Ausbildung. Hannah, das irische Dienstmädchen mit den Blatternnarben, oder der irische Butler Dougherty spiegeln im «Fall Leavenworth» auch die Immigrationsgeschichte New Yorks, das Scheitern eines jungen Lebens, während es noch hofft, in Amerika sein Glück zu machen.

Und so ist der «Fall Leavenworth» auch ein Kaleidoskop des Lebens in New York im letzten Quartal des 19. Jahrhunderts, als die frische Großstadt noch Rudimente europäischer Metropolen zeigt: Es gibt Straßenbahnen und Mietkutschen, bis in die oberen Gesellschaftsschichten schwebt über den Menschen ein Rest von Aberglaube, und die Reporter besuchen noch die Hotelrezeptionen, um die Namen der neu anreisenden Gentlemen für die Gesellschaftsspalte ihrer Zeitung festzuhalten. Vermögende Herren leisten sich Privatschreiber, denn die Schreibmaschine hat sich 1878 noch nicht durchgesetzt (erst 1873 beginnt die Waffenfabrik Remington & Sons mit der serienmässigen Herstellung einer Konstruktion der Buchdrucker Sholes und Soulé, deren Tastatur wie jene der damals gebräuchlichen Setzmaschinen aussieht). Und schließlich: die kommunalen Detektive können auch einen Teil der ausgesetzten Belohnung bekommen. Es sind Bilder, als hätte sie der junge Alfred Stieglitz aufgenommen.

In A.K. Greens berühmtestem Roman taucht erstmals eine von Greens wichtigsten Reihengestalten auf, Ebenezer Gryce, jener unauffällige, aber höchst kluge Detektiv, der in noch vielen Green-Romanen durch New York geschickt werden wird. Eine andere Seriengestalt wird später auf ihre Weise Geschichte machen: Amelia Butterworth, eine ältere Dame, die überaus gewitzt Kriminalfälle löst und einige skurrile Eigenschaften hat. Wer einmal von Amelia Butterworth gelesen hat, wird sich nicht mehr fragen, woher Agatha Christie ihre Anregung zu Miss Marple hatte.

Mit 38 Jahren heiratete A.K.Green den Schauspieler Charles Rohlfs, der die folgenden Jahre zuerst als Leiter einer Gießerei tätig war und sich später als Möbelgestalter einen Namen machte. 1890 ging er noch einmal auf die Bühne; bei der Bühnenfassung des «Falles Leavenworth» spielte er eine Hauptrolle. Das Ehepaar hatte drei Kinder, von denen Anna zwei überlebte. Beide Rohlfs waren aktive Mitglieder der Buffaloer Gesellschaft, beide aktiv in Ausbildungs- und anderen kommunalen Angelegenheiten. Als sie 1935 88jährig starb, hatte A.K. Greens literarischer Ruhm bereits stark nachgelassen; ihr bleibt aber der Verdienst, die bedeutendste Vertreterin des Genres zwischen E. A. Poe und Sir A. Conan Doyle zu sein.

Jutta Motz/Bernd Zocher